PRELÚDIO À Fundação

Tradução
Henrique B. Szolnoky

PRELÚDIO À FUNDAÇÃO

TÍTULO ORIGINAL:
Prelude to Foundation

COPIDESQUE:
Hebe Ester Lucas

REVISÃO:
Mônica Reis

ILUSTRAÇÃO DE CAPA:
Eduardo Schaal

CAPA:
Giovanna Cianelli

PROJETO GRÁFICO E DIAGRAMAÇÃO:
Desenho Editorial

DADOS INTERNACIONAIS DE CATALOGAÇÃO NA PUBLICAÇÃO (CIP)
DE ACORDO COM ISBD

A832p
Asimov, Isaac
Prelúdio à Fundação / Isaac Asimov ; traduzido por Henrique B. Szolnoky. - 2. ed. - São Paulo, SP : Editora Aleph, 2021.
512 p. ; 14cm x 21cm.

Tradução de: Prelude to Foundation
ISBN: 978-65-86064-87-2

1. Literatura americana. 2. Ficção científica. I. Szolnoky, Henrique B. II. Título.

2021-2634   CDD 813.0876
               CDU 821.111(73)-3

ELABORADO POR ODILIO HILARIO MOREIRA JUNIOR - CRB-8/9949

ÍNDICE PARA CATÁLOGO SISTEMÁTICO:
1. Literatura americana : ficção científica 813.0876
2. Literatura americana : ficcção científica 821.111(73)-3

COPYRIGHT © NIGHTFALL, INC., 1988
COPYRIGHT © EDITORA ALEPH, 2013
(EDIÇÃO EM LÍNGUA PORTUGUESA PARA O BRASIL)

TODOS OS DIREITOS RESERVADOS.
PROIBIDA A REPRODUÇÃO, NO TODO OU EM PARTE, ATRAVÉS DE QUAISQUER MEIOS.

Rua Bento Freitas, 306 - Conj. 71 - São Paulo/SP
CEP 01220-000 • TEL 11 3743-3202
www.editoraaleph.com.br

 @editoraaleph
 @editora_aleph

*Para Jennifer Brehl, a "Jennifer do lápis verde",
a melhor e mais dedicada editora no mundo.*

NOTA À EDIÇÃO BRASILEIRA 9

NOTA DO AUTOR 13

MATEMÁTICO 17

FUGA 45

UNIVERSIDADE 69

BIBLIOTECA 89

SUPERFÍCIE EXTERIOR 115

RESGATE 145

MYCOGEN 167

MESTRE SOLAR 193

MICROFAZENDA 219

LIVRO 243

SACRATÓRIO 267

REFÚGIO 297

POÇOS TERMAIS 325

BILLIBOTTON 357

ENCOBERTOS 385

OFICIAIS 409

WYE 433

GOLPE 461

DORS 485

NOTA À EDIÇÃO BRASILEIRA

Iniciada em 1942 e concluída em 1953, a *Trilogia da Fundação* é um dos maiores clássicos de aventura, fantasia e ficção do século 20. Os três livros que compõem a história original – *Fundação*, *Fundação e Império* e *Segunda Fundação* – receberam, em 1966, o Prêmio Hugo Especial de melhor série de ficção científica e fantasia de todos os tempos, superando concorrentes de peso como *O Senhor dos Anéis*, de J. R. R. Tolkien, e a série Barsoom, de Edgar Rice Burroughs. Acredite, isso não é pouco. Mas também não é tudo.

A saga é um exemplo do que se convencionou chamar *Space Opera* – uma história que se ambienta no espaço. Todos os elementos estão presentes em *Fundação*: cenários grandiosos, ação envolvente, diversos personagens atuando num amplo espectro de tempo. Seu desenvolvimento é derivado das histórias *pulp* de faroeste e aventuras marítimas (notadamente de piratas).

Isaac Asimov, como grande divulgador científico e especulador imaginativo, começou a conceber em *Fundação* uma história grandiosa. Elaborou, dezenas de séculos no futuro, um cenário em que toda a Via Láctea havia sido colonizada pela raça humana, a ponto de as origens da espécie terem se perdido no tempo. Outros escritores, como Robert Heinlein e Olaf Stapledon, já haviam se aventurado na especulação sobre o futuro da raça humana. O que, então, *Fundação* possui de tão especial?

Um dos pontos notáveis é o fato de ter sido inspirada pelo clássico *Declínio e Queda do Império Romano*, do historiador inglês Edward Gibbon. Não é, portanto, uma história de glória e exaltação. Mas, sim, a epopeia de uma civilização que havia posto tudo a perder. E também a história de um visionário que havia previsto não apenas a inevitável decadência de um magnífico Império Galáctico, mas também o caminho menos traumático para que, após apenas um milênio, este pudesse renascer em todo o seu esplendor.

O autor fez questão de utilizar doutrinas polêmicas para basear seu futuro militarista, como o Destino Manifesto americano (a crença de que o expansionismo dos Estados Unidos é divino, já que os norte-americanos seriam o povo escolhido por Deus) e o nazismo alemão (que professava ser a democracia uma força desestabilizadora da sociedade por distribuir o poder entre minorias étnicas, em prejuízo de um governo centralizador exercido por pessoas intelectualmente mais capacitadas). *Fundação* se revela, pois, um texto que ultrapassa, e muito, aquela camada superficial de leitura. De fato, a cada página percorrida, o leitor notará os paralelos entre as aventuras dos personagens da trilogia e diversas passagens históricas. E mais: a percepção dos arquétipos psicológicos de cada personagem nos leva a apreciar, em todas as suas nuances, a maravilhosa diversidade intelectual de nossa espécie.

Além da *Trilogia da Fundação*, Asimov acabou atendendo a pedidos de fãs e de seus editores para retomar a história de Terminus: quase trinta anos depois do lançamento de *Segunda Fundação*, escreveu as continuações *Limites da Fundação* e *Fundação e Terra*. Em seguida, publicou *Prelúdio à Fundação* e *Origens da Fundação*, que narram os eventos que antecedem o livro *Fundação*.

Na mesma época em que começava a expandir sua trilogia original, Isaac Asimov também decidiu integrar seus diversos livros e universos futuristas, para que todas as histórias transcorressem em uma continuidade temporal. Ou seja, clássicos como *O Homem Bicentenário* e *Eu, Robô* se passam no mesmo passado da saga de *Fundação*. Para isso, ele modificou diversos detalhes em suas histórias, corrigindo datas e atitudes de personagens, e reordenando fatos. Esse processo, conhecido tradicionalmente como *retcon*, foi aplicado a quase todos os seus livros. A *Trilogia da Fundação* era peça-chave nesse quebra-cabeça, e foi modificada em pontos fundamentais como, por exemplo, ajustes na cronologia. E é essa a versão editada pela Aleph desde 2009. A editora também publicou, pela primeira vez no Brasil, a trilogia em três volumes separados, de modo que o leitor pudesse apreciar a obra como concebida por seu criador.

Nas próximas páginas, o início de todas as aventuras se descortina, revelando como uma pessoa seria capaz de alterar o curso da história de toda uma galáxia.

Tenha uma boa jornada.

Os editores

NOTA DO AUTOR

Quando escrevi *Fundação*, publicado pela primeira vez na edição de maio de 1942 da revista *Astounding Science Fiction*, não imaginava que havia dado início a uma série de histórias que se estenderia por seis livros e um total de seiscentas e cinquenta mil palavras (até agora). Tampouco imaginava que ela seria unificada com meus vários contos e romances envolvendo robôs e também com meus romances sobre o Império Galáctico, o que resultou em catorze livros e um total de, aproximadamente, 1.450.000 palavras (até agora).

Se você analisar as datas de publicação desses livros, perceberá que houve um hiato de vinte e cinco anos, entre 1957 e 1982, no qual não acrescentei nada à série. Não que eu tenha parado de escrever – pelo contrário. Escrevi continuamente ao longo desse quarto de século, mas escrevi outras coisas. A retomada da série, em 1982, não foi ideia minha, e sim o resultado de uma soma de pressões de leitores e de editores que acabou por se tornar grande demais.

De qualquer maneira, a complexidade cresceu o suficiente para que eu acreditasse que os leitores apreciariam algo como um guia para a série, já que ela não foi escrita na sequência em que (porventura) deve ser lida.

Os catorze livros trazem uma espécie de história do futuro que talvez não seja totalmente consistente, já que, inicialmente, não havia planejado consistência. A ordem cronológica dos livros, em termos de história do futuro (não em termos de data de publicação), é a seguinte:

1. *Nós, Robôs* (1982). Trata-se de uma coletânea com 31 contos de robôs publicados entre 1940 e 1976, inclusive todas as histórias da minha primeira coletânea, *Eu, Robô* (1950). Escrevi apenas um conto sobre robôs desde o lançamento dessa coletânea. Chama-se "Robot Dreams" e não foi incluído em nenhuma publicação da Doubleday até agora.
2. *As Cavernas de Aço* (1954). Meu primeiro livro sobre robôs.
3. *O Sol Desvelado* (1957). Segundo livro sobre robôs.
4. *Os Robôs da Alvorada* (1983). Terceiro livro sobre robôs.
5. *Robôs e Império* (1985). Quarto livro sobre robôs.
6. *As Correntes do Espaço* (1952). Primeiro livro da série sobre o Império.
7. *Poeira de Estrelas* (1951). Segundo livro sobre o Império.
8. *Pedra no Céu* (1950). Terceiro livro sobre o Império.
9. *Prelúdio à Fundação* (1988). Primeiro livro sobre a Fundação.
10. *Fundação* (1951). Segundo livro sobre a Fundação. Na verdade, trata-se de uma coletânea de quatro histórias originalmente publicadas entre 1942 e 1944, além de um trecho introdutório para o livro de 1949.
11. *Fundação e Império* (1952). Terceiro livro sobre a Fundação, composto por duas histórias, originalmente publicadas em 1945.
12. *Segunda Fundação* (1953). Quarto livro sobre a Fundação, composto por duas histórias, originalmente publicadas em 1948 e 1949.
13. *Limites da Fundação* (1982). Quinto livro sobre a Fundação.
14. *Fundação e Terra* (1983). Sexto livro sobre a Fundação.

Pretendo acrescentar outros livros à série? Talvez. Há espaço para um livro entre *Robôs e Império* (5) e *As Correntes do Espaço* (6), e entre *Prelúdio à Fundação* (9) e *Fundação* (10). E entre outros também, claro. Além disso, posso dar continuidade a *Fundação e Terra* (14) com mais livros – quantos eu quiser.

Naturalmente, haverá um fim, pois não espero viver para sempre, mas tenho intenção de ficar por aqui pelo máximo de tempo possível.*

---

* Poucas semanas antes de falecer, em abril de 1992, Isaac Asimov concluiu o manuscrito de *Origens da Fundação* (1993), seu último livro, que se passa após os eventos de *Prelúdio à Fundação* e antes de *Fundação*. Entre o lançamento de *Prelúdio à Fundação* e sua morte, Asimov também escreveu outros contos de robôs, publicados em diversas coletâneas. [N. de T.]

MATEMÁTICO

Cleon I...

Ultimo Imperador Galáctico da dinastia Entun. Nasceu no ano 11988 da Era Galáctica, o mesmo ano em que Hari Seldon nasceu. (Acredita-se que a data de nascimento de Hari Seldon, considerada duvidosa por alguns, possa ter sido ajustada para equivaler à de Cleon, que Seldon supostamente teria conhecido logo após sua chegada a Trantor.)

Cleon herdou o trono imperial em 12010, aos vinte e dois anos de idade, e seu governo representou um curioso intervalo de quietude naquela época de turbulências. Tal fato pode ser atribuído, certamente, à competência de seu chefe de gabinete, Eto Demerzel, cuja habilidade em esconder-se do olhar público tornou difícil a descoberta de fatos sobre ele.

O próprio Cleon...

ENCICLOPÉDIA GALÁCTICA*

---

* Todas as citações da *Enciclopédia Galáctica* aqui reproduzidas foram retiradas da 116ª edição, publicada em 1020 E.F. pela Companhia Editora Enciclopédia Galáctica Ltda., Terminus, com permissão dos editores.

1

– Demerzel – disse Cleon, suprimindo um discreto bocejo –, por acaso você já ouviu falar em um homem chamado Hari Seldon?

Cleon era o Imperador havia pouco mais de dez anos e houve momentos, quando ele usava as vestimentas e as insígnias reais em eventos oficiais, em que conseguia parecer majestoso. Era o caso, por exemplo, do holograma de sua imagem, em um nicho na parede atrás dele. Havia sido posicionado para que fosse claramente mais imponente do que os hologramas de diversos antecessores nos outros nichos.

O holograma não era totalmente honesto, pois, apesar de os cabelos de Cleon serem castanho-claros tanto no holograma como na vida real, eram um pouco mais densos no holograma. Havia certa assimetria em seu rosto real, pois o lado esquerdo de seu lábio superior era um pouco mais elevado do que o direito, e tal detalhe, por algum motivo, não era visível no holograma. Além disso, se ele ficasse em pé e se posicionasse ao lado do holograma, ficaria evidente que era dois centímetros mais baixo do que o 1,83 metro mostrado pela imagem, e talvez um pouco mais corpulento.

Evidentemente, o holograma era o retrato oficial da coroação, e ele era mais jovem naquela época. Ainda parecia jovem, era muito bonito e, quando não estava sob a opressão implacável das cerimônias oficiais, pairava em seu rosto uma sutil benevolência.

– Hari Seldon? – respondeu Demerzel, com o tom de refinado respeito que adotava. – Não é um nome familiar para mim, Majestade. Eu deveria saber quem é?

– O ministro da Ciência o mencionou para mim, ontem à noite. Achei que você saberia.

– Majestade – Demerzel franziu o cenho levemente, mas em uma expressão muito sutil, pois era inadmissível franzir o cenho na presença do Imperador –, o ministro da Ciência deveria ter mencionado esse homem para *mim*, pois sou o chefe de gabinete. Se Vossa Majestade for assolado por todos que...

Cleon ergueu a mão e Demerzel parou de falar imediatamente.

– Por favor, Demerzel, ninguém consegue manter a formalidade o tempo todo. Quando cruzei com o ministro na solenidade de ontem à noite e trocamos algumas palavras, ele se entusiasmou. Não pude deixar de escutá-lo, e estou contente por tê-lo feito, pois foi interessante.

– De que maneira foi interessante, Majestade?

– Não estamos mais nos dias do passado, quando a ciência e a matemática estavam em alta. De alguma forma, esse tipo de coisa parece ter perdido a força, talvez porque todas as descobertas já foram feitas. Você não acha? Entretanto, coisas interessantes ainda podem acontecer, aparentemente. Pelo menos foi o que me disseram.

– O ministro da Ciência disse isso, Majestade?

– Sim. Ele disse que esse tal de Hari Seldon apresentou-se em uma convenção de matemáticos realizada aqui em Trantor (eles fazem isso a cada dez anos, por algum motivo), e afirmou ter encontrado a prova de que é possível prever o futuro matematicamente.

– Algum deles está equivocado – Demerzel permitiu-se um pequeno sorriso. – Ou é o ministro da Ciência, um homem de pouca perspicácia, ou é o matemático. A questão de prever o futuro é, certamente, um sonho infantil de magia.

– Será mesmo, Demerzel? As pessoas tendem a acreditar nesse tipo de coisa.

– As pessoas acreditam em muitas coisas, Majestade.

– Mas elas acreditam *nesse* tipo de coisa. Logo, não importa se a previsão do futuro é verdadeira ou não. Se um matemático previsse um longo e afortunado reinado para mim, uma época de paz e prosperidade para o Império... isso não seria bom?

– Seria um deleite para os ouvidos, com certeza, mas, Vossa Majestade, a que isso levaria?

– Se as pessoas acreditassem nisso, elas certamente agiriam com base nessa crença. Muitas profecias são transformadas em fatos simplesmente pela força da crença que existe por trás delas. São as profecias autorrealizáveis. Aliás, agora que penso no assunto, foi você quem, certa vez, me explicou esse conceito.

– Creio que sim, Majestade – respondeu Demerzel, observando o Imperador cautelosamente, como que para ver até onde ele iria por conta própria. – Ainda assim, se for mesmo o caso, qualquer pessoa poderia ser levada a fazer uma profecia.

– Nem todas as pessoas teriam a mesma credibilidade, Demerzel. Entretanto, um matemático, que pudesse sustentar sua profecia com fórmulas e terminologia da sua área, não seria compreendido por ninguém, mas todos acreditariam nele.

– Como de costume, Majestade – disse Demerzel –, Vossa Majestade demonstra bom senso. Vivemos em uma época atribulada, e seria recompensador acalmá-los de uma maneira que não requer dinheiro nem força militar... que, na história recente, acrescentou pouco e causou muito mal.

– Exatamente, Demerzel – respondeu o Imperador, entusiasmado. – Traga esse tal de Hari Seldon. Você diz que tem conexões em todos os cantos deste mundo turbulento, até mesmo onde minhas forças não ousam interferir. Acesse uma dessas conexões e traga esse matemático. Deixe-me ver quem é.

– Assim o farei, Majestade – aquiesceu Demerzel, que já tinha localizado Seldon e que fez uma anotação mental para parabenizar o Ministro da Ciência por um trabalho bem-feito.

2

Hari Seldon não passava uma impressão de imponência naquela época. Assim como o Imperador Cleon I, tinha trinta e dois anos, mas media apenas 1,73 metro. Seu rosto era suave e alegre; seus cabelos eram castanho-escuros, quase pretos, e suas roupas tinham um inconfundível toque provinciano.

Para qualquer pessoa de tempos futuros, que conheceria Hari Seldon unicamente como um semideus lendário, pareceria quase um sacrilégio o fato de ele não ter cabelos brancos, de não ter um rosto idoso e marcado por rugas, com um sorriso plácido que irradiava sabedoria; de não estar sentado em uma cadeira de rodas. Entretanto, até mesmo em idade avançada seus olhos continuariam alegres. Esse detalhe, pelo menos, permaneceria.

E seus olhos estavam particularmente alegres naquele momento, pois ele tinha apresentado seu seminário na Convenção Decenal. Havia, inclusive, despertado algum interesse, mesmo que vago, e o velho Osterfith lhe oferecera um aceno positivo com a cabeça, dizendo: "Engenhoso, meu jovem, deveras engenhoso" – o que, vindo de Osterfith, era estimulante. Deveras estimulante.

Porém, agora surgira uma nova – e um tanto inesperada – situação, e Seldon não tinha certeza se aquilo deveria acentuar seu bom humor e intensificar sua satisfação ou justamente o contrário.

Ele observou o jovem de estatura avantajada e uniforme com o emblema Espaçonave-e-Sol posicionado cuidadosamente no lado esquerdo de sua túnica.

– Tenente Alban Wellis – apresentou-se o oficial da Guarda Imperial, antes de guardar sua identificação. – O senhor pode me acompanhar agora?

Wellis estava armado, evidentemente. Havia outros dois guardas à espera do lado de fora do quarto. Por causa da cuidadosa formalidade de todos, Seldon sabia que não tinha escolha, mas não havia motivo para não tentar obter mais informações.

– Para ver o Imperador? – perguntou.

– Para ser levado ao palácio, senhor. É a única informação que me foi dada.

– Mas por quê?

– Não me explicaram o motivo, senhor. Tenho ordens estritas para que o senhor me acompanhe, de um jeito ou de outro.

– Mas parece que estou sendo levado sob custódia. Não fiz nada para provocar isso.

– Digamos, então, que o senhor recebeu uma escolta de honra, desde que não desperdice mais o meu tempo.

Seldon não desperdiçou mais tempo. Contraiu os lábios, como se quisesse bloquear outras perguntas, concordou com a cabeça e acompanhou-os. Mesmo que fosse apresentado ao Imperador e recebesse um endosso imperial, não gostava da ideia. Era a favor do Império – ou melhor, a favor da união e da paz entre os mundos da humanidade –, mas não era a favor do Imperador.

O tenente caminhou à frente, os outros dois vieram atrás. Seldon sorriu àqueles por quem passou, e conseguiu manter um ar despreocupado. Fora do hotel, entraram em um carro terrestre oficial. (Seldon acariciou o estofado; nunca tinha estado em um veículo tão luxuoso.)

Estavam em uma das áreas mais ricas de Trantor. Ali, o domo era alto o suficiente para garantir uma sensação de espaço aberto, e era de se jurar – até mesmo para alguém como Seldon, que nascera e fora criado em um mundo aberto – que estavam sob a luz do sol. Não se via nenhum sol e nenhuma sombra, mas o ar era leve e tinha um aroma agradável.

E então passou, e o domo curvou-se para baixo e as paredes se estreitaram. Em pouco tempo, estavam seguindo por um túnel fechado, decorado a intervalos pelo emblema Espaçonave-e-Sol e, portanto (imaginou Seldon), claramente reservado para veículos oficiais.

Uma porta se abriu e o carro terrestre continuou. Quando a porta se fechou atrás deles, estavam ao ar livre – ar genuinamente livre. O único trecho de superfície ao ar livre em Trantor tinha duzentos e cinquenta quilômetros quadrados, e nele ficava o Palácio Imperial. Seldon teria apreciado a oportunidade de explorar aquele espaço aberto, não por causa do palácio, mas sim porque ali também ficava a Universidade Galáctica e, o que era mais intrigante, a Biblioteca Galáctica.

Mas, ao sair do mundo coberto de Trantor e entrar em espaço aberto, com florestas e campos, adentrara um mundo em que nuvens encobriam o céu e um vento gelado sacudia sua camisa. Pressionou o botão para fechar a janela do carro terrestre.

Do lado de fora, o dia era desolador.

3

Seldon não tinha a menor convicção de que seria levado até o Imperador. No máximo, conheceria algum oficial do quarto ou quinto escalão, que diria ser seu representante.

Quantas pessoas chegavam a ver o Imperador? Em pessoa, e não por holovisualização? Quantas pessoas viam-no de verdade, tangível, permanecendo sempre nos limites do palácio que ele, Seldon, adentrava naquele instante?

O número era microscopicamente pequeno. Eram vinte e cinco milhões de planetas habitados, cada qual com uma população de mais de um bilhão de seres humanos, ou mais. Dentre esses quatrilhões de seres humanos, quantos haviam contemplado, ou iriam contemplar, o Imperador vigente? Mil?

E alguém se importava? Era um símbolo do Império, como o emblema Espaçonave-e-Sol, mas muito menos abrangente, muito menos palpável. Eram seus soldados e seus oficiais, espalhados por todos os cantos, que agora representavam um Império que se tornara um peso morto na vida de seus súditos. Não Cleon I.

Quando Seldon foi conduzido até uma sala de tamanho médio e decoração exuberante e encontrou um homem de aspecto jovem sentado na beirada de uma mesa, em uma alcova com janela, com um pé no chão e outro balançando no ar, descobriu-se questionando se um oficial deveria observá-lo com aquele suave ar de benevolência. Ele já havia testemunhado inúmeras vezes que oficiais do governo – especialmente os do Serviço Imperial – eram taciturnos o tempo inteiro, como se carregassem o peso de toda a Galáxia nos ombros. E parecia que, quanto menor fosse a importância do oficial, mais taciturna e ameaçadora era sua expressão.

Este, portanto, deveria ser um oficial de escalão tão alto, com o sol do poder brilhando com tanta intensidade sobre ele, que não sentia a necessidade de combatê-lo com nuvens de mau humor.

Seldon não sabia o quão impressionado deveria estar, mas acreditou que seria melhor permanecer em silêncio e deixar que o outro falasse primeiro.

– Você deve ser Hari Seldon – observou o oficial. – O matemático.

– Sim, senhor – respondeu Seldon concisamente, e esperou.

O jovem acenou com um movimento de braço.

– Deveria ser "Majestade", mas detesto cerimônia – respondeu. – É o que ouço o dia inteiro e estou cansado disso. Estamos sozinhos, portanto cederei ao luxo de ignorar as solenidades. Sente-se, professor.

Enquanto ele falava, Seldon percebeu que estava diante do Imperador Cleon, Primeiro desse Nome, e perdeu completamente o ar. Havia uma discreta semelhança (agora que prestou atenção) com o holograma oficial que aparecia constantemente no noticiário, mas, em tal imagem, Cleon estava sempre vestido de maneira imponente e parecia mais alto, mais nobre e impassível.

E ali estava ele, a versão original do holograma – e, de alguma maneira, não parecia tão especial. Seldon ficou imóvel.

O Imperador franziu as sobrancelhas sutilmente.

– Eu disse "sente-se", homem – ordenou, com a autoridade que lhe parecia habitual, mesmo na tentativa, pelo menos temporária, de aboli-la. – Naquela cadeira. Agora.

Seldon sentou-se, incapaz de dizer qualquer coisa, nem mesmo "Sim, Majestade".

– Ótimo – prosseguiu Cleon, sorrindo. – Agora, podemos conversar como membros da mesma espécie, o que, afinal de contas, é o que somos quando a cerimônia é deixada de lado. Não acha, meu caro?

– Se Vossa Majestade assim o diz – respondeu Seldon, cautelosamente –, assim é.

– Ora, por que está tão defensivo? Quero conversar de igual para igual. Será um prazer para mim. Faça o mesmo.

– Sim, Majestade.

– Basta um "sim", homem. Não há como nos aproximarmos?

Cleon observou Seldon atentamente, e Seldon viu em seus olhos um interesse genuíno e vívido.

– Você não *parece* um matemático – acusou, enfim, o Imperador.

Seldon pôde, finalmente, permitir-se um sorriso.

– Não sei qual aparência deveria ter um matemático, Vossa Majes...

Cleon ergueu uma mão e Seldon suprimiu o honorífico com um engasgo.

– Cabelos brancos, imagino – respondeu Cleon. – Talvez uma barba. Idoso, certamente.

– Até mesmo os matemáticos precisam começar jovens.

– Mas, a esta altura, não têm reputação. Quando conseguem se intrometer no foco de atenção da Galáxia, são como descrevi.

– De fato, não tenho nenhuma reputação.

– Ainda assim, apresentou-se na convenção realizada aqui, em Trantor.

– Muitos de nós se apresentaram. Alguns eram mais jovens do que eu. Poucos receberam um mínimo de atenção.

– Aparentemente, sua apresentação atraiu o interesse de alguns dos meus oficiais. Fui levado a crer que você acredita na possibilidade de se prever o futuro.

Seldon sentiu um súbito cansaço. Ao que tudo indicava, tal interpretação equivocada de sua teoria aconteceria o tempo todo. Talvez não devesse ter apresentado seu seminário.

– Não exatamente – argumentou. – O que fiz é muito mais limitado do que isso. Em muitos sistemas, a situação configura-se de uma maneira que, sob determinadas condições, eventos caóticos acontecem. Isso quer dizer que, dependendo do ponto de partida, é impossível prever consequências. É algo verdadeiro até mesmo em sistemas bastante simples, e, quanto maior a complexidade de um sistema, maiores são as chances de que ele se torne caótico.

Partimos sempre do pressuposto de que qualquer coisa tão complicada quanto a sociedade humana rapidamente se tornaria caótica e, desse modo, imprevisível. O que fiz foi demonstrar que, ao estudarmos a sociedade humana, é possível escolher um ponto de partida e fazer pressuposições apropriadas para suprimir o caos. Isso fará com que seja possível prever o futuro. Não de maneira detalhada, claro, mas sim em grandes pinceladas; sem precisão, mas com probabilidades calculáveis.

– Mas isso não significa que você demonstrou como prever o futuro? – perguntou o Imperador, que ouvia com atenção.

– Mais uma vez, não exatamente. Demonstrei que é teoricamente possível, nada além disso. Para ir além, precisaríamos determinar um ponto de partida correto, fazer pressuposições corretas e então encontrar maneiras de realizar os cálculos dentro de um tempo limitado. Em meus argumentos matemáticos, nada nos diz como fazer essas coisas. E, mesmo se conseguíssemos, chegaríamos, no máximo, a estimar probabilidades. Não é o mesmo que prever o futuro; é apenas um palpite sobre o que provavelmente acontecerá. Todos os políticos, todos os homens de negócio ou cada ser humano de qualquer profissão que obtiveram algum sucesso precisaram fazer esse tipo de estimativa para o futuro, e tiveram de fazê-lo com alguma margem de precisão, ou então não teriam sucesso.

– Eles o fazem sem matemática.

– É verdade. Eles o fazem por intuição.

– Com os cálculos adequados, qualquer pessoa poderia estimar probabilidades. Não seria necessário o raro ser humano que possui um extraordinário senso de intuição.

– Mais uma vez, é verdade, mas o que fiz foi simplesmente demonstrar que a análise matemática é possível; não demonstrei que é praticável.

– Como algo pode ser possível e, ainda assim, impraticável?

– Teoricamente, eu poderia visitar cada mundo da Galáxia e cumprimentar cada pessoa em cada um desses mundos. Porém, seriam necessários muito mais anos do que eu terei em vida e, mesmo que eu fosse imortal, a velocidade com que novos seres humanos nascem é maior do que a velocidade com que eu poderia conversar com os que já existem e, mais importante, humanos idosos morreriam em grande número antes que eu pudesse chegar até eles.

– E esse tipo de coisa aplica-se à sua matemática do futuro?

Seldon hesitou e, então, continuou:

– Os cálculos talvez levassem tempo demais para ser conclusivos, mesmo com um computador do tamanho do universo trabalhando em velocidade hiperespacial. Quando surgisse uma resposta, teriam se passado anos o suficiente para alterar o contexto de maneira radical, a ponto de tornar essa resposta irrelevante.

– Por que esse processo não pode ser simplificado? – perguntou Cleon, secamente.

– Vossa Majestade – Seldon percebeu que o Imperador estava ficando mais formal conforme as respostas o satisfaziam menos, e respondeu também com formalidade –, considere a maneira como cientistas lidaram com as partículas subatômicas. Existe um número enorme de partículas, cada qual se movimentando ou vibrando em padrões aleatórios e imprevisíveis. Mas esse caos tem uma ordem subjacente, e assim podemos estabelecer uma mecânica quântica que responde a todas as perguntas que sabemos formular. Ao estudarmos a sociedade, colocamos os seres humanos no lugar das partículas subatômicas, mas agora há o fator extra da mente humana. Partículas movem-se automaticamente, mas os seres humanos não. Levar em consideração as várias atitudes e impulsos da mente acrescenta imensa complexidade, a ponto de não haver tempo suficiente para calcular tudo.

– A mente pode ter uma ordem subjacente, assim como as reações automáticas.

– Talvez. Minha análise matemática implica uma ordem subjacente a tudo, por mais desordeiro que o sistema possa parecer, mas não oferece sugestões de como encontrar essa ordem subjacente. Considere vinte e cinco milhões de mundos, cada um com suas próprias características e cultura, cada um significativamente diferente de todos os outros, cada um com um bilhão de seres humanos ou mais, cada ser humano com uma mente individual, e todos os mundos interagindo de incontáveis maneiras e combinações! Por mais viável que seja a análise psico-histórica em tese, é pouco provável que seja realizável na prática.

– O que quer dizer com "psico-histórica"?

– "Psico-história" é o termo que uso para me referir à estimativa teórica das probabilidades que dizem respeito ao futuro.

O Imperador levantou-se subitamente, andou com passos largos até a outra extremidade da sala, virou-se, andou de volta e parou diante de Seldon, que estava sentado, imóvel.

– De pé! – ordenou.

Seldon levantou-se e olhou para o Imperador, que era ligeiramente mais alto. Esforçou-se para manter o olhar firme.

– Essa sua psico-história... – retomou Cleon, depois de um instante. – Se pudesse ser aplicada na prática, seria de grande utilidade, não seria?

– De uma utilidade enorme, obviamente. Saber o que o futuro reserva, mesmo de uma maneira generalizada e dependente de probabilidades, seria um novo e maravilhoso guia para nossas ações, algo que a humanidade nunca viu antes. Mas, evidentemente... – Seldon parou de falar.

– O quê? – perguntou Cleon, impacientemente.

– Eu diria que, com exceção de alguns tomadores de decisão, os resultados da análise psico-histórica precisariam ser ocultados do público.

– Ocultados? – surpreendeu-se Cleon.

– Claro. Permita-me explicar. Se uma análise psico-histórica for conduzida e os resultados forem divulgados para o público, as várias emoções e reações da humanidade seriam imediatamente alteradas. Essa análise psico-histórica, baseada em emoções e reações que ignoram o futuro, perderia seu significado. Compreende?

Os olhos do Imperador brilharam e ele riu ruidosamente.

– Magnífico! – exclamou.

Ele fechou rapidamente a mão sobre um dos ombros de Seldon, que cambaleou discretamente com o gesto.

– Não vê, homem? – perguntou Cleon. – Não entende? Aí está a sua utilidade. Você não precisa prever o futuro. Basta escolher um futuro... um futuro bom, um futuro útil... e fazer o tipo de previsão que influenciará as emoções e as reações humanas de forma intensa o suficiente para que o futuro previsto vire realidade. Melhor criar um bom futuro do que prever um futuro ruim.

– Entendo o que Vossa Majestade quer dizer – Seldon franziu o cenho –, mas isso também é impossível.

– Impossível?

– Pelo menos, impraticável. Não percebe? Se não podemos usar as emoções e as reações humanas como ponto de partida e prever o futuro que isso trará, tampouco podemos fazer o inverso. Não podemos começar com um futuro e prever as emoções e as reações humanas que o acompanhariam.

Cleon ficou frustrado. Seus lábios se contraíram.

– E o seu seminário? – perguntou. – É assim que você se refere a ele? Seminário? Qual é a utilidade dele?

– Era apenas uma demonstração matemática. Evidenciava um ponto de interesse para matemáticos. Não imaginei, em nenhum momento, que poderia ser útil de alguma maneira.

– Considero isso repulsivo – disse Cleon, irritado.

Seldon deu de ombros sutilmente. Mais do que nunca, sabia que não deveria ter apresentado seu seminário. O que aconteceria se Cleon decidisse que tinha sido intencionalmente iludido?

Cleon não parecia estar muito longe dessa conclusão.

– De qualquer maneira – prosseguiu o Imperador –, e se você fizesse algumas previsões do futuro? Justificadas matematicamente ou não. E se você fizesse certas previsões que oficiais do governo, cuja especialidade é saber o que o público provavelmente fará, considerem o tipo de previsão que trará reações úteis?

– Por que Vossa Majestade precisaria que eu fizesse isso? Os oficiais do governo poderiam fazer essas previsões por conta própria e poupar o intermediário.

– Os oficiais do governo não poderiam fazê-las com tanta eficácia. Na verdade, oficiais do governo fazem esse tipo de previsão ocasionalmente. Isso não significa que as pessoas acreditam nelas.

– E por que acreditariam em mim?

– Você é um matemático. Teria calculado o futuro, e não... não intuído o futuro, se é que existe essa palavra.

– Mas não seria verdade.

– E quem saberia disso? – Cleon observou Seldon com olhos semicerrados.

Houve um momento de silêncio. Seldon sentia-se em uma armadilha. Era seguro recusar uma ordem direta do Imperador? Se ele recusasse, talvez fosse preso ou executado. Não sem um julgamento, claro, mas é uma grande dificuldade fazer um juri ir contra os desejos de uma estrutura governamental opressiva, especialmente uma estrutura sob o comando do Imperador do vasto Império Galáctico.

– Não daria certo – respondeu Seldon, finalmente.

– Por que não?

– Se minhas ordens fossem fazer previsões vagas e genéricas, que aconteceriam somente muito tempo depois que essa geração estivesse morta, e talvez depois da próxima também, poderia dar certo, mas, por outro lado, o público não prestaria atenção. Não se importariam com uma eventualidade positiva que aconteceria dali a um ou dois séculos. Para obter resultados, eu precisaria prever questões de consequências mais pronunciadas, eventualidades mais imediatas. Somente elas provocariam uma reação pública. Porém, mais cedo ou mais tarde, e provavelmente mais cedo, uma dessas eventualidades não se concretizaria, e minha utilidade se encerraria de imediato. Com isso, sua popularidade também poderia desaparecer e, pior ainda, não haveria mais nenhum apoio para o desenvolvimento da psico-história. Não haveria nenhuma chance de que ela viesse a oferecer benefícios, caso avanços em estudos matemáticos ajudem-na a se aproximar do campo da prática.

Cleon desabou em uma cadeira e franziu as sobrancelhas para Seldon.

– É só isso que vocês, matemáticos, sabem fazer? – perguntou. – Insistir em impossibilidades?

– É o senhor, Vossa Majestade – arriscou Seldon, com desesperada brandura –, que insiste em impossibilidades.

– Permita-me testá-lo, homem. Suponha que eu lhe peça para usar sua matemática para me dizer se serei, algum dia, assassinado. O que me diria?

– Meu sistema de cálculos não ofereceria uma resposta para uma pergunta tão específica, mesmo que a psico-história fosse trabalhada da melhor forma possível. Mesmo com toda a mecânica quântica do universo, é impossível prever o comportamento de um único elétron. Apenas o comportamento médio de muitos deles pode ser previsto.

– Você conhece seu sistema de cálculos melhor do que eu. Dê seu palpite acadêmico. Eu serei assassinado?

– Vossa Majestade me coloca em uma situação difícil – murmurou Seldon, gentilmente. – Diga-me a resposta que deseja ou garanta-me o direito de oferecer a resposta que eu quiser, sem punição.

– Responda como bem entender.

– Palavra de honra?

– Você quer por escrito? – perguntou Cleon, em tom sarcástico.

– Sua palavra de honra será suficiente – respondeu Seldon, com pesar, pois não tinha certeza do que acabara de dizer.

– Você tem minha palavra de honra.

– Então posso lhe dizer que, nos últimos quatro séculos, quase metade dos imperadores foi assassinada, o que me leva à conclusão de que as chances de o senhor ser assassinado são de aproximadamente 50%.

– Qualquer tolo pode me dar essa resposta – disse Cleon, com desprezo. – Não é preciso ser um matemático.

– Pois eu expliquei várias vezes que os meus cálculos são inúteis para problemas práticos.

– Você não pode nem supor que eu tenha aprendido as lições oferecidas pelos meus infelizes predecessores?

Seldon respirou fundo e falou sem censura.

– Não, Majestade. A história mostra que não aprendemos com as lições do passado. Por exemplo, o senhor permitiu que eu viesse até aqui, em uma audiência privada. E se meu objetivo fosse assassiná-lo? O que não é o caso, Majestade – acrescentou Seldon, rapidamente.

– Meu caro – Cleon sorriu, sem humor –, você não leva em consideração o nosso cuidado, tampouco nossos avanços tecnológicos. Estudamos o seu histórico, todo o seu passado. Quando você chegou, foi escaneado. Suas expressões e seus padrões vocais foram analisados. Conhecíamos detalhadamente seu estado emocional; sabíamos praticamente o que estava pensando. Se tivesse surgido a menor dúvida sobre sua inocuidade, você não teria tido permissão para chegar perto de mim. Na verdade, não estaria nem vivo.

Uma onda de enjoo dominou Seldon, mas ele continuou:

– Pessoas de fora sempre encontraram dificuldade para se aproximar do Imperador, mesmo quando a tecnologia era menos avançada. Entretanto, quase todos os assassinatos foram um golpe interno. São aqueles mais próximos que representam o maior perigo. Contra esse perigo, a análise cuidadosa de visitantes é irrelevante. E, no que diz respeito a seus próprios oficiais, sua própria Guarda, o seu círculo íntimo, o senhor não pode tratá-los da mesma maneira que trata a mim.

– Também tenho consciência disso – concordou Cleon –, pelo menos tanto quanto você. A resposta é que trato aqueles próximos a mim com justiça e não ofereço nenhum motivo para ressentimento.

– Uma tolice... – começou Seldon, mas parou imediatamente, confuso.

– Continue – respondeu Cleon, irritado. – Dei-lhe permissão para falar abertamente. Qual é a tolice?

– A palavra escapou, Majestade. Eu ia dizer "irrelevância". A maneira como o senhor trata seu círculo mais íntimo é irrelevante.

O senhor precisa desconfiar; seria desumano não fazê-lo. Uma palavra impensada, como a que falei, um gesto descuidado, uma expressão duvidosa, e o senhor precisa distanciar-se um pouco, com olhos atentos. E qualquer toque de suspeita inicia um círculo vicioso. A pessoa perceberá e se ressentirá da suspeita, e mudará seu padrão de comportamento, por mais que tente evitar. O senhor perceberá esse fato e terá ainda mais suspeita e, no final, essa pessoa é executada ou o senhor é assassinado. É um processo que se provou inevitável para os imperadores dos últimos quatro séculos, e apenas um dos sintomas da crescente dificuldade de conduzir as questões do Império.

– Portanto, nada que eu faça evitará um assassinato.

– Não, Majestade – concordou Seldon. – Mas, por outro lado, o senhor pode ser afortunado.

Os dedos de Cleon batiam no braço de sua cadeira.

– Você, homem, é inútil – acusou, secamente –, assim como essa sua psico-história. Vá embora.

E, com essas palavras, o Imperador olhou em outra direção, subitamente parecendo muito mais velho do que os seus trinta e dois anos.

– Eu avisei que minha matemática seria inútil para o senhor, Majestade. Minhas sinceras desculpas.

Seldon tentou curvar-se respeitosamente, mas, depois de um sinal que ele não viu, dois guardas entraram e o levaram embora. A voz de Cleon soou atrás dele, vinda da câmara real:

– Levem este homem de volta ao lugar de onde foi tirado.

4

Eto Demerzel aproximou-se do Imperador com leve – e esperada – deferência.

– Majestade, o senhor quase perdeu a paciência.

Cleon olhou para ele e, com visível esforço, conseguiu sorrir.

– Como poderia ter sido diferente? O homem foi uma grande decepção.

– Mas ele não prometeu nada além do que ofereceu.

– Ele não ofereceu nada.

– E não prometeu nada, Majestade.

– Foi uma decepção.

– Mais do que uma decepção, talvez – ponderou Demerzel. – Aquele homem é um canhão solto no convés, Majestade.

– Um o *quê*, Demerzel? Você está sempre cheio de expressões bizarras. O que é um canhão?

– É apenas uma expressão que ouvi em minha juventude, Majestade – respondeu Demerzel, com seriedade. – O Império está cheio de expressões inusitadas. Algumas são desconhecidas em Trantor, assim como as de Trantor são, às vezes, desconhecidas em outros lugares.

– Veio instruir-me sobre a vastidão do Império? O que quis dizer ao afirmar que aquele homem é um canhão solto no convés?

– Apenas que ele pode causar muitos danos, não necessariamente com a intenção de fazê-lo. Ele não conhece a própria força. Ou a própria importância.

– Você concluiu isso, foi, Demerzel?

– Sim, Majestade. Ele é um provinciano. Não conhece Trantor e seus meandros. Nunca tinha estado em nosso planeta e não tem a capacidade de se comportar como um homem bem-nascido, como um membro da corte. Ainda assim, enfrentou Vossa Majestade.

– E por que não o faria? Dei-lhe permissão para falar. Ignorei a cerimônia. Tratei-o com igualdade.

– Não totalmente, Majestade. Tratar os outros com igualdade não é uma característica intrínseca de Vossa Majestade. O senhor tem o hábito da autoridade. E, mesmo que tente deixar uma pessoa à vontade, poucos conseguiriam fazê-lo. A maioria ficaria sem fala ou, pior, seria subserviente e bajuladora. Aquele homem enfrentou o senhor.

– Pois você talvez admire isso, Demerzel, mas eu não gostei dele – Cleon estava descontente e pensativo. – Reparou como ele não fez nenhum esforço para explicar seu sistema de cálculos? Era como se ele achasse que eu não entenderia uma palavra.

– E o senhor não entenderia mesmo... Vossa Majestade não é um matemático, nem um cientista, nem um artista. Existem muitas áreas do conhecimento sobre as quais outros conhecem mais do que o senhor. É obrigação dessas pessoas usar tais conhecimentos para servi-lo. Vossa Majestade é o Imperador, o que vale por todas essas especializações juntas.

– Será mesmo? Eu não me importaria em ser levado a me sentir ignorante por um velhote que acumulou conhecimentos durante muitos anos. Mas esse homem, esse Seldon, tem apenas a minha idade. Como pode saber tanto?

– Ele não precisou aprender o costume de comandar, a arte de tomar uma decisão que afeta a vida dos outros.

– Às vezes, Demerzel, tenho a sensação de que você está caçoando de mim.

– Majestade? – perguntou Demerzel, melindrado.

– Esqueça. Voltemos a esse seu canhão solto. Por que você o considera perigoso? Em minha opinião, ele parece um provinciano ingênuo.

– E é. Mas tem aquela teoria matemática.

– Ele diz que é inútil.

– Vossa Majestade acreditou que poderia ser útil. Depois que o senhor explicou para mim, também acreditei. Outros talvez pensem o mesmo. O próprio matemático pode chegar a essa conclusão, agora que sua mente se concentrou nisso. E, quem sabe, ele talvez descubra alguma maneira de torná-la útil. Ter a capacidade de prever o futuro, por mais vaga que seja a previsão, é algo que garante uma posição de imenso poder. Mesmo que ele não deseje esse poder para si mesmo, um tipo de autonegação que sempre me pareceu improvável, talvez seja usado por outros.

– Eu tentei usá-lo. Ele não aceitou.

– Ele não pensou direito. Talvez agora pense. E, se ele não teve interesse em ser usado por Vossa Majestade, será que não poderia ser persuadido por alguém como, digamos, o prefeito de Wye?

– Por que ele se disporia a ajudar Wye e não a nós?

– Como ele mesmo explicou, é difícil prever as emoções e os comportamentos de indivíduos.

Cleon ficou carrancudo, imerso em seus pensamentos.

– Você acredita mesmo que ele possa desenvolver aquela tal de psico-história a ponto de ela se tornar genuinamente útil? – perguntou. – Ele parece tão certo de que é impossível...

– Com o tempo, ele talvez decida que estava errado ao negar essa possibilidade.

– Então suponho que eu deveria tê-lo mantido aqui.

– Não, Majestade – disse Demerzel. – Sua reação de mandá-lo embora foi correta. Aprisionamento, por mais disfarçado que seja, causaria ressentimento e desespero, o que não ajudaria Seldon a aprofundar suas teorias ou, tampouco, o deixaria mais disposto a nos ajudar. Melhor deixá-lo ir, como o senhor fez, mas mantê-lo para sempre em uma coleira invisível. Dessa forma, podemos garantir que ele não seja usado por um inimigo de Vossa Majestade e podemos garantir que, quando chegar o momento certo e ele tiver desenvolvido plenamente sua ciência, puxaremos a coleira e o traremos até nós. E, então, poderemos ser mais... convincentes.

– Mas e se ele for *de fato* assimilado por um de meus inimigos, ou melhor, por um inimigo do Império, já que, afinal, eu *sou* o Império? E se ele decidir servir um inimigo por livre e espontânea vontade? Não considero essas coisas fora de questão.

– E não deveria, senhor. Farei de tudo para que essas coisas não aconteçam. Entretanto, caso meu esforço não seja suficiente, é melhor que ninguém possa tê-lo do que ele cair em mãos erradas.

Cleon ficou desconfortável.

– Deixarei essa questão em suas mãos, Demerzel, mas espero que não façamos nada precipitado. Afinal, ele pode não ser nada além de um defensor de uma ciência teórica que não funciona e que nunca funcionará.

– É bem possível, Majestade, mas seria mais seguro supor que aquele homem é, ou será, importante. Perderemos apenas um pouco de tempo, e nada mais, se descobrirmos que se trata de uma pessoa sem importância. Corremos o risco de perder toda uma Galáxia se acabarmos por ignorar alguém de grande importância.

– Pois bem – respondeu Cleon –, mas espero não precisar saber dos detalhes, se eles acabarem sendo desagradáveis.

– Vamos torcer para que não seja o caso – murmurou Demerzel.

5

Seldon teve uma tarde, uma noite e parte de uma manhã para se recuperar da audiência com o Imperador – ou, pelo menos, a iluminação nas passarelas, e nos corredores móveis, praças e parques do Setor Imperial de Trantor fez parecer que uma tarde, uma noite e parte de uma manhã tinham passado.

Agora ele estava em um pequeno parque, acomodado em um pequeno assento plástico que se moldava perfeitamente aos contornos do seu corpo, deixando-o confortável. A julgar pela luz, parecia ser o meio da manhã, e o ar estava frio o suficiente para parecer fresco, mas sem provocar o menor arrepio.

Será que era daquele jeito o tempo todo? Ele pensou no dia cinzento da área aberta quando tinha chegado para ver o Imperador. E pensou em todos os dias cinzentos, e frios, e quentes, e chuvosos e com neve em Helicon, seu planeta natal, e se perguntou se era possível sentir falta deles. Será que era possível sentar-se em um parque de Trantor, com clima ideal dia após dia – a ponto de parecer que você não estava cercado por nada – e acabar sentindo falta de ventanias assombrosas, frio intenso ou umidade sufocante?

Talvez. Mas não no primeiro dia, nem no segundo e nem no sétimo. Ele teria apenas mais aquele dia; iria embora no dia seguinte. Queria aproveitar enquanto podia. Afinal, talvez nunca voltasse a Trantor.

Ainda assim, continuava a se sentir desconfortável por ter falado de forma tão aberta com um homem que podia, quando bem entendesse, dar voz de prisão ou execução – ou, pelo menos, causar sua morte social e econômica, por meio de rebaixamento de posição e *status*.

Na noite anterior, Seldon pesquisara sobre Cleon I na enciclopédia do computador do seu quarto de hotel. O Imperador era descrito com louvores, como certamente tinha ocorrido com os imperadores anteriores na época de seus governos, independentemente de seus feitos. Seldon desprezou a descrição, mas interessou-se pelo fato de Cleon ter nascido no palácio e nunca ter saído dele. Nunca estivera em outros lugares, nem mesmo em qualquer parte dos múltiplos domos de Trantor. Talvez fosse uma questão de segurança, mas isso significava que Cleon I era um prisioneiro, estivesse disposto a admitir tal fato ou não. Podia ser a prisão mais luxuosa da Galáxia, mas, ainda assim, era uma prisão.

E, mesmo que o Imperador tivesse se mostrado aprazível, sem nenhum sinal de inclinações como as de muitos predecessores – autocratas sedentos de sangue –, não era vantajoso ter chamado sua atenção. Seldon gostava da noção de que ia embora para Helicon no dia seguinte, mesmo com o inverno (e um inverno deveras rigoroso) que o aguardava em casa.

Ele olhou para cima, para a luz difusa. Ali nunca chovia, mas a atmosfera estava longe de ser seca. Uma fonte esguichava água a certa distância; as plantas eram verdes e provavelmente nunca tinham experimentado estiagem. De vez em quando, os arbustos sacudiam, como se pequenos animais estivessem escondidos sob a folhagem. Ele ouvia o zumbido de abelhas.

Mesmo que Trantor fosse considerado, pela Galáxia, um mundo artificial de metal e cerâmica, o planeta parecia, naquela pequena área, genuinamente campestre.

Havia outras pessoas apreciando o parque, todas usando chapéus leves, alguns deles bem pequenos. Uma jovem e bela moça estava por perto, mas Seldon não conseguia ver seu rosto claramente, pois ela se debruçava sobre um visualizador. Um homem passou, olhou para ele por um instante, sem curiosidade, e então se sentou à sua frente. Em seguida, mergulhou em uma pilha de teleimpressões cruzando as pernas, em uma calça rosa apertada.

Estranhamente, as vestimentas masculinas seguiam uma tendência de tons pastel, enquanto as mulheres usavam mais branco. Em um ambiente tão limpo, fazia sentido usar cores claras. Seldon, achando graça, observou as próprias roupas heliconianas, de um onipresente e monótono marrom. Se fosse ficar em Trantor – o que não aconteceria –, precisaria comprar roupas mais adequadas, ou acabaria se tornando um alvo de curiosidade, escárnio ou repulsa. O homem com as teleimpressões, por exemplo, olhou para ele de novo, dessa vez com mais atenção, certamente intrigado com suas roupas alienígenas.

O homem não riu, o que deixou Seldon aliviado. Ele podia admitir ser objeto de sátira com serenidade, mas isso não significava que deveria gostar daquilo.

Discretamente, Seldon observou o homem, que parecia enfrentar um dilema. Em um instante, ele parecia disposto a iniciar uma conversa, mas mudava de ideia, e então mudava de novo. Seldon imaginou o que aconteceria em seguida.

Estudou o homem. Era alto, com ombros largos e nenhum sinal de barriga, cabelos escuros, mas com tons de loiro, barba feita, ar solene, uma aparência de força, mesmo sem músculos acentuados. Um rosto com um toque de aspereza – agradável, mas nada que pudesse ser considerado "bonito".

Quando o homem perdeu a discussão consigo mesmo (ou ganhou, talvez) e se inclinou em sua direção, Seldon tinha decidido que gostava dele.

– Com licença – disse o homem –, você estava na Convenção Decenal? De matemáticos?

– Sim, eu estava – respondeu Seldon, simpático.

– Ah, achei ter visto você por lá. Desculpe-me, foi esse momento de reconhecimento que me fez sentar aqui. Se eu estiver incomodando sua privacidade...

– De jeito nenhum. Estou apenas desfrutando de um momento ocioso.

– Vejamos o quão perto consigo chegar. Você é o professor *Seudon*?

– Seldon. Hari Seldon. Chegou bem perto. E você?

– Chetter Hummin – o homem parecia levemente constrangido. – Um nome nada sofisticado, infelizmente.

– Nunca conheci nenhum Chetter – disse Seldon – e nenhum Hummin. Eu diria que isso faz você ser um tanto único. Poderíamos dizer que é melhor do que ser confundido com os inúmeros Haris que existem por aí. E Seldons também.

Seldon moveu sua cadeira para se aproximar de Hummin, arrastando-a pelas lajotas ceramoides levemente emborrachadas.

– Por falar em falta de sofisticação – continuou –, e essas roupas estrangeiras que estou usando? Não me ocorreu que eu deveria ter arranjado roupas trantorianas.

– Você pode comprar algumas – sugeriu Hummin, observando Seldon com reprovação velada.

– Vou embora amanhã e, além disso, não teria dinheiro para tanto. Os matemáticos às vezes lidam com grandes números, mas não no que diz respeito a salário. Imagino que você também seja um matemático, Hummin.

– Não. Talento zero nessa área.

– Oh – decepcionou-se Seldon. – Mas você disse que me viu na Convenção.

– Fui como observador. Sou jornalista – ele mostrou suas teleimpressões, pareceu subitamente consciente de que as estava segurando e então as enfiou em um grande bolso em seu casaco. – Escrevo as pautas para holotransmissões jornalísticas. Na verdade – acrescentou, pensativo –, estou bem cansado disso.

– Deste trabalho?

Hummin concordou com a cabeça.

– Estou cansado de compilar todas as besteiras de todos os planetas – disse. – Detesto a espiral de decadência. Mas, às vezes – olhou especulativamente para Seldon –, surge alguma coisa interessante. Ouvi dizer que você foi visto na companhia de um Guarda Imperial, seguindo para o portão do palácio. Você, por acaso, teve uma audiência com o Imperador?

O sorriso sumiu do rosto de Seldon.

– Se tive – respondeu, cuidadosamente –, não seria um assunto sobre o qual eu poderia ceder uma entrevista para publicação.

– Não, não, Seldon, nada de publicação. Se você ainda não sabe, permita-me ser o primeiro a dizer-lhe. A regra número um do jornalismo é que *nada* é dito sobre o Imperador ou sobre sua comitiva, com exceção do que é divulgado oficialmente. É um equívoco, claro, pois boatos muito piores do que a verdade se multiplicam, mas é assim que funciona.

– Mas, se você não pode escrever sobre isso, por que pergunta?

– Curiosidade pessoal. Acredite em mim, na minha profissão, sei muito mais do que o que vai para o ar. Deixe-me adivinhar. Não acompanhei o seu seminário, mas me informei e sei que você falou sobre a possibilidade de prever o futuro.

– Foi um erro – murmurou Seldon, fazendo um gesto negativo com a cabeça.

– O que disse?

– Esqueça.

– Previsões (previsões confiáveis) despertariam o interesse do Imperador, ou de qualquer homem do governo, então suponho que Cleon, Primeiro desse Nome, quis saber sobre isso e pediu encarecidamente que você fizesse algumas previsões.

– Não pretendo discutir isso – respondeu Seldon, rígido.

Hummin deu de ombros discretamente.

– Imagino que Eto Demerzel estava com vocês – arriscou.

– Quem?

– Você nunca ouviu falar de Eto Demerzel?

– Nunca.

– O *alter ego* de Cleon, o cérebro de Cleon, o espírito maligno de Cleon. Ele já foi chamado de tudo isso... se ficarmos nos termos não vulgares. Ele deveria estar presente.

Seldon pareceu confuso.

– Você talvez não o tenha visto – explicou Hummin –, mas ele estava lá. E, se ele acha que você pode prever o futuro...

– Eu não posso prever o futuro – respondeu Seldon, negando vigorosamente com a cabeça. – Se você tivesse visto meu seminário, saberia que falei apenas de uma possibilidade teórica.

– Não faz diferença. Se ele *acha* que você pode prever o futuro, não o deixará livre.

– Pois deve ter deixado. Aqui estou eu.

– Isso não significa nada. Ele sabe onde você está, e sempre saberá. E, quando quiser você, irá buscá-lo, onde quer que seja. E se decidir que você é útil, arrancará a utilidade de você. E se decidir que você é perigoso, arrancará sua vida de você.

Seldon encarou Hummin.

– O que está tentando fazer? – perguntou. – Me assustar?

– Estou tentando avisá-lo.

– Não acredito no que você está dizendo.

– Não mesmo? Há pouco, você disse que alguma coisa foi um erro. Estava pensando que apresentar o seminário foi um erro e que isso o estava envolvendo no tipo de confusão que quer evitar?

Seldon mordeu seu lábio inferior, inquieto. Aquilo era uma dedução que se aproximava demais da verdade – e, naquele instante, Seldon percebeu a presença de intrusos.

Eles não projetavam sombras, pois a luz era suave e difusa. Foi apenas um movimento que passou pelo canto do olho de Seldon – e parou.

FUGA

——— Trantor...

A capital do Primeiro Império Galáctico... Sob o reinado de Cleon I, teve seu "brilho crepuscular". Aparentava estar em seu auge, na época. Sua superfície terrestre de duzentos milhões de quilômetros quadrados era totalmente coberta por domos (com exceção das imediações do Palácio Imperial) e havia uma infinita cidade subterrânea que se estendia sob as plataformas continentais. A população era de quarenta bilhões e, mesmo que os sinais de que problemas se acumulavam fossem abundantes (e claramente visíveis, em retrospecto), aqueles que viviam em Trantor ainda o consideravam o Mundo Eterno das lendas, e jamais esperariam o que iria...

ENCICLOPÉDIA GALÁCTICA

6

SELDON ERGUEU A CABEÇA. Um homem jovem estava à sua frente, observando-o com uma expressão de desprezo insolente. Perto dele estava outro, talvez um pouco mais jovem do que o primeiro. Ambos eram corpulentos e pareciam ser fortes.

Seldon concluiu que eles deveriam estar vestidos com o extremo da moda trantoriana – cores fortes e destoantes, cintos largos e com franjas, chapéus redondos com abas largas e decorados com fitas rosadas que desciam pela nuca.

Para os olhos de Seldon, aquelas roupas eram divertidas, e ele sorriu.

– Do que você está rindo, esquisitão? – vociferou o homem à sua frente.

Seldon ignorou a forma grosseira como ele falava e respondeu:

– Peço que perdoe meu sorriso. Eu estava apenas apreciando suas roupas.

– Minhas roupas? Mesmo? E o que *você* está usando? O que são esses trapos medonhos que você chama de roupas?

O homem estendeu a mão e usou um dedo para bater na lapela do casaco de Seldon – um casaco vergonhosamente pesado e insípido em comparação às cores leves dos outros, pensou o próprio Seldon.

– Receio que essas sejam minhas roupas de Estrangeiro – disse. – São tudo o que tenho.

Ele não pôde deixar de notar que as poucas pessoas sentadas pelo parque estavam se levantando e indo embora. Era como se esperassem algum tipo de confusão e não quisessem permanecer por perto. Seldon não sabia dizer se seu novo amigo, Hummin, também estava indo embora, mas achou imprudente tirar os olhos do rapaz que o confrontava. Ele se reclinou de leve na cadeira.

– Você veio de outro planeta? – perguntou o homem.

– Sim. Consequentemente, essas são minhas roupas.

– Consequentemente? Que tipo de palavra é essa? Palavra de outro planeta?

– O que quis dizer foi que esse é o motivo de minhas roupas parecerem peculiares para você. Sou um visitante aqui.

– De qual planeta?

– Helicon.

– Nunca ouvi falar – o homem franziu as sobrancelhas.

– Não é um planeta grande.

– Por que você não volta para lá?

– Pretendo voltar. Vou embora amanhã.

– Antes. Agora!

O homem olhou para seu parceiro. Seldon acompanhou o olhar e vislumbrou Hummin. *Ele* não tinha ido embora, mas agora, exceto por Seldon, Hummin e os dois homens, o parque estava vazio.

– Pensei em aproveitar o dia para fazer turismo – disse Seldon.

– Não. Você não vai fazer isso. Você vai para casa agora.

– Lamento – sorriu Seldon. – Não vou.

– Marbie – o homem disse para seu parceiro –, você gosta das roupas dele?

– Não – Marbie abriu a boca pela primeira vez. – São nojentas. Dão náuseas.

– Não podemos deixá-lo por aí dando náuseas, Marbie. Não é bom para a saúde das pessoas.

– Não, não mesmo, Alem – concordou Marbie.

– Puxa vida – sorriu Alem. – Você ouviu o que Marbie disse.

– Escutem, vocês dois – foi a vez de Hummin falar. – Alem, Marbie, quaisquer que sejam seus nomes. Vocês já se divertiram. Por que não vão embora?

Alem, que estivera ligeiramente inclinado sobre Seldon, ajeitou a postura e se virou.

– Quem é você? – perguntou.

– Não é da sua conta – retrucou Hummin.

– Você é trantoriano? – perguntou Alem.

– Também não é da sua conta.

– Você está com roupas trantorianas – Alem franziu o cenho. – Não damos a mínima para você. Então, não venha procurar problemas.

– Eu ficarei aqui. Isso significa que somos dois. Dois contra dois não parece ser o tipo de briga de que vocês gostam. Por que não vão buscar alguns amigos para que possam nos enfrentar?

– Hummin – murmurou Seldon –, acredito que seria melhor você ir embora enquanto pode. É gentil de sua parte tentar me proteger, mas não quero que saia machucado.

– Eles não são pessoas perigosas, Seldon. São apenas uns lacaios que não valem nada.

– Lacaios! – a palavra enfureceu Alem, e Seldon pensou que ela deveria ser mais ofensiva em Trantor do que era em Helicon. – É o seguinte, Marbie – rugiu o homem. – Você acaba com aquele filho de um lacaio e eu vou retalhar as roupas desse Seldon. É ele que queremos. Agora!

As mãos de Alem lançaram-se rapidamente sobre Seldon para segurar suas lapelas e levantá-lo. Ainda sentado, Seldon instintivamente se jogou para trás e sua cadeira se inclinou. Ele segurou as mãos esticadas de Alem, seus pés se ergueram e a cadeira caiu para trás.

De alguma maneira, Alem voou em um arco, virando-se no ar e caindo, com força, sobre seu pescoço e as costas, atrás de Seldon.

Seldon girou assim que sua cadeira caiu e ficou rapidamente em pé. Olhou para Alem e virou-se para procurar por Marbie.

Alem permaneceu imóvel no chão, seu rosto contorcido em agonia. Estava com os dois polegares machucados, uma dor lancinante na virilha e com a coluna severamente fragilizada.

O braço esquerdo de Hummin segurava a nuca de Marbie, e seu braço direito puxava o braço direito do outro para trás, em um ângulo cruel. O rosto de Marbie ficava cada vez mais vermelho conforme ele se esforçava para respirar, sem muito sucesso. Havia uma faca, com sua pequena lâmina de laser, caída no chão perto deles.

Hummin diminuiu um pouco a força de seu golpe e disse, com um ar de preocupação honesta:

– Você machucou seriamente aquele ali.

– Receio que sim – respondeu Seldon. – Se ele tivesse caído de um jeito ligeiramente diferente, poderia ter quebrado o pescoço.

– Que tipo de matemático é você? – perguntou Hummin.

– Um matemático heliconiano. – Ele se curvou para pegar a faca e, depois de examiná-la, observou: – Repulsiva e mortífera.

– Uma lâmina comum teria cumprido a função sem precisar de uma fonte de energia – comentou Hummin. – Mas vamos deixar esses dois irem. Duvido que queiram continuar.

Ele soltou Marbie, que esfregou o ombro e, em seguida, o pescoço. Ofegante, olhou para os dois homens com ódio.

– Melhor vocês dois saírem daqui – sugeriu Hummin, secamente. – Senão, prestaremos queixa por agressão e tentativa de homicídio. Essa faca pode certamente ser usada para rastreá-los.

Seldon e Hummin observaram Marbie ajudando Alem a se levantar e deixou que ele se apoiasse em seu ombro para que fossem embora, Alem ainda reclinado por causa da dor. Os dois olharam para trás uma ou duas vezes, mas Seldon e Hummin não esboçaram nenhuma reação.

Seldon estendeu a mão para cumprimentar Hummin.

– Como posso agradecê-lo por ajudar um estranho em uma briga contra dois agressores? – perguntou. – Duvido que eu teria conseguido lidar com eles por conta própria.

Hummin ergueu as mãos, em reprovação.

– Eu não tive medo daqueles dois – disse. – São apenas uns delinquentes de rua. Tudo o que precisei fazer foi colocar as mãos neles... e as suas também, claro.

– Seu golpe imobilizador é bem efetivo – comentou Seldon.

– O seu também – Hummin deu de ombros. – Vamos, melhor

irmos embora daqui – continuou, sem mudar o tom da voz. – Estamos perdendo tempo.

– Por que precisamos sair daqui? – perguntou Seldon. – Você receia que aqueles dois voltem?

– Eles não voltarão, de jeito nenhum. Mas algumas daquelas corajosas pessoas que rapidamente deixaram o parque, ansiosas para se pouparem de testemunhar uma situação desagradável, talvez tenham chamado a polícia.

– Sem problemas. Temos os nomes dos marginais. E podemos descrevê-los com bastante precisão.

– Descrevê-los? Por que a polícia se interessaria por eles?

– Eles cometeram agressão...

– Não seja tolo. Não temos nenhum arranhão. Eles saíram daqui praticamente precisando de internação, especialmente Alem. *Nós* seremos os acusados.

– Mas isso é impossível. Aquelas pessoas foram testemunhas de que...

– Ninguém será chamado para dar depoimento. Seldon, entenda uma coisa. Aqueles dois vieram atrás de você. Especificamente de *você*. Foram informados de que você estaria usando roupas heliconianas, e a descrição de sua aparência deve ter sido detalhada. Talvez tenham até visto um holograma. Tenho suspeitas de que eles foram enviados pelas pessoas que comandam a polícia. Então, não vamos perder mais tempo.

Hummin caminhou rapidamente, sua mão segurando o antebraço de Seldon. Seldon não conseguiu se desvencilhar e, sentindo-se como uma criança nas mãos de uma enfermeira decidida, acompanhou-o.

Eles entraram em uma galeria e, antes que os olhos de Seldon se acostumassem com a tênue iluminação, ouviram o som estridente de freios de carros terrestres.

– Eles já chegaram – murmurou Hummin. – Mais rápido, Seldon!

Eles saltaram para as vias locais e se misturaram à multidão.

7

Seldon tentara persuadir Hummin a levá-lo até o hotel onde estava hospedado, mas Hummin não cogitava tal possibilidade.

– Está louco? – perguntou, em voz baixa. – Eles estarão lá, esperando por você.

– Mas todos os meus pertences estão lá, também esperando por mim.

– E terão de esperar mais.

Estavam em um pequeno aposento num agradável condomínio que poderia ser em qualquer lugar, pelo que Seldon podia constatar. Observou o apartamento com um único cômodo. A maior parte do espaço era dominada por uma escrivaninha, uma cadeira e conexões para ligar um computador. Não havia nenhuma instalação para refeições ou para higiene pessoal – Hummin indicara um Privativo no final do corredor. Alguém entrou no banheiro antes de Seldon sair, lançou um breve e curioso olhar para suas roupas, e não para o próprio Seldon, e então desviou o olhar.

– Precisamos nos livrar das suas roupas – declarou Hummin, fazendo um gesto negativo com a cabeça, quando Seldon lhe contou o que tinha acontecido. – Pena que Helicon esteja tão fora de moda...

– Quanto disso tudo pode ser apenas a sua imaginação, Hummin? – interrompeu Seldon, sem paciência. – Você me convenceu parcialmente, mas isso pode ser apenas um tipo de... de...

– A palavra que você está procurando seria "paranoia"?

– Sim, sim, isso mesmo. Isso pode ser algum tipo de ideia paranoica sua.

– Pense por um momento, está bem? – respondeu Hummin. – Não posso dar uma explicação matemática, mas você esteve com o Imperador. Não tente negar. Ele queria algo de você e você não cedeu. Não tente negar isso também. Imagino que ele queira detalhes sobre o futuro, e você recusou. Talvez Demerzel acredite que você esteja apenas fingindo não saber os detalhes, que você espera por uma oferta mais alta ou que existam ofertas vindas de outras fontes. Quem poderia saber? Eu lhe disse que, se Demerzel quiser você, ele o encontrará, onde quer que você esteja. Eu lhe disse isso antes de aqueles dois estúpidos aparecerem. Sou jornalista *e* trantoriano. Sei como essas coisas funcionam. Em determinado momento, Alem disse "É ele que queremos". Lembra-se?

– Por acaso, lembro sim – disse Seldon.

– Para ele, eu era apenas o "filho de um lacaio" que deveria ser mantido a distância enquanto ele se ocupava com o objetivo verdadeiro: atacar você.

Hummin sentou-se na cadeira e apontou para a cama.

– Estique-se, Seldon – continuou. – Fique à vontade. Quem mandou aqueles dois (e deve ter sido Demerzel, em minha opinião) pode mandar outros. Portanto, precisamos nos livrar dessas suas roupas. Qualquer outro heliconiano neste setor que seja flagrado em trajes de sua terra natal terá problemas até conseguir provar que não é você.

– Oh, deixe disso.

– Estou falando sério. Você deve tirar essas roupas e devemos desintegrá-las, se conseguirmos nos aproximar de uma unidade desintegradora sem sermos vistos. E, antes de podermos fazer isso, precisarei buscar roupas trantorianas para você. Você é menor do que eu e levarei isso em consideração. Não fará muita diferença se o tamanho não for o...

– Não tenho créditos para pagar por elas – Seldon negou com a cabeça. – Não aqui. Os créditos que tenho, e não são muitos, estão no meu cofre no hotel.

– Pensaremos nessa questão em outro momento. Você precisará ficar aqui por uma ou duas horas, enquanto saio para procurar as roupas necessárias.

Seldon abriu as mãos em um gesto de resignação e suspirou.

– Certo – anuiu. – Se é assim tão importante, eu fico.

– Não tentará voltar para o hotel? Palavra de honra?

– Minha palavra de matemático. Mas estou realmente constrangido por todos os problemas que estou lhe causando. Sem falar nas despesas. Afinal, independentemente do que acha sobre Demerzel, aqueles dois não pareciam dispostos a me machucar ou a me levar embora. Tudo o que ameaçaram fazer foi acabar com as minhas roupas.

– Não foi apenas isso. Eles iam levá-lo até o espaçoporto e colocá-lo em uma hipernave para Helicon.

– Foi uma ameaça sem cabimento, não precisava ser levada a sério.

– Por que não?

– Eu vou para Helicon. Foi o que disse a eles. Vou amanhã.

– Ainda planeja ir amanhã? – perguntou Hummin.

– Certamente. Por que não?

– Existem razões gigantescas para não ir.

– Deixe disso, Hummin – Seldon sentiu uma raiva repentina. – Não posso mais participar desse jogo. Não tenho mais o que fazer aqui e quero ir para casa. Minhas passagens estão no quarto do hotel. Senão, eu tentaria trocá-las por uma viagem para hoje mesmo. Estou falando sério.

– Você não pode voltar para Helicon.

– Por que não? – Seldon enrubesceu, furioso. – Eles estão me esperando lá, também?

Hummin concordou com a cabeça.

– Não se exalte, Seldon – respondeu. – Eles estão esperando lá, *também*. Escute-me. Se você for para Helicon, é o mesmo que se entregar a Demerzel. Helicon é um território imperial sólido e seguro. Já houve rebelião em Helicon? Seu planeta alguma vez se posicionou atrás de um estandarte Anti-Imperador?

– Não, nunca, e por bons motivos. É cercado por planetas maiores. Depende da paz imperial para ficar em segurança.

– Exatamente! Assim sendo, as forças imperiais em Helicon podem contar com a cooperação irrestrita do governo local. Você estaria sob vigilância constante. Em qualquer momento que Demerzel quisesse, ele poderia capturá-lo. E se eu não estivesse avisando você neste momento, você não saberia disso e trabalharia abertamente, com uma sensação falsa de segurança.

– Isso é ridículo. Se ele me quisesse em Helicon, por que simplesmente não me deixou em paz? Eu iria para lá amanhã. Por que ele mandaria aqueles dois delinquentes para adiantar minha ida em apenas algumas horas e arriscar deixar-me na defensiva?

– Por que ele acharia que você ficaria na defensiva? Ele não sabia que eu estaria com você, envolvendo-o no que você chama de paranoia.

– Mesmo sem a questão da defensiva, por que toda a confusão para adiantar minha ida em algumas horas?

– Talvez porque ele receasse que você mudasse de ideia.

– E ir para onde, senão para casa? Se ele pode me capturar em Helicon, pode me capturar em qualquer lugar. Pode me capturar até em... em Anacreon, a uma boa dezena de parsecs de distância, se a ideia de ir para lá entrar na minha cabeça. Distância não significa nada para naves hiperespaciais. Mesmo que eu encontre um mundo que não seja tão subserviente às forças do Império quanto Helicon, qual mundo está em plena rebelião? O Império está em paz. Mesmo partindo do pressuposto de que ainda existam planetas ressentidos com injustiças do passado, nenhum deles desafiará as Forças Armadas do Império para me proteger. Além disso, em qualquer lugar que não seja Helicon, não serei cidadão local e não haverá nem a questão de princípio para me ajudar a manter o Império a distância.

Hummin ouviu pacientemente, concordando discretamente com a cabeça, mas com a expressão séria e imperturbável de sempre.

– Você está certo em seu raciocínio – disse –, mas existe um mundo que não está verdadeiramente sob o controle de Cleon I. Talvez seja isso que esteja perturbando Demerzel.

Seldon pensou por um momento, repassando a história recente. Descobriu-se incapaz de apontar um mundo em que as forças imperiais fossem impotentes.

– De qual mundo está falando? – perguntou, finalmente.

– Você está nele – respondeu Hummin –, e imagino que seja por isso que a questão é tão perigosa, do ponto de vista de Demerzel. Ele não está ansioso para que você volte para Helicon, e sim ansioso para que você saia de Trantor antes que lhe ocorra ficar por qualquer motivo, mesmo que seja turístico.

Os dois ficaram em silêncio por um momento.

– Trantor! – exclamou Seldon, sardonicamente. – A capital do Império, com o quartel-general da frota em uma estação espacial na sua órbita, com as melhores unidades do exército instaladas em quartéis na superfície. Se você acredita que *Trantor* é o planeta seguro, está indo da paranoia para o delírio completo.

– Não! Você é um Estrangeiro, Seldon. Não sabe como Trantor funciona. São quarenta bilhões de pessoas. Existem poucos mundos com até mesmo um décimo dessa população. Tem uma complexidade cultural e tecnológica inimaginável. Estamos agora no Setor Imperial, com o mais alto padrão de vida da Galáxia e habitado somente por funcionários do Império. Entretanto, existem mais de oitocentos setores no restante do planeta, alguns deles com subculturas totalmente diferentes da que temos aqui e quase todos intocáveis pelas forças imperiais.

– Por que intocáveis?

– O Império não pode exercer força contra Trantor. Caso exercesse, provavelmente abalaria uma ou outra faceta tecnológica da qual o planeta inteiro depende. A tecnologia é tão interconectada que arrebentar uma das ligações incapacitaria o todo. Acredite em mim, Seldon. Nós, em Trantor, observamos o que acontece quando um terremoto não é devidamente amortecido, uma erupção vulcânica que não é extravasada a tempo, uma tempestade que não é desarmada ou até um erro humano que passa despercebido. O planeta oscila, e nenhum esforço é poupado para se recuperar o equilíbrio imediatamente.

– Nunca ouvi falar nisso.

– Claro que não. – Um pequeno sorriso lampejou no rosto de Hummin. – Você quer que o Império divulgue a fraqueza que existe em seu núcleo? Mas sou um jornalista e sei o que se passa, mesmo quando os Outros Mundos não sabem, mesmo quando a maior parte de Trantor não sabe, mesmo quando a pressão imperial tem interesse em encobrir acontecimentos. Acredite em mim!

Mesmo que você não saiba, o Imperador sabe (e Eto Demerzel também sabe) que perturbar Trantor pode destruir o Império.

– Então você sugere que eu fique em Trantor por esse motivo?

– Sim. Posso levá-lo a um lugar em Trantor em que você ficará totalmente protegido de Demerzel. Não precisará mudar de nome, poderá trabalhar de maneira totalmente aberta, e ele não poderá tocá-lo. Foi por isso que ele queria forçá-lo a sair de Trantor imediatamente e, se não fosse pelo golpe do destino que nos aproximou e pela sua surpreendente capacidade de se defender, ele teria conseguido.

– Mas por quanto tempo precisarei ficar em Trantor?

– Pelo tempo que for necessário para sua segurança, Seldon. Talvez pelo resto de sua vida.

8

Hari Seldon olhou para a própria imagem holográfica exibida pelo projetor de Hummin, que era mais útil e mais dramático do que um espelho. Parecia haver dois Hari Seldons no cômodo.

Seldon analisou a manga de sua nova túnica. Seu perfil heliconiano preferiria cores menos vibrantes, mas ele estava grato pelo fato de Hummin ter escolhido cores relativamente mais suaves do que as costumeiras naquele mundo. (Seldon lembrou-se das roupas usadas pelos dois agressores e estremeceu.)

– E imagino que precisarei usar este chapéu – disse.

– No Setor Imperial, sim. Aqui, não usar nada na cabeça é sinal de baixa classe social. Em outras áreas, as regras são diferentes.

Seldon suspirou. O chapéu redondo era feito de um material macio e se moldou à sua cabeça quando ele o colocou. A aba tinha a mesma largura à volta toda e era mais estreita do que as usadas pelos agressores. Seldon se conformou com o chapéu ao perceber que, conforme o vestiu, a aba curvou-se com elegância.

– Não tem uma tira para passar por baixo do queixo?

– Claro que não. Tiras são alta moda para jovens escanifres.

– Para jovens o quê?

– Um escanifre é alguém que usa roupas e acessórios para chocar. Certamente existem pessoas assim em Helicon.

Seldon bufou.

– Existem alguns que usam os cabelos na altura dos ombros de um lado e raspam do outro – disse, rindo dessa lembrança.

– Imagino que deva ser extraordinariamente feio – Hummin torceu a boca de leve.

– Pior do que isso. Acontece que existem os destros e os canhotos, e cada um acha a outra versão altamente ofensiva. Os dois grupos costumam se enfrentar em brigas de rua.

– Então acho que você consegue aguentar o chapéu, especialmente sem a tira.

– Vou me acostumar – respondeu Seldon.

– Essas roupas chamarão alguma atenção – disse Hummin. – Para começar, são muito contidas, e parecerá que você está de luto. E o tamanho não é *exato*. Além disso, você as usará com desconforto evidente. Mas não ficaremos no Setor Imperial por muito mais tempo. Viu o suficiente? – perguntou, e o holograma tremeluziu e desapareceu.

– Quanto lhe custaram? – perguntou Seldon.

– Que diferença faz?

– Me incomoda ficar lhe devendo.

– Não se preocupe. A escolha foi minha. Vamos, já ficamos aqui tempo bastante. Estou certo de que minha descrição está sendo passada. Haverá uma busca por mim e eles virão para cá.

– Nesse caso – disse Seldon –, os créditos que gastou são uma questão irrisória. Você está se colocando em risco por minha causa. Em grande risco!

– Eu sei disso. Mas é minha livre escolha e posso cuidar de mim mesmo.

– Mas por que...

– Discutiremos os motivos mais tarde. Aliás, desintegrei suas roupas, e não creio ter sido visto. Houve um pico de energia, claro, e isso fica registrado. Alguém poderia deduzir o que aconteceu a partir disso. É difícil esconder *qualquer* ato quando os olhos e os cérebros inquisitivos são inteligentes o suficiente. Mas vamos torcer para estarmos a uma distância segura quando eles juntarem todas as peças.

9

Caminharam por passarelas com luzes suaves e amareladas. Hummin olhava de um lado para o outro, vigilante, e manteve os dois andando na mesma velocidade que a multidão, sem ultrapassar ninguém e sem serem ultrapassados.

Ele sustentava uma conversa amena, mas constante, sobre assuntos neutros. Seldon, nervoso e incapaz de adotar a mesma atitude, comentou:

– As pessoas parecem caminhar bastante por aqui. Há filas intermináveis nas duas direções e nos cruzamentos.

– Por que não haveria? – perguntou Hummin. – Caminhar ainda é a melhor maneira de transporte em curta distância. É mais conveniente, mais barato e mais saudável. Incontáveis anos de avanço tecnológico não mudaram esse fato. Você é acrofóbico, Seldon?

Seldon olhou por sobre o parapeito à sua direita, para um imenso vão que separava as duas alamedas, cada uma em direção oposta à outra nas passarelas espaçadas igualmente.

– Se está falando sobre ter medo de altura – Seldon deu de ombros –, não costumo. Ainda assim, olhar para baixo não é agradável. Qual é a profundidade?

– Acho que quarenta ou cinquenta níveis, neste ponto. Esse tipo de coisa é comum no Setor Imperial e em outras poucas regiões altamente desenvolvidas. Na maioria dos lugares, caminha-se no que pode ser considerado nível térreo.

– Imagino que isso deva encorajar tentativas de suicídio.

– Não com frequência. Existem métodos muito mais fáceis. Suicídio não é uma questão de vergonha social em Trantor. Qualquer pessoa pode pôr fim à própria vida com vários métodos reconhecidos, em centros que existem para esse propósito, desde que essa pessoa esteja disposta a fazer terapia antes. Existem eventuais acidentes, claro, mas não foi por isso que perguntei sobre acrofobia.

Estamos indo para um terminal de táxis em que eles sabem que sou jornalista. Já fiz alguns favores para eles, ocasionalmente, e, de vez em quando, eles fazem alguns favores para mim. Vão se esquecer de registrar minha visita e vão ignorar o fato de eu ter alguém comigo. Hei de oferecer uma recompensa, evidentemente, e, também evidentemente, se o pessoal de Demerzel pressioná-los o suficiente, eles precisarão contar a verdade e justificar como administração descuidada, mas isso pode levar um tempo considerável.

– E o que a acrofobia tem a ver com isso?

– Podemos chegar lá muito mais rapidamente se usarmos um elevador gravitacional. Poucas pessoas usam e devo dizer que eu mesmo não amo a ideia, mas, se você achar que consegue, será melhor para nós.

– O que é um elevador gravitacional?

– É experimental. Pode ser que, no futuro, essa tecnologia se espalhe por Trantor, se for psicologicamente aceitável, pelo menos para uma quantidade suficiente de pessoas. E talvez vá para outros mundos também. É como um poço de elevador sem um elevador, vamos dizer. As pessoas entram em um tubo vazio e descem (ou sobem) vagarosamente, sob a influência da antigravidade. Por enquanto, é a única aplicação possível para antigravidade, principalmente porque é a aplicação mais simples possível.

– O que acontece se a energia falhar enquanto estivermos em trânsito?

– Exatamente o que você está pensando. Cairíamos... e, a não ser que estivéssemos perto do chão, morreríamos. Não ouvi falar de nenhum acidente do tipo e, acredite, eu saberia. Talvez não possamos divulgar a notícia por razões de segurança (essa é a desculpa sempre usada para a censura de notícias ruins), mas eu saberia. É logo ali. Se você não conseguir, não usaremos o elevador, mas os corredores são lentos e tediosos, e algumas pessoas os consideram enjoativos depois de algum tempo.

Hummin mudou de direção em um cruzamento e eles chegaram a uma grande plataforma, em que uma fila de homens e mulheres estava à espera, alguns com crianças.

– Não ouvi nada sobre isso no meu planeta – disse Seldon, com voz baixa. – Nossa imprensa é terrivelmente local, claro, mas é de se imaginar que haveria algum tipo de menção à existência de uma coisa desse tipo.

– É puramente experimental – respondeu Hummin – e restrito ao Setor Imperial. Usa mais energia do que oferece benefícios, portanto o governo não está ansioso para difundir essa tecnologia por meio de notícias. O antigo Imperador, Stanel VI, que precedeu Cleon e surpreendeu a todos ao morrer em seu leito, insistiu que os elevadores gravitacionais fossem instalados em alguns lugares. Dizem que ele queria o próprio nome associado com a antigravidade porque estava preocupado com sua posição na história, como é frequente com velhotes que não realizaram grandes feitos. Como eu disse, a tecnologia pode se espalhar, mas, por outro lado, é possível que nada além do elevador gravitacional surja dessa tecnologia.

– O que eles querem que surja dessa tecnologia? – perguntou Seldon.

– O voo interespacial por antigravidade. Porém, isso requer muitos saltos tecnológicos e, até onde sei, os físicos estão convencidos de que está fora de questão. Por outro lado, a maioria acreditava que até mesmo os elevadores gravitacionais estavam fora de questão.

A fila diminuía rapidamente e Seldon se viu na beirada da plataforma, ao lado de Hummin, com um imenso vazio à sua frente. Ali, o ar tinha um leve brilho. Por reflexo, Seldon estendeu a mão e sentiu um leve choque. Não chegou a machucá-lo, mas ele retraiu a mão rapidamente. Hummin grunhiu.

– Uma precaução elementar para prevenir as pessoas de entrar no tubo antes de ativar os controles – explicou.

Hummin digitou alguns números no painel de controle e o brilho sumiu. Seldon olhou para o grande vazio abaixo deles.

– Você talvez ache melhor, ou mais fácil – continuou Hummin – se dermos os braços e você fechar os olhos. Não vai demorar mais do que alguns segundos.

Ele não deu escolha a Seldon. Segurou seu braço e, mais uma vez, era impossível desvencilhar-se. Hummin deu um passo no vazio e Seldon (que, para seu próprio constrangimento, ouviu-se emitir um guincho) foi puxado de maneira desajeitada.

Ele fechou os olhos com força e não experimentou nenhuma sensação de queda, nenhuma indicação de movimento de ar. Alguns segundos se passaram e ele foi puxado para a frente. Tropeçou discretamente, recuperou o equilíbrio e viu-se em chão sólido. Abriu os olhos.

– Conseguimos? – perguntou.

– Não estamos mortos – observou Hummin, secamente, e caminhou pela plataforma, forçando Seldon a acompanhá-lo.

– O que quis dizer foi... chegamos ao nível certo?

– Claro que sim.

– O que aconteceria se estivéssemos descendo e alguém estivesse subindo?

– Existem duas pistas separadas. Em uma delas, todos descem na mesma velocidade; na outra, todos sobem na mesma velocidade. O tubo só permite entrada quando não há ninguém a uma distância de dez metros. Não existe chance de colisão, se tudo funcionar bem.

– Eu não senti nada.

– Por que sentiria? Não houve aceleração. Depois do primeiro décimo de segundo, você estava em velocidade constante, e o ar à sua volta descia com você, na mesma velocidade.

– Incrível.

– De fato. Mas nada econômico. E não parece haver muito interesse em melhorar a eficiência desse procedimento e fazer com que ele valha a pena. Só se ouve a mesma coisa: "Não podemos fazer isso. Isso não pode ser feito". Isso se aplica a tudo – Hummin deu de ombros, evidenciando irritação, e continuou: – Já estamos no terminal de táxis. Vamos logo com isso.

10

Seldon tentou parecer insuspeito no terminal de táxis-aéreos, o que considerou difícil. Parecer ostensivamente insuspeito – esquivar-se, virar o rosto para todos que passavam, examinar um dos veículos com atenção exagerada – era certamente a melhor forma de chamar a atenção. O jeito adequado de se comportar era simplesmente assumir uma inocente normalidade.

Mas o que era normalidade? Ele se sentia desconfortável com aquelas roupas. Não havia bolsos e ele não tinha onde colocar as mãos. As duas bolsas de tecido penduradas nas laterais do seu cinto o distraíam ao roçá-lo conforme ele caminhava, o que o fazia achar constantemente que alguém o havia cutucado.

Tentou observar as mulheres que passavam. Elas não carregavam bolsas de pano (ou, pelo menos, nenhuma visível), mas levavam consigo objetos parecidos com caixinhas, que ocasionalmente prendiam em um dos lados do quadril usando um sistema que ele não conseguiu identificar. Provavelmente pseudomagnético, decidiu Seldon. As roupas não eram nada reveladoras, percebeu, lamentando, e não havia nenhum sinal de decote, mesmo que alguns vestidos parecessem criados para acentuar as nádegas.

Enquanto isso, Hummin agia de maneira bastante objetiva. Forneceu os créditos necessários e voltou com o cartão de cerâmica supercondutora que ativaria um táxi-aéreo específico.

– Entre, Seldon – disse Hummin, indicando um pequeno veículo de dois lugares.

– Você precisou assinar alguma coisa, Hummin? – perguntou Seldon.

– É claro que não. Aqui eles me conhecem e não adotam formalidades.

– O que eles acham que você está fazendo?

– Eles não perguntaram, e não contei nada voluntariamente – ele inseriu o cartão e Seldon sentiu uma leve vibração conforme o táxi-aéreo ganhou vida. – Seguiremos para D-7 – continuou Hummin.

Seldon não sabia o que era D-7, mas supôs que deveria ser alguma rota.

O táxi-aéreo ultrapassou e desviou de outros carros terrestres até que subiu por uma inclinação ascendente e ganhou velocidade. Em seguida, ergueu-se no ar com um leve solavanco.

Seldon, que havia sido automaticamente preso por um cinto em formato de rede, sentiu-se pressionado contra o assento e, depois, jogado contra o cinto.

– Isso não pareceu ser antigravidade – comentou.

– Não foi – disse Hummin. – O que você sentiu foi uma pequena reação à propulsão a jato, usada apenas para que alcancemos os túneis.

O que surgiu diante dos dois naquele momento parecia uma grande parede rochosa coberta por aberturas cavernosas distribuídas igualmente, como um tabuleiro de damas. Hummin manobrou na direção da entrada D-7, desviando de táxis-aéreos que seguiam para outros túneis.

– Deve ser fácil causar um acidente – observou Seldon, pigarreando.

– E eu provavelmente causaria, se dependesse apenas dos meus sentidos e reações, mas o táxi é computadorizado e o computador pode invalidar meus comandos sem nenhuma dificuldade. O mesmo vale para os outros táxis. Aqui vamos nós.

Eles adentraram o túnel D-7 como se tivessem sido sugados e a luz forte da ampla galeria de onde vieram suavizou-se, ganhando um tom mais acolhedor de amarelo.

Hummin soltou os controles e reclinou-se no assento. Respirou fundo e disse:

– Pelo menos essa etapa foi cumprida com sucesso. Poderíamos ter sido impedidos na estação. Aqui, estamos relativamente seguros.

O percurso era calmo e as paredes do túnel passavam por eles rapidamente. Não havia quase nenhum som conforme o táxi seguia viagem, apenas um constante zumbido aveludado.

– A que velocidade estamos? – perguntou Seldon.

Hummin passou os olhos pelos controles.

– Trezentos e cinquenta quilômetros por hora – respondeu.

– Propulsão magnética?

– Sim. Imagino que tenham essa tecnologia em Helicon.

– Sim. Apenas em uma rota. Nunca a usei, mas sempre quis experimentá-la. Não creio que seja nada como esta.

– Estou certo de que não é. Trantor tem muitos milhares de quilômetros desses túneis formando uma teia na subsuperfície terrestre e alguns milhares serpenteando sob as partes mais rasas do oceano. É o principal método de viagem a longas distâncias.

– Quanto tempo levaremos?

– Para chegar ao nosso destino atual? Um pouco mais de cinco horas.

– Cinco horas! – Seldon ficou consternado.

– Não fique ansioso. Passaremos por áreas de descanso a cada vinte minutos, mais ou menos, e poderemos parar, sair do túnel, esticar as pernas, comer e fazer necessidades. Mas gostaria de fazer isso o menor número de vezes possível, claro.

Continuaram em silêncio por algum tempo e então Seldon se assustou quando uma luz intensa brilhou à direita deles por alguns segundos. No clarão, ele pensou ter visto dois táxis-aéreos.

– Aquilo era uma área de descanso – informou Hummin, respondendo à dúvida não verbalizada.

– Estarei de fato seguro nesse lugar para onde você está me levando? – perguntou Seldon.

– Bastante seguro contra qualquer ação aberta por parte das forças imperiais – respondeu Hummin. – Porém, no que diz respeito aos agentes individuais (um espião, um agente, um assassino de aluguel), é preciso cuidado constante. Naturalmente, conseguirei um guarda-costas para você.

– Assassino de aluguel? – inquietou-se Seldon. – Está falando sério? Eles iriam mesmo querer me matar?

– Tenho certeza de que Demerzel não quer – disse Hummin. – Imagino que ele prefira usá-lo a matá-lo. Ainda assim, podem surgir outros inimigos, ou talvez aconteçam lamentáveis concatenações de eventos. Afinal, você não pode passar o resto da vida como um sonâmbulo.

Seldon fez um gesto negativo com a cabeça e desviou o olhar. E pensar que, apenas quarenta e oito horas atrás, ele não passava de um insignificante matemático de outro planeta, sem nenhuma fama, satisfeito com a ideia de passar o restante de seu tempo em

Trantor como turista, apreciando a enormidade daquele colossal planeta com seus olhos provincianos. Agora, a verdade finalmente começava a tomar forma: ele era um homem procurado, caçado pelas forças imperiais. O escopo daquela situação apoderou-se dele, e Seldon ficou abalado.

– E quanto a *você* e a isso que está fazendo agora?

– Ora, creio que não terão muita simpatia por mim – respondeu Hummin, pensativo, sem nenhum tremor em sua voz ou mudança em sua aparência calma. – Pode ser que um assassino misterioso, que nunca poderá ser encontrado, arrebente minha cabeça ou exploda meu peito.

Seldon estremeceu.

– Imaginei que era isso que pensaria sobre o que acontecerá com você – disse Seldon. – Você não parece... perturbado.

– Sou um trantoriano experiente. Sei tanto sobre o planeta quanto qualquer pessoa pode saber. Conheço muita gente, e muitas dessas pessoas me devem favores. Gosto de pensar que sou perspicaz e que não é fácil me enganar. Em resumo, Seldon, tenho bastante confiança de que posso cuidar de mim mesmo.

– Fico contente que você se sinta assim e espero que seu raciocínio seja justificado, mas, Hummin, não consigo entender por que está assumindo esse risco. O que sou para você? Por que assumiria até mesmo o menor risco por alguém que lhe é um estranho?

Hummin verificou os controles com preocupação e então encarou Seldon com olhos firmes e sérios.

– Quero salvá-lo pelo mesmo motivo que o Imperador quer usá-lo. Por causa de seus poderes de previsão.

Uma profunda pontada de decepção atravessou Seldon. Aquilo não se tratava, afinal de contas, de um salvamento. Ele era apenas a desprotegida presa disputada por predadores concorrentes.

– Nunca vou conseguir superar o erro que foi a apresentação na Convenção Decenal – lamentou, com raiva. – Eu destruí minha vida.

– Não. Não tire conclusões precipitadas, matemático. Cleon i e seus oficiais o querem apenas por um motivo: garantir a própria vida. Têm interesse em suas habilidades apenas nos usos que elas possam ter para salvar o regime imperial, preservar esse regime para o filho mais novo dele e para manter os cargos, o *status* e o poder de seus oficiais. Eu, por outro lado, quero seus poderes para o bem da Galáxia.

– Há alguma diferença? – retrucou Seldon, ácido.

– Se você não vê a diferença – respondeu Hummin, com um austero indício de reprovação –, deveria ter vergonha. Os humanos que ocupam a Galáxia existiam antes deste Imperador que está no trono, antes da dinastia que ele representa, antes do próprio Império. A humanidade é muito mais antiga do que o Império. Talvez seja, inclusive, muito mais antiga do que os vinte e cinco milhões de planetas da Galáxia. Existem lendas sobre uma época em que a humanidade habitava apenas um planeta.

– Lendas! – resmungou Seldon, dando de ombros.

– Sim, lendas, mas não vejo nenhuma razão para que não tenha sido um fato há vinte mil anos ou mais. Imagino que a humanidade não tenha surgido já dotada de conhecimento sobre viagens hiperespaciais. Certamente houve uma época em que as pessoas *não* podiam viajar a velocidades superlumínicas e estavam confinadas a um único sistema planetário. E, se pensarmos no futuro, os seres humanos dos mundos da Galáxia certamente continuarão a existir depois que você e Cleon I estiverem mortos, depois que toda essa linhagem termine, depois que as instituições do Império acabem em ruínas. Nesse caso, não é importante preocupar-se em demasia com indivíduos, com o Imperador e com o jovem príncipe imperial. Nem mesmo as mecânicas do Império são importantes. E os quatrilhões de pessoas que existem na Galáxia? E eles?

– Suponho que os mundos e as pessoas continuariam – respondeu Seldon.

– Você não sente nenhum ímpeto de investigar as possíveis condições em que essas pessoas continuariam a existir?

– É de se supor que elas existiriam do mesmo jeito que existem hoje.

– É de se *supor*. Será que poderíamos *saber*, usando essa arte de previsão sobre a qual você fala?

– Chamo-a de psico-história. Em tese, poderíamos.

– E você não sente nenhuma necessidade de pôr a teoria em prática.

– Eu adoraria, Hummin, mas o desejo de fazê-lo não cria automaticamente a capacidade de fazê-lo. Eu disse ao Imperador que a psico-história não poderia ser transformada em uma técnica praticável, e sou forçado a dizer a mesma coisa para você.

– E você não tem intenção nem mesmo de *tentar* encontrar a técnica?

– Não, não tenho, não mais do que eu teria intenção de pegar um monte de pedregulhos do tamanho de Trantor, contá-los um a um e arranjá-los em ordem decrescente de massa. Eu *saberia* que não é algo que poderia ser feito em uma vida e não seria tolo o suficiente para ter a pretensão de tentar.

– Você tentaria, se soubesse a verdade sobre a situação da raça humana?

– Essa é uma pergunta impossível. *Qual* é a verdade sobre a situação da raça humana? Você diria que sabe?

– Sim, eu sei, e em cinco palavras.

Os olhos de Hummin se voltaram mais uma vez para o túnel. A imutabilidade vazia da passagem forçava-se sobre eles, expandindo-se até passar e diminuindo conforme se afastava. Então, com um tom sombrio, ele enunciou as cinco palavras:

– O Império Galáctico está morrendo.

UNIVERSIDADE

—— Universidade de Streeling...

Uma instituição de ensino e erudição no Setor Streeling, na parte antiga de Trantor... Apesar de todos os créditos nas áreas tanto das humanidades como das ciências, não é graças a eles que a universidade permanece na lembrança dos dias de hoje. Seria provavelmente um tremendo choque para as gerações de estudiosos dessa instituição o fato de que, em tempos futuros, a Universidade de Streeling seria especialmente lembrada porque um certo Hari Seldon residiu ali por um breve intervalo de tempo, durante o período de Fuga.

ENCICLOPÉDIA GALÁCTICA

11

DEPOIS DA AFIRMAÇÃO DE HUMMIN, Hari Seldon permaneceu em desconfortável silêncio. Sentiu-se encolher diante da súbita percepção de suas próprias deficiências.

Ele tinha inventado uma nova ciência: a psico-história. Ampliara as leis da probabilidade de forma bastante sutil para incluir novas complexidades e incertezas e acabou com elegantes equações com incontáveis incógnitas – talvez infinitas. Ele não saberia dizer.

Mas era um sistema matemático, e nada além.

Ele tinha a psico-história – ou, pelo menos, a base da psico-história –, mas apenas como uma curiosidade matemática. Onde estava o conhecimento histórico que talvez atribuísse algum significado às equações vazias?

Ele não tinha nenhum. Nunca se interessara por história. Conhecia um pouco sobre a história heliconiana. Matérias sobre esse pequeno fragmento da história humana eram, evidentemente, obrigatórias nas escolas heliconianas. Mas o que mais sabia? Decerto, o restante que absorveu era apenas o básico que as pessoas absorviam: metade eram lendas; a outra metade certamente havia sido distorcida.

Ainda assim, como alguém poderia dizer que o Império Galáctico estava morrendo? Era aceito como um Império há dez mil anos e, mesmo antes disso, Trantor, como capital do reinado dominante, servia de base para o que foi um Império não oficial durante dois mil anos. O Império sobrevivera aos séculos antigos em que setores inteiros da Galáxia eventualmente recusavam-se a aceitar o fim de sua independência local. Sobrevivera às vicissitudes inerentes às rebeliões ocasionais, às guerras dinásticas, a períodos intensos de colapso. A maioria dos mundos nunca passava por coisas desse tipo e Trantor crescera consistentemente até se tornar a colmeia humana global que agora se autointitulava Mundo Eterno.

Era certo que, nos últimos quatro séculos, os distúrbios haviam aumentado, inclusive com uma erupção de assassinatos de imperadores e tomadas de poder, mas até mesmo isso estava se acalmando e, naquele momento, a Galáxia estava mais pacífica do que nunca. Sob o regime de Cleon I e sob o de seu pai, Stanel VI, os mundos prosperavam – e Cleon não era considerado um tirano. Até mesmo aqueles que desgostavam do Império como instituição raramente tinham coisas ruins a dizer sobre Cleon, por mais que pudessem fazer acusações contra Eto Demerzel.

Mas por que, então, Hummin dissera que o Império Galáctico estava morrendo – e com tanta convicção?

Hummin era jornalista. Provavelmente sabia bastante sobre a história galáctica e precisava compreender plenamente a situação atual. Será que era isso que lhe garantia o conhecimento insinuado em sua afirmação? Nesse caso, qual era esse conhecimento?

Em vários momentos, Seldon esteve a ponto de perguntar, de exigir uma explicação, mas havia algo no rosto solene de Hummin que o impediu. E havia algo em sua própria crença enraizada de que o Império Galáctico era uma certeza – um axioma, a pedra fundamental sobre a qual se apoiava toda a razão –, que colaborava para o seu bloqueio. Afinal, se *aquilo* estava errado, ele não gostaria de saber.

Não. Ele não conseguia acreditar que estava errado. O Império Galáctico, assim como o universo, não poderia chegar a um fim. Se o universo de fato acabasse – e somente nesse caso –, o Império chegaria ao fim.

Seldon fechou os olhos para dormir, mas era impossível. Será que precisaria estudar a história do universo para aperfeiçoar sua teoria sobre a psico-história?

E como poderia fazer isso? Existiam vinte e cinco milhões de mundos, cada um com sua história infinitamente complexa. Como estudar tudo isso? Ele sabia da existência de muitos volumes de livros-filme sobre a história galáctica. Tinha, inclusive, passado os olhos por um deles, por algum motivo agora esquecido, e considerara tão monótono que nem conseguira chegar à metade.

Os livros-filme falavam sobre mundos importantes. Em alguns, a história completa ou quase completa era abordada; em outros, os mundos surgiam apenas quando ganhavam importância momentânea e então desapareciam. Lembrou-se de ter procurado por Helicon no catálogo e encontrado apenas uma citação. Digitou o código que buscaria a ocorrência e encontrou Helicon em uma listagem de mundos que, em determinado momento, aliaram-se a um candidato ao trono imperial que não cumpriu o que prometera. Naquela ocasião, Helicon escapara da punição, provavelmente porque não era importante o suficiente nem para ser castigado.

De que adiantava uma história como aquela? Decerto, a psico--história precisaria levar em consideração as ações e as reações de cada mundo, de *cada um* de *todos* os mundos. Como alguém poderia estudar a história de vinte e cinco milhões de mundos e considerar todas as possíveis interações entre eles? Seria certamente uma tarefa impossível, o que apenas reforçava a conclusão de que a psico-história era de interesse teórico, mas nunca poderia ser colocada em prática.

Seldon sentiu uma leve força empurrando-o para a frente e concluiu que o táxi-aéreo deveria estar desacelerando.

– O que foi? – perguntou.

– Acho que viajamos o suficiente. Faremos uma breve pausa para uma refeição rápida, um copo de alguma coisa e uma visita ao banheiro – respondeu Hummin.

Ao longo dos quinze minutos seguintes, durante os quais o táxi-aéreo desacelerou progressivamente, eles se aproximaram de um recesso iluminado. O táxi manobrou para dentro e encontrou uma vaga ao lado de cinco ou seis outros veículos.

12

Os olhos experientes de Hummin pareceram analisar o recesso, os outros táxis, a lanchonete, as passarelas, os homens e as mulheres, tudo ao mesmo tempo. Seldon, tentando parecer insuspeito e mais uma vez sem saber como, o observou, esforçando-se para não parecer exagerado.

– Está tudo bem? – perguntou Seldon simulando indiferença quando os dois se sentaram a uma pequena mesa e digitaram seus pedidos.

– Aparentemente, sim – murmurou Hummin.

– Como sabe?

– Instinto – os olhos escuros de Hummin fixaram-se em Seldon por um instante. – Anos de buscas por notícias. Você olha e sabe: "aqui não tem notícia".

Seldon concordou com a cabeça e sentiu alívio. Hummin lhe respondera sardonicamente, mas devia haver alguma verdade no que disse.

Sua satisfação não passou da primeira mordida em seu sanduíche. Ele olhou para Hummin com a boca cheia e uma expressão de desagradável surpresa no rosto.

– É uma lanchonete de beira de estrada, meu amigo – disse Hummin. – Rápida, barata e não muito saborosa. A comida é feita com ingredientes locais e tem um fermento azedo. O paladar trantoriano está acostumado com isso.

Seldon engoliu com dificuldade.

– Mas lá no hotel...

– Você estava no Setor Imperial, Seldon. Lá, a comida é importada. Os microalimentos, quando usados, são de alta qualidade. E muito caros.

Seldon ficou na dúvida se daria outra mordida e começou:

– Você quer dizer que, enquanto eu estiver em Trantor...

Hummin fez um gesto de "silêncio" com os lábios.

– Não dê a ninguém a impressão de que você está acostumado com coisas melhores – disse. – Há lugares em Trantor nos quais ser identificado como aristocrata é pior do que ser identificado como um Estrangeiro. A comida não será tão ruim em todos os lugares, eu garanto. Essas lanchonetes de beira de estrada têm fama de oferecer má qualidade. Se conseguir aguentar esse sanduíche, poderá comer em qualquer lugar de Trantor. E o sanduíche não lhe fará mal. Não está vencido, estragado nem nada do tipo. Ele tem apenas um gosto forte e, para ser sincero, pode ser que você se acostume com isso. Conheci trantorianos que cuspiram comida decente e disseram que faltava "aquele" toque local.

– Muitos alimentos são cultivados em Trantor? – perguntou Seldon, que deu uma olhadela para confirmar que não havia ninguém sentado nas proximidades, e continuou: – Ouvi dizer que são necessários vinte planetas vizinhos para suprir as centenas de cargueiros que trazem comida a Trantor todos os dias.

– Eu sei. E centenas para levar embora a imensa quantidade de lixo. E, se você quiser fazer a história ficar boa *mesmo*, pode dizer que os mesmos cargueiros trazem a comida e levam o lixo. É verdade que importamos quantidades consideráveis de comida, mas a maioria são itens de luxo. E exportamos uma quantidade considerável de resíduos, cuidadosamente tratados para serem inofensivos, na forma de fertilizantes orgânicos; tão importantes para os outros mundos quanto a comida é para nós. Mas isso é apenas uma fração do todo.

– É mesmo?

– Sim. Além dos peixes no oceano, há jardins e hortas em todos os cantos. E também árvores frutíferas, criações de aves e coelhos e vastas fazendas de micro-organismos, geralmente chamadas fazendas de fermento, apesar de o fermento ser uma minoria do cultivo. E nossos resíduos são, na maior parte, usados aqui mesmo, para manter todo esse sistema. Na verdade, em muitos aspectos Trantor é muito semelhante a uma imensa colônia espacial. Você já visitou uma dessas?

– Sim, visitei.

– Colônias espaciais são, basicamente, cidades autossuficientes, com tudo mantido em ciclos artificiais, com ventilação artificial, dias e noites artificiais, e assim por diante. A diferença é que até mesmo as maiores colônias espaciais têm população de apenas dez milhões, enquanto Trantor tem quatro mil vezes essa quantidade. Obviamente, temos gravidade real. E *nenhuma* colônia espacial pode rivalizar com nossos microingredientes. Temos tanques de levedura, campos de fungos e fazendas marinhas de algas em escalas além da imaginação. E somos adeptos de temperos artificiais, usados com abundância. É o que dá sabor ao que você está comendo.

Seldon comera a maior parte do sanduíche e percebeu que não era tão ofensivo quanto sugerira a primeira mordida.

– E não me fará mal?

– Pode agir na flora intestinal e, de vez em quando, causa diarreia em um pobre estrangeiro, mas é raro e você também se acostumará com isso rapidamente. Ainda assim, beba o seu milk-shake, do qual você provavelmente não vai gostar. Ele contém um antidiarreico que deve mantê-lo protegido, mesmo que você tenha sensibilidade a esse tipo de coisa.

– Nem fale sobre isso, Hummin – disse Seldon, queixosamente. – Uma pessoa pode se deixar influenciar por esse tipo de sugestão.

– Termine seu milk-shake e esqueça o que eu disse.

Eles comeram o restante da refeição em silêncio e voltaram ao túnel.

13

Mais uma vez, seguiam velozmente pelo túnel. Seldon decidiu verbalizar a pergunta que o incomodara durante a última hora.

– Por que você afirma que o Império Galáctico está morrendo?

– No meu ofício como jornalista – Hummin voltou-se para Seldon –, sou alimentado com estatísticas de todos os lados, até elas saírem pelas minhas orelhas. E só posso publicar pouquíssimas delas. A população de Trantor está diminuindo. Há vinte e cinco anos, era de quase quarenta e cinco bilhões. Em parte, o decréscimo é resultado de um declínio na taxa de natalidade. É fato que Trantor nunca teve uma alta taxa de nascimentos. Se você observar os lugares que viajar por Trantor, não encontrará muitas crianças, considerando sua imensa população. Mas, ainda assim, está em declínio. Há, também, a emigração. As pessoas estão indo embora de Trantor em números maiores do que vêm para cá.

– Considerando a grande população – observou Seldon –, isso não é uma surpresa.

– Mas, ainda assim, é incomum, pois nunca aconteceu antes. Além disso, o comércio está ficando estagnado por toda a Galáxia. Por causa da inexistência de rebeliões e pela calma das coisas, as pessoas acham que tudo está bem e que as dificuldades dos últimos séculos se foram. Entretanto, rivalidades políticas, rebeliões e inquietação são, também, sinais de um tipo de vitalidade. No momento, há uma fadiga generalizada. Está calmo, mas não porque as pessoas estão satisfeitas e prosperando, e sim porque estão cansadas e desistiram.

– Tenho minhas dúvidas... – murmurou Seldon, incerto.

– Mas eu não tenho. E o fenômeno da antigravidade sobre o qual conversamos é outro exemplo. Temos alguns elevadores gravitacionais em operação, mas não há novos em construção. É um empreendimento que causa prejuízo e não parece haver interesse em torná-lo lucrativo. A velocidade dos avanços científicos tem diminuído há séculos e agora está quase parando. Em alguns casos, parou totalmente. Você não percebeu? Afinal, é um matemático.

– Nunca cheguei a pensar no assunto.

– Ninguém pensa. Isso não é questionado. Hoje em dia, os cientistas tornaram-se especialistas em dizer que as coisas são impossíveis, impraticáveis, inúteis. Condenam qualquer especulação instantaneamente. Você, por exemplo: o que acha da psico-história? Considera-a uma teoria interessante, mas inútil em qualquer sentido prático. Estou certo?

– Sim e não – respondeu Seldon, irritado. – Ela é *de fato* inútil, mas não porque minha sede por descobertas tenha decaído, eu garanto. A psico-história não tem, *realmente*, nenhuma utilidade prática.

– Essa é, pelo menos, sua impressão sob a atmosfera de decadência em que todo o Império vive – retrucou Hummin, com um traço de sarcasmo.

– Essa atmosfera de decadência – contrapôs Seldon, com raiva – é impressão *sua*. É possível que você esteja errado, não?

Hummin ficou calado por um instante, pensativo.

– Sim, eu posso estar errado – concedeu, finalmente. – Falo a partir da intuição, de conjecturas. O que preciso é de uma técnica funcional de psico-história.

Seldon deu de ombros e não mordeu a isca.

– Não tenho tal técnica para oferecer – respondeu. – Mas vamos supor que você esteja certo. Vamos supor que o Império *esteja* perdendo potência e que acabará se desfazendo. A raça humana ainda existirá.

– Sob quais condições, homem? Durante quase doze mil anos, Trantor, com seus fortes soberanos, manteve uma paz quase completa. Houve interrupções (rebeliões, guerras civis localizadas, muitas tragédias) mas, no geral e em grandes áreas, a paz predominou. Por que Helicon é tão a favor do Império? Estou falando sobre o seu mundo. É a favor porque é pequeno, e seria devorado pelos vizinhos se não existisse o Império para mantê-lo seguro.

– Você prevê guerra e anarquia universais se o Império falhar?

– Claro que sim. Não tenho apreço pelo Imperador nem pelas instituições do Império em geral, mas não tenho nenhum substituto para eles. Não sei o que poderia manter a paz no lugar deles e não estou pronto para desistir até encontrar alguma alternativa.

– Você fala como se estivesse no controle da Galáxia – comentou Seldon. – *Você* não está pronto para desistir? *Você* precisa encontrar alguma alternativa? Quem é você para falar essas coisas?

– Estou falando em termos gerais, figurativamente – respondeu Hummin. – Não estou preocupado especificamente com Chetter Hummin. Suponho que o Império dure mais tempo do que eu; poderá, inclusive, mostrar sinais de melhoria enquanto eu estiver vivo. Declínios não seguem um caminho linear. Pode ser que demore mil anos para chegar ao fim e você pode ter certeza de que, nesse caso, eu terei morrido há muito tempo, e certamente não deixarei descendentes. No que diz respeito a mulheres, não tenho nada além de afeições casuais e não tenho filhos, nem pretendo ter. Não assumi nenhum risco que pudesse representar problemas no futuro. E pesquisei sobre você depois do seu seminário, Seldon. Também não tem filhos.

– Tenho meus pais e dois irmãos, mas nenhum filho – ele sorriu sem vontade. – Fui muito apegado a uma mulher em determinada época, mas ela achava que eu era mais apegado à minha matemática do que a ela.

– E você era?

– Eu diria que não, mas ela diria que sim. Por isso, foi embora.

– E você não teve ninguém desde então?

– Não. Ainda tenho uma lembrança muito presente da mágoa.

– Pois bem. Parece que nós dois poderíamos esquecer a questão e deixar que outras pessoas, que virão muito depois de nós, sofram. Eu talvez pudesse aceitar isso no passado, mas não mais. Pois agora eu *tenho* uma ferramenta. Eu *estou* no comando.

– E qual é a sua ferramenta? – perguntou Seldon, já consciente da resposta.

– Você! – exclamou Hummin.

Como Seldon já sabia o que Hummin responderia, não perdeu tempo em mostrar surpresa ou perplexidade. Simplesmente negou com a cabeça e disse:

– Você está redondamente enganado. Não sou uma ferramenta apropriada para uso.

– Por que não?

– Quantas vezes serei obrigado a repetir? – suspirou Seldon. – A psico-história não é um estudo praticável. A dificuldade está em seus fundamentos. Nem mesmo todo o espaço e tempo do universo seriam suficientes para que os problemas fossem resolvidos.

– Está certo disso?

– Infelizmente, sim.

– Sabe, a questão não é determinar o futuro completo do Império Galáctico. Você não precisa traçar detalhadamente as complexidades de cada ser humano nem de cada planeta. Existem apenas certas questões a serem respondidas: o Império Galáctico cairá? Se sim, quando? Quais serão as condições da humanidade depois disso? Alguma coisa pode ser feita para evitar a queda ou melhorar as condições que virão depois dela? Parece-me que essas questões são comparativamente simples.

Seldon fez um gesto negativo com a cabeça e sorriu com tristeza ao responder:

– A história da matemática está repleta de questões simples que só puderam ser respondidas por grandes complicações ou continuam sem resposta.

– Não há nada que possa ser feito? Eu posso ver que o Império está ruindo, mas não posso provar. Todas as minhas conclusões são subjetivas e não posso comprovar que estou certo. Essa perspectiva é bastante incômoda e, por isso, as pessoas prefeririam não acreditar em minha conclusão subjetiva e nada será feito para evitar a Queda ou, ao menos, amortecê-la. Você poderia *provar* a iminência da Queda ou, quem sabe, refutá-la.

– Mas é justamente isso que eu não consigo fazer. Não posso encontrar provas onde não há nenhuma. Não posso fazer um sistema de cálculos ter utilidade prática quando ele não tem. Não posso mostrar-lhe dois números pares que, somados, resultem em um número ímpar, por mais vital que esse número ímpar seja para você... ou para toda a Galáxia.

– Pois bem – disse Hummin. – Então você é parte da decadência. Está pronto para aceitar o fracasso.

– Que escolha eu tenho?

– Você não pode *tentar*? Por mais infrutífero que seu esforço possa lhe parecer, você tem alguma coisa melhor para fazer com sua vida? Algum objetivo mais nobre? Algum propósito maior que justifique sua existência para você mesmo?

Seldon piscou os olhos rapidamente.

– Milhões de mundos – disse. – Bilhões de culturas. Quatrilhões de pessoas. Decilhões de inter-relações. E você quer que eu reduza tudo a uma ordem.

– Não, eu quero que você *tente*. Pelo bem desses milhões de mundos, bilhões de culturas e quatrilhões de pessoas. Não por Cleon I. Não por Demerzel. Pela humanidade.

– Eu falharei – disse Seldon.

– Nesse caso, não estaremos pior do que estamos agora. Você tentará?

E, mais uma vez contra a sua vontade e sem saber por quê, Seldon ouviu a si mesmo responder:

– Eu tentarei.

E o rumo de sua vida estava definido.

14

A viagem chegou ao fim e o táxi-aéreo deslocou-se para uma área muito maior do que aquela da lanchonete. (Seldon ainda se lembrava do gosto do sanduíche e fez uma careta.)

Hummin entregou o táxi ao terminal e voltou, guardando seu chip de créditos em um pequeno bolso na parte interna de sua camisa.

– Aqui você está completamente a salvo de qualquer coisa direta e explícita – disse. – Este é o Setor Streeling.

– Streeling?

– Imagino que tenha sido nomeado em homenagem à primeira pessoa que preparou a área para colonização. A maioria dos setores tem nomes que homenageiam essa ou aquela pessoa, o que significa que muitos nomes são feios e alguns deles difíceis de pronunciar. Mesmo assim, se você tentar fazer os habitantes mudarem de Streeling para Campos Perfumados ou alguma coisa do tipo, estará comprando uma briga.

– Eu diria que aqui não é exatamente um campo perfumado – comentou Seldon, sentindo o cheiro.

– Quase nenhuma área de Trantor é, mas você vai se acostumar.

– Estou contente por estarmos aqui – disse Seldon. – Não que eu goste do lugar, mas estava me cansando de ficar sentado no táxi. Deslocar-se em Trantor deve ser um terror. Lá em Helicon, podemos ir de um lugar ao outro pelo ar, em muito menos tempo do que levamos para atravessar os menos de dois mil quilômetros para chegar aqui.

– Também temos aerojatos.

– Mas, então...

– Eu podia conseguir uma viagem de táxi-aéreo de maneira mais ou menos anônima. Teria sido muito mais difícil com um aerojato. E, apesar de toda a segurança deste lugar, acho melhor que Demerzel não saiba onde exatamente você está. Além disso, na verdade ainda não terminamos nossa viagem. Vamos pegar a via expressa para a última parte.

Seldon conhecia aquele termo.

– Um daqueles monotrilhos que correm sobre um campo eletromagnético, não é mesmo? – perguntou.

– Sim.

– Não temos nenhum em Helicon. Acontece que não precisamos deles por lá. Andei em uma via expressa no primeiro dia que estive em Trantor. Levou-me do espaçoporto para o hotel. Foi uma novidade para mim, mas imagino que, se usasse o tempo todo, os ruídos e a multidão se tornariam opressores.

– Você se perdeu? – divertiu-se Hummin.

– Não, a sinalização foi muito útil. Tive certa dificuldade para embarcar e desembarcar, mas recebi ajuda. Agora percebo que todos sabiam que eu era um Estrangeiro por causa das minhas roupas. Mas pareciam ávidos em ajudar, talvez porque fosse divertido me ver hesitante e tropeçando.

– A essa altura, você já é especialista em viagens pela via expressa, portanto não hesitará nem tropeçará – disse Hummin, de maneira agradável, apesar da leve contração das laterais de seus lábios. – Venha.

Passearam calmamente pela passarela, banhada pela mesma iluminação que alguém poderia esperar de um dia ensolarado, com focos de luz ocasionais, como se o sol passasse pelas nuvens em alguns momentos. Automaticamente, Seldon olhou para cima para ver se era mesmo o caso, mas o "céu" era luminoso de forma inexpressiva.

– Essa mudança na luz parece fazer bem à mente humana – comentou Hummin, ao reparar que Seldon olhava para cima. – Em certos dias, as ruas parecem banhadas por uma luminosidade solar direta e, em outros, fica mais escuro do que agora.

– Mas não há chuva ou neve?

– Nem granizo ou geadas. Tampouco alta umidade ou frio cortante. Nada. Trantor mantém suas particularidades, Seldon, até mesmo agora.

Pessoas caminhavam em ambas as direções e havia uma considerável quantidade de jovens e também de crianças acompanhadas por adultos, apesar do que Hummin dissera sobre a taxa de natalidade. Tudo parecia consideravelmente próspero e respeitável. Ambos os sexos eram representados em quantidades iguais e as roupas eram distintamente mais discretas do que as do Setor Imperial. Suas próprias vestes, escolhidas por Hummin, encaixavam-se perfeitamente na moda local. Poucas pessoas usavam chapéus. Seldon, com alívio, tirou o seu e levou-o na mão.

Não havia um grande abismo separando os dois lados da passarela e, como Hummin previra no Setor Imperial, eles caminhavam no que parecia ser o nível térreo. Nenhum veículo passava, e Seldon apontou tal fato para Hummin.

– Existem muitos deles no Setor Imperial porque são usados pelos oficiais – ele respondeu. – Nos outros lugares, veículos particulares são raros e aqueles que chegam a ser usados têm túneis reservados apenas para eles. Seu uso não é realmente necessário, pois temos as vias expressas e, para distâncias mais curtas, as vias locais. Para distâncias ainda menores, temos as passarelas e podemos caminhar.

De vez em quando, Seldon ouvia zumbidos e rangidos e viu, a certa distância, a infinita passagem de vagões na via expressa.

– Ali está ela – apontou Seldon.

– Eu sei, mas vamos para uma estação de embarque. Há mais vagões e é mais fácil embarcarmos.

Quando estavam seguros em um vagão da via expressa, Seldon virou-se para Hummin e disse:

– O que me impressiona é o silêncio das vias expressas. Sei que a propulsão das massas dos vagões é feita por um campo eletromagnético, mas me parece silencioso até mesmo para essa tecnologia.

Seldon escutou os ocasionais gemidos metálicos conforme o vagão em que estavam ultrapassava e era ultrapassado pelos vizinhos.

– Sim, é um sistema extraordinário – disse Hummin –, mas você não o vê em seu auge. Quando eu era mais jovem, era mais silencioso do que agora, e algumas pessoas dizem que não fazia nem um sussurro há cinquenta anos, mas imagino que a idealização causada pela nostalgia deva ser levada em conta.

– Por que não é assim agora?

– Porque a manutenção não é adequada. Eu lhe falei sobre a decadência.

Seldon franziu as sobrancelhas.

– Decerto as pessoas não ficam sentadas dizendo "estamos em decadência. Vamos deixar que as vias expressas virem ruínas" – comentou.

– Não, não ficam. Não é uma coisa proposital. Áreas defeituosas são consertadas, vagões decrépitos são renovados, ímãs são substituídos. Entretanto, os serviços são feitos de maneira mais apressada, menos cuidadosa e a intervalos cada vez maiores. Simplesmente não há créditos suficientes.

– Para onde foram os créditos?

– Para outras coisas. Tivemos séculos de inquietações. A Marinha é muito maior e muito mais cara do que jamais foi. As forças militares recebem salários muito bons para ficarem quietas. Tumultos, revoltas e pequenos estouros de guerra civil têm seu preço.

– Mas tudo está calmo sob o regime de Cleon. E estamos em paz há cinquenta anos.

– Sim, mas soldados bem pagos ficariam ressentidos caso seus salários fossem reduzidos apenas porque há paz. Almirantes resistem a tirar espaçonaves de serviço e a diminuírem os próprios cargos pelo simples motivo de, assim, haver menos coisas para fazerem. Portanto, os créditos ainda vão para as forças militares, o que não é nada produtivo, e áreas vitais do bem-estar social acabam abandonadas e se deterioram. É isso que chamo de decadência. Você não chamaria? Você não acha que acabaria incluindo esse tipo de perspectiva em seus conceitos de psico-história?

Seldon mexeu-se em seu assento, inquieto. Então, perguntou:

– Aliás, para onde estamos indo?

– Para a Universidade de Streeling.

– Ah, é por isso que o nome deste setor me é familiar. Já ouvi falar na universidade.

– Não me surpreende. Trantor tem quase cem mil instituições de ensino superior, e a Universidade de Streeling é uma das que estão entre as mil melhores.

– Ficarei hospedado por lá?

– Durante algum tempo. *Campus* são santuários praticamente impenetráveis. Você estará seguro.

– Mas serei bem-vindo?

– Por que não seria? É difícil encontrar um bom matemático hoje em dia. Talvez possam usá-lo. E você talvez possa usá-los também... e não apenas como um mero esconderijo.

– Um lugar em que eu possa desenvolver minhas teorias, você quer dizer.

– Você prometeu – lembrou Hummin, sério.

– Eu prometi *tentar* – respondeu Seldon, pensando consigo mesmo que aquilo era como prometer uma corda feita de areia.

15

Depois disso, a conversa se esgotou e Seldon passou a observar as estruturas do Setor Streeling conforme passavam. Algumas eram baixas, enquanto outras pareciam tocar o "céu". Amplas passagens quebravam a progressão e becos podiam ser vistos com frequência.

Em determinado momento, ocorreu a ele que, apesar de os prédios terem sido erguidos na direção do "céu", eles também seguiam para o subterrâneo, e talvez fossem mais para as profundezas do que para cima. Assim que o pensamento lhe ocorreu, estava convencido de que era verdade.

De vez em quando, via diminutas áreas com gramados a uma considerável distância da via expressa, e até mesmo pequenas árvores.

Observou durante um bom tempo, até perceber que a luz estava diminuindo. Semicerrou os olhos e virou-se para Hummin, que adivinhou qual seria a pergunta.

– A tarde está acabando – ele informou – e a noite chegará em breve.

– Impressionante – as sobrancelhas de Seldon se ergueram enquanto seus lábios se contraíram para baixo. – Consigo imaginar o mundo inteiro escurecendo e então, daqui a algumas horas, acendendo-se mais uma vez.

– Não exatamente, Seldon – Hummin abriu seu pequeno e cauteloso sorriso. – O planeta nunca fica todo escuro ao mesmo tempo, tampouco se ilumina. A sombra do crepúsculo varre o planeta gradualmente e é seguida, depois de meio-dia, pela lenta luminosidade do alvorecer. Na verdade, o efeito segue fielmente o ciclo de dia e noite que acontece fora dos domos. Assim, a duração dos dias e das noites em altitudes mais elevadas muda com as estações.

Seldon fez um gesto negativo com a cabeça.

– Qual é o sentido de cobrir um planeta e depois imitar o que aconteceria a céu aberto? – perguntou.

– Imagino que seja porque as pessoas preferem assim. Os trantorianos gostam das vantagens de estarem sob os domos, mas, apesar disso, não gostam de ser lembrados desse fato. Você sabe muito pouco sobre a psicologia trantoriana, Seldon.

Seldon ficou ligeiramente envergonhado. Era apenas um habitante de Helicon e sabia muito pouco sobre os outros milhões de planetas – sua ignorância não se limitava a Trantor. Então, como poderia cogitar a criação de aplicações práticas para a sua teoria da psico-história?

Como qualquer quantidade de pessoas – todas juntas – poderia saber o suficiente?

Seldon lembrou-se de um desafio que lhe fora apresentado quando era jovem: é possível que exista uma peça relativamente pequena de platina... com alças instaladas, que não possa ser levantada pela força pura de qualquer quantidade de pessoas sem nenhum auxílio externo?

A resposta era sim. Um metro cúbico de platina pesa 22.420 quilos em gravidade-padrão. Presumindo-se que cada pessoa pudesse levantar cento e vinte quilos do chão, cento e oitenta e oito pessoas seriam suficientes para erguer a platina... mas é impossível espremer cento e oitenta e oito pessoas em torno do metro cúbico para que cada uma delas pudesse segurá-lo. Talvez fosse impossível colocar até mesmo mais de nove pessoas à volta dele. E alavancas ou outros tipos de equipamentos não eram permitidos. Precisava ser com "força pura", "sem nenhum auxílio externo".

Da mesma maneira, talvez fosse impossível agrupar pessoas em número suficiente para lidar com a quantidade total de conhecimento requerida pela psico-história, mesmo que os dados fossem armazenados em computadores, e não em cérebros humanos individuais. Apenas uma quantidade limitada de pessoas poderia, por assim dizer, compilar o conhecimento e comunicá-lo.

– Você parece pensativo, Seldon – disse Hummin.

– Estou refletindo sobre minha própria ignorância.

– Uma atividade útil. Quatrilhões de pessoas poderiam se juntar a você e seria muito produtivo. Mas chegou o momento de desembarcarmos.

– Como sabe? – Seldon ergueu os olhos.

– Da mesma maneira que você soube que estava na via expressa no seu primeiro dia em Trantor. Estou seguindo a sinalização.

Seldon vislumbrou uma assim que ela passou: UNIVERSIDADE DE STREELING – 3 MINUTOS.

– Desceremos na próxima estação de embarque. Olhe por onde anda.

Seldon acompanhou Hummin para fora do vagão, percebendo que, agora, o "céu" estava roxo-escuro, e as passarelas, corredores e prédios estavam se acendendo com uma luminosidade amarela.

Poderia ter sido o início de uma noite heliconiana. Se Seldon tivesse sido largado ali com uma venda nos olhos, e então removessem a venda, ele poderia se convencer de que estava em alguma região bem estruturada e central de uma das maiores cidades de Helicon.

– Quanto tempo você acha que ficarei na Universidade de Streeling, Hummin? – perguntou.

– É difícil dizer, Seldon – respondeu Hummin, com o jeito calmo de sempre. – Talvez a vida toda.

– Como é?

– Talvez não. Mas sua vida deixou de ser sua quando você apresentou aquele seminário sobre psico-história. O Imperador e Demerzel reconheceram sua importância imediatamente. Assim como eu. Assim como muitos outros, até onde eu sei. Entende? Isso quer dizer que você não pertence mais a si mesmo.

BIBLIOTECA

———— Venabili, Dors...

Historiadora, nascida no planeta Cinna... Sua vida poderia ter continuado em seu rumo sem incidentes se, depois de dois anos no corpo docente da Universidade de Streeling, ela não tivesse se envolvido com o jovem Hari Seldon durante o período de Fuga...

ENCICLOPÉDIA GALÁCTICA

16

O aposento em que Hari Seldon estava era maior do que o de Hummin no Setor Imperial. Era um quarto com um espaço que servia de banheiro e nenhum sinal de instalações para cozinhar ou comer. Não tinha janela, mas havia um exaustor no teto, protegido por uma grade, que fazia um constante murmúrio.

Seldon olhou à volta com um pouco de pesar.

– É apenas por esta noite, Seldon – disse Hummin, com a costumeira atitude segura, ao ver a expressão do matemático. – Amanhã cedo alguém virá para acomodá-lo na universidade, e você ficará mais confortável.

– Desculpe-me, Hummin, mas como você sabe?

– Tomarei providências. Conheço uma ou duas pessoas por aqui – ele sorriu brevemente, sem humor – e há um ou dois favores que posso cobrar. Agora, vamos discutir alguns detalhes. – Ele encarou Seldon com firmeza e continuou: – Qualquer coisa que você tenha deixado no seu quarto de hotel está perdida. Isso inclui alguma coisa insubstituível?

– Nada realmente insubstuível. Eu trouxe alguns itens pessoais que valorizo por associações com o meu passado, mas, se eles estão perdidos, estão perdidos. Há, é claro, algumas anotações sobre o meu seminário. Alguns cálculos. A própria apresentação.

– Que agora é de conhecimento público até que seja retirada de circulação por ser considerada perigosa, o que provavelmente acontecerá. Ainda assim, tenho certeza de que consigo uma cópia. De qualquer forma, você pode reconstruí-la, não pode?

– Posso. Por isso eu disse que não há nada realmente insubstituível. Deixei também quase mil créditos, alguns livros, roupas, minha passagem de volta a Helicon, coisas do tipo.

– Tudo substituível. Tomarei providências para que você tenha uma tarjeta de crédito em meu nome, com a cobrança encaminhada a mim. Isso deve cobrir despesas rotineiras.

– Isso é surpreendentemente generoso da sua parte. Não posso aceitar.

– Não é generosidade alguma, pois espero salvar o Império agindo dessa forma. Você *precisa* aceitar.

– Mas quanto você pode disponibilizar, Hummin? Usarei a tarjeta com peso na consciência, no mínimo.

– Posso pagar pelo que você precisar para sua sobrevivência e um conforto razoável, Seldon. Naturalmente, não gostaria que você comprasse o ginásio da universidade nem doasse um milhão de créditos.

– Não precisa se preocupar com isso, mas com meu nome registrado...

– Que seja registrado. É absolutamente proibido para o governo imperial exercer qualquer controle de segurança na universidade ou sobre seus membros. Aqui, tudo pode ser discutido, tudo pode ser dito. Há liberdade completa.

– E quanto a crimes violentos?

– As autoridades da própria universidade lidam com eles, com lógica e cuidado, e não há praticamente nenhum crime violento. Os estudantes e o corpo docente apreciam a liberdade e entendem seus termos. Se houvesse muita brutalidade, um início de tumulto e violência, o governo iria reconsiderar seu direito, quebrar o acordo não oficial e enviar suas tropas. Ninguém quer algo assim, nem mesmo o governo. Dessa forma, mantém-se um delicado equilíbrio. Em outras palavras, nem mesmo o próprio Demerzel pode arrancá-lo da universidade sem justificativas, tanto quanto qualquer pessoa daqui que tenha dado motivos ao governo em, pelo menos, um século e meio. Por outro lado, se você for atraído para fora do *campus* por um estudante-agente...

– Existem estudantes-agentes?

– Como posso saber? Pode ser que sim. Qualquer indivíduo comum pode ser ameaçado, manipulado ou simplesmente subornado, e passar, dali em diante, a servir Demerzel ou qualquer outra pessoa. Por isso, preciso enfatizar: você está seguro em todos os sentidos racionais, mas *ninguém* está absolutamente seguro. Você precisará ser cuidadoso. Entretanto, apesar de meu aviso, não quero que siga sua vida se escondendo. No geral, você estará muito mais seguro aqui do que estaria se tivesse voltado para Helicon ou partido para algum outro mundo da Galáxia.

– Espero que sim – murmurou Seldon, pesaroso.

– Eu sei que sim – respondeu Hummin. – Ou não consideraria sábio deixá-lo.

– Deixar-me? – Seldon ergueu os olhos rapidamente. – Você não pode fazer isso. Você conhece este mundo. Eu não.

– Você estará com outros que conhecem este mundo; que, aliás, conhecem essa parte dele ainda melhor do que eu. Quanto a mim, preciso ir. Estive com você ao longo do dia inteiro e não ousaria deixar minha vida de lado por mais tempo. Não posso atrair muita atenção para mim mesmo. Lembre-se de que tenho minhas próprias inseguranças, assim como você tem as suas.

– Você está certo – Seldon sentiu-se constrangido. – Não posso pedir que assuma riscos por mim indefinidamente. Espero que não esteja arruinado.

– Quem pode dizer? – disse Hummin, friamente. – Vivemos em uma época perigosa. Lembre-se de que, se há alguém que pode fazer essa época ser segura (se não por nós, por aqueles que virão depois de nós), é você. Faça disso sua força motriz, Seldon.

17

O sono fugiu de Seldon. Ele se agitou e se revirou no escuro, pensativo. Nunca se sentira tão sozinho ou tão desamparado quanto no momento em que Hummin acenara com a cabeça, cumprimentara-o brevemente com a mão e o deixara para trás.

Agora estava em um mundo estranho – e em uma parte estranha daquele mundo. Estava longe da única pessoa que podia considerar um amigo (e baseado no convívio de menos de um dia) e não tinha ideia de para onde ia ou o que faria, tanto no dia seguinte como em qualquer momento do futuro.

Nada disso conduziria ao sono. Como era de se esperar, no momento em que ele decidiu, sem esperanças, que não dormiria naquela noite – ou, talvez, nunca mais –, a exaustão o venceu.

Quando acordou, ainda estava escuro, mas não totalmente. Ele viu, do outro lado do quarto, uma luz vermelha piscando com rapidez e intensidade, acompanhada por um zunido áspero e intermitente. Tinha sido aquilo que o despertara, sem dúvida.

Quando tentou se lembrar de onde estava e identificar com alguma clareza as mensagens limitadas que seus sentidos estavam recebendo, a luz e o zunido pararam e ele ouviu uma resoluta sequência de batidas.

As batidas presumivelmente vinham da porta, mas ele não se lembrava de onde estava a porta. Havia, também presumivelmente, um interruptor que inundaria o quarto com luz, mas ele tampouco se lembrava de onde estava o interruptor.

Ele se ergueu e sentou na cama.

– Um momento, por favor – disse, tateando desesperadamente a parede à esquerda.

Encontrou o botão e o quarto foi preenchido por uma luz suave.

Levantou-se da cama com dificuldade, piscando, ainda em busca da porta. Encontrou-a e estendeu a mão para abri-la. Lembrou-se da cautela no último momento.

– Quem está aí? – perguntou, com uma voz repentinamente dura e sem rodeios.

– Meu nome é Dors Venabili – respondeu uma gentil voz feminina – e vim ver o dr. Hari Seldon.

Conforme veio a resposta, uma mulher surgiu diante da porta, sem que ela fosse aberta.

Por um instante, Hari Seldon a encarou, surpreso, e então se deu conta de que estava usando apenas uma peça de roupa íntima.

Ele perdeu o fôlego e correu para a cama... e somente então percebeu que se tratava de um holograma. A imagem não tinha a definição da realidade e ficou evidente que a mulher não olhava para ele. Ela estava apenas se mostrando para ser identificada.

Ele parou, ofegante.

– Se você puder esperar – falou, erguendo a voz para ser ouvido através da porta –, eu a receberei em um instante. Preciso de... meia hora, talvez.

– Estarei à espera – disse a mulher, ou talvez o holograma, e desapareceu.

Não havia chuveiro e Seldon usou uma esponja para se limpar, fazendo uma grande bagunça no canto com azulejos que servia de banheiro. Havia pasta de dentes, mas não uma escova, então ele usou um dedo. E não tinha escolha senão vestir as mesmas roupas que usara no dia anterior. Finalmente abriu a porta.

Conforme o fez, Seldon percebeu que a moça não tinha realmente se identificado. Tinha apenas dado um nome, e Hummin não dissera por quem ele deveria esperar – se seria essa Dors Não-sei-o-quê ou qualquer outra pessoa. Considerou seguro porque o holograma era o de uma jovem atraente, mas poderia haver meia dúzia de jovens hostis acompanhando-a.

Ele esticou a cabeça para fora do quarto, cautelosamente. Viu apenas a moça e abriu a porta o suficiente para que ela entrasse. Imediatamente fechou a porta e a trancou.

– Desculpe-me – disse Seldon. – Que horas são?

– Nove – ela respondeu. – O dia já começou há algum tempo.

No que dizia respeito à hora oficial, Trantor seguia o Padrão Galáctico, pois somente assim o comércio interestelar e as questões governamentais podiam fazer algum sentido. Porém, cada mundo tinha também um sistema local de tempo e Seldon ainda não chegara a ponto de se sentir confortável com as referências trantorianas de hora.

– É a metade da manhã? – perguntou.

– Sim.

– Não há janelas neste quarto – apontou Seldon, defensivamente.

Dors foi até a cama, estendeu a mão e tocou em uma pequena marca escura na parede. Números vermelhos surgiram no teto, acima do travesseiro, e diziam: 9h03.

– Peço desculpas – sorriu a moça, sem nenhum ar de superioridade. – Achei que Chetter Hummin teria avisado que eu viria buscá-lo às nove. O problema dele é que está tão acostumado a *saber* que, às vezes, se esquece de que os outros ocasionalmente *não sabem*. E eu não devia ter usado identificação radiográfica. Imagino que vocês não tenham essa tecnologia em Helicon, e devo tê-lo alarmado.

Seldon sentiu-se relaxando. Ela parecia sincera e amigável, e a referência casual a Hummin o tranquilizou.

– Você está muito enganada sobre Helicon, senhorita...

– Por favor, me chame de Dors.

– Você está enganada sobre Helicon, Dors. Temos, sim, radiolografia, mas eu nunca pude pagar pelo equipamento. Tampouco podiam as pessoas do meu convívio, portanto eu nunca tinha passado pela experiência. Mas entendi o que estava acontecendo rapidamente.

Ele a observou. Ela não era muito alta – tinha uma estatura média para mulheres, pensou Seldon. Seus cabelos eram de um dourado avermelhado, não muito claro, e estava arrumado em cachos curtos por toda a cabeça. (Ele tinha visto várias mulheres em Trantor com os cabelos daquela maneira. Aparentemente, era uma moda local – que teria sido motivo de risos em Helicon.) Ela não era incrivelmente bonita, mas bastante atraente, e tal fato era acentuado por lábios generosos que pareciam ter uma leve expressão de bom humor. Era magra, em forma, e parecia bastante jovem. (Talvez jovem demais para ter utilidade, pensou ele, hesitante.)

– Fui aprovada na inspeção? – perguntou Dors. (Ela parecia dominar o truque de Hummin de ler pensamentos, pensou Seldon... ou talvez ele não dominasse a habilidade de escondê-los.)

– Me desculpe – disse Seldon. – Acho que fui indiscreto. Estou apenas tentando avaliá-la. Aqui é um lugar estranho para mim. Não conheço ninguém e não tenho amigos.

– Por favor, dr. Seldon, considere-me uma amiga. O sr. Hummin pediu que eu cuidasse de você.

– Você talvez seja jovem demais para a função – sorriu Seldon, com tristeza.

– Você vai descobrir que não sou.

– Tentarei dar o mínimo de trabalho possível. Você pode, por favor, repetir seu nome?

– Dors Venabili – ela soletrou o sobrenome e enfatizou a tonicidade da segunda sílaba. – Como eu disse, me chame de Dors, por favor, e, se você não tiver fortes objeções, eu o chamarei de Hari. Somos bastante informais aqui na universidade e há um esforço consciente para não se demonstrar *status*, seja herdado ou profissional.

– Por favor, *faço questão* de que me chame de Hari.

– Ótimo. Adotaremos o tratamento informal, então. Por exemplo: o instinto de formalidade, se é que existe tal coisa, faria com que eu pedisse permissão para me sentar. Entretanto, informalmente, vou apenas me sentar – e ela se sentou na única cadeira do aposento.

– É evidente – Seldon pigarreou – que não estou com o meu raciocínio em pleno funcionamento. Eu deveria tê-la convidado a se sentar. – Ele se sentou na beirada de sua cama desfeita e desejou que lhe tivesse ocorrido estender as cobertas, mas, afinal, ele tinha sido pego de surpresa.

– Faremos o seguinte, Hari – disse Dors, simpática. – Primeiro, vamos tomar café da manhã em um dos cafés da universidade. Então conseguirei um quarto para você em um dos dormitórios, um que seja melhor do que este. Você terá uma janela. Hummin instruiu-me a conseguir uma tarjeta de crédito para você usar o nome dele, mas, com a burocracia daqui, levarei um ou dois dias para arranjar uma dessas. Até que isso seja feito, serei responsável por suas despesas, e você pode me ressarcir depois. E podemos usar você. Chetter Hummin me contou que você é matemático e, por algum motivo, há uma carência séria de bons matemáticos na universidade.

– Hummin lhe disse que sou um *bom* matemático?

– Sim, de fato. Disse que você é um homem extraordinário.

– Ora – Seldon olhou para as próprias mãos –, eu adoraria ser estimado dessa forma, mas Hummin conviveu comigo por menos de um dia e, antes disso, viu apenas o meu seminário, cuja qualidade não tinha como avaliar. Acho que ele estava apenas sendo educado.

– Eu não acho – disse Dors. – Ele também é um homem extraordinário e tem muita experiência com pessoas. Acredito na opinião dele. De qualquer forma, imagino que você terá a chance de provar o seu valor. Suponho que você saiba programar computadores.

– Claro.

– Entenda que estou me referindo a computadores de ensino, e pergunto se você pode criar programas para ensinar os vários aspectos da matemática contemporânea.

– Sim, faz parte da minha profissão. Sou professor-assistente de matemática na Universidade de Helicon.

– Sim, eu sei – ela respondeu. – Hummin me contou. Isso significa, claro, que todos saberão que você não é trantoriano, mas isso não trará problemas sérios. Aqui, na universidade, a maioria de nós é trantoriana, mas há uma minoria substancial de Estrangeiros, vinda de vários mundos diferentes, e isso é algo aceito. Não posso dizer que você nunca ouvirá um termo planetário desconhecido, mas é mais provável que os Estrangeiros os usem do que os trantorianos. Eu mesma sou Estrangeira, aliás.

– É mesmo? – ele hesitou e decidiu que seria educado perguntar. – De que mundo você é?

– Vim de Cinna. Já ouviu falar?

Seldon decidiu que seria óbvio se mentisse por educação e respondeu:

– Não.

– Não me surpreende. Provavelmente tem menos relevância até mesmo do que Helicon. De qualquer maneira, voltemos à programação de computadores para ensino de matemática. Imagino que isso possa ser feito com proficiência ou com incompetência.

– Sem dúvida.

– E você o faz com proficiência.

– Gosto de pensar que sim.

– Aí está, então. A universidade irá remunerá-lo por isso, então vamos tomar nosso café da manhã. Aliás, dormiu bem?

– Surpreendentemente, sim.

– E está com fome?

– Sim, mas... – ele hesitou.

– Mas você está preocupado com a qualidade da comida, não é? – perguntou, alegre. – Pois bem, não se preocupe. Como também sou Estrangeira, entendo o que sente em relação ao uso intenso de microingredientes em tudo. Mas os cardápios da universidade não são ruins, pelo menos não no refeitório do corpo docente. Os alunos sofrem um pouco, mas isso ajuda a torná-los mais fortes.

Ela se levantou e seguiu para a porta, mas parou quando Seldon não pôde evitar a pergunta:

– Você faz parte do corpo docente?

Ela se virou e sorriu espirituosamente para ele.

– Eu não pareço ter idade suficiente? Fiz meu doutorado há dois anos, em Cinna, e estou aqui desde então. Em duas semanas, farei trinta.

– Me desculpe – disse Seldon, sorrindo de volta –, mas você não pode esperar manter uma aparência de vinte e quatro e não levantar dúvidas sobre o seu *status* acadêmico.

– Como você é gentil! – exclamou Dors, e Seldon sentiu um contentamento dominá-lo. Afinal, pensou, é impossível trocar gentilezas com uma mulher atraente e continuar se sentindo um completo estranho.

18

Dors estava certa. O café da manhã não foi nada mal. Tinha algo indiscutivelmente preparado com ovos e a carne estava defumada de maneira agradável. A bebida achocolatada (Trantor era adepto de chocolates, e Seldon não tinha nada contra isso) era provavelmente sintética, mas saborosa, e os pãezinhos matinais eram gostosos.

– Este foi um café da manhã muito agradável – Seldon achou que expressar sua opinião era o mínimo que podia fazer. – A comida. O lugar. Tudo.

– Fico contente que você tenha gostado – disse Dors.

Seldon olhou à volta. Havia uma série de janelas em uma parede e, apesar de não entrar luz solar de verdade (ele imaginou se, depois de algum tempo, aprenderia a ficar satisfeito com a luz difusa e pararia de procurar por fachos de luz do sol), o lugar tinha iluminação adequada. Aliás, estava bastante claro, pois o computador de administração do clima local aparentemente decidira que aquele seria um dia limpo e claro.

As mesas estavam arranjadas com quatro lugares em cada e a maioria estava com a ocupação máxima, mas Dors e Seldon ficaram sozinhos em sua mesa. Dors chamou alguns homens e mulheres e os apresentou a Seldon. Todos foram educados, mas nenhum deles se sentou. Era certamente isso o que Dors queria, mas Seldon não conseguiu ver como ela fizera aquilo acontecer.

– Você não me apresentou a nenhum matemático, Dors – disse Seldon.

– Não vi nenhum que eu conheça. A maioria dos matemáticos começa bem cedo e tem aula às oito. Em minha opinião, qualquer aluno desmiolado o suficiente para fazer matemática quer acabar essa parte do curso o mais rápido possível.

– Imagino que você não seja matemática.

– Qualquer coisa, menos isso – respondeu Dors, com uma curta risada. – *Qualquer* coisa. Meu campo é história. Já publiquei alguns estudos sobre a ascensão de Trantor... quero dizer, do reinado primitivo, não do mundo. Acho que Trantor Monárquico acabará se tornando minha especialização.

– Perfeito – exclamou Seldon.

– Perfeito? – Dors olhou para ele, intrigada. – Também tem interesse em Trantor Monárquico?

– De certa maneira, sim. Nisso e em coisas desse tipo. Nunca estudei história, e devia ter estudado.

– Será? Se você tivesse estudado história, teria tido pouco tempo para estudar matemática, e matemáticos são escassos, especialmente aqui, nesta universidade. Estamos por aqui de historiadores – ela fez um gesto para marcar a altura das sobrancelhas –, de economistas e de cientistas políticos, mas estamos defasados em ciência e matemática. Chetter Hummin chamou minha atenção para esse fato, certa vez. Ele disse que era o declínio da ciência e parecia acreditar que se tratava de um fenômeno generalizado.

– É claro que, quando digo que deveria ter estudado história – elucidou Seldon –, não quero dizer que deveria ter dedicado a isso minha vida inteira, mas sim estudado o suficiente para me ajudar na matemática. Meu campo de especialização é análise matemática de estruturas sociais.

– Soa horrível.

– E é, de certa maneira. É muito complicado e, sem que eu saiba muito mais sobre como as sociedades estão envolvidas, é impossível. Meus cenários são muito estáticos, entende?

– Não entendo, pois não sei nada sobre isso. Chetter me contou que você está desenvolvendo uma coisa chamada psico-história e que isso é importante. Acertei? Psico-história?

– Sim, está certa. Eu devia ter chamado "psicossociologia", mas me pareceu uma palavra feia. Ou talvez eu soubesse, instintivamente, que era necessário conhecimento em história, e não prestei atenção suficiente a meus próprios pensamentos.

– Psico-história de fato soa melhor, mas não sei o que é.

– Eu mesmo sei muito pouco.

Seldon refletiu por alguns minutos, olhando para a mulher do outro lado da mesa e sentindo que ela poderia fazer aquele exílio parecer menos um exílio. Pensou na outra mulher, que conhecera alguns anos atrás, mas bloqueou a lembrança com um esforço determinado. Se encontrasse outra companheira, precisaria ser alguém que entendesse o universo acadêmico e soubesse o que esse universo exige de uma pessoa.

Para levar sua mente a outro assunto, ele disse:

– Chetter Hummin me contou que a universidade não é de maneira nenhuma afetada pelo governo.

– Ele está certo.

– Me parece uma indulgência um tanto improvável por parte do governo imperial – sugeriu Seldon, fazendo um gesto negativo com a cabeça. – As instituições educacionais em Helicon não são, de jeito nenhum, livres de pressões governamentais.

– Tampouco em Cinna. Tampouco em qualquer outro mundo, com exceção de um ou dois dos maiores, talvez. Trantor é diferente.

– Sim, mas por quê?

– Porque é o centro do Império. As universidades daqui têm imenso prestígio. Profissionais são criados por qualquer universidade em qualquer lugar, mas os administradores do Império (os oficiais do alto escalão, os incontáveis milhões de pessoas que representam os tentáculos do Império em cada canto da Galáxia) são instruídos bem aqui, em Trantor.

– Nunca vi as estatísticas...

– Acredite em mim. É importante que os oficiais do Império tenham uma base de conhecimento em comum, um sentimento especial pelo Império. E não podem ser todos trantorianos nativos, senão os outros mundos ficariam progressivamente incomodados. Por isso, Trantor precisa atrair milhões de Estrangeiros para estudar aqui. Não importa de onde venham, quais são os sotaques ou culturas, desde que adotem o verniz de Trantor e se identifiquem com um histórico escolar trantoriano. É isso que mantém o Império unido. Além disso, os outros mundos são menos obstinados quando uma porção notável dos administradores que representam o governo imperial são pessoas de seu próprio povo, por nascimento e criação.

Seldon ficou constrangido mais uma vez. Aquilo era algo em que nunca tinha pensado. Questionou a si mesmo se alguém poderia ser um matemático verdadeiramente excepcional se a matemática fosse tudo o que essa pessoa soubesse.

– Isso é de conhecimento comum? – perguntou.

– Imagino que não – respondeu Dors, depois de pensar por um instante. – Existe *tanto* conhecimento a ser obtido que os especialistas se atêm a suas especialidades como um escudo contra ter que saber tudo sobre todo o resto. Evitam o afogamento.

– Ainda assim, *você* sabe.

– Mas essa é minha especialidade. Sou uma historiadora que lida com a ascensão de Trantor Monárquico, e essa técnica administrativa foi uma das muitas maneiras com as quais Trantor expandiu sua influência e conseguiu fazer a transição de Trantor Monárquico para Trantor Imperial.

– A superespecialização pode ser danosa – observou Seldon, quase como um murmúrio para si mesmo. – Corta o conhecimento em um milhão de pedaços e o deixa sangrando.

– O que fazer? – Dors deu de ombros. – A questão é, se Trantor pretende atrair Estrangeiros para universidades trantorianas, precisa oferecer a eles algo em troca para que se desenraízem e venham a um planeta estranho, com uma estrutura incrivelmente artificial e aspectos esquisitos. Estou aqui há dois anos e ainda não me acostumei. Talvez nunca me acostume. Mas, também, não pretendo ser uma administradora, então não me forço a agir como uma trantoriana. De qualquer forma, o que Trantor oferece em troca não é apenas a promessa de grande *status*, poder considerável e dinheiro. Oferece também liberdade. Enquanto os alunos estudam, estão livres para condenar o governo, rebelar-se contra ele de forma pacífica, chegar a suas próprias teorias e pontos de vista. Eles apreciam esse fato e muitos vêm para cá para experimentar essa sensação de liberdade.

– Imagino que isso também ajude a aliviar pressões – disse Seldon. – Eles extravasam todos os ressentimentos, desfrutam de toda a presunçosa autossatisfação que teria um jovem revolucionário e, no momento em que assumem seus postos na hierarquia imperial, estão prontos para se entregar ao conformismo e à obediência.

– Você talvez esteja certo – Dors concordou com a cabeça. – De qualquer maneira, o governo, por todos esses motivos, preserva cuidadosamente a liberdade das universidades. Não é uma questão de indulgência, de jeito nenhum. É estratégia.

– Se você não quer ser uma administradora, Dors, *o que* quer ser?

– Historiadora. Darei aulas, acrescentarei meus próprios livros-filmes à programação.

– Nada de muito *status*, talvez.

– Nada de muito dinheiro, Hari, o que é mais importante. Quanto ao *status*, é o tipo de problema que prefiro evitar. Já vi muitas pessoas com *status*, mas ainda procuro por uma que esteja feliz. *Status* não é algo sólido; você precisa batalhar constantemente para evitar que ele afunde. Até mesmo imperadores têm um final ruim, na maioria das vezes. Algum dia eu talvez volte a Cinna para ser professora.

– E a educação trantoriana lhe dará *status*.

Dors riu.

– Suponho que sim – respondeu –, mas, em Cinna, quem se importaria? É um mundo inerte, cheio de fazendas e com muito gado, tanto com quatro patas como com duas pernas.

– Não será tedioso, depois de Trantor?

– Sim, é com isso que estou contando. E, se ficar tedioso demais, posso conseguir uma bolsa para ir a outro lugar e fazer um pouco de pesquisa histórica. É a vantagem da minha área.

– De um matemático, por outro lado – disse Seldon, com um traço de amargura em relação a algo que nunca o havia incomodado antes –, espera-se apenas que ele fique no computador e pense. Falando em computadores... – ele hesitou. Tinham terminado o café da manhã e lhe parecia muito provável que ela tivesse outras coisas a fazer.

Mas ela não parecia com pressa para ir embora.

– Sim? – ela perguntou. – Falando em computadores?

– Será que consigo uma permissão para usar a biblioteca de história?

– Acho – então foi Dors quem hesitou – que isso pode ser providenciado. Se você trabalhar na programação de matemática, será provavelmente considerado um membro parcial do corpo docente, e posso pedir que lhe garantam a permissão. Porém...

– Porém?

– Não quero magoá-lo, mas você é um matemático e diz que não sabe nada sobre história. Você saberia usar uma biblioteca de história?

Seldon sorriu.

– Imagino que vocês usam os computadores da mesma forma que em uma biblioteca de matemática – arriscou.

– Sim, mas o sistema de cada especialização tem suas próprias peculiaridades. Você não conhece os livros-filmes de referência básica nem métodos rápidos de filtrar e avançar. Talvez consiga encontrar um intervalo hiperbólico de olhos fechados...

– Você quer dizer integral hiperbólica – interrompeu Seldon com suavidade, mas Dors o ignorou.

– ... mas provavelmente não sabe como encontrar os termos do Tratado de Poldark em menos de um dia e meio.

– Imagino que eu possa aprender.

– Se... se... – ela parecia um pouco inquieta. – Se você quiser, tenho uma sugestão. Dou um curso semanal, de uma hora por dia, sem valer nota, sobre o uso da biblioteca. É para alunos. Você consideraria abaixo da sua dignidade participar de um curso desses... com alunos, quero dizer? Começa em três semanas.

– Você podia me dar aulas particulares – Seldon ficou ligeiramente surpreso com o tom sugestivo que surgiu em sua voz.

E ela percebeu.

– Eu provavelmente poderia – respondeu –, mas acho que seria mais vantajoso se você tivesse uma instrução mais formal. Usaremos a biblioteca e no final da semana será solicitado que você localize informações sobre assuntos específicos de interesse histórico. Você competirá com os outros alunos ao longo do curso, e isso o ajudará a aprender. Aulas particulares seriam bem menos eficientes, eu garanto. Ainda assim, entendo a dificuldade de competir com alunos. Caso você não se saia tão bem quanto eles, pode se sentir humilhado. Precisa se lembrar de que eles já estudaram história elementar, e você talvez não.

– Não estudei. Nada de "talvez". Mas não tenho medo de competir e não hei de me incomodar com alguma humilhação que possa surgir... – desde que eu aprenda os segredos da busca por referências históricas.

Era evidente para Seldon que ele estava começando a gostar da moça e que ele aproveitaria de bom grado a chance de ser aluno dela. Tinha consciência, também, de que chegara a um ponto de virada em sua mente.

Ele prometera a Hummin que tentaria elaborar uma psico--história praticável, mas aquela tinha sido uma promessa da mente, não do coração. Agora, estava determinado a agarrar a psico-história pelo pescoço – se precisasse – para transformá-la em algo praticável. Talvez fosse a influência de Dors Venabili.

Ou será que Hummin contava com aquilo? Hummin, decidiu Seldon, devia ser uma pessoa formidável.

19

Cleon I terminou o jantar, que, infelizmente, se tratava de um compromisso formal de Estado. Isso significava que ele precisava passar seu tempo conversando com oficiais – nenhum dos quais conhecia ou se lembrava de ter visto – com frases preestabelecidas para que cada um recebesse seu afago e, portanto, tivesse sua lealdade pela Coroa reforçada. Significava, também, que a comida chegava morna até ele, e ficava ainda mais fria até que ele pudesse comer.

Devia existir alguma maneira de evitar aquilo. Comer antes, talvez, por conta própria ou com uma ou duas pessoas mais próximas, com quem pudesse relaxar; então seguir para o jantar formal, no qual poderia degustar apenas uma pera importada. Ele adorava peras. Mas será que isso ofenderia os convidados, que considerariam a recusa do Imperador em comer com eles um insulto calculado?

Sua esposa era inútil nessa questão, claro, pois sua presença apenas acentuaria o incômodo. Ele se casara porque ela era membro de uma poderosa família dissidente, e a expectativa era de que, como resultado da união, eles silenciassem a dissidência – mesmo que Cleon esperasse piamente que ela, pelo menos, não o fizesse.

Ele aceitava tranquilamente que ela vivesse a própria vida em seus próprios aposentos, com exceção dos esforços necessários para a produção de um herdeiro, já que, para dizer a verdade, ele não gostava dela. E, agora que o herdeiro viera, ele podia ignorá-la completamente.

– Demerzel! – exclamou Cleon, mastigando uma castanha do punhado que embolsou ao deixar a mesa.

– Majestade?

Demerzel sempre aparecia imediatamente quando Cleon o chamava. Talvez ele pairasse constantemente à porta ou nas proximidades graças a um aviso do instinto de subserviência que ele seria chamado dali a alguns minutos – mas ele *sempre* aparecia e isso, divagou Cleon, era o que importava. Havia, claro, períodos em que Demerzel precisava ausentar-se por causa de missões imperiais. Cleon detestava essas ausências. Elas o deixavam desconfortável.

– O que aconteceu com o matemático? – questionou Cleon. – Esqueci o nome.

– Qual matemático tem em mente, Majestade? – perguntou Demerzel, que decerto sabia sobre de quem Cleon falava, mas talvez quisesse estudar quanto o Imperador se lembrava.

– O vidente – Cleon fez um gesto impaciente com a mão. – Aquele que veio me ver.

– Aquele que fomos buscar?

– Fomos buscar, que seja. Ele veio me ver. Que eu me lembre, você ia resolver o problema. E então?

– Majestade – Demerzel pigarreou –, eu tentei resolver.

– Ah! Isso significa que você falhou, não é mesmo?

De certa maneira, Cleon ficou satisfeito. Demerzel era o único de seus ministros que não hesitava ao assumir falhas. Os outros nunca admitiam o fracasso e, considerando que, mesmo assim, fracassos eram comuns, era difícil corrigi-los. Talvez Demerzel se permitisse ser mais honesto porque raramente falhava. Se não fosse por Demerzel, pensou Cleon, com tristeza, ele nunca ouviria o som da honestidade. Talvez nenhum Imperador tenha ouvido e talvez fosse esse um dos motivos pelos quais o Império...

Ele afastou os pensamentos e, repentinamente irritado com o silêncio de Demerzel, já que acabara de admirar sua honestidade em pensamento, insistiu secamente:

– E então? Você fracassou, não fracassou?

– Fracassei em parte, Majestade – Demerzel não hesitou. – Considerei que tê-lo aqui em Trantor, onde as coisas são... difíceis, talvez representasse um problema para nós. Foi fácil chegar à conclusão de que ele ficaria em uma posição mais conveniente em seu planeta natal. Ele planejava voltar para seu planeta no dia seguinte, mas havia sempre a chance de complicações, de ele decidir ficar em Trantor. Por isso, tomei providências para que dois arruaceiros o colocassem em seu voo naquele mesmo dia.

– Você conhece arruaceiros, Demerzel? – divertiu-se Cleon.

– É importante, Majestade, ter contato com diferentes tipos de pessoas, pois cada um tem sua própria variedade de usos, e isso inclui arruaceiros. Acontece que eles não foram bem-sucedidos.

– E por que não?

– Surpreendentemente, Seldon conseguiu afugentá-los.

– O matemático sabia lutar?

– Pelo que parece, matemática e artes marciais não necessariamente excluem uma à outra. Descobri tarde demais que seu mundo, Helicon, é notável por isso... artes marciais, não matemática. O fato de eu não ter descoberto antes foi uma falha, Majestade, e rogo por vosso perdão.

– Mas, então, suponho que o matemático tenha partido para seu planeta natal no dia seguinte, como tinha planejado.

– Infelizmente, o episódio saiu pela culatra. Surpreendido pelo evento, ele decidiu não retornar a Helicon e permaneceu em Trantor. Talvez tenha sido aconselhado a tanto por um transeunte, que calhou de estar presente no momento da briga. Foi outra complicação inesperada.

– Então, o nosso matemático... – Cleon franziu as sobrancelhas. – *Qual é* o nome dele?

– Seldon, Majestade. Hari Seldon.

– Então esse Seldon está fora de alcance.

– De certa maneira, Majestade. Rastreamos seus movimentos e agora ele está na Universidade de Streeling. Enquanto estiver lá, ele é intocável.

Cleon fechou o rosto e ficou levemente vermelho.

– Fico irritado com essa palavra, "intocável". Não deveria haver nenhum lugar do Império que minha mão não pudesse alcançar. Mas aqui, no meu próprio mundo, você me diz que alguém pode ser intocável. Vergonhoso!

– Sua mão pode tocar a universidade. Vossa Majestade pode enviar seu exército e arrancar esse Seldon de lá em qualquer momento que quiser. Porém, fazê-lo é algo... indesejável.

– Por que não diz "insensato", Demerzel? Você parece o matemático falando de vidência. É possível, mas insensato. Sou um Imperador para quem tudo é possível, mas pouco é sensato. Lembre-se, Demerzel. Se atingir Seldon é insensato, atingir você é totalmente sensato.

Eto Demerzel ignorou o último comentário. O "homem por trás do trono" sabia de sua importância para Cleon I, e ouvira tais ameaças antes. Esperou em silêncio enquanto o Imperador o encarava, furioso.

– E então – prosseguiu Cleon, batucando os dedos no braço da cadeira –, de que utilidade é esse matemático, se ele está na universidade?

– Talvez seja possível, Majestade, tirar proveito da adversidade. Enquanto estiver lá, ele talvez decida se dedicar à psico-história.

– Mesmo que ele insista que é impraticável?

– Ele talvez esteja equivocado, e talvez descubra que está equivocado. E, se descobrir que esteve equivocado, encontraríamos alguma maneira de tirá-lo da universidade. É possível que ele se junte a nós voluntariamente, nessas circunstâncias.

O Imperador perdeu-se em pensamentos por um instante.

– E se outra pessoa arrancá-lo de lá antes que a gente o faça? – perguntou.

– Quem desejaria fazer isso, Majestade? – indagou Demerzel, com suavidade.

– O prefeito de Wye, para começar – retrucou Cleon, subitamente gritando. – Seu maior sonho ainda é assumir o Império.

– A idade avançada amoleceu as garras do prefeito de Wye, Majestade.

– Não ouse acreditar nisso, Demerzel.

– E não temos nenhum motivo para supor que ele tenha qualquer interesse em Seldon ou até mesmo que saiba de sua existência, Majestade.

– Ora, Demerzel. Se nós o ouvimos falar no seminário, Wye também ouviu. Se nós enxergamos a possível importância de Seldon, Wye também pode enxergar.

– Caso isso aconteça – sugeriu Demerzel –, ou se houver uma possibilidade considerável de acontecer, teríamos justificativas para tomar atitudes severas.

– Quão severas?

– Talvez seja prudente cogitar – respondeu Demerzel, com cautela – que, em vez de arriscar que Seldon caia nas mãos de Wye, talvez preferíssemos que ele não caia nas mãos de ninguém. Fazê-lo deixar de existir, Majestade.

– Matá-lo, você quer dizer – disse Cleon.

– Se são essas as palavras que o senhor deseja usar, Majestade – respondeu Demerzel.

20

Hari Seldon reclinou-se na cadeira da antessala que lhe fora destinada graças à intervenção de Dors Venabili. Ele estava insatisfeito.

Na verdade, apesar de ter sido essa a expressão que usou em sua cabeça, sabia que era subestimar seus sentimentos de maneira grosseira. Não estava simplesmente insatisfeito, estava furioso, especialmente porque não tinha certeza de qual era o motivo de sua fúria. Seriam as diferentes histórias? Os escritores e os compiladores dessas histórias? Os mundos e as pessoas que faziam as histórias?

Fosse qual fosse o alvo de sua fúria, aquilo não era importante. O que importava é que suas anotações eram inúteis, seu novo conhecimento era inútil, tudo era inútil.

Ele estava na universidade havia seis semanas. Conseguira encontrar rapidamente um terminal de acesso e, com ele, começara a trabalhar, sem instruções, mas usando a intuição que desenvolvera ao longo de inúmeros anos de dedicação à matemática. O processo mostrara-se lento e hesitante, mas havia certo prazer em determinar gradualmente as rotas pelas quais poderia responder às próprias perguntas.

Então veio a semana de aulas com Dors, que lhe ensinou várias dezenas de atalhos e que trouxe dois conjuntos de constrangimentos. O primeiro incluiu os olhares de soslaio que recebeu dos alunos, que pareciam desdenhosamente conscientes de sua idade mais avançada e estavam sempre dispostos a demonstrar insatisfação pelo constante uso do honorífico "doutor" por parte de Dors, ao se referir a ele.

– Não quero que eles pensem que você é um repetente contumaz que vive fazendo aulas de recuperação de história – ela explicou.

– Mas você certamente já deixou isso claro. Agora, um simples "Seldon" deve ser suficiente.

– Não – respondeu Dors, sorrindo subitamente. – Além disso, gosto de chamá-lo de "dr. Seldon". Gosto do jeito como você fica desconfortável toda vez.

– Você tem um humor sádico peculiar.

– Você me privaria disso?

Por algum motivo, aquilo o fez rir. Certamente, a reação natural teria sido negar o sadismo. Mas, de alguma maneira, ele apreciou o fato de ela ter aceitado a jogada e devolvido de maneira informal. Aquele pensamento naturalmente levou a uma pergunta:

– Vocês jogam tênis aqui?

– Temos quadras, mas eu não jogo.

– Ótimo. Vou ensinar-lhe. E, quando o fizer, insistirei em chamá-la de Professora Venabili.

– Mas é assim que você me chama na sala de aula.

– Você ficará surpresa com quão ridículo isso soará na quadra de tênis.

– Eu talvez goste.

– Nesse caso, tentarei encontrar outras coisas de que você talvez não goste.

– Vejo que você tem um humor lascivo peculiar.

Ela jogara aquela bola propositadamente, e ele respondeu:

– Você me privaria disso?

Ela sorriu e, mais tarde, saiu-se surpreendentemente bem na quadra de tênis.

– Tem certeza de que nunca jogou tênis? – perguntou Seldon, ofegante, após uma partida.

– Absoluta – ela respondeu.

O outro conjunto de constrangimentos foi mais privativo. Ele aprendeu as técnicas necessárias para pesquisa histórica e então sofreu – em particular – com suas primeiras tentativas de usar a memória do computador. Era um raciocínio completamente distinto do usado em matemática. Era igualmente lógico, supôs Seldon, pois era possível usá-lo para avançar em qualquer direção que ele desejasse, com consistência e sem erros. Mas era um tipo de lógica substancialmente diferente daquele ao qual estava acostumado.

De qualquer forma, com ou sem instruções, tropeçando ou progredindo com velocidade, ele simplesmente não conseguia resultados.

Sua irritação ficou aparente na quadra de tênis. Dors chegou rapidamente a um nível em que não era necessário mandar bolas fáceis para que ela tivesse tempo de avaliar direção e distância. Assim, foi fácil esquecer que ela era apenas iniciante, e ele expressou sua raiva nas raquetadas, devolvendo a bola como se fosse o disparo de um laser solidificado.

Ela saltitou até a rede e disse:

– Entendo que você queira me matar, já que deve ser irritante me ver errar com tanta frequência. Mas como foi que você conseguiu *não* acertar minha cabeça desta vez? Quer dizer, não pegou nem de raspão. Você não consegue se esforçar mais?

Seldon, horrorizado, tentou se explicar, mas só conseguiu ser incoerente.

– Escute – ela disse –, não vou receber mais nenhum de seus voleios por hoje, então que tal tomarmos banho e nos encontrarmos para um chá ou coisa assim? Aí você pode me contar o que *exatamente* está tentando matar. Se a cabeça não fosse minha e se você não desabafar sobre o alvo verdadeiro, será perigoso demais tê-lo do outro lado da rede para que eu queira servir de alvo.

– Dors – comentou Seldon quando estavam tomando chá –, pesquisei história depois de história; apenas levantei os dados, investiguei. Ainda não tive tempo para estudar profundamente. Ainda assim, já é óbvio. Todos os livros-filmes focam os mesmos acontecimentos.

– Cruciais. Definidores da história.

– Isso é apenas uma desculpa. Eles copiam uns aos outros. São vinte e cinco milhões de mundos aí fora e há menções significativas a apenas vinte e cinco, talvez.

– Você está lendo apenas história geral da Galáxia. Procure pela história específica de alguns dos mundos menores. Em todos os mundos, por menores que sejam, as crianças aprendem sobre a história local antes mesmo de descobrir que existe uma Galáxia gigantesca lá fora. Você mesmo deve saber mais sobre Helicon neste exato momento do que sobre a ascensão de Trantor ou sobre a Grande Guerra Interestelar, não é?

– Esse tipo de conhecimento também é limitado – argumentou Seldon, com tristeza. – Conheço a geografia heliconiana, as histórias de sua colonização e as malfeitorias e infrações do planeta Jennisek... é o nosso inimigo tradicional, apesar de nossos professores terem cautelosamente nos ensinado que deveríamos dizer "adversário tradicional". Mas nunca aprendi nada sobre as contribuições de Helicon à história galáctica geral.

– Talvez não exista nenhuma.

– Bobagem. Claro que existe. Podem não ter sido batalhas espaciais grandiosas e abrangentes, rebeliões cruciais ou tratados de paz envolvendo Helicon. Pode não ter sido um competidor imperial que se estabeleceu em Helicon. Mas *deve* haver pequenas influências. Uma coisa não pode acontecer em um lugar sem que isso afete todo o resto. Ainda assim, não consigo encontrar nada que me ajude. Entenda, Dors. Na matemática, tudo pode ser encontrado no computador; tudo o que sabemos ou descobrimos em vinte mil anos. Não é a mesma coisa com a história. Os historiadores escolhem e priorizam, e todos eles escolhem sempre a mesma coisa.

– Mas, Hari – respondeu Dors –, a matemática é uma invenção humana ordenada. Uma coisa é resultado de outra coisa. Existem definições e axiomas, todos os quais são conhecidos. Tudo faz parte... faz parte... de uma mesma coisa. A história é diferente. É uma organização inconsciente das ações e dos pensamentos de quatrilhões de seres humanos. Os historiadores *precisam* escolher e priorizar.

– Exatamente – disse Seldon –, mas eu preciso conhecer a história completa se pretendo estabelecer as leis da psico-história.

– Se for assim, você *nunca* formulará as leis da psico-história.

Isso acontecera no dia anterior. Agora, Seldon estava sentado em sua divisória, depois de mais um dia de fracasso absoluto, e podia ouvir a voz de Dors dizendo: "Se for assim, você *nunca* formatará as leis da psico-história".

Era o que ele achava no início e, se não fosse pela convicção contrária de Hummin e sua curiosa habilidade de acender uma chama de convicção contrária também em Seldon, ele teria continuado a achar isso.

E, ainda assim, ele tampouco conseguiria desistir. Será que havia alguma solução?

Ele não conseguia pensar em nenhuma.

SUPERFÍCIE EXTERIOR

———— Trantor...

Quase nunca é mostrado como um mundo visto do espaço. Faz muito tempo que se instalou na imaginação da humanidade como um mundo interiorizado e a imagem predominante é a da colmeia humana que existia sob seus domos. Ainda assim, havia também um exterior, e existem hologramas intactos cujas capturas foram feitas a partir do espaço e mostram níveis variados de detalhes (ver figuras 14 e 15). Observe que a superfície dos domos – a interface entre a vasta cidade e a atmosfera que a encobria, conhecida, na época, como "Superfície Exterior" – é...

ENCICLOPÉDIA GALÁCTICA

21

AINDA ASSIM, SELDON ESTAVA DE VOLTA à biblioteca no dia seguinte. Para início de conversa, havia a promessa que fizera a Hummin. Ele prometera tentar, e tal promessa exigia dedicação total. Além disso, ele devia algo também a si mesmo. Doía ter de admitir o fracasso – não por enquanto, pelo menos. Não enquanto pudesse dizer honestamente a si mesmo que havia indícios que podia averiguar.

Por isso, analisou a lista de livros-filmes referenciais que ainda não tinha verificado e tentou decidir qual daqueles números nada atraentes tinha a mínima chance de oferecer alguma utilidade. Ele tinha praticamente decidido "nenhum dos anteriores" e chegado à conclusão de que não havia outra maneira além de checar trechos de cada um quando foi surpreendido por uma gentil batida na parede da divisória.

Seldon ergueu a cabeça e encontrou o constrangido rosto de Lisung Randa olhando para ele pela beirada da divisória. Seldon conhecia Randa; tinha sido apresentado por Dors e haviam jantado juntos (e com outros) em várias ocasiões.

Randa, um professor de psicologia, era um homem pequeno, baixinho e rechonchudo, com um rosto alegre e redondo e um sorriso quase constante. Tinha a pele amarelada e os olhos estreitos, característicos dos povos de milhões de mundos. Seldon conhecia bem aquela aparência, pois muitos dos grandes matemáticos tinham tais feições e ele vira frequentemente seus hologramas. Ainda assim, nunca tinha visto um desses orientais em Helicon (eles eram tradicionalmente chamados "orientais", apesar de ninguém saber por quê; e dizia-se que os próprios orientais de certa maneira se ressentiam do termo, apesar de, mais uma vez, ninguém saber por quê).

– Há milhões de nós aqui em Trantor – disse Randa, sorrindo sem nenhum sinal de constrangimento quando Seldon, ao conhecê-lo, não conseguiu reprimir os sinais de uma espantada admiração. – Você também encontrará vários meridionais, com pele escura e cabelos densos encaracolados. Já viu algum?

– Não em Helicon – murmurou Seldon.

– São todos ocidentais em Helicon, então? Que tedioso! Mas não importa. Há de haver de tudo no universo. (Ele deixou Seldon na dúvida se havia orientais, meridionais e ocidentais, mas nenhum setentrional. Seldon tentou encontrar uma explicação para isso em sua busca por referências, sem sucesso.)

E agora o rosto bondoso de Randa olhava para ele com uma expressão quase teatral de preocupação.

– Você está bem, Seldon? – perguntou.

– Sim, claro – Seldon o encarou. – Por que não estaria?

– Estou julgando a partir dos sons, meu amigo. Você estava gritando.

– Gritando? – Seldon olhou para Randa com indignada descrença.

– Nada muito alto. Algo assim. – Randa rangeu os dentes e emitiu um som agudo e estrangulado, que saiu do fundo de sua garganta. – Se eu estiver enganado, peço desculpas por invadir sua privacidade sem motivos. Por favor, me perdoe.

– Está perdoado, Lisung – Seldon deixou a cabeça pender. – Já me disseram que eu faço esse som, de vez em quando. Garanto que é inconsciente. Nunca percebo quando o faço.

– Tem consciência de *por que* faz?

– Sim. Frustração. *Frustração.*

Randa fez um gesto para que Seldon se aproximasse.

– Estamos incomodando as pessoas – disse, em um tom mais baixo. – Vamos para o saguão antes que sejamos expulsos.

No saguão, enquanto os dois tomavam bebidas suaves, Randa continuou:

– Por interesse profissional, posso perguntar o *motivo* de tanta frustração?

– Por qual motivo alguém geralmente se sente frustrado? – Seldon deu de ombros. – Estou envolvido com algo em que não consigo progredir.

– Mas você é um matemático, Hari. Por que um assunto da biblioteca de história o frustraria?

– O que *você* está fazendo aqui?

– Apenas passando, um atalho para o meu destino, até que ouvi você... se lamentando. Agora deixou de ser um atalho – ele sorriu – e se transformou em um grande atraso, mas ao qual dou boas-vindas.

– Quisera eu estar apenas passando pela biblioteca de história... Estou tentando resolver um problema matemático que requer certo conhecimento sobre história, e receio não estar me saindo muito bem.

Randa observou Seldon com uma incomum expressão solene no rosto.

– Desculpe-me – disse –, mas agora vou correr o risco de ofendê-lo. Tenho monitorado você.

– Me monitorado? – Os olhos de Seldon se arregalaram. Ele se sentiu particularmente furioso.

– Eu *de fato* o ofendi. Mas, sabe o que é, tenho um tio que era matemático. Você talvez tenha ouvido falar nele: Kiangtow Randa.

– Você é parente *daquele* Randa? – Seldon se surpreendeu.

– Sim. Ele é o irmão mais velho de meu pai e ficou bastante decepcionado por eu não ter seguido seus passos; ele não tem filhos. Achei que o agradaria de alguma forma saber que conheci um matemático e eu queria me gabar sobre você (se pudesse), então verifiquei as informações que estavam disponíveis na biblioteca de matemática.

– Entendi. Então é por isso que está aqui. Bom, eu lamento. Acho que não há muitos motivos para você se gabar.

– Pois você está enganado. O que vi me impressionou. Não consegui entender nada sobre os temas de seus seminários, mas, de alguma maneira, as informações pareciam ser bastante favoráveis. E, quando verifiquei o arquivo de notícias, descobri que você esteve na Convenção Decenal que aconteceu este ano. Então... de que se trata essa "psico-história"? Obviamente, as duas primeiras sílabas atiçaram minha curiosidade.

– Vejo que *esse* termo você entendeu.

– A não ser que eu esteja totalmente equivocado, me parece que você pode discernir o curso futuro da história.

– É mais ou menos isso – Seldon concordou com a cabeça, sem ânimo – o que define a psico-história. Ou melhor, o que deveria definir.

– Mas trata-se de um estudo sério? – Randa sorria. – Não é apenas lançar gravetos?

– Lançar gravetos?

– É uma referência a um jogo para crianças do meu planeta natal, Hopara. Teoricamente, o jogo prevê o futuro e, se você for uma criança esperta, pode tirar proveito dele. Diga a uma mãe que sua filha crescerá linda e se casará com um homem rico e você recebe, ali mesmo, um pedaço de bolo ou meio crédito. Essa mãe não vai esperar para ver se aquilo se tornará realidade; você recebe a recompensa apenas por dizer.

– Entendi. Não, não fico apenas lançando gravetos. A psico-história é somente um estudo abstrato. Estritamente abstrato. Não tem nenhuma aplicação prática. Exceto que...

– Agora estamos chegando a algum lugar. As exceções são a parte interessante.

– Exceto que eu gostaria de desenvolver uma aplicação prática. Talvez, se eu soubesse mais sobre história...

– Ah, então é por isso que você está lendo história?

– Sim, mas não está me adiantando em nada – respondeu Seldon, pesaroso. – Existe história demais e só uma pequena parte dela é contada propriamente.

– E isso é frustrante para você?

Seldon concordou com a cabeça.

– Mas, Hari – argumentou Randa –, você está aqui há apenas algumas semanas.

– É verdade, mas já posso ver que...

– Você não pode ver nada em apenas algumas semanas. Talvez precise passar toda a sua vida para fazer um único avanço. Podem ser necessárias gerações de dedicação de muitos matemáticos para chegar a um progresso genuíno quanto a esse problema.

– Eu sei disso, Lisung, o que não faz com que eu me sinta melhor. Quero fazer um progresso visível, e por conta própria.

– Bem, ficar se distraindo também não ajudará em nada. Se isso fizer você se sentir melhor, posso dar um exemplo de um assunto bem menos complexo do que a história humana sobre o qual as pessoas têm de estudar por sabe-se lá quanto tempo, sem muito progresso. Sei disso porque há uma equipe trabalhando nele aqui mesmo, na universidade, e um de meus melhores amigos está envolvido. Você não sabe o que é frustração. Aquilo é frustração!

– Qual é o assunto? – Seldon percebeu uma pequena curiosidade agitando-se em sua mente.

– Meteorologia.

– Meteorologia? – Seldon sentiu-se revoltado com a resposta anticlimática.

– Não faça essa cara. Escute. Cada mundo habitado tem uma atmosfera. Cada mundo tem sua própria composição atmosférica, sua própria escala de temperatura, sua própria rotação e translação, sua própria inclinação de eixo, sua própria distribuição de água/terra. Temos vinte e cinco milhões de problemas diferentes e ninguém conseguiu encontrar uma generalização.

– É porque o comportamento atmosférico entra facilmente em uma fase caótica. Todo mundo sabe disso.

– É o que diz o meu amigo, Jenarr Leggen. Você o conheceu.

– Sujeito alto? – perguntou Seldon, pensativo. – Nariz comprido? Não é de falar muito?

– Ele mesmo. E Trantor é um quebra-cabeça maior do que qualquer outro mundo. De acordo com os registros, o planeta tinha um padrão climático razoavelmente comum quando os primeiros colonizadores chegaram. Então, conforme a população cresceu e a urbanização se espalhou, mais energia foi usada e mais calor foi lançado à atmosfera. As calotas polares diminuíram, a camada de nuvens ficou mais espessa e o clima piorou. Isso encorajou o crescimento subterrâneo e deu início a um círculo vicioso. Conforme o clima piorava, mais profundas eram as escavações e mais domos eram construídos, e o clima piorava ainda mais. Agora o planeta se tornou um mundo quase constantemente nublado e com chuvas frequentes (ou neve, quando está frio o suficiente). O problema é que ninguém consegue determinar com clareza. Ninguém conseguiu desenvolver uma análise que possa explicar por que o clima se deteriorou dessa maneira ou como seria possível prever com precisão as mudanças que acontecem no dia a dia.

Seldon deu de ombros.

– Esse tipo de coisa tem importância? – perguntou.

– Para um meteorologista, sim. Por que eles não poderiam ficar tão frustrados com os próprios problemas quanto você fica com os seus? Não seja um chauvinista de projeto.

Seldon se lembrou do céu nublado e do frio úmido no trajeto para o palácio do Imperador.

– E o que está sendo feito em relação a isso? – perguntou.

– Há um grande projeto com esse tema aqui na universidade, e Jenarr Leggen faz parte dele. Eles acreditam que, se conseguirem entender as mudanças climáticas em Trantor, aprenderão bastante sobre as leis básicas da meteorologia geral. Leggen quer isso tanto quanto você quer suas leis para a psico-história. Por isso, ele instalou um conjunto incrível de instrumentos dos mais variados tipos na Superfície Exterior... você sabe, acima dos domos. Até agora, não os ajudou em nada. E, se tantas gerações se dedicaram e ainda se dedicam às questões da atmosfera, sem resultados, como você pode reclamar que não conseguiu nada sobre a história humana em apenas algumas semanas?

Randa estava certo, pensou Seldon, enquanto ele próprio agia de maneira irracional e equivocada. Ainda assim... ainda assim... Hummin diria que esse tipo de fracasso na abordagem científica de um problema era mais um sinal da decadência dos tempos. Ele talvez estivesse certo *também*, com a diferença de que falava sobre uma decadência generalizada e de efeito *médio*. Seldon não sentia nenhuma decadência de capacidade e mentalidade em si mesmo.

– Você quer dizer que pessoas sobem para as partes externas dos domos e ficam a céu aberto? – perguntou, com genuíno interesse.

– Sim. Superfície Exterior. Mas é uma coisa engraçada. A maior parte dos trantorianos não quer subir. Eles não gostam de ir para lá. A ideia lhes dá vertigem, alguma coisa assim. A maioria dessas pessoas que trabalham no projeto de meteorologia veio de outros mundos.

Seldon olhou pela janela, para os gramados e pequenos jardins do *campus*, totalmente iluminados, mas sem sombras ou um calor opressivo.

– Não sei se posso julgar os trantorianos por gostarem do conforto sob os domos – murmurou, pensativo –, mas imaginei que a curiosidade levaria pelo menos *alguns* à Superfície Exterior. Certamente levaria a mim.

– Você quer dizer que gostaria de ver a meteorologia em ação?

– Creio que sim. Como se faz para chegar à Superfície Exterior?

– É fácil. Um elevador o leva até lá em cima, uma porta se abre, e pronto. Já estive lá. É... único.

– Isso tiraria minha mente da psico-história por algum tempo – suspirou Seldon. – Seria algo bem-vindo.

– Por outro lado – respondeu Randa –, meu avô sempre dizia que "todo conhecimento é apenas um", e talvez estivesse certo. Você talvez aprenda alguma coisa sobre meteorologia que o ajude em sua psico-história. Não acha possível?

Seldon abriu um sorriso sem convicção.

– Muitas coisas são possíveis – disse, e então pensou consigo mesmo: *mas não praticáveis.*

22

Dors achou graça.

– Meteorologia? – perguntou.

– Sim – respondeu Seldon. – Há uma coleta de dados agendada para amanhã e vou subir com eles.

– Está cansado de história?

– Sim, estou – ele concordou com a cabeça, taciturno. – A mudança será bem-vinda. Além disso, Randa me disse que se trata de outro problema grandioso demais para a matemática resolver e me fará bem ver que minha situação não é única.

– Espero que você não seja agorafóbico.

– Não, não sou – Seldon abriu um sorriso –, mas entendo a pergunta. Randa disse que os trantorianos são frequentemente agorafóbicos e não sobem até a Superfície Exterior. Imagino que se sintam desconfortáveis sem uma camada protetora.

– Em alguns lugares, isso é natural e compreensível – Dors concordou com a cabeça –, mas há também muitos trantorianos em outros planetas da Galáxia; turistas, administradores e soldados trantorianos em mundos sem cobertura. Além disso, agorafobia não é exatamente rara no universo.

– Talvez não seja, Dors, mas eu não sou agorafóbico. Estou curioso e a mudança me agrada, portanto vou me juntar a eles amanhã.

– Eu deveria subir com você – hesitou Dors –, mas tenho uma agenda lotada para amanhã. De qualquer jeito, se você não é agorafóbico, não terá dificuldade alguma e provavelmente aproveitará muito. Oh, e fique perto dos meteorologistas. Já ouvi falar sobre pessoas que se perderam lá em cima.

– Serei cuidadoso. Faz muito tempo desde que me perdi de verdade em algum lugar.

23

Jenarr Leggen tinha um aspecto sombrio. Não era por causa da pele, que tinha um tom claro; tampouco por causa das sobrancelhas, grossas e escuras. Em vez disso, a questão era que aquelas sobrancelhas estavam curvadas sobre olhos profundos e um nariz longo e deveras proeminente. Por causa disso, ele parecia tremendamente sisudo. Seus olhos não sorriam e, quando ele falava – o que não acontecia com muita frequência –, tinha uma voz grave, forte e surpreendentemente ressonante, considerando seu corpo magro.

– Você precisará de roupas mais quentes do que essas, Seldon – comentou Leggen.

– É mesmo? – Seldon olhou à volta.

Havia dois homens e duas mulheres se preparando para subir com Leggen e Seldon. Suas roupas trantorianas acetinadas estavam cobertas por espessos casacos que, como era de se esperar, tinham cores gritantes e design ousado, assim como as de Leggen. Nenhum deles tinha a menor semelhança com os outros.

– Me desculpe – continuou Seldon, olhando para si mesmo –, eu não sabia. Não tenho nenhum casaco apropriado.

– Posso lhe emprestar um. Acho que há um sobressalente em algum lugar por aqui... Sim, aqui está. Um pouco surrado, mas é melhor do que nada.

– Casacos como este podem fazer com que a gente fique com muito calor – comentou Seldon.

– Aqui, seria mesmo o caso – respondeu Leggen. – Mas as condições são diferentes na Superfície Exterior. Muito frio e muito vento. É uma pena que eu não tenha calças e botas sobressalentes para emprestar. Você vai querer.

O grupo levava um carrinho cheio de instrumentos, que testavam um a um com o que Seldon considerou ser uma lentidão desnecessária.

– Seu planeta natal é gelado? – perguntou Leggen.

– Partes de Helicon são, claro – disse Seldon. – A região de onde venho é amena e chove com frequência.

– Pena. Você não vai gostar do clima na Superfície Exterior.

– Creio que posso aguentar pelo tempo que estivermos lá em cima.

Quando estava pronto, o grupo entrou em um elevador com a placa: USO RESTRITO A PESSOAS AUTORIZADAS.

– É porque esse elevador vai para a Superfície Exterior – explicou uma das moças –, e as pessoas não podem ir para lá sem bons motivos.

Seldon não tinha sido apresentado à moça, mas ouviu os outros chamarem-na de Clowzia. Ele não sabia se era um nome, um sobrenome ou um apelido.

O elevador não parecia ser diferente dos outros em que Seldon estivera, tanto ali em Trantor como em Helicon (exceto, claro, o elevador gravitacional que usara com Hummin), mas saber que aquele equipamento o levaria para fora do confinamento, para o vazio externo do planeta, fazia com que parecesse uma espaçonave.

Seldon sorriu internamente. Um tolo devaneio.

O elevador estremeceu de leve, o que fez com que Seldon se lembrasse do presságio de Hummin sobre a decadência galáctica. Leggen, os outros homens e uma das mulheres pareciam congelados à espera, como se tivessem interrompido seus movimentos e atividade mental até que pudessem sair, mas Clowzia olhava Seldon constantemente pelo canto do olho, como se o considerasse algo muito impressionante.

Seldon inclinou-se em sua direção e sussurrou (pois não queria incomodar os outros):

– Vamos até uma altura muito grande?

– Grande? – ela repetiu. Falava em um tom normal, aparentemente discordando de que os outros precisassem de silêncio. Ela parecia bastante jovem e ocorreu a Seldon que havia fortes chances de ela ser uma aluna. Uma novata, talvez.

– Estamos demorando bastante. A Superfície Exterior deve ficar a muitos níveis de altura.

Por um instante ela ficou intrigada.

– Oh, não – respondeu, enfim. – Não chegaremos tão alto assim. Começamos de uma profundidade muito grande. A universidade fica em um nível baixo. Precisamos de uma grande quantidade de energia e, se estivermos mais próximos da superfície do planeta, os custos são menores.

– Certo – interrompeu Leggen. – Aqui estamos. Vamos instalar o equipamento.

O elevador parou com um pequeno tremor e a porta larga deslizou para o lado rapidamente. A temperatura caiu de imediato e

Seldon colocou as mãos nos bolsos, contente por estar usando um casaco. Um vento gelado sacudiu seus cabelos e lhe ocorreu que um chapéu teria sido útil. Quando o pensamento surgiu em sua cabeça, Leggen puxou algo de dentro de seu casaco, estufou-o com um estalo e colocou na cabeça. Os outros fizeram o mesmo.

Apenas Clowzia hesitou. Parou pouco antes de vestir o chapéu e então o ofereceu a Seldon.

– Não posso pegar o seu chapéu, Clowzia – Seldon negou com a cabeça.

– Vá em frente. Meu cabelo é comprido e espesso. O seu é curto e um pouco... fino.

Seldon teria preferido negar com mais firmeza – e, em outra situação, teria feito justamente isso. Porém, naquele momento, aceitou o chapéu.

– Muito obrigado – murmurou. – Se você ficar com frio na cabeça, eu o devolvo.

Talvez ela não fosse tão jovem assim. Era uma impressão causada por seu rosto redondo, quase de bebê. E, agora que ela chamara a atenção para seus cabelos, ele reparara no charmoso tom vermelho dos fios. Seldon nunca vira cabelos como aqueles em Helicon.

A parte exterior estava coberta por nuvens, como quando ele fora levado pelo campo aberto até o palácio. Estava consideravelmente mais frio do que naquele dia, mas Seldon supôs que era por causa das seis semanas de inverno que tinham se passado desde então. As nuvens eram mais densas e o dia estava perceptivelmente mais escuro e ameaçador – ou será que era apenas mais tarde, mais perto da noite? Eles certamente não subiriam para uma importante coleta de dados sem uma ampla parte do dia pela frente. Ou será que não esperavam levar tanto tempo?

Seldon gostaria de ter perguntado, mas lhe ocorreu que o grupo talvez não apreciasse perguntas naquele momento. Todos pareciam em estágios variados que iam de empolgação a raiva.

Ele olhou à sua volta.

Estava sobre algo que, considerando o som produzido quando bateu o pé no chão sem pedir licença, parecia metal. Mas o metal não estava exposto: conforme caminhava, deixava pegadas. A superfície estava evidentemente coberta por algum tipo de poeira, areia fina ou lama.

E por que não estaria? Não devia haver ninguém para fazer limpeza. Por curiosidade, ele se agachou para tocar o material com os dedos.

Clowzia aproximou-se de Seldon e percebeu o que ele fazia.

– Nós limpamos apenas por aqui, por causa dos instrumentos – disse, como uma dona de casa flagrada em uma embaraçosa negligência. – É muito pior na maioria da Superfície Exterior, mas isso realmente não importa. Serve como material de isolamento, sabe?

Seldon grunhiu e continuou a observar à sua volta. Não havia a menor possibilidade de entender os instrumentos, que pareciam crescer naquele solo (se é que tal termo poderia ser usado). Ele não tinha a mínima ideia do que eram ou o que mediam.

Leggen caminhou em sua direção. Ele erguia os pés e os colocava no chão com cautela, e Seldon imaginou que era para evitar interferências no equipamento. Fez uma anotação mental para também caminhar daquela maneira.

– Você! Seldon!

Seldon não gostou do tom de voz.

– Sim, dr. Leggen?

– Pois bem. Dr. Seldon, então – ele respondeu, impaciente. – Aquele camarada baixinho, Randa, disse que você é um matemático.

– Isso mesmo.

– Um bom matemático?

– Eu prefiro acreditar que sim, mas é algo difícil de garantir.

– E está interessado em problemas insolúveis?

– Estou empacado em um.

– E eu estou empacado em outro. Sinta-se livre para olhar por aí. Se tiver alguma dúvida, nossa estagiária, Clowzia, o ajudará. Você talvez possa nos ser útil.

– Seria um prazer, mas não sei nada sobre meteorologia.

– Não tem problema, Seldon. Quero apenas suas impressões gerais sobre a coisa e depois gostaria de discutir o que for possível sobre a *minha* matemática.

– Estou à disposição.

Leggen deu meia-volta, seu longo rosto carrancudo ainda inflexível. Então, voltou-se para Seldon novamente.

– Se você ficar com frio, com frio *demais*, a porta do elevador está aberta. Basta entrar e apertar o botão marcado como BASE UNIVERSIDADE. Ele o levará para baixo e depois voltará automaticamente. Clowzia pode lhe mostrar, caso esqueça.

– Não esquecerei.

Dessa vez, Leggen foi embora e Seldon o observou enquanto isso, sentindo o frio gelado esfaqueando seu casaco. Clowzia foi mais uma vez até ele, seu rosto já levemente avermelhado por causa do vento.

– O dr. Leggen parece irritado – disse Seldon. – Ou aquela é sua expressão normal o tempo todo?

Ela riu.

– Ele realmente parece irritado a maior parte do tempo – disse –, mas, desta vez, está irritado de verdade.

– Por quê? – perguntou Seldon, naturalmente.

Clowzia olhou por cima do ombro, seus longos cabelos voando.

– Eu não deveria saber – disse –, mas sei mesmo assim. O dr. Leggen tinha calculado que hoje, neste exato momento, haveria uma abertura nas nuvens, e ele planejava fazer coletas de dados específicos sob a luz do sol. Porém... bom, olhe como está o tempo.

Seldon concordou com a cabeça.

– Temos receptores de holovisualização aqui em cima, portanto ele sabia que estava nublado (mais do que o normal) e acho que contava com algum erro dos instrumentos, para que fosse culpa deles, e não de seus cálculos. Porém, até agora não encontramos nada fora do lugar.

– E é por isso que ele parece tão infeliz.

– Ora, ele *nunca* parece feliz.

Seldon olhou à sua volta com os olhos semicerrados. Apesar das nuvens, a luz era intensa. Ele percebeu que a superfície sob seus pés não era exatamente horizontal. Estava em um domo raso e, conforme olhou a distância, viu outros domos em todas as direções, com diferentes extensões e alturas.

– A Superfície Exterior parece ser irregular – comentou.

– A maior parte, se não me engano. Foi assim que foi desenvolvida.

– Algum motivo específico?

– Na verdade, não. A explicação que ouvi (quando olhei à volta e perguntei, assim como você) foi a de que, originalmente, os habitantes de Trantor construíram domos sobre alguns lugares, shopping centers, estádios, coisas do tipo, e então sobre cidades inteiras, e por isso havia muitos domos aqui e ali, com alturas e larguras diferentes. Quando os domos foram se aproximando, eram todos desiguais, mas as pessoas decidiram que era daquele jeito que tinha de ser.

– Você quer dizer que algo praticamente acidental viria a ser considerado uma tradição?

– Imagino que sim, se você quiser usar essas palavras.

(Se algo praticamente acidental pode se transformar em algo considerado uma tradição, inquebrável ou quase inquebrável, pensou Seldon, seria essa uma lei da psico-história? Parecia trivial, mas quantas outras leis igualmente triviais existiam? Um milhão? Um bilhão? Será que havia relativamente poucas leis gerais, das quais essas leis triviais seriam corolários? E como ele poderia dizer? Por um momento, perdido em pensamentos, ele quase esqueceu o frio cortante.)

Mas Clowzia continuava afetada pelo frio, pois se arrepiou e disse:

– É horrível. Muito melhor sob os domos.

– Você é trantoriana? – perguntou Seldon.

– Sim, eu sou.

– Você se sente incomodada de estar aqui em cima? – questionou Seldon, lembrando-se da afirmação de Randa, de que os trantorianos eram agorafóbicos.

– Eu detesto – respondeu Clowzia –, mas quero meu diploma, minha especialização e meu *status*, e o dr. Leggen diz que não conseguirei nada disso sem algum trabalho de campo. Por isso, cá estou eu, detestando, especialmente quando está tão frio. Aliás, quando está frio assim você nem sonharia que existe vegetação crescendo sobre os domos, não é?

– *Existe*? – Seldon olhou secamente para Clowzia, suspeitando de algum tipo de piada para fazê-lo parecer um bobo. Ela parecia totalmente inocente, mas será que a impressão era verdadeira, ou era apenas seu rosto de bebê?

– Oh, sim, claro. Até mesmo aqui, quando está mais quente. Reparou no solo? Como eu disse, mantemos essa parte limpa por causa das coletas, mas em outros lugares ele se acumula pelos cantos e é especialmente fundo nos pontos em que os domos se encontram. Crescem plantas neste solo.

– Mas de onde vem o solo?

– Quando os domos cobriam apenas parte do planeta, o vento foi depositando solo sobre eles, pouco a pouco. Então, quando Trantor estava todo coberto e os níveis habitados eram cada vez mais fundos, parte do material escavado, se fosse adequado, era distribuído por cima.

– Isso decerto romperia os domos.

– Não, de jeito nenhum. Os domos são muito fortes e têm pontos de apoio em todos os lugares. De acordo com um livro-filme que vi, a ideia era fazer plantações na Superfície Exterior, mas calhou de ser muito mais prático fazê-lo sob os domos. Além disso, levedura e algas também podiam ser cultivados dentro dos domos, o que diminuiu a demanda pelas plantações tradicionais. Portanto, decidiu-se deixar a Superfície Exterior seguir o seu curso natural. Há até animais por aqui: borboletas, abelhas, ratos, coelhos. Um monte deles.

– Mas as raízes das plantas não vão danificar os domos?

– Em mil anos, não danificaram nada. Os domos têm um tratamento na superfície para repelir as raízes. A maior parte da vegetação é grama, mas há algumas árvores também. Você poderia ver com seus próprios olhos, se fosse uma estação quente ou se estivéssemos mais para o sul, ou se você observasse de uma espaçonave. – Ela olhou para ele fazendo uma indicação lateral com os olhos. – Você viu Trantor quando estava descendo para aterrissar?

– Não, Clowzia, devo confessar que não vi. A hipernave não ficou em uma posição boa para que eu pudesse ver. *Você* já viu Trantor do espaço?

– Nunca estive no espaço – ela abriu um sorriso sem convicção.

Seldon olhou à sua volta. Cinza por todos os lados.

– Não consigo acreditar – ele disse. – Em vegetação na Superfície Exterior, quero dizer.

– Mas é verdade. Eu ouvi falar (de estrangeiros, pessoas como você, mas que *conseguiram* ver Trantor do espaço) que o planeta é verde, como um gramado, porque a maior parte é de grama e arbustos. Mas há árvores também. Há um pequeno bosque não muito longe daqui. Eu já vi. São perenifólias e têm até seis metros de altura.

– Onde?

– Não dá para ver daqui. Fica do outro lado de um domo. É...

– Clowzia! – O chamado soou distante. (Seldon se deu conta de que eles caminhavam conforme conversavam e tinham se afastado do grupo.) – Volte aqui. Precisamos de você.

– Oh. *Estou indo*! – gritou Clowzia. – Sinto muito, dr. Seldon, preciso ir.

Ela correu na direção do grupo com passadas leves, apesar das botas espessas.

Será que ela estava tirando sarro dele? Será que ela estava enchendo a cabeça do ingênuo estrangeiro com uma confusão de mentiras apenas para se divertir? Tais coisas aconteciam em todos os mundos, o tempo todo. Um ar de honestidade e transparência não servia como referência; na verdade, bons mentirosos cultivariam deliberadamente essa atitude.

Poderiam realmente existir árvores de seis metros na Superfície Exterior? Sem pensar demais no assunto, Seldon caminhou na direção do domo mais alto no horizonte. Agitou os braços, em uma tentativa de se aquecer. E seus pés estavam ficando gelados *mesmo*.

Clowzia não apontara em nenhuma direção. Poderia ter apontado, para dar-lhe alguma pista sobre a direção das árvores, mas não apontou. Por que não? Ele era obrigado a admitir que ela havia sido interrompida pelo chamado.

Os domos eram mais largos do que altos, o que era bom, ou o trajeto teria sido consideravelmente mais difícil. Por outro lado, a curvatura suave significava uma longa caminhada até que ele chegasse ao topo de um domo e pudesse enxergar o outro lado.

Enfim, Seldon conseguiu ver o outro lado do domo que escalara. Olhou para trás para ter certeza de que ainda podia enxergar os meteorologistas e seus instrumentos. O grupo estava longe, em um vale a distância, mas ele conseguia vê-los com razoável clareza. Ótimo.

Não viu nenhum bosque, nenhuma árvore, mas havia uma depressão que serpenteava entre dois domos. Ao longo das laterais do trajeto, o solo era mais denso e havia manchas esverdeadas ocasionais, que deveriam ser musgo. Se ele seguisse naquela direção, o caminho se inclinasse o suficiente e o solo fosse fundo o bastante, poderia haver árvores.

Seldon olhou para trás, tentando estabelecer pontos de referência em sua mente, mas havia apenas as subidas e as descidas dos domos. Isso fez com que ele hesitasse, e o aviso de Dors sobre se perder – que parecera um tanto desnecessário quando ela o alertou – agora fazia mais sentido. Ainda assim, parecia evidente que aquele vale entre os dois domos era uma espécie de trilha. Se ele a seguisse por certa distância, bastava dar meia-volta e seguir o trajeto contrário para reencontrar o grupo.

Caminhou com determinação e passos largos, acompanhando o declive arredondado do caminho. Ouviu um tênue ruído grave acima, mas não deu atenção. Havia decidido que queria ver as árvores e aquilo era tudo que ocupava sua cabeça naquele momento.

O musgo ficou mais espesso e se espalhava como um carpete. Pequenos tufos de grama começavam a aparecer aqui e ali. Apesar da desolação da Superfície Exterior, o musgo era verde-claro e Seldon pensou que um planeta nublado e encoberto devia ter muitas chuvas.

A depressão continuou seu trajeto curvado e ali, logo acima de outro domo, havia uma mancha escura em contraste com o céu cinzento, e ele sabia que tinha encontrado as árvores.

Então, como se sua mente, ao ser libertada pela visão das árvores, pudesse se concentrar em outras coisas, Seldon escutou mais uma vez o ruído que ouvira antes e desprezara, classificando-o como ruído de maquinário. Agora ele pensava nessa possibilidade: seria mesmo o ruído de máquinas?

E por que não seria? Ele estava sobre um dos incontáveis domos que cobriam centenas de milhões de quilômetros quadrados da cidade-mundo. Deveria haver todos os tipos de maquinário escondidos sob os domos – um sistema de ventilação, por exemplo. Tal ruído talvez pudesse ser ouvido quando e onde todos os outros sons da cidade-mundo estivessem ausentes.

Exceto que aquilo não parecia vir do chão. Ele olhou para o triste céu homogêneo. Nada.

Continuou a observar o céu, enquanto marcas de expressão iam aparecendo entre os seus olhos, até que, a distância...

Era uma pequena silhueta preta destacada contra o cinza – e, o que quer que fosse, parecia se deslocar em uma tentativa de determinar a própria localização, antes de ser mais uma vez encoberto pelas nuvens.

Sem saber muito bem o motivo, Seldon pensou: "Eles estão atrás de mim".

Pouco antes de conseguir esboçar a reação apropriada e elaborar um plano, ele já reagia. Correu desesperadamente na direção do bosque, seguindo pela depressão. Para alcançar as árvores mais rapidamente, virou à esquerda e subiu em um domo baixo, pisando em um mato ressecado e marrom que lembrava samambaias, com galhos cobertos por espinhos e frutinhas vermelhas.

24

Seldon ofegava, com o rosto próximo de uma árvore, abraçado a ela. Ele procurou pelo objeto voador, esperando a próxima aparição para que pudesse contornar a árvore e se esconder sempre do lado oposto, como um esquilo.

A árvore estava gelada, a casca de seu tronco era áspera e não oferecia nenhum conforto, mas oferecia cobertura. Aquilo talvez não fosse suficiente, claro, se ele estivesse sendo procurado por um sistema infravermelho, mas, por outro lado, o tronco gelado de uma árvore poderia ocultar até mesmo isso.

Sob seus pés havia um solo compacto. Mesmo naquele momento em que precisava ver seus perseguidores sem que fosse visto, Seldon não conseguiu deixar de se perguntar sobre a espessura do solo, quanto tempo tinha levado para se acumular, quantos domos nas áreas mais quentes de Trantor carregavam florestas em suas costas e se as árvores dali estariam confinadas às depressões entre os domos, deixando as regiões mais altas para musgo, grama e arbustos.

Então, ele viu o objeto mais uma vez. Não se tratava de uma hipernave, nem mesmo de um aerojato comum. Era um gravitoplano. Seldon conseguia ver o tênue brilho dos rastros iônicos que saíam dos vértices de um hexágono, neutralizando a força gravitacional e permitindo que as asas mantivessem o gravitoplano no ar, como um imenso pássaro que pairava. Era um veículo concebido para a exploração de superfícies planetárias.

Foram as nuvens que o salvaram. Mesmo que estivessem usando detecção termal, teriam apenas a indicação de que havia pessoas lá embaixo. O gravitoplano precisaria arriscar um perigoso mergulho sob a camada de nuvens, na direção da superfície, para averiguar a quantidade de humanos e se algum deles era o indivíduo específico que os tripulantes procuravam.

Agora o gravitoplano estava mais próximo, mas ele também não conseguia se esconder de Seldon. O som grave dos motores denunciava sua posição e eles não tinham como desligar o ruído, não enquanto quisessem dar continuidade às buscas. Seldon conhecia os gravitoplanos, pois eram comuns em Helicon e em qualquer mundo sem domos, em que os céus se abriam com frequência e permitiam voos. Eram, inclusive, muito usados pelo setor privado.

Qual seria a utilidade de gravitoplanos em Trantor, com toda a vida humana do planeta sob domos, com camadas de nuvens baixas e perpétuas, senão justamente aquela: veículos governamentais cujo propósito fosse capturar uma pessoa procurada que teria sido levada para a Superfície Exterior?

E por que não? As forças governamentais não podiam entrar no território da universidade, mas talvez Seldon não estivesse mais naquele território. Estava sobre os domos, o que talvez fosse fora de qualquer jurisdição de governos locais. Um veículo imperial talvez tivesse todos os direitos de aterrissar em qualquer ponto dos domos e interrogar ou prender qualquer pessoa que encontrasse. Hummin não avisara Seldon sobre isso, mas talvez simplesmente não tivesse imaginado que seria necessário.

O gravitoplano aproximou-se ainda mais, vasculhando os arredores como uma criatura cega que fareja sua presa. Será que ocorreria a eles procurar naquele aglomerado de árvores? Será que aterrissariam e enviariam um ou dois soldados armados para investigar o bosque?

E se enviassem, o que Seldon poderia fazer? Estava desarmado, e suas habilidades de autodefesa seriam inúteis contra a agonizante dor de um chicote neurônico.

O gravitoplano não estava tentando pousar. Talvez tivessem ignorado a importância das árvores, ou...

Ou...

Repentinamente, um novo pensamento ocorreu a Seldon. E se não fosse uma nave de busca? E se fosse parte dos testes meteorológicos? Os meteorologistas com certeza adorariam testar as camadas mais altas da atmosfera.

Será que ele estava sendo um tolo por fugir?

O céu escurecia. As nuvens pareciam cada vez mais espessas ou, o que era muito mais provável, a noite estava se aproximando.

E estava esfriando, e ficaria progressivamente mais frio. Ele ficaria ali fora congelando porque um gravitoplano perfeitamente inofensivo surgira e despertara uma sensação de paranoia que Seldon nunca experimentara antes? Ele teve um forte impulso de sair do bosque e voltar para a estação meteorológica.

Afinal, como aquele homem que Hummin temia tanto – Demerzel – poderia saber que Seldon estaria na Superfície Exterior naquele exato momento, pronto para ser capturado?

Por um momento, aquele raciocínio pareceu conclusivo e, arrepiando-se com o frio, ele saiu de trás da árvore.

E então correu de volta quando a nave reapareceu, ainda mais perto do que antes. Ele não tinha visto o gravitoplano fazer nada que parecesse meteorológico. Nada que parecesse uma coleta de amostras, medidas ou testes. Será que ele *veria* esse tipo de coisa, caso acontecesse? Ele não conhecia o nível de precisão dos instrumentos do gravitoplano nem como funcionavam. Se estivessem *de fato* realizando pesquisas meteorológicas, Seldon não teria como saber. Ainda assim, será que poderia arriscar se revelar?

E se Demerzel *realmente* soubesse de sua presença na Superfície Exterior pelo simples motivo de que um de seus agentes, trabalhando na universidade, sabia disso e se reportara aos superiores? Lisung Randa, aquele oriental sorridente e amigável, sugerira que Seldon visitasse a Superfície Exterior. Sugeriu de maneira deveras enfática e o assunto não surgiu naturalmente na conversa; pelo menos, não com naturalidade *convincente*. Seria possível que ele fosse um agente do governo e tivesse alertado Demerzel de alguma maneira?

E havia também Leggen, que lhe emprestara o casaco. O casaco tinha sido útil, mas por que Leggen não avisara antes, para que ele pudesse providenciar um para si mesmo? Havia algo especial naquele que estava usando? Era de um roxo uniforme, enquanto todos os outros favoreciam a moda trantoriana de texturas gritantes. Qualquer pessoa que olhasse de certa altura veria uma mancha monocromática em meio aos outros com roupas chamativas, e saberia imediatamente quem era seu alvo.

E Clowzia? Ela supostamente estava na Superfície Exterior para aprender sobre meteorologia e ajudar os meteorologistas. Seria possível que tivesse se aproximado dele, conversado à vontade e o levado discretamente para longe dos outros, isolando-o para que fosse capturado com facilidade?

E quanto a Dors Venabili? Ela sabia que ele visitaria a Superfície Exterior. Não o impedira. Podia ter ido com ele, mas estava convenientemente ocupada.

Era uma conspiração. Com certeza, era uma conspiração.

Ele se convencera de tal fato e agora não havia nenhuma possibilidade de sair do abrigo das árvores. (Seus pés pareciam blocos de gelo e batê-los com força no chão não parecia ajudar em nada.) Será que o gravitoplano nunca iria embora?

Conforme esse pensamento lhe ocorreu, o ruído do motor aumentou e o gravitoplano subiu pelas nuvens e desapareceu.

Seldon escutou com atenção, alerta a qualquer som, para se certificar de que a nave tinha, enfim, ido embora. E então, mesmo depois de ter certeza de que o gravitoplano se fora, imaginou que poderia ser apenas uma estratégia para tirá-lo do esconderijo. Permaneceu onde estava enquanto os minutos se arrastavam e a noite continuava a se aproximar lentamente.

Por fim, quando percebeu que a única alternativa verdadeira a arriscar-se a sair do bosque era congelar, afastou-se da árvore e saiu cautelosamente do abrigo da vegetação.

Estava, de fato, anoitecendo. Eles não conseguiriam detectá-lo a não ser que usassem um escaneamento termal, mas, mesmo assim, Seldon ouviria o retorno do gravitoplano. Esperou mais à frente das árvores, contando mentalmente, pronto para se esconder mais uma vez no bosque se ouvisse o menor ruído – apesar de não saber de que lhe adiantaria, caso fosse visto.

Seldon olhou o entorno. Se pudesse localizar os meteorologistas, eles certamente teriam luz artificial, mas, tirando isso, não haveria nada para ajudá-lo.

Ele ainda conseguia vislumbrar a área à sua volta, mas dali a quinze minutos – meia hora, no máximo – não conseguiria. Sem luzes e com o céu nublado, ficaria escuro. *Totalmente* escuro.

Desesperado com a possibilidade de ser envolvido por uma escuridão completa, Seldon percebeu que precisaria encontrar o caminho de volta à depressão que o levara até ali o mais rápido possível, e então refazer seus passos. Cruzando os braços sobre o peito para tentar conservar o calor, seguiu na direção que imaginava ser a da depressão entre os domos.

Evidentemente, talvez existisse mais de uma junção de domos que partia do bosque, mas ele reconheceu vagamente alguns dos galhos com frutinhas que viu quando chegou, que agora pareciam quase pretas, não vermelhas. Ele não podia demorar. Precisava supor que estava certo. Subiu pelo caminho o mais rápido que conseguiu, guiado pela visibilidade cada vez menor e pela vegetação rasteira.

Mas não poderia seguir pela depressão para sempre. Ele passou por cima do que lhe pareceu ser o mais alto domo à vista e encontrou uma encruzilhada que fazia um ângulo reto com o caminho que seguia. Pelo que imaginava, precisava virar para a direita e então seguir por uma curva fechada para a esquerda, e assim estaria no caminho que levava ao domo com os meteorologistas.

Seldon fez a curva à esquerda e, ao erguer a cabeça, conseguiu ver o contorno da curvatura de um domo contra o céu levemente mais claro. Devia ser aquele!

Ou será que ele apenas queria que fosse?

Ele não tinha escolha senão supor que era de fato aquele domo que procurava. Mantendo os olhos no topo do domo para que pudesse caminhar razoavelmente em linha reta, andou tão rápido quanto podia. Conforme se aproximava, ficava cada vez mais difícil distinguir o contorno do domo contra o céu, que se avolumava à sua frente. Dali a pouco, se estivesse certo, Seldon subiria uma leve inclinação e, quando aquela subida passasse a ser plana, ele poderia enxergar o outro lado e ver as luzes dos meteorologistas.

No escuro pastoso, ele não conseguia ver o que estava em seu caminho. Desejando que houvesse pelo menos algumas estrelas para prover luz, imaginou se era aquilo que sentia um cego. Agitou os braços diante de si como se fossem antenas.

O frio se intensificava a cada minuto e ele parava de vez em quando para assoprar as mãos e colocá-las sob as axilas. Desejou intensamente que pudesse fazer o mesmo com os pés. Àquela altura, pensou, se começasse a chover, seria neve ou, ainda pior, granizo.

Seguir adiante... seguir adiante... Não havia mais nada a fazer.

Enfim, o chão pareceu reclinar-se. Era o que ele gostaria de acreditar, ou tinha de fato chegado ao topo do domo.

Parou. Se tivesse chegado ao topo do domo, poderia ver as luzes artificiais da estação meteorológica. Veria as luzes carregadas pelos próprios meteorologistas, cintilantes, agitando-se como vaga-lumes.

Seldon fechou os olhos para acostumá-los à escuridão e tentar de novo, mas o esforço de nada adiantou. A escuridão não aumentava com seus olhos fechados e, quando os abriu, não havia mais luz do que quando os mantinha cerrados.

Era possível que Leggen e os outros tivessem ido embora, levado suas luzes consigo e desligado toda a iluminação dos equipamentos. Ou talvez Seldon tivesse subido no domo errado. Ou acompanhara um caminho curvo ao longo do domo e agora estava olhando na direção errada. Ou seguira a depressão errada e se distanciara do bosque em uma direção totalmente equivocada.

O que fazer?

Se estivesse olhando na direção errada, poderia haver luz visível à esquerda ou à direita, mas não havia. Se tivesse acompanhado a depressão errada, não havia a mínima possibilidade de voltar até o bosque e procurar por outra depressão entre os domos.

Sua única chance estava na suposição de que ele seguira na direção certa e que a estação meteorológica estava mais ou menos à sua frente; os meteorologistas teriam ido embora e a deixado no escuro.

Seguir adiante, então. A chance de sucesso era pequena, mas era a única que tinha.

Ele estimou ter levado meia hora para ir da estação meteorológica até o topo do domo, metade do tempo acompanhado por Clowzia. Eles tinham caminhado calmamente, com passos curtos. Agora ele se movia com passos maiores, na escuridão ameaçadora.

Seldon continuou o esforço para ir adiante. Seria bom poder saber a hora e ele tinha um bracelete temporal, mas, no escuro...

Ele parou. Estava usando um bracelete temporal trantoriano, que fornecia a hora do Padrão Galáctico (assim como todos os braceletes temporais) e também a hora local trantoriana. Esses dispositivos eram geralmente visíveis na escuridão, fosforescendo para que o usuário pudesse ver as horas no escuro silencioso de um quarto. Ou melhor, um bracelete temporal heliconiano fosforesceria; por que o trantoriano não faria o mesmo?

Ele olhou para seu bracelete temporal com relutante apreensão e tocou o contato que ativaria a luz. O bracelete reluziu de leve e lhe informou que eram 18h47. Considerando que já era noite, Seldon concluiu que deveriam estar no inverno. Quanto tempo tinha passado desde o solstício? Qual seria o grau de inclinação do eixo planetário? Quanto tempo durava o ano? A que distância do equador ele estava naquele momento? Não havia nenhuma indicação de resposta para essas perguntas, mas o que importava era aquela luz visível em seu pulso.

Ele não estava cego! De alguma maneira, a fraca iluminação de seu bracelete temporal renovou suas esperanças.

Seu ânimo aumentou. Ele seguiria na direção em que estava. Caminharia por meia hora. Se não encontrasse nada, continuaria por mais cinco minutos – nem um segundo a mais. Se ainda assim não encontrasse nada, pararia para pensar. Mas isso seria apenas dali a trinta e cinco minutos. Até então, ele se concentraria apenas em caminhar e se esforçar para ficar aquecido. (Ele agitou vigorosamente os dedos dos pés. Ainda podia senti-los.)

Seldon marchou adiante, e a meia hora passou. Ele parou e, hesitantemente, prosseguiu por mais cinco minutos.

Agora precisava decidir. Não havia nada. Talvez estivesse em lugar nenhum, longe de qualquer entrada para o domo. Mas podia, também, estar a três metros à direita – ou à esquerda, ou atrás – da estação meteorológica. Podia estar a uma distância de dois braços da entrada do domo, que não estaria aberta.

E agora?

Será que gritar teria alguma utilidade? Estava completamente mergulhado em um silêncio absoluto, com exceção dos uivos da ventania. Se houvesse pássaros, insetos ou outros animais na vegetação sobre os domos, não estavam ali durante aquela estação ou naquela hora do dia ou naquele lugar específico. O vento continuava a arrepiá-lo.

Talvez ele devesse ter gritado ao longo de todo o caminho. O som poderia ter se propagado a uma boa distância com o ar gelado. Mas será que alguém teria ouvido?

Será que o ouviriam de dentro do domo? Será que havia instrumentos para detectar som ou movimento na parte exterior? Será que não havia sentinelas de prontidão na parte interior?

Aquilo parecia ridículo. Eles teriam ouvido seus passos, não teriam?

Ainda assim...

– Socorro! – gritou Seldon. – Socorro! Alguém pode me ouvir?

Seu grito foi contido, quase embaraçado. Parecia uma tolice gritar em um imenso escuro vazio.

Mas então Seldon considerou tolice ainda maior hesitar em uma situação como aquela. O pânico se acumulava dentro dele. Inspirou profundamente e gritou pelo máximo de tempo que conseguiu. Outra inspiração profunda e outro grito, em um tom diferente. E mais outro.

Seldon parou, sem fôlego, olhando para todos os lados, mesmo que não houvesse nada para ver. Ele não conseguiu detectar nem mesmo um eco. Não havia mais nada a fazer além de esperar pelo amanhecer. Mas quanto tempo duraria a noite naquela época do ano? E quão frio ficaria?

Sentiu uma pequena pontada de frio atingir seu rosto. Depois de um instante, mais uma.

Começou uma chuva de granizo que lhe era invisível no escuro total. E não havia nenhuma maneira de conseguir um abrigo.

Seldon pensou: teria sido melhor se aquele gravitoplano tivesse me visto e me capturado. Eu seria um prisioneiro neste momento, mas estaria, pelo menos, aquecido e confortável.

Ou, se Hummin nunca tivesse interferido, eu talvez estivesse em Helicon há muito tempo. Sob vigilância, mas aquecido e confortável.

Naquele momento, era tudo o que ele queria: estar aquecido e confortável.

Mas a única coisa que podia fazer era esperar. Agachou-se, consciente de que, não importava quão longa fosse a noite, ele não ousaria dormir. Tirou os sapatos e esfregou os pés gelados. Rapidamente calçou os sapatos de novo.

Sabia que precisaria repetir aquilo, e também esfregar suas mãos e orelhas durante a noite toda, para manter a circulação. Mas o mais importante era que ele *não podia* se permitir dormir. Isso seria morte certa.

E, depois de pensar cuidadosamente em tudo isso, seus olhos se fecharam e ele não resistiu ao sono enquanto o granizo continuava a cair.

RESGATE

——— Leggen, Jenarr...

Porém, suas contribuições à meteorologia, apesar de consideráveis, perdem importância diante do que viria a ser conhecido como Controvérsia de Leggen. É inegável que suas ações contribuíram para que Hari Seldon ficasse em perigo, mas há – e sempre houve – infindáveis discussões sobre a natureza de tais ações, se teriam sido resultado de circunstâncias não intencionais ou parte de uma conspiração calculada. Ambos os lados exaltam-se em seus argumentos e nem mesmo os mais elaborados estudos conseguiram chegar a conclusões definitivas. De qualquer maneira, a desconfiança gerada pela questão ajudou a envenenar a carreira e a vida pessoal de Leggen nos anos seguintes...

ENCICLOPÉDIA GALÁCTICA

25

O DIA NÃO ESTAVA EXATAMENTE NO FIM quando Dors Venabili procurou por Jenarr Leggen. Ele respondeu ao seu deveras ansioso cumprimento com um grunhido e um leve aceno com a cabeça.

– E então, como ele se saiu? – perguntou Dors, um pouco impaciente.

– Como *quem* se saiu? – disse Leggen, digitando dados em seu computador.

– Meu estudante da biblioteca, Hari. Dr. Hari Seldon. Ele subiu com vocês. Foi de alguma ajuda?

Leggen tirou as mãos de seu computador e virou-se para Dors.

– Aquele sujeito heliconiano? Não foi de utilidade nenhuma. Não demonstrou nenhum interesse. Ficou olhando para a paisagem onde não havia paisagem a ser vista. Um verdadeiro excêntrico. Por que você quis mandá-lo lá para cima?

– A ideia não foi minha. *Ele* quis. Não consigo entender. Estava muito interessado. Onde ele está agora?

– Como eu vou saber? – Leggen deu de ombros. – Em algum lugar por aqui.

– Para onde ele ia depois de descer com vocês? Ele disse?

– Ele não desceu conosco. Eu lhe disse que ele não estava interessado.

– Mas, então, quando ele desceu?

– Eu não sei. Não estava prestando atenção. Tinha uma quantidade imensa de trabalho a fazer. Deve ter ocorrido um vendaval e algum tipo de tempestade há aproximadamente dois dias, e nenhum dos dois era esperado. Nada do que nossos instrumentos captaram ofereceu uma explicação para isso, tampouco para o fato de o sol que esperávamos hoje *não* ter aparecido. Estou tentando entender o que aconteceu e você está me *atrapalhando*.

– Você quer dizer que não o viu descer?

– Escute. Não cheguei a pensar nele. Aquele idiota não estava com as roupas adequadas e eu pude ver que dentro de meia hora ele não aguentaria o frio. Dei a ele um casaco, mas isso não seria de muita ajuda para suas pernas e pés. Por isso, deixei o elevador aberto, expliquei a ele como usá-lo e disse que o elevador o levaria para baixo e depois retornaria automaticamente para nós. Foi tudo bem fácil de entender e tenho certeza de que ele ficou com frio, desceu, o elevador voltou e, enfim, todos nós descemos.

– Mas você não sabe *exatamente* quando ele desceu?

– Não, já disse que não sei. Eu estava ocupado. Mas ele certamente não estava lá em cima quando fomos embora, e àquela altura o sol estava se pondo e parecia que ia chover granizo. Então ele deve ter descido.

– Algum dos outros o viu descer?

– Não sei. Clowzia talvez tenha visto. Ela esteve com ele por algum tempo. Por que não pergunta a ela?

Dors encontrou Clowzia em seu alojamento. Ela acabara de tomar um banho quente.

– Estava frio lá em cima – disse Clowzia.

– Você esteve com Hari Seldon na Superfície Exterior? – perguntou Dors.

– Sim, por um tempo – Clowzia ergueu as sobrancelhas. – Ele queria explorar um pouco e perguntou sobre a vegetação lá em cima. É um sujeito muito inteligente, Dors. Tudo parecia interessá-lo, e respondi o que pude até que Leggen me chamou. Ele estava em um de seus dias de mau humor estilo "vou-arrancar-sua-cabeça". O clima não estava favorável e ele...

– Então você não viu Hari Seldon descer pelo elevador? – interrompeu Dors.

– A partir do momento que Leggen me chamou, não o vi mais... Ele *deve* estar por aqui. Não estava lá em cima quando fomos embora.

– Mas não consigo encontrá-lo em lugar nenhum.

– É mesmo? – Clowzia pareceu inquieta. – Mas ele tem de estar em *algum lugar* aqui embaixo.

– Não, ele não *tem de* estar em algum lugar aqui embaixo – retrucou Dors, com crescente ansiedade. – E se ainda estiver lá em cima?

– Impossível. Ele não estava. Obviamente, procuramos por ele antes de irmos embora. Leggen mostrou a ele como descer pelo elevador. Ele não estava com as roupas apropriadas e o clima estava horrível. Leggen disse que, se ele ficasse com frio, não precisava esperar por nós. E ele *estava* ficando com frio. Sei que estava! Então, o que mais ele poderia fazer *senão* descer?

– Mas ninguém o *viu* descer. Aconteceu alguma coisa com ele lá em cima?

– *Nada*. Não enquanto eu estava com ele. Estava perfeitamente bem, exceto que devia estar com frio, claro.

– Considerando que ninguém o viu descer – continuou Dors, agora bastante perturbada –, ele talvez ainda esteja por lá. Devíamos subir para procurar, não acha?

– Eu lhe falei, procuramos por ele antes de descer – disse Clowzia, nervosa. – Ainda havia bastante luz e ele não estava à vista.

– Vamos procurar mesmo assim.

– Mas eu não posso levá-la para cima. Sou apenas uma estagiária e não tenho o código da saída para a Superfície Exterior. Você precisa pedir ao dr. Leggen.

26

Dors Venabili sabia que Leggen não iria espontaneamente à Superfície Exterior naquele momento. Precisaria ser forçado.

Primeiro, ela procurou mais uma vez na biblioteca e nos refeitórios. Então, fez uma chamada ao quarto de Seldon. Por último, subiu até o dormitório e ativou o sinalizador de visitantes na porta. Seldon não respondeu e ela chamou o administrador daquele andar para abrir a porta. Hari não estava lá. Ela perguntou sobre ele para algumas pessoas que o tinham conhecido nas últimas semanas. Ninguém o vira.

Pois bem. Então ela *obrigaria* Leggen a levá-la até a Superfície Exterior. Mas, àquela altura, já era noite. Ele se recusaria veementemente. E quanto tempo ela poderia passar discutindo enquanto Hari Seldon estivesse preso lá em cima, em uma noite congelante com granizo virando neve?

Um pensamento lhe ocorreu e ela foi rapidamente até um pequeno computador da universidade que mantinha um registro dos afazeres dos estudantes, do corpo docente e dos funcionários.

Seus dedos voaram pelas teclas e ela logo descobriu o que queria.

Havia três deles em outra parte do *campus*. Ela chamou um pequeno deslizador para levá-la e encontrou o lugar que estava procurando. Certamente *um* deles estaria disponível... ou localizável.

Estava com sorte. A primeira porta em que sinalizou como visitante respondeu com uma luz de identificação. Ela digitou seu número de registro, que incluía informações sobre a afiliação a seu departamento. A porta se abriu e um homem gordo de meia-idade encarou Dors. Ele estivera obviamente tomando banho para jantar. Seu cabelo loiro-escuro estava despenteado e ele não usava a parte de cima de sua roupa.

– Lamento – ele disse. – Você me pegou em um mau momento. O que posso fazer por você, dra. Venabili?

– O senhor é Rogen Benastra, chefe da Sismologia, não é? – perguntou Dors, um tanto sem fôlego.

– Sim.

– Isto é uma emergência. Preciso ver os registros sismológicos da Superfície Exterior nas últimas horas.

– Por quê? – Benastra a encarou. – Nada aconteceu. Se tivesse acontecido, eu saberia. O sismógrafo teria nos informado.

– Não estou falando sobre o impacto de um meteoro.

– Nem eu. Não precisamos de um sismógrafo para isso. Estou falando sobre pedregulhos, sobre fissuras. Nada disso, hoje.

– Também não é sobre isso. Por favor. Leve-me ao sismógrafo e leia os dados para mim. É uma questão de vida ou morte.

– Tenho um compromisso para o jantar...

– Eu disse que se trata de uma questão de vida ou morte e estou falando sério.

– Eu não entendo... – começou Benastra, mas, sob o olhar intenso de Dors, desistiu.

Ele enxugou o rosto, deixou um recado rápido em seu receptor de mensagens e debateu-se para vestir uma camisa.

Eles caminharam quase correndo (sob a implacável insistência de Dors) até o pequeno prédio da Sismologia.

– Para baixo? Nós vamos para baixo? – perguntou Dors, que não sabia nada sobre sismologia.

– Sim, até estarmos sob os níveis habitados, claro. O sismógrafo precisa estar instalado no leito de rocha e longe da constante agitação e da vibração dos níveis urbanos.

– Mas como vocês podem determinar o que acontece na Superfície Exterior daqui de baixo?

– O sismógrafo está conectado a uma série de transdutores que reagem a peso e estão localizados em uma camada dos domos. O impacto de uma partícula de pedregulho fará com que o medidor pule na tela. Podemos detectar o efeito de achatamento do domo sob um vento muito forte. Podemos...

– Sim, sim – interrompeu Dors, impacientemente; ela não estava ali para uma aula sobre as virtudes e os refinamentos dos instrumentos. – O senhor consegue detectar passos humanos?

– Passos humanos? – Benastra parecia confuso. – É pouco provável, na Superfície Exterior.

– É claro que é provável. Havia um grupo de meteorologistas na Superfície Exterior esta tarde.

– Oh. Bom, passos seriam difíceis de perceber.

– Seriam perceptíveis se o senhor olhasse com afinco e é isso que quero que o senhor faça.

Benastra talvez tivesse se ofendido com o incontestável tom de ordem na voz de Dors, mas, se foi o caso, não disse nada. Tocou um botão e a tela do computador se acendeu.

No centro da extremidade direita da tela havia uma grande mancha de luz, da qual saía uma linha horizontal que se estendia até a extremidade esquerda da tela. A linha se agitava de leve, como uma série aleatória de pequenos soluços que se moviam progressivamente para a esquerda. Seu efeito era quase hipnótico para Dors.

– Isso é o mais quieto possível – disse Benastra. – Qualquer coisa captada é mudança de pressão atmosférica, talvez gotas de chuva ou a vibração distante de maquinário. Não há nada lá em cima.

– Certo, mas e algumas horas atrás? Verifique os registros de hoje às três horas da tarde, por exemplo. Você deve ter registros, certamente.

Benastra forneceu ao computador as instruções necessárias e, por um ou dois segundos, a tela mostrou caos. Então se estabilizou novamente e a linha horizontal reapareceu.

– Aumentarei a sensibilidade ao máximo – murmurou Benastra.

Agora havia soluços pronunciados e, conforme seguiam para a esquerda, pulavam em um evidente padrão.

– O que é isso? – perguntou Dors. – Me diga.

– Considerando que você afirma ter havido pessoas lá em cima, Venabili, eu imagino que sejam passos... a transferência de peso, o impacto dos sapatos. Não sei se teria chegado a essa conclusão se não soubesse das pessoas lá em cima. É o que chamamos de vibração benigna, não associada com nada que saibamos ser perigoso.

– Você consegue determinar quantas pessoas estão presentes?

– Não apenas olhando, certamente. Estamos vendo o resultado de todos os impactos, entende?

– Você diz "não apenas olhando". O resultado pode ser dividido em componentes pelo próprio computador?

– Eu duvido. São efeitos mínimos e você precisa levar em consideração o inevitável ruído. Os resultados não seriam confiáveis.

– Certo. Siga adiante com o tempo até que as indicações de passos tenham parado. Você pode, digamos, acelerar?

– Se eu fizer o tipo de aceleração que você me pede, a medição ficará completamente borrada em uma linha reta, com uma tênue luz em cima e embaixo. O que posso fazer é dar saltos em blocos de quinze minutos e estudá-los rapidamente antes de passar para o próximo.

– Ótimo. Faça isso.

Os dois olharam para a tela.

– Não há nada agora, está vendo? – disse Benastra, enfim.

Mais uma vez, a tela mostrava apenas uma linha com nada além de pequenos soluços desiguais.

– Em que momento os passos terminaram?

– Duas horas atrás. Talvez um pouco mais.

– E quando pararam, havia menos passos do que antes?

– Eu não saberia dizer – respondeu Benastra, levemente indignado. – Creio que nem mesmo o mais habilidoso analista conseguiria fazer uma determinação dessas.

Dors contraiu os lábios. Então, disse:

– Vocês estão testando um transdutor (foi disso que o senhor o chamou?)perto da estação meteorológica, não estão?

– Sim, é lá que ficam os instrumentos e onde os meteorologistas teriam estado. Você quer que eu tente os outros transdutores? Um de cada vez? – perguntou Benastra, incrédulo.

– Não. Fique neste. Mas continue em intervalos de quinze minutos. Uma pessoa talvez tenha ficado para trás e pode ter caminhado de volta para os instrumentos.

Benastra fez um gesto negativo com a cabeça e murmurou algo enquanto respirava fundo. A tela mudou mais uma vez.

– O que é isso? – perguntou Dors, apontando.

– Eu não sei. Ruído.

– Não. É intermitente. Poderiam ser os passos de uma única pessoa?

– Claro, mas poderia ser também uma dúzia de outras coisas.

– O ritmo é muito semelhante ao de passos, não é? – Então, depois de um momento, ela sugeriu: – Siga um pouco mais para a frente.

Ele o fez e, quando a tela se acalmou, ela continuou:

– Esses picos estão ficando maiores, não estão?

– Possivelmente. Podemos medir.

– Não é necessário. Podemos ver que estão ficando maiores. Os passos estão se aproximando do transdutor. Siga para a frente mais uma vez. Vamos ver o momento em que param.

– Eles pararam a vinte ou vinte e cinco minutos atrás – disse Benastra um instante depois. – O que quer que sejam – acrescentou, cauteloso.

– São passos – retrucou Dors, com convicção capaz de mover montanhas. – Há um homem lá em cima e, enquanto eu e você estávamos aqui sem fazer nada, ele desmaiou, e vai congelar e morrer. Não diga "o que quer que sejam"! Ligue para a Meteorologia e chame Jenarr Leggen. Questão de vida ou morte, estou dizendo. E você diga a eles!

Benastra, com lábios trêmulos, ultrapassara o estágio em que poderia resistir a qualquer coisa que essa estranha e impetuosa mulher exigisse.

Foram necessários três minutos para que o holograma de Leggen surgisse na plataforma de mensagens. Ele tinha sido interrompido durante o jantar. Segurava um guardanapo e havia um brilho gorduroso sob seu lábio inferior.

– Vida ou morte? – Seu rosto estava torcido em uma expressão de apreensivo mau humor. – De que se trata? Quem é você? – Então seus olhos viram Dors, que se aproximara de Benastra para que sua imagem fosse vista na tela de Jenarr. – *Você* de novo – continuou ele. – Isso é perseguição.

– Não, não é – respondeu Dors. – Consultei Rogen Benastra, chefe da sismologia na universidade. Depois que você e seu grupo deixaram a Superfície Exterior, o sismógrafo mostra indiscutíveis passos de uma pessoa que ficou para trás. É meu aluno, Hari Seldon, que subiu sob os seus cuidados e que agora está certamente em um estupor de congelamento e talvez não viva por muito tempo. Portanto, você me levará até lá agora e com qualquer equipamento que venha a ser necessário. Se não o fizer *imediatamente*, entrarei em contato com a segurança da universidade e até com o próprio presidente, se for necessário. Subirei até lá de qualquer maneira e, se alguma coisa tiver acontecido com Hari porque você demorou nem que seja um minuto, farei questão de que você seja preso por negligência ou incompetência (ou qualquer coisa que eu consiga transformar em acusação) e perderá seu *status* e será expulso da vida acadêmica. E, se ele estiver morto, é homicídio culposo, claro. Ou algo pior, considerando que acabei de avisá-lo de que ele está morrendo.

Furioso, Jenarr virou-se para Benastra e perguntou:

– Você detectou...

– Ele me disse o que detectou e estou dizendo a você agora – interrompeu Dors. – Não tenho intenção de permitir que você o arraste para dentro dessa confusão. Você vem? Agora?

– Já lhe ocorreu que você talvez esteja enganada? – perguntou Jenarr, com lábios contraídos. – Você sabe o que posso fazer com você se isso for um alarme falso pernicioso? Perda de *status* pode funcionar dos dois lados.

– Mas não assassinato – disse Dors. – Estou pronta para arriscar um julgamento por injúria perniciosa. Você está pronto para arriscar um julgamento por homicídio?

Jenarr ficou com o rosto vermelho, talvez mais por causa da necessidade de ceder do que pela ameaça.

– Estou indo, mas não terei piedade de você, jovenzinha, se calhar de seu aluno ter estado a salvo dentro do domo pelas últimas três horas.

27

Os três subiram pelo elevador em um silêncio hostil. Leggen comera apenas parte de seu jantar e deixara sua esposa na área do refeitório sem uma explicação adequada. Benastra não comera nada e provavelmente decepcionara a mulher com quem se encontraria, também sem dar uma explicação adequada. Dors Venabili tampouco tinha comido e parecia a mais tensa e insatisfeita dos três. Ela carregava um cobertor térmico e duas lanternas de fótons.

Quando chegaram à entrada para a Superfície Exterior, Leggen, com a musculatura do maxilar contraída, digitou seu número de identificação e a porta se abriu. Um vento gelado os atingiu e Benastra grunhiu. Nenhum dos três usava roupas adequadas, mas os dois homens não tinham nenhuma intenção de ficar muito tempo por ali.

– Está nevando – disse Dors, preocupada.

– É neve úmida – respondeu Leggen. – A temperatura está próxima do ponto de congelamento. Não é um frio mortífero.

– Depende do tempo de exposição, não é mesmo? – retrucou Dors. – E estar encharcado de neve derretendo não ajuda em nada.

– E então – grunhiu Leggen –, onde ele está? – Ele olhou ressentidamente para a completa escuridão, que parecia ainda mais intensa por causa da luz que saía da entrada.

– Dr. Benastra, segure este cobertor para mim – pediu Dors. – E você, dr. Leggen, feche a porta sem trancá-la.

– Não há trava automática. Acha que somos idiotas?

– Talvez não, mas você pode trancá-la pelo lado de dentro e impedir que qualquer pessoa do lado de fora entre no domo.

– Se há alguém aqui fora, diga-me onde ele está. Mostre-o para mim – desafiou Leggen.

– Ele pode estar em qualquer lugar – Dors ergueu os braços com uma lanterna de fótons em volta de cada pulso.

– Não podemos procurar em *todos* os lugares – murmurou Benastra, pesaroso.

As lanternas de fótons acenderam-se com intensidade, iluminando todas as direções. Os flocos de neve refletiram a luz e brilharam como um imenso enxame de vaga-lumes, dificultando ainda mais a visão.

– Os passos estavam ficando progressivamente mais altos – disse Dors. – Ele estava provavelmente se aproximando do transdutor. Onde estaria o equipamento?

– Não tenho a menor ideia – retrucou Leggen. – Isso está fora do meu campo e da minha responsabilidade.

– Dr. Benastra?

– Na verdade, eu não sei – Benastra hesitou ao responder. – Para ser honesto, nunca estive aqui em cima. O transdutor foi instalado antes de eu ter nascido. O computador sabe, mas não nos ocorreu buscar essa informação. Estou com frio e não vejo qual é a minha utilidade aqui.

– O senhor precisará ficar conosco por algum tempo – disse Dors, com firmeza. – Siga-me. Vou andar em torno da entrada em uma espiral expansiva.

– Não podemos ver muita coisa através da neve – interveio Leggen.

– Eu sei. Se não estivesse nevando, a essa altura já o teríamos visto, tenho certeza. Do jeito que está, talvez demore alguns minutos. Podemos aguentar alguns minutos. – Dors não se sentia tão confiante quanto suas palavras faziam parecer.

Ela começou a caminhar, movendo os braços, conduzindo a luz para atingir o maior campo de visão possível, forçando os olhos a enxergar qualquer mancha escura na neve.

Foi Benastra que apontou e disse:

– O que é aquilo?

Dors sobrepôs a luz das duas lanternas, criando um cone iluminado na direção em que Benastra apontava. Ela correu, e os dois homens também.

Eles haviam encontrado Seldon, encolhido e encharcado, a cerca de dez metros da porta e a cinco do equipamento meteorológico mais próximo. Dors colocou os dedos em sua jugular em busca de batimentos cardíacos, mas não foi necessário, pois Seldon reagiu a seu toque, mexendo-se e gemendo.

– Dr. Benastra, me dê o cobertor – ordenou Dors, com um discreto alívio na voz. Ela desdobrou o cobertor térmico e o estendeu na neve. – Coloquem-no com cuidado sobre o cobertor e vou cobri-lo. Então, o carregaremos para baixo.

No elevador, vapores subiram do cobertor que envolvia Seldon conforme o tecido esquentava até a temperatura do sangue.

– Dr. Leggen, quando ele estiver no quarto – continuou Dors –, você buscará um médico, um *bom* médico, e fará com que venha o mais rápido possível. Se o dr. Seldon superar isso sem sequelas, não direi nada, mas somente *neste* caso, lembre-se...

– Um sermão não é necessário – respondeu Leggen, friamente. – Lamento essa situação e farei o que puder, mas minha única culpa foi ter permitido desde o princípio que este homem tivesse acesso à Superfície Exterior.

O cobertor se mexeu e uma voz baixa e fraca pôde ser ouvida.

Benastra assustou-se, pois a cabeça de Seldon estava apoiada no osso de seu cotovelo.

– Ele está tentando dizer alguma coisa – afirmou Benastra.

– Eu sei – respondeu Dors. – Ele disse: "O que está acontecendo?".

Ela não pôde evitar uma discreta risada. Parecia algo perfeitamente natural a se perguntar.

28

O médico ficou extasiado.

– Nunca tinha visto um caso de hipotermia – explicou. – Esse tipo de coisa não acontece em Trantor.

– Talvez não – disse Dors, friamente –, e estou contente que o senhor possa experimentar essa novidade, mas isso significa que o senhor não sabe como tratar o dr. Seldon?

O médico, um senhor careca com um pequeno bigode cinza, pareceu indignado.

– Claro que sei. Casos de hipotermia são comuns nos Mundos Exteriores, uma questão rotineira, e li muita coisa sobre eles.

O tratamento consistiu em um soro antiviral e o uso de um invólucro de micro-ondas.

– Isso deve resolver – disse o médico. – Nos Mundos Exteriores, eles utilizam equipamentos mais sofisticados em hospitais, mas não temos esse tipo de coisa em Trantor, claro. Este é um tratamento para casos amenos, e tenho certeza de que será suficiente.

Mais tarde, conforme Seldon se recuperava sem nenhuma sequela, Dors pensou que talvez tivesse sido o fato de ele ser um Estrangeiro que garantiu sua sobrevivência. Escuridão, frio e até mesmo neve não eram elementos totalmente incomuns para ele. Um trantoriano teria morrido em uma situação parecida, não tanto por causa de traumatismos, mas sim por causa do choque psicológico.

Ela não tinha certeza, claro, pois ela mesma não era trantoriana.

Desviando sua mente de tais pensamentos, puxou uma cadeira para perto da cama de Hari e instalou-se para esperar.

29

Na segunda manhã de tratamento, Seldon acordou de um sono agitado e viu Dors, sentada ao lado da cama, analisando um livro-filme e fazendo anotações.

– Ainda por aqui, Dors? – perguntou Seldon, com uma voz quase normal.

– Não posso deixá-lo sozinho, posso? – ela respondeu, abaixando o livro-filme. – E não confio em mais ninguém.

– Me parece que, toda vez que acordo, vejo você. Ficou aqui esse tempo todo?

– Dormindo ou acordada, sim.

– Mas e as aulas?

– Tenho um assistente que assumiu por um tempo.

Dors inclinou-se e segurou a mão de Seldon. Ao perceber seu constrangimento (afinal de contas, ele estava na cama), ela a soltou.

– Hari, o que aconteceu? Fiquei tão assustada...

– Tenho uma confissão a fazer – disse Seldon.

– O que foi, Hari?

– Eu desconfiei que você fizesse parte de uma conspiração...

– Uma *conspiração*? – perguntou, veementemente.

– Uma conspiração para me manipular a subir à Superfície Exterior, onde eu estaria fora da jurisdição da universidade e, portanto, sujeito a ser capturado pelas forças imperiais.

– Mas a Superfície Exterior não é fora da jurisdição da universidade. As jurisdições dos setores de Trantor vão desde o núcleo planetário até o céu.

– Ah. Eu não sabia disso. Mas você não veio comigo porque disse que estava com a agenda cheia e, quando eu estava ficando paranoico, achei que tinha me abandonado deliberadamente. Por favor, me perdoe. Obviamente, foi você que me resgatou lá de cima. Mais alguém se importou comigo?

– Eram homens ocupados – respondeu Dors, cautelosamente. – Eles acharam que você tinha descido antes. Creio que foi um raciocínio legítimo.

– Clowzia também achou?

– A jovem estagiária? Sim, também.

– Ainda pode ter sido uma conspiração. Sem você, quero dizer.

– Não, Hari, a culpa é *minha*. Eu não tinha absolutamente nenhum direito de permitir que você subisse à Superfície Exterior sozinho. Era minha função protegê-lo. Não consigo parar de me culpar pelo que aconteceu, por você ter se perdido.

– Ora, espere um pouco – disse Seldon, repentinamente irritado. – Eu não me perdi. O que acha que sou?

– Então do que você chamaria? Você não estava por perto quando os outros foram embora e não voltou para a entrada, nem mesmo para as proximidades da entrada, até que estivesse totalmente escuro.

– Mas não foi isso que aconteceu. Não me perdi simplesmente porque saí para passear e não consegui achar o caminho de volta. Eu disse que tenho suspeitas de que há uma conspiração e tenho razões para tanto. Não sou totalmente paranoico.

– Pois, então, o que aconteceu *de fato*?

Seldon contou a Dors. Não teve nenhuma dificuldade para se lembrar dos detalhes; revivera tudo na forma de pesadelos pela maior parte do dia anterior.

– Mas isso é impossível – comentou Dors, com as sobrancelhas franzidas. – Um gravitoplano? Tem certeza?

– Claro que tenho. Acha que era uma alucinação?

– Mas as forças imperiais não poderiam estar à sua procura. Eles não poderiam prendê-lo na Superfície Exterior sem causar o mesmo tipo de revolta que causariam se tivessem mandado uma força policial prendê-lo no *campus*.

– Então, qual é a sua explicação?

– Não sei – disse Dors –, mas as consequências por eu não ter ido com você à Superfície Exterior poderiam ter sido muito piores. Hummin ficará seriamente irritado comigo.

– Não vamos contar a ele, então – respondeu Seldon. – Tudo acabou bem.

– Precisamos contar a ele – disse Dors, sombriamente. – Talvez não tenha acabado.

30

Naquela noite, depois do jantar, Jenarr Leggen visitou Seldon. Seus olhos passaram de Dors para Seldon diversas vezes, como se ele estivesse pensando no que dizer. Nenhum dos dois ofereceu ajuda para poupá-lo do desconforto, mas esperaram pacientemente. Ele não passava a impressão de ser mestre na arte das conversas amenas.

– Vim ver como você está – Leggen disse, enfim, a Seldon.

– Perfeitamente bem – respondeu Seldon –, exceto que estou com um pouco de sono. A dra. Venabili me informou que o tratamento me deixará cansado por alguns dias, presumivelmente para que eu descanse quanto for necessário. – Ele sorriu. – Sinceramente, eu não me importo.

Leggen inspirou fundo e soltou o ar sem presa. Hesitou e, quase como se forçasse as palavras para fora da boca, recomeçou:

– Não vou demorar. Entendo perfeitamente sua necessidade de descansar. Mas quero deixar claro que lamento tudo o que aconteceu. Eu não deveria ter suposto (pelo menos, não tão casualmente) que você tinha descido por conta própria. Considerando que você era um novato, eu deveria ter me responsabilizado por sua segurança. Afinal, concordei que subisse. Espero que possa encontrar a disposição para... me perdoar. É tudo o que eu gostaria de dizer.

Seldon bocejou, cobrindo a boca com uma mão.

– Desculpe-me – disse. – Parece que tudo acabou bem, portanto não há nenhum motivo para rancor. De certa maneira, não foi culpa sua. Eu não deveria ter me afastado e, de qualquer forma, o que aconteceu foi...

– Hari, chega de conversa, por favor – interrompeu Dors. – Apenas descanse. Mas quero conversar com o dr. Leggen por um instante, antes que ele vá embora. Em primeiro lugar, dr. Leggen, entendo que o senhor esteja preocupado com as repercussões que este caso possa ter para o senhor. Eu lhe disse que não haveria retaliação se o dr. Seldon se recuperasse sem sequelas. É o que parece estar acontecendo, portanto o senhor pode relaxar... por enquanto. Eu gostaria de lhe perguntar sobre outra coisa e espero que, desta vez, possa contar com sua cooperação espontânea.

– Hei de tentar, dra. Venabili – respondeu Leggen, seco.

– Aconteceu alguma coisa incomum durante a visita à Superfície Exterior?

– Você bem sabe que sim. Eu perdi o dr. Seldon, algo pelo qual acabei de pedir desculpas.

– Não estou me referindo a isso, obviamente. Aconteceu alguma outra coisa inesperada?

– Não, não aconteceu nada.

Dors olhou para Seldon e ele franziu as sobrancelhas, pois teve a impressão de que Dors estava tentando corroborar sua história e conseguir um relato de outra pessoa. Será que ela achava que ele tinha imaginado a nave de busca? Ele gostaria de ter protestado com firmeza, mas ela ergueu uma mão silenciadora, como se estivesse prevenindo justamente aquilo. Ele se resignou, em parte por causa do gesto e em parte porque realmente queria dormir. Esperava que Leggen não ficasse por muito tempo.

– Está certo disso? – perguntou Dors. – Não houve nenhuma intrusão externa?

– Não, é claro que não. Exceto que...

– Sim, dr. Leggen?

– Havia um gravitoplano.

– O senhor considera isso algo peculiar?

– Não, claro que não.

– Por que não?

– Isso me parece o interrogatório de um suspeito, dra. Venabili. Não gosto disso.

– Entendo, dr. Leggen, mas essas perguntas estão relacionadas ao infortúnio do dr. Seldon. Esse problema talvez seja mais complicado do que eu imaginava.

– De que maneira? – Um tom mais impaciente surgiu na voz de Leggen. – Você pretende levantar outras questões para exigir novos pedidos de desculpas? Nesse caso, eu talvez considere necessário ir embora.

– Não antes de explicar por que o senhor não considera peculiar um gravitoplano fazendo reconhecimento.

– Porque, minha cara colega, diversas estações meteorológicas de Trantor possuem gravitoplanos para o estudo das nuvens e das camadas superiores da atmosfera. A nossa estação meteorológica não tem esse equipamento.

– Por que não? Seria útil.

– É claro que seria. Mas não estamos competindo e não guardamos segredos. Fazemos relatórios sobre nossas descobertas; eles fazem sobre as deles. Portanto, faz sentido distribuirmos as diferenças e as especializações. Seria uma tolice duplicar todos os esforços. O dinheiro e a força de trabalho que usaríamos em gravitoplanos podem ser dedicados a refratômetros mesônicos, enquanto outras estações podem investir o dinheiro nos gravitoplanos sem se preocupar com os refratômetros. Afinal, pode haver muita competitividade e indisposição entre os setores, mas a ciência nos une; é a única coisa que nos une. Você sabe disso, imagino – ele acrescentou, com ironia.

– Sim, eu sei, mas não é uma coincidência admirável que alguém tenha enviado um gravitoplano justamente para a *sua* estação no dia exato em que vocês a usariam?

– De jeito nenhum. Anunciamos que iríamos coletar dados e efetuar medições naquele dia e, consequentemente, alguma outra estação pensou, de maneira muito apropriada, que poderiam fazer medições nefelométricas... nuvens, para sua informação. Os resultados, quando somados, fazem mais sentido e são mais úteis do que quando considerados separadamente.

– Eles estavam apenas coletando medições, então? – perguntou Seldon, com uma voz deveras embargada, e bocejou novamente.

– Sim – disse Leggen. – O que mais vocês acham que eles poderiam estar fazendo?

Dors piscou os olhos, como às vezes fazia quando tentava raciocinar rapidamente.

– Faz sentido – disse ela. – A qual estação pertencia esse gravitoplano, especificamente?

– Dra. Venabili – Leggen negou com a cabeça –, como pode esperar que eu saiba?

– Eu achei que cada gravitoplano meteorológico teria um símbolo de sua estação na fuselagem.

– Certamente, mas eu não ficaria olhando para cima para estudá-lo. Tinha meu próprio trabalho a fazer e permiti que eles fizessem o deles. Quando divulgarem o relatório, saberei de quem era aquele gravitoplano.

– E se eles não divulgarem o relatório?

– Eu imaginaria que os instrumentos do gravitoplano falharam. Às vezes, acontece. – O punho direito de Leggen estava cerrado com força. – Isso é tudo?

– Espere um instante. De *onde* você diria que veio o gravitoplano?

– De qualquer estação com gravitoplanos. Com um aviso um dia antes (e eles tiveram mais do que isso), uma dessas naves poderia ter saído de qualquer parte do planeta e nos alcançado facilmente.

– Mas de onde seria mais provável?

– Difícil dizer. Hestelônia, Wye, Ziggoreth, Damiano do Norte. Eu diria que um desses quatro seria mais provável, mas poderia ser *qualquer um* dentre pelo menos quarenta outros setores.

– Apenas mais uma pergunta, então. Apenas uma. Dr. Leggen, quando o senhor anunciou que seu grupo iria à Superfície Exterior, o senhor mencionou que um matemático, o dr. Hari Seldon, estaria com vocês?

Uma expressão de profunda e sincera surpresa passou pelo rosto de Leggen, sentimento que rapidamente se transformou em desprezo.

– Por que eu listaria nomes? – perguntou. – Como isso interessaria a qualquer pessoa?

– Pois bem – disse Dors. – O fato é que o dr. Seldon viu o gravitoplano e isso o assustou. Não estou certa da razão e, aparentemente, a memória do doutor não está muito clara no que diz respeito a isso. Ele tentou fugir do gravitoplano, acabou se perdendo, não cogitou voltar (ou não ousou voltar) até que o sol estivesse se pondo e não conseguiu chegar à estação antes de ter escurecido. O senhor não pode ser culpado disso, portanto vamos esquecer o incidente, todos nós.

– De acordo – retrucou Leggen. – Adeus! – Ele girou nos calcanhares e foi embora.

Quando estavam apenas os dois, Dors se levantou, tirou gentilmente os chinelos de Seldon, ajeitou-o na cama e o cobriu. Ele estava dormindo, claro.

Ela se sentou e ficou pensativa. Quanto do que Leggen dissera era verdade e o que poderia existir sob sua cortina de palavras? Ela não sabia dizer.

MYCOGEN

———— Mycogen...

Um setor da parte antiga de Trantor... Enterrado no passado de suas próprias lendas, Mycogen teve pouco impacto no planeta. Autossuficiente e, até certo ponto, independente...

ENCICLOPÉDIA GALÁCTICA

31

Quando Seldon acordou, descobriu um novo rosto olhando solenemente para ele. Por um instante, franziu o cenho como uma coruja, tentando identificar o visitante.

– Hummin? – perguntou, enfim.

Hummin sorriu de leve.

– Então você se lembra de mim? – perguntou.

– Foi por apenas um dia, quase dois meses atrás, mas lembro. Então quer dizer que você não foi preso, ou de alguma maneira...

– Como pode ver, estou aqui, inteiro e em segurança... – e ele olhou de relance para Dors, de pé a um canto –, mas não foi fácil vir até aqui.

– Estou contente por vê-lo – confessou Seldon. – Importa-se? – e indicou o banheiro usando o polegar.

– Fique à vontade. Tome seu café da manhã – respondeu Hummin.

Hummin não se juntou a Seldon durante a refeição; Dors tampouco. E eles não disseram nada. Hummin analisou um livro-filme com uma atitude concentrada. Dors olhou para as próprias unhas, reprovando-as, e então pegou um minicomputador e começou a fazer anotações com uma pena de silício.

Seldon observou os dois, pensativo, e não tentou iniciar uma conversa: o silêncio poderia ser algum tipo de regra da etiqueta trantoriana para comportamento diante dos enfermos. Ele já se sentia perfeitamente normal, mas os visitantes talvez não soubessem disso.

Hummin só falou depois que Seldon comeu a última migalha e bebeu a última gota de leite (ao qual ele estava obviamente se acostumando, pois o gosto não lhe era mais tão estranho).

– Como você está, Seldon? – perguntou.

– Perfeitamente bem, Hummin. Com certeza, bem o suficiente para sair daqui.

– Fico contente por ouvir isso – disse Hummin, em tom seco. – Foi uma grande irresponsabilidade por parte de Dors Venabili permitir que isso acontecesse.

– Não – Seldon franziu as sobrancelhas. – *Eu* insisti em ir à Superfície Exterior.

– Tenho certeza de que sim, mas ela deveria ter ido com você, a qualquer custo.

– Eu disse a ela que não gostaria que ela fosse.

– Isso não é verdade, Hari – interviu Dors. – Não me defenda com mentiras nobres.

– Não se esqueça de que Dors também foi responsável por subir à Superfície Exterior em busca de mim, contra forte resistência – argumentou Seldon, irritado –, e que ela certamente salvou minha vida. Isso não é nenhuma mentira. Você levou isso em consideração, Hummin?

– Por favor, Hari – interrompeu Dors mais uma vez, evidentemente constrangida. – Chetter Hummin está totalmente certo ao acreditar que eu deveria tê-lo impedido de ir à Superfície Exterior ou acompanhado você até lá. Quanto às minhas ações subsequentes, ele já as parabenizou.

– De qualquer forma – disse Hummin –, isso é passado e podemos deixar de lado. Vamos conversar sobre o que aconteceu na Superfície Exterior, Seldon.

Seldon olhou à sua volta.

– É seguro? – perguntou, em tom defensivo.

Hummin sorriu discretamente e disse:

– Dors ativou um Campo de Distorção. Posso garantir que é pouco provável que um agente imperial na universidade (se é que há algum) tenha a perícia necessária para penetrá-lo. Você é uma pessoa desconfiada, Seldon.

– Não por natureza – respondeu Seldon. – Ao ouvir você no parque e depois... Você é uma pessoa persuasiva, Hummin. Quando terminou sua explicação, eu estava pronto para acreditar que Eto Demerzel está à espreita em todos os cantos.

– Às vezes, eu acho que ele está – comentou Hummin, sombriamente.

– Se estivesse – disse Seldon –, eu não saberia que se tratava dele. Que aparência ele tem?

– Não importa. Você o veria apenas se ele quisesse e, se chegar a esse ponto, imagino que tudo esteja terminado... – e é isso que precisamos evitar. Vamos conversar sobre o gravitoplano que você viu.

– Como eu lhe disse, Hummin – começou Seldon –, você me fez temer a perseguição de Demerzel. Assim que vi o gravitoplano, supus que ele estava atrás de mim, que eu tinha inadvertidamente saído da proteção da Universidade de Streeling ao subir até a Superfície Exterior, que eu tinha sido conduzido até lá com o objetivo específico de ser capturado sem dificuldade.

– Por outro lado – interveio Dors –, Leggen...

– Ele esteve aqui ontem à noite? – acrescentou Seldon rapidamente.

– Sim, você não se lembra?

– Vagamente. Eu estava morto de cansaço. É um borrão em minha memória.

– Bom, quando Leggen esteve aqui ontem à noite, disse que o gravitoplano era apenas uma nave meteorológica de outra estação. Perfeitamente corriqueira. Perfeitamente inofensiva.

– O quê? – surpreendeu-se Seldon. – Eu não acredito nisso.

– A pergunta é: *por que* você não acredita? – disse Hummin. – Havia alguma coisa no gravitoplano que o fez acreditar ser perigoso? Eu me refiro a algo específico, não apenas uma suspeita impregnada por mim em sua mente.

Seldon pensou no ocorrido, mordendo seu lábio inferior.

– O *comportamento*. Ele parecia baixar a parte dianteira para fora da camada de nuvens, como se estivesse procurando por alguma coisa. Então surgia em outro ponto fazendo a mesma coisa, e depois em outro e assim por diante. Parecia estar metodicamente vasculhando a Superfície Exterior, trecho por trecho, e se aproximando de mim.

– Você talvez estivesse projetando seus medos, Seldon – sugeriu Hummin. – Você talvez tenha visto o gravitoplano como um estranho animal à sua procura. E não era, claro. Era apenas um gravitoplano e, se foi uma nave meteorológica, seu comportamento foi perfeitamente normal... e inofensivo.

– Não foi o que pareceu para mim – respondeu Seldon.

– Tenho certeza de que não, mas não temos nenhuma informação factual. A convicção de que você estava em perigo foi apenas uma suposição. A conclusão de Leggen sobre se tratar de uma nave meteorológica também foi apenas uma suposição.

– Eu não posso acreditar que foi um acontecimento totalmente inocente – insistiu Seldon.

– Pois bem – disse Hummin –, vamos supor o pior. Vamos supor que o gravitoplano estava *mesmo* procurando por você. Como a pessoa que enviou aquela nave, quem quer que seja, poderia saber que você estaria ali para ser achado?

– Eu perguntei ao dr. Leggen – interveio Dors – se ele tinha incluído na notificação sobre o trabalho meteorológico que seria conduzido a informação de que Hari estaria no grupo. Em uma situação normal, não havia nenhum motivo para que ele tivesse feito isso, e ele negou tê-lo feito com considerável surpresa diante da pergunta. Eu acreditei nele.

– Não esteja tão disposta a acreditar nele – disse Hummin. – Ele negaria de qualquer jeito, não negaria? Pergunte a si mesma por que ele permitiu que Seldon se juntasse a eles. Sabemos que ele inicialmente rejeitou a ideia, mas acabou cedendo, e sem muita briga. E isso, para mim, parece bastante incongruente com a personalidade de Leggen.

– Sim – Dors franziu as sobrancelhas –, isso faz parecer um pouco mais provável que ele tenha armado toda a situação. É possível que ele tenha permitido a companhia de Hari apenas para deixá-lo exposto para captura. Talvez tenha recebido ordens. Poderíamos, inclusive, dizer que ele encorajou sua jovem estagiária, Clowzia, a chamar a atenção de Hari e afastá-lo do grupo, isolando-o. Isso explicaria a estranha displicência de Leggen em relação ao sumiço de Hari quando chegou o momento de descer. Ele insistiu que Hari descera antes, algo que ele tinha deixado preparado, pois mostrou cuidadosamente a ele como descer por conta própria. Também explicaria sua relutância em voltar lá para cima em busca de Hari, pois não gostaria de desperdiçar tempo em busca de uma pessoa que ele supunha ser impossível de encontrar.

– Você tem uma boa teoria para incriminá-lo – disse Hummin, que ouvia com atenção –, mas tampouco devemos nos precipitar com essa versão. Afinal, ele acabou subindo com você para a Superfície Exterior.

– Por causa dos passos detectados. O chefe da Sismologia é testemunha desse fato.

– Diga-me, Leggen demonstrou choque ou surpresa quando Seldon foi encontrado? Quero dizer, além da descoberta de alguém que se envolveu em perigo extremo graças à negligência do próprio Leggen? Ele agiu como se Seldon não devesse estar ali? Ele se comportou como se estivesse se perguntando: por que não o capturaram?

Dors pensou por um instante.

– Ele ficou obviamente chocado pela visão de Hari deitado ali no chão – respondeu –, mas eu não tive como saber se havia mais alguma coisa em seus sentimentos, além do horror inerente à situação.

– Não, imagino que não havia como saber.

Naquele momento, Seldon, que olhava de um para o outro atentamente conforme eles falavam, disse:

– Não acho que tenha sido Leggen.

– Por que diz isso? – Hummin transferiu sua atenção a Seldon.

– Primeiro, como vocês perceberam, ele deixou claro que não gostaria que eu fosse junto. Foi necessário um dia inteiro de argumentação e acho que ele concordou apenas porque teve a impressão de que eu era um matemático inteligente que poderia ajudá-lo em sua teoria meteorológica. Eu estava ansioso para subir e, se ele estivesse sob ordens para garantir que eu fosse levado à Superfície Exterior, não precisaria ter sido *tão* relutante sobre o assunto.

– É razoável supor que ele o quisesse apenas por sua habilidade com matemática? Ele conversou sobre cálculos com você? Fez alguma tentativa de lhe explicar sua teoria?

– Não – respondeu Seldon –, não fez nada disso. Mas falou algo sobre abordarmos a questão depois. O problema era que ele estava totalmente dedicado aos instrumentos. Pelo que entendi, contava com a luz solar que não surgiu e torcia para que a culpa tivesse sido dos instrumentos, mas eles aparentemente estavam em perfeito funcionamento, o que o frustrou. Acho que isso foi um fator inesperado que destruiu seu humor e desviou sua atenção de mim. Quanto a Clowzia, a moça que esteve comigo por alguns minutos, eu não tenho a sensação de que ela estivesse deliberadamente me afastando daquele local. A iniciativa foi minha. Eu estava curioso sobre a vegetação na Superfície Exterior e fui eu que a afastei do grupo, e não o contrário. E Leggen não encorajou o distanciamento, muito pelo contrário: ele a chamou de volta enquanto eu ainda estava no campo de visão da estação meteorológica e eu me afastei e saí de vista totalmente por conta própria.

– E ainda assim – disse Hummin, que parecia disposto a contradizer todas as hipóteses levantadas –, se aquela nave estava à sua procura, os tripulantes deveriam saber que você estava ali. Como saberiam, senão por meio de Leggen?

– O homem de quem suspeito – respondeu Seldon – é um jovem psicólogo chamado Lisung Randa.

– Randa? – disse Dors. – Não posso acreditar nisso. Eu o *conheço*. Ele simplesmente não trabalharia para o Imperador. É anti-imperialista até os ossos.

– Talvez finja ser – retrucou Seldon. – Na verdade, ele precisaria ser explícita, agressiva e extremamente anti-imperialista se estivesse tentando mascarar o fato de que é um agente imperial.

– Mas ele é justamente o oposto disso – argumentou Dors. – *Não* é violento nem extremo em nada. É calmo e afável, e suas opiniões são sempre expressas com serenidade, quase timidez. Estou convencida de que são genuínas.

– E ainda assim, Dors – continuou Seldon, com seriedade –, ele foi o primeiro a me falar sobre o projeto meteorológico, foi ele quem insistiu que eu fosse à Superfície Exterior e foi ele quem persuadiu Leggen a permitir que eu me juntasse ao grupo, exagerando consideravelmente minhas capacidades matemáticas. É de se perguntar por que ele estava tão ansioso para que eu subisse; por que se esforçou tanto.

– Para o seu bem, talvez. Ele estava interessado em seu problema, Hari, e deve ter pensado que meteorologia talvez fosse útil para a psico-história. Não acha isso possível?

– Vamos considerar outra questão – disse Hummin, calmamente. – Houve um extenso intervalo de tempo entre o momento em que Randa lhe contou sobre o projeto de meteorologia e o momento em que você foi até a Superfície Exterior. Se Randa não for culpado de nenhuma desonestidade, ele não teria nenhuma razão para esconder a ida de Seldon até lá. Se for uma pessoa amigável e sociável...

– Ele é – interrompeu Dors.

– ... então é muito provável que tenha falado sobre isso a vários amigos. Nesse caso, não teríamos como saber quem teria sido o informante. Além disso, apenas para levantar outra possibilidade, vamos supor que Randa seja *de fato* anti-imperialista. Isso não significaria necessariamente que ele não é um agente. Precisaríamos nos perguntar: agente de quem? Atua em benefício de quem?

Seldon ficou chocado.

– Para quem mais seria possível, além do Império? – questionou. – Para quem mais, senão Demerzel?

Hummin ergueu a mão.

– Você está longe de entender a complexidade da política trantoriana, Seldon – disse, então se voltou para Dors. – Diga-me mais uma vez: quais são os quatro setores que o dr. Leggen citou como prováveis pontos de origem de uma nave meteorológica?

– Hestelônia, Wye, Ziggoreth e Damiano do Norte.

– E você não fez a pergunta de um jeito que pudesse ser tendencioso? Não perguntou se algum setor específico poderia ser o ponto de origem?

– Não, definitivamente não. Perguntei apenas se ele poderia especular sobre o ponto de origem do gravitoplano.

– E você – Hummin olhou para Seldon – por acaso viu algum tipo de marca, alguma insígnia, no gravitoplano?

Seldon quis responder agressivamente que o gravitoplano mal podia ser visto entre as nuvens, que a nave aparecia por pouco tempo, que ele não estava procurando por marcas, queria apenas fugir, mas se conteve. Hummin decerto sabia de tudo aquilo. Em vez disso, simplesmente respondeu:

– Receio que não.

– Porém – interveio Dors –, se o gravitoplano estivesse em uma missão de captura, a insígnia estaria disfarçada.

– É a suposição racional – respondeu Hummin –, e talvez estivesse mesmo, mas, nesta Galáxia, a racionalidade nem sempre triunfa. Porém, considerando que Seldon aparentemente não registrou nenhum detalhe relevante da nave, a única coisa que podemos fazer é especular. Eu estou pensando em Wye.

– Pensando no *porquê*?* – perguntou Seldon. – Presumo que quem quer que estivesse naquele gravitoplano estaria atrás de meus conhecimentos sobre a psico-história.

– Não, não. *W-y-e* – soletrou Hummin, erguendo seu indicador direito, como se ensinasse a um jovem aluno. – É o nome de um setor em Trantor. Um setor muito especial. É governado por uma linhagem de prefeitos há aproximadamente três mil anos. Uma linhagem contínua, uma única dinastia. Houve uma época, uns quinhentos anos atrás, em que dois imperadores e uma imperatriz da família Wye sentaram-se no trono imperial. Foi um período comparativamente curto, e nenhum dos Wye que governaram foi especialmente notável ou bem-sucedido, mas os prefeitos de Wye

---

*   Trocadilho intraduzível entre o nome Wye e why [o porquê], pois ambas as palavras têm a mesma pronúncia. [N. de T.]

nunca se esqueceram desse passado imperial. Nunca foram ativamente desleais às famílias que os sucederam no governo, mas tampouco são conhecidos por se prontificarem a fazer algo em benefício de outras linhagens. Durante os ocasionais períodos de guerra civil, mantinham uma espécie de neutralidade, fazendo manobras que pareciam calculadas para prolongar o estado de guerra e fazer com que fosse necessária uma intervenção de Wye para que se chegasse a uma solução conciliatória. Isso nunca funcionou, mas eles nunca pararam de tentar. O atual prefeito de Wye – continuou Hummin – é particularmente competente. Agora já está velho, mas sua ambição não diminuiu. Se alguma coisa acontecer a Cleon, até mesmo uma morte natural, ele terá preferência na sucessão, pois o filho do próprio Cleon é jovem demais. O público galáctico será sempre mais parcial no que diz respeito a um pretendente com um passado imperial. Portanto, se o prefeito de Wye ouviu falar sobre você, você poderia servir como um profeta científico muito útil para beneficiar aquela linhagem. Haveria uma motivação tradicional para que Wye providenciasse algum fim conveniente para Cleon e usasse você para prever a inevitável sucessão de Wye ao trono e a vinda de paz e prosperidade por mil anos. É claro que, uma vez que o prefeito de Wye esteja no trono e não tenha mais utilidade para você, seu destino será acompanhar Cleon até o túmulo.

Seldon interrompeu o sombrio silêncio que se seguiu dizendo:

– Mas não sabemos se é o prefeito de Wye que está atrás de mim.

– Não, não sabemos. Ou se *realmente* há alguém atrás de você, no momento. Afinal, o gravitoplano poderia ser apenas uma nave meteorológica comum, como sugeriu Leggen. Ainda assim, conforme a notícia sobre a psico-história e todo o seu potencial se espalhar (e certamente se espalhará), mais e mais poderosos e semipoderosos de Trantor ou de qualquer outro lugar vão querer usufruir de seus serviços.

– Mas, então – disse Dors –, o que faremos?

– É a pergunta que não quer calar. – Hummin pensou durante algum tempo e, então, continuou: – Talvez tenha sido um erro vir até aqui. Para um professor, é previsível demais que o esconderijo fosse uma universidade. Streeling é apenas uma de muitas, mas está entre as maiores e as que mais garantem liberdade, então não demoraria até que tentáculos daqui e dali começassem a tatear nesta direção. Creio que Seldon deva ser levado para outro esconderijo, mais adequado, e o mais rápido possível. Ainda hoje, talvez. Porém...

– Porém? – perguntou Seldon.

– Não sei para onde.

– Acesse um atlas pelo computador – arriscou Seldon – e escolha um lugar aleatório.

– É claro que não – respondeu Hummin. – Se fizermos isso, é tão provável que encontremos um lugar *menos* seguro quanto um *mais* seguro. Não. Precisamos chegar a uma conclusão lógica. De algum jeito.

32

Os três ficaram amontoados no quarto de Seldon até depois do almoço. Durante esse período, Hari e Dors conversaram discreta e ocasionalmente sobre assuntos amenos, mas Hummin manteve um silêncio quase total. Ficou sentado, tenso. Comeu pouco e, em sua postura, manteve-se quieto e distante – o que fazia com que ele parecesse mais velho, pensou Seldon.

Ele imaginou que Hummin devia estar repassando a imensa geografia de Trantor em sua mente, buscando por um canto que fosse ideal. Certamente não era algo fácil.

O planeta natal de Seldon, Helicon, era ligeiramente maior do que Trantor – 1% ou 2% – e seu oceano era menos extenso. A superfície terrestre de Helicon era talvez 10% maior do que a trantoriana. Mas Helicon tinha população esparsa; sua superfície era polvilhada por cidades espaçadas. Trantor era uma única e *imensa* cidade. Enquanto Helicon era dividido em vinte setores administrativos, Trantor tinha mais de oitocentos, cada um desses oitocentos contendo, por si só, complexas subdivisões.

– Hummin – disse Seldon, enfim, com certa aflição –, talvez seja melhor escolher qual dos interessados em minhas habilidades é o mais próximo de ser benigno, me entregar a ele e torcer para que ele me defenda dos outros.

Hummin ergueu a cabeça para encarar Seldon e, com seriedade absoluta, respondeu:

– Isso não é necessário. Conheço o candidato mais próximo de ser benigno e ele já tem você.

– Você se coloca no mesmo nível do prefeito de Wye e do Imperador de toda a Galáxia? – sorriu Seldon.

– Do ponto de vista hierárquico, não. Mas, no que diz respeito ao desejo de controlá-lo, eu rivalizo com eles. A diferença é que eles (e qualquer outra pessoa que me vem à mente) querem você para fortalecer a própria riqueza e poder, enquanto eu não tenho nenhuma ambição além de prosperidade para a Galáxia.

– Eu imagino – disse Seldon, secamente – que cada um de seus concorrentes insistiria que também estão apenas pensando na prosperidade da Galáxia, se perguntassem a eles.

– Estou certo que sim – respondeu Hummin. – Mas, até agora, o único dos meus (para usar o seu termo) concorrentes que você conheceu foi o Imperador, e ele ficou interessado em usufruir das suas previsões fictícias do futuro que poderiam estabilizar a dinastia dele. Eu não lhe peço nada desse tipo. Peço apenas que você aperfeiçoe sua técnica de psico-história para que previsões matematicamente válidas possam ser feitas, mesmo que sejam apenas de natureza estatística.

– É verdade. Pelo menos, até agora – comentou Seldon, com um sorriso parcial.

– Portanto, creio que posso perguntar: como está se saindo nessa questão? Algum progresso?

Seldon não sabia se deveria rir ou se enfurecer. Depois de uma pausa, não fez nenhum dos dois e conseguiu responder com calma:

– Progresso? Em menos de dois meses? Hummin, isso é algo que pode facilmente consumir toda a minha vida e a vida das próximas doze pessoas que vierem depois de mim... e, ainda assim, acabar em fracasso.

– Não estou falando de uma solução final, nem mesmo de expectativas mais otimistas, como o início de uma solução. Você disse sem rodeios e diversas vezes que uma psico-história útil é possível, mas impraticável. Tudo o que pergunto é se surgiu alguma esperança de que ela possa se tornar praticável.

– Honestamente, não.

– Por favor, me desculpem – interveio Dors. – Não sou matemática e espero que não seja uma pergunta tola. Mas como uma coisa pode ser ao mesmo tempo possível e impraticável? Eu ouvi você dizer que, em tese, você pode conhecer e cumprimentar pessoalmente todas as pessoas no Império, mas que não se trata de uma façanha praticável, pois você não viveria tempo suficiente para realizá-la. Como é possível saber que a psico-história é algo desse tipo?

Seldon olhou para Dors com certa incredulidade.

– Você quer que eu explique *isso*? – perguntou.

– Sim – ela concordou vigorosamente com a cabeça, o que fez seus cabelos cacheados chacoalharem.

– Na verdade – disse Hummin –, eu também gostaria.

– Sem matemática? – perguntou Seldon, com um traço de sorriso.

– Por favor – respondeu Hummin.

– Bom... – Seldon ficou pensativo para escolher um método de explicação. Então, continuou: – Se você deseja entender algum aspecto do universo, é de grande ajuda simplificá-lo o máximo possível e incluir apenas as propriedades e as características que são essenciais para a compreensão. Se você quer analisar a queda de um objeto, não se preocupa se tal objeto é novo ou velho, vermelho ou verde, se tem ou não cheiro. Você elimina essas coisas e, assim, evita complicar desnecessariamente a questão. Você pode chamar essa simplificação de modelo ou simulação e pode demonstrá-la tanto como uma representação em uma tela de computador quanto em uma relação matemática. Se você considerar a primitiva teoria da gravidade não relativista...

– Você prometeu que não haveria matemática – interrompeu Dors, de imediato. – Não tente introduzi-la discretamente chamando-a de "primitiva".

– Não, não. Eu digo "primitiva" apenas porque é uma teoria conhecida desde nossos registros mais longínquos, porque sua descoberta é cercada pela névoa do passado, assim como a do fogo e a da roda. De qualquer forma, as equações dessa teoria gravitacional contêm em si uma descrição dos movimentos de um sistema planetário, de uma estrela dupla, de marés e de muitas outras coisas. Usando essas equações, podemos elaborar uma simulação imagética em uma tela 2-D e fazer com que um planeta orbite em torno de uma estrela ou duas estrelas que orbitam entre si, ou elaborar sistemas mais complicados em um holograma tridimensional. Esse tipo de simulação simplificada faz com que seja muito mais fácil compreender um fenômeno do que estudar o próprio fenômeno. Aliás, sem as equações gravitacionais, nosso conhecimento geral sobre movimentação planetária e funcionamento de corpos celestes seria bastante escasso. Agora, se você quiser saber mais e mais sobre qualquer fenômeno, ou conforme um fenômeno fica mais complexo, precisará de equações cada vez mais sofisticadas e uma programação cada vez mais detalhada, e acabará com uma simulação computadorizada que é cada vez mais difícil de ser executada.

– Você não pode fazer uma simulação da simulação? – perguntou Hummin. – Você simplificaria mais um nível.

– Nesse caso, você precisaria eliminar algumas características do fenômeno que quer incluir, e sua simulação se torna inútil. A MSP, "menor simulação possível", ganha complexidade mais rapidamente do que o objeto simulado, e a simulação acaba se equiparando ao fenômeno. Portanto, foi estabelecido há milhares de anos que o universo como um todo, em sua complexidade total, não pode ser representado por nenhuma simulação menor do que ele próprio. Em outras palavras, você não pode criar nenhuma imagem do universo como um todo, exceto ao estudar *todo* o universo. Também já foi comprovado que, se alguém tentar criar simulações de uma pequena parte do universo, então de outra parte e mais outra parte, com a intenção de combinar todas as partes para formar uma imagem total do universo, essa pessoa vai descobrir que há um número infinito dessas partes de simulação. Logo, seria necessário um tempo infinito para entender totalmente o universo, o que é apenas um jeito diferente de dizer que é impossível adquirir todo o conhecimento que existe.

– Até agora, entendi – disse Dors, soando um pouco surpresa.

– Pois bem. Sabemos que algumas coisas comparativamente simples são fáceis de simular e que, conforme ficam mais complexas, ficam mais difíceis de simular, até que se tornam impossíveis de simular. Mas em qual nível de complexidade a simulação deixa de ser possível? O que eu demonstrei, usando uma técnica matemática inventada no século passado e pouco aplicável mesmo com um computador grande e veloz, é que a sociedade galáctica está um passo atrás desse limite. Ela *pode* ser representada por uma simulação mais simples do que ela mesma. E determinei que isso resultaria na habilidade de prever eventos futuros de uma forma estatística, ou seja, calcular as probabilidades de um conjunto diferente de eventos, em vez de prever simplesmente que apenas *um* deles existirá.

– Nesse caso – disse Hummin –, se você *pode* simular com sucesso a sociedade galáctica, é apenas uma questão de fazê-lo. Por que é impraticável?

– Tudo o que provei foi que não será necessário um tempo infinito para entender a sociedade galáctica, mas, se for necessário um bilhão de anos, ainda assim é impraticável. É, basicamente, o mesmo que tempo infinito para nós.

– É isso que demoraria? Um bilhão de anos?

– Ainda não consegui determinar quanto tempo levaria, mas tenho grandes suspeitas de que seria necessário pelo menos um bilhão de anos, e foi por isso que sugeri esse número.

– Mas você não sabe ao certo.

– Estou tentando calculá-lo.

– Sem sucesso?

– Sem sucesso.

– A biblioteca da universidade não está ajudando? – Hummin olhou para Dors conforme fez a pergunta.

– Não, não está – Seldon negou com a cabeça lentamente.

– Dors não pode ajudá-lo?

– Não sei nada sobre o assunto, Chetter – suspirou Dors. – Posso apenas sugerir métodos de pesquisa. Se Hari pesquisa e não consegue encontrar, não há nada que eu possa fazer.

Hummin se levantou e disse:

– Nesse caso, não há muita utilidade em ficar aqui, e *preciso* pensar em algum outro lugar para escondê-lo.

Seldon estendeu a mão e tocou a manga de Hummin.

– Entretanto, eu tenho uma ideia – disse Seldon.

Hummin estreitou discretamente os olhos ao encarar Seldon, no que poderia ser surpresa ou suspeita.

– Quando teve essa ideia? – perguntou. – Agora?

– Não. Está ressonando na minha cabeça há alguns dias, desde antes de eu ir à Superfície Exterior. Aquele pequeno contratempo ocultou a ideia momentaneamente, mas a pergunta sobre a biblioteca fez com que eu me lembrasse.

– Conte-me sua ideia – disse Hummin, sentando-se novamente. – Desde que não seja totalmente mergulhada em matemática.

– Nada de matemática. Quando eu estava lendo sobre história na biblioteca, me lembrei de que a sociedade galáctica era menos complicada no passado. Doze mil anos atrás, quando o Império estava para ser estabelecido, a Galáxia tinha apenas cerca de dez milhões de mundos habitados. Vinte mil anos atrás, os reinos pré-imperiais incluíam aproximadamente dez mil planetas no total. Quem poderia saber quão menor era a sociedade em passados ainda mais distantes? Talvez fosse limitada a apenas um único planeta, como na lenda que você mesmo mencionou certa vez, Hummin.

– E você acha que poderia solucionar a psico-história se pudesse lidar com uma sociedade galáctica muito mais simples? – perguntou Hummin.

– Sim, me parece que isso seria possível.

– Além disso – interveio Dors, com súbito entusiasmo –, vamos supor que você consiga decifrar a psico-história para uma sociedade menor do passado e vamos supor que você possa fazer previsões a partir de um estudo das condições pré-imperiais para saber o que aconteceria mil anos depois da formação do Império. Você poderia, então, verificar o que de fato aconteceu na época para ver quão próximo do objetivo chegou.

– Considerando conhecimentos prévios sobre a situação do ano 1000 da Era Galáctica – disse Hummin, friamente –, não seria um teste válido. Você seria inconscientemente influenciado por esse conhecimento e teria tendência a escolher valores para suas equações que o levassem ao que você sabe ser a resposta.

– Eu não acho – respondeu Dors. – Nós não sabemos muito sobre a situação em 1000 E.G. e precisaríamos pesquisar. Afinal, isso foi há onze milênios.

O rosto de Seldon transformou-se em um retrato de desânimo.

– O que você quer dizer com "não sabemos muito sobre a situação em 1000 E.G."? – perguntou. – Havia computadores naquela época, não havia, Dors?

– Claro.

– E unidades de memória e gravações de imagens e sons? Deveríamos ter todos os registros de 1000 E.G., assim como temos do ano atual, 12020 E.G.

– Em tese, sim, mas, na prática... Bom, você sabe, Hari, é o que vive dizendo. É possível ter registros completos de 1000 E.G., mas não é praticável esperar que eles existam.

– Sim, mas o que eu vivo dizendo, Dors, é sobre demonstrações matemáticas. Não vejo sua aplicação em registros históricos.

– Hari, registros não são eternos – respondeu Dors, defensiva. – Bancos de dados podem ser destruídos ou alterados por causa de conflitos ou simplesmente deteriorar com o tempo. Qualquer segmento de memória, qualquer registro que não seja acessado durante muito tempo, acaba perdido no desgaste acumulado. Dizem que um terço dos registros da Biblioteca Imperial é simplesmente lixo, mas, é claro, a tradição não permite que esses registros sejam removidos. Outras bibliotecas não seguem uma tradição tão rígida. Na biblioteca da Universidade de Streeling, descartamos itens desnecessários a cada dez anos. Naturalmente, registros consultados e copiados com frequência em vários mundos e em várias bibliotecas (governamentais ou privadas) continuam disponíveis por milhares de anos, para que muitos dos pontos essenciais da história galáctica permaneçam acessíveis, mesmo que tenham ocorrido em épocas pré-imperiais. Porém, quanto mais longínquo é o passado, menos registros foram preservados.

– Não posso acreditar nisso – exclamou Seldon. – Eu imaginava que eram feitas novas cópias de qualquer registro em risco de desaparecer. Como vocês podem permitir que o conhecimento desapareça?

– Conhecimento indesejado é conhecimento inútil – respondeu Dors. – Você consegue imaginar o volume de tempo, esforços e energia dedicados a uma contínua renovação de dados não utilizados? E, com o tempo, esse desperdício ficaria cada vez maior.

– Vocês decerto deveriam levar em consideração que alguém, em algum momento, talvez precisasse dos dados que estão sendo liquidados.

– Um item específico pode ser requerido apenas uma vez em mil anos. Conservar tudo em nome de uma necessidade como essa não é considerado um bom custo-benefício. Até mesmo na ciência. Você falou sobre as equações primitivas da gravidade e disse que são primitivas porque sua descoberta está perdida nas névoas da antiguidade. Por que isso aconteceu? Vocês, matemáticos e cientistas, não guardam todos os dados, todas as informações, remetendo até a enevoada época primitiva em que essas equações foram descobertas?

Seldon grunhiu e não tentou responder.

– Então, Hummin, lá se vai a minha ideia – disse, enfim. – Conforme investigamos o passado e a sociedade fica menor, uma psico-história praticável torna-se mais provável. Porém, o conhecimento diminui ainda mais rapidamente do que o escopo social.

Portanto, a psico-história se torna menos provável... e a improbabilidade é muito maior do que a probabilidade.

– Claro, há o Setor Mycogen – interveio Dors, pensativa.

Hummin ergueu os olhos rapidamente.

– Sim, é verdade! E seria o lugar perfeito para colocar Seldon. Eu mesmo devia ter pensado nisso.

– Setor Mycogen – repetiu Seldon, olhando de um para o outro. – O que significa Setor Mycogen e onde fica?

– Hari, por favor, eu lhe conto depois. Agora, preciso preparar sua viagem. Você partirá hoje à noite.

33

Dors insistiu que Seldon devia dormir um pouco. Eles iriam embora sob a cobertura da "noite", entre o apagar e o acender das luzes da universidade, enquanto o restante da instituição dormia. Ela teimou que ele precisava descansar.

– E fazer você dormir no chão mais uma vez? – perguntou Seldon.

Ela deu de ombros.

– A cama tem espaço para apenas uma pessoa – ela respondeu –, e, se nós tentarmos dividi-la, nenhum dos dois conseguirá dormir.

Por um momento, Seldon olhou para ela avidamente.

– Então eu durmo no chão, dessa vez – disse.

– Não, não dorme. Não fui eu que estive em coma sob uma chuva de granizo.

No final das contas, nenhum dos dois dormiu. Apesar de terem apagado as luzes do quarto e de o constante barulho de Trantor ser apenas um murmúrio distante nos confins relativamente silenciosos da universidade, Seldon percebeu que precisava conversar.

– Eu tenho lhe causado tantos problemas aqui, Dors... Estou até a impedindo de trabalhar. Ainda assim, lamento deixá-la.

– Você não me deixará – ela respondeu. – Eu vou com você. Hummin está providenciando uma licença para mim.

– Não posso lhe pedir isso – disse Seldon, desolado.

– Você não está pedindo. Hummin está. É minha obrigação protegê-lo. Afinal, falhei na situação da Superfície Externa e devo me redimir.

– Eu já disse. Por favor, não se sinta culpada por isso. Ainda assim, devo admitir que ficaria mais confortável com você ao meu lado. Se ao menos eu pudesse garantir que não estou interferindo na sua vida...

– Você não está, Hari – disse Dors, gentilmente. – Agora, durma.

Seldon ficou deitado em silêncio por um momento. Então, sussurrou:

– Dors, você tem certeza de que Hummin pode providenciar tudo?

– Ele é um homem extraordinário – respondeu Dors. – Tem muita influência aqui na universidade e acho que em todos os outros lugares também. Se ele diz que pode providenciar uma licença para mim, estou certa de que pode. É um homem *muito* persuasivo.

– Eu sei – murmurou Seldon. – Às vezes, me pergunto o que ele *realmente* quer de mim.

– O que ele diz querer – assegurou Dors. – É um homem de sonhos e princípios fortes e idealistas.

– Parece que você o conhece bem, Dors.

– Oh, sim, eu o conheço bem.

– Intimamente?

Dors fez um som estranho com a garganta.

– Não sei o que você está sugerindo, Hari – ela respondeu –, mas, se eu considerar a interpretação mais atrevida, não, eu não o conheço intimamente. E por que isso seria da sua conta?

– Me desculpe – disse Seldon. – Eu só não quero inadvertidamente invadir a...

– Propriedade alheia? Isso é ainda mais ofensivo. Acho melhor você dormir.

– Peço desculpas mais uma vez, Dors, mas não *consigo* dormir. Deixe-me pelo menos mudar de assunto. Vocês não me explicaram o que é o Setor Mycogen. Ir para lá será bom para mim? Como é esse setor?

– É um pequeno lugar com uma população de apenas dois milhões, se bem me lembro. A questão é que os mycogenianos seguem fielmente um conjunto de tradições relacionadas à história arcaica e teoricamente possuem registros muito antigos, que não estão disponíveis em nenhum outro lugar. É possível que eles sejam mais úteis para a sua tentativa de investigar os tempos pré-imperiais do que historiadores ortodoxos. Nossa conversa sobre história antiga fez com que o setor viesse à cabeça.

– Você já viu os registros mycogenianos?

– Não. Não conheço ninguém que tenha visto.

– Então como você pode ter certeza de que esses registros existem?

– Na verdade, não tenho. Os não mycogenianos acham que eles são todos uns doidos, mas isso talvez seja uma definição injusta. Eles certamente *afirmam* ter os registros, então talvez tenham mesmo. De qualquer forma, lá estaremos fora de vista. Os mycogenianos são absolutamente reservados. Agora, por favor, durma.

E, de alguma maneira, Seldon finalmente dormiu.

34

Hari Seldon e Dors Venabili deixaram os limites da universidade às três horas da manhã. Seldon concluiu que Dors deveria liderar. Ela conhecia Trantor melhor do que ele – já estava lá havia dois anos. Ela era, obviamente, uma amiga muito próxima de Hummin (quão próxima? A questão continuava a incomodá-lo) e entendia as instruções que ele fornecera.

Tanto ela como Seldon estavam vestidos com capas semirrefratoras de luz com gorros justos. O estilo tinha sido uma moda passageira na instituição (e entre jovens intelectuais em geral) alguns anos atrás e, apesar de agora ser possivelmente motivo de risadas, tinha a vantagem de cobri-los generosamente e torná-los irreconhecíveis – pelo menos de relance.

Antes de partirem, Hummin dissera:

– Há uma possibilidade de que os acontecimentos da Superfície Exterior tenham sido totalmente inocentes e de não existir nenhum agente atrás de você, Seldon, mas é melhor nos prepararmos para o pior.

– Você não vem conosco? – perguntara Seldon, ansiosamente.

– Eu gostaria de ir – respondera Hummin –, mas devo limitar minha ausência do trabalho para não correr o risco de eu mesmo me tornar um alvo. Entende?

Seldon suspirou. Ele entendia.

Dors e Seldon entraram em um vagão da via expressa e procuraram por assentos o mais longe possível das outras pessoas que também embarcaram. (Seldon questionou por que *qualquer pessoa* estaria nas vias expressas às três da manhã – e então pensou que, na verdade, aquilo era vantajoso, pois, caso contrário, ele e Dors chamariam muita atenção).

Seldon entregou-se a observar o infinito panorama que passava pelas janelas conforme a igualmente infinita linha de vagões seguia pelo infinito monotrilho em um infinito campo eletromagnético.

A via expressa passou por filas e mais filas de unidades residenciais, algumas muito altas e outras, ele imaginou, muito profundas. Ainda assim, se dezenas de milhões de quilômetros quadrados formavam uma totalidade urbanizada, nem mesmo quarenta bilhões de pessoas precisariam de estruturas muito altas ou muito próximas umas das outras. Eles passaram por áreas abertas. A maior parte parecia coberta por plantações, enquanto outras eram parques. E havia diversas estruturas cujo propósito ele não conseguiu adivinhar. Fábricas? Prédios de escritório? Quem poderia dizer? Um grande cilindro sem adornos lhe pareceu uma caixa-d'água. Afinal, Trantor devia ter um suprimento de água potável. Será que eles colhiam chuva da Superfície Exterior, filtravam e tratavam a água e então a estocavam? Parecia inevitável que fizessem isso.

Mas Seldon não teve muito tempo para estudar a paisagem.

– É aqui que devemos descer – murmurou Dors. Ela se levantou e seus dedos fortes seguraram o braço de Seldon.

Agora estavam fora da via expressa, sobre chão sólido, enquanto Dors estudava a sinalização.

Os sinais eram simples e havia muitos deles. Seldon ficou decepcionado. A maioria era de pictografias e iniciais, certamente compreensíveis aos trantorianos, mas alienígenas para ele.

– Por aqui – disse Dors.

– Por onde? Como você sabe?

– Está vendo aquilo? Duas asas e uma flecha.

– Duas asas? Oh! – ele achava que era um "W" invertido e esticado horizontalmente, mas agora via que poderiam ser as asas estilizadas de um pássaro. – Por que eles não usam palavras? – perguntou, mal-humorado.

– Porque palavras variam de mundo para mundo. O que é um "aerojato" aqui pode ser um "pairador" em Cinna ou um "rasante" em outros mundos. As duas asas e a flecha são o símbolo galáctico para uma aeronave, e é compreendido em todos os lugares. Vocês não os usam em Helicon?

– Não muito. Helicon é um mundo razoavelmente homogêneo em termos culturais, e tendemos a cultivar nossas particularidades porque somos ofuscados pelos planetas vizinhos.

– Viu só? – disse Dors. – Aí está um ponto em que sua psico--história poderia agir. Você pode demonstrar que, mesmo com dialetos diferentes, o uso de símbolos padronizados em toda a Galáxia é uma força unificadora.

– Isso não ajuda. – Ele a seguia por becos vazios e escuros, e uma parte de sua mente se perguntou sobre a taxa de criminalidade em Trantor e se aquela seria uma área perigosa. – Você pode ter um bilhão de regras, cada uma relacionada ao mesmo fenômeno, e mesmo assim não conseguir uma generalização a partir disso. É isso que significa um sistema que só pode ser interpretado por um modelo tão complexo quanto o próprio sistema. Dors, por acaso estamos a caminho de um aerojato?

Ela parou e se virou para olhar para Seldon com uma expressão cômica no rosto.

– Se estamos seguindo os símbolos que indicam aerojatos, para onde você acha que estamos indo, um campo de golfe? – perguntou.

– Você tem medo de aerojatos, como é o caso de muitos trantorianos?

– Não, não. Voamos livremente em Helicon e uso aerojatos com frequência. O problema é que, quando Hummin me levou à universidade, ele evitou voos comerciais porque isso deixaria um rastro muito claro.

– Isso porque eles sabiam a sua localização antes de partir, Hari, e já estavam em seu encalço. Agora eles talvez não saibam onde você está e vamos usar um aeroporto secreto e um aerojato privado.

– E quem será o piloto?

– Um amigo de Hummin, imagino.

– Você acha que podemos confiar nele?

– Se é um amigo de Hummin, com certeza é seguro.

– Você certamente tem um grande apreço por Hummin – resmungou Seldon, com uma pontada de descontentamento.

– E com motivos – respondeu Dors, sem nenhuma timidez. – Ele é o melhor.

O descontentamento de Seldon não diminuiu.

– Ali está o aerojato – ela apontou.

Era pequeno, com asas de formato esquisito. Ao lado do aerojato estava um homem baixinho, vestido com cores trantorianas, tradicionalmente berrantes.

– Somos psico – disse Dors.

– E eu sou história – o piloto retrucou.

Eles o seguiram para dentro do aerojato.

– De quem foi a ideia da senha? – perguntou Seldon.

– De Hummin – respondeu Dors.

Seldon bufou.

– Por algum motivo – comentou –, não achei que Hummin era capaz de ter senso de humor. Ele é tão... solene.

Dors sorriu.

MESTRE SOLAR

———— Mestre Solar Quatorze...

Um líder do Setor Mycogen em Trantor antigo... Assim como todos os líderes desse setor encravado no planeta, pouco se sabe sobre ele. O fato de o Mestre Solar Quatorze ter um papel na História se deve unicamente à sua inter-relação com Hari Seldon durante o período de Fuga...

ENCICLOPÉDIA GALÁCTICA

35

ERAM APENAS DOIS ASSENTOS atrás do reduzido compartimento do piloto e, quando Seldon se sentou no estofamento que afundou vagarosamente sob seu peso, uma tela de tecido surgiu para envolver suas pernas, cintura e torso, enquanto um capuz cobria sua testa e ouvidos. Ele se sentiu preso e, ao virar para a esquerda – com grande dificuldade e apenas alguns centímetros –, viu que Dors estava envolvida de maneira parecida.

O piloto se sentou no próprio assento e verificou os controles.

– Sou Endor Levanian, à sua disposição – disse ele. – Vocês estão envoltos por redes porque haverá uma considerável aceleração na decolagem. Uma vez que estejamos a céu aberto e em cruzeiro, vocês serão libertados. Não há necessidade de me dizerem seus nomes. Não é da minha conta. – Ele se virou para Seldon e Dors e sorriu, com um rosto de gnomo que se enrugou conforme seus lábios se expandiram. – Alguma dificuldade psicológica, meus jovens? – perguntou.

– Sou uma Estrangeira e estou acostumada a voar – disse Dors, com leveza.

– O mesmo vale para mim – completou Seldon, com um pouco de arrogância.

– Excelente, meus jovens. É claro que este não é um aerojato comum e vocês talvez não tenham feito voos noturnos, mas espero que vocês aguentem firme.

Ele também estava envolto por redes, mas Seldon viu que seus braços estavam totalmente livres.

Um zunido grave preencheu o jato, crescendo em intensidade e ganhando tons mais agudos. O som não chegava a ser desagradável, mas parecia estar seguindo rumo a essa direção, e Seldon tentou sacudir a cabeça, como se para expulsar o ruído de seus ouvidos, mas a tentativa serviu apenas para fazer com que a rede que segurava sua cabeça enrijecesse ainda mais.

E, então, o jato foi catapultado (o único verbo que Seldon poderia usar para descrever o evento) e Seldon foi pressionado intensamente contra o apoio do assento.

Através do vidro diante do piloto, Seldon viu, com uma pontada de pânico, uma parede maciça se aproximando e então uma abertura circular surgiu na parede. Era parecida com o buraco em que o táxi-aéreo mergulhara no dia em que ele e Hummin tinham deixado o Setor Imperial, mas, apesar de este ser largo o suficiente para o corpo do jato, certamente não garantia espaço para as asas.

Seldon girou a cabeça para a direita o máximo que podia e o fez em tempo de ver a asa ao seu lado dobrar e se retrair.

O jato mergulhou na abertura. Foi envolvido pelo campo eletromagnético e arremessado por um túnel iluminado. A aceleração era constante e havia ocasionais sons de clique, que Seldon imaginou serem causados pela passagem de blocos individuais de ímãs.

E então, em menos de dez minutos, o jato foi cuspido para a atmosfera, onde foi abruptamente envolvido pela repentina e completa escuridão da noite.

O jato desacelerou conforme saiu do campo eletromagnético e Seldon se sentiu jogado contra a rede que o envolvia, permanecendo grudado nela por alguns instantes, sem fôlego.

A inércia acabou e a rede desapareceu por completo.

– Como estão, meus jovens? – veio a voz alegre do piloto.

– Não sei dizer – respondeu Seldon. Ele se virou para Dors e perguntou: – Você está bem?

– Claro – ela disse. – Creio que o sr. Levanian estava nos testando para ver se somos mesmo Estrangeiros. Não é mesmo, sr. Levanian?

– Algumas pessoas gostam de emoção – respondeu Levanian. – Você gosta?

– Dentro dos limites – disse Dors.

– Como qualquer pessoa racional – completou Seldon, com aprovação. – Mas teria sido menos divertido para o senhor se tivesse perdido as asas do jato.

– Impossível, senhor. Como eu disse, não se trata de um aerojato comum. As asas são totalmente computadorizadas. Mudam o comprimento, a largura, a curvatura e o formato geral para se adaptarem à velocidade do jato, à velocidade e à direção do vento, à temperatura e à meia dúzia de outras variáveis. As asas seriam arrancadas somente se o próprio jato fosse submetido a uma força que pudesse destruí-lo.

Alguma coisa respingou na janela de Seldon.

– Está chovendo – ele disse.

– Isso é comum – respondeu o piloto.

Seldon olhou pela janela. Em Helicon ou em qualquer outro mundo, haveria luzes – criações luminosas do homem. Apenas Trantor era totalmente escuro, ou melhor, não totalmente. Em certo momento, ele viu o lampejo de um farol. Os pontos mais altos da Superfície Exterior talvez tivessem luzes de sinalização.

Como sempre, Dors reparou no desconforto de Seldon.

– Tenho certeza de que o piloto sabe o que está fazendo, Hari – ela murmurou, dando um tapinha gentil em sua mão.

– Tentarei imaginar que sim, Dors, mas preferiria que nós também soubéssemos de alguma coisa – respondeu Seldon, em tom alto o suficiente para ser entreouvido.

– Não me importo de compartilhar – disse o piloto. – Primeiro, vamos seguir para cima e estaremos além da camada de nuvens em alguns minutos. A essa altura, não haverá chuva e poderemos até ver as estrelas.

Ele escolhera o momento ideal para dizer aquilo: algumas estrelas começavam a surgir através das tênues nuvens restantes e então todo o céu reluziu quando o piloto desligou as luzes de dentro da cabine. Restou apenas a suave iluminação de seu painel de controle e, do lado de fora das janelas, o céu resplandeceu.

– É a primeira vez em mais de dois anos que vejo as estrelas – comentou Dors. – São maravilhosas, não são? Tão brilhantes... e há tantas delas!

– Trantor está mais perto do centro da Galáxia do que a maioria dos planetas – explicou o piloto.

Helicon ficava em um canto distante da Galáxia e seu campo estelar era obscurecido e nada impressionante, e Seldon descobriu-se sem palavras.

– Este voo ficou bastante silencioso – disse Dors.

– É verdade – respondeu Seldon. – O que abastece o jato, sr. Levanian?

– Um motor de microfusão e uma pequena corrente de gás aquecido.

– Eu não sabia que existiam aerojatos à microfusão em funcionamento. Ouve-se falar disso, mas...

– Existem poucos e são pequenos, como este. Até agora, estão limitados a Trantor e são usados unicamente por altos oficiais do governo.

– As tarifas por este tipo de transporte devem ser caras.

– Exorbitantes, senhor.

– Quanto será cobrado do sr. Hummin?

– Este voo não será cobrado. O sr. Hummin é um bom amigo da companhia que possui estes jatos.

Seldon grunhiu, e então perguntou:

– Por que não existem mais destes aerojatos à microfusão?

– Entre outras coisas, porque são caros demais, senhor. Os que existem suprem toda a demanda.

– Vocês poderiam aumentar a demanda com jatos maiores.

– Talvez, mas a empresa ainda não conseguiu criar motores à microfusão robustos o suficiente para aerojatos maiores.

Seldon pensou na reclamação de Hummin sobre inovações tecnológicas terem declinado a um nível muito baixo.

– Decadente – murmurou.

– O quê? – perguntou Dors, sem entender o que ele dissera.

– Nada – respondeu Seldon. – Eu estava apenas pensando em

uma coisa que Hummin me disse. – Ele olhou para as estrelas e continuou: – Estamos seguindo para oeste, sr. Levanian?

– Sim, estamos. Como sabe?

– Porque acho que, a esta altura, veríamos o nascer do sol se estivéssemos seguindo na direção dele, para o leste.

Mas a alvorada que perseguia o planeta finalmente os alcançou, e a luz do sol – luz do sol *genuína* – banhou as paredes da cabine. Porém, não durou muito, pois o jato curvou-se para baixo e entrou nas nuvens. O azul e o dourado desapareceram e foram substituídos por um cinza desbotado. Seldon e Dors se lamentaram por terem sido privados de até mesmo alguns segundos a mais de luz solar verdadeira.

Quando mergulharam abaixo das nuvens, a Superfície Exterior estava imediatamente sob o jato, e os domos – pelo menos naquele trecho – passaram rapidamente por grupos de árvores intercalados por gramados abertos. Era o tipo de coisa que Clowzia dissera a Seldon que existia na Superfície Exterior.

Mais uma vez houve pouco tempo para observar a paisagem. Uma abertura surgiu abaixo deles, ladeada por letras que indicavam MYCOGEN.

Eles entraram.

36

Aterrissaram em um jatoporto que parecia deserto aos olhos investigativos de Seldon. O piloto, depois de cumprir sua função, cumprimentou Hari e Dors com a mão e decolou com uma rajada ascendente de vento, mergulhando em seguida em uma abertura que surgiu para ele.

Além de esperar, não parecia haver nada que os dois pudessem fazer. Havia bancos que poderiam servir para talvez uma centena de pessoas, mas Seldon e Dors Venabili eram as duas únicas pessoas por ali. O porto era retangular, cercado por paredes que deveriam ter diversas aberturas de entrada e saída de jatos, mas não havia nenhum jato presente depois que o deles se fora, e nenhum chegou enquanto esperaram.

Não havia ninguém circulando e nenhum indício de habitação; a própria vida de Trantor parecia estar silenciosa.

Para Seldon, era uma solidão opressiva.

– O que se espera que façamos aqui? – perguntou para Dors. – Você tem alguma ideia?

Dors negou com a cabeça.

– Hummin me disse que seríamos recebidos por Mestre Solar Quatorze – respondeu. – Não sei de mais nada.

– Mestre Solar Quatorze? O que é isso?

– Um ser humano, imagino. Pelo nome, não posso ter certeza se é um homem ou uma mulher.

– Nome estranho.

– A estranheza está na mente do receptor. Às vezes, pessoas que nunca me viram acham que sou um homem.

– Devem ser umas tolas – disse Seldon, sorrindo.

– De jeito nenhum. Considerando o meu nome, elas *têm* motivos. Pelo que ouvi, é um nome masculino popular em vários mundos.

– Nunca o ouvi antes.

– Pois você não é um viajante galáctico costumaz. O nome "Hari" é bastante comum por toda parte, apesar de eu já ter conhecido uma mulher chamada "Hare", pronunciado como o seu nome, mas soletrado com um "e". Pelo que eu me lembre, em Mycogen os nomes são exclusivos de cada família, e numerados.

– Mas Mestre Solar me parece um nome tão exuberante.

– Que mal faz um pouco de arrogância? Em Cinna, "Dors" vem de uma antiga expressão local que significa "regalo da primavera".

– Por você ter nascido na primavera?

– Não. Vi a luz do dia pela primeira vez no auge do verão de Cinna, mas o nome pareceu agradável à minha família, apesar de seu significado tradicional e praticamente esquecido.

– Nesse caso, talvez Mestre Solar...

– Esse é meu nome, tribalista – interrompeu uma voz grave e severa.

Seldon se assustou e olhou para a esquerda. Um carro terrestre aberto tinha se aproximado de alguma maneira. Era quadrado e arcaico, quase como um contêiner. Dentro dele, no comando, estava um senhor alto que aparentava vigor, apesar da idade. Com imponência, ele saiu do carro.

Usava um longo manto branco com mangas volumosas que se estreitavam nos pulsos. Embaixo do manto estavam sandálias macias que deixavam os dedões expostos, enquanto sua cabeça, bem formada, era completamente desprovida de cabelos e outros tipos de pelo. Ele observou os dois calmamente, com seus olhos de um azul profundo.

– Eu o saúdo, tribalista – disse.

– Saudações, senhor – respondeu Seldon, com educação automática. Então, honestamente intrigado, perguntou: – Como o senhor entrou?

– Pela entrada, que se fechou atrás de mim. Você não prestou atenção.

– Suponho que não. Mas não sabíamos o que esperar. Tampouco sabemos agora.

– O tribalista Chetter Hummin informou a Irmandade sobre a chegada de membros de duas das tribos. Ele pediu para que cuidássemos de você.

– Então o senhor conhece Hummin.

– Sim. Ele já nos prestou ajuda. E, graças ao fato de ele, um tribalista digno, ter nos prestado ajuda, da mesma maneira devemos recompensá-lo. Poucos vêm a Mycogen e poucos deixam Mycogen. É minha função cuidar de sua segurança, oferecer acomodações e garantir que não seja perturbado.

Dors fez uma saudação com a cabeça.

– Somos gratos, Mestre Solar Quatorze – disse.

Mestre Solar se virou para observá-la com um sereno ar de desprezo.

– Conheço os costumes das tribos – respondeu. – Tenho consciência de que, entre tribalistas, uma mulher tem permissão de falar antes que a palavra lhe seja dirigida. Portanto, não estou ofendido. Eu lhe rogo que tome cuidado diante de outros membros da Irmandade, que talvez sejam menos instruídos.

– Puxa, é mesmo? – exclamou Dors, evidentemente ofendida, mesmo que Mestre Solar não estivesse.

– De fato – concordou Mestre Solar. – Tampouco se faz necessário o uso de meu identificador numérico quando apenas eu for o único membro presente de minha coorte. "Mestre Solar" é suficiente. Agora, peço que me acompanhem para que possamos deixar este lugar de natureza excessivamente tribalista para meu conforto.

– O conforto é para todos nós – retrucou Seldon, com um tom de voz talvez ligeiramente mais elevado do que o necessário –, e não sairemos deste lugar até que o senhor nos assegure de que não seremos forçados a obedecer a preferências que sejam contra nossos princípios. De acordo com o nosso costume, uma mulher pode falar sempre que tiver algo a dizer. Se o senhor concordou em cuidar de nossa segurança, essa segurança deve ser tanto física como psicológica.

Mestre Solar encarou Seldon sem alterar sua expressão.

– Você é audacioso, jovem tribalista – disse. – Seu nome?

– Eu sou Hari Seldon, de Helicon. Minha companheira é Dors Venabili, de Cinna.

Mestre Solar fez uma discreta reverência quando Seldon pronunciou o próprio nome, mas não se mexeu ao ouvir no nome de Dors.

– Prometi ao tribalista Hummin que os manteríamos a salvo, portanto farei o que puder para proteger sua companheira. Se ela desejar exercer tais imoralidades, farei o máximo que puder para garantir que ela não seja responsabilizada. Entretanto, em um quesito vocês precisam ceder.

Ele apontou, com infinito desprezo, primeiro para a cabeça de Seldon e depois para a de Dors.

– O que quer dizer? – perguntou Seldon.

– Seus pelos cefálicos.

– O que têm eles?

– Não devem ser vistos.

– O senhor quer dizer que devemos raspar nossa cabeça, como o senhor? Certamente que não.

– Minha cabeça não é raspada, tribalista Seldon. Fui depilado quanto entrei na puberdade, assim como todos os irmãos e suas mulheres.

– Se estamos falando sobre depilação, então, mais do que nunca, a resposta é não. Nunca.

– Não exigimos raspagem, tribalista, tampouco depilação. Pedimos apenas que os pelos sejam cobertos enquanto estiverem conosco.

– Mas, como?

– Eu trouxe toucas que se moldarão aos seus crânios e faixas que esconderão seus tufos supraoculares... suas sobrancelhas. Vocês devem usá-los enquanto estiverem aqui. Além disso, tribalista Seldon, você há de se barbear diariamente, claro. Mais de uma vez por dia, caso necessário.

– Mas por que devemos fazer isso?

– Porque, para nós, pelos na cabeça são repulsivos e obscenos.

– Decerto o senhor e seu povo sabem que é costume para as outras pessoas, em todos os mundos da Galáxia, manter os pelos cefálicos.

– Sabemos. E aqueles entre nós que lidam ocasionalmente com tribalistas, como eu, precisam tolerar tais pelos. E toleramos. Mas é injusto pedir que os outros irmãos passem por esse sofrimento.

– Pois bem, Mestre Solar, que assim seja – concedeu Seldon. – Mas, diga-me. Se vocês nascem com pelos cefálicos, assim como todos nós, e os mantêm à vista até a puberdade, por que é tão estritamente necessário removê-los? Trata-se apenas de um costume ou há algum fundamento prático?

– Por meio da depilação – respondeu o senhor mycogeniano, orgulhoso –, demonstramos ao jovem que ele ou ela se tornou um adulto e, graças à depilação, os adultos lembrarão sempre de quem são e nunca se esquecerão de que todos os outros não passam de tribalistas.

Ele não esperou por uma resposta (e, na verdade, Seldon não conseguiu pensar em nenhuma) e tirou de algum bolso escondido em seu manto um punhado de faixas de plástico de tons variados.

Analisou cuidadosamente os dois rostos diante de si, erguendo primeiro uma das faixas, depois outra, para comparar à pele deles.

– As cores precisam ser próximas – disse Mestre Solar. – Ninguém chegará a acreditar que vocês não estão usando toucas, mas não pode ser algo repulsivamente óbvio.

Enfim, Mestre Solar ofereceu uma faixa específica para Seldon e mostrou como esticá-la para virar uma touca.

– Por favor, tribalista Seldon, vista – pediu. – Você descobrirá que é algo um tanto desajeitado a princípio, mas há de se acostumar.

Seldon vestiu a touca, mas, nas duas primeiras vezes, ela escorregou quando ele tentou cobrir os cabelos.

– Comece logo acima das sobrancelhas – instruiu Mestre Solar. Seus dedos pareceram contrair, como se estivessem ansiosos para ajudar.

– O senhor pode colocar para mim? – perguntou Seldon, suprimindo um sorriso.

Mestre Solar retraiu-se, quase em choque.

– Não posso – disse. – Eu tocaria em seu cabelo.

Seldon conseguiu vestir a touca e seguiu indicações de Mestre Solar, ajustando aqui e ali, até que todos os seus cabelos estivessem cobertos. As faixas para cobrir as sobrancelhas se encaixaram facilmente. Dors, que observara tudo com atenção, vestiu a dela sem nenhuma dificuldade.

– Como se tira isso? – perguntou Seldon.

– Basta puxar uma extremidade e elas se soltam sem problemas. É mais fácil vesti-las e tirá-las se vocês deixarem os cabelos mais curtos.

– Prefiro me esforçar para cobri-los – respondeu Seldon. Então, virando-se para Dors e em tom baixo, disse: – Você continua bonita, Dors, mas isso chega a tirar um pouco da personalidade do seu rosto.

– A personalidade embaixo dele continua a mesma – ela respondeu. – E ouso dizer que você se acostumará com a minha versão careca.

– Eu não quero ficar aqui por tempo suficiente para me acostumar com isso – respondeu Seldon, em um sussurro ainda mais baixo.

– Se puderem entrar em meu carro terrestre – disse Mestre Solar, que ignorou com visível arrogância os murmúrios entre os meros tribalistas –, eu os levarei para dentro de Mycogen.

37

– Sinceramente – sussurrou Dors –, mal posso acreditar que estou em Trantor.

– Imagino, então – disse Seldon –, que você nunca tenha visto nada assim.

– Estou no planeta há apenas dois anos e passei a maior parte desse tempo na universidade, portanto não sou exatamente uma viajante global. Ainda assim, já estive em alguns lugares e já ouvi falar sobre algumas coisas, mas nunca vi nem ouvi falar em nada assim, tão... *uniforme*.

Mestre Solar pilotava metodicamente e sem pressa. Havia outros veículos parecidos com contêineres na rua, todos com homens carecas e sem pelos no comando, e suas cabeças reluziam sob as luzes.

Em ambos os lados havia estruturas de três andares, sem ornamentos, todas formadas apenas por ângulos retos, tudo de cor cinza.

– Monótono – disseram os lábios de Dors, sem voz. – Tão monótono.

– Igualitário – sussurrou Seldon. – Suponho que nenhum mycogeniano possa exibir algum tipo de distinção dos outros.

Muitos pedestres caminhavam pelas calçadas conforme o carro terrestre passava. Não havia sinais de vias locais e nenhuma indicação sonora da presença de vias expressas.

– Acho que os de cinza são mulheres – disse Dors.

– Difícil dizer – respondeu Seldon. – Os mantos escondem tudo e as cabeças carecas são muito parecidas umas com as outras.

– Os de cinza estão sempre em duplas ou com um de branco. Os brancos podem caminhar sozinhos, e Mestre Solar está de branco.

– Você talvez esteja certa – disse Seldon. Então, ergueu a voz: – Mestre Solar, estou curioso...

– Se assim está, pergunte o que desejar. Todavia, não é compulsório que eu responda.

– Parece que estamos passando por uma área residencial. Não há sinais de estabelecimentos comerciais ou áreas industriais...

– Somos uma comunidade exclusivamente agrícola. De onde você veio, não se sabe disso?

– O senhor sabe que sou um Estrangeiro – respondeu Seldon, secamente. – Estou em Trantor há apenas dois meses.

– Mesmo assim.

– Mas se Mycogen é uma comunidade agrícola, Mestre Solar, como é possível que não tenhamos passado por nenhuma fazenda?

– Níveis mais baixos – resumiu Mestre Solar.

– Então este nível do setor é inteiramente residencial?

– E alguns outros. Somos o que você vê. Todos os irmãos e suas famílias vivem em acomodações equivalentes; todas as coortes, em suas comunidades equivalentes; todos têm o mesmo tipo de carro terrestre e todos os mycogenianos pilotam seus próprios veículos. Não há serviçais e ninguém se aproveita do esforço alheio. Ninguém pode se glorificar à custa do outro.

Seldon ergueu suas sobrancelhas cobertas para Dors e observou:

– Mas algumas pessoas usam branco, enquanto outras usam cinza.

– Pois algumas pessoas são irmãos e outras são irmãs.

– E nós?

– Você é um tribalista e um convidado. Você e sua... – ele fez uma pausa, então continuou – ... companheira não serão obrigados a seguir todos os aspectos da vida mycogeniana. Ainda assim, você usará um manto branco e sua companheira usará um cinza, e vocês viverão em acomodações para convidados equivalentes às nossas.

– Igualdade para todos parece um bom ideal – disse Seldon –, mas o que acontece quando seus números aumentam? A torta é dividida em pedaços menores?

– Não há aumento de números. Isso geraria a necessidade de um aumento de área, algo que os tribalistas que nos cercam não permitiriam, ou uma mudança em nosso estilo de vida, para pior.

– Mas se...

– Basta, tribalista Seldon – interrompeu Mestre Solar. – Conforme avisei, não tenho obrigação de responder. Nossa obrigação, segundo o que prometemos a nosso amigo, o tribalista Hummin, é mantê-lo seguro, desde que você não viole nosso estilo de vida. Assim o faremos, e neste ponto termina nossa obrigação. Curiosidade é permitida, mas esgota rapidamente nossa paciência, caso seja persistente.

Algo em seu tom de voz não permitia que mais nada fosse dito, o que irritou Seldon. Era evidente que Hummin, apesar de toda a ajuda que oferecera, não havia enxergado a magnitude da questão.

Não era segurança o que Seldon procurava. Pelo menos, não *apenas* segurança. Ele precisava também de informação e, sem isso, ele não poderia – nem gostaria – de ficar ali.

38

Seldon observou as acomodações, um tanto alarmado. Havia uma pequena cozinha e um pequeno banheiro. Havia também duas camas estreitas, dois armários para roupas, uma mesa e duas cadeiras. Em resumo, era apenas o estritamente necessário para duas pessoas dispostas a conviver em um espaço restrito.

– Tínhamos uma cozinha e um banheiro particulares em Cinna – suspirou Dors, com um ar de resignação.

– Eu não – respondeu Seldon. – Helicon pode ser um mundo pequeno, mas eu vivia em uma cidade moderna. Cozinhas e banheiros comunitários. Que desperdício é isto aqui. Você até esperaria algo assim em um hotel, onde a tendência é uma estadia temporária, mas, se o setor inteiro for assim, imagine o imenso número de redundâncias de cozinhas e banheiros.

– Faz parte da igualdade, imagino – comentou Dors. – Sem brigas por cabines melhores ou por serviços mais rápidos. O mesmo, para todos.

– E não há nenhuma privacidade. Não que eu me importe terrivelmente com isso, Dors, mas você talvez se importe e não quero que pareça que estou me aproveitando da situação. Acho que devemos esclarecer para eles que precisamos de quartos separados. Vizinhos, mas separados.

– Tenho certeza de que não adiantará nada – respondeu Dors. – Espaço é raro e acho que eles devem estar maravilhados com a própria generosidade de nos oferecer tanto. Vamos ter que dar um jeito, Hari. Ambos temos idade suficiente para fazer isso funcionar. Não sou uma donzela acanhada e você nunca me convencerá de que é um jovem inexperiente.

– Você não estaria aqui se não fosse por mim.

– E daí? É uma aventura.

– Então está bem. Qual cama você prefere? Por que não fica com a mais próxima do banheiro? – ele se sentou na outra. – Há outra coisa que me incomoda. Enquanto estivermos aqui, seremos tribalistas, você e eu. Até Hummin. Somos das *outras* tribos, não fazemos parte do mesmo grupo que eles. A maioria das coisas não é da nossa conta. Mas a maioria das coisas é da minha conta. Foi por isso que vim para cá. Quero saber algumas das coisas que eles sabem.

– Ou acham que sabem – respondeu Dors, com o ceticismo de uma historiadora. – Entendo que eles têm lendas supostamente de tempos primevos, mas não consigo acreditar que devam ser levadas a sério.

– Não podemos ter certeza até que descubramos quais são essas lendas. Não existe nenhum registro externo sobre elas?

– Que eu saiba, não. Essas pessoas são terrivelmente fechadas. São quase obsessivas em sua insistência de permanecer isoladas. O fato de Hummin ter derrubado parcialmente essas barreiras e ter conseguido inclusive que eles nos aceitem é surpreendente. *Muito* surpreendente.

– Deve haver alguma abertura – disse Seldon, pensativo. – Mestre Solar ficou surpreso (irritado, na verdade) com o fato de eu não saber que Mycogen é uma comunidade agrícola. Parece ser algo que eles não querem manter em segredo.

– A questão é que não se trata de um segredo. Aparentemente, o nome "Mycogen" é baseado em palavras arcaicas que significam "produtor de levedura". Pelo menos, foi o que me disseram. Linguística histórica não faz parte dos meus estudos. De qualquer maneira, eles cultivam todas as variedades de microingredientes. Levedura, claro, e também algas, bactérias, fungos pluricelulares e assim por diante.

– Isso não é incomum – disse Seldon. – A maioria dos mundos tem esse tipo de microcultura. Temos algumas até mesmo em Helicon.

– Não como as de Mycogen. É a especialidade deste setor. Eles usam métodos tão arcaicos quanto a palavra que adotam como nome. Fórmulas secretas de fertilizantes, manipulações secretas do clima. Quem sabe o que mais? É tudo secreto.

– Hermético.

– Totalmente. O resultado é que eles produzem proteínas e especiarias muito delicadas, o que faz os microingredientes mycogenianos ser diferentes de todos os outros do mundo. Eles mantêm o volume de produção comparativamente pequeno e o preço é altíssimo. Nunca experimentei nenhum e estou certa de que você também não, mas eles vendem em grande quantidade para os burocratas imperiais e para as classes altas de outros mundos. A saúde econômica de Mycogen depende dessas vendas, então eles querem que todos saibam que são uma fonte dessa valiosa gastronomia. *Isso*, pelo menos, não é segredo.

– Então, Mycogen deve ser um setor rico.

– Eles não são pobres, mas acho que não é de riqueza que estão atrás. É de proteção. O governo imperial os protege porque, sem eles, não haveria esses microingredientes que acrescentam os sabores mais sutis e os temperos mais marcantes a cada prato. Isso significa que Mycogen pode manter seu inusitado estilo de vida e ser arrogante com os vizinhos, que provavelmente os consideram insuportáveis.

Dors olhou à volta.

– Eles levam uma vida austera – comentou. – Pelo que vi, não há holovisualização nem livros-filmes.

– Reparei que tem um ali, na prateleira – disse Seldon, que se levantou para pegar o livro, leu a etiqueta e continuou, claramente repugnado: – Um livro de receitas.

Dors estendeu a mão para pedir o livro-filme e manipulou os contatos do objeto. Demorou um instante, pois o sistema era pouco ortodoxo, mas ela enfim conseguiu ativar a tela e inspecionar as páginas.

– Há algumas receitas, mas a maior parte parece ser de ensaios filosóficos sobre gastronomia. – Ela o desligou e o manipulou, observando seus detalhes. – Parece ser uma unidade fixa. Não vejo como ejetar o minicartão e inserir outro. Um leitor para apenas um livro. Isso *sim* é desperdício.

– Talvez eles achem que esse livro-filme seja o único necessário. – Seldon estendeu o braço até a mesa encostada na parede entre as duas camas e pegou outro objeto. – Isso deve ser para comunicação, mas não há nenhuma tela.

– Talvez eles achem que apenas voz é suficiente.

– Como será que funciona? – Seldon aproximou o objeto do rosto e o analisou por ângulos diferentes. – Você já viu alguma coisa desse tipo?

– Uma vez, em um museu... isso se for o mesmo objeto. Mycogen parece se manter propositalmente arcaico. É possível que eles considerem isso outra maneira de se distinguirem dos tais tribalistas que os cercam em números tão superiores. O arcaísmo e os costumes excêntricos fazem com que sejam indigestos, por assim dizer. Existe um tipo de lógica perversa em tudo isso.

– Ops! – disse Seldon, ainda manipulando o aparelho. – Eu o ativei. Ou alguma coisa foi ativada. Mas não ouço nada.

Dors franziu as sobrancelhas e pegou um pequeno cilindro coberto por feltro que ficou sobre a mesa. Ela o aproximou da orelha.

– Tem uma voz saindo por aqui – disse. – Experimente – e ela entregou o objeto a Seldon.

– Ai! Ele se acopla à orelha – surpreendeu-se Seldon. Ele escutou por um instante e respondeu: – Sim, machucou minha orelha. Parece, então, que você pode me ouvir... Sim, este é nosso quarto... Não, não sei o número. Dors, você tem ideia do número?

– Há um número no comunicador – ela respondeu. – Talvez seja esse.

– Talvez – disse Seldon, em dúvida. Então, continuou a falar com o comunicador: – O número no aparelho é 6LT-3648A. É desse que você precisa?... Pois então, como posso aprender a usar este aparelho adequadamente e também a cozinha, já que estamos falando no assunto?... O que quer dizer com "funciona do jeito de sempre"? Isso não me ajuda em nada... Veja bem, eu sou um... um tribalista, um convidado de honra. Não conheço o jeito de sempre... Sim, peço desculpas pelo meu sotaque e fico feliz que você consiga reconhecer um tribalista apenas pela voz... Meu nome é Hari Seldon.

Houve uma pausa e Seldon olhou para Dors com uma expressão de sofrimento e paciência forçada.

– Ele precisa fazer uma busca sobre meu nome – explicou. – E imagino que ele vá dizer que não consegue me encontrar... Oh, você me encontrou? Ótimo! Nesse caso, pode me passar essas informações?... Sim... Sim... Sim... E como posso ligar para alguém de fora de Mycogen?... Oh. E para contatar Mestre Solar Quatorze, por exemplo?... Ora, então seu assistente, ou quem quer que seja?... Hm-hum... Obrigado.

Seldon colocou o comunicador na mesa, removeu o aparelho da orelha com certa dificuldade, desligou tudo e continuou:

– Eles providenciarão alguém para nos mostrar qualquer coisa que precisemos saber, mas ele não pôde me dizer quando. É impossível ligar para fora de Mycogen (não neste treco, pelo menos), então não conseguiríamos falar com Hummin, caso precisássemos. E, se eu quiser falar com o Mestre Solar Quatorze, preciso passar por um processo tremendamente complicado. Essa pode ser uma sociedade igualitária, mas parece haver exceções que provavelmente ninguém admitiria abertamente. – Seldon olhou para seu bracelete temporal. – De qualquer maneira, Dors, não vou ler um livro-filme de receitas, tampouco ensaios eruditos. Meu bracelete temporal ainda está ajustado para o fuso horário da universidade, então não sei se já é oficialmente hora de dormir, mas, no momento, não me importo. Ficamos acordados pela maior parte da noite e eu gostaria de dormir.

– Por mim, está ótimo – respondeu Dors. – Também estou cansada.

– Obrigado. E quando começar um novo dia, depois de ajustarmos nosso sono, pedirei para fazer uma visita às plantações de microingredientes.

– Isso lhe *interessa*? – surpreendeu-se Dors.

– Na verdade, não, mas se essa é a única coisa da qual eles têm orgulho, devem estar dispostos a falar no assunto e, uma vez que eu os deixe mais à vontade com todo o meu charme, talvez consiga que falem também sobre as lendas. Particularmente, acho que é uma ótima estratégia.

– Espero que seja – disse Dors, incerta –, mas creio que os mycogenianos não possam ser manipulados assim, tão facilmente.

– Veremos – respondeu Seldon, inflexível. – Eu quero essas lendas.

39

Na manhã seguinte, Hari precisou usar o comunicador mais uma vez. Estava furioso, pois, para começar, tinha muita fome.

Sua tentativa de entrar em contato com Mestre Solar Quatorze foi frustrada por alguém que insistiu que ele não podia ser incomodado.

– Por que não? – perguntou Seldon, irascível.

– Obviamente, não é necessário responder a esta pergunta – retrucou a voz fria.

– Não fomos trazidos até aqui para sermos tratados como prisioneiros – disse Seldon, com igual frieza. – Tampouco para passar fome.

– Estou certo de que você tem uma cozinha e um grande suprimento de comida.

– Sim, nós temos – respondeu Seldon. – Mas eu não sei como usar os aparelhos da cozinha nem como preparar a comida. Você a come crua, frita, fervida, assada?

– Não posso acreditar em sua ignorância sobre tais coisas.

Dors, que andava de um lado para o outro durante a conversa, tentou pegar o comunicador, mas Seldon a afastou.

– Ele desligará se uma mulher tentar conversar com ele – sussurrou. Então, no aparelho e com mais firmeza do que nunca, disse: – O que você acredita ou deixa de acreditar não é da menor importância para mim. Mande alguém para cá, alguém que possa fazer alguma coisa para resolver essa situação, ou, quando eu conseguir falar com Mestre Solar Quatorze, e isso acabará acontecendo, você pagará caro.

Mesmo assim, passaram-se duas horas até que viesse alguém (a essa altura, Seldon atingira um estado de ferocidade e Dors desesperava-se na tentativa de acalmá-lo).

O visitante era um jovem cuja careca tinha sardas – se não tivesse depilado, provavelmente seria ruivo.

Ele carregava diversas tigelas e parecia estar prestes a explicar o que trouxera quando repentinamente ficou desconfortável e deu as costas para Seldon, agitado.

– Tribalista – disse, evidentemente incomodado –, sua touca não está bem ajustada.

– Isso não me incomoda – respondeu Seldon, cuja paciência chegara ao limite.

– Deixe-me ajustá-la, Hari – interveio Dors. – Ela apenas subiu um pouquinho aqui, do lado esquerdo.

– Pode virar agora, jovem – rosnou Seldon, depois do ajuste. – Qual é o seu nome?

– Eu sou Nuvem Cinzenta Cinco – disse o mycogeniano com hesitação, conforme se virou e olhou com cautela para Seldon. – Sou um noviço. Trouxe uma refeição para vocês. – Ele titubeou. – Da minha própria cozinha, tribalista, e preparada pela minha mulher.

Ele colocou as tigelas na mesa. Seldon ergueu uma das tampas e cheirou o conteúdo, desconfiado. Olhou para Dors, surpreso.

– O cheiro não é ruim.

– Você está certo – Dors concordou com a cabeça. – Também posso sentir.

– Não está tão quente quanto deveria – disse Nuvem Cinzenta. – Esfriou durante o transporte. Você deve ter louça e talheres em sua cozinha.

Dors pegou o que era necessário e, depois de comerem, ávida e generosamente, Seldon voltou a se sentir civilizado.

Dors imaginou que o jovem ficaria incomodado por estar sozinho com uma mulher e ainda mais perturbado se ela falasse com ele, e percebeu que a função de levar as tigelas e louças para a cozinha e lavá-las seria inevitavelmente dela – uma vez que decifrasse os controles do dispositivo de lavagem.

Enquanto isso, Seldon perguntou a hora local.

– Você quer dizer que são altas horas da madrugada? – perguntou, chocado, ao ouvir a resposta.

– De fato, tribalista – respondeu Nuvem Cinzenta. – Por isso demorou algum tempo até que sua necessidade fosse sanada.

Repentinamente, Seldon entendeu por que Mestre Solar não podia ser incomodado e pensou na mulher de Nuvem Cinzenta, obrigada a acordar para preparar uma refeição, e sentiu a corrosão da culpa.

– Lamento – ele disse. – Somos meros tribalistas e não sabíamos como usar a cozinha nem como preparar a comida. Você pode enviar alguém pela manhã para nos instruir propriamente?

– O máximo que posso fazer, tribalistas – respondeu Nuvem Cinzenta, apaziguadoramente –, é providenciar que duas irmãs sejam enviadas. Peço desculpas pela inconveniência de presenças femininas, mas são elas que sabem esse tipo de coisa.

Dors, que saíra da cozinha, disse (antes de se lembrar de seu lugar na sociedade machista mycogeniana):

– Ótimo, Nuvem Cinzenta. Adoraríamos conhecer as irmãs.

Nuvem Cinzenta olhou para ela com um relance desconfortável, mas não disse nada.

Seldon, convencido de que o jovem mycogeniano se recusaria, por princípio, a ouvir o que uma mulher lhe dissera, repetiu a observação.

– Ótimo, Nuvem Cinzenta. Adoraríamos conhecer as irmãs.

A expressão de Nuvem Cinzenta se abriu imediatamente.

– Farei com que elas venham assim que amanhecer.

Depois que Nuvem Cinzenta foi embora, Seldon comentou, com certa satisfação:

– As Irmãs podem ser exatamente o que a gente precisa.

– É mesmo? E como, Hari? – perguntou Dors.

– Bom, se as tratarmos como seres humanos, elas certamente ficarão gratas o suficiente para falar sobre suas lendas.

– Se souberem delas – retrucou Dors, cética. – Por algum motivo, não tenho muita fé de que os mycogenianos se dão ao trabalho de educar apropriadamente suas mulheres.

40

As irmãs chegaram cerca de seis horas depois. Nesse meio-tempo, Seldon e Dors dormiram mais um pouco, na esperança de ajustar seus relógios biológicos.

Elas entraram timidamente no apartamento, quase na ponta dos pés. Seus mantos (chamados "túnicas" no dialeto mycogeniano) eram de um suave veludo cinza, cada um decorado com padrões únicos de sutis linhas escuras. As túnicas não eram totalmente desagradáveis ao olhar, mas certamente encobriam qualquer característica física.

Suas cabeças, claro, eram carecas e seus rostos não tinham nenhum tipo de ornamento. Elas lançaram olhares especulativos às discretas sombras azuis nos cantos dos olhos de Dors e à sutil coloração avermelhada em seus lábios.

Por um instante, Seldon perguntou-se como poderia ter certeza de que as irmãs eram realmente *irmãs*.

A resposta veio em seguida, com os cumprimentos educados e formais que elas ofereceram. Com vozes agudas, ambas pareciam trinar e gorjear. Seldon, lembrando-se dos tons graves de Mestre Solar e do ansioso tom barítono de Nuvem Cinzenta, suspeitou que as mulheres, carentes de identificadores óbvios de gênero, eram forçadas a cultivar vozes e maneirismos sociais acentuados.

– Sou Orvalho Quarenta e Três – gorjeou uma delas – e esta é minha irmã mais nova.

– Orvalho Quarenta e Cinco – trinou a outra. – Nossa coorte é abundante em "Orvalhos" – e deu uma risadinha.

– É um prazer conhecê-las – disse Dors, solenemente –, mas agora preciso saber como me dirijo a vocês. Não posso dizer apenas "Orvalho", posso?

– Não – respondeu Orvalho Quarenta e Três. – Se nós duas estivermos presentes, você deve usar o nome completo.

– Senhoras – disse Seldon –, que tal apenas Quarenta e Três e Quarenta e Cinco?

As duas olharam para Seldon rapidamente, mas não disseram nada.

– Pode deixar que eu converso com elas, Hari – interveio Dors, gentil.

Seldon desistiu. Era de se supor que as moças fossem jovens solteiras, muito provavelmente proibidas de falar com homens. A mais velha parecia ser a mais séria das duas, talvez a mais puritana. Era difícil perceber com apenas algumas palavras e um olhar de relance, mas ele teve essa impressão.

– O problema, irmãs – continuou Dors –, é que nós, tribalistas, não sabemos usar a cozinha.

– Quer dizer que você não sabe cozinhar? – Orvalho Quarenta e Três ficou chocada e seu comentário pareceu uma censura. Orvalho Quarenta e Cinco suprimiu uma risada (Seldon concluiu que sua impressão inicial sobre as duas estava certa).

– Eu já tive minha própria cozinha – respondeu Dors –, mas não era como esta. Não sei o que é cada ingrediente nem como prepará-los.

– É muito simples – disse Orvalho Quarenta e Cinco. – Podemos mostrar.

– Faremos um almoço saboroso e nutritivo – disse Orvalho Quarenta e Três. – Faremos para... vocês dois – ela hesitou antes de acrescentar as últimas palavras. Reconhecer a existência de um homem era um esforço, evidentemente.

– Se não se importarem – respondeu Dors –, eu gostaria de ficar na cozinha com vocês e adoraria que me explicassem tudo com exatidão. Afinal, não posso esperar que venham aqui três vezes ao dia para cozinhar para nós.

– Mostraremos tudo – disse Orvalho Quarenta e Três, concordando rigidamente com a cabeça. – Porém, para uma tribalista, talvez seja difícil aprender. Você não tem o... jeito para a coisa.

– Eu tentarei – respondeu Dors, com um sorriso agradável.

Elas entraram na cozinha. Seldon as observou enquanto sumiam e tentou pensar em qual estratégia usaria.

MICROFAZENDA

——— Mycogen...

As microfazendas de Mycogen são célebres, apesar de sobreviverem hoje apenas por meio de populares figuras de linguagem, por exemplo, "rico como as microfazendas de Mycogen" ou "tão saboroso quanto o tempero mycogeniano". Esse tipo de elogio certamente tende a se intensificar com o tempo, mas Hari Seldon visitou as microfazendas no período de Fuga e há referências em sua autobiografia que corroboram a opinião pública...

Enciclopédia Galáctica

41

– Estava delicioso! – comentou Seldon, exaltado. – Consideravelmente melhor do que a comida que Nuvem Cinzenta trouxe...

– Você precisa se lembrar de que a mulher de Nuvem Cinzenta foi obrigada a preparar a refeição sem aviso prévio e no meio da madrugada – ponderou Dors. Depois de uma pausa, continuou: – Eu preferiria que eles dissessem "esposa". Eles fazem "mulher" parecer uma posse, como "casa" ou "roupão". É absolutamente degradante.

– Concordo. É de enfurecer. Mas eles provavelmente conseguiriam fazer com que até "esposa" soasse como uma propriedade. É o jeito como vivem, e as mycogenianas não parecem se incomodar. Não mudaremos nada disso com repreensões. Por sinal, você viu como as irmãs fizeram a comida?

– Vi, sim. Elas fizeram tudo parecer muito simples. Eu achei que não conseguiria me lembrar de tudo, mas elas insistiram que não seria necessário, pois bastaria que eu aprendesse a esquentar comida pronta. Pelo que observei, o pão tinha algum tipo de microderivado que fez a massa crescer e garantiu aquela consistência crocante e aquele sabor marcante. Tinha um leve toque de pimenta, não tinha?

– Eu não saberia dizer, mas queria ter comido mais. E a sopa! Você reconheceu algum dos vegetais?

– Não.

– E de que tipo era a carne desfiada? Você conseguiu perceber?

– Acho que não era carne, mas me lembrou um prato de cordeiro que tínhamos em Cinna.

– Com certeza não era cordeiro.

– Disse que achava não ser carne; *nenhum* tipo de carne. Duvido que qualquer pessoa coma assim, tão bem, fora de Mycogen. Nem mesmo o Imperador, tenho certeza. Eu chegaria a apostar que os mycogenianos guardam o melhor de seus produtos para si, e vendem o restante. Melhor não ficarmos aqui por muito tempo, Hari. Se nos acostumarmos com essa comida, *nunca mais* nos adaptaremos às coisas grotescas que existem nos outros lugares – ela riu.

Seldon riu também. Tomou mais um gole do suco de frutas, cujo sabor era muito mais estimulante do que qualquer suco que provara antes, e disse:

– Quando Hummin me levou à universidade, paramos em uma lanchonete de beira de estrada e comemos pratos carregados de tempero. O gosto era parecido com... Esqueça, deixe aquele gosto para lá. Mas, naquele dia, eu não teria achado concebível que comida feita com microingredientes poderia ter esse sabor. Eu queria que as irmãs ainda estivessem aqui. Teria sido educado agradecer-lhes.

– Acredito que elas soubessem como nos sentiríamos. Enquanto tudo estava sendo preparado, fiz um elogio ao cheiro maravilhoso e elas responderam, sem o menor pudor, que o gosto seria ainda melhor.

– Imagino que a mais velha tenha dito isso.

– Sim. A mais nova riu... E elas voltarão. Vão me trazer uma túnica para que eu possa sair e ver as lojas com elas. E deixaram claro que eu preciso lavar meu rosto se for para ser vista em público. Elas vão me mostrar onde conseguir túnicas de boa qualidade e onde comprar refeições prontas de todos os tipos. Tudo o que preciso fazer é aquecer. Elas explicaram que irmãs dignas não fariam isso, e sim começariam do zero. Na verdade, algumas das refeições que prepararam para nós *foram* simplesmente aquecidas, e elas se desculparam por isso. Mas deixaram nas entrelinhas que tribalistas nunca poderiam contemplar um verdadeiro trabalho artístico na cozinha, portanto apenas aquecer refeições pré-preparadas seria suficiente para nós. Aliás, elas parecem ter certeza de que serei eu que fará as compras e a comida.

– Como dizemos em Helicon, "em Trantor, faça como os trantorianos".

– Sim, imaginei que essa seria a sua postura, nesse caso.

– Sou apenas humano – disse Seldon.

– A desculpa de sempre – respondeu Dors, com um sorriso parcial.

Seldon reclinou-se com uma agradável sensação de saciedade.

– Você está em Trantor há dois anos, Dors – disse Seldon –, portanto talvez entenda algumas coisas que me escapam. Você diria que o inusitado sistema social dos mycogenianos é resultado de uma visão sobrenatural em relação à existência?

– Sobrenatural?

– Sim. Você ouviu alguma coisa que corroborasse essa opinião?

– O que você quer dizer com "sobrenatural"?

– O óbvio. Uma crença em entidades que independem das leis da natureza; que não são limitadas, por exemplo, pela lei de conservação de energia ou pela existência de uma constante de ação.

– Entendi. Você está perguntando se Mycogen é uma comunidade religiosa.

– Religiosa? – foi a vez de Seldon questionar.

– Sim. É um termo arcaico, mas nós, historiadores, costumamos usá-lo. Nossa área está repleta de termos arcaicos. "Religioso" não é exatamente equivalente a "sobrenatural", apesar de conter elementos amplamente sobrenaturais. Mas não posso responder à sua pergunta, pois nunca fiz nenhuma pesquisa sobre Mycogen. Ainda assim, considerando o pouco que vi deste lugar e meu conhecimento sobre religiões na história, eu não ficaria surpresa se a sociedade mycogeniana fosse de caráter religioso.

– Nesse caso, você ficaria surpresa se as lendas mycogenianas também fossem de caráter religioso?

– Não, não ficaria.

– E, portanto, não baseadas em fatos históricos?

– Uma coisa não leva necessariamente à outra. A essência das lendas pode continuar historicamente autêntica, mesmo com distorções e acréscimos de elementos sobrenaturais.

– Ah – exclamou Seldon, e se recolheu em seus pensamentos.

Dors quebrou o silêncio que se seguiu, dizendo:

– Não é algo incomum, sabe? Existe um fator religioso considerável em muitos mundos. Tem ganhado força nos últimos séculos, conforme o Império ficou mais turbulento. Em meu mundo, Cinna, pelo menos um quarto da população é triteísta.

Mais uma vez, Seldon se sentiu dolorosa e lamentavelmente consciente de sua própria ignorância em história.

– Houve épocas no passado em que a religião era mais proeminente do que é hoje? – perguntou.

– Evidentemente. Além disso, novas variações surgem o tempo todo. A religião mycogeniana, seja qual for, pode ser relativamente nova, e restrita a Mycogen. Sem um considerável estudo, não posso afirmar.

– Agora chegamos à questão, Dors. Em sua opinião, mulheres são mais aptas a seguir uma religião do que homens?

Dors Venabili ergueu as sobrancelhas.

– Não sei se podemos chegar a uma conclusão tão simplista assim – disse, e pensou por um momento. – Imagino que os elementos de uma população que têm menor influência no mundo material natural têm mais inclinação para encontrar conforto no que você chama de sobrenaturalidade: os pobres, os rejeitados, os oprimidos. À medida que a sobrenaturalidade se sobrepõe à religião, eles talvez se tornem mais religiosos. Obviamente, existem muitas exceções, em ambas as direções. Muitos oprimidos podem ignorar a religião; muitos dos ricos, poderosos e satisfeitos podem abraçá-la.

– Mas, em Mycogen – argumentou Seldon –, onde as mulheres parecem ser tratadas como sub-humanas... É correto supor que elas seriam mais religiosas do que os homens, mais envolvidas com as lendas que a sociedade preservou?

– Eu não apostaria minha vida nisso, Hari, mas talvez arriscasse uma semana de salário.

– Interessante – respondeu Seldon, pensativo.

– Aí está um pouco da sua psico-história, Hari – sorriu Dors. – Regra número 47.854: os oprimidos são mais religiosos do que os abastados.

– Não faça piadas sobre psico-história, Dors – Seldon fez um gesto negativo com a cabeça. – Você sabe que não estou procurando por pequenas regras, e sim por vastas generalizações e por meios de manipulação. Não quero religiosidade comparativa como resultado de uma centena de regras específicas. Quero algo a partir do qual eu possa, depois de manipular algum sistema de lógica transformada em matemática, dizer "Ahá! Se tais critérios forem preenchidos, este grupo de pessoas tenderá a ser mais religioso do que aquele e, portanto, quando a humanidade deparar com esses estímulos, responderá reagindo de tal maneira".

– Isso é terrível – comentou Dors. – Você está reduzindo os seres humanos a simples objetos mecânicos. Pressione o botão X para ativar o movimento Y.

– Não é verdade. Haverá incontáveis botões sendo ativados simultaneamente e com graus diferentes, resultando em tantas respostas distintas que, no geral, as previsões do futuro serão de natureza estatística e, assim, o ser humano individual continuará um agente livre.

– Como pode saber?

– Não posso – respondeu Seldon. – Ou melhor, não *sei* se é isso. Eu *sinto* que é isso. É como acho que *deveriam* ser as coisas. Se eu puder encontrar os axiomas, chamemos de as "Leis Fundamentais da Humanologia", e o tratamento matemático necessário, terei minha psico-história. Eu provei que, em tese, isso é possível...

– Mas impraticável.

– É o que fico dizendo.

– É isso que você está fazendo, Hari? – perguntou Dors, com um pequeno sorriso curvando seus lábios. – Procurando algum tipo de solução para esse problema?

– Eu não sei. Juro que não sei. Mas Chetter Hummin está muito ansioso para encontrar uma solução e, por algum motivo, estou ansioso para agradá-lo. Ele é um homem muito persuasivo.

– Sim, eu sei.

Seldon ignorou o comentário, mas um leve franzir de sobrancelhas cruzou seu rosto.

– Hummin insiste que o Império está em decadência – continuou –, que entrará em colapso, que a psico-história é a única esperança para salvá-lo (ou amortecer a queda ou abrandar as consequências) e que, sem ela, a humanidade estará perdida ou, no mínimo, passará por uma miséria prolongada. Ele parece colocar a responsabilidade de evitar tudo isso em *mim*. O Império certamente vai durar mais do que eu, mas, se eu quiser viver em paz, preciso tirar essa responsabilidade das minhas costas. Preciso me convencer (e convencer Hummin também) de que a psico-história não é uma solução praticável ou que, apesar da teoria, ela não pode ser desenvolvida. Portanto, preciso esgotar o máximo de possibilidades que puder para mostrar que cada uma delas é falha.

– Possibilidades? Como voltar ao passado, para uma época em que a sociedade humana era menor do que é hoje?

– Muito menor. E muito menos complexa.

– E demonstrar que, ainda assim, uma solução é impraticável?

– Sim.

– Mas quem descreverá o mundo antigo para você? Se os mycogenianos tiverem alguma imagem coerente da Galáxia primordial, Mestre Solar decerto não a mostrará a um tribalista. Nenhum mycogeniano mostrará. É uma sociedade fechada. Quantas vezes já dissemos isso? E seus membros suspeitam de tribalistas até beirar a paranoia. Eles não nos dirão nada.

– Precisarei encontrar uma maneira de persuadir alguns mycogenianos a falar. Aquelas irmãs, por exemplo.

– Elas nem o *escutam*, pois você é um homem, assim como Mestre Solar não ouve a mim. E, mesmo que falem com você, o que mais saberiam além de algumas frases de efeito?

– Eu preciso começar de algum lugar...

– Certo, deixe-me pensar – disse Dors. – Hummin diz que devo protegê-lo e considero que isso significa ajudá-lo quando eu puder. O que sei sobre religião? Isso não está nem perto de ser minha especialidade. Lido sempre com forças econômicas, e não filosóficas, mas é impossível dividir a história em fatias isoladas que nunca se sobrepõem. Por exemplo: quando bem-sucedidas, as religiões tendem a acumular riqueza, e isso acaba por levar a uma distorção do desenvolvimento econômico de uma sociedade. Aliás, aí está uma das numerosas regras da história humana das quais você deverá extrair suas Leis da Humanologia, ou seja lá como você as chamou. Mas...

A voz de Dors sumiu lentamente conforme ela se aprofundou em pensamentos. Seldon a observou com atenção e os olhos de Dors se perderam, como se ela olhasse para os confins de sua mente.

– Não se trata de uma regra imutável – ela disse, enfim –, mas me parece que, em muitos casos, uma religião tem um livro (ou livros) de grande importância; livros que trazem os rituais, a visão histórica, a poesia sagrada e sabe-se lá mais o quê. Geralmente, esses livros estão disponíveis para todos e são uma forma de catequização. Às vezes, são secretos.

– Você acha que Mycogen tem um livro desse tipo?

– Para ser sincera – respondeu Dors, pensativa –, nunca soube que tivesse. Se existisse abertamente, eu provavelmente teria ouvido alguma coisa. Ou seja, talvez não haja, ou é mantido em segredo. Em ambos os casos, creio que você não encontrará nada.

– Pelo menos, é um ponto de partida – disse Seldon, com seriedade.

42

As irmãs voltaram cerca de duas horas depois que Hari e Dors terminaram de almoçar. Ambas sorriam, e Orvalho Quarenta e Três, a mais séria, estendeu uma túnica cinza para Dors.

– É muito bonita – comentou Dors, com um amplo sorriso e um sincero gesto positivo com a cabeça. – Gosto do bordado sofisticado dessa parte.

– Não é nada – trinou Orvalho Quarenta e Cinco. – É uma das minhas roupas velhas e não servirá muito bem em você, pois você é mais alta do que eu. Mas, por enquanto, será o suficiente. Nós a levaremos à melhor tunicaria daqui para comprar peças que sejam perfeitas para você e para o seu gosto. Você vai ver.

Orvalho Quarenta e Três, sorrindo com certo nervosismo, sem dizer nada e com os olhos fixos no chão, entregou uma túnica branca a Dors. Estava cuidadosamente dobrada. Dors não fez menção de desdobrá-la e a estendeu para Seldon.

– A julgar pela cor, eu diria que é sua, Hari.

– Provavelmente – respondeu Seldon –, mas devolva. Ela não a ofereceu para mim.

– Oh, Hari – formularam os lábios de Dors, sem voz, enquanto ela fez uma discreta negação com a cabeça.

– Não – insistiu Seldon, com firmeza. – Ela não ofereceu a túnica para mim. Devolva e eu vou esperar que ela me ofereça.

Dors hesitou e, então, fez uma tentativa pouco convicta de devolver a túnica para Orvalho Quarenta e Três.

A irmã colocou as mãos atrás das costas e se afastou enquanto uma palidez ansiosa tomava conta de seu rosto. Orvalho Quarenta e Cinco lançou um olhar rápido para Seldon, deu dois passos velozes na direção de Orvalho Quarenta e Três e a abraçou.

– Deixe disso, Hari – disse Dors. – Tenho certeza de que as irmãs não podem conversar com homens com quem não têm vínculos. De que adianta fazê-la sofrer? Ela não tem escolha.

– Eu não acredito nisso – retrucou Seldon, secamente. – Se existe tal regra, deve se aplicar apenas aos mycogenianos. Duvido que ela já tenha conhecido algum tribalista.

Com uma voz gentil, Dors perguntou a Orvalho Quarenta e Três:

– Você já conheceu algum tribalista, irmã, homem ou mulher?

Uma longa hesitação e uma lenta negação com a cabeça.

– Ora, aí está – Seldon abriu os braços. – Se existe uma regra de silêncio, ela se aplica apenas aos irmãos. Eles não teriam enviado essas jovens para lidar conosco se houvesse alguma regra contra conversar com tribalistas, teriam?

– Hari, pode ser que elas tenham permissão para falar apenas comigo, e eu falo com você.

– Bobagem. Não acredito nisso e não quero acreditar. Não sou um mero tribalista. Sou, de acordo com um pedido de Chetter

Hummin, um convidado de honra em Mycogen e fui trazido para cá pelo próprio Mestre Solar Quatorze. Não serei tratado como se eu não existisse. Entrarei em contato com Mestre Solar Quatorze e hei de reclamar fervorosamente.

Orvalho Quarenta e Cinco começou a chorar e Orvalho Quarenta e Três manteve sua relativa impassibilidade, mas seu rosto ficou levemente avermelhado.

Dors fez menção de tentar convencer Seldon mais uma vez, mas ele a impediu com um gesto rápido e raivoso com a mão direita. Ele encarou Orvalho Quarenta e Três com uma postura intimista.

Então ela finalmente respondeu, sem trinar. Em vez disso, sua voz estava trêmula e áspera, como se tivesse de forçá-la a se dirigir a um homem e o fizesse contra todos os seus instintos e vontades.

– Você não deveria reclamar de nós, tribalista. Seria uma injustiça. Você me força a romper os costumes do nosso povo. O que quer de mim?

Imediatamente, Seldon abriu um sorriso acolhedor e estendeu a mão.

– A vestimenta que você me trouxe. A túnica.

Em silêncio, ela esticou os braços e colocou a túnica na mão de Seldon.

Ele fez uma pequena reverência.

– Obrigado, irmã – disse, com uma voz calorosa e suave. Então, olhou brevemente para Dors, como se dissesse "Viu só?", mas Dors desviou os olhos, irritada.

A túnica não tinha ornamentos, como percebeu Seldon conforme a desdobrou (aparentemente, ornamentos e bordados eram para as mulheres), mas veio com um cinto com borlas que devia ter um jeito específico de ser usado. Ele com certeza descobriria sozinho.

– Vou ao banheiro para vestir isto daqui – ele disse. – Devo levar apenas um minuto, imagino.

Ele entrou na pequena câmara, mas a porta não se fechou atrás dele, pois Dors estava forçando-a para entrar também. A porta se fechou apenas quando os dois estavam juntos no banheiro.

– O que foi aquilo? – sibilou Dors, furiosa. – Você foi absolutamente truculento, Hari. Por que tratou a pobrezinha daquela maneira?

– Eu precisava fazer com que ela falasse comigo – respondeu Seldon, impaciente. – Estou contando com ela para conseguir informações. Você sabe disso. Lamento ter precisado ser cruel, mas de que outra forma eu poderia ter relaxado as inibições da moça? – e ele fez um gesto para que ela saísse.

Quando saiu do banheiro, Seldon encontrou Dors também de túnica.

Apesar da careca que a touca lhe dava e do desalinho inerente à túnica, Dors conseguia parecer atraente. De alguma maneira, os bordados no tecido sugeriam uma forma, mesmo sem revelar o menor contorno do corpo. O cinto que ela usava era mais largo que o dele e tinha um tom acinzentado ligeiramente diferente do cinza da túnica. Além disso, era fechado na frente por duas reluzentes pedras azuis que formavam um encaixe. (As mulheres conseguiam se embelezar mesmo sob as maiores restrições, pensou Seldon.)

– Agora você parece bastante mycogeniano – comentou Dors, olhando para as roupas de Hari. – Estamos prontos para conhecer as lojas com as irmãs.

– Sim – disse Seldon –, mas depois quero que Orvalho Quarenta e Três me leve para conhecer as microfazendas.

Os olhos de Orvalho Quarenta e Três se arregalaram e ela deu um passo para trás.

– Eu gostaria de vê-las – completou Seldon, calmamente.

Orvalho Quarenta e Três olhou imediatamente para Dors e disse:

– Tribalista...

– Talvez eu esteja enganado e você não saiba nada sobre as fazendas, irmã – interrompeu Seldon.

O comentário pareceu atingir um nervo. Ela elevou o queixo com arrogância e continuou a se dirigir a Dors:

– Eu trabalhei nas microfazendas. Todos os mycogenianos o fazem em algum momento da vida.

– Pois bem, então me leve para conhecê-las – insistiu Seldon –, e não vamos repetir a mesma discussão de antes. Não sou um irmão com quem você está proibida de falar e com quem não pode interagir. Sou um tribalista e um convidado de honra. Uso esta touca e esta túnica para não atrair atenção indesejada, mas sou um estudioso e, enquanto estiver aqui, preciso aprender. Não posso ficar sentado neste quarto olhando para as paredes. Quero ver a única coisa que vocês têm que o restante da Galáxia não tem. Suas microfazendas. Imagino que vocês teriam *orgulho* de mostrá-las.

– Nós *temos* orgulho – respondeu Orvalho Quarenta e Três, finalmente olhando para Seldon conforme falava – e eu as mostrarei para você, mas não pense que descobrirá algum de nossos segredos, se é disso que está atrás. Eu o levarei às microfazendas amanhã cedo. Será necessário algum tempo para providenciar uma visita.

– Então espero até amanhã cedo – disse Seldon. – Mas você promete? Tenho sua palavra de honra?

– Sou uma irmã e faço o que digo – retrucou Orvalho Quarenta e Três, com evidente desprezo. – Eu mantenho minha palavra, mesmo que seja para um tribalista.

Sua voz ficou mais fria nas últimas palavras, enquanto seus olhos se arregalaram e pareceram reluzir. Seldon imaginou o que se passava em sua mente e sentiu-se desconfortável.

43

Seldon passou uma noite inquieta. Primeiro, porque Dors anunciara que deveria acompanhá-lo na visita à microfazenda, e ele objetara enfaticamente.

– A intenção – ele explicara – é garantir espaço para que ela converse abertamente, apresentá-la a uma situação incomum, sozinha com um homem, mesmo que um tribalista. Já consegui vencer parte da inibição associada a costumes sociais, e assim será mais fácil continuar esse processo. Se você estiver conosco, ela conversará apenas com você e eu ficarei com as sobras.

– E se acontecer alguma coisa com você em minha ausência, como aconteceu na Superfície Exterior?

– Não acontecerá nada. Por favor! Se você quer me ajudar, fique longe. Senão, eu cortarei relações com você. Estou falando sério, Dors. Isso é importante para mim. Por mais que eu tenha me apegado a você, não tente tirar vantagem disso.

Com imensa relutância, Dors concordara.

– Prometa-me que será gentil com ela, pelo menos – dissera.

– Quem você precisa proteger: eu ou ela? – perguntara Seldon. – Garanto que não foi por prazer que fui rude, e não o serei novamente.

A lembrança dessa discussão com Dors – a primeira entre eles – colaborou para sua insônia por boa parte da noite; isso e o incômodo pensamento de que, apesar da promessa de Orvalho Quarenta e Três, as duas irmãs talvez não aparecessem pela manhã.

Mas elas vieram, não muito depois de Seldon terminar seu enxuto café da manhã (ele estava determinado a não engordar por causa de exageros) e vestir uma túnica que lhe servia com exatidão. Ele ajeitara o cinto com cuidado para que o ajuste ficasse perfeito.

– Se você estiver pronto, tribalista Seldon – disse Orvalho Quarenta e Três, ainda com um toque de frieza no olhar –, minha irmã ficará com a tribalista Venabili. – Sua voz não era um trinado, tampouco rouca. Era como se ela tivesse se preparado durante a noite; ensaiado, em sua mente, como conversar com alguém que era um homem, mas não um irmão.

– Estou pronto – respondeu Seldon, imaginando se *ela* sofrera de insônia.

Meia hora depois, Orvalho Quarenta e Três e Hari Seldon desciam juntos, nível após nível. Apesar de o relógio indicar dia, a luz parecia mais crepuscular e indireta do que no restante de Trantor.

Não havia nenhum motivo perceptível para tanto. Decerto, o ciclo de luz artificial que progredia lentamente pela esfera trantoriana incluía o Setor Mycogen. Os mycogenianos deviam preferir assim, como se seguissem algum hábito primitivo, pensou Seldon.

Lentamente, os olhos de Seldon se acostumaram com os ambientes à meia-luz.

Seldon tentou observar calmamente os transeuntes, fossem irmãos ou irmãs. Imaginou que ele e Orvalho Quarenta e Três passariam por um irmão e sua mulher e que, desde que ele não fizesse nada que atraísse a atenção, não seriam notados.

Orvalho Quarenta e Três conversava com ele em poucas palavras e com tons baixos, que saíam de uma mandíbula tensionada. Era evidente que a companhia não autorizada de um homem, mesmo que somente ela soubesse de tal fato, demolia sua autoconfiança. Seldon tinha certeza de que, se pedisse a ela para relaxar, apenas a deixaria ainda mais incomodada. (Seldon imaginou o que ela faria se encontrasse algum conhecido. Ele se sentiu mais tranquilo quando alcançaram os níveis mais subterrâneos, onde havia menos pessoas.)

A descida não foi por meio de elevadores, mas sim por rampas móveis com degraus, que existiam sempre em duplas: uma ascendente e outra, descendente. Orvalho Quarenta e Três as chamou de "escadas rolantes". Seldon não teve certeza se entendera a segunda palavra, pois nunca a ouvira antes.

Conforme chegavam a níveis mais e mais baixos, a apreensão de Seldon se acentuava. A maioria dos mundos tinha microfazendas e produzia suas próprias variedades de microprodutos. Em Helicon, Seldon ocasionalmente comprava temperos nas microfazendas e percebia sempre um fedor enjoativo.

As pessoas que trabalhavam nas fazendas não pareciam se importar. Visitantes esporádicos faziam caretas por causa do cheiro, mas se acostumavam rapidamente. Porém, Seldon sempre fora particularmente suscetível a odores. Sofria por causa disso e esperava sofrer durante aquela visita. Tentou se acalmar com o pensamento de que estava heroicamente sacrificando seu conforto em nome da necessidade de informação, mas isso não impedia que seu estômago se embrulhasse de apreensão.

Depois de perder a conta dos níveis que tinham descido e com o ar ainda razoavelmente fresco, Seldon perguntou:

– Quando chegaremos aos níveis das microfazendas?

– Já chegamos.

– Pelo cheiro, não parece – comentou Seldon, respirando fundo.

– Cheiro? – Orvalho Quarenta e Três ofendeu-se o suficiente para elevar o tom de voz. – O que quer dizer?

– De acordo com a minha experiência, há sempre um cheiro pútrido associado a microfazendas. Você sabe, do fertilizante que bactérias, levedura, fungos e saprófitos geralmente precisam.

– De acordo com a sua experiência? – ela voltou a falar em tom normal. – Onde foi isso?

– Em meu planeta natal.

– Vocês chafurdam em *gabela*? – o rosto da irmã se retorceu em absoluta repugnância.

Seldon nunca escutara aquela palavra antes, mas, pela expressão e entonação de voz, sabia o significado.

– Mas, uma vez que os produtos estejam prontos para serem consumidos, não têm esse cheiro – explicou.

– Os nossos não têm esse cheiro em nenhum momento. Nossos biotécnicos criaram variedades perfeitas. As algas crescem sob luz pura e em soluções eletrolíticas balanceadas com o máximo de cuidado. Os saprófitos são alimentados por orgânicos meticulosamente combinados. As fórmulas e as receitas são algo que nenhum tribalista jamais saberá. Venha, já chegamos. Inspire quanto quiser. Não sentirá nada ofensivo. Esse é um dos motivos pelos quais há demanda por nossa comida em toda a Galáxia e por que Cleon I, conforme nos disseram, não come nada que não seja daqui, apesar de ser bom demais para um tribalista, se você quer saber a minha opinião. Mesmo que ele se autointitule Imperador.

Ela fez o comentário com uma raiva que parecia direcionada a Seldon. Então, como se receasse que ele não tivesse entendido a indireta, acrescentou:

– Mesmo que ele se autointitule convidado de honra.

Os dois entraram em um corredor estreito, ladeado por espessos e imensos tanques de vidro que continham água turva e esverdeada. A água estava repleta de algas que se agitavam em uma correnteza provocada pela força das bolhas de gás que passavam pelos tanques. Seldon imaginou que a água devia ser rica em dióxido de carbono.

Luzes intensas e rosadas iluminavam os tanques; eram luzes muito mais fortes do que as dos corredores. Seldon fez uma observação a respeito.

– É claro – ela respondeu. – Essas algas se desenvolvem melhor sob os vermelhos do espectro de luz.

– Imagino que seja tudo automatizado – disse Seldon.

Ela deu de ombros, mas não respondeu.

– Não vejo muitos mycogenianos por aqui – ele insistiu.

– Ainda assim, há trabalho a ser feito e eles o fazem, mesmo que você não veja. Os detalhes não lhe dizem respeito. Não perca seu tempo perguntando sobre eles.

– Espere. Não fique irritada comigo. Não espero descobrir segredos de Estado. Deixe disso, minha cara. – (O termo escapou.)

Ele a segurou pelo braço e ela pareceu prestes a correr. Acabou por permanecer no lugar, mas ele sentiu que ela tremeu de leve e a soltou, constrangido.

– É que parece tudo automatizado – ele disse.

– Entenda o que quiser a partir das aparências. De qualquer forma, existe espaço aqui para cérebros e decisões humanas. Todos os irmãos e irmãs têm oportunidade de trabalhar aqui, em algum momento. Alguns fazem disso sua profissão.

Ela estava falando mais abertamente, mas, para acentuar o constrangimento de Seldon, ele percebeu o momento em que ela levou a mão esquerda para o braço direito e esfregou gentilmente o local em que ele encostara, como se ele a tivesse ferido.

– Os corredores têm quilômetros e mais quilômetros – ela continuou –, mas, se virarmos aqui, você poderá ver uma parte da cultura de fungos.

Eles continuaram caminhando e Seldon percebeu que tudo era muito limpo. O vidro reluzia. O chão de lajotas parecia molhado, mas, quando ele teve uma oportunidade de se abaixar e tocá-lo, percebeu que não era o caso. Tampouco era escorregadio – a não ser que suas sandálias (com os dedões protuberantes, no alto da moda mycogeniana) tivessem solas antiderrapantes.

Orvalho Quarenta e Três estava certa sobre uma coisa. Aqui e ali, um irmão ou uma irmã trabalhava silenciosamente, estudando medidores, ajustando controles, às vezes fazendo trabalhos menos delicados, como polir equipamento, mas sempre concentrados no que estavam fazendo.

Seldon tomou o cuidado de não perguntar sobre suas funções, pois não queria fazer com que a irmã passasse pela humilhação de admitir que não sabia ou pela raiva de precisar lembrá-lo de que havia coisas que ele não poderia perguntar.

Eles passaram por uma porta vaivém e Seldon repentinamente notou uma discreta presença do odor de que se lembrava. Olhou para Orvalho Quarenta e Três, mas ela parecia ignorar o cheiro, e em pouco tempo ele também tinha se acostumado.

O tipo de iluminação mudou subitamente. Os tons rosados se foram, e também a claridade. Tudo parecia estar em um pôr do sol, exceto por focos de luz onde havia equipamentos. Em cada um desses pontos parecia haver um mycogeniano. Alguns usavam faixas na cabeça que brilhavam com um branco perolado. Até certa distância, Seldon via pequenas faixas de luz que se deslocavam erraticamente.

Conforme caminharam, ele olhou de relance para o perfil de Orvalho Quarenta e Três. Somente assim ele conseguia enxergá-la de verdade – em todas as outras situações, não conseguia ignorar a careca protuberante, os olhos nus, o rosto sem cor. Eles sufocavam sua individualidade e pareciam fazê-la invisível. Mas ali, de perfil, ele viu algo. Nariz, queixo, lábios generosos, normalidade, beleza. A luz tênue, de alguma maneira, suavizava o grande deserto no topo de sua cabeça.

Surpreso, pensou: ela poderia ser muito bonita se deixasse os cabelos crescerem e cuidasse bem deles.

Então pensou que ela não *podia* ter cabelos. Seria careca a vida toda.

Por quê? Por que eles faziam aquilo com ela? Mestre Solar dissera que, dessa forma, um mycogeniano (ou mycogeniana) se reconheceria como mycogeniano (ou mycogeniana) por toda a vida. Por que era tão importante que o castigo da ausência de cabelos fosse aceito como um distintivo ou marca de identidade?

E então, acostumado a defender os dois lados em sua mente, pensou: costume é algo praticamente instintivo. Se uma pessoa for acostumada com cabeças carecas – acostumada o bastante –, cabelos lhe pareceriam monstruosos, provocariam náuseas. Ele mesmo barbeava o rosto todas as manhãs, removendo todos os pelos faciais, desconfortável com a menor falha, mas não pensava em seu rosto como careca ou, de alguma forma, não natural. Evidentemente, ele podia deixar seus pelos faciais crescerem quando bem entendesse, mas não queria.

Ele sabia de mundos em que os homens não se barbeavam; em alguns deles, os habitantes não chegavam nem a aparar ou moldar os pelos faciais, e os deixavam crescer sem intervenção. O que essas pessoas diriam se pudessem ver seu rosto nu, seu queixo, suas bochechas e sua boca sem pelos?

Enquanto isso, Seldon caminhava com Orvalho Quarenta e Três pelo que parecia ser o infinito. De vez em quando, ela o guiava pelo cotovelo. Aparentemente, ela havia se acostumado com aquilo, pois não retraía a mão com pressa. De vez em quando, a mantinha ali por quase um minuto.

– Para cá! Venha para cá! – ela disse.

– O que é aquilo? – perguntou Seldon.

Eles estavam diante de uma bandeja repleta de pequenas esferas, cada uma com aproximadamente dois centímetros de diâmetro. Um irmão que cuidava da área e que acabara de deixar a bandeja ali olhou para os dois com certo interesse.

– Peça algumas – disse Orvalho Quarenta e Três a Seldon, em um tom discreto.

Seldon concluiu que ela não podia conversar com um irmão sem que ele antes lhe dirigisse a palavra.

– P-podemos pegar algumas, irmão? – perguntou Seldon, hesitante.

– Pegue quantas quiser, irmão – respondeu o outro, cordialmente.

Seldon pegou uma das esferas e estava a ponto de entregá-la para Orvalho Quarenta e Três quando percebeu que ela também tinha aceitado o convite e enchia as mãos na bandeja.

A esfera tinha uma textura lisa e suave.

– Elas são comestíveis? – perguntou Seldon a Orvalho Quarenta e Três, conforme eles se afastaram do tanque e do Irmão que cuidava dele. Ele ergueu a esfera cuidadosamente para perto do nariz.

– Elas não têm cheiro – disse ela, secamente.

– O que são?

– Iguarias. Iguarias ao natural. Para o mercado externo, são temperadas de diversas maneiras, mas aqui, em Mycogen, comemos sem aditivos. É o melhor jeito – ela colocou uma na boca e completou: – Eu poderia comê-las para *sempre*.

Seldon colocou a esfera na boca e sentiu quando ela se dissolveu e desapareceu rapidamente. Por um instante, sua boca ficou cheia de um líquido que escorregou, quase por conta própria, por sua garganta.

Ele ficou quieto por um instante, maravilhado. Tinha um sabor levemente adocicado e um sutil toque agridoce, mas ele não conseguiu definir a sensação predominante.

– Posso comer outra? – perguntou.

– Coma meia dúzia – disse Orvalho Quarenta e Três, estendendo as mãos. – Elas nunca têm o mesmo gosto e praticamente não têm calorias. Apenas sabor.

Ela estava certa. Ele tentou fazer a iguaria ficar mais tempo em sua boca; tentou lambê-la com cuidado; tentou mordiscar um pedaço. Porém, a mais cuidadosa lambida a destruía. Quando um pedacinho era arrancado por uma mordida, o restante desaparecia imediatamente. E cada sabor era indefinível e ligeiramente diferente do anterior.

– O único problema – comentou Orvalho Quarenta e Três, alegremente – é que, de vez em quando, você encontra alguma iguaria realmente extraordinária e nunca mais a esquece, mas também nunca poderá senti-la novamente. Eu comi uma quando tinha nove anos... – sua expressão subitamente perdeu o ânimo, e ela continuou: – É uma coisa boa. Isso faz com que a gente se lembre de que as coisas deste mundo se esvaem.

Era um sinal, pensou Seldon. Eles tinham caminhado juntos por tempo suficiente. Ela se acostumara com ele e estava se abrindo. Naquele instante, a conversa havia chegado no ponto em que ele queria. Naquele instante!

44

– Eu venho de um mundo a céu aberto, irmã, assim como são todos os mundos, exceto Trantor. Pode chover ou não, os rios secam ou inundam, a temperatura sobe ou desce. Isso significa que as colheitas podem ser boas ou ruins. Mas, aqui, o clima e o ambiente são totalmente controlados. As colheitas não têm escolha senão serem boas. Mycogen tem muita sorte.

Ele esperou. Havia algumas respostas possíveis e sua estratégia dependia de qual viesse.

Ela já falava abertamente e parecia não ter mais inibições relacionadas ao fato de ele ser um homem. Portanto, aquela longa visita tinha servido ao seu propósito.

– O ambiente não é assim tão fácil de controlar – argumentou Orvalho Quarenta e Três. – Eventualmente surgem infecções virais e, de vez em quando, mutações inesperadas e indesejáveis. Às vezes, grandes lotes definham por inteiro ou perdem todo o valor.

– Isso me surpreende. Então o que acontece?

– Geralmente não há solução exceto destruir os lotes prejudicados, inclusive aqueles dos quais há apenas uma suspeita de terem se estragado. Bandejas e tanques precisam ser totalmente esterilizados. Às vezes, é necessário inclusive descartá-los.

– Torna-se uma questão cirúrgica, então – observou Seldon. – Vocês removem o tecido doente.

– Sim.

– E o que fazem para prevenir que coisas desse tipo aconteçam?

– O que podemos fazer? Realizamos testes constantes para identificar qualquer mutação que possa surgir, qualquer vírus novo, qualquer contaminação ou alteração acidental do ambiente. É raro detectar alguma coisa errada, mas, caso detectemos, tomamos medidas drásticas. Por isso, os anos de produção ruim são poucos, e mesmo os anos ruins afetam apenas pequenas frações, aqui e ali. O pior ano que tivemos ficou apenas 12% abaixo da média de produção... apesar de ter sido o suficiente para causar dificuldades. O problema é que até mesmo a previsão mais cuidadosa e os programas de computador mais inteligentes nem sempre conseguem antecipar o que é, em essência, imprevisível.

(Seldon sentiu um arrepio involuntário percorrer seu corpo. Era como se ela estivesse falando sobre psico-história – e ela se referia apenas à microprodução de uma pequena fração da humanidade, enquanto ele considerava a totalidade do colossal Império Galáctico e todas as suas atividades.)

– Decerto, nem tudo é imprevisível – ele respondeu, inevitavelmente desolado. – Existem forças que nos guiam e que cuidam de todos nós.

A irmã se enrijeceu. Ela virou na direção de Seldon e pareceu estudá-lo com seu olhar penetrante.

– O quê? – foi tudo o que ela disse.

Seldon ficou apreensivo.

– Me parece que, ao falarmos sobre vírus e mutações – continuou ele –, estamos nos referindo ao que é natural, a fenômenos sujeitos a leis naturais. Isso exclui o sobrenatural, não exclui? Deixa de lado aquilo que não está sujeito às leis naturais e que, portanto, pode controlar essas leis.

Ela continuou a observá-lo, como se Seldon tivesse repentinamente começado a falar em um dialeto distante e desconhecido do Padrão Galáctico.

– O *quê*? – ela repetiu, dessa vez quase sussurrando.

Ele continuou, tropeçando em palavras que não lhe eram familiares e que quase o constrangiam:

– Vocês devem acreditar em alguma força superior, algum espírito elevado, algum... Não sei do que chamar.

– Foi o que imaginei – respondeu Orvalho Quarenta e Três, com uma voz que subiu a registros mais agudos, mas ainda falando baixo. – Imaginei que era sobre *isso* que você estava falando, mas não pude acreditar. Você está nos acusando de ter uma *religião*. Por que não disse de uma vez? Por que não usou a palavra?

Ela esperou por uma resposta. Seldon, um pouco confuso com o ataque, disse:

– Por que não é uma palavra que eu uso. Eu digo "sobrenatural".

– Diga o que quiser. É religião, e não seguimos nenhuma. Religião é para tribalistas, para a predominante esc...

A irmã parou para engolir, como se estivesse prestes a engasgar. Seldon tinha certeza de que a palavra na qual ela engasgou era "escória".

Ela recuperou o controle.

– Não somos um povo religioso – disse, lentamente, um tom abaixo de sua voz de soprano. – Nosso reino é desta Galáxia e sempre foi. Se você tem uma religião...

Seldon se sentia encurralado. Ele não esperava por aquilo. Ergueu uma mão, defensivamente.

– Não tenho. Sou um matemático e meu reino também é desta Galáxia. Apenas pensei que, considerando a rigidez dos seus costumes, que o *seu* reino...

– Não pense, tribalista. Se nossos costumes são rígidos, é porque somos meros milhões, cercados por bilhões. Precisamos nos isolar para que nossos poucos irmãos e irmãs não se percam entre suas multidões e hordas. Precisamos nos distinguir por meio de nossa ausência de cabelos e pelos, de nossas roupas, de nosso comportamento, de nosso estilo de vida. Precisamos saber quem somos e fazer com que vocês, tribalistas, também saibam. Nos exaurimos em nossas fazendas para que possamos ter algum valor diante de seus olhos e, assim, garantir que vocês nos deixem em paz. É tudo o que pedimos de vocês... Que nos deixem em paz.

– Não tenho intenção de prejudicar você, nem ninguém de seu povo. Aqui, busco apenas conhecimento, assim como em todos os outros lugares.

– E você nos ofende ao perguntar sobre nossa religião, como se dependêssemos de um espírito misterioso e etéreo que faça por nós o que não conseguimos fazer por nós mesmos.

– Existem muitos povos, muitos mundos que acreditam no sobrenatural de diferentes maneiras... religião, se você preferir essa palavra. Podemos discordar deles nisso ou naquilo, mas é tão provável que estejamos errados em nosso ceticismo quanto eles em suas crenças. De qualquer forma, não há nenhum demérito nessas crenças e minhas perguntas não tinham intenção de ofender.

Mas ela não se acalmara.

– Religião! – exclamou, furiosa. – Não precisamos de nada disso.

O otimismo de Seldon, que sumiu progressivamente ao longo da discussão, desaparecera por completo. Tudo aquilo, toda aquela expedição com Orvalho Quarenta e Três, não levara a nada.

– Temos algo muito melhor – ela continuou. – Temos *história*.

O ânimo de Seldon voltou imediatamente e ele sorriu.

LIVRO

———— O caso da mão na coxa...

Ocasião mencionada por Hari Seldon como o primeiro ponto de virada em sua busca por um método de desenvolvimento para a psico-história. Infelizmente, seus textos conhecidos não oferecem indicativos do que seria o "caso", e especulações sobre o seu conteúdo (houve inúmeras) não levaram a nada. Permanece como um dos diversos mistérios associados à carreira de Seldon.

ENCICLOPÉDIA GALÁCTICA

45

ORVALHO QUARENTA E TRÊS ENCAROU Seldon com olhos arregalados e respiração pesada.

– Não posso ficar aqui – disse.

Seldon olhou à volta.

– Não há ninguém nos incomodando. Nem mesmo o irmão a quem pedimos as iguarias fez comentários sobre nós. Ele aparentemente nos considerou uma dupla qualquer.

– Isso porque não há nada de incomum em nós quando a luz está fraca, quando você mantém sua voz baixa e o sotaque tribalista é menos perceptível e quando eu pareço estar calma. Mas, agora... – a voz de Orvalho Quarenta e Três estava ficando rouca.

– Agora, o quê?

– Estou nervosa e tensa. Estou... suando frio.

– E quem perceberá? Relaxe. Acalme-se.

– Não posso relaxar aqui. Não posso me acalmar enquanto houver o risco de alguém me ver.

– Para onde vamos, então?

– Há pequenos alojamentos para descanso. Eu trabalhei aqui. Sei onde ficam.

Ela caminhou rapidamente e Seldon a seguiu. Depois de uma pequena subida, que ele não teria notado sob a luz tênue se não fosse por Orvalho Quarenta e Três, havia uma fileira de portas, com uma distância razoável entre cada uma.

– A última – ela murmurou. – Se estiver vaga.

Estava desocupada. Um pequeno retângulo brilhante dizia LIVRE e a porta estava encostada.

Orvalho Quarenta e Três olhou o entorno rapidamente, fez um gesto para que Seldon entrasse e entrou também. Fechou a porta e, conforme o fez, uma pequena luz no teto iluminou o interior.

– Existe algum jeito de fazer a placa na porta indicar que este alojamento está em uso? – perguntou Seldon.

– Isso aconteceu automaticamente quando a porta fechou e a luz se acendeu – disse a irmã.

Seldon percebeu que o ar circulava suavemente com um discreto som de ventilação. Será que havia algum lugar em Trantor em que aquele som e a ventilação perpétuos não fossem perceptíveis?

O aposento não era grande, mas tinha uma cama estreita, com um colchão firme e eficiente, coberto com o que eram lençóis claramente limpos. Havia uma cadeira e uma mesa, um pequeno refrigerador e algo que parecia uma assadeira coberta, provavelmente para aquecer comida.

Orvalho Quarenta e Três se sentou na cadeira, com as costas tensas, visivelmente tentando se forçar a relaxar.

Seldon, incerto do que deveria fazer, continuou em pé até que ela gesticulou, com certa impaciência, para que ele se sentasse na cama. Ele o fez.

– Se ficarem sabendo que estive aqui com um homem – murmurou Orvalho Quarenta e Três brandamente, como se falasse consigo mesma –, mesmo que um mero tribalista, eu me tornarei uma pária.

– Então vamos embora – alarmou-se Seldon, levantando rapidamente.

– Sente-se. Não posso sair enquanto estiver tão alterada. Você estava perguntando sobre religião. Qual é o seu objetivo, afinal?

Para Seldon, ela havia mudado completamente. A passividade e a subserviência tinham desaparecido. Não havia nada da timidez, da relutância na presença de um homem. Com olhos desconfiados, ela o encarava com intensidade.

– Eu lhe disse – respondeu Seldon. – Conhecimento. Sou um estudioso. *Saber* é minha profissão e meu desejo. Quero entender especialmente as pessoas, portanto quero aprender história. Em muitos mundos, os registros antigos de história (os registros *genuinamente* antigos de história) resumiram-se a mitos e lendas, que muitas vezes se tornam parte de um conjunto de crenças religiosas ou sobrenaturais. Mas, se Mycogen não tem uma religião, então...

– Eu disse que temos *história*.

– Sim, você foi bastante enfática – disse Seldon. – Quão antiga?

– Até vinte mil anos atrás.

– É mesmo? Sejamos francos. Trata-se da história real ou é algo que se perdeu em lendas?

– É a história real, evidentemente.

Seldon sentiu-se tentado a perguntar como ela poderia saber, mas mudou de ideia. Será que existia alguma chance real de a história se estender por vinte mil anos do passado e continuar a ser autêntica? Ele não era um historiador; precisaria tirar a dúvida com Dors.

Mas, para ele, parecia muito provável que em todos os mundos as histórias mais antigas fossem miscelâneas de heroísmos egoístas e minidramas feitos para ser encenações de moralismos que não deveriam ser considerados de forma literal. Era certamente o caso de Helicon, mas, ainda assim, era difícil encontrar um heliconiano que não atestasse a veracidade dessas lendas e não insistisse que eram fatos históricos. Defenderiam, inclusive, um relato totalmente ridículo sobre as primeiras explorações em Helicon e sobre encontros com perigosos répteis gigantes voadores, mesmo que nada parecido com répteis voadores tivesse sido encontrado como fauna nativa de nenhum mundo explorado e colonizado pela raça humana.

– Como começa essa história? – questionou Seldon, enfim.

Havia um olhar distante no rosto de Orvalho Quarenta e Três, um olhar que não se concentrava em Seldon nem em qualquer coisa do aposento.

– Começa com um mundo – ela disse. – O *nosso* mundo. Um único mundo.

– Um único mundo? – (Seldon lembrou-se de que Hummin mencionara lendas sobre um único mundo original da raça humana.)

– Um único mundo. Houve outros depois, mas o nosso foi o primeiro. Um único mundo, com espaço, céu aberto, lugar para todos, campos férteis, casas amigáveis, pessoas acolhedoras. Vivemos ali por milhares de anos e tivemos de ir embora e nos esconder nesse ou naquele lugar até que alguns de nós encontraram um canto de Trantor onde aprendemos a cultivar comida que nos garantia um pouco de liberdade. E agora vivemos da nossa própria maneira em Mycogen. Temos os nossos próprios sonhos.

– E sua história oferece os detalhes sobre o mundo original? O mundo único?

– Sim, sim, está tudo em um livro, e todos nós o temos. Cada um de nós. Carregamos conosco o tempo todo para que não haja nenhum instante em que estejamos impedidos de abri-lo e lê-lo e nos lembrar de quem somos, de quem fomos e de que, algum dia, vamos recuperar o nosso mundo.

– Vocês conhecem a localização desse mundo e quem vive nele agora?

Orvalho Quarenta e Três hesitou.

– Não sabemos – negou intensamente com a cabeça –, mas algum dia saberemos.

– E você está com esse livro agora?

– Mas é claro.

– Posso vê-lo?

Naquele instante, um pequeno sorriso cruzou o rosto da irmã.

– Então é *isso* que você quer. Eu sabia que você queria alguma coisa quando pediu para ser guiado pelas microfazendas com apenas a minha companhia. – Ela parecia um pouco constrangida. – Eu não achei que fosse por causa do *Livro*.

– É tudo o que quero – disse Seldon, com sinceridade. – Eu realmente não tinha nenhum outro objetivo em mente. Se você me trouxe aqui porque achou que...

Ela não permitiu que ele terminasse:

– Mas aqui estamos. Você quer ou não quer o Livro?

– Você está propondo que eu o veja?

– Com uma condição.

Seldon parou de falar, cogitando a possibilidade de grandes problemas caso tivesse vencido as inibições da irmã com mais intensidade do que o intencionado.

– Qual condição? – perguntou.

A língua de Orvalho Quarenta e Três surgiu discretamente e ela lambeu rapidamente os lábios.

– A de que você tire a sua touca – ela respondeu, com um distinto tremor na voz.

46

Hari Seldon olhou inexpressivamente para Orvalho Quarenta e Três. Houve um momento perceptível em que ele não entendeu sobre o que ela estava falando – tinha esquecido de que usava uma touca.

Então ele colocou uma mão na cabeça e, pela primeira vez, sentiu conscientemente a textura da touca que estava usando. Era lisa, mas ele sentia a discreta resiliência dos cabelos embaixo dela. Não era muita coisa – seus cabelos eram finos e não tinham muito volume.

– Por quê? – perguntou, ainda sentindo os cabelos sob a touca.

– Porque eu quero – ela respondeu. – Porque essa é a condição, se você quiser ver o Livro.

– Certo. Se você quer mesmo que eu tire... – ele disse. Sua mão procurou pela borda da touca para que ele pudesse tirá-la.

– Não – interrompeu Orvalho Quarenta e Três. – Deixe-me fazer isso. Eu faço. – Ela olhava para ele com uma expressão ávida.

– Vá em frente – disse Seldon, colocando as mãos no colo.

Orvalho Quarenta e Três se levantou rapidamente e se sentou na cama, ao lado dele. Lenta e cuidadosamente, ela soltou a touca na parte acima da orelha de Seldon. Passou a língua pelos lábios mais uma vez e estava ofegante quando soltou a touca da testa de Seldon e a puxou para cima. O restante da touca saiu da cabeça e os cabelos de Seldon, soltos, pareceram se mexer com a satisfação da liberdade.

– Minha cabeça deve ter suado por eu ter mantido meus cabelos sob a touca – explicou Seldon, desconfortável. – Se foi o caso, eles devem estar úmidos.

Ele levantou a mão, como se fosse verificar a umidade, mas ela a pegou no ar e a segurou.

– Eu quero fazer isso – ela disse. – Faz parte da condição.

Os dedos de Orvalho Quarenta e Três, lentos e hesitantes, tocaram os cabelos de Seldon e se retraíram. Ela tocou mais uma vez e, gentilmente, os acariciou.

– Estão secos – ela continuou. – É uma sensação... gostosa.

– Você já tinha tocado em pelos cefálicos antes?

– Apenas nos das crianças, de vez em quando. Isso... é diferente – ela o acariciou mais uma vez.

– De que maneira? – Mesmo profundamente constrangido Seldon conseguiu descobrir curiosidade.

– Não sei dizer. É apenas... diferente.

Depois de algum tempo, ele perguntou:

– Foi o suficiente?

– Não. Não me apresse. Você pode moldá-lo do jeito que quiser?

– Na verdade, não. Eles têm um caimento natural, mas preciso de um pente e não tenho um comigo.

– Um pente?

– Um objeto dentado... hm, parecido com um garfo... mas com dentes mais numerosos e mais macios.

– Você pode usar os dedos? – ela passou os dedos pelos cabelos de Seldon.

– Até certo ponto. Não funciona muito bem.

– É eriçado aqui atrás.

– O cabelo é mais curto nessa parte.

Orvalho Quarenta e Três pareceu se lembrar de alguma coisa.

– As sobrancelhas – ela disse. – Não é assim que elas são chamadas? – ela despiu as faixas e passou os dedos pelos suaves arcos de pelos, e depois em sentido contrário. – Que gostoso – comentou, e depois riu de um jeito agudo que era quase igual às risadas de sua irmã mais nova. – Elas são bonitinhas.

– Há mais alguma coisa que faça parte da condição? – perguntou Seldon, um tanto impaciente.

Sob a luz fraca, Orvalho Quarenta e Três parecia estar cogitando uma resposta, mas não disse nada. Em vez disso, recolheu subitamente as mãos e as aproximou de seu próprio nariz. Seldon imaginou o que ela estaria cheirando.

– Que esquisito... – ela disse. – Será... será que eu posso fazer isso de novo em algum outro momento?

– Se você permitir que eu fique com o Livro tempo suficiente para estudá-lo, talvez – respondeu Seldon, desconfortável.

Orvalho Quarenta e Três colocou a mão em uma abertura da túnica que Seldon não tinha visto antes e, de algum bolso interno secreto, tirou um livro encadernado com um material resistente e flexível. Ele pegou o livro, tentando controlar o entusiasmo.

Enquanto Seldon reajustava a touca para cobrir os cabelos, Orvalho Quarenta e Três levou as mãos ao nariz mais uma vez e então, rápida e gentilmente, lambeu um dos dedos.

47

– Acariciou seus cabelos? – perguntou Dors Venabili. Ela olhou para os cabelos de Seldon como se quisesse acariciá-los ela mesma.

Seldon se afastou um pouco.

– Não, por favor. A mulher fez parecer uma perversão.

– Suponho que, do ponto de vista dela, era mesmo. E você? Não sentiu nenhum prazer nessa situação?

– Prazer? Deu-me arrepios. Só quando ela parou pude respirar de novo. Eu ficava pensando: que outras condições serão impostas?

– Você estava com medo de que ela o forçasse a fazer sexo? – riu Dors. – Ou torcendo por isso?

– Eu garanto que não ousei pensar em nada disso. Queria apenas o Livro.

Eles estavam no quarto e Dors acionou o distorcedor de campo para assegurar que eles não seriam entreouvidos.

A noite mycogeniana estava prestes a começar. Seldon removera a touca e a túnica e tomara um banho, dedicando atenção especial aos cabelos, que ensaboou e enxaguou duas vezes. Agora estava sentado em sua cama, usando um leve pijama que encontrara no armário.

– Ela sabia que você tem pelos no peito? – perguntou Dors, observando o corpo de Seldon.

– Desejei intensamente que ela não pensasse nisso.

– Pobre Hari. Mas foi tudo perfeitamente natural, sabe? Eu provavelmente teria passado por uma situação parecida se ficasse sozinha com um irmão. Teria sido até pior, tenho certeza, pois ele acreditaria (a sociedade mycogeniana sendo do jeito que é) que uma mulher seria obrigada a seguir suas ordens sem demora ou objeção.

– Não, Dors. Você pode achar que foi perfeitamente natural, mas não esteve lá. A pobre mulher atingiu um alto grau de excitação sexual. Ela ativou todos os sentidos... Cheirou os dedos, chegou a lambê-los. Se ela pudesse ouvir pelos crescendo, teria escutado avidamente.

– Mas é disso que estou querendo dizer com "natural". Qualquer coisa que você proíba ganha magnetismo erótico. Você ficaria especialmente interessado por seios se vivesse em uma sociedade em que eles são exibidos o tempo todo?

– Acho que sim.

– Você não ficaria *mais* interessado se eles estivessem sempre escondidos, como na maioria das sociedades? Escute. Vou contar uma coisa que aconteceu comigo. Eu estava em uma estância em um lago de Cinna... Imagino que vocês tenham estâncias de lazer em Helicon, com praias, coisas do tipo, não têm?

– Claro que sim – disse Seldon, ligeiramente irritado. – O que você acha que é Helicon, um mundo de rochedos e montanhas, com apenas água do poço para beber?

– Não quis ofender, Hari. Quero apenas ter certeza de que você entenderá o significado da história. Em nossas praias de Cinna, somos bastante frívolos em relação ao que vestimos... Ou ao que *não* vestimos.

– Praias de nudismo?

– Na verdade, não. Mas creio que, se alguém tirasse a roupa, não seria tão rejeitado assim. O costume diz que se deve usar um mínimo de decoro, mas devo admitir que a nossa referência de "decoro" deixa pouco para a imaginação.

– Temos padrões de decoro um tanto mais altos do que isso em Helicon – respondeu Seldon.

– Sim, pude perceber pela sua atenciosa consideração por mim, mas cada um é de um jeito. De qualquer maneira, eu estava em uma cadeira na pequena praia do lago e um jovem com quem eu tinha conversado mais cedo se aproximou. Era um sujeito decente, que não me passou nenhuma impressão negativa. Ele se sentou no braço da minha cadeira e colocou a mão direita na minha coxa esquerda (que estava exposta, claro) para que pudesse manter o equilíbrio. Depois que tínhamos conversado por pouco mais de um minuto, ele disse, maliciosamente: "Aqui estou eu. Você mal me conhece, mas ainda assim me parece perfeitamente natural que eu coloque a mão na sua coxa. Mais do que isso, soa perfeitamente natural para você também, considerando que não parece se incomodar com o fato de minha mão ainda estar na sua coxa". Somente naquele momento eu me dei conta de que a mão dele estava em minha coxa. De certa maneira, pele exposta em público perde suas características eróticas. Como eu disse, a ocultação é crucial. E o jovem também percebeu isso, pois disse: "Mas, se eu a encontrasse em condições mais formais e você estivesse de vestido, jamais permitiria que eu levantasse a sua saia e colocasse minha mão na sua coxa, no exato lugar em que ela está agora". Eu ri e continuamos a conversar sobre assuntos amenos. E agora que ele tinha chamado a minha atenção para a posição de sua mão, o jovem, claro, não considerou apropriado mantê-la ali e a retirou. Naquela noite, me arrumei para o jantar com mais dedicação do que o normal e usei roupas consideravelmente mais formais do que o necessário e do que as outras mulheres do restaurante usavam. Encontrei o tal jovem. Ele estava a uma das mesas. Eu me aproximei, cumprimentei-o e disse: "Aqui estou eu, de vestido. Sob o tecido, minha coxa está nua. Eu lhe dou permissão. Levante a saia e coloque sua mão em minha coxa esquerda, no mesmo lugar em que ela estava antes". Ele bem que tentou. Reconheço sua coragem por tentar, mas todo mundo estava olhando. Eu não teria impedido e tenho certeza de que ninguém do aposento teria tentado impedi-lo, mas ele não conseguiu. Não era um lugar mais público do que a praia e as mesmas pessoas estavam presentes em ambos os casos. Era evidente que eu tinha tomado a iniciativa e que não tinha objeções, mas ele não conseguiu violar o decoro. As condições, que foram "mão na coxa" naquela tarde, não eram "mão na coxa" à noite, e isso teve mais significado do que qualquer coisa que pudesse ser explicada pela lógica.

– Eu teria colocado minha mão na sua coxa – disse Seldon.

– Tem certeza?

– Absoluta.

– Mesmo que os seus padrões de decoro na praia sejam mais altos do que os nossos?

– Sim.

Dors se sentou na cama. Em seguida, se deitou e colocou as mãos atrás da cabeça.

– Então você não está particularmente inquieto com o fato de eu estar usando uma camisola com muito pouco por baixo.

– Não estou particularmente *chocado*. Quanto a estar inquieto, depende da definição da palavra. Certamente percebi a maneira como você está vestida.

– Ora, se vamos ficar encurralados aqui por algum tempo, precisaremos aprender a ignorar esse tipo de coisa.

– Ou nos aproveitarmos dele – sugeriu Seldon, sorrindo. – Gosto de seus cabelos. Depois de vê-la careca o dia inteiro, gosto de seus cabelos.

– Está bem, mas não toque neles. Ainda não os lavei – ela respondeu e semicerrou os olhos. – É interessante. Você desvinculou o nível de decoro formal do informal. O que está dizendo é que Helicon é mais respeitável do que Cinna no nível informal, mas menos respeitável no nível formal. É isso?

– Na verdade, estou falando apenas sobre o jovem que colocou a mão na sua coxa e sobre mim mesmo. Quão representativos somos dos cinnianos e heliconianos, não sei dizer. Posso imaginar indivíduos perfeitamente adequados em ambos os mundos, e alguns doidos também.

– Estamos falando sobre pressões sociais. Não sou exatamente uma viajante galáctica, mas precisei me envolver com bastante coisa de história social. No planeta de Derowd, houve uma época em que o sexo pré-marital era absolutamente livre. Relações sexuais múltiplas eram permitidas para os solteiros e sexo em público era reprimido apenas se atrapalhasse o trânsito. Ainda assim, depois do casamento, a monogamia era soberana e absoluta. A teoria era de que uma pessoa só poderia se dedicar aos aspectos sérios da vida depois de liberar todas as suas fantasias.

– Funcionava?

– Isso acabou há mais ou menos trezentos anos, mas alguns de meus colegas dizem que terminou por causa de pressões de outros planetas, que perdiam muitos turistas para Derowd. Afinal, existe também pressão social galáctica.

– Talvez pressão econômica, no caso.

– Talvez. Na universidade, tenho oportunidade de estudar pressões sociais, mesmo sem ser uma viajante galáctica. Conheço pessoas de inúmeros lugares dentro e fora de Trantor, e um dos passatempos dos setores de ciências sociais é a comparação de pressões sociais. Aqui em Mycogen, por exemplo, tenho a impressão de que o sexo é estritamente controlado, permitido apenas sob as regras mais severas, o que é reforçado pelo fato de nunca ser mencionado. No Setor Streeling também não se fala sobre sexo, mas ele não é visto como algo condenável. No Setor Jennat, onde passei uma semana fazendo pesquisas, o sexo é discutido constantemente, mas apenas para condená-lo. Não creio que existam dois setores em Trantor (ou quaisquer dois mundos fora de Trantor) em que o comportamento no que diz respeito ao sexo seja idêntico.

– Pelo que está dizendo – interveio Seldon –, você faz parecer que...

– Vou lhe dizer com o que parece – ela interrompeu. – Toda esta conversa sobre sexo fez com que uma coisa ficasse clara para mim. Eu nunca mais deixarei que você saia do meu campo de visão. Simples assim.

– O quê?

– Eu o deixei por conta própria duas vezes; a primeira vez foi graças à minha insensatez e a segunda, porque você me forçou a tanto. Em ambas as vezes, foi obviamente um erro. Você sabe o que aconteceu na primeira vez.

– Sim – respondeu Seldon, indignado. – Mas nada aconteceu comigo na segunda vez.

– Você quase se envolveu em uma grande encrenca. E se tivesse sido flagrado em uma aventura sexual com uma irmã?

– Não foi uma aventura sexu...

– Você mesmo disse que ela parecia em um estado de intensa excitação sexual.

– Mas...

– Foi um erro. Bote isso em sua cabeça, Hari. A partir de agora, você não vai a lugar nenhum sem mim.

– Escute – disse Seldon, friamente –, meu objetivo era descobrir coisas sobre a história mycogeniana e, graças à suposta aventura sexual com uma irmã, eu consegui um livro. *O Livro*.

– O Livro! É verdade, o Livro. Vamos vê-lo.

Seldon entregou o livro a Dors e ela avaliou o peso do volume.

– Talvez não nos adiante em nada, Hari – ela disse. – Não parece que se encaixará em nenhum dos projetores que encontrei. Isso quer dizer que você precisará de um projetor mycogeniano e eles vão querer saber por que você quer um. Assim, descobrirão que você tem o Livro e o tomarão de você.

Seldon sorriu.

– Se suas suposições estivessem corretas, Dors, suas conclusões teriam sido impecáveis. Mas acontece que esse não é o tipo de livro que você acha que é. Não foi feito para ser projetado. O material está impresso em diversas páginas e você as vira conforme lê. Foi o que Orvalho Quarenta e Três me explicou.

– Um livro *impresso*! – era difícil saber se Dors estava chocada ou entusiasmada. – Isso é coisa da Idade da Pedra.

– É pré-imperial, com certeza – admitiu Seldon –, mas não tanto assim. Você já tinha visto um livro impresso?

– Considerando que sou historiadora? Claro que sim, Hari.

– Ah, mas como este?

Ele entregou o Livro e Dors, sorrindo, o abriu. Em seguida, passou para outra página e depois usou o polegar para ver várias páginas pela lateral do livro.

– Está em branco – ela disse.

– *Parece* estar em branco. Os mycogenianos são teimosos em seu primitivismo, mas não totalmente. Eles seguem a essência do primitivo, mas não têm nada contra usar tecnologia moderna para modificá-lo e deixá-lo mais conveniente. Faz sentido?

– Talvez, Hari, mas não entendo o que você está dizendo.

– As páginas não estão em branco. Há microimpressores acoplados a elas. Permita-me – ele pegou o livro de volta. – Se eu apertar este pequeno botão na borda interna da capa... Veja!

Subitamente apareceram linhas de texto que subiam lentamente pela página.

– Você pode ajustar a velocidade do texto de acordo com sua habilidade de leitura girando o botão para um lado ou para o outro. Quando as linhas chegam ao topo da página (ou seja, quando você chega à última linha daquela parte do texto), elas voltam rapidamente para baixo e se desligam. Você vira para a próxima página e continua.

– De onde vem energia para tudo isso?

– Tem uma bateria à microfusão que dura tanto quanto a vida útil do livro.

– Então, quando a bateria acaba...

– Você descarta o livro (o que talvez seja necessário mesmo antes de acabar a energia, graças ao desgaste por uso) e adquire outra cópia. Nunca se substitui a bateria.

Dors pegou o Livro mais uma vez e o observou por todos os ângulos.

– Devo admitir que nunca ouvi falar em um livro assim – disse.

– Nem eu. No geral, a Galáxia evoluiu tão rapidamente para a tecnologia visual que acabou pulando essa possibilidade.

– Mas isto é visual.

– Sim, mas não com os efeitos tradicionais. Esse tipo de livro tem suas vantagens. Pode incluir muito mais conteúdo do que um livro visual comum.

– Onde fica o botão para ligar? – perguntou Dors. – Ah, deixe-me ver se consigo mexer nele. – Ela abriu em uma página aleatória e acionou o rolamento das linhas de texto. – Receio que isso não terá utilidade nenhuma, Hari. É pré-galáctico. Não estou falando do livro. Estou falando do texto... da língua.

– Você consegue ler, Dors? É uma historiadora...

– Sou uma historiadora e estou acostumada a lidar com línguas arcaicas, mas dentro de limites. Isso é antigo demais para mim. Eu talvez consiga entender uma ou outra palavra, mas não o suficiente para ser útil.

– Ótimo – disse Seldon. – Se é tão antigo assim, será muito útil.

– Não, se você não conseguir ler.

– Eu consigo ler – respondeu Seldon. – É bilíngue. Você não acha que Orvalho Quarenta e Três consegue ler escritos antigos, acha?

– Se ela tiver sido educada para tanto, por que não?

– Porque eu imagino que as mulheres em Mycogen não sejam educadas em nada além de serviços domésticos. Alguns dos homens mais cultos devem conseguir, mas todos os outros precisariam de uma tradução para o Galáctico. – Seldon apertou outro pequeno botão. – E o Livro oferece essa alternativa.

As linhas mudaram para o Padrão Galáctico.

– Incrível! – admirou-se Dors.

– Nós podíamos aprender com esses mycogenianos, mas não aprendemos.

– Não sabíamos do Livro.

– Não posso acreditar. Agora, eu sei disso. E você sabe disso. Estrangeiros devem visitar Mycogen de vez em quando, por motivos comerciais ou políticos, ou não haveria toucas prontas para uso.

Portanto, alguém deve ter tido um vislumbre ocasional desse tipo de livro e visto como ele funciona, mas provavelmente o ignorou, considerando-o apenas um objeto curioso que não mereceria estudos mais aprofundados, simplesmente por ser mycogeniano.

– Mas ele merece estudos mais aprofundados?

– Claro que sim. Tudo merece. Ou deveria merecer. Hummin provavelmente apontaria a falta de interesse por esses livros como um sinal da degeneração do Império. – Ele ergueu o Livro e, com súbito entusiasmo, continuou: – Mas *eu* estou curioso e *eu* me dedicarei à leitura. Isso talvez me aproxime da psico-história.

– Espero que sim – disse Dors –, mas, se quiser o meu conselho, é melhor dormir primeiro e começar amanhã de manhã, descansado. Você não aprenderá nada se dormir em cima do Livro.

Seldon hesitou.

– Como você é maternal! – ele acusou.

– Estou cuidando de você.

– Mas eu tenho uma mãe em Helicon. Eu preferiria que você fosse minha amiga.

– Eu sou sua amiga desde que nos conhecemos.

Ela sorriu e Seldon hesitou, na dúvida do que seria uma resposta apropriada.

– Então seguirei seu conselho de amiga – disse, enfim –, e vou dormir antes de ler.

Ele fez menção de deixar o Livro na pequena mesa entre as duas camas, hesitou, virou e o colocou sob o travesseiro.

Dors Venabili riu calorosamente.

– Acho que você está com medo de que eu acorde durante a noite e leia partes do Livro antes de você – disse. – É isso?

– Bom... – respondeu Seldon, tentando não parecer constrangido –, talvez sim. Até amizade tem limites e o Livro é *meu* e a psico-história é *minha*.

– Concordo – disse Dors – e prometo que não brigaremos por causa disso. Aliás, você ia dizer algo agora há pouco, e eu o interrompi. Lembra-se?

Seldon pensou por um instante.

– Não – respondeu.

No escuro, ele só conseguia pensar no Livro. Não chegou a lembrar da história da mão na coxa. Na verdade, já tinha se esquecido dela – pelo menos conscientemente.

48

Venabili acordou e, pelo bracelete temporal, viu que o período noturno estava na metade. Ela percebeu que a cama de Hari estava vazia, pois não escutou os roncos. Se ele não tivesse saído do apartamento, só podia estar no banheiro.

– Hari? – ela disse baixinho, batendo de leve na porta.

– Entre – ele respondeu, com voz distante, e ela entrou.

A tampa da privada estava abaixada e Seldon, sentado sobre ela, tinha o Livro aberto no colo.

– Estou lendo – explicou, sem necessidade.

– Sim, vejo que está. Mas por quê?

– Não consegui dormir. Me desculpe.

– Mas por que ler aqui?

– Se eu tivesse acendido a luz do quarto, teria acordado você.

– Tem certeza de que o Livro não se autoilumina?

– Sim. Quando Orvalho Quarenta e Três explicou sobre o funcionamento, em nenhum momento mencionou iluminação. Além disso, imagino que isso gastaria muita energia e a bateria não seria suficiente para durar a vida útil do Livro. – Seldon parecia insatisfeito.

– Então saia, por favor – disse Dors. – Quero usar o banheiro, já que estou aqui.

Quando ela voltou para o quarto, agora bem iluminado, encontrou Seldon sentado na cama, com as pernas cruzadas, ainda lendo.

– Você não parece contente – ela comentou. – O Livro é uma decepção?

– Sim – respondeu Seldon, olhando para ela. – Li alguns trechos, aqui e ali. Foi o que deu tempo de fazer. Esta coisa é uma enciclopédia virtual e o sumário é praticamente uma lista de pessoas e lugares que não têm muita utilidade para os meus propósitos. Não tem nada a ver com o Império Galáctico nem com os reinos pré-imperiais. Fala basicamente sobre um único mundo e, pelo que pude perceber com base no que li, é um ensaio infinito sobre políticas internas.

– Talvez você esteja subestimando a época. Talvez seja sobre um período em que esse mundo era mesmo o único... Um único planeta habitado.

– Sim, eu sei – disse Seldon, um tanto impaciente. – Na verdade, é isso que eu quero, desde que possa ter certeza de que é fato histórico, e não lenda. Mas tenho minhas dúvidas. Não quero acreditar nisso simplesmente por ter vontade.

– Essa questão da origem a partir de um mundo está em voga hoje em dia – respondeu Dors. – Os seres humanos são a única espécie que se espalhou por toda a Galáxia, portanto devem ter se originado em *algum* lugar. Pelo menos, é a visão popular atual. É impossível que origens independentes resultem na mesma espécie ocupando diversos mundos.

– Mas eu nunca enxerguei a razão de esse argumento ser absoluto – disse Seldon. – Caso os seres humanos tenham surgido em vários mundos como espécies diferentes, por que não poderiam ter procriado e gerado algum tipo de espécie intermediária única?

– Porque espécies não podem cruzar entre si. É o que as caracteriza como espécies.

Seldon pensou no assunto por um momento e, então, deu de ombros.

– Deixarei essa para os biólogos – disse.

– Os mais favoráveis à hipótese da Terra são exatamente eles.

– Terra? É assim que se referem ao suposto mundo de origem?

– É um nome popular, apesar de ser impossível comprovar se o nome era esse, supondo que houvesse um nome. E ninguém tem a menor ideia de onde esse planeta estaria localizado.

– Terra! – disse Seldon, torcendo a boca. – Para mim, parece um som de escarro. De qualquer maneira, se o Livro fala sobre o mundo original, ainda não encontrei nenhuma referência. Como se soletra a palavra?

Dors soletrou e ele verificou o Livro rapidamente.

– Com essas letras, o nome não está listado no sumário, nem se for soletrado de jeitos parecidos.

– É mesmo?

– Além disso, eles chegam a mencionar outros mundos, de passagem. Não oferecem nomes e parece não haver interesse por esses outros mundos, a não ser quando eles têm influência direta sobre esse mundo local de que falam... Pelo menos é o que constatei no que pude ler. Em um trecho, eles falam sobre "Os Cinquenta". Não sei o que querem dizer. Cinquenta líderes? Cinquenta setores? Me parece que se refere a cinquenta planetas.

– Eles deram algum nome para esse planeta que parece dominar suas mentes? – perguntou Dors. – Se eles não o chamam de Terra, do que chamam?

– Como é de se esperar, chamam de "o mundo" ou "o planeta". Às vezes, chamam de "o Antiquíssimo" ou "o Mundo da Alvorada", o que deve ter algum significado poético que não é claro para mim. Imagino que seja necessário ler o Livro do início ao fim para que algumas questões façam mais sentido. – Ele olhou para o Livro em sua mão, com desgosto. – Porém, isso levará um bom tempo, e não tenho certeza de que saberei mais ao terminá-lo.

– Sinto muito, Hari – suspirou Dors. – Você parece tão decepcionado.

– É porque *estou* decepcionado mesmo. Mas a culpa é minha. Eu não deveria ter criado tantas expectativas... – Seldon fez uma pausa e continuou: – Pensando melhor, em um trecho eles se referem a esse mundo como "Aurora".

– Aurora? – perguntou Dors, erguendo as sobrancelhas.

– Me parece um nome apropriado. Não consigo ver nenhum sentido para o termo além desse. Significa alguma coisa para você, Dors?

– Aurora – repetiu Dors, pensativa, com as sobrancelhas franzidas. – Não posso dizer que já ouvi falar em um planeta com esse nome ao longo da história do Império Galáctico nem tampouco no período de sua ascensão, mas não tenho a pretensão de saber o nome de cada um dos vinte e cinco milhões de mundos. Podemos pesquisar na biblioteca da universidade, se algum dia voltarmos a Streeling. Não adianta tentarmos encontrar uma biblioteca aqui em Mycogen. Tenho a sensação de que todo o conhecimento dos mycogenianos está no Livro. Se não estiver no Livro, eles não têm interesse.

– Acho que você está certa – disse Seldon, bocejando. – De qualquer jeito, não adianta continuar a leitura e eu duvido que consiga manter meus olhos abertos por mais tempo. Tudo bem se eu apagar a luz?

– Ótima ideia, Hari. E é melhor dormirmos até um pouco mais tarde.

Então, no escuro, Seldon disse:

– É claro que algumas coisas que eles falam são ridículas. Por exemplo, eles se referem a uma expectativa de vida entre três e quatro séculos, nesse tal mundo.

– Séculos?

– Sim, eles contam a idade por décadas, e não por anos. Dá uma sensação estranha... Eles narram tudo de forma tão prosaica que, quando mencionam algo tão inusitado, você quase cai na armadilha de acreditar.

– Se você sentir que está quase acreditando, saiba que muitas lendas de origens primitivas falam sobre vidas mais longas para líderes do passado. Se eles são retratados como heróis impossíveis, é natural que tenham uma longevidade condizente, entende?

– É mesmo? – disse Seldon, bocejando mais uma vez.

– Sim. E a cura para ingenuidade excessiva é dormir e então reconsiderar as questões no dia seguinte.

E, depois de conseguir pensar apenas que uma expectativa de vida mais longa era provavelmente uma necessidade para qualquer pessoa que tentasse compreender uma Galáxia de pessoas, Seldon dormiu.

49

Na manhã seguinte, relaxado, renovado e com disposição para recomeçar o estudo do Livro, Hari perguntou a Dors:

– Quantos anos você acha que as irmãs Orvalho têm?

– Eu não sei... Vinte? Vinte e dois?

– Vamos supor que elas *de fato* vivam por três ou quatro séculos...

– *Hari*. Isso é ridículo.

– Estou dizendo "vamos supor". Em matemática, dizemos "vamos supor" o tempo todo e verificamos se isso leva a algo evidentemente falso ou autocontraditório. Uma vida mais longa provavelmente significaria um período mais longo de desenvolvimento. Elas podem aparentar vinte e poucos anos e ter, na verdade, sessenta e poucos.

– Você pode perguntar a elas.

– É possível que elas mintam.

– Procure as certidões de nascimento.

Seldon sorriu com um dos cantos da boca e respondeu:

– Eu aposto o que você quiser (até mesmo algumas horas na cama, se estiver disposta) que elas vão dizer que não têm registros ou, se tiverem, insistirão que esses registros são proibidos para tribalistas.

– Sem apostas – respondeu Dors. – E, se isso for verdade, é inútil tentarmos chegar a alguma conclusão sobre a idade delas.

– Não é, não. Pense por um instante. Se os mycogenianos têm vidas quatro ou cinco vezes mais longas do que a dos seres humanos comuns, eles não podem gerar muitas crianças sem expandir consideravelmente a população. Você se lembra de que Mestre Solar falou algo sobre *não* aumentar a população, e que foi um tanto agressivo ao afirmar isso, não lembra?

– Aonde quer chegar? – perguntou Dors.

– Quando eu estava com Orvalho Quarenta e Três, não vi nenhuma criança.

– Nas microfazendas?

– Sim.

– Você esperava ver crianças por lá? Eu estive com Orvalho Quarenta e Cinco nas lojas e nos níveis residenciais e garanto que vi diversas crianças de todas as idades, inclusive bebês. Havia uma quantidade considerável.

– Ah – Seldon pareceu desapontado. – Isso significa que eles não podem ter expectativas de vida mais longas do que o normal.

– Pela sua linha de raciocínio, eu diria que não – respondeu Dors. – Você achou mesmo que tinham?

– Não, na verdade não. Mas você também não pode fechar a mente e fazer suposições sem testá-las de alguma forma.

– Mas, se parar para investigar coisas que são claramente absurdas, pode acabar perdendo muito tempo.

– Algumas coisas que *parecem* absurdas podem não ser. É isso que quero dizer. Aliás, você é a historiadora. Em sua área, já encontrou alguma coisa sobre objetos ou fenômenos chamados "robôs"?

– Ah! Você está se referindo a outra lenda, uma lenda muito popular. Existe uma grande quantidade de mundos que acredita na existência de máquinas com formas humanas em períodos pré-históricos. Essas máquinas são chamadas "robôs". As histórias com robôs são provavelmente derivadas de uma lenda primária, pois a temática geral é a mesma. Os robôs foram criados e cresceram tanto em número como em habilidades, a ponto de se tornarem quase super-humanos. Eles ameaçaram a humanidade e, por isso, foram destruídos. Em todos os relatos, a destruição aconteceu antes da existência dos registros históricos confiáveis que estão disponíveis hoje. O senso comum é de que essas lendas são figuras simbólicas dos riscos e perigos da exploração galáctica, quando os seres humanos saíram do mundo, ou mundos, que eram originalmente seu lar. Decerto, o medo de encontrar outras inteligências, inteligências *superiores*, era constante.

– Talvez tenham encontrado pelo menos uma, e isso deu origem à lenda.

– Exceto que não existe nenhum registro ou traço de inteligências pré-humanas ou não humanas em nenhum dos mundos colonizados.

– Mas por que "robô"? A palavra tem algum significado?

– Que eu saiba, não, mas é equivalente ao nosso "autômato".

– Autômatos! Ora, por que não usam essa palavra?

– As pessoas gostam de usar termos arcaicos para incrementar os relatos sobre lendas antigas. Aliás, por que tantas perguntas sobre isso?

– Porque eles mencionam robôs no Livro mycogeniano. E são muito favoráveis a eles, por sinal... Escute, Dors, você vai sair de novo com Orvalho Quarenta e Cinco esta tarde, não vai?

– Teoricamente sim, se ela vier.

– Você pode perguntar algumas coisas e tentar conseguir as respostas?

– Posso tentar. Quais são as perguntas?

– Eu gostaria de saber, da maneira mais diplomática possível, se existe algum tipo de estrutura em Mycogen que seja especialmente importante, que esteja conectada ao passado, que tenha uma espécie de valor mítico, que possa...

– Você está tentando perguntar – interrompeu Dors, tentando não sorrir – se Mycogen tem um templo.

Inevitavelmente, Seldon não entendeu.

– O que é um templo? – perguntou.

– Outro termo arcaico de origem desconhecida. Significa todas essas coisas que você disse: importância, passado, mito. Pois bem, vou perguntar. Mas é o tipo de coisa sobre a qual eles talvez tenham dificuldade para conversar. Especialmente com tribalistas.

– Ainda assim, por favor, tente.

SACRATÓRIO

──── Aurora...

Um mundo mítico, supostamente habitado em tempos primevos, durante o alvorecer das viagens interestelares. É considerado, por alguns, o talvez igualmente mítico "mundo original" da humanidade, e seu nome alternativo seria "Terra". De acordo com boatos, os moradores do Setor Mycogen (q.v.) da parte antiga de Trantor consideravam-se descendentes dos habitantes de Aurora, e tal doutrina era o alicerce de seu sistema de crenças, sobre o qual quase nada se sabe...

ENCICLOPÉDIA GALÁCTICA

50

As IRMÃS ORVALHO CHEGARAM na metade da manhã. Orvalho Quarenta e Cinco parecia alegre como sempre, mas Orvalho Quarenta e Três parou logo depois de passar pela porta, em uma postura retraída e circunspecta. Ela manteve os olhos abaixados e não olhou para Seldon nem de relance.

Seldon não soube como reagir e fez um gesto para Dors.

– Um momento, irmãs – disse Dors, com um tom animado e prático. – Preciso dar instruções ao meu homem, ou ele não saberá o que fazer hoje.

Eles foram ao banheiro.

– Há alguma coisa errada? – sussurrou Dors.

– Sim. Orvalho Quarenta e Três está obviamente abalada. Por favor, diga a ela que devolverei o Livro assim que possível.

Dors olhou para Seldon por um momento, com uma expressão de surpresa.

– Hari – ela disse –, você é uma pessoa amável e carinhosa, mas tem o bom senso de uma ameba. Se eu mencionar o Livro à pobrezinha, ela saberá que você me contou tudo sobre o que aconteceu ontem e aí ficará abalada *mesmo*. O único jeito é tratá-la da mesma maneira que eu trataria normalmente.

– Você está certa – Seldon concordou com a cabeça, sem ânimo.

Dors voltou na hora do jantar e encontrou Seldon em sua cama, ainda folheando o Livro, mas com mais impaciência.

Ele olhou para ela, zangado.

– Se vamos ficar aqui por mais tempo – disse –, precisaremos de algum tipo de aparelho de comunicação entre nós. Eu não tinha ideia de quando você voltaria e fiquei um tanto preocupado.

– Ora, aqui estou – ela respondeu, tirando a touca com cuidado e olhando para o acessório com desgosto. – Fico contente com sua preocupação. Achei que você estaria tão perdido no Livro que nem perceberia minha ausência.

Seldon bufou.

– Quanto a aparelhos de comunicação – continuou Dors –, duvido que seja fácil adquiri-los em Mycogen. Isso facilitaria a comunicação com os tribalistas vizinhos e imagino que os líderes de Mycogen estejam determinados a impedir toda interação possível com a grande vastidão além das fronteiras.

– Sim – disse Seldon, jogando o Livro para o lado –, era o que eu imaginava a partir do que vi no Livro. Você conseguiu descobrir algo sobre o... Qual foi o termo que usou? Templo?

– Sim – ela respondeu, tirando as faixas que lhe cobriam as sobrancelhas. – Ele existe. São vários espalhados pelo setor, mas há um prédio central que parece ser o mais importante. Você acredita que uma mulher reparou em meus cílios e disse que eu não deveria aparecer em público? Tive a sensação de que ela me acusaria de atentado ao pudor.

– Deixe isto para lá – disse Seldon, impaciente. – Você sabe qual é a localização do templo central?

– Peguei as indicações do caminho, mas Orvalho Quarenta e Cinco me alertou que mulheres não têm permissão para entrar, exceto em ocasiões especiais, e nenhuma acontecerá em breve. Chama-se Sacratório.

– O quê?

– Sacratório.

– Que palavra feia. O que quer dizer?

Dors fez um gesto negativo com a cabeça.

– É um termo novo para mim. E nenhuma das irmãs sabia o significado. Para elas, Sacratório não é o nome do prédio, e sim o que ele é. Perguntar por que elas o chamam assim provavelmente foi como perguntar por que chamam a parede de "parede".

– Mas elas sabem *alguma coisa* sobre ele?

– Claro que sim, Hari. Sabem para que serve. É um lugar dedicado a algo além da vida aqui em Mycogen. É dedicado a outro mundo, um mundo do passado, um mundo melhor.

– Você quer dizer o mundo em que eles viviam?

– Exato. Faltou apenas que Orvalho Quarenta e Cinco se referisse diretamente a ele, mas ela não conseguiu dizer a palavra.

– Aurora?

– Essa é a palavra, mas imagino que, se você a pronunciasse em voz alta para um grupo de mycogenianos, eles ficariam surpresos e horrorizados. Orvalho Quarenta e Cinco, quando disse "o Sacratório é dedicado a..." parou e usou um dedo para escrever cuidadosamente as letras na palma da mão, uma a uma. E ficou ruborizada, como se estivesse fazendo algo obsceno.

– Estranho – comentou Seldon. – Se o Livro for uma referência confiável, Aurora é a memória mais preciosa dos mycogenianos, seu principal ponto de unificação, o centro em torno do qual o setor inteiro gira. Por que a menção seria considerada obscena? Você tem certeza de que não entendeu errado o que a irmã dizia?

– Absoluta. E talvez não seja algo tão incompreensível. Discussões excessivas sobre o assunto acabariam chegando aos tribalistas. A melhor maneira de manter o segredo entre eles é fazer a simples menção de o termo ser tabu.

– Tabu?

– Um termo específico da antropologia. Refere-se a uma pressão social séria e efetiva que proíbe algum tipo de ação. É provável que o fato de as mulheres não poderem entrar no Sacratório tenha a força de um tabu. Tenho certeza de que uma irmã ficaria horrorizada se fosse sugerido que ela invadisse o templo.

– As indicações do caminho são suficientes para que eu consiga chegar lá sozinho?

– Em primeiro lugar, Hari, você não vai sozinho. Eu vou com você. Achei que já tínhamos discutido a questão e deixei claro que não posso protegê-lo a distância... não de chuvas de granizo ou de mulheres selvagens. Em segundo lugar, ir a pé até lá é impossível. Mycogen pode ser um setor pequeno no que diz respeito a setores, mas não é *tão* pequeno assim.

– Então, por uma via expressa.

– Não há vias expressas no território mycogeniano. Isso faria com que o contato entre mycogenianos e tribalistas fosse fácil demais. Ainda assim, existem transportes públicos do tipo que pode ser encontrado em planetas menos desenvolvidos. Aliás, Mycogen é isso: um pedaço de um planeta subdesenvolvido fincado como uma farpa no corpo de Trantor, que é uma rede de sociedades desenvolvidas... E, Hari, termine o Livro o mais rápido possível. Orvalho Quarenta e Três está correndo risco enquanto você estiver com ele, e nós também correremos, se descobrirem.

– Você quer dizer que um tribalista ler o Livro é tabu?

– Tenho certeza que sim.

– Não seria uma grande perda devolvê-lo. Eu diria que 95% dele é inacreditavelmente tedioso. Disputas infinitas entre partidos políticos internos, justificativas infinitas para políticas cuja sabedoria eu não tenho como julgar, sermões infinitos sobre assuntos éticos que, mesmo quando são construtivos (e geralmente não são), vêm em um discurso de virtuosidade tão hipócrita que quase imploram para ser violadas.

– Parece que eu estaria fazendo um grande favor ao tirar o Livro de suas mãos.

– O problema é que há os 5% que abordam "o mundo que não pode ser mencionado", Aurora. Fico com a sensação de que talvez haja alguma coisa que possa me ser útil. Foi por isso que eu quis mais informações sobre o Sacratório.

– Você espera encontrar algo que fortaleça o conceito de Aurora no Sacratório?

– De certa maneira. E também estou intrigado com o que o Livro diz sobre os autômatos; robôs, para usar o termo deles. Estou muito interessado no conceito.

– Mas você não o leva a sério, leva?

– Quase. Se você interpretar de forma literal algumas passagens do Livro, há sugestões de que alguns robôs tinham aparência humana.

– Naturalmente. Se você faz um simulacro de um ser humano, fará com que se *pareça* com um ser humano.

– Sim, simulacro quer dizer "imitação", mas uma imitação pode ser bastante crua. Um artista pode desenhar um boneco com traços e você talvez reconheça que ele está representando um ser humano. Um círculo para a cabeça, uma haste para o tronco, quatro linhas para braços e pernas, e pronto. Mas estou falando de robôs que parecem seres humanos *de verdade*, em todos os detalhes.

– Ridículo, Hari. Imagine o tempo que seria necessário para esculpir um corpo de metal em proporções perfeitas, com a curvatura suave dos músculos que existem sob a pele.

– Quem falou em metal, Dors? A impressão que tenho é de que os tais robôs eram orgânicos ou pseudo-orgânicos, cobertos de pele, e que não era fácil perceber quaisquer distinções entre eles e seres humanos.

– O Livro diz *isso*?

– Não em tantas palavras. Mas a conclusão é...

– A conclusão é *sua*, Hari. Você não pode levar tão a sério.

– Deixe-me tentar. Baseado no que o Livro diz sobre robôs, cheguei a quatro deduções possíveis, e analisei todas as referências do sumário. Em primeiro lugar, como eu já disse, eles (ou alguns deles) têm a aparência exata de seres humanos. Segundo, tinham expectativa de vida bastante longa, se você quiser usar esse termo.

– Melhor dizer "funcionamento" – respondeu Dors –, ou em breve você começará a pensar neles como seres humanos completos.

– Terceiro – continuou Seldon, ignorando o comentário –, alguns, ou pelo menos um deles, continua vivo até hoje.

– Hari, essa é uma das lendas mais difundidas que temos. O herói da antiguidade não morre. Ele fica em animação suspensa, pronto para retornar e salvar seu povo em um momento de grande necessidade. *Francamente*, Hari.

Seldon, ainda sem comprar briga, prosseguiu:

– Quarto, há alguns trechos que parecem indicar que no templo central (o Sacratório, se for isso mesmo, pois não encontrei essa palavra no Livro) há um robô.

Ele fez uma pausa.

– Você entende? – perguntou, enfim.

– Não. O que eu deveria entender?

– Se combinarmos as quatro deduções, talvez haja um robô idêntico a um ser humano, ainda vivo e que possivelmente esteve vivo pelos últimos vinte mil anos, no Sacratório.

– Deixe disso, Hari. Você não pode acreditar no que está dizendo.

– Eu não acredito inteiramente, mas também não posso ignorar. E se for verdade? Eu admito que é uma chance em um milhão, mas e se for verdade? Você entende quão útil ele seria para mim? Ele poderia *se lembrar* de como era a Galáxia muito antes de qualquer registro histórico confiável. Ele pode ajudar a tornar a psico-história possível.

– Mesmo que seja verdade, você acha que os mycogenianos permitiriam que você visse e entrevistasse o robô?

– Não pretendo pedir permissão. Acho que o primeiro passo é ir até lá e ver se há alguma coisa para entrevistar.

– Não agora. Esperemos pelo menos até amanhã. E, se você não tiver mudado de ideia até lá, *nós* vamos.

– Você mesma disse que eles não permitem mulheres...

– Tenho certeza de que eles permitem que as mulheres observem do lado de fora, e imagino que isso é tudo o que conseguiremos fazer.

Ela foi inflexível.

51

Seldon estava totalmente disposto a permitir que Dors liderasse a expedição. Ela estivera nas ruas principais de Mycogen e estava mais familiarizada com o setor do que ele.

Mas Dors Venabili, com as sobrancelhas franzidas, não ficou muito contente com a ideia.

– Você sabe que podemos nos perder facilmente, não sabe? – perguntou.

– Não com este folheto – disse Seldon.

– Estamos falando de Mycogen, Hari – ela olhou para ele, impaciente. – O que eu deveria ter é um compumapa, algo ao qual pudesse fazer perguntas. Essa versão mycogeniana é apenas um pedaço de plástico dobrável. Não posso dizer a esse treco onde estou; não por reconhecimento vocal nem por digitação. E ele não pode me dizer nada. É uma coisa *impressa*.

– Então leia o que está escrito.

– É o que estou tentando fazer, mas ele foi escrito para pessoas já familiarizadas com o sistema. Vamos precisar perguntar a alguém.

– Não, Dors. Somente em último caso. Não quero chamar a atenção. Prefiro que a gente se arrisque e tente encontrar nosso próprio caminho, mesmo que isso signifique seguir por um ou outro caminho errado.

Dors leu o folheto com atenção.

– Pelo menos isso aqui fala bastante sobre o Sacratório – disse, rancorosa. – É de se esperar. Todo mundo em Mycogen deve querer visitá-lo, mais cedo ou mais tarde. – Depois de ler mais um pouco, continuou: – Veja isso. Não existe transporte público direto para lá.

– Como é?

– Não fique nervoso. Parece que há um jeito de irmos daqui para outro ponto, e dali podemos pegar um transporte que nos leve até o Sacratório. Precisaremos trocar no meio do caminho.

– Ora, é claro – Seldon relaxou. – Em Trantor, é impossível chegar à metade dos destinos sem que você precise trocar de transporte no caminho.

– Sim, eu sei disso – Dors encarou Seldon com impaciência. – É que estou acostumada que essas coisas sejam *ditas* pelos mapas. Quando se espera que você descubra por conta própria, as coisas mais simples podem demorar para ficar claras.

– Tudo bem, querida. Não se exalte. Se agora você sabe o caminho, vamos partir. Eu a seguirei com humildade.

E assim ele o fez, até que os dois chegaram a um cruzamento, onde pararam.

Três homens de túnicas brancas e duas mulheres de túnicas cinza estavam no cruzamento. Seldon arriscou um sorriso universal e neutro. Eles responderam com olhares vazios e não deram atenção.

Então chegou o transporte. Era uma versão antiquada do que, em Helicon, se chamava de graviônibus. Dentro dele havia cerca de vinte bancos estofados, um atrás do outro, cada um com espaço para quatro pessoas. Cada banco tinha suas próprias portas, em ambos os lados. Quando o veículo parava, entravam e saíam passageiros pelos dois lados. (Por um momento, Seldon ficou preocupado com as pessoas que desciam pelo lado que se abria para o tráfego, mas então percebeu que todos os outros veículos que se aproximavam por qualquer direção paravam ao chegar perto do graviônibus. Nenhum tentava ultrapassar enquanto o graviônibus estivesse parado.)

Impaciente, Dors empurrou Seldon e ele foi até um banco em que havia dois assentos disponíveis. Dors foi em seguida. (Ele percebeu que os homens subiam e desciam do graviônibus antes das mulheres.)

– Pare de analisar a humanidade – ela murmurou para ele. – Preste atenção no entorno.

– Vou tentar.

– Por exemplo – ela disse, e apontou para uma tela emoldurada na parte de trás do banco imediatamente à frente; havia uma tela atrás de cada banco. Assim que o veículo começou a se mover, surgiram palavras na tela, informando o nome da próxima parada e estruturas ou passarelas importantes que estavam por perto. – Isso provavelmente nos avisará quando chegarmos perto do ponto que queremos. Pelo menos, o setor não é *totalmente* incivilizado.

– Ótimo – respondeu Seldon. Depois de um momento, ele se inclinou na direção de Dors e sussurrou: – Ninguém está olhando para nós. Parece que existem limites artificiais para preservar a privacidade individual em qualquer lugar público. Você reparou?

– Eu achei que sempre fosse assim. Se isso virar uma regra para a sua psico-história, ninguém ficará impressionado.

Como Dors adivinhara, a tela à frente deles anunciou a aproximação do ponto em que eles trocariam de veículo para pegar a linha direta até o destino.

Eles saíram e, mais uma vez, esperaram. Alguns graviônibus já tinham se distanciado daquele cruzamento, mas outro se aproximava. Estavam em uma rota movimentada, o que não era uma surpresa: o Sacratório era, provavelmente, o coração do setor.

Eles entraram no graviônibus.

– Não pagamos nossa passagem – sussurrou Seldon.

– De acordo com o mapa, o transporte público é um serviço gratuito.

– Que civilizado – Seldon contraiu o lábio inferior, impressionado. – Acho que nada é absoluto. Primitivismo, arcaísmo... Nada.

Dors o cutucou com o cotovelo.

– Sua regra foi quebrada – sussurrou. – Estamos sendo vigiados. O homem à sua direita.

52

Seldon olhou para o lado o suficiente para vislumbrar, pela visão periférica, o homem à sua direita. Era um homem magro e parecia bastante velho. Tinha olhos castanho-escuros e pele negra, e Seldon tinha certeza de que ele teria cabelos pretos, se não tivessem sido depilados.

Ele olhou para a frente mais uma vez, pensativo. Era um irmão deveras atípico. Os poucos mycogenianos nos quais ele prestara alguma atenção eram altos, com pele clara e olhos azuis ou cinza. Mas ele não tinha visto tantos assim para fazer generalizações, claro.

Seldon percebeu um discreto toque na manga direita de sua túnica. Ele se virou, hesitante, e seus olhos encontraram um cartão em que estava escrito "CUIDADO, TRIBALISTA!".

Ele se assustou e automaticamente colocou a mão na touca.

– Cabelos – formularam os lábios do homem ao seu lado, sem emitir som.

A mão de Seldon encontrou a falha: alguns cabelos espetados em sua têmpora. Em algum momento, ele deslocara a touca. Ajustou a touca o mais rápida e discretamente possível e, fingindo que acariciava a cabeça, deixou-a mais confortável.

Ele se virou na direção de seu vizinho e fez um gesto afirmativo com a cabeça.

– Obrigado – formaram seus lábios, silenciosamente.

Seu vizinho sorriu.

– Indo para o Sacratório? – perguntou o homem, com voz normal.

– Sim, estou – respondeu Seldon, concordando com a cabeça.

– Foi fácil adivinhar. Eu também estou. Vamos descer juntos? – seu sorriso era amigável.

– Estou com a minha... a minha...

– Com a sua mulher. É claro. Nós três, então?

Seldon não sabia como reagir. Uma olhadela na outra direção fez com que ele percebesse que Dors olhava rigidamente para a frente. Ela não demonstrava nenhum interesse pela conversa entre os homens; uma atitude adequada para uma irmã. Ainda assim, Seldon sentiu um leve toque em seu joelho esquerdo, que considerou (talvez com poucos motivos para tanto) como um "está tudo bem", e era o que sua cortesia natural também lhe dizia.

– Sim, certamente – respondeu.

Não houve mais conversa até que a tela de orientação indicou que estavam chegando ao Sacratório, e o amigo mycogeniano de Seldon se levantou para descer.

O graviônibus fez uma curva aberta em torno de uma área ampla e houve um êxodo geral quando o veículo parou, com os homens andando na frente das mulheres para saírem primeiro. As mulheres saíram em seguida.

A voz do mycogeniano tinha certa rouquidão causada pela idade, mas era alegre.

– Está um pouco cedo para o almoço, meu... *meus* amigos, mas acreditem em mim quando digo que isso aqui ficará lotado muito em breve. O que acham de comprar alguma refeição simples e comer aqui fora? Estou bem familiarizado com esta área e conheço um lugar gostoso.

Seldon pensou que aquilo poderia ser uma estratégia para levar tribalistas inocentes a algum lugar duvidoso ou de preço muito alto, mas decidiu arriscar.

– O senhor é muito gentil – disse. – Como não conhecemos este lugar, ficamos contentes por seguir a sua indicação.

Eles compraram o almoço – sanduíches e uma bebida parecida com leite – em um quiosque. Estava um dia lindo e eles eram visitantes, disse o senhor mycogeniano, e, portanto, iriam para a área do Sacratório e comer a céu aberto, para ficarem mais familiarizados com a região.

Durante a caminhada, carregando seus lanches, Seldon percebeu que o Sacratório era parecido com o Palácio Imperial em uma escala bastante diminuta, e que a área ao redor era semelhante à área do palácio, mas em uma escala minúscula. Ele mal podia acreditar que o povo mycogeniano admirasse a instituição imperial ou que a considerasse com qualquer outro sentimento além de ódio e desprezo, mas, aparentemente, o monumento diante dele era para ser enxergado da maneira oposta ao que ele esperava.

– É magnífico – disse o mycogeniano, com orgulho óbvio.

– Sim – concordou Seldon. – E como brilha na luz do dia!

– A área em seu entorno – continuou o mycogeniano – foi construída como uma imitação da área do governo em nosso Mundo da Alvorada... Em miniatura, claro.

– Você já viu a região em torno do Palácio Imperial? – perguntou Seldon, com cuidado.

O mycogeniano percebeu a implicação e não pareceu se abalar.

– Eles *também* copiaram o Mundo da Alvorada da melhor forma que puderam – respondeu.

Seldon tinha imensas dúvidas sobre aquilo, mas não disse nada.

Eles chegaram a um banco semicircular de geolita branca que reluzia sob a luz do sol, assim como o Sacratório.

– Ótimo – exclamou o mycogeniano, com os olhos brilhando de satisfação. – Ninguém pegou o meu lugar. Chamo de meu apenas porque é o meu banco favorito. Ele garante uma vista maravilhosa da parede lateral do Sacratório, depois daquelas árvores. Por favor, sente-se. Não está frio, eu garanto. E sua companheira, ela é bem-vinda a se juntar a nós. Eu sei que ela é uma tribalista e tem costumes diferentes. Ela... ela pode falar, se quiser.

Dors o encarou duramente e se sentou.

Seldon, reconhecendo o fato de que talvez ficassem por algum tempo com o senhor mycogeniano, estendeu a mão para cumprimentá-lo.

– Meu nome é Hari e minha companheira é Dors. Lamento, mas nós não usamos números.

– Pessoas diferentes, costumes diferentes – disse o outro, expansivo. – Eu sou Micélio Setenta e Dois. Somos uma coorte grande.

– Micélio? – perguntou Seldon, um tanto hesitante.

– Você parece surpreso – observou Micélio. – Então imagino que tenha conhecido apenas membros de nossas famílias Anciãs. Nomes como Nuvem, Luz do Sol e Luz Estelar. Todos astronômicos.

– Devo admitir que...

– Pois bem, você acaba de conhecer uma das classes mais baixas. Nossos nomes vêm do solo e dos micro-organismos que cultivamos. Perfeitamente respeitáveis.

– Tenho certeza que sim – respondeu Seldon – e, mais uma vez, obrigado por me ajudar com o meu... problema no graviônibus.

– Escute – disse Micélio Setenta e Dois –, eu o salvei de um grande problema. Se uma irmã tivesse visto antes de mim, ela teria gritado e os irmãos mais próximos o teriam jogado para fora do graviônibus, talvez sem nem esperar que ele parasse.

Dors inclinou-se para que pudesse ver Micélio ao lado de Seldon.

– E por que o *senhor* não agiu dessa maneira?

– Eu? Não tenho nenhuma animosidade contra tribalistas. Sou um estudioso.

– Um estudioso?

– O primeiro da minha coorte. Estudei na Escola do Sacratório e fui um ótimo aluno. Sou versado em todas as artes antigas e tenho licença para entrar na biblioteca tribalista, em que os livros-filmes e os livros impressos de autores tribalistas são mantidos. Posso visualizar qualquer livro-filme e ler qualquer livro que quiser. Temos, inclusive, uma biblioteca de referências computadorizadas e posso usá-la também. Esse tipo de coisa abre a sua mente. Não me importo com um pouco de cabelo exposto. Já vi diversas fotos de homens com cabelos. E de mulheres também – ele lançou um olhar rápido na direção de Dors.

Os três comeram em silêncio durante algum tempo.

– Não pude deixar de notar – disse Seldon, enfim –, que todos os irmãos que entram e saem do templo usam uma faixa vermelha.

– Oh, sim – respondeu Micélio Setenta e Dois. – Por cima do ombro esquerdo até o lado direito da cintura. Geralmente, têm bordados muito sofisticados.

– Por quê?

– Chama-se "obiá". Simboliza a alegria de se entrar no Sacratório e o sangue a ser derramado para protegê-lo.

– Sangue? – perguntou Dors, franzindo as sobrancelhas.

– Apenas simbólico. Nunca ouvi falar de sangue derramado no Sacratório. Aliás, também não há muita alegria. Na maior parte do tempo, é apenas lamentação, luto e súplica pelo Mundo da Alvorada. – O tom de sua voz diminuiu. – Umas tolices.

– Você não... acredita nessas coisas? – disse Dors.

– Sou um estudioso – respondeu Micélio, com orgulho evidente. Seu rosto se enrugou conforme ele sorriu e ficou com a aparência de uma idade ainda mais avançada. Seldon imaginou quantos anos ele teria. Vários séculos? Não, eles tinham descartado essa hipótese. Mas, ainda assim...

– Quantos anos o senhor tem? – perguntou Seldon, repentina e involuntariamente.

Micélio Setenta e Dois não demonstrou nenhum sinal de ter ficado ofendido pela pergunta, e tampouco hesitou ao responder:

– Sessenta e sete.

Seldon precisava tirar a dúvida.

– Ouvi dizer que vocês acreditam que, antigamente, as pessoas viviam por vários séculos.

Micélio Setenta e Dois olhou para Seldon, intrigado.

– Como foi que você descobriu isso? Alguém deve ter falado coisas que não devia... Mas é verdade. Existe essa crença. Apenas os ingênuos acreditam nisso, mas os Anciãos estimulam, pois isso ilustra nossa superioridade. Na verdade, nossa expectativa de vida é maior do que nos outros lugares porque nossa nutrição é melhor, mas viver até mesmo um século inteiro é raro.

– Imagino que o senhor não considere os mycogenianos superiores – disse Seldon.

– Não há nada de errado com eles – respondeu Micélio Setenta e Dois. – Com certeza não são *inferiores*. Eu acredito que todos os homens são iguais. Até mesmo as mulheres – ele acrescentou, olhando para Dors.

– Eu duvido – comentou Seldon – que muitas pessoas do seu povo concordem com isso.

– Ou muitas pessoas do *seu* povo – rebateu Micélio Setenta e Dois, com um sutil ressentimento. – Mas eu acredito. Um estudioso precisa acreditar. Eu já vi e até li todas as grandes obras literárias dos tribalistas. Entendo sua cultura. Escrevi artigos sobre ela. Posso ficar aqui à vontade conversando com vocês como se vocês fossem... *nós*.

Dors interveio, um tanto secamente:

– Você parece se orgulhar de sua compreensão sobre os tribalistas. Já viajou para fora de Mycogen?

– Não – Micélio Setenta e Dois pareceu se afastar um pouco.

– Por que não? Você nos conheceria melhor.

– Eu não me sentiria bem. Precisaria usar uma peruca. Ficaria com vergonha.

– Por que uma peruca? – perguntou Dors. – Você poderia continuar careca.

– Não – disse Micélio Setenta e Dois –, eu não faria esse papel de idiota. Eu seria maltratado por todos os cabeludos.

– Maltratado? Por quê? – questionou Dors. – Existem muitas pessoas naturalmente carecas em todas as partes de Trantor e também nos outros mundos.

– Meu pai é bem careca – falou Seldon, com um suspiro –, e imagino que, nas próximas décadas, eu também vá ficar. Mesmo agora, meu cabelo já não é tão espesso.

– Isso não é careca – respondeu Micélio Setenta e Dois. – Vocês mantêm cabelos em volta dos olhos e sobre eles. Estou falando de ausência *total* de pelos.

– Em todas as partes do corpo? – perguntou Dors, interessada.

Dessa vez Micélio Setenta e Dois pareceu ofendido e não respondeu.

– Diga-me, Micélio Setenta e Dois – falou Seldon, ansioso para que a conversa voltasse aos eixos –, tribalistas podem entrar no Sacratório, como espectadores?

– Nunca – Micélio Setenta e Dois negou vigorosamente com a cabeça. – É apenas para os Filhos da Alvorada.

– Apenas os Filhos? – perguntou Dors.

Micélio Setenta e Dois ficou chocado por um instante.

– Ora, vocês são tribalistas – disse, como se perdoasse uma indiscrição. – *Filhas* da Alvorada podem entrar apenas em determinados dias e horas. É assim que funciona. Não estou dizendo que *eu* aprovo. Se dependesse de mim, eu diria: "Entrem. Apreciem a visita, se forem capazes". Prefiro que outras pessoas entrem a mim, para falar a verdade.

– O senhor nunca entra?

– Quando eu era pequeno, meus pais me levavam, mas – ele fez "não" com a cabeça – era só um monte de gente encarando o Livro e lendo trechos dele e suspirando e chorando pelos dias do passado. Muito deprimente. Você não pode falar com ninguém. Não pode rir. Não pode nem olhar para os outros. Sua mente precisa estar dedicada por completo ao Mundo Perdido. Por completo. – Ele fez um gesto de rejeição com as mãos. – Não me convém. Sou um estudioso e quero o mundo aberto para mim.

– Ótimo – respondeu Seldon, percebendo uma abertura. – É como nos sentimos. Também somos estudiosos, Dors e eu.

– Eu sei – disse Micélio Setenta e Dois.

– O senhor sabe? Como?

– Vocês *tinham* de ser. Os únicos tribalistas permitidos em Mycogen são oficiais e diplomatas imperiais, grandes comerciantes e estudiosos. Para mim, vocês parecem estudiosos. Foi por isso que me interessei por vocês. Estudiosos, juntos! – ele sorriu prazerosamente.

– Juntos, de fato. Eu sou matemático. Dors é historiadora. E você?

– Minha especialidade é... cultura. Li todas as grandes obras literárias dos tribalistas: Lissauer, Mentone, Novigor...

– E nós lemos as grandes obras do seu povo. Eu estudei o Livro, por exemplo. Sobre o Mundo Perdido.

Os olhos de Micélio Setenta e Dois arregalaram-se. Sua pele escura pareceu perder um pouco da cor.

– É mesmo? Como? Onde?

– Temos cópias em nossa universidade, que podemos ler se tivermos autorização.

– *Cópias* do Livro?

– Sim.

– Será que os Anciãos sabem disso?

– E também já li sobre robôs – continuou Seldon.

– Robôs?

– Sim. É por isso que gostaria de entrar no Sacratório. Eu queria ver o robô. – (Dors chutou de leve o calcanhar de Seldon, mas ele a ignorou.)

– Eu não acredito nessas coisas – disse Micélio Setenta e Dois, desconfortável. – Nenhum estudioso acredita – ele parecia ter medo de que o ouvissem.

– Li que ainda existe um robô no Sacratório – disse Seldon.

– Não quero falar sobre esse tipo de bobagem – retrucou Micélio Setenta e Dois.

– *Se* houvesse um robô lá, onde ele estaria? – insistiu Seldon.

– Mesmo se houvesse, eu não poderia dizer. Não entro lá desde quando era pequeno.

– O senhor saberia se existe algum lugar especial, escondido?

– Há o refúgio dos Anciãos. Apenas os Anciãos entram, mas não há nada ali.

– O senhor já esteve lá?

– Não, claro que não.

– Então, como sabe?

– Pode ser que não haja nenhuma romãzeira ali. Pode ser que não haja nenhum órgão a laser ali. Pode ser que não haja um milhão de coisas diferentes ali. A minha falta de conhecimento sobre a ausência dessas coisas faz com que todas elas estejam presentes?

Seldon não soube como responder.

A sombra de um sorriso cruzou a expressão preocupada de Micélio Setenta e Dois.

– Esse é o raciocínio de um estudioso – continuou. – Veja bem, não sou fácil de subjugar. Ainda assim, eu não o aconselharia a subir até o refúgio dos Anciãos. Não acho que você iria gostar do que aconteceria se eles encontrassem um tribalista lá dentro. Pois bem. Desejo o melhor da Alvorada para vocês – ele se levantou subitamente, sem aviso, e afastou-se com rapidez.

– O que o fez ir embora assim? – perguntou Seldon, observando conforme ele se afastava.

– Acho que foi porque tem uma pessoa se aproximando – respondeu Dors.

E havia. Um homem alto, com uma túnica branca sofisticada, cruzada por uma faixa vermelha ainda mais elaborada, marchava solenemente na direção dos dois. Ele tinha a expressão inconfundível de um homem com autoridade e a expressão ainda mais inconfundível de alguém que não estava nada satisfeito.

53

Hari Seldon se levantou conforme o outro mycogeniano se aproximava. Ele não tinha a menor ideia se aquele era o comportamento que a etiqueta exigia, mas achou que não faria mal. Dors Venabili se levantou com ele e manteve os olhos cautelosamente voltados para baixo.

O homem parou diante dos dois. Era também um senhor, mas que envelhecera com mais sutileza do que Micélio Setenta e Dois. A idade parecia ter dado eminência a seu rosto, que ainda era muito bonito. Sua cabeça careca tinha um formato harmonioso e seus olhos eram de um azul vivo que contrastava intensamente com o vermelho quase reluzente de sua faixa.

– Vejo que são tribalistas – disse o homem. Sua voz era mais aguda do que Seldon esperava, mas ele falava lentamente, como se tivesse consciência do peso da autoridade em cada palavra que enunciava.

– De fato – respondeu Seldon, com educação e também com firmeza. Não viu nenhum motivo para desrespeitar a posição do mycogeniano, mas não pretendia abandonar a própria.

– Seus nomes?

– Eu sou Hari Seldon, de Helicon. Minha companheira é Dors Venabili, de Cinna. E o do senhor, mycogeniano?

Os olhos do homem se estreitaram em desgosto, mas ele também era capaz de reconhecer um ar de autoridade.

– Eu sou Horizonte Celestial Dois – respondeu, erguendo o queixo –, um Ancião do Sacratório. E qual é a sua posição, tribalista?

– *Nós* – disse Seldon, enfatizando o pronome – somos estudiosos da Universidade de Streeling. Sou matemático e minha companheira é historiadora. Estamos aqui para estudar a sociedade de Mycogen.

– Com o consentimento de quem?

– Com o consentimento de Mestre Solar Quatorze, que nos recebeu quando chegamos.

Horizonte Celestial Dois permaneceu em silêncio por um momento. Um pequeno sorriso apareceu em seu rosto e ele adotou uma expressão que beirava a benevolência.

– O Sumo Ancião – disse. – Eu o conheço bem.

– Como era de se esperar – respondeu Seldon, sem demonstrar emoção. – Mais alguma coisa, Ancião?

– Sim. – O Ancião mudou de atitude para reassumir a posição superior. – Quem era o homem que estava com vocês e que foi embora rapidamente quando me aproximei?

– Nunca o vimos antes, Ancião – Seldon negou com a cabeça –, e não sabemos nada sobre ele. Nós o conhecemos por acaso e perguntamos sobre o Sacratório.

– O que perguntaram a ele?

– Foram duas perguntas, Ancião. Perguntamos se aquele prédio era o que procuramos e se tribalistas tinham permissão para entrar. Ele respondeu sim à primeira pergunta e disse não para a segunda.

– Respostas corretas. E o que vocês querem aqui?

– Senhor, estamos aqui para estudar a sociedade de Mycogen, e o Sacratório é o coração e o cérebro de Mycogen, não é?

– É algo exclusivamente nosso. Reservado apenas para o nosso povo.

– Mesmo que um Ancião, o *Sumo* Ancião, garantisse uma licença, considerando nosso objetivo acadêmico?

– Você tem a licença do Sumo Ancião?

Seldon hesitou uma fração de segundo enquanto os olhos de Dors o vislumbraram lateralmente. Ele decidiu que não conseguiria sustentar uma mentira dessa magnitude.

– Não – respondeu –, ainda não.

– E nunca terá – disse o Ancião. – Vocês têm consentimento para estar em Mycogen, mas nem mesmo a autoridade mais elevada pode exercer controle total sobre o público. Temos grande estima pelo nosso Sacratório e a massa popular pode se exaltar com facilidade diante de um tribalista em qualquer lugar de Mycogen, especialmente nas proximidades do templo. Bastaria uma única pessoa impressionada gritar "invasão!" e uma multidão pacífica como essa se transformaria em uma força disposta a aniquilar vocês. Aniquilar *literalmente*. Para o seu próprio bem, mesmo que o Sumo Ancião lhes tenha demonstrado boa vontade, saiam daqui. Agora!

Mesmo com Dors puxando gentilmente sua túnica, Seldon insistiu:

– Mas o Sacratório...

– O que poderia interessá-lo tanto no Sacratório? – perguntou o Ancião. – Pode vê-lo de onde está. Não há nada para ser visto lá dentro.

– Há o robô – comentou Seldon.

O Ancião encarou Seldon, chocado. Então, inclinando-se para aproximar a boca da orelha de Seldon, sussurrou secamente:

– Saia daqui imediatamente ou serei *eu* a gritar "invasão!". Se não fosse pelo Sumo Ancião, eu não daria a vocês nem mesmo essa chance de ir embora.

Com força surpreendente, Dors quase derrubou Seldon conforme se afastou, puxando-o pela túnica, até que ele recuperou o equilíbrio e a seguiu a passos largos.

54

Foi no café da manhã do dia seguinte, e não antes disso, que Dors tocou no assunto, e de um jeito que Seldon considerou bastante ofensivo.

– Mas que belo fiasco o de ontem – ela disse.

– Por que fiasco? – perguntou Seldon, taciturno. Até aquele momento, ele acreditava sinceramente que tinha escapado de comentários.

– Nós fomos expulsos, foi isso que aconteceu. E em nome do quê? O que ganhamos com tudo aquilo?

– O conhecimento de que existe um robô lá dentro. Só isso.

– Micélio Setenta e Dois disse que não existe.

– Claro que disse. Ele é um estudioso, ou acha que é, mas o que não sabe sobre o Sacratório poderia encher a tal biblioteca que ele visita. Você viu como o Ancião reagiu.

– Vi, obviamente.

– Ele não teria reagido daquela maneira se não houvesse um robô lá dentro. Ficou horrorizado por sabermos disso.

– Isso é apenas o seu palpite, Hari. E, mesmo se houvesse, não poderíamos entrar.

– Mas podemos tentar. Depois do café da manhã, vamos sair para comprar uma faixa, uma dessas obiás. Vou vesti-la, manter meus olhos constantemente no chão e entrar sem alarde.

– De touca e tudo? Você será flagrado em um microssegundo.

– Não, não serei. Vamos à biblioteca, onde ficam as informações sobre os tribalistas. Eu queria vê-la, de todo modo. Na biblioteca, que salvo engano é um anexo do Sacratório, deve haver uma entrada para ele...

– E lá você será preso imediatamente.

– Não. Você ouviu Micélio Setenta e Dois. Todos mantêm os olhos baixos e meditam sobre o grande Mundo Perdido de Aurora. Ninguém olha para as outras pessoas. Fazer isso seria provavelmente uma afronta grave à disciplina. Então, vou descobrir onde fica o refúgio dos Anciãos...

– Simples assim?

– Em determinado momento, Micélio Setenta e Dois disse que não me aconselharia a subir até o refúgio dos Anciãos. *Subir*. Deve ser em algum lugar naquela torre do Sacratório. A torre central.

Dors fez um gesto negativo com a cabeça.

– Eu não me lembro das palavras exatas daquele homem – disse –, e acho que você também não se lembra. Isso é um argumento bastante frágil para... Espere um pouco – ela parou de falar repentinamente e franziu as sobrancelhas.

– O que foi? – perguntou Seldon.

– Existem referências arcaicas a "refúgios" em lugares altos, de difícil acesso, para garantir a segurança.

– Ah! Viu só? Aprendemos algumas coisas vitais graças ao que você chamou de fiasco. E se eu puder encontrar um robô vivo que tem vinte mil anos, e se ele puder me dizer...

– Vamos supor que ele exista, o que é difícil de acreditar, e que você o encontre, o que é pouco provável. Por quanto tempo acha que conseguiria conversar com ele antes de sua presença ser descoberta?

– Eu não sei, mas, se puder provar que ele existe e que posso encontrá-lo, pensarei em alguma forma de me comunicar com ele.

É tarde demais para bater em retirada, independentemente das circunstâncias. Hummin devia ter me deixado quieto enquanto eu ainda pensava que era impossível consolidar a psico-história. Agora que parece possível, não permitirei que nada me impeça, a não ser a morte.

– Os mycogenianos talvez lhe causem justamente isso, Hari, e você não pode correr esse risco.

– Sim, eu posso. Vou tentar.

– Não, Hari. Eu devo protegê-lo e não posso permitir que faça isso.

– Você *precisa* permitir. Descobrir uma maneira de estabelecer a psico-história é mais importante do que a minha segurança. Minha segurança só importa porque depende de mim decifrar a psico-história. Se você me impedir de fazê-lo, sua obrigação perde o significado. Pense nisso.

Hari sentia-se arrebatado por um senso de propósito renovado. A psico-história – *sua* nebulosa teoria que, havia pouco tempo, não tinha nenhuma esperança de comprovar – avolumava-se, ganhava solidez. Agora ele *tinha* de acreditar que era possível; sentia em seu âmago. As peças pareciam se encaixar e, apesar de ainda não conseguir enxergar a figura completa, estava certo de que o Sacratório esclareceria mais uma parte do quebra-cabeça.

– Então vou com você, seu idiota – respondeu Dors –, para arrancá-lo de lá quando for necessário.

– Mulheres não podem entrar.

– O que me caracteriza como mulher? Apenas esta túnica cinza. Você não consegue ver meus seios por baixo dela. Eu não tenho um penteado feminino, usando esta touca. Tenho o mesmo rosto lavado e genérico de um homem. Os homens daqui não têm barba. Tudo o que preciso é de uma túnica branca e uma faixa, e posso entrar. Qualquer mycogeniana poderia, se não fosse impedida pelo tabu. Eu não tenho esse impedimento.

– Mas é impedida por mim. Não posso permitir. É perigoso demais.

– Não é mais perigoso para mim do que para você.

– Mas eu *preciso* correr esse risco.

– Então eu também preciso. Por que a sua determinação deveria ser maior do que a minha?

– Porque... – Seldon parou de falar, pensativo.

– Convença-se do seguinte – disse Dors, a voz dura como pedra –, eu não deixarei que vá ao Sacratório sem mim. Se tentar, vou deixá-lo inconsciente com uma pancada e vou amarrá-lo. Se não gosta da ideia, desista de qualquer plano de ir sozinho.

Seldon hesitou e resmungou para si mesmo, mal-humorado. Desistiu da discussão, pelo menos naquele momento.

55

O céu estava quase sem nuvens, mas o azul era pálido, como se estivesse coberto por uma tênue neblina. Era um toque interessante, pensou Seldon, mas ele repentinamente sentiu falta do sol. Em Trantor, ninguém via o sol, a não ser que fosse até a Superfície Exterior – e, mesmo assim, apenas quando a camada de nuvens tivesse uma abertura.

Será que os trantorianos nativos sentiam falta do sol? Será que pensavam no assunto? Quando algum deles visitava outro planeta em que um sol natural era visível, será que observavam a estrela, maravilhados, cegos pela luz?

Por que, pensou Seldon, tantas pessoas passavam a vida sem tentar descobrir respostas, ou nem mesmo pensavam em perguntas? Existia alguma coisa mais estimulante na vida do que buscar respostas?

Ele passou a olhar os arredores. A ampla avenida era ladeada por prédios baixos, a maioria lojas. Inúmeros carros terrestres seguiam em ambas as direções, cada um deles alinhado ao lado direito da pista. Pareciam uma coleção de antiguidades, mas eram abastecidos por eletricidade e quase não produziam ruído. Seldon questionou se a palavra "antiguidade" deveria mesmo ser considerada pejorativa. Será que o silêncio não compensava a baixa velocidade? Afinal, existia alguma pressa inerente à vida?

Havia diversas crianças nas passarelas e Seldon contraiu os lábios, incomodado. Era evidente que um ciclo de vida mais longo para os mycogenianos era impossível, a não ser que eles estivessem dispostos a cometer infanticídio. As crianças de ambos os sexos (era difícil distinguir meninos e meninas) usavam túnicas que se estendiam a apenas alguns centímetros abaixo dos joelhos, para facilitar a agitação típica da infância.

As crianças tinham cabelos, que chegavam a 2,5 centímetros, no máximo. Ainda assim, as mais velhas tinham capuzes em suas túnicas e os usavam para cobrir completamente a parte de cima da cabeça. Era como se tivessem chegado a uma idade que fazia os cabelos começarem a ficar indecentes ou em que queriam escondê-los, ansiosas pelo dia do rito de passagem no qual seriam depiladas.

Um pensamento ocorreu a Seldon.

– Dors – ele disse –, quando você saiu para fazer compras, quem pagou a conta, você ou as irmãs Orvalho?

– Eu paguei, é claro. Elas não chegaram nem a mostrar tarjetas de crédito. Por que deveriam? As compras eram para nós, não para elas.

– Mas você tem uma tarjeta trantoriana... Uma tarjeta de tribalista.

– Sim, Hari, mas não houve nenhum problema. Os habitantes de Mycogen podem manter a cultura, as linhas de pensamento e os hábitos diários que quiserem. Podem destruir os pelos cefálicos e usar túnicas. Ainda assim, precisam usar os créditos do restante do mundo. Se não o fizessem, sufocariam o comércio, e nenhuma pessoa sensata gostaria que isso acontecesse. É o ponto fraco financeiro, Hari – ela ergueu uma mão como se segurasse uma tarjeta de crédito invisível.

– E eles aceitaram a sua tarjeta?

– Sem nem um pio. E nenhum comentário sobre a minha touca. Créditos fazem tudo ser perdoável.

– Que bom. Então eu posso comprar...

– Não, eu farei as compras. Créditos podem fazer tudo ser perdoável, mas eles perdoam uma mulher tribalista mais facilmente do que um homem. Têm o costume tão frequente de prestar pouca ou nenhuma atenção a uma mulher que automaticamente me tratam da mesma maneira... Aqui está a loja de roupas que tenho frequentado.

– Vou esperar aqui fora – disse Seldon. – Compre uma faixa vermelha que seja bonita, que imponha respeito.

– Não venha fingir que esqueceu a nossa decisão. Vou comprar duas. E outra túnica branca... com as *minhas* medidas.

– Eles não vão achar estranho uma mulher comprando uma túnica branca?

– Claro que não. Vão achar que estou comprando para um irmão que calhou de ser do meu tamanho. Na verdade, eles provavelmente não vão achar nada, desde que minha tarjeta de crédito seja válida.

Seldon esperou, com a sensação de que alguém puxaria assunto por ele ser um tribalista – ou, mais provavelmente, o denunciaria –, mas ninguém o fez. Aqueles que passaram sequer olharam para ele, e os que chegaram a olhar em sua direção seguiram viagem, aparentemente imperturbados. Ele tinha receio especial das pessoas de túnica cinza – as mulheres –, que caminhavam em duplas ou, pior, com um homem. Elas eram tiranizadas, ignoradas, desprezadas. Que melhor maneira de ganhar notoriedade momentânea do que fazer um escândalo por ter visto um tribalista? Mas nem mesmo as mulheres lhe deram atenção.

Ninguém esperava ver um tribalista, pensou Seldon, e, portanto, ninguém via.

Ele decidiu que isso era um bom sinal para a invasão ao Sacratório que fariam em breve. Lá dentro, as pessoas esperariam ainda menos encontrar um tribalista – portanto, prestariam ainda menos atenção à presença deles.

Quando Dors voltou, ele estava mais otimista.

– Comprou tudo?

– Claro.

– Então vamos voltar para o quarto, para que você possa se trocar.

A túnica branca não servia tão bem em Dors quanto a cinza. Obviamente, ela não podia ter experimentado a roupa na loja, pois até mesmo o vendedor mais estúpido ficaria alarmado.

– Como estou, Hari? – ela perguntou.

– Igual a um menino – respondeu Seldon. – Agora, vamos tentar a faixa... a obiá. Preciso me acostumar a chamá-la assim.

Dors, sem a touca, sacudia os cabelos, satisfeita por deixá-los soltos.

– Não coloque agora – ela disse, categórica. – Não vamos desfilar por Mycogen com as faixas. A última coisa que queremos é chamar a atenção.

– Não, não. Eu só quero ver como fica.

– Mas não essa. A outra é de melhor qualidade e é mais elaborada.

– Você está certa, Dors. Preciso atrair toda e qualquer atenção para mim. Não quero que percebam que você é uma mulher.

– Não estou pensando nisso, Hari. Quero apenas que você fique bonito.

– Agradeço imensamente, mas acho isso impossível. Agora, vejamos, como é que isso funciona?

Juntos, Hari e Dors treinaram como vestir e tirar as obiás várias vezes, até conseguirem fazê-lo em um único e fluido movimento. Dors ensinou a Hari como vesti-la, pois tinha visto um homem fazendo o gesto no dia anterior, no Sacratório.

Quando Hari a elogiou por suas observações detalhadas, ela se ruborizou.

– Não foi nada, Hari – ela respondeu. – Só uma coisa que eu vi.

– Então você é genial por ter visto – ele disse.

Quando finalmente estavam satisfeitos, eles se afastaram e um analisou o outro. A obiá de Hari reluzia, com uma imagem semelhante a um dragão em vermelho-vivo contra um fundo da mesma cor, um pouco mais claro. A de Dors era menos chamativa, com uma linha ao longo do comprimento e um vermelho bem claro.

– Viu? – ela comentou. – Apenas o suficiente para demonstrar bom gosto. – E tirou a obiá.

– Agora vamos dobrá-las e guardá-las em um dos bolsos internos – disse Seldon. – A minha tarjeta de crédito (de Hummin, na verdade) e a chave daqui estão neste bolso e, no outro, está o Livro.

– *O* Livro? Será que você devia mesmo carregá-lo por aí?

– Eu preciso. Suponho que qualquer pessoa que vá ao Sacratório deva ter uma cópia do Livro consigo. Eles devem recitar passagens ou fazer leituras. Se for necessário, podemos dividir o Livro e talvez ninguém perceba que só temos um. Está pronta?

– Eu nunca estarei pronta, mas vou com você.

– Será uma visita tediosa. Você pode verificar minha touca para que não haja nenhum cabelo aparecendo desta vez? E não coce a cabeça.

– Não vou coçar. Você parece estar em ordem.

– Você também.

– E nervoso, também.

– Por que será? – perguntou Seldon, sardônico.

Impulsivamente, Dors estendeu a mão e segurou a de Hari. Em seguida, retraiu o gesto, como se surpresa consigo mesma. Olhando para baixo, ajeitou a túnica branca. Hari, ele próprio um tanto surpreso e com satisfação inesperada, pigarreou.

– Certo. Vamos embora – ele disse.

REFÚGIO

——— Robô...

Termo usado nas lendas antigas de diversos mundos para os "autômatos", como são geralmente conhecidos. Na maioria das vezes, os robôs são descritos como humanoides feitos de metal, apesar de existirem referências a supostos robôs de composição pseudo-orgânica. Segundo um rumor popular, Hari Seldon teria visto um robô durante o período da Fuga, mas tal boato tem origem duvidosa. Não existem menções a robôs em nenhum dos volumosos escritos de Seldon, apesar de...

ENCICLOPÉDIA GALÁCTICA

56

ELES NÃO CHAMARAM A ATENÇÃO DE NINGUÉM.

Hari Seldon e Dors Venabili repetiram o trajeto do dia anterior e, dessa vez, ninguém olhou para eles duas vezes – talvez nem *uma* vez. Em vários momentos, tiveram de colocar as pernas para o lado para permitir que alguém sentado nos bancos centrais pudesse sair do graviônibus, e perceberam rapidamente que, quando entrava alguém, eles deviam passar para os bancos centrais, caso estivessem livres.

Dessa vez, cansaram-se do cheiro de túnicas não lavadas recentemente, pois não estavam tão distraídos com o que acontecia ao redor.

Depois de algum tempo, chegaram.

– Aquela é a biblioteca – disse Seldon, baixinho.

– Imagino que seja – respondeu Dors. – Pelo menos é o prédio que Micélio Setenta e Dois apontou ontem.

Os dois seguiram casualmente na direção do prédio.

– Respire fundo – disse Seldon. – Esse é o primeiro obstáculo.

A porta estava aberta; a luz de dentro era tênue. Havia cinco amplos degraus de pedra levando à entrada. Eles pisaram no mais baixo e esperaram vários instantes antes de perceber que o peso não fazia com que os degraus subissem. Dors fez uma careta sutil e gesticulou para que os dois subissem.

Juntos, caminharam pelos degraus, constrangidos pelos aspectos obsoletos de Mycogen. Passaram pela porta e encontraram, logo na entrada, um homem usando um dos computadores mais simplórios e desengonçados que Seldon já vira.

O homem não olhou para eles. Não era necessário, pensou Seldon. Túnicas brancas, carecas – os mycogenianos eram tão parecidos entre si que nenhum deles prendia o olhar. Naquele momento, aquilo era vantajoso para os tribalistas.

– Estudiosos? – perguntou o homem, ainda sem tirar os olhos da mesa.

– Estudiosos – respondeu Seldon.

O homem indicou uma porta com a cabeça.

– Entrem – ele disse. – aproveitem.

Eles entraram e, pelo que puderam constatar, eram os únicos naquela parte da biblioteca. Ou a biblioteca não era um destino muito popular ou havia poucos estudiosos em Mycogen – provavelmente, ambas as coisas.

Seldon sussurrou:

– Eu tinha certeza de que precisaríamos apresentar algum tipo de licença ou documento de permissão e então teria de dizer que esqueci o meu.

– Ele provavelmente gosta de visitas, sejam quais forem as circunstâncias. Você já viu algum lugar assim? Se um lugar pudesse estar morto, como uma pessoa, nós estaríamos dentro de um cadáver.

A maioria dos livros naquela seção era impressa, como o Livro no bolso interno de Seldon. Dors passeou entre as prateleiras, estudando os títulos.

– Livros antigos, na maioria – ela comentou. – Alguns clássicos; outros, imprestáveis.

– De fora? Digo, não mycogenianos?

– Sim. Se eles tiverem livros próprios, devem ser mantidos em outra seção. Essa é para pesquisas sobre o exterior, para aqueles que se dizem estudiosos e que não têm muito a oferecer, como o de ontem. Este é o departamento de obras de referência e há uma cópia da Enciclopédia Imperial... Deve ter uns cinquenta anos... E um computador.

Ela colocou as mãos sobre as teclas, mas Seldon a impediu.

– Espere. Alguma coisa pode dar errado e perderemos tempo.

Ele apontou para uma discreta placa pendurada sobre uma estante, em que as palavras PARA O SACRATÓRIO brilhavam. O segundo "a" em Sacratório estava apagado, talvez recentemente ou porque ninguém se importava. (O Império estava *mesmo* em decadência, pensou Seldon. Todas as partes dele. Mycogen, inclusive.)

Ele olhou à sua volta. A triste biblioteca, tão necessária para o orgulho mycogeniano – talvez tão importante para os Anciãos, que podiam usá-la para colher migalhas que reforçassem suas próprias crenças e apresentá-las como vindas de tribalistas sofisticados –, parecia completamente deserta. Ninguém entrou depois deles.

– Vamos até ali – disse Seldon –, longe do campo de visão do homem da entrada, para colocar nossas faixas.

Na porta para o Sacratório, repentinamente consciente de que não haveria caminho de volta depois de passarem por aquele segundo obstáculo, Seldon disse:

– Dors, não entre comigo.

– Por que não? – questionou Dors, franzindo as sobrancelhas.

– Não é seguro e não quero você em perigo.

– Estou aqui para protegê-lo – ela disse, gentil, mas com firmeza.

– Que tipo de proteção você pode me oferecer? Posso cuidar de mim mesmo, apesar de você achar que não. E estarei em desvantagem por precisar proteger *você*. Não vê isso?

– Você não devia se preocupar comigo, Hari. Preocupação é a *minha* função – ela colocou a mão na faixa, sobre o peito.

– Porque Hummin pediu?

– Porque são ordens. – Ela segurou o braço de Seldon logo acima do cotovelo e, como sempre, ele se surpreendeu com sua mão firme. – Sou contra o que está fazendo, Hari, mas, se você acha que precisa entrar, eu também preciso.

– Então, tudo bem. Mas, se acontecer alguma coisa e você tiver a chance de escapar, fuja. Não se preocupe comigo.

– Não desperdice sua energia tentando me convencer. Você está me insultando.

Seldon tocou o painel de entrada e a porta se abriu. Juntos, quase sincronizados, eles entraram.

57

Era uma sala ampla, que parecia ainda maior por causa da ausência de qualquer coisa que se parecesse com móveis. Nenhuma cadeira, nenhum banco, nenhum tipo de assento. Nenhum tablado, nenhuma tapeçaria, nenhuma decoração.

Nenhuma luz; apenas uma iluminação de brilho mediano, uniforme e difusa. As paredes não eram totalmente nuas. Intervalados e dispostos longe um do outro, em alturas diferentes e sem nenhuma ordem aparente, estavam pequenos televisores, primitivos e bidimensionais, todos em funcionamento. De onde estavam Dors e Seldon, não havia nem a sugestão de imagens em terceira dimensão, nem mesmo um indicativo de holovisualização.

Havia pessoas no recinto. Não eram muitas, e não estavam em grupos. Estavam paradas e isoladas e, assim como os televisores, não apresentavam nenhuma ordem aparente. Todas usavam túnicas brancas, todas tinham faixas vermelhas.

O silêncio era predominante. Ninguém conversava; não da maneira tradicional. Alguns mexiam os lábios, murmurando baixinho. Aqueles que caminhavam o faziam sem produzir ruído, com os olhos voltados para o chão.

O clima era absolutamente fúnebre.

Seldon inclinou-se para Dors, que colocou de imediato um dedo nos lábios e então apontou para um dos televisores. A tela mostrava um jardim idílico, repleto de flores, a câmera explorando o panorama.

Eles caminharam na direção do monitor imitando os outros – passos lentos, pés tocando o chão delicadamente.

Quando estavam a meio metro da tela, uma voz gentil e insinuante se fez presente:

– O jardim de Antennin, recriado a partir de guias e fotografias antigos, localizado nos arredores de Eos. Observe a...

– O áudio é ativado quando alguém se aproxima e desligará se nos distanciarmos – sussurrou Dors, tão baixo que Seldon teve dificuldade de ouvir por causa do som do televisor. – Se estivermos perto o suficiente, podemos conversar sem sermos percebidos, mas não olhe para mim e pare, caso alguém se aproxime.

– Parece que alguém começará a chorar a qualquer momento – sugeriu Seldon, de cabeça baixa e com as mãos juntas diante do torso (ele percebeu que aquela era a postura preferida ali dentro).

– E talvez aconteça mesmo. Estão em luto pelo Mundo Perdido – respondeu Dors.

– Espero que troquem os filmes de vez em quando. Seria funesto assistir aos mesmos para sempre.

– Eles são diferentes – disse Dors, e seus olhos passeavam pelas telas. – Talvez mudem periodicamente. Não sei.

– Espere! – exclamou Seldon, ligeiramente mais alto do que deveria. Ele abaixou o tom e disse: – Siga-me.

Dors franziu o cenho, pois não entendeu a palavra, mas Seldon gesticulou discretamente com a cabeça. Mais uma vez, caminharam no máximo de silêncio possível. Os passos de Seldon se alargaram conforme ele sentiu a necessidade de ir mais rápido e Dors, depois de alcançá-lo, deu um puxão rápido em sua túnica. Ele diminuiu a velocidade.

– Tem robôs neste daqui – ele observou, sob o disfarce do som que tinha sido ativado com a aproximação dos dois.

A imagem mostrava a parte externa de uma residência com um imenso gramado e uma linha de arbustos no primeiro plano, além de três do que só poderiam ser robôs. Tinham aparência metálica e formas vagamente humanas.

– Esta – disse a gravação – é uma reprodução recém-finalizada do momento de fundação da famosa casa Wendome, do século 3. De acordo com as lendas, o robô ao centro era chamado Bendar. Segundo registros antigos, Bendar prestou serviços durante vinte e dois anos, até ser substituído.

– "Recém-finalizada" – disse Dors. – Portanto, eles devem mudá-las.

– A não ser que estejam falando "recém-finalizada" há mil anos.

Outro mycogeniano entrou no alcance sonoro daquele monitor.

– Saudações, irmãos – disse o homem, em tom baixo, mas não tão baixo quanto os sussurros de Dors e Seldon.

Ele não olhou para Seldon nem para Dors quando falou e, depois de um vislumbre provocado pela surpresa, Seldon também manteve a cabeça abaixada. Dors não esboçou nenhuma reação.

Seldon hesitou. Micélio Setenta e Dois dissera que não havia conversas no Sacratório. Talvez tivesse exagerado. Além disso, não havia mais entrado lá desde que era criança.

Desesperado, Seldon decidiu que precisava responder.

– Saudações a você também, irmão – sussurrou.

Ele não tinha a menor ideia se aquela era a maneira correta de responder ou se *havia* uma maneira correta, mas o mycogeniano não pareceu ver nada de errado com o gesto.

– A você em Aurora – ele disse.

– E a você – respondeu Seldon. Ao perceber que o outro parecia esperar por mais, completou: – em Aurora. – E houve um impalpável alívio na tensão. Seldon sentiu que brotava suor em sua testa.

– Magnífico! – exclamou o mycogeniano. – Eu não tinha visto esse antes.

– Feito com maestria – disse Seldon. Então, em um acesso de ousadia, continuou: – Uma perda que jamais deve ser esquecida.

O outro pareceu surpreso.

– De fato, de fato – respondeu e se afastou.

– Não se arrisque – sibilou Dors. – Não diga nada além do necessário.

– Me pareceu natural. De qualquer forma, *esse* é recente. Mas esses robôs são uma decepção. São o que eu esperaria de um autômato. Quero ver os orgânicos... Os humanoides.

– Se eles existiam – disse Dors, com certa hesitação –, não creio que eram usados para jardinagem.

– É verdade. Precisamos encontrar o refúgio dos Anciãos.

– Se *isso* existir. Não me parece haver nada nesta caverna vazia além de uma caverna vazia.

– Vamos procurar.

Eles caminharam ao longo da parede, passando de tela em tela, tentando fazer pausas irregulares em cada uma, até que Dors segurou o braço de Seldon. Entre dois televisores, havia linhas que formavam um sutil retângulo.

– Uma porta – disse Dors, que, então, duvidou de si mesma e acrescentou: – Você acha que pode ser uma porta?

Seldon olhou discretamente à volta. Era muito conveniente o fato de que, para condizer com o clima fúnebre, todos os rostos ficavam voltados para baixo, em triste concentração, quando não estavam diante de um televisor.

– Como será que abre? – ele perguntou.

– Um painel de contato.

– Não consigo ver nenhum.

– Não está destacado, mas há uma pequena descoloração neste ponto. Está vendo? Quantas palmas já o tocaram? Quantas vezes?

– Vou tentar. Fique de olho e me avise se alguém olhar nesta direção.

Ele segurou o fôlego e tocou a área descolorida, sem resultado. Então, encostou a mão inteira no contato e empurrou.

A porta se abriu silenciosamente – nenhum rangido ou atrito. Seldon entrou o mais rápido possível e Dors o seguiu. A porta se fechou atrás dos dois.

– A pergunta é: será que alguém nos viu? – questionou Dors.

– Anciãos devem passar por esta porta com frequência – respondeu Seldon.

– Sim, mas será que alguém vai achar que somos Anciãos?

Seldon esperou um momento antes de responder.

– Se fomos vistos e alguém achasse que há alguma coisa errada, a porta teria sido aberta mais uma vez quinze segundos depois de termos entrado.

– Talvez – disse Dors, em um tom seco –, ou talvez não haja nada a ser visto ou feito deste lado da porta e ninguém se importa com a nossa entrada.

– Veremos – murmurou Seldon.

O aposento um tanto estreito em que entraram era razoavelmente escuro, mas, conforme os dois avançaram, a luz se intensificou.

Havia cadeiras amplas e confortáveis, pequenas mesas, diversos sofás-camas, armários, um refrigerador largo e alto.

– Se este é o refúgio dos Anciãos – comentou Seldon –, parece que os Anciãos gostam de conforto, apesar da austeridade do Sacratório propriamente dito.

– Como é de se esperar – respondeu Dors –, ascetismo entre membros de uma classe dominante é muito raro, exceto diante do público. Anote isso no seu caderno de aforismos psico-históricos. – Ela olhou em volta. – E não há nenhum robô.

– Lembre-se de que o refúgio deve ser um lugar alto – disse Seldon –, o que não é o caso deste aposento. Deve haver andares superiores, e aquele deve ser o caminho – ele apontou para uma escada coberta por um belo carpete.

Mas não seguiu naquela direção. Em vez disso, olhou vagamente à sua volta.

– Você não vai encontrar elevadores – disse Dors, adivinhando o que ele procurava. – Há um culto ao primitivo em Mycogen. Você não se esqueceu, esqueceu? Não haveria elevadores. Além disso, se pisarmos no primeiro degrau da escada, tenho certeza de que ele não subirá sozinho. Precisaremos subir os degraus nós mesmos. Vários andares, talvez.

– Com as *pernas*?

– Considerando a estrutura do prédio, a escada deve levar ao refúgio, se é que leva a algum lugar. Você quer ver o refúgio ou não quer?

Juntos, eles seguiram para a escada e começaram a subir.

Subiram três andares e, conforme o fizeram, a iluminação diminuía perceptível e progressivamente.

– Eu me considero em boa forma – sussurrou Seldon, respirando fundo –, mas detesto isso.

– Você não está acostumado com esse tipo específico de esforço – respondeu Dors, que não demonstrava nenhum sinal de fadiga.

Os degraus acabaram no topo do terceiro lance de escadas, onde eles encontraram outra porta.

– E se estiver trancada? – perguntou Seldon, mais para si mesmo do que para Dors. – Tentamos arrombá-la?

– Por que estaria trancada, se a porta pela qual passamos não estava? – disse Dors. – Se este é o refúgio dos Anciãos, imagino que a entrada de qualquer pessoa que não seja um Ancião seja tabu, e um tabu é muito mais forte do que qualquer tranca.

– Pelo menos no que diz respeito àqueles que aceitam o tabu – respondeu Seldon, mas sem avançar para a porta.

– Ainda temos tempo de desistir, se você tiver dúvidas – disse Dors. – Aliás, eu *aconselho* você a dar meia-volta.

– Hesito apenas porque não sei o que encontraremos lá dentro. Se estiver vazio... – e então, em voz mais alta, Seldon acrescentou: – Se estiver vazio, está vazio. – Ele marchou para a frente e colocou a mão no painel de contato.

A porta se abriu com rapidez e silêncio e Seldon deu um passo para trás por causa da surpreendente intensidade da luz que vinha de dentro.

E ali, diante de Seldon, com olhos iluminados, braços semierguidos, um pé ligeiramente à frente do outro, reluzindo com um brilho metálico de tons amarelados, estava uma figura humana. Por um instante, aparentou usar uma toga, mas uma análise mais minuciosa revelou que a toga fazia parte da estrutura do objeto.

– É o robô – disse Seldon, espantado –, mas é de metal.

– Pior do que isso – respondeu Dors, que deu um passo rápido para um lado e depois para o outro. – Os olhos não me acompanham. Os braços não se movem. Ele não está vivo... Se é que podemos usar esse termo com um robô.

E um homem – a figura inconfundível de um homem – saiu de trás do robô.

– Talvez não. Mas *eu* estou vivo.

Em um movimento quase automático, Dors foi para a frente e se posicionou entre Seldon e o homem que aparecera subitamente.

58

Seldon empurrou Dors para o lado, talvez com um pouco mais de força do que pretendia.

– Não preciso de proteção – disse. – É nosso velho conhecido, Mestre Solar Quatorze.

– E você é o tribalista Seldon – respondeu o homem diante deles, que usava uma faixa dupla, provavelmente seu direito como Sumo Ancião.

– Sim – disse Seldon.

– E essa, apesar das vestes masculinas, é a tribalista Venabili.

Dors ficou em silêncio.

– Evidentemente, você está certo, tribalista – continuou Mestre Solar Quatorze. – Não corre nenhum risco de que eu o machuque. Por favor, sentem-se. Vocês dois. Como você não é uma irmã, tribalista, não precisa se retirar. Há um assento para você. Será a primeira mulher a usá-lo, se der importância a essa distinção.

– Eu não dou nenhuma importância a essa distinção – disse Dors, espaçando as palavras para ser mais enfática.

– Como quiser – respondeu Mestre Solar Quatorze, concordando com a cabeça. – Também vou me sentar, pois farei perguntas a vocês e não quero fazê-las em pé.

Sentaram-se em um dos cantos da sala. Os olhos de Seldon encontraram o robô de metal.

– É, de fato, um robô – confirmou Mestre Solar Quatorze.

– Eu sei – respondeu Seldon, secamente.

– Eu sei que você sabe – disse Mestre Solar Quatorze, com tom semelhante. – Agora que constatamos esse fato, por que está aqui?

Seldon encarou Mestre Quatorze com firmeza.

– Para ver o robô – respondeu.

– Você sabe que ninguém pode entrar no refúgio, exceto os Anciãos?

– Não sabia, mas tinha minhas suspeitas.

– Você sabe que nenhum tribalista pode entrar no Sacratório?

– Sim, me disseram.

– E você optou por ignorar a norma?

– Como eu disse, queríamos ver o robô.

– Você sabe que nenhuma mulher, nem mesmo uma irmã, pode entrar no Sacratório, exceto em ocasiões raras e predeterminadas?

– Sim, me disseram.

– E você sabe que nenhuma mulher, em hipótese alguma ou por qualquer motivo, pode usar vestimentas masculinas? Dentro das fronteiras de Mycogen, isso é válido tanto para as tribalistas como para as irmãs.

– Não fui informado desse fato, mas não me surpreende.

– Ótimo. Quero que entenda tudo isso. Diga-me, por que queria ver o robô?

– Curiosidade – respondeu Seldon, dando de ombros. – Eu nunca tinha visto um robô. Nem sabia que eles existiam.

– E como você descobriu sobre a existência dos robôs e sobre a existência de um robô especificamente aqui?

Seldon ficou em silêncio por um instante.

– Eu me recuso a responder a essa pergunta – disse, enfim.

– Foi por isso que o tribalista Hummin o trouxe até Mycogen? Para pesquisar sobre robôs?

– Não. O tribalista Hummin nos trouxe até aqui para que ficássemos em segurança. Entretanto, eu e a dra. Venabili somos estudiosos. Conhecimento é nosso maior interesse e adquiri-lo é nosso maior propósito. Mycogen é mal compreendido fora de suas fronteiras e queremos saber mais sobre sua sociedade e suas linhas de pensamento. É um desejo genuíno e, em nossa opinião, inofensivo. Talvez até louvável.

– Ah, mas não queremos que as tribos de fora e os outros mundos saibam sobre nós. É o *nosso* desejo genuíno, e somos *nós* que determinamos o que nos é inofensivo ou prejudicial. Portanto, eu repito a pergunta, tribalista: como você sabia da existência de um robô em Mycogen e que ele estava nesta sala?

– Boatos – respondeu Seldon, depois de algum tempo.

– Essa é a sua resposta?

– Boatos. Essa é a minha resposta.

Os olhos de Mestre Solar Quatorze pareceram aguçar-se.

– Tribalista Seldon – ele disse, sem levantar a voz –, faz bastante tempo que cooperamos com o tribalista Hummin. Para um tribalista, ele parece ser um indivíduo decente e confiável. *Para um tribalista.* Quando ele trouxe vocês dois e os entregou à nossa proteção, acolhemos vocês. Mas o tribalista Hummin, independentemente de suas virtudes, ainda é um tribalista, e tivemos nossos receios. Não temos certeza de qual pode ser o seu verdadeiro objetivo e nem o *dele.*

– Nosso objetivo é buscar conhecimento – respondeu Seldon.

– Conhecimento acadêmico. A tribalista Venabili é historiadora e eu também tenho interesse em história. Por que não deveríamos ter interesse pela história mycogeniana?

– Entre outros motivos, porque não queremos que tenham. De qualquer forma, duas de nossas irmãs mais fidedignas foram enviadas a você. Elas tinham ordens para cooperar com você, tentar descobrir seus objetivos e... qual é a expressão que vocês usam? Entrar no jogo. Mas de tal forma que você não percebesse o que estava acontecendo.

Mestre Solar Quatorze sorriu, mas de um jeito sombrio.

– Orvalho Quarenta e Cinco – continuou – levou a tribalista Venabili para fazer compras, mas nada de estranho parece ter acontecido naquelas ocasiões. Temos um relatório completo, naturalmente. Orvalho Quarenta Três o levou, tribalista Seldon, às nossas microfazendas. Você podia ter suspeitado da disposição que ela demonstrou para acompanhá-lo sozinha, algo completamente fora de cogitação para nós, mas argumentou que isso se aplicaria apenas a tribalistas e se louvou ao acreditar que esse raciocínio frágil a havia conquistado. Mesmo profundamente incomodada, ela satisfez seu desejo. E você, enfim, pediu para ver o Livro. Entregá-lo de imediato teria levantado suspeitas. Por isso, ela fingiu ter um desejo perverso que apenas você poderia satisfazer. O sacrifício que ela fez pelo bem maior não será esquecido. Imagino, tribalista, que você ainda tenha o Livro, e imagino que esteja com ele agora. Posso pegá-lo de volta?

Seldon continuou imóvel, em amargo silêncio.

A mão enrugada de Mestre Solar Quatorze continuava estendida.

– Seria muito mais fácil do que ter de tomá-lo à força.

E Seldon entregou o Livro. Mestre Solar Quatorze folheou as páginas rapidamente, como se quisesse ter certeza de que não havia nenhum dano.

– Precisará ser destruído da maneira apropriada – comentou Mestre Solar, com um suspiro. – Uma pena. De qualquer modo, uma vez que você tinha o Livro, não ficamos surpresos quando veio até o Sacratório. Foi vigiado o tempo todo. Seria tolice demais acreditar, em plena consciência, que qualquer mycogeniano deixaria de identificá-lo imediatamente como tribalista. Sabemos reconhecer uma touca, e há menos de setenta delas em Mycogen. Quase todas pertencem a tribalistas em missões oficiais, que ficam o tempo todo confinados em prédios do governo durante as estadias. Portanto, você não foi apenas visto, foi identificado inúmeras vezes. O irmão mais velho, que se apresentou a você fez questão de lhe contar sobre a biblioteca e sobre o Sacratório, tomou o cuidado de falar também que a entrada era proibida, pois não queríamos induzi-lo. Horizonte Celestial Dois também avisou... e de um jeito mais contundente. Ainda assim, você não desistiu. A loja em que você comprou a túnica branca e as duas faixas nos alertou e, a partir dessa informação, sabíamos de seu plano. A biblioteca foi mantida vazia, o bibliotecário foi avisado para não levantar os olhos, deixamos menos pessoas no local. Aquele irmão que inadvertidamente conversou com você quase nos comprometeu, mas se afastou rapidamente quando percebeu com quem lidava. E então você veio até aqui. Portanto, a conclusão lógica é que era sua intenção vir até aqui. Nós não o conduzimos de maneira nenhuma. Sua presença nesta sala é resultado de suas próprias atitudes, de seu próprio desejo. O que quero perguntar, mais uma vez, é: por quê?

Foi Dors quem respondeu, com a voz firme e o olhar duro:

– E vamos responder mais uma vez, Sumo Ancião. Somos estudiosos. Para nós, o conhecimento é algo sagrado, e buscamos apenas conhecimento. Vocês não nos guiaram até aqui, mas tampouco nos impediram de vir, como poderiam ter feito antes mesmo de termos nos aproximado deste prédio. Vocês removeram obstáculos e facilitaram nossa vinda, e isso pode ser considerado indução. E que mal causamos? Não prejudicamos o prédio de maneira nenhuma, nem esta sala, nem o senhor, nem *aquilo* – ela apontou para o robô. – Aquilo é um pedaço inútil de metal que vocês escondem aqui e agora sabemos que é inútil, e era esse o conhecimento que buscávamos. Acreditávamos que seria algo mais significativo e estamos desapontados, mas, agora que sabemos da irrelevância do que se trata, vamos embora. Vamos embora de Mycogen, se o senhor quiser.

Mestre Solar Quatorze ouviu sem nenhuma expressão no rosto. Quando ela terminou, ele se dirigiu a Seldon:

– Este robô que você está vendo é um símbolo, um símbolo de tudo o que perdemos, de tudo o que não mais nos pertence, de tudo o que não esquecemos por milhares de anos e de tudo o que pretendemos retomar algum dia. Por ser a única coisa material e autêntica que nos resta, é algo importante para nós. Ainda assim, para essa mulher é apenas "um pedaço inútil de metal". Você concorda com tal opinião, tribalista Seldon?

– Nós somos membros de sociedades que não se vinculam a um passado com milhares de anos – respondeu Seldon –, e não fazemos nenhuma ligação entre o que aconteceu nesse passado distante e nós mesmos. Vivemos no presente, que reconhecemos como o resultado de *todo* o passado, e não de um momento específico e longínquo ao qual nos agarramos obsessivamente. Entendemos racionalmente o significado que o robô tem para vocês e estamos dispostos a aceitar que ele continue com esse significado. Mas nós só podemos enxergá-lo com nossos *próprios* olhos, da mesma maneira que vocês só podem enxergá-lo com os seus. Para *nós*, é um pedaço inútil de metal.

– E agora – disse Dors –, nós vamos embora.

– Não, não vão – respondeu Mestre Solar. – Ao virem até aqui, vocês cometeram um crime. É um crime apenas para os *nossos* olhos, como vocês certamente defenderão – seus lábios se curvaram em um sorriso gélido –, mas este é *nosso* território e, dentro dele, são os nossos valores que contam. Esse crime, de acordo com os *nossos* valores, é punível com a morte.

– E o senhor vai nos matar? – perguntou Dors, com arrogância.

A expressão de Mestre Solar Quatorze era de desprezo quando ele continuou a se dirigir apenas a Seldon.

– O que pensa que somos, tribalista Seldon? – ele disse. – Nossa cultura é tão antiga quanto a sua. Tão complexa, tão civilizada, tão humana quanto. Não estou armado. Vocês serão julgados e, por serem criminosos confessos, serão executados de acordo com a lei, de maneira rápida e indolor. Se forem embora agora, eu não os impediria, mas há muitos irmãos nos andares inferiores, muito mais do que parecia quando vocês entraram e, na fúria causada por suas atitudes, eles podem capturá-los com métodos enérgicos e brutais. Já tivemos, em nossa história, tribalistas que chegaram a morrer dessa maneira. Não é uma morte agradável. Certamente não é indolor.

– Horizonte Celestial nos falou sobre isso – respondeu Dors. – Talvez sua cultura não seja assim tão complexa, civilizada e humana.

– As pessoas podem apelar para a violência em momentos de grande emoção, tribalista Seldon – disse Mestre Solar Quatorze, com tranquilidade –, independentemente de sua benevolência em momentos calmos. Isso acontece em todas as culturas, conforme essa mulher, que você diz ser historiadora, deve saber.

– Continuemos racionais, Mestre Solar Quatorze – respondeu Seldon. – O senhor pode representar a lei em Mycogen no que diz respeito a questões locais, mas não tem autoridade legal sobre nós e sabe disso. Nós somos cidadãos de fora de Mycogen e somos parte do Império, e é o Imperador e os oficiais indicados por ele que devem lidar com qualquer infração grave.

– É o que dizem os estatutos, os papéis e as telas de holovisualização – disse Mestre Solar Quatorze –, mas agora não estamos falando de teoria. Faz muito tempo que o Sumo Ancião tem o poder de punir os crimes de sacrilégio sem interferência da autoridade imperial.

– Se os criminosos forem do *seu* povo – retrucou Seldon. – É muito diferente se eles forem forasteiros.

– No caso de vocês, eu duvido. O tribalista Hummin trouxe vocês até aqui como fugitivos, e nossas cabeças mycogenianas não são tão cheias de levedura a ponto de não suspeitarmos de que vocês são procurados pela lei imperial. Estaríamos fazendo o trabalho dele. Por que ele se oporia?

– Porque sim – disse Seldon. – Mesmo que sejamos fugitivos das autoridades imperiais e que elas nos queiram apenas para nos punir, ainda assim iriam querer assumir a questão. Permitir que o senhor nos executasse com qualquer método e por qualquer motivo sem o devido processo *imperial* seria contradizer sua autoridade, e nenhum Imperador poderia abrir tal precedente. Por mais que ele não deseje ver uma interrupção no abastecimento dos microingredientes, sentiria a necessidade de fortalecer a prerrogativa imperial. O senhor gostaria, em sua ansiedade para nos matar, que uma divisão do Exército Imperial saqueasse suas fazendas e casas, profanasse seu Sacratório e tomasse liberdades com as irmãs? Pense nisso.

Mestre Solar Quatorze sorriu mais uma vez, sem nenhum sinal de consentimento.

– Na verdade, eu *pensei* nisso e *há* uma alternativa. Depois de condenar vocês, poderíamos adiar a execução para permitir que vocês fizessem um apelo para que o Imperador interviesse. Cleon I ficaria grato por nossa demonstração de submissão imediata à sua autoridade e também por colocar as mãos em vocês dois, por qualquer que seja o motivo. Mycogen sairia ganhando. É isso que você quer? Fazer um apelo ao Imperador e acabar entregue a ele?

Seldon e Dors se entreolharam por um momento e permaneceram em silêncio.

– Tenho a sensação – continuou Mestre Solar Quatorze – de que vocês prefeririam cair nas mãos do Imperador a morrer, mas por uma margem bastante pequena.

– Na verdade – disse uma nova voz –, creio que nenhuma das alternativas é aceitável. Precisamos encontrar uma terceira.

59

Dors foi a primeira a identificar o visitante, talvez porque era a única que esperava por sua chegada.

– Hummin – ela disse –, ainda bem que você nos encontrou. Entrei em contato quando percebi que não conseguiria convencer Hari a desistir – ela ergueu as mãos em um gesto amplo – *disso.*

O sorriso de Hummin foi pequeno e não mudou a seriedade característica de seu rosto. Havia um sutil ar de cansaço em sua expressão.

– Minha cara – ele respondeu –, eu estava envolvido com outras coisas. Nem sempre poderei largar tudo imediatamente. Depois da minha chegada, precisei, assim como vocês, providenciar uma túnica e uma faixa, sem falar na touca, para poder vir até aqui. Se tivesse vindo antes, talvez pudesse ter evitado esta situação, mas acho que não é tarde demais.

Mestre Solar Quatorze se recuperou do que pareceu ser um choque doloroso.

– Como chegou aqui, tribalista Hummin? – perguntou, com uma voz sem o costumeiro tom autoritário.

– Não foi fácil, Sumo Ancião, mas, como a tribalista Venabili gosta de dizer, sou uma pessoa bastante persuasiva. Alguns dos cidadãos se lembraram de mim e do que fiz por Mycogen no passado, se lembraram até de que sou um irmão honorário. O senhor se esqueceu, Mestre Solar Quatorze?

– Eu não esqueci – respondeu o Ancião. – Porém, nem mesmo a memória mais favorável pode se sobrepor a certas ações. Tribalistas, aqui. Um homem e uma mulher. Não há crime mais grave. Tudo o que você fez até hoje não é o suficiente para anular isso. Meu povo não é negligente; compensaremos você de alguma outra maneira. Mas esses dois precisam morrer ou ser entregues ao Imperador.

– *Eu* também estou aqui – disse Hummin, calmamente. – Também é um crime, não é?

– Por você – respondeu Mestre Solar Quatorze –, por *você* ser quem é, por ser uma espécie de irmão honorário, posso... deixar passar... uma vez. Mas não estes dois.

– Você espera uma recompensa de Cleon i? Algum tipo de privilégio? Alguma concessão? Você já entrou em contato com ele ou, mais provavelmente, com o chefe de gabinete, Eto Demerzel?

– Não é um assunto que estou disposto a discutir.

– O que é praticamente uma confissão. Deixe disso. Não estou perguntando o que o Imperador prometeu, mas não deve ser muita coisa. Ele não tem muito a oferecer nestes dias decadentes. Permita que *eu* faça uma oferta. Esses dois contaram que são estudiosos?

– Sim.

– E são mesmo. Não mentiram. A tribalista Venabili é historiadora e o tribalista Seldon é matemático. Juntos, estão tentando combinar seus talentos para criar uma matemática da história, que chamam de psico-história.

– Não sei nada sobre essa tal psico-história – disse Mestre Solar Quatorze –, e tampouco quero saber. Isso não me interessa, nem qualquer outra faceta de seus estudos tribais.

– Ainda assim – retrucou Hummin –, recomendo que o senhor ouça o que tenho a dizer.

Foram necessários aproximadamente quinze minutos para Hummin descrever, em uma explicação bastante concisa, a possibilidade de organizar as leis naturais da sociedade (algo que, todas as vezes, ele mencionou com aspas audíveis no tom de voz) de maneira que fosse possível antecipar o futuro com um grau considerável de precisão.

– Uma teoria especulativa altamente improvável, eu diria – comentou Mestre Solar Quatorze, que ouvira com atenção, depois de Hummin terminar.

Com uma expressão pesarosa, Seldon parecia prestes a falar alguma coisa – certamente para concordar com Mestre Solar Quatorze

–, mas a mão de Hummin, pousada de leve no joelho esquerdo de Seldon, deu-lhe um inconfundível apertão.

– Talvez, Sumo Ancião – disse Hummin –, mas o Imperador acredita que não. E ao dizer Imperador (que é uma pessoa consideravelmente afável) estou na verdade me referindo a Demerzel, cujas ambições não preciso explicar ao senhor. Eles estão bastante ansiosos para colocar as mãos nestes dois estudiosos, e foi por isso que os trouxe até aqui, para ficarem sob a sua guarda. Eu não achei que o senhor faria o serviço de Demerzel entregando os estudiosos a ele.

– Eles cometeram um crime que...

– Sim, sabemos disso, Sumo Ancião, mas é um crime apenas porque o senhor opta por considerá-lo um crime. Nenhum dano foi causado.

– Danos foram causados a nossas crenças, a nossos mais profundos...

– Mas imagine os danos que podem ser causados se a psico--história cair nas mãos de Demerzel. Sim, eu reconheço que a psico-história talvez não seja nada, mas vamos supor que exista a possibilidade de ela ser *alguma coisa* e que o governo imperial seja o dono dessa ferramenta, ou seja, que ele poderá prever o futuro; poderá tomar medidas em função de um conhecimento que somente ele terá; poderá adotar estratégias para criar um futuro alternativo que seja mais vantajoso para o próprio Império.

– Sim, e daí?

– O senhor tem alguma dúvida, Sumo Ancião, de que um futuro alternativo mais vantajoso para o próprio Império seria o de poder mais centralizado? Como o senhor sabe, faz séculos que o Império sofre uma descentralização progressiva. Diversos mundos declaram estar a serviço do Império, mas são praticamente independentes e governam a si mesmos. Existe descentralização até mesmo aqui em Trantor. Mycogen, para mencionarmos apenas um exemplo, está praticamente livre da interferência imperial. Como Sumo Ancião, o senhor é soberano e não há nenhum representante imperial ao seu lado, fiscalizando suas ações e decisões. Com homens como Demerzel ajustando o futuro como bem entendessem, por quanto tempo o senhor acha que essa liberdade continuaria?

– Isso ainda é uma especulação bastante frágil – concedeu Mestre Solar Quatorze –, mas perturbadora, devo admitir.

– Por outro lado, se esses estudiosos puderem concluir seus estudos (um "se" improvável, o senhor poderia dizer, mas ainda assim um "se"), eles certamente se lembrarão de que o senhor os poupou quando poderia ter optado pelo contrário. E é concebível que eles aprendam a orquestrar um futuro em que Mycogen pudesse, por exemplo, ter seu próprio mundo, um mundo formado para ser uma réplica muito próxima do Mundo Perdido. E, mesmo que esses dois se esqueçam da sua bondade, eu estarei lá para lembrá-los.

– Não sei... – disse Mestre Solar Quatorze.

– Deixe disso – respondeu Hummin. – Não é difícil deduzir o que está passando por sua cabeça. De todos os tribalistas, Demerzel deve ser em quem o senhor menos confia. E, apesar de haver apenas uma pequena chance de a psico-história dar certo (se eu não estivesse falando a verdade para o senhor, eu não admitiria isso), ela não é nula. E se ela puder trazer a restauração do Mundo Perdido, o que mais o senhor poderia querer? O que o senhor não arriscaria por uma chance de isso acontecer, por menor que seja? Escute, eu prometo ao senhor, e minhas promessas não são levianas. Deixe esses dois irem e opte pela pequena chance de conseguir o que o senhor mais quer, em vez de chance nenhuma.

Houve um momento de silêncio. Então, Mestre Solar Quatorze suspirou e disse:

– Não sei como consegue, tribalista Hummin, mas em todas as ocasiões em que nos encontramos, você me convence a fazer algo que eu não quero fazer.

– Alguma vez eu enganei o senhor, Sumo Ancião?

– Você nunca me ofereceu uma chance tão pequena.

– E nem uma recompensa tão grande. Uma coisa equilibra a outra.

Mestre Solar Quatorze fez um gesto afirmativo com a cabeça.

– Você está certo. Pegue esses dois e leve-os para longe de Mycogen. Não quero vê-los nunca mais, a não ser que aconteça de... Mas certamente não será durante a minha existência.

– Talvez não, Sumo Ancião. Mas seu povo espera pacientemente há quase vinte mil anos. O senhor seria contra esperar mais outros duzentos, talvez?

– Eu não esperaria voluntariamente nem por mais um instante, mas o meu povo há de esperar pelo tempo que for necessário. – Mestre Solar Quatorze se levantou. – Deixarei o caminho livre. Pegue-os e vá embora!

60

Eles estavam, enfim, de volta a um túnel. Hummin e Seldon tinham viajado por um túnel quando iam do Setor Imperial à Universidade de Streeling. Agora, estavam em outro, saindo de Mycogen para... Seldon não sabia onde. Hesitou em perguntar. O rosto de Hummin parecia esculpido em granito, nem um pouco disposto a conversar.

Hummin estava sentado na frente do veículo de quatro lugares, com o assento à sua direita vazio. Seldon e Dors estavam no de trás.

Seldon arriscou sorrir para Dors, que estava aborrecida.

– É bom voltar a usar roupas de verdade, não é? – ele perguntou.

– Eu nunca mais vou usar ou olhar para qualquer coisa que se pareça com uma túnica – respondeu Dors, com sinceridade. – E nunca, sob nenhuma circunstância, vou usar uma touca. Aliás, eu talvez nunca mais me acostume com homens naturalmente carecas.

E foi Dors quem, enfim, fez a pergunta que Seldon relutava em fazer.

– Chetter – ela disse, um tanto petulante –, por que não diz para onde está nos levando?

Hummin girou o tronco para ficar de lado e olhar para Dors e Seldon, com seriedade.

– Para algum lugar em que vocês não arrumem encrenca – respondeu –, apesar de eu não saber se existe um lugar assim.

Dors murchou imediatamente.

– Na verdade, Chetter, a culpa foi minha – ela disse. – Em Streeling, eu permiti que Seldon fosse à Superfície Exterior sem acompanhá-lo. Em Mycogen, eu ao menos fui com ele, mas acho que não devia ter deixado que ele entrasse no Sacratório.

– Eu estava determinado a fazer isso – interveio Seldon, com gentileza. – Não foi culpa de Dors, de jeito nenhum.

Hummin não estava interessado em determinar culpados. Em vez disso, disse:

– Pelo que entendi, você queria ver o robô. Havia motivo para tanto? Pode me dizer?

– Eu estava enganado, Hummin – Seldon pôde sentir o rosto ficar vermelho. – Não vi o que esperava ou *queria* ver. Se soubesse o que havia no refúgio, nunca teria me dado ao trabalho de ir até lá. Foi um completo fiasco.

– Mas, Seldon, o que você queria ver? Por favor, explique. Leve o tempo que for necessário. A viagem é longa e estou disposto a ouvir.

– A questão, Hummin, é que eu cogitei a possibilidade de haver robôs humanoides, de que eles vivem vidas longas, de que pelo menos um deles ainda está vivo e de que ele talvez estivesse no refúgio. *Havia* um robô ali, mas era de metal, estava morto e servia apenas como símbolo. Se eu soubesse que...

– Sim. Se algum de nós soubesse tudo, não haveria a necessidade de nenhum tipo de pergunta ou pesquisa. Onde você conseguiu a informação sobre robôs humanoides? Nenhum mycogeniano teria discutido essa questão com você, portanto só consigo pensar em um jeito. O Livro mycogeniano: um livro-filme com bateria autônoma, na língua antiga de Aurora e no Padrão Galáctico atual. Estou certo?

– Sim.

– E como você conseguiu uma cópia?

Seldon ficou em silêncio por um momento. Então, murmurou:

– É um tanto constrangedor.

– Não é fácil me constranger, Seldon.

Seldon contou a Hummin, que deixou um rápido sorriso passar por seu rosto.

– Não lhe ocorreu – sugeriu ele – que aquilo tudo pudesse ser uma farsa? Nenhuma irmã faria algo desse tipo, a não ser que estivesse seguindo ordens e, mesmo assim, somente depois de muita persuasão.

– Não era nada óbvio – respondeu Seldon, secamente, franzindo as sobrancelhas. – Algumas pessoas *têm* perversões. Para você, sorrir é fácil. Eu não sabia o que você sabe, nem Dors. Se você não queria que eu caísse em armadilhas, podia ter me avisado sobre a existência delas.

– Concordo. Retiro o que disse. De qualquer jeito, você não está mais com o Livro, está?

– Não. Mestre Solar Quatorze o pegou de volta.

– Quanto você conseguiu ler?

– Apenas uma pequena parte. Não tive tempo. É um livro imenso e devo dizer, Hummin, é terrivelmente chato.

– Sim, eu sei. Devo ter lido muito mais do que você. É muito tedioso e, pior do que isso, não é nada confiável. É uma visão tendenciosa e oficial da história mycogeniana, mais preocupada em catequizar do que em trazer objetividade e lógica. Em certos trechos, chega a ser deliberadamente confuso para que pessoas de fora, caso cheguem a ler o Livro, nunca entendam por completo o que leram. O que você acha que leu sobre robôs que chamou sua atenção?

– Eu já disse. Eles falam de robôs humanoides, robôs cuja aparência não pode ser distinguida da humana.

– Segundo o Livro, quantos deles existem? – perguntou Hummin.

– Eles não dizem. Ou, pelo menos, não encontrei nenhuma passagem que oferecesse números. Talvez fosse apenas um punhado, mas *um* deles, especificamente, o Livro chama de "Renegado". Parece ter alguma importância negativa, mas não consegui entender qual.

– Você não me contou nada a esse respeito – interveio Dors. – Se tivesse contado, eu teria explicado que não se trata de um nome próprio. É outra palavra arcaica que tem significado mais ou menos equivalente ao de "traidor" no Padrão Galáctico. A versão mais antiga tem uma aura maior de ameaça. De certa forma, um traidor esconde sua traição, mas um renegado a exibe com orgulho.

– Deixarei as nuances das línguas antigas com você, Dors – disse Hummin. – De qualquer maneira, se o Renegado existisse e se fosse um robô humanoide, é evidente que, como traidor e inimigo, não seria preservado e venerado no refúgio dos Anciãos.

– Eu não sabia o significado de "Renegado" – comentou Seldon –, mas, como falei, tive a impressão de que era um inimigo. Pensei que ele tinha sido derrotado e preservado como memória do triunfo mycogeniano.

– Havia alguma indicação no Livro de que o Renegado teria sido vencido?

– Não, mas eu talvez não tenha visto essa parte...

– Improvável. Qualquer vitória mycogeniana seria inconfundivelmente alardeada e mencionada inúmeras vezes.

– Há outra questão que o Livro levanta sobre o Renegado – disse Seldon, hesitante –, mas não tenho certeza se entendi.

– Como eu disse – respondeu Hummin –, eles são propositalmente confusos em certos trechos.

– Eles parecem acreditar – continuou Seldon – que o Renegado podia, de alguma maneira, acessar as emoções humanas... Influenciá-las...

– Qualquer político pode fazer isso – interrompeu Hummin, dando de ombros. – Chama-se "carisma"... quando funciona.

– Bom, eu quis acreditar – suspirou Seldon. – Foi isso. Eu não pouparia esforços para encontrar um robô humanoide antigo que ainda estivesse vivo e que eu pudesse interrogar.

– Com qual objetivo? – perguntou Hummin.

– Para saber detalhes sobre a sociedade primária da Galáxia, quando era composta por apenas alguns planetas. Seria mais fácil deduzir a psico-história a partir de uma Galáxia pequena.

– Você tem certeza de que poderia confiar nas respostas do robô? – disse Hummin. – Depois de muitos milhares de anos, você estaria disposto a confiar nas memórias mais antigas dele? Quão distorcidas elas poderiam estar?

– É verdade – interveio Dors, subitamente. – Seria como os registros computadorizados de que falamos, Hari. Aos poucos, as memórias desse robô seriam descartadas, perdidas, apagadas, distorcidas. Você só poderia acessar até certo ponto e, quanto mais antigo fosse esse ponto, menos confiável seria a informação, não importa o que você faça.

Hummin concordou com a cabeça.

– Ouvi falar nisso – ele disse. – É uma espécie de princípio da incerteza na informação.

– Mas não seria possível que *algumas* informações – argumentou Seldon, pensativo –, por motivos específicos, ficassem preservadas? Pode ser que partes do Livro mycogeniano se refiram a eventos de vinte mil anos atrás e, ainda assim, serem quase como eram originalmente. Quanto mais valorizada e mais cuidadosamente preservada for determinada informação, mais duradoura e exata ela será.

– A palavra-chave é *determinada* informação. O que o Livro faz questão de preservar talvez não seja o que *você* gostaria de ter preservado, e as coisas de que o robô se lembra com mais detalhes talvez sejam coisas às quais você não daria a menor importância.

– Em qualquer direção que eu siga para encontrar uma maneira de estabelecer a psico-história – disse Seldon, desolado –, os desdobramentos fazem com que seja impossível encontrar uma solução. Por que, então, eu deveria tentar?

– Pode parecer impossível agora – respondeu Hummin, sem emoção –, mas, com o gênio certo, pode ser que surja um caminho para a psico-história que nenhum de nós esperaria. Dê tempo a si mesmo. Estamos chegando a uma área de descanso. Vamos parar para jantar.

Diante de carne moída de carneiro servida com pães sem gosto (ainda mais impalatável depois do banquete em Mycogen), Seldon disse:

– Hummin, você parece acreditar que eu sou esse "gênio certo". Eu talvez não seja.

– É verdade, talvez você não seja – respondeu Hummin. – Porém, não conheço nenhum outro candidato, então preciso acreditar em você.

– Bom, vou tentar – disse Seldon, com um suspiro –, mas estou sem nenhuma esperança. Possível, mas impraticável, foi o que falei logo no início, e estou mais convencido disso do que nunca.

POÇOS TERMAIS

———— Amaryl, Yugo...

Matemático que, ao lado do próprio Hari Seldon, pode ser considerado o principal responsável por desvendar os detalhes da psico-história. Foi ele que...

... Mas suas condições de vida são quase tão dramáticas quanto seus feitos matemáticos. Nascido na absoluta pobreza das classes mais baixas de Dahl, setor do antigo Trantor, ele poderia ter vivido em completo anonimato se não fosse pelo fato de Seldon tê-lo encontrado quase por acidente durante o período de...

ENCICLOPÉDIA GALÁCTICA

61

O Imperador de toda a Galáxia estava esgotado, fisicamente esgotado. Sua boca doía por causa do sorriso gracioso que precisava colocar no rosto a intervalos calculados. Seu pescoço estava distendido pela necessidade de inclinar a cabeça para este ou aquele lado em uma demonstração ensaiada de interesse. Seus ouvidos estavam doloridos de tanto precisar ouvir. Seu corpo inteiro latejava por se levantar e se sentar e virar e estender a mão e assentir com a cabeça.

Era uma cerimônia protocolar na qual ele precisava receber os prefeitos, vice-reis e ministros e suas esposas ou maridos, vindos de todos os cantos de Trantor ou, pior, de todos os cantos da Galáxia. Havia cerca de mil convidados, todos em roupas que iam de ornamentadas a indiscutivelmente bizarras, e ele era obrigado a ouvir uma ladainha de sotaques variados, acentuados por uma tentativa de imitar o Galáctico do Imperador, que era o da Universidade Galáctica. O pior de tudo era que o Imperador precisava se lembrar de não assumir compromissos de importância, ao mesmo tempo que aplicava o bálsamo de palavras sem conteúdo.

Tudo tinha sido discretamente gravado, tanto sons como imagens – e Eto Demerzel analisaria as gravações para ter certeza de que Cleon i, se comportara. Ou, pelo menos, era a maneira como o Imperador enxergava as gravações. Demerzel certamente diria que estava apenas coletando dados, em busca de gestos ou atitudes involuntariamente reveladores por parte dos convidados. E talvez estivesse mesmo.

Demerzel tinha muita sorte!

O Imperador não podia sair do palácio e arredores, enquanto Demerzel podia dar a volta na Galáxia, se quisesse. Cleon estava sempre exposto, sempre acessível; era constantemente obrigado a lidar com visitantes, desde os mais importantes até os meramente invasivos. Demerzel permanecia anônimo e nunca se fazia visto no palácio. Era apenas um nome ameaçador e uma presença invisível (e, portanto, ainda mais assustadora).

O Imperador era o homem ao centro, com todos os atavios e riquezas associadas ao poder. Demerzel era o homem do lado de fora, com nada em evidência, nem mesmo um título formal, mas com seus dedos e cérebro estendendo-se por todas as partes, sem pedir nada em troca de seus esforços incansáveis – nada além de poder real e efetivo.

De um jeito um tanto macabro, era prazeroso para Cleon saber que ele poderia, a qualquer momento e sem aviso, com uma desculpa fabricada ou sem justificativa nenhuma, mandar prender, condenar, exilar, torturar ou executar Demerzel. Afinal, naqueles séculos irritantes de inquietação eterna, o Imperador talvez tivesse dificuldade de se impor nos vários planetas do Império e até mesmo nos vários setores de Trantor – com sua turba de poderes executivos e legislaturas locais com os quais ele era forçado a lidar em um labirinto de decretos, protocolos, compromissos, tratados e legalidades interestelares que se cruzavam –, mas seu poder continuava absoluto pelo menos no palácio e arredores.

Entretanto, Cleon sabia que seus sonhos de poder eram inúteis. Demerzel servira a seu pai e Cleon não conseguia pensar em um momento em que não recorrera à ajuda de Demerzel, fosse qual fosse o motivo. Era Demerzel que sabia de tudo, planejava tudo, executava tudo. Mais do que isso. Demerzel era quem poderia ser culpado, caso alguma coisa desse errado. O Imperador permanecia acima de toda crítica e não tinha nada a temer – exceto, é claro, golpes de Estado e assassinato pelas mãos das pessoas mais próximas e mais benquistas por ele. Era para prevenir essas coisas, acima de tudo, que ele dependia de Demerzel.

Cleon sentiu um pequeno arrepio ao pensar em como seria sua vida sem Demerzel. Houve imperadores que governaram por conta própria, com uma série de Chefes de Gabinete sem talento, uma sequência de incompetentes ocupando a posição, e eles os mantiveram no cargo mesmo assim – e, de alguma maneira, tinham conseguido conviver lado a lado, pelo menos durante algum tempo.

Mas Cleon não era um desses casos. Ele precisava de Demerzel. Aliás, agora que a ideia de ser assassinado lhe ocorrera – e, considerando a história recente do Império, era inevitável que lhe ocorresse –, ele via que era impossível se livrar de Demerzel. Simplesmente não podia ser feito. Independentemente da astúcia do plano que Cleon elaborasse, de alguma maneira Demerzel anteciparia a estratégia, saberia quando iria acontecer e, com inteligência muito superior, orquestraria um golpe de Estado. Cleon estaria morto antes que Demerzel fosse acorrentado e seria substituído por outro Imperador, ao qual Demerzel serviria – e a quem dominaria.

Ou será que Demerzel se cansaria do jogo e ele mesmo assumiria como Imperador?

Nunca! Ele estava acostumado com o anonimato. Se Demerzel se expusesse ao mundo, seus poderes, sua sabedoria, sua sorte (fosse qual fosse) iriam certamente abandoná-lo. Cleon estava convencido disso. Para ele, era algo indiscutível.

Portanto, enquanto se comportasse, Cleon estaria a salvo. Sem nenhuma ambição para si mesmo, Demerzel o serviria fielmente.

E ali estava Demerzel, vestido com tanta austeridade e simplicidade que deixava Cleon desconfortavelmente consciente da ornamentação inútil de seus trajes oficiais, que, para seu alívio, foram removidos com a ajuda de dois valetes. Naturalmente, Demerzel surgiu no campo de visão de Cleon apenas quando ele já estava sozinho e com roupas informais.

– Demerzel – exclamou o Imperador de toda a Galáxia –, estou cansado!

– Formalidades de Estado são cansativas, Majestade – murmurou Demerzel.

– É mesmo necessário que aconteçam todas as tardes?

– Não *todas* as tardes, mas elas são essenciais. Ver Vossa Majestade e receber sua atenção é gratificante para os outros. Ajuda a manter o Império.

– O Império costumava ser mantido pelo poder – respondeu Cleon, taciturno. – Agora, precisa ser mantido com um sorriso, um aceno de mão, uma palavra sussurrada e uma medalha ou placa.

– Se essas coisas ajudam a manter a paz, Majestade, são coisas de grande importância. E o seu reino continua próspero.

– Você sabe o motivo. É porque tenho você ao meu lado. Meu único talento verdadeiro é o de saber da sua importância. – Ele olhou para Demerzel de soslaio. – Meu filho não precisa ser meu sucessor. Ele não é um rapaz talentoso. E se eu indicar *você* como meu sucessor?

– Majestade – respondeu Demerzel, em um tom gélido –, isso é impensável. Eu não usurparia o trono. Não o roubaria do herdeiro legítimo. Se eu desagradei Vossa Majestade, castigue-me com justiça. Nada do que eu tenha feito ou possa fazer merece o castigo de ser nomeado Imperador.

Cleon riu e sentenciou:

– Por essa opinião sincera sobre o valor do trono imperial, Demerzel, eu esquecerei qualquer pensamento de castigá-lo. Agora, vamos conversar sobre alguma coisa. Eu dormiria, mas ainda não estou pronto para toda a cerimônia com a qual eles me colocam na cama. Vamos conversar.

– Sobre o quê, Majestade?

– Sobre qualquer coisa... Sobre aquele matemático e sua psico-história. Penso nele de vez em quando, sabe? Ele me veio à cabeça no jantar de hoje. Pensei: e se uma análise psico-histórica pudesse prever uma maneira de ser Imperador sem formalidades infinitas?

– Creio que nem mesmo o mais inteligente psico-historiador possa fazer isso, Majestade.

– Conte-me as últimas informações. Ele ainda está escondido entre aqueles peculiares carecas de Mycogen? Você prometeu que o arrancaria de lá.

– Sim, prometi, Majestade, e tomei providências para tanto, mas lamento informar que falhei.

– Falhou? – Cleon I franziu as sobrancelhas. – Não gosto disso.

– Nem eu, Majestade. Planejei que o matemático fosse encorajado a cometer algum tipo de blasfêmia... em Mycogen, é algo fácil a se fazer, especialmente para um forasteiro; algum gesto que resultasse em punição severa. Assim, o matemático seria forçado a apelar para o Imperador, e o resultado disso é que poderíamos capturá-lo. Minha estratégia incluía concessões insignificantes da nossa parte (muito importantes para Mycogen, totalmente sem importância para nós) e minha intenção era não ter nenhum envolvimento direto com a questão. Era algo a ser executado com sutileza.

– Era de se esperar que sim – disse Cleon –, mas falhou. Foi o prefeito de Mycogen...

– Ele é chamado de Sumo Ancião, Majestade.

– Não seja detalhista com títulos. Esse Sumo Ancião se recusou a ajudar?

– Pelo contrário, Majestade, ele concordou. E o matemático, Seldon, caiu direitinho na armadilha.

– O que foi, então?

– Ele pôde ir embora, incólume.

– Por quê? – perguntou Cleon, indignado.

– Não tenho certeza da resposta, Majestade, mas suspeito que alguém o tenha alcançado antes de nós.

– Quem? O prefeito de Wye?

– Talvez, Majestade, mas eu duvido. Coloquei Wye sob vigilância constante. A esta altura, eu saberia se eles tivessem conseguido o matemático.

Cleon não estava mais apenas franzindo as sobrancelhas. Estava obviamente enfurecido.

– Demerzel, isso é muito ruim. Estou imensamente insatisfeito. Um fracasso dessa magnitude faz com que eu pense que você não é mais o homem que costumava ser. Que medidas devemos tomar contra Mycogen como castigo por essa violação descarada dos meus desejos?

Demerzel fez uma reverência em resposta ao ataque de fúria, mas respondeu em tons gelados:

– Agir contra Mycogen neste momento seria um erro, Majestade. A ruptura resultante seria benéfica para Wye.

– Mas precisamos fazer *alguma coisa*.

– Talvez não, Majestade. A situação não é tão grave quanto parece.

– Como ela pode não ser tão grave quanto parece?

– Vossa Majestade se lembra de que esse matemático estava convencido de que a psico-história é impraticável?

– Claro que lembro, mas isso não faz diferença para nossos propósitos, faz?

– Talvez não. Mas, se ela acabasse por ser praticável, serviria extensa e infinitamente aos nossos propósitos, Majestade. E, pelo que pude descobrir, o matemático está, no momento, tentando fazer com que ela seja praticável. Segundo minhas conclusões, a blasfêmia cometida em Mycogen foi parte de uma tentativa de desvendar a psico-história. Nesse caso, talvez seja benéfico para nós, Majestade, deixá-lo por conta própria. Será mais útil capturá-lo quando ele estiver mais próximo de atingir seu objetivo ou já o tenha alcançado.

– Não se Wye pegá-lo antes de nós.

– Farei de tudo para garantir que isso não aconteça.

– Do mesmo jeito que você conseguiu arrancar o matemático de Mycogen?

– Não cometerei nenhum erro na próxima vez, Majestade – disse Demerzel, frio.

– É melhor que não cometa, Demerzel – respondeu o Imperador. – Não vou tolerar outro equívoco. – E acrescentou, mal-humorado: – Acho que não vou dormir hoje, afinal de contas.

62

Jirad Tissalver, do Setor Dahl, era baixinho. O topo de sua cabeça ficava à altura do nariz de Hari Seldon. Mas ele não parecia se incomodar. Tinha traços belos e simétricos, gostava de sorrir e exibia um denso bigode preto e cabelos pretos encaracolados.

Ele vivia com sua esposa e a filha pequena em um apartamento com sete aposentos diminutos, mantidos meticulosamente limpos, mas quase sem móveis.

– Peço desculpas, amo Seldon e ama Venabili, por não ser capaz de oferecer o luxo com o qual devem estar acostumados, mas Dahl é um setor pobre e eu não estou entre os mais abastados de meu povo.

– Mais motivos para pedirmos desculpas pelo fardo de nossa presença – respondeu Seldon.

– Não é fardo nenhum, amo Seldon. O amo Hummin providenciou um generoso pagamento para que vocês pudessem usufruir de nossos humildes aposentos, e os créditos seriam bem-vindos mesmo que vocês não fossem... e vocês *são*.

Seldon lembrou-se do que Hummin dissera ao se despedir deles, depois de chegarem a Dahl.

– Seldon – ele dissera –, este é o terceiro lugar que consegui para ser seu esconderijo. Os dois primeiros ficavam notoriamente longe do alcance da autoridade imperial, o que inadvertidamente pode ter servido para atrair a atenção deles; afinal, eram lugares lógicos para esconder você. Este é diferente. É pobre, sem nenhum destaque, e até inseguro, de certa maneira. Não é um esconderijo óbvio, então pode ser que não ocorra ao Imperador nem ao chefe de gabinete olhar nesta direção. Você pode, por favor, evitar problemas desta vez?

– Vou tentar, Hummin – respondera Seldon, um tanto ofendido. – Por favor, tenha em mente que não procuro problemas. Para ter uma mínima chance de efetivar a psico-história, estou tentando aprender o que talvez precise de cinquenta vezes meu tempo de vida para ser aprendido.

– Eu entendo – dissera Hummin. – Sua dedicação a aprender foi o que o levou à Superfície Exterior, em Streeling, e ao refúgio dos Anciãos, em Mycogen, e sabe-se lá para onde aqui, em Dahl. Quanto a você, dra. Venabili, sei que está tentando tomar conta de Seldon, mas precisa aumentar os seus esforços. Jamais se esqueça de que ele é a pessoa mais importante em Trantor e talvez em toda a Galáxia, e precisa ser mantido em segurança, a qualquer custo.

– Continuarei a fazer o melhor que puder – retrucara Dors, em tom duro.

– No que diz respeito à família que vai recebê-los, eles têm suas esquisitices, mas são, essencialmente, boas pessoas, com quem já tive contato antes. Tentem não envolvê-los em confusão.

Mas Tissalver, pelo menos, não parecia temer nenhum tipo de confusão por parte de seus novos hóspedes, e sua declarada satisfação pela companhia dos dois – independentemente dos créditos de aluguel que receberia – parecia ser bastante sincera.

Ele nunca tinha estado fora de Dahl e seu apetite por histórias de lugares distantes era imenso, assim como o de sua esposa, que, fazendo reverências e sorrindo, escutava o que os visitantes tinham a dizer. Até mesmo a filha dos dois, com o polegar na boca, espiava pelas frestas das portas.

Era geralmente depois do jantar, quando toda a família estava reunida, que Seldon e Dors falavam sobre o universo fora de Dahl. A comida era generosa, mas sem graça e, muitas vezes, dura. Depois da saborosa gastronomia de Mycogen, era praticamente intragável. A "mesa" era uma longa prateleira na parede e eles comiam em pé.

Perguntas sutis por parte de Seldon revelaram que aquele era o costume entre todos os dahlitas, e não resultado de pobreza. Conforme explicou a ama Tissalver, havia em Dahl aqueles com empregos importantes no governo, que tinham inclinação a adotar "frescuras", como cadeiras – ela as chamou de "prateleiras para o corpo" –, mas isso era malvisto pela classe média, que era a maioria.

Porém, por mais que reprovassem luxos desnecessários, os Tissalver adoravam saber sobre eles, e ouviam – com incontáveis expressões negativas – sobre colchões que se apoiavam em quatro pés, baús e guarda-roupas ornamentados e utensílios de mesa supérfluos.

Eles ouviram também uma descrição sobre os costumes mycogenianos, enquanto Jirad Tissalver acariciava com orgulho o próprio cabelo e deixava óbvio que era capaz de preferir castração a depilação. A ama Tissalver ficava furiosa com toda menção à subserviência feminina e recusou-se terminantemente a acreditar que as irmãs aceitavam aquilo com tranquilidade.

Mas o que mais os surpreendeu foi a referência casual que Seldon fez ao Palácio Imperial. Quando, depois de algumas perguntas, Seldon contou que tinha visto e conversado com o Imperador, uma onda de admiração tomou conta da família. Foi necessário algum tempo até que eles ousassem fazer perguntas sobre aquilo, e Seldon descobriu que eles nunca ficariam satisfeitos com suas respostas. Afinal, ele não tinha visto muita coisa do terreno do palácio, muito menos de seu interior.

Isso desapontou os Tissalver, que não se cansavam de querer saber mais. Depois de ouvir sobre a aventura imperial de Seldon, eles tiveram dificuldade em acreditar que Dors nunca tinha estado em nenhuma parte do palácio. E rejeitaram, acima de tudo, o comentário casual de Seldon de que o Imperador conversava e se portava como qualquer ser humano comum faria. Isso parecia simplesmente impossível para os Tissalver.

Depois de três noites, Seldon começou a se cansar daquilo. A princípio, gostou de não precisar fazer nada durante algum tempo (pelo menos, não durante o dia), a não ser estudar os livros-filmes que Dors recomendara. Os Tissalver emprestaram de bom grado o livrovisualizador da família, apesar de a filha ter ficado incomodada e ter sido mandada ao apartamento de um vizinho para usar o de lá e fazer a lição de casa.

– Esses livros-filmes não ajudam em nada – disse Seldon, inquieto, na segurança do quarto e depois de ligar uma música para desencorajar algum ouvinte sorrateiro. – Entendo a sua fascinação por história, mas são detalhes infinitos. É um amontoado colossal... não, não, um amontoado galáctico de informações, e não consigo visualizar sua organização básica.

– Aposto que houve um momento em que os seres humanos não enxergavam nenhuma organização nas estrelas do céu – respondeu Dors –, mas acabaram descobrindo a estrutura galáctica.

– E tenho certeza de que isso demorou gerações, e não semanas. Deve ter havido uma época em que a física como ciência representasse um acúmulo de observações desconexas, antes que as leis naturais centrais fossem descobertas, e *isso* levou gerações... E essa família Tissalver?

– Qual é o problema? Acho que eles estão sendo ótimos.

– Eles estão curiosos.

– Claro que estão. No lugar deles, você não estaria?

– Mas será que é apenas curiosidade? Eles parecem obcecados pelo meu encontro com o Imperador.

– Repito – disse Dors, impaciente –, é uma reação natural. Você não estaria curioso se a situação fosse inversa?

– Isso me deixa nervoso.

– Hummin nos trouxe para cá.

– Sim, mas ele não é perfeito. Ele me levou à universidade e fui manipulado a subir à Superfície Exterior. Ele nos levou ao Mestre Solar Quatorze, que nos armou uma cilada. Você sabe que foi isso. Duas vezes fomos atacados e pelo menos uma vez escapamos por muito pouco. Estou cansado de ouvir tantos questionamentos.

– Então vire o jogo, Hari. Você não está interessado em Dahl?

– Claro. O que *você* sabe sobre este setor?

– Nada. É apenas um dos mais de oitocentos setores de Trantor, e estou aqui há pouco mais de dois anos.

– Exatamente. E há vinte e cinco milhões de outros mundos, e estou lidando com esse problema há pouco mais de dois meses. O que eu quero fazer de verdade é voltar para Helicon, começar um estudo sobre a matemática da turbulência, que era a minha tese de ph.D., e esquecer que vi, ou achei ter visto, que o fluxo turbulento na mecânica dos fluidos podia ser usado para analisar a sociedade humana.

Ainda assim, naquela noite, Seldon fez perguntas a Tissalver.

– Sabe, amo Tissalver, o senhor nunca me contou sobre o que faz, sobre a natureza do seu trabalho.

– Eu? – Tissalver colocou os dedos no peito, coberto por uma simples camiseta branca que parecia ser o uniforme masculino padronizado em Dahl. – Nada de mais. Trabalho na estação local de holovisualização, na parte de programação. É muito tedioso, mas é um sustento.

– E é respeitável – acrescentou a ama Tissalver. – Significa que ele não precisa trabalhar nos poços termais.

– Poços termais? – perguntou Dors, erguendo as sobrancelhas finas em uma expressão de fascínio.

– É o que temos de mais famoso, sabe? – disse Tissalver. – Não é muita coisa, mas quarenta bilhões de pessoas em Trantor precisam de energia, e fornecemos boa parte dela. Não somos valorizados, mas eu gostaria de ver alguns dos setores mais luxuosos se virarem sem nós.

– Mas Trantor não usa a energia fornecida pelas usinas solares em órbita? – perguntou Seldon, confuso.

– Em parte – explicou Tissalver –, e também as usinas de fusão nuclear nas ilhas, alguns motores de microfusão e as usinas eólicas na Superfície Exterior, mas metade – ele ergueu um dedo para enfatizar e seu rosto ficou absolutamente sério –, metade vem dos poços termais. Existem poços termais em muitos lugares, mas nenhum, nenhum tão ricos quanto os de Dahl. Vocês realmente não sabem nada dos poços termais? Estão com cara de dúvida.

– Somos de outros planetas, sabe? – respondeu Dors, de imediato (ela quase disse "tribalistas", mas conseguiu se segurar). – Especialmente o dr. Seldon. Ele está em Trantor há apenas dois meses.

– É mesmo? – disse a ama Tissalver. Ela era um pouquinho mais baixa do que o marido; rechonchuda, sem ser gorda, tinha os cabelos escuros presos em um coque e belos olhos castanhos. Assim como o marido, parecia ter por volta de trinta anos.

(Depois de um período em Mycogen, não de longa duração, mas de bastante intensidade, Dors estranhou uma mulher entrando na conversa quando queria. Comportamento e etiqueta eram rapidamente estabelecidos pelo cérebro, ela pensou, e fez uma nota mental para conversar sobre o assunto com Seldon – mais um item para a psico-história.)

– Oh, sim – ela respondeu. – O dr. Seldon é de Helicon.

A ama Tissalver demonstrou educada ignorância.

– E onde fica esse mundo? – perguntou.

– Ora, fica em... – disse Dors, virando-se na direção de Seldon. – Onde fica, Hari?

– Para dizer a verdade – Seldon parecia envergonhado –, acho que eu não conseguiria localizá-lo em um modelo galáctico sem ter as coordenadas. Tudo o que posso dizer é que, partindo de Trantor, Helicon fica no outro lado do buraco negro central, e chegar até lá com uma hipernave é muito trabalhoso.

– Acho que eu e Jirad nunca entraremos em uma hipernave – comentou a ama Tissalver.

– Talvez entremos, Cassília – disse o amo Tissalver, alegremente –, algum dia. Mas conte-nos sobre Helicon, amo Seldon.

– Isso seria tedioso – Seldon fez um gesto negativo com a cabeça. – É apenas um mundo, como qualquer outro. Somente Trantor é diferente do resto. Não há poços termais em Helicon... ou provavelmente em nenhum outro lugar, exceto Trantor. Conte-me mais sobre eles.

("Somente Trantor é diferente do resto." A frase se repetiu na mente de Seldon e, por um momento, ele se deteve em seu significado. Por algum motivo, a história de Dors sobre a mão na coxa ressurgiu em seus pensamentos, mas Tissalver estava falando e ela desapareceu tão rapidamente quanto tinha surgido.)

– Se quer mesmo saber sobre os poços termais, posso mostrá-los a você – disse Tissalver. Ele se dirigiu à esposa: – Cassília, você se importaria se eu levasse o amo Seldon aos poços termais amanhã à tarde?

– E eu também – interveio Dors, imediatamente.

– E também a ama Venabili? – completou Tissalver.

– Não acho que seria uma boa ideia – respondeu a ama Tissalver, secamente, com as sobrancelhas franzidas. – Nossos hóspedes achariam tedioso.

– Creio que não, ama Tissalver – disse Seldon, gentilmente. – Gostaríamos muito de ver os poços termais. E ficaríamos muito contentes se a senhora viesse conosco também... e sua filha, se ela quiser.

– Aos poços termais? – ela respondeu, tensa. – Não é lugar para nenhuma mulher que se preze.

Seldon ficou constrangido pela gafe.

– Não foi minha intenção ofendê-la, ama Tissalver.

– Não foi ofensa nenhuma – disse o amo Tissalver. – Cassília acha que os poços são inferiores, e são mesmo. Mas, desde que eu não trabalhe neles, não é nenhum problema mostrá-los a visitantes. Porém, é uma visita desconfortável, e eu nunca conseguiria que Cassília vestisse as roupas apropriadas.

Eles se levantaram das posições agachadas. As "cadeiras" dahlitas eram meros assentos plásticos sobre pequenos discos. Eles forçavam bastante os joelhos de Seldon e pareciam instáveis ao menor movimento corporal. Mas os Tissalver tinham dominado a arte de usá-los com firmeza e se levantaram sem nenhuma dificuldade e sem precisar da ajuda dos braços, como precisou Seldon. Dors também se levantou sem problemas e Seldon, mais uma vez, ficou admirado com sua graciosidade natural.

Naquela noite, antes de irem cada um para seu quarto, Seldon disse a Dors:

– Tem certeza de que não sabe nada sobre os poços termais? A ama Tissalver faz com que pareçam desagradáveis.

– Não devem ser *tão* desagradáveis assim, senão Tissalver não teria sugerido nos levar para conhecê-los. Pode ser uma boa surpresa.

63

– Vocês vão precisar de roupas apropriadas – informou Tissalver. Ao fundo, a ama Tissalver fez um evidente som de reprovação.

– O que você quer dizer com "roupas apropriadas"? – perguntou Seldon, cauteloso. Com um pouco de angústia, pensou em túnicas.

– Alguma coisa leve, como o que estou usando. Uma camiseta de mangas bem curtas, calças e roupas íntimas largas, meias para os pés, sandálias. Tenho tudo para emprestar.

– Ótimo. Não parecem ser desconfortáveis.

– Tenho a mesma coisa para a ama Venabili. Espero que sirvam.

As roupas que Tissalver providenciou para os dois (que eram dele) ficaram boas; talvez um pouco apertadas. Quando estavam prontos, despediram-se da ama Tissalver e ela, com um ar resignado e de reprovação, ficou à porta, observando conforme eles se afastavam.

Era fim de tarde e havia um agradável brilho crepuscular no céu artificial. Percebia-se que as luzes de Dahl logo seriam acesas. A temperatura era amena e não havia praticamente nenhum veículo à vista; todos caminhavam. A distância, ouvia-se o zunido constante de uma via expressa e o brilho ocasional de seus faróis podia ser visto.

Seldon reparou que os dahlitas não pareciam caminhar para destinos específicos. Em vez disso, passeavam, andavam pelo simples prazer de andar. Se Dahl era um setor pobre, como Tissalver tinha dado a entender, entretenimento barato talvez fosse raro, e o que poderia ser mais prazeroso – e mais barato – do que uma caminhada no fim da tarde?

O próprio Seldon se sentiu entrando em um ritmo automático de passeio e acolheu a atmosfera amigável à sua volta. As pessoas se cumprimentavam e trocavam palavras conforme passavam. Bigodes pretos de diferentes formatos e densidades estavam por toda parte e pareciam ser um pré-requisito para os homens dahlitas; tão onipresentes quanto as cabeças carecas dos irmãos mycogenianos.

Era um ritual vespertino, uma maneira de confirmar que o dia passara tranquilamente e que seus amigos ainda estavam bem e felizes. Logo ficou evidente que Dors atraía todos os olhares. À luminosidade crepuscular, o tom avermelhado de seus cabelos ficava mais escuro, mas se destacava contra o oceano de cabeças com cabelos pretos (exceto os ocasionais grisalhos), como uma moeda de ouro que cintilasse em uma pilha de carvão.

– Isso é muito agradável – comentou Seldon.

– É mesmo – disse Tissalver. – Em um dia comum, eu caminharia com minha esposa e ela estaria em seu território. Não há ninguém em um raio de um quilômetro que ela não conheça por nome, profissão e círculo de amizades. Eu não consigo fazer isso. Agora mesmo, metade das pessoas que me cumprimentam... eu não saberia dizer seus nomes. Mas, de qualquer jeito, não podemos ir devagar demais. Precisamos chegar ao elevador. É um mundo agitado nos níveis mais baixos.

Eles desciam de elevador quando Dors disse:

– Amo Tissalver, imagino que os poços termais sejam lugares em que o calor interno de Trantor seja usado para produzir vapor que ativa turbinas e gera eletricidade.

– Não, não. Pilhas termelétricas em larga escala e de alta eficiência produzem eletricidade diretamente. Por favor, não me pergunte sobre os detalhes. Sou apenas um programador de holovisualização. Aliás, não pergunte a ninguém lá embaixo. A coisa toda é uma imensa caixa-preta. Funciona, mas ninguém sabe como.

– E se alguma coisa sair errado?

– Geralmente não acontece, mas, quando acontece, vem algum especialista de algum lugar. Alguém que entenda de computadores. A coisa toda é altamente computadorizada, claro.

O elevador parou e eles saíram. Uma onda de calor os atingiu.

– Está quente – comentou Seldon, sem necessidade.

– Sim, está mesmo – respondeu Tissalver. – É isso que faz Dahl ser tão valioso como fonte de energia. Aqui, a camada de magma fica mais próxima da superfície do que em qualquer outra parte do mundo. Por isso, precisamos trabalhar neste calor.

– E condicionamento de ar? – perguntou Dors.

– Existe, mas é uma questão de despesas. Nós ventilamos, desumidificamos e resfriamos, mas, se formos longe demais, acabamos usando energia excessiva e o processo todo fica muito caro.

Tissalver parou diante de uma porta e ativou o sinalizador de visitas. A porta se abriu e um golpe de ar frio saiu por ela.

– É melhor encontrarmos alguém que possa nos mostrar o lugar – murmurou Tissalver –, e que possa restringir os comentários que a ama Venabili talvez ouça... Pelo menos dos homens.

– Não ficarei constrangida com os comentários – respondeu Dors.

– *Eu* ficarei constrangido com os comentários – disse Tissalver.

Um jovem saiu do escritório e se apresentou como Hano Lindor. Ele era bastante parecido com Tissalver, mas Seldon achou que, enquanto não se acostumasse com as estaturas baixas, cores escuras, cabelos pretos e bigodes generosos – *que pareciam ser universais naquele setor –*, não conseguiria identificar diferenças com tanta facilidade.

– Será um prazer mostrar o que há para ser visto por aqui – disse Lindor. – Mas não é muita coisa, sabe? – Ele se dirigia a todo o grupo, mas seus olhos estavam fixos em Dors. – Não é muito confortável. Sugiro que tiremos a camiseta.

– Está refrescante aqui dentro – respondeu Seldon.

– Claro, mas é porque somos administradores. Cargos altos têm seus privilégios. Lá fora, não podemos manter um condicionamento de ar tão intenso. É por isso que eles têm salários maiores do que o meu. Aliás, esses são os empregos mais bem pagos de Dahl. É só por isso que conseguimos pessoas para trabalhar aqui embaixo. Mesmo assim, está ficando cada vez mais difícil conseguir termopoceiros. – Ele respirou fundo. – Certo, hora de mergulhar na sopa.

Ele tirou a própria camiseta e a prendeu no cinto. Tissalver fez o mesmo, e Seldon os imitou.

Lindor olhou para Dors de relance.

– Seria para o seu próprio conforto, madame, mas não é obrigatório – ele disse.

– Sem problemas – respondeu Dors, e tirou a camiseta.

Seu sutiã era branco, sem nenhum tipo de reforço, e mostrava um decote considerável.

– Madame – disse Lindor –, esse não é... – ele pensou por um instante e deu de ombros. – Tudo bem. Podemos seguir.

Inicialmente, Seldon viu apenas computadores, maquinário, tubos imensos, luzes instáveis e telas piscando.

A luz era baixa, apesar de partes separadas de maquinário contarem com focos de iluminação individual. Seldon observou a semiescuridão.

– Por que não há mais luz? – perguntou Seldon.

– A luz é suficiente... É do jeito que deve ser – respondeu Lindor. Sua voz era bem modulada e ele tinha a fala rápida e um tanto seca. – A iluminação geral é mantida baixa por razões psicológicas. A mente traduz muita claridade como calor. As reclamações aumentam quando acentuamos a luz, mesmo quando baixamos a temperatura.

– Parece ser um sistema bastante automatizado – comentou Dors. – Imagino que todas as operações possam ser atribuídas aos computadores. Inteligências artificiais são ótimas para esse tipo de ambiente.

– Sim, de fato – disse Lindor –, mas não podemos nos arriscar a nenhuma falha. Precisamos de pessoas aqui, caso algo saia errado. Um computador com defeito pode causar problemas que alcançam até dois mil quilômetros de distância.

– Um erro humano também pode, não? – perguntou Seldon.

– Sim, mas com pessoas e computadores nas funções, os erros dos computadores podem ser rastreados e corrigidos mais rapidamente pelas pessoas e, inversamente, os erros humanos podem ser corrigidos mais rápido pelos computadores. O resultado disso é segurança contra qualquer erro sério, exceto no caso de o erro humano e o erro do computador serem simultâneos. E isso não acontece quase nunca.

– "Quase nunca" não é "nunca" – observou Seldon.

– Quase nunca não é nunca. Os computadores não são o que costumavam ser, nem as pessoas.

– Parece ser sempre assim – disse Seldon, rindo de leve.

– Não, não estou falando de nostalgia. Não estou falando sobre os bons tempos de antigamente. Estou falando de estatísticas.

Seldon lembrou-se de Hummin comentando sobre a decadência da atualidade.

– Estão vendo o que quero dizer? – disse Lindor, baixando o tom de voz. – Ali está um bando de gente do nível C-3, considerando a aparência deles, todos bebendo. Nenhum deles está no próprio posto.

– O que estão bebendo? – perguntou Dors.

– Fluidos especiais para reposição de eletrólitos. Suco de frutas.

– Não podemos recriminá-los, não acha? – disse Dors, indignada. – Neste calor seco, você precisa beber.

– Você tem ideia de quanto um C-3 habilidoso pode enrolar para beber? E não há nada que possamos fazer. Se déssemos intervalos de cinco minutos e os organizássemos de maneira que eles não ficassem em grupo, acabaríamos provocando uma rebelião.

Eles seguiram na direção do grupo. Havia homens e mulheres (Dahl parecia ser uma sociedade mais ou menos igualitária no que dizia respeito a gênero) e ambos os sexos estavam sem camiseta. As mulheres usavam acessórios que poderiam ser chamados sutiãs, mas que eram estritamente funcionais. Serviam para sustentar os seios e, assim, aumentar a ventilação e limitar a transpiração, mas não cobriam nada.

– Faz sentido, Hari – Dors comentou discretamente com Seldon. – Estou encharcada de suor.

– Então tire o sutiã – ele respondeu. – Não vou me mexer um centímetro para impedi-la.

– Eu sabia que você não teria nada contra – ela disse, e deixou o sutiã do mesmo jeito.

Estavam se aproximando do grupo de pessoas. Era cerca de uma dúzia delas.

– Se alguém fizer comentários grosseiros, eu sobreviverei – disse Dors.

– Obrigado – respondeu Lindor. – Não posso prometer que eles não falarão nada. Mas preciso apresentá-los. Se eles acharem que vocês dois são inspetores em minha companhia, ficarão insubordinados. Os inspetores devem fazer análises por conta própria, sem que ninguém da administração os fiscalize. – Ele ergueu os braços para o grupo de pessoas. – Termopoceiros, tenho duas apresentações a fazer. Temos visitantes de fora. Dois Estrangeiros, dois estudiosos. Seus mundos estão com falta de energia e eles vieram até Dahl para ver como fazemos. Acham que talvez aprendam alguma coisa.

– Vão aprender a suar – gritou um termopoceiro, e todos riram grosseiramente.

– Os peitos dela já estão bem suados, cobertos desse jeito – gritou uma mulher.

– Eu os deixaria de fora – respondeu Dors, também em tom elevado –, mas eles não podem competir com os seus! – A risada geral ficou mais amigável.

Mas um jovem deu um passo à frente, encarando Seldon com olhos escuros e intensos, e o rosto congelado em uma expressão séria.

– Eu conheço você – ele disse. – Você é aquele matemático.

Ele se adiantou na direção de Seldon, inspecionando seu rosto com ansiosa seriedade. Automaticamente, Dors entrou na frente de Seldon e Lindor entrou na frente de Dors.

– Para trás, termopoceiro – gritou Lindor. – Mostre respeito.

– Esperem! – interveio Seldon. – Deixem que ele fale comigo. Por que todo mundo entrou na minha frente?

– Se algum deles se aproximar – disse Lindor, baixinho –, você verá que eles não cheiram como flores do campo.

– Eu aguento – respondeu Seldon, bruscamente. – Jovem, o que você quer?

– Meu nome é Amaryl. Yugo Amaryl. Eu já o vi em holovisualização.

– Talvez sim, e daí?

– Não me lembro do seu nome.

– Não precisa se lembrar.

– Você falou de uma coisa chamada psico-história.

– Você não tem ideia de como me arrependo disso.

– Quê?

– Esqueça. O que você quer?

– Quero falar com você. Apenas por um instante. Agora.

Seldon olhou para Lindor.

– Não enquanto ele estiver trabalhando – disse Lindor, que negou com a cabeça.

– A que horas começa o seu turno, sr. Amaryl? – perguntou Seldon.

– Dezesseis duplo zero.

– Pode me encontrar amanhã, quatorze duplo zero?

– Claro. Onde?

Seldon se dirigiu a Tissalver.

– Você permite que eu receba este jovem em sua casa? – perguntou.

Tissalver pareceu bastante insatisfeito.

– Não é necessário – ele respondeu. – É um mero termopoceiro.

– Ele reconheceu meu rosto – disse Seldon. – Sabe alguma coisa sobre mim. Não pode ser *apenas* um nada. Vou recebê-lo em particular. – Então, como Tissalver não suavizou a expressão em seu rosto, Seldon acrescentou: – Eu estarei em *meu* quarto, cujo aluguel está pago. E você estará no trabalho, fora do apartamento.

– O problema não sou eu, amo Seldon – respondeu Tissalver, em tom baixo. – É minha esposa, Cassília. Ela não vai aceitar.

– Conversarei com ela – disse Seldon, com seriedade. – Ela terá que aceitar.

64

– Um termopoceiro? – Os olhos de Cassília Tissalver se arregalaram. – Não no *meu* apartamento.

– Por que não? Ele ficará no *meu* quarto – disse Seldon. – Virá às quatorze duplo zero.

– Eu não aceito – respondeu a ama Tissalver. – É nisso que dá descer aos poços termais. Jirad foi um tolo.

– De jeito nenhum, ama Tissalver. Descemos porque eu pedi, e fiquei fascinado. Preciso falar com esse jovem, pois é algo necessário para o meu trabalho acadêmico.

– Peço desculpas, mas não aceito.

– Hari – Dors Venabili ergueu a mão –, deixe comigo. Ama Tissalver, se o dr. Seldon precisa receber alguém em seu quarto esta tarde, essa pessoa adicional significa aluguel adicional, claro. Sabemos disso. Então, por hoje, o aluguel do quarto do dr. Seldon será dobrado.

A ama Tissalver pensou no assunto.

– É justo de sua parte – ela respondeu –, mas o problema não são apenas os créditos. O que vão pensar os vizinhos? Um termopoceiro suado e fedido...

– Duvido que ele esteja suado e fedido às quatorze duplo zero, ama Tissalver – interrompeu Dors –, mas permita-me continuar. O dr. Seldon *precisa* vê-lo e, se não puder fazer isso aqui, precisará ser em outro lugar. Mas não podemos ficar indo de lá para cá. Seria inconveniente demais. Portanto, será necessário conseguir hospedagem em outro lugar. Não será fácil e não queremos que isso aconteça, mas será necessário. Nesse caso, pagaremos o aluguel até hoje e iremos embora. É nossa obrigação, claro, explicar ao amo Hummin os motivos pelos quais tivemos de mudar o acordo que ele gentilmente providenciou em nosso nome.

– Espere – o rosto da ama Tissalver se transformou em um estudo calculista. – Não queremos romper nosso acordo com o amo Hummin... ou com vocês dois. Por quanto tempo essa criatura ficaria aqui?

– Ele virá às quatorze duplo zero e precisa estar no trabalho às dezesseis duplo zero. Ficará aqui por menos de duas horas, talvez muito menos do que isso. Vamos recebê-lo do lado de fora, nós dois, e o levaremos para o quarto do dr. Seldon. Qualquer vizinho que nos veja achará que ele é um de nossos amigos Estrangeiros.

Ama Tissalver concordou com a cabeça e disse:

– Então será como você diz. Aluguel dobrado por essa diária do quarto do dr. Seldon e o termopoceiro nos visitará apenas esta vez.

– Apenas esta vez – concordou Dors.

Mais tarde, quando Seldon e Dors estavam no quarto reservado para ela, Dors perguntou:

– Afinal, *por que* você precisa vê-lo, Hari? Interrogar um termopoceiro é outra coisa importante para a psico-história?

Seldon pensou ter detectado um pequeno toque de sarcasmo na pergunta.

– Não preciso usar meu projeto gigante para justificar tudo o que faço – ele respondeu, um tanto rude. – Projeto no qual, aliás, tenho pouca fé. Sou também um ser humano e tenho minha curiosidade. Ficamos lá nos poços termais durante horas e você viu como são aqueles trabalhadores. São claramente ignorantes. Indivíduos de baixo nível, com o perdão do trocadilho. Mas, ainda assim, um deles me reconheceu. Deve ter me visto em uma holo-visualização do seminário na Convenção Decenal e se lembrou do termo *psico-história*. Ele me parece diferente... deslocado, de alguma maneira... e eu gostaria de conversar com ele.

– Talvez porque faça bem ao seu ego ter se tornado conhecido até mesmo entre os termopoceiros de Dahl?

– Bom... Talvez. Mas isso também despertou minha curiosidade.

– E como você sabe que ele não está seguindo ordens e pretende nos causar problemas, como aconteceu antes?

Seldon estremeceu.

– Não vou deixar que ele passe os dedos no meu cabelo. De qualquer forma, agora estamos mais bem preparados, não? E tenho certeza de que você ficará ao meu lado. Quer dizer, você me deixou ir sozinho à Superfície Exterior e às microfazendas com Orvalho Quarenta e Três, mas não vai fazer isso de novo, vai?

– Pode ter certeza absoluta de que não vou – disse Dors.

– Certo. Vou conversar com o jovem, e você fica de olho em armadilhas. Confio totalmente em você.

65

Amaryl chegou alguns minutos antes de quatorze duplo zero, olhando os arredores com cautela. Seus cabelos estavam limpos e seu denso bigode tinha sido penteado; as pontas estavam inclinadas para cima. Sua camiseta era de um branco gritante. Ele tinha *de fato* um cheiro forte, mas era um odor adocicado, certamente resultado de uso excessivamente entusiasmado de perfume. Trazia uma sacola consigo.

Seldon, que esperava do lado de fora, segurou gentilmente um dos cotovelos de Amaryl, enquanto Dors segurou o outro. Seguiram rapidamente para o elevador. Depois de chegar ao nível certo, atravessaram o apartamento para irem direto ao quarto de Seldon.

– Ninguém em casa, é? – perguntou Amaryl, em um tom baixo e constrangido.

– Estão todos ocupados – respondeu Seldon, neutro. Ele indicou a única cadeira no aposento, uma almofada no chão.

– Não, não preciso disso – disse Amaryl. – Um de vocês pode usar. – Ele se agachou e se sentou com um movimento gracioso.

Dors imitou o movimento e se sentou na beirada do colchão de Seldon, que ficava diretamente no assoalho. Seldon agachou-se de maneira desengonçada, precisou usar as mãos e não conseguiu encontrar uma posição confortável para as pernas.

– E então, rapaz – disse Seldon –, por que quer falar comigo?

– Porque você é um matemático. É o primeiro matemático que vejo de perto, ao vivo... De verdade.

– Matemáticos são como qualquer pessoa.

– Não para mim, dr.... dr.... Seldon?

– É o meu nome.

– Finalmente me lembrei – Amaryl pareceu satisfeito. – Sabe o que é? Eu também quero ser matemático.

– Ótimo! O que o impede?

Amaryl subitamente fechou o rosto.

– Está falando sério? – perguntou.

– Imagino que *alguma coisa* o esteja impedindo. Sim, estou falando sério.

– O que está me impedindo é que sou um dahlita, um *termo-poceiro* em Dahl. Não tenho dinheiro e não consigo os créditos para estudar. Estudar *de verdade*, quero dizer. Tudo o que me ensinaram foi ler e fazer cálculos e usar um computador e pronto, eu já sabia o suficiente para ser um termopoceiro. Mas eu queria mais. Então, estudei por conta própria.

– De certa maneira, é o melhor jeito de aprender. Como fez isso?

– Eu conhecia uma bibliotecária. Ela estava disposta a me ajudar. Era uma mulher muito bondosa e me mostrou como usar computadores para aprender matemática. E ela providenciou um programa de computador que me conectava com outras bibliotecas. Eu a visitava nas minhas folgas e pelas manhãs, depois do meu expediente. Às vezes, ela me deixava em sua sala particular para que eu não fosse incomodado pelos visitantes, ou permitia que eu entrasse quando a biblioteca estava fechada. Ela não sabia nada de matemática, mas me ajudou o máximo que pôde. Era mais velha, uma viúva. Talvez me considerasse uma espécie de filho, ou algo assim. Ela não tinha filhos.

(Talvez houvesse outro tipo de sentimento envolvido, pensou Seldon por um instante, mas deixou o raciocínio de lado. Não era problema dele.)

– Eu gosto da teoria dos números – continuou Amaryl. – Fiz alguns cálculos a partir do que aprendi no computador e nos livros-filmes que me ensinaram matemática. Descobri algumas coisas novas, que não estavam nos livros-filmes.

Seldon ergueu as sobrancelhas.

– Interessante. Por exemplo?

– Trouxe algumas para você ver. Nunca mostrei a ninguém. As pessoas com quem convivo... – Ele deu de ombros. – Elas ririam ou ficariam irritadas. Uma vez, tentei explicar a uma moça que conhecia, mas a única coisa que ela disse foi que eu era esquisito e que não sairia mais comigo. Posso mostrá-las?

– Sem nenhum problema. Acredite em mim.

Seldon estendeu a mão e, depois de uma breve hesitação, Amaryl lhe entregou a sacola que carregava.

Seldon analisou os papéis de Amaryl por bastante tempo. Eram raciocínios extremamente ingênuos, mas ele não permitiu que nenhum escárnio aparecesse em seu rosto. Acompanhou as demonstrações matemáticas. Nenhuma delas tinha valor ou era inédita – nem mesmo se aproximavam de inéditas.

Mas isso não importava.

Seldon levantou a cabeça.

– Você fez tudo isso sozinho? – perguntou.

Amaryl, com uma expressão assustada, concordou com a cabeça.

Seldon separou várias folhas.

– O que o fez chegar a isso? – ele perguntou, passando o dedo em uma linha de cálculos.

Amaryl conferiu a indicação, franziu as sobrancelhas e pensou no assunto. Em seguida, explicou o raciocínio que desenvolvera. Depois de ouvi-lo, Seldon perguntou:

– Você já leu o livro de Anat Bigell?

– Sobre teoria dos números?

– O título é *Dedução matemática*. Não é especificamente sobre teoria dos números.

– Nunca ouvi falar – Amaryl negou com a cabeça. – Desculpe.

– Ele chegou a esse seu teorema trezentos anos atrás.

– Eu não sabia – Amaryl parecia chocado.

– Tenho certeza de que não. Mas você resolveu de um jeito mais inteligente. Não é minucioso, mas...

– O que quer dizer com "minucioso"?

– Não importa. – Seldon organizou os papéis em uma pilha e os guardou na sacola. – Tire várias cópias desse material. Pegue uma delas, faça com que seja datada por um computador oficial e arquive-a sob um selo eletrônico. Minha amiga, a ama Venabili – Seldon indicou Dors –, pode garantir sua admissão na Universidade de Streeling sem mensalidade, com algum tipo de bolsa. Você precisará começar do início e cursar matérias sobre outros assuntos além de matemática, mas...

– Na Universidade de Streeling? – perguntou Amaryl, depois de recuperar o fôlego. – Eles não vão me aceitar.

– Por que não? Dors, você consegue isso, não?

– Claro que sim.

– Não, não consegue – disse Amaryl, exaltado. – Eles não vão me aceitar. Eu sou de Dahl.

– E daí?

– Eles não aceitam pessoas de Dahl.

– Do que ele está falando? – perguntou Seldon a Dors.

– Não tenho ideia – respondeu Dors, negando com a cabeça.

– Você é de outro planeta, madame – disse Amaryl. – Há quanto tempo está em Streeling?

– Há pouco mais de dois anos, sr. Amaryl.

– Já viu algum dahlita por lá? Baixos, cabelos pretos encaracolados, bigodes grandes?

– Há estudantes de todos os tipos.

– Mas nenhum dahlita. Na próxima vez que estiver lá, procure de novo.

– Por que não? – perguntou Seldon.

– Eles não gostam de nós. Somos diferentes. Eles não gostam de nossos bigodes.

– Você pode raspar o... – mas a voz de Seldon morreu sob o olhar furioso de Amaryl.

– Nunca! – ele disse. – Por que deveria? Meu bigode é minha masculinidade.

– Você fez a barba. Também é sua masculinidade.

– Para o meu povo é o bigode.

Seldon olhou para Dors e murmurou:

– Carecas, bigodes... insano!

– Quê? – perguntou Amaryl, irritado.

– Nada. Diga-me, do que mais eles não gostam nos dahlitas?

– Eles inventam coisas para não gostar. Dizem que somos fedidos, que somos sujos, que roubamos, que somos violentos, que somos *burros*.

– Por que eles dizem todas essas coisas?

– Porque é fácil falar e faz com que *eles* se sintam bem. É óbvio: como trabalhamos nos poços termais, ficamos sujos e fedidos. Por sermos pobres e reprimidos, alguns roubam e ficam violentos. Mas não é assim com todos nós. E aqueles cabelos-loiros do Setor Imperial que acham que são donos da Galáxia... ou melhor, que *são* donos da Galáxia? *Eles* nunca ficam violentos? *Eles* nunca roubam? Se eles fizessem o que eu faço, ficariam tão fedidos quanto eu. Se tivessem de viver do jeito que *eu* tenho de viver, ficariam sujos também.

– Quem nega que existem pessoas de todos os tipos em todos os lugares? – perguntou Seldon.

– Ninguém pensa no assunto! Acham que é assim, e pronto.

Amo Seldon, eu preciso sair de Trantor. Aqui, não tenho nenhuma chance, nenhum jeito de conseguir créditos, de ter uma educação, de me tornar um matemático, de ser qualquer coisa além do que eles dizem que eu sou... um nada.

A última palavra foi dita com frustração e desespero.

Seldon tentou ser racional.

– A pessoa que me alugou este quarto é um dahlita – ele disse. – Tem um trabalho limpo. É estudado.

– Oh, claro – respondeu Amaryl, transtornado. – Existem alguns. Eles deixam que alguns sejam bem-sucedidos para dizer que é possível. E esses que conseguem podem ter uma boa vida, desde que fiquem em Dahl. Peça para eles saírem daqui para ver como serão tratados. E, enquanto estão aqui, eles gostam de se sentir bem tratando o restante de nós como lixo. Isso faz com que eles achem que são cabelos-loiros. O que essa pessoa boa de quem você aluga o quarto disse quando você contou que receberia um termopoceiro? O que ela disse sobre mim? Eles não estão aqui... não ficariam no mesmo lugar que eu.

Seldon engoliu em seco.

– Não vou me esquecer de você – ele disse. – Vou fazer com que saia de Trantor e vá estudar na minha universidade, em Helicon, uma vez que eu tenha voltado para lá.

– Você promete? Tenho sua palavra de honra? Mesmo que eu seja um dahlita?

– O fato de você ser um dahlita não faz a menor diferença para mim. O que importa é que você já é um matemático! Mas ainda não consigo conceber isso que está me dizendo. Para mim, é impossível acreditar que possa existir esse tipo de sentimento ilógico em relação a pessoas inofensivas.

– Isso porque você nunca se interessou por esse tipo de coisa – respondeu Amaryl, amargamente. – Acontece tudo bem embaixo do seu nariz e você não percebe nada, porque não o afeta.

– Sr. Amaryl – interveio Dors –, o dr. Seldon é um matemático, como você, e a cabeça dele às vezes pode estar nas nuvens. Você precisa entender isso. Mas eu sou uma historiadora. Sei que não é incomum que um grupo de pessoas menospreze outro grupo. Existem ódios estranhos e quase ritualísticos que não têm justificativa racional e que podem ter uma profunda influência histórica. É terrível.

– Dizer que algo é "terrível" é fácil – respondeu Amaryl. – Você diz que reprova, isso a faz ser uma boa pessoa e então você pode seguir a própria vida e não se interessar mais pelo assunto. É muito pior do que "terrível". É algo contra tudo o que é humano e natural. Somos todos iguais, cabelos-loiros e cabelos-pretos, altos e baixos, orientais, ocidentais, meridionais e estrangeiros. Todos nós, você e eu e até mesmo o Imperador, somos descendentes do povo da Terra, não somos?

– Descendentes *do quê*? – perguntou Seldon. Ele se virou para Dors com os olhos arregalados.

– Do povo da Terra! – exaltou-se Amaryl. – O planeta onde os seres humanos se originaram.

– O planeta? Um único planeta?

– Sim, claro. O único planeta. A Terra.

– Quando você diz "Terra", está falando de Aurora, não está?

– Aurora? O que é isso? Não, estou falando da Terra. Você nunca ouviu falar na Terra?

– Não – respondeu Seldon. – Na verdade, não.

– É um mundo mítico – começou Dors –, que...

– Não é mítico. Foi um planeta real.

– Já ouvi tudo isso antes – suspirou Seldon. – Vamos lá, repassar mais uma vez. Existe algum livro dahlita que fale sobre a Terra?

– O quê?

– Ou então algum programa de computador?

– Não sei do que você está falando.

– Onde foi que você ouviu falar sobre a Terra, rapaz?

– Meu pai me contou. Todo mundo sabe sobre ela.

– Há alguém que saiba *mais* sobre isso? Ensinaram a você na escola?

– Nunca disseram nada sobre isso por lá.

– Então, como vocês sabem?

Amaryl deu de ombros, com uma expressão de quem está sendo inutilmente atormentado por nenhum motivo.

– Todo mundo sabe, simples assim. Se você quer ouvir histórias, tem a mãe Rittah. Acho que ela ainda está viva.

– Sua mãe? Você não saberia se ela...

– Ela não é a *minha* mãe. É assim que a chamam. Mãe Rittah. É uma senhora. Vive em Billibotton. Ou costumava viver.

– Onde fica isso?

– Naquela direção – indicou Amaryl, fazendo um gesto vago.

– Como posso chegar lá?

– Chegar lá? Você não vai querer ir para lá. Nunca voltaria.

– Por que não?

– Acredite em mim. Você não vai querer ir para lá.

– Mas eu gostaria de conversar com a mãe Rittah.

Amaryl negou com a cabeça.

– Você sabe usar uma faca? – perguntou.

– Para quê? Que tipo de faca?

– Uma faca com fio. Como esta – Amaryl colocou a mão no cinto em torno de sua cintura. Uma parte do cinto se abriu e ele desembainhou a lâmina de uma faca, estreita, polida e mortífera.

A mão de Dors imediatamente agarrou com força o punho direito de Amaryl.

– Não tenho planos de usá-la – ele riu. – Estava apenas mostrando. – Ele colocou a faca de volta no cinto. – Você precisa de uma dessas para autodefesa. Se não tiver ou se tiver, mas não souber usá-la, nunca sairá de Billibotton com vida. De qualquer jeito – ele subitamente adquiriu um ar grave –, você está mesmo falando sério sobre me ajudar a ir para Helicon, amo Seldon?

– Absolutamente sério. É uma promessa. Escreva seu nome e como localizá-lo por hipercomputador. Você tem um código, imagino.

– Meu turno nos poços termais tem um código. Serve?

– Sim.

– Então – disse Amaryl, olhando para Seldon com intensidade –, isso quer dizer que todo o meu futuro depende de você, amo

Seldon. Por isso, *por favor*, não vá a Billibotton. Não posso perdê-lo agora. – Ele se virou na direção de Dors e, com olhos suplicantes e tom gentil, continuou: – Ama Venabili, se ele a escuta, não deixe que ele vá. *Por favor.*

BILLIBOTTON

———— Dahl...

Surpreendentemente, o aspecto mais conhecido desse setor é Billibotton, um lugar quase lendário sobre o qual surgiram inúmeras histórias. Existe, inclusive, todo um gênero literário no qual heróis e aventureiros (e vítimas) precisam enfrentar o desafio de atravessar a região. Tais histórias se tornaram tão extravagantes que a famosa e presumivelmente verdadeira travessia de Hari Seldon e Dors Venabili por Billibotton passou a ser considerada fantasiosa por associação...

ENCICLOPÉDIA GALÁCTICA

66

– Você está mesmo planejando visitar essa tal "mãe"? – perguntou Dors, pensativa, quando ela e Seldon estavam sozinhos.

– Estou pensando no assunto, Dors.

– Você é estranho, Hari. Parece ir progressivamente de mal a pior. Quando esteve em Streeling, você foi para a Superfície Exterior, o que parecia ser algo inconsequente e com um propósito racional. Depois, em Mycogen, você invadiu o refúgio dos Anciãos, algo muito mais perigoso, e por uma motivação muito mais tola. E agora, em Dahl, você quer ir a esse lugar que aquele rapaz parece acreditar ser morte certa, por algo totalmente absurdo.

– Estou curioso sobre essa referência à Terra, e preciso saber se há alguma coisa por trás disso.

– É uma lenda – disse Dors –, e não é nem uma lenda muito interessante. É banal. Os nomes diferem de mundo para mundo, mas o conteúdo é o mesmo. A história de um mundo original e de uma era dourada é comum. Existe um desejo nostálgico por um passado supostamente mais simples e virtuoso que é quase universal entre pessoas de uma sociedade complexa e implacável. De um jeito ou de outro, isso é válido para todas as sociedades, pois todo mundo imagina que a sociedade em que vivem é demasiadamente complexa e implacável, por mais simples que ela seja. Pode anotar *isso* para a sua psico-história.

– Ainda assim, preciso considerar a possibilidade da existência desse único mundo – respondeu Seldon. – Aurora, Terra, o nome não importa. Aliás...

Ele parou de falar.

– O quê? – disse Dors, depois de um momento.

– Você se lembra da história da mão na coxa que me contou em Mycogen? Foi logo depois que peguei o Livro com Orvalho Quarenta e Três... Bom, ela ressurgiu em minha cabeça recentemente, em uma noite em que estávamos conversando com os Tissalver. Eu disse alguma coisa que, por um instante, me fez pensar que...

– Pensar o quê?

– Não me lembro. Foi algo que me veio à cabeça e sumiu em seguida. De alguma maneira, toda vez que penso na noção de um único planeta, parece que tenho alguma coisa na ponta dos dedos, mas que me escapa.

Dors olhou para Seldon com surpresa.

– Não consigo imaginar o que poderia ser – ela disse. – A história da mão na coxa não tem nada a ver com a Terra ou com Aurora.

– Eu sei, mas essa... coisa... que flutua nos limites da minha mente parece estar conectada a esse mundo único e tenho a sensação de que *preciso* saber mais, a qualquer custo. Sobre isso e sobre... robôs.

– Robôs, também? Achei que o refúgio dos Anciãos tinha acabado com isso.

– De jeito nenhum. Ando pensando no assunto. – Ele encarou Dors durante um longo momento, com uma expressão angustiada no rosto. – Mas não tenho certeza.

– Certeza de quê, Hari?

Seldon simplesmente negou com a cabeça e não disse mais nada.

Dors franziu o cenho.

– Hari, escute. Na história racional não existe nenhuma menção a um único mundo de origem. Acredite, eu sei do que estou falando. É uma crença bastante popular, admito. E não digo apenas entre fiéis do folclore, ignorantes como os mycogenianos e os termopoceiros dahlitas. Certos biólogos insistem que deve ter existido um mundo de origem, por razões que vão muito além da minha área de conhecimento. Há historiadores mais místicos que tendem a especular sobre isso. E, entre os intelectuais da classe alta, parece que essas especulações estão se tornando moda. Ainda assim, no estudo acadêmico de história, não consta nenhuma informação sobre o assunto.

– Mais motivos para ir além do estudo acadêmico de história, talvez – respondeu Seldon. – Tudo o que procuro é um modelo que simplifique a psico-história e não me importo com qual seja; pode ser um truque matemático ou um truque de história ou algo totalmente imaginário. Se o rapaz com quem acabamos de conversar tivesse tido um pouco mais de estudo formal, eu pediria que ele investigasse o problema. Seu raciocínio tem considerável engenhosidade e originalidade...

– Você vai mesmo ajudá-lo, então? – perguntou Dors.

– Sem dúvida nenhuma. Assim que eu estiver em posição para tanto.

– Você deveria mesmo fazer promessas que não sabe se poderá cumprir?

– Eu *quero* cumprir. Se você é tão irredutível em relação a promessas impossíveis, pense que Hummin disse ao Mestre Solar Quatorze que eu usaria a psico-história para que os mycogenianos recuperassem o planeta deles. A chance de isso acontecer é praticamente zero. Mesmo que eu consiga decifrar a psico-história, é impossível saber se ela serviria para um propósito tão estreito e específico. Aí está um exemplo *verdadeiro* de uma promessa que não pode ser cumprida.

– Chetter Hummin estava tentando salvar nossa vida – respondeu Dors, um tanto alterada –, tentando nos manter longe das mãos de Demerzel e do Imperador. Não se esqueça disso. E acho que ele queria *mesmo* ajudar os mycogenianos.

– E eu quero *mesmo* ajudar Yugo Amaryl, e há muito mais probabilidade de eu conseguir fazer isso do que de ajudar os mycogenianos. Se você defende o segundo caso, não critique o primeiro. Além disso, Dors – os olhos de Seldon se acenderam de raiva –, eu quero *mesmo* falar com mãe Rittah e estou disposto a ir sozinho.

– Nunca! – retrucou Dors. – Se você for, eu vou junto.

67

Uma hora depois que Amaryl saiu para trabalhar, a ama Tissalver voltou para casa, trazendo a filha. Ela não disse nada a Seldon ou a Dors; fez um aceno brusco com a cabeça quando eles a cumprimentaram e passou os olhos pela sala, como se para verificar que não havia traços do termopoceiro. Em seguida, cheirou o ar rispidamente e lançou um olhar acusatório para Seldon antes de atravessar a sala comunal e entrar no quarto da família.

O próprio Tissalver chegou em casa mais tarde. Quando Seldon e Dors vieram à mesa de jantar, ele aproveitou que a esposa ainda cuidava dos últimos detalhes para a refeição e, em tom baixo, perguntou:

– Aquela pessoa esteve aqui?

– Sim, e foi embora logo – respondeu Seldon, com seriedade. – Sua esposa estava fora durante a visita.

Tissalver fez um gesto afirmativo com a cabeça.

– Você precisa fazer isso de novo? – perguntou.

– Creio que não – disse Seldon.

– Ótimo.

O jantar transcorreu praticamente em silêncio. Mais tarde, quando a filha tinha voltado ao quarto para se dedicar aos dúbios prazeres de estudos no computador, Seldon se reclinou e disse:

– Contem-me sobre Billibotton.

Tissalver pareceu surpreso e sua boca se moveu sem produzir nenhum som, mas era mais difícil fazer com que Cassília ficasse sem palavras.

– É lá que mora seu novo amigo? – ela perguntou. – Vai retribuir a gentileza e visitá-lo?

– Tudo o que fiz até agora foi perguntar sobre Billibotton – disse Seldon, calmamente.

– É uma favela – respondeu Cassília, seca. – É onde mora a escória. Ninguém vai até lá, exceto a imundície que chama aquilo de casa.

– Fui informado sobre uma tal mãe Rittah, que mora por lá.

– Nunca ouvi falar nela – disse Cassília, sua boca se fechando com convicção. Era bastante óbvio que ela não tinha nenhuma intenção de conhecer alguém que vivesse em Billibotton.

– Eu já ouvi falar – interveio Tissalver, lançando um olhar inquieto na direção da esposa. – É uma velha louca que dizem ser vidente.

– E ela vive em Billibotton?

– Não sei, amo Seldon. Nunca a vi. Às vezes, ela é mencionada nas holotransmissões do noticiário, quando faz previsões.

– As previsões se tornam realidade?

– *Alguma* previsão se torna realidade? – bufou Tissalver. – As dela nem fazem sentido.

– Ela fala sobre a Terra?

– Eu não sei. Mas não ficaria surpreso.

– A menção à Terra não é estranha para você. Sabe algo sobre esse planeta?

– Claro que sim, amo Seldon – surpreendeu-se Tissalver. – É o mundo de onde todas as pessoas vieram... supostamente.

– Supostamente? Você não acredita nisso?

– Eu? Eu tenho estudo. Mas muitas pessoas ignorantes acreditam.

– Existem livros-filmes sobre a Terra?

– Algumas histórias infantis mencionam a Terra. Lembro que, quando eu era pequeno, minha história favorita começava assim: "Certa vez, há muito tempo atrás, na Terra, quando a Terra era o único planeta...". Você se lembra, Cassília? Também gostava dessa.

Cassília deu de ombros, insistindo no mau humor.

– Algum dia eu gostaria de ver esse livro – disse Seldon –, mas me refiro a livros-filmes *de verdade*... digo... para estudo. Ou filmes, ou impressos.

– Não conheço nenhum, mas a biblioteca...

– Vou pesquisar por lá. Existe algum tabu relacionado a falar sobre a Terra?

– O que é um tabu?

– Quero dizer, é importante para vocês que as pessoas não falem sobre a Terra ou que forasteiros não falem sobre ela?

Tissalver aparentava estar honestamente confuso que não parecia haver motivos para esperar que houvesse uma resposta. Dors interveio:

– Existe alguma regra proibindo que forasteiros visitem Billibotton?

– *Regra* não existe – respondeu Tissalver, adotando uma expressão séria –, mas ir para lá não é recomendável para *ninguém*. Eu não iria.

– Por que não? – perguntou Dors.

– É perigoso. Violento! Todo mundo anda armado. Ou melhor, o Setor Dahl inteiro é armado, mas em Billibotton eles *usam* as armas. Fiquem aqui, neste bairro. É seguro.

– Seguro *por enquanto* – interveio Cassília, em tom sombrio. – Seria melhor se fôssemos embora daqui. Hoje em dia, os termopoceiros estão por toda parte – e ela lançou mais um olhar depreciativo para Seldon.

– O que quer dizer com Dahl inteiro é armado? – disse Seldon. – Existem regulamentações imperiais rígidas contra armas.

– Eu sei disso – respondeu Tissalver –, e por aqui não há armas de atordoar, nem de concussão, nem sondas psíquicas, nem nada do tipo. Mas temos facas – ele pareceu constrangido.

– Você carrega uma faca, Tissalver? – perguntou Dors.

– Eu? – ele ficou genuinamente horrorizado. – Sou um homem pacífico e este é um bairro seguro.

– Temos duas aqui em casa – disse Cassília, bufando com escárnio. – Não temos *tanta* certeza de que este bairro é seguro.

– Todo mundo porta facas? – perguntou Dors.

– Quase todo mundo, ama Venabili – disse Tissalver. – É um costume. Mas isso não significa que todo mundo as use.

– Mas usam em Billibotton, imagino – respondeu Dors.

– Às vezes. Quando estão exaltados, eles entram em brigas.

– E o governo permite? O governo imperial, quero dizer.

– De vez em quando eles tentam limpar a região de Billibotton, mas facas são fáceis de esconder e a tradição é muito forte. Além disso, quase sempre são os dahlitas que acabam sendo vítimas. Não acho que o governo imperial se incomode muito com isso.

– E se alguém de fora for morto?

– Se o crime for denunciado, os Imperiais podem ficar agitados. Mas o que acaba acontecendo é que ninguém viu nada e ninguém sabe de nada. Os imperiais apontam suspeitos com base em circunstâncias, mas nunca conseguem provar nada. Imagino que eles acabem determinando que foi culpa da vítima, por estar ali. Portanto, não vá para Billibotton, mesmo que tenha uma faca.

– Eu não levaria uma faca – Seldon fez um gesto negativo com a cabeça, mal-humorado. – Não sei como usar. Não com habilidade.

– Então é simples, amo Seldon. Fique longe – Tissalver negou com a cabeça, solenemente. – Basta ficar longe.

– Eu talvez não consiga – disse Seldon.

Dors encarou Seldon, obviamente irritada.

– Onde podemos comprar uma faca? Ou vocês permitiriam que usássemos uma das suas?

– Ninguém pega a faca de outra pessoa – disse Cassília, de imediato. – Você precisa comprar a sua.

– Existem lojas de facas por todos os lados – interveio Tissalver. – Não deveriam existir. Teoricamente, são proibidas, sabe? Mas qualquer loja de utensílios vende. Se você encontrar uma máquina de lavar em uma vitrine, é sinal de que aquele lugar vende facas.

– E como fazemos para chegar a Billibotton? – perguntou Seldon.

– Por via expressa – o rosto de Tissalver era dúbio quando ele olhou para a expressão incomodada de Dors.

– E uma vez que eu esteja na via expressa? – continuou Seldon.

– Siga na direção leste e fique de olho na sinalização. Mas, se você precisa ir, amo Seldon... – Tissalver hesitou por um instante e então continuou: – Não leve a ama Venabili. Às vezes, as mulheres são tratadas... pior.

– Ela não vai – respondeu Seldon.

– Lamento, mas "ela" vai, sim – disse Dors, com tranquila determinação.

68

O bigode do vendedor da loja de eletrodomésticos parecia ter conservado a abundância da juventude, mas agora era grisalho, apesar de os cabelos em sua cabeça ainda serem pretos. Ele tocou o bigode por puro hábito e acariciou as pontas conforme observava Dors.

– Você não é dahlita – ele disse.

– Não, mas quero uma faca mesmo assim.

– Vender facas é ilegal – ele respondeu.

– Não sou policial nem agente do governo. Estou indo para Billibotton.

– Sozinha? – ele a encarou, pensativo.

– Com meu amigo – ela apontou para Seldon usando o polegar. Ele esperava do lado de fora, mal-humorado.

– Você está comprando para ele? – o vendedor observou Seldon e não foi necessário muito tempo para que percebesse: – Ele também não é daqui. Fale para ele entrar e comprar sozinho.

– Ele também não é agente do governo. E estou comprando para mim.

– Forasteiros são loucos – ele fez um gesto negativo com a cabeça. – *Mas...* se você quiser gastar alguns créditos, fico feliz em recebê-los. – Ele colocou as mãos embaixo do balcão e tirou de lá um cilindro polido de madeira. Com um movimento discreto e rápido, torceu o cilindro e uma lâmina surgiu de dentro dele.

– Essa é a maior que o senhor tem?

– É a melhor faca para mulheres.

– Mostre-me uma faca para homens.

– Você não vai querer uma faca pesada demais. Sabe como usar essas coisas?

– Vou aprender e não estou preocupada com o peso. Mostre-me uma faca para homens.

O vendedor sorriu.

– Ora, se você quer mesmo... – Ele pegou outro cilindro de madeira, mais largo, em uma parte mais baixa do balcão. Torceu o cilindro e fez surgir o que parecia ser a lâmina de um açougueiro.

Ainda sorrindo, ele entregou a faca para Dors, com o cabo voltado para ela.

– Mostre esse gesto que você faz – ela disse.

Ele mostrou com uma segunda faca, torcendo lentamente para um lado para que a lâmina surgisse, então para o outro lado para que ela retraísse.

– Torça e aperte – ele disse.

– Faça de novo, senhor.

O vendedor repetiu o movimento.

– Certo. Feche-a e jogue o cabo para mim.

Ele o fez, jogando de baixo para cima, com um lento arco ascendente.

Ela pegou a faca e a devolveu.

– Mais rápido.

Ele levantou as sobrancelhas e, sem aviso, lançou o cabo, de cima para baixo, na direção do lado esquerdo de Dors. Ela não tentou erguer a mão direita; em vez disso, pegou o objeto com a esquerda e fez a lâmina surgir e retrair rapidamente. O vendedor ficou boquiaberto.

– E esta é a maior que o senhor tem? – perguntou.

– Sim. Se você tentar usá-la, vai se cansar.

– Tenho um bom fôlego. E vou levar mais uma desta.

– Para o seu amigo?

– Não. Para mim.

– Você pretende usar *duas* facas?

– Tenho duas mãos.

– Senhorita – suspirou o vendedor –, *por favor*, fique longe de Billibotton. Você não sabe o que fazem com mulheres por lá.

– Posso imaginar. Como encaixo estas facas no meu cinto?

– No que está usando é impossível, senhorita. Não é um cinto para facas. Mas posso vender um.

– Ele serve para duas facas?

– Devo ter um cinto duplo em algum lugar por aqui. Ninguém se interessa por eles.

– Eu me interesso.

– Eu talvez não tenha do seu tamanho.

– A gente pode cortá-lo ou algo assim.

– Vai ser bem caro.

– Tenho créditos suficientes.

Quando ela finalmente saiu da loja, Seldon comentou, em tom amargo:

– Você está ridícula com esse cinto enorme.

– É mesmo, Hari? Ridícula demais para ir a Billibotton? Então vamos voltar para o apartamento.

– Não. Eu vou sozinho. Ficarei mais seguro sozinho.

– Não adianta insistir, Hari – Dors respondeu. – Ou *nós dois* voltamos ou *nós dois* vamos em frente. Não nos separamos em hipótese nenhuma.

De alguma maneira, a expressão firme em seus olhos azuis, a curvatura dos lábios e o jeito como suas mãos estavam pousadas nos cabos presos ao cinto convenceram Seldon de que ela estava falando sério.

– Muito bem – ele cedeu. – Mas, se você sobreviver e se eu encontrar Hummin outra vez, minha condição para continuar me dedicando à psico-história será continuar sozinho, por mais que eu tenha me apegado a você. Entendeu?

– Esqueça – Dors sorriu subitamente. – Não venha dar uma de cavalheiro comigo. Não o deixarei continuar sem mim por *nada*. *Você* entendeu?

69

Eles saíram da via expressa no ponto em que a placa flutuante luminosa dizia BILLIBOTTON. Talvez como uma indicação do que poderia se esperar daquela região, o segundo "I" estava coberto de sujeira e era um simples traço de luz pálida.

Os dois desceram do transporte e seguiram para a passarela abaixo. Era o início da tarde e, à primeira vista, Billibotton era bastante parecido com a parte de Dahl de onde eles tinham vindo.

Porém, o ar tinha um cheiro acre e a passarela estava coberta de lixo. Era óbvio que os autovarredores não transitavam por aquele bairro.

E, mesmo que a passarela parecesse bastante comum, o clima era desconfortável, tenso como uma mola comprimida.

Talvez fossem as pessoas. Parecia haver a quantidade normal de pedestres, pensou Seldon, mas eles não eram como os pedestres de outros lugares. Em geral, a urgência da rotina fazia com que os pedestres ficassem centrados em si e, nas infinitas massas dos infinitos bairros de Trantor, as pessoas só conseguiam sobreviver – psicologicamente – se ignorassem umas às outras. Olhares eram desviados. Cérebros ficavam em isolamento. Havia uma privacidade artificial em cada pessoa coberta pela densa névoa criada por ela mesma. Ou havia a amizade ritualística de uma caminhada no fim do dia, nos bairros que se permitiam esse tipo de atitude.

Mas ali, em Billibotton, não havia amizade, tampouco uma neutralidade – pelo menos, não no que dizia respeito a pessoas vindas de fora. Cada um que passava, em qualquer direção, se virava para encarar Seldon e Dors. Cada par de olhos os seguia com má vontade, como se estivesse preso aos forasteiros por fios.

As roupas dos habitantes de Billibotton eram, na maioria, manchadas, velhas e, às vezes, rasgadas. Todas pareciam representar uma pobreza suja, e Seldon ficou pouco à vontade com a limpeza de suas roupas novas.

– Em que parte de Billibotton você acha que encontraremos mãe Rittah? – perguntou Seldon.

– Eu não sei – respondeu Dors. – Você nos trouxe até aqui, então encontre a resposta. Vou me limitar à função de protegê-lo, e acho que será algo bastante necessário.

– Imagino que seja o caso de perguntar o caminho a alguns transeuntes, mas, por algum motivo, não me sinto encorajado a fazê-lo.

– Não é de estranhar. Duvido que você encontre alguém disposto a ajudar.

– Por outro lado, podemos recorrer às crianças.

Com um discreto movimento de mão, ele indicou uma criança. Um menino que parecia ter cerca de doze anos – ou, pelo menos, jovem o suficiente para não ter o universal bigode – tinha parado para observar os dois.

– Você imagina – disse Dors – que um menino daquela idade ainda não tenha desenvolvido o desgosto universal que os habitantes de Billibotton têm por forasteiros?

– No mínimo, estou supondo que ele não tenha tamanho suficiente para ter desenvolvido a inclinação por violência que parece existir por aqui – respondeu Seldon. – Imagino que ele talvez fuja e nos insulte a distância, caso nos aproximemos, mas duvido que nos ataque. – Ele ergueu a voz para chamar: – Ei, rapaz!

O menino recuou um passo e continuou a encará-los.

– Venha cá! – pediu Seldon, com um gesto.

– Pra quê, cara? – disse o menino.

– Para que eu possa pedir uma orientação. Venha mais perto para que eu não precise gritar.

O garoto deu dois passos à frente. Seu rosto estava manchado de sujeira, mas seus olhos eram luminosos e inteligentes. As sandálias que usava eram diferentes uma da outra e havia um grande remendo em uma das pernas de sua calça.

– Que tipo de orientação? – ele perguntou.

– Estamos procurando por mãe Rittah.

Os olhos do menino tremeluziram.

– Pra quê, cara? – ele perguntou.

– Sou um estudioso. Você sabe o que é um estudioso?

– Cê estudou?

– Sim. Você não?

O garoto cuspiu para o lado, com uma expressão de desprezo.

– Nah – ele respondeu.

– Quero pedir conselhos para mãe Rittah, se você puder me levar até ela.

– Cê quer que ela leia sua sorte? Cê vem pra Billibotton, cara, com suas roupas ricas, então *eu* leio sua sorte. Muito ruim.

– Qual é o seu nome, rapaz?

– Pra quê cê quer saber?

– Para que a gente converse de um jeito mais amigável. E para que você possa me levar até a casa de mãe Rittah. Sabe onde ela mora?

– Talvez sim, talvez não. Meu nome é Raych. Que que eu ganho se levar cêis?

– O que você quer, Raych?

Os olhos do menino pousaram no cinto de Dors.

– A mulher tem duas facas. Me dá uma e levo cêis pra mãe Rittah.

– Estas são facas de gente grande, Raych. Você é novo demais.

– Então devo ser novo demais pra saber onde mora mãe Rittah – ele lançou um olhar malicioso por baixo da franja desgrenhada que cobria seus olhos.

Seldon começou a ficar inquieto. Aquela situação talvez atraísse mais gente. Vários homens já tinham parado, mas seguiram adiante quando perceberam que nada interessante acontecia. Porém, se o menino ficasse nervoso e os atacasse com palavras ou de algum outro jeito, as pessoas certamente se juntariam à sua volta.

Seldon sorriu e disse:

– Você sabe ler, Raych?

Raych cuspiu mais uma vez.

– Nah! Quem quer ler? – ele respondeu.

– Você sabe usar um computador?

– Um computador por voz? Claro. Qualquer um sabe.

– Então vamos fazer o seguinte. Você nos leva à loja de computadores mais próxima e eu compro um computadorzinho para você, e programas que o ensinem a ler. Depois de algumas semanas, você saberá ler.

Seldon achou ter visto os olhos do menino brilharem com aquela possibilidade, mas, mesmo que tivesse sido o caso, ele endureceu a expressão em seguida.

– Nah – respondeu. – A faca, ou esquece.

– Aí é que está, Raych. Você aprende a ler e não conta para ninguém, e pode surpreender as pessoas. Depois de um tempo, pode até apostar que sabe ler. Apostar cinco créditos. Assim, você ganhará alguns créditos extras e poderá comprar a sua própria faca.

O menino hesitou.

– Nah! Ninguém vai apostar. Ninguém tem crédito.

– Se você souber ler, pode conseguir um emprego em uma loja de facas e economizar o salário para comprar uma faca com desconto. Que tal?

– Quando cê vai comprar o computador?

– Agora mesmo. Entrego quando encontrarmos mãe Rittah.

– Cê tem créditos?

– Tenho uma tarjeta de crédito.

– Quero ver cê comprar o computador.

A compra foi feita, mas, quando o garoto estendeu as mãos para pegar o computador, Seldon fez um gesto negativo com a cabeça e guardou o objeto no bolso.

– Você tem de me levar até mãe Rittah primeiro, Raych – ele disse. – Tem certeza de que sabe como encontrá-la?

– Claro que sei – Raych permitiu que uma expressão de desprezo passasse por seu rosto. – Levo cêis até lá, mas é melhor que cê me dê o computador quando estivermos lá, senão vou chamar uns caras que conheço pra ir atrás de cêis dois, então tomem cuidado.

– Você não precisa fazer ameaças – respondeu Seldon. – Nós vamos cumprir a nossa parte do acordo.

Raych os conduziu rapidamente pela passarela, sob vários olhares curiosos.

Seldon ficou em silêncio durante a caminhada, e Dors também. Mas ela estava menos envolvida nos próprios pensamentos; era evidente que prestava atenção nas pessoas à sua volta, o tempo todo. Ela devolvia os olhares dos transeuntes que passavam por eles. Às vezes surgiam passos atrás deles e ela se virava para mostrar sua expressão ameaçadora.

Depois de algum tempo, Raych parou.

– Ali – ele disse. – Ela não mora na rua, viu?

Eles seguiram o menino para dentro de um complexo de apartamentos e Seldon, que tentara acompanhar o caminho para saber como voltar, perdeu a noção de localização rapidamente.

– Como sabe o caminho no meio destes becos, Raych? – ele perguntou.

– Fico zanzando por aqui desde que era pequeno – ele deu de ombros. – E, quando não está tudo quebrado, os apartamentos têm números e setas e coisas assim. Não dá pra se perder com esses truques.

Aparentemente, Raych sabia todos os truques e eles se embrenharam cada vez mais no complexo de apartamentos. Havia uma atmosfera de decadência completa: entulho por toda parte, moradores que passavam furtivamente, claro que incomodados com aquela invasão. Jovens baderneiros passavam correndo, enquanto praticavam algum esporte.

– Ei, sai fora do caminho! – gritaram alguns deles quando a bola flutuante que jogavam quase acertou Dors.

E então, finalmente, Raych parou diante de uma porta escura e danificada, na qual o número 2782 brilhava fracamente.

– É aqui – ele disse, e estendeu a mão.

– Primeiro, vamos ver quem está em casa – respondeu Seldon, gentilmente. Ele apertou o botão de sinalização e nada aconteceu.

– Num funciona – disse Raych. – Cê precisa bater. Bater forte. Ela não ouve muito bem.

Seldon bateu o punho na porta e foi correspondido pelo som de alguém se mexendo.

– Quem deseja ver mãe Rittah? – perguntou uma voz aguda e arranhada.

– Dois estudiosos! – respondeu Seldon, falando alto.

Ele jogou o pequeno computador com o pacote de programas para Raych, que o pegou no ar, sorriu e foi embora correndo. Então, Seldon se virou na direção da porta e de mãe Rittah.

70

Mãe Rittah talvez já tivesse passado dos setenta anos, mas tinha o tipo de rosto que, à primeira vista, parecia desmentir tal fato. Bochechas rechonchudas, boca pequena, um pequeno queixo redondo e um papo. Era bem baixa – não chegava a um metro e meio – e gorda.

Mas havia delicadas rugas em torno de seus olhos e, quando ela sorria – como fez quando viu Seldon e Dors –, outras rugas surgiam. Além disso, ela se movimentava com dificuldade.

– Entrem, entrem – ela disse, com voz aguda e gentil, conforme os observava com olhos semicerrados, como se sua vista estivesse começando a falhar. – Vocês não são daqui... Nem mesmo deste planeta. Estou certa? Não parecem ter o cheiro de Trantor.

Seldon teria preferido que ela não tivesse mencionado cheiros. O apartamento, abarrotado e repleto de pequenas coisas que pareciam velhas e empoeiradas, cheirava a comida estragada. O ar era tão denso e pegajoso que ele tinha certeza de que suas roupas estariam com aquele odor forte quando fossem embora.

– A senhora está certa, mãe Rittah. Eu sou Hari Seldon, de Helicon. Minha amiga é Dors Venabili, de Cinna.

– Por favor – ela disse, procurando um espaço livre no chão que pudesse oferecer para que os visitantes se sentassem, mas não encontrou nenhum.

– Podemos ficar em pé, mãe Rittah – disse Dors.

– O quê? – ela olhou para Dors. – Você precisa falar mais alto, criança. Minha audição não é o que costumava ser quando eu tinha a sua idade.

– Por que a senhora não usa um aparelho auditivo? – perguntou Seldon, falando alto.

– Não ajudaria em nada, amo Seldon. Parece haver alguma coisa errada com os nervos, e não tenho dinheiro para reconstrução neural. Vocês vieram saber o que mãe Rittah tem a ensinar sobre o futuro?

– Não exatamente – disse Seldon. – Vim aprender sobre o passado.

– Excelente. Descobrir o que as pessoas querem ouvir é exaustivo.

– Deve ser uma arte – disse Dors, sorrindo.

– Parece fácil, mas é preciso ser convincente. Esforço-me para receber meus pagamentos.

– Se a senhora tiver como receber pagamentos por tarjeta de crédito – disse Seldon –, pagaremos qualquer quantia razoável por informações sobre a Terra, mas sem que a senhora adapte o que nos disser de acordo com o que queremos ouvir. Estamos em busca da verdade.

Mãe Rittah, que estivera andando pelo aposento para arrumar coisas aqui e ali como se para deixá-lo mais bonito e adequado para visitantes importantes, parou repentinamente.

– O que querem saber sobre a Terra?

– Para começar, o que é a Terra?

A velha senhora se virou e pareceu olhar para um espaço muito distante. Quando respondeu, sua voz era baixa e firme.

– É um mundo, um mundo muito antigo. Abandonado e perdido.

– Não faz parte da história – interveio Dors. – Disso nós sabemos.

– Ele veio antes da história, criança – respondeu mãe Rittah, solenemente. – Existiu na alvorada da Galáxia e até mesmo antes da alvorada. Era o único mundo com seres humanos – ela fez um gesto afirmativo com a cabeça.

– A Terra tinha outro nome? Aurora? – perguntou Seldon.

O rosto de mãe Rittah se torceu em reprovação.

– Onde ouviu isso? – ela perguntou.

– Em minhas viagens. Ouvi falar de um mundo antigo e esquecido chamado Aurora, no qual a humanidade vivia em uma paz primordial.

– É *mentira* – ela limpou a boca como se quisesse se livrar do gosto do que acabara de ouvir. – O nome que você disse não deve ser dito *jamais*, exceto como a morada do Mal. Foi o berço do Mal. A Terra estava sozinha até que veio o Mal, junto com seus mundos irmãos. O Mal quase destruiu a Terra, mas a Terra se recuperou e destruiu o Mal com a ajuda de heróis.

– A Terra existia *antes* desse Mal. A senhora tem certeza?

– Muito antes. A Terra ficou sozinha na Galáxia durante milhares de anos. *Milhões* de anos.

– Milhões de anos? A humanidade existiu na Terra por milhões de anos, sem que houvesse seres humanos em nenhum outro planeta?

– Isso mesmo. Isso mesmo. *Isso mesmo.*

– Mas como a senhora sabe de tudo isso? Está arquivado em um programa de computador? Em um impresso? A senhora tem alguma coisa que eu possa ler?

Mãe Rittah negou com a cabeça.

– Ouvi as histórias do passado contadas pela minha mãe – ela disse –, que ouviu da mãe dela, e assim sucessivamente. Não tenho filhos, então conto as histórias para outras pessoas, mas isso pode acabar. Vivemos em uma época de descrença.

– Na verdade não, mãe Rittah – disse Dors. – Existem pessoas que especulam sobre os tempos pré-históricos e que estudam alguns relatos sobre mundos perdidos.

– Eles olham com olhares frios – mãe Rittah fez um gesto com o braço como se quisesse tirar aquilo da frente. – Eles tentam encaixar no que acreditam. Eu poderia contar histórias sobre o grande herói Ba-Lee por mais de um ano, mas vocês não teriam tempo para ouvir e eu não tenho mais forças para contar.

– A senhora já ouviu falar em robôs? – perguntou Seldon.

A velhota estremeceu.

– *Por que pergunta essas coisas?* – ela disse, quase gritando. – Eles eram seres humanos artificiais, corporificações do Mal criadas pelos mundos do Mal. Foram destruídos e não deveriam ser mencionados jamais.

– Havia um robô em especial, não havia, que os mundos do Mal detestavam?

Mãe Rittah cambaleou na direção de Seldon e o encarou bem de perto. Ele podia sentir o hálito quente da velhota em seu rosto.

– Você veio até aqui para caçoar de mim? Sabe dessas coisas, mas faz perguntas? Por que faz perguntas?

– Porque quero saber.

– Houve um ser humano artificial que ajudou a Terra. Era Da-Nee, amigo de Ba-Lee. Ele nunca morreu e vive em algum lugar, esperando pelo momento do seu retorno. Ninguém sabe quando esse momento virá, mas algum dia ele voltará para restaurar os grandes dias do passado e acabar com toda a crueldade, injustiça e miséria. Essa é a promessa. – Depois de dizer isso, ela fechou os olhos e sorriu, como se estivesse perdida em reminiscências.

Seldon esperou em silêncio por algum tempo, até que suspirou e disse:

– Obrigado, mãe Rittah. A senhora foi de grande ajuda. Quanto devemos à senhora?

– É sempre muito agradável conhecer pessoas de outros mundos – respondeu a velhota. – Dez créditos. Vocês gostariam de alguma coisa para beber?

– Não, obrigado – disse Seldon, em um tom gentil. – Por favor, aceite vinte. A senhora pode nos dizer como fazemos para voltar à via expressa daqui? E, mãe Rittah, se a senhora puder gravar algumas de suas histórias sobre a Terra em um disco de computador, estou disposto a pagar generosamente.

– Eu precisaria fazer tanto esforço... Quão generosamente?

– Dependeria da duração das histórias e da qualidade das narrativas. Posso pagar mil créditos.

– Mil créditos? – mãe Rittah pareceu interessada. – Mas como faço para encontrar vocês quando já estiver com as histórias gravadas?

– Dou à senhora o código de computador através do qual posso ser encontrado.

Depois que Seldon deu o código numérico a mãe Rittah, ele e Dors foram embora, agradecidos pelo ar comparativamente limpo do corredor do lado de fora. Caminharam com pressa na direção indicada pela velhota.

71

– Foi uma entrevista bem curta, Hari – disse Dors.

– Eu sei. Aquele lugar era terrivelmente desagradável e acho que ouvi o suficiente. É incrível como essas histórias tradicionais tendem a ampliar as coisas.

– O que quer dizer com "ampliar"?

– Ora, os mycogenianos povoaram Aurora com seres humanos que viviam por séculos e os dahlitas povoaram a Terra com uma humanidade que viveu por milhões de anos. E ambos falam de um robô que vive para sempre... Ainda assim, é intrigante.

– No que diz respeito aos milhões de anos, existe espaço para... Aonde estamos indo?

– Mãe Rittah disse para seguirmos nesta direção até chegar a uma área de descanso. Aí, devemos procurar pela sinalização da PASSARELA CENTRAL à esquerda e continuar acompanhando a sinalização. Passamos por uma área de descanso na vinda?

– A gente talvez esteja indo por um caminho diferente do que usamos para chegar aqui. Não me lembro de uma área de descanso, mas não estava prestando atenção no caminho. Estava de olho nas pessoas pelas quais passávamos e...

A voz de Dors morreu. À frente, o beco se abria para um espaço aberto. Seldon se lembrou. Eles *tinham* passado por ali. Ele notara algumas almofadas imundas no chão da passagem, e lá estavam elas.

Mas não era necessário que Dors observasse os transeuntes, como quando eles chegaram – agora não havia ninguém. Porém, mais adiante, na área de descanso, eles viram um grupo de homens, grandes para os padrões dahlitas, com bigodes generosos e antebraços musculosos expostos, brilhando sob a luz amarelada da passarela.

Era evidente que eles esperavam pelos dois e, quase automaticamente, Seldon e Dors pararam de andar. Por um ou dois instantes, a cena foi paralisada. Então, Seldon olhou para trás rapidamente. Dois ou três homens tinham entrado em seu campo de visão.

– Estamos encurralados – murmurou Seldon, com os dentes cerrados. – Eu não devia ter deixado você vir, Dors.

– Pelo contrário. Foi por isso que eu vim. Mas conversar com mãe Rittah justifica isso?

– Se sairmos desta, justifica.

Então, erguendo a voz e em tom firme, Seldon disse:

– Podemos passar?

Um dos homens na área de descanso deu um passo à frente. Ele tinha a mesma altura que Seldon, 1,73 metro, mas era mais largo nos ombros e muito mais musculoso – e um tanto flácido na barriga, reparou Seldon.

– Meu nome é Marran – ele disse, com ar de arrogância, como se o nome tivesse algum significado – e estou aqui para dizer a vocês que não gostamos de Estrangeiros em nosso distrito. Se vocês quiserem entrar, sem problemas. Mas, se quiserem sair, vão ter de pagar.

– Pois bem. Quanto?

– Tudo o que tiverem. Vocês, Estrangeiros ricos, têm tarjetas de créditos, não? Passe-as para cá.

– Não.

– Não adianta dizer "não". A gente vai pegá-las de qualquer jeito.

– Não podem pegá-las sem me matar ou me machucar, e elas não funcionam sem o meu padrão vocal. Meu padrão vocal *inalterado*.

– Não é bem assim, amo... viu só? Estou sendo educado. Podemos pegá-las sem machucá-lo *tanto*.

– Quantos de vocês machões serão necessários? Nove? Não... – Seldon contou rapidamente. – Dez.

– Só um. Eu.

– Sem nenhuma ajuda?

– Apenas eu.

– É melhor o restante de vocês se distanciar e nos dar espaço. Quero ver você tentar, Marran.

– Você não tem uma faca, amo. Quer uma?

– Não. Use a sua para fazer a briga ser justa. Vou lutar sem nenhuma.

– Ei, esse fracote é dos nossos – Marran disse, olhando para os outros. – Nem parece assustado. Legal. Seria uma pena ter que machucar ele. – Ele se voltou para Seldon. – Vamos fazer o seguinte, amo. Fico com a moça. Se você quiser me impedir, nos dê sua tarjeta de crédito e a tarjeta dela e usem suas vozes para ativá-las. Se disser "não", aí, depois que eu tiver terminado com a moça... e isso vai levar algum tempo – ele riu –, eu vou ter que machucar você.

– Não – respondeu Seldon. – Deixe a mulher em paz. Eu desafiei você para uma briga um contra um, você com uma faca e eu sem nenhuma. Se quiser ter mais vantagem, enfrentarei dois de vocês. Mas deixe a mulher em paz.

– Pare com isso, Hari! – exaltou-se Dors. – Se ele me quer, ele que venha me pegar. Fique onde está, Hari, e não se mexa.

– Ouviram isso? – perguntou Marran, com um grande sorriso. – Fique onde está, Hari, e não se mexa. Acho que a mocinha me quer. Vocês dois, segurem ele.

Os braços de Seldon foram pegos com força por mãos grandes e ele sentiu a ponta afiada de uma faca em suas costas.

– Não se mexa – alguém sussurrou em sua orelha – e você pode assistir. A moça provavelmente vai gostar. Marran é bom nisso.

– Não se mexa, Hari! – gritou Dors mais uma vez. Ela se virou para encarar Marran, vigilante, suas mãos tensas, próximas do cinto.

Ele avançou na direção de Dors e ela esperou até que ele estivesse à distância de um braço. Subitamente, ela fez um gesto relâmpago e Marran se viu diante de duas grandes facas.

Por um momento, ele se inclinou para trás e, então, riu.

– A mocinha tem duas facas, daquelas que os garotões usam. E eu tenho só uma. Mas é justo. – Com um movimento rápido, ele desembainhou uma faca. – Eu detestaria ter que cortar você, mocinha. Será mais divertido para nós dois se eu não fizer isso. Mas acho que é só arrancá-las das suas mãos, não é?

– Eu não quero matá-lo – disse Dors. – Farei tudo o que puder para evitar isso. Ainda assim, peço que todos testemunhem que, se eu o matar, terá sido para proteger meu amigo, algo que jurei fazer por minha honra.

– Oh, não me mate, mocinha, por favor – respondeu Marran, fingindo estar assustado. Ele riu subitamente e foi acompanhado pelos outros dahlitas.

Marran avançou e fez um gesto amplo com a faca. Repetiu o movimento e depois fez mais uma vez, mas Dors não se mexeu – ela não tentou se esquivar de nenhum gesto que não fosse um ataque genuíno.

O rosto de Marran ficou mais sombrio. Ele estava tentando fazê-la reagir com pânico, mas a única coisa que conseguiu foi dar a impressão de que não era habilidoso. O próximo ataque foi direto. A faca na mão esquerda de Dors foi erguida como um raio e repeliu a dele com tal força que o braço de Marran foi empurrado para o lado. A mão direita dela voou por dentro e fez um corte diagonal na camiseta do oponente. Uma linha de sangue marcou sua pele coberta de pelos.

Marran olhou para o próprio torso, chocado, e os espectadores reagiram com surpresa. Seldon percebeu que as mãos que o seguravam afrouxaram de leve conforme os dois homens se distraíram com a imprevisibilidade do duelo. Ele tensionou os músculos.

Marran avançou de novo e, desta vez, sua mão esquerda se adiantou para agarrar o punho direito de Dors. Novamente, a faca na mão esquerda de Dors foi ao encontro da faca dele e a travou no lugar, enquanto sua mão direita girou com habilidade e foi para baixo no momento em que a mão esquerda de Marran se fechava. Ele acabou fechando os dedos sobre a lâmina e, quando abriu a mão, havia uma linha sangrenta em sua palma.

Dors saltou para trás e Marran, observando o sangue em seu torso e em sua mão, soltou um rugido engasgado:

– Alguém me dê outra faca!

Houve um momento de hesitação e um dos dahlitas jogou a própria faca, em um arco ascendente. Marran estendeu o braço para pegá-la, mas Dors foi mais rápida. Com a faca que segurava na mão direita, ela acertou a outra em pleno ar, lançando-a para longe.

Seldon percebeu que o domínio sobre seus braços ficou ainda mais fraco. Ele os ergueu subitamente, fazendo força para cima e para a frente, e conseguiu se libertar. Os dois captores se viraram em sua direção com gritos ameaçadores, mas ele foi rápido e acertou uma joelhada na virilha de um e uma cotovelada no plexo solar do outro, o que os fez cair no chão.

Ele se abaixou para pegar as facas dos dois e se levantou com as lâminas em mãos, assim como Dors. Seldon não sabia usá-las com a mesma habilidade de Dors, mas ele considerou que os dahlitas não tinham como saber disso.

– Mantenha os outros a distância, Hari – disse Dors. – Não ataque ainda. Marran, meu próximo golpe não será para arranhar.

Marran, tomado pela fúria, soltou um rugido incompreensível e avançou cegamente, em uma tentativa de vencer seu inimigo com pura energia cinética. Dors, abaixando-se e dando um passo para o lado, passou por baixo do braço direito de Marran e chutou seu calcanhar com força, e ele foi ao chão. Sua faca voou para longe.

Então, ela se ajoelhou, colocou uma das facas na nuca de Marran e a outra contra sua garganta e disse:

– Renda-se!

Com outro grito, Marran tentou atacá-la com um braço, empurrou-a para o lado e cambaleou para se levantar.

Ele ainda não estava de pé quando Dors o atacou, fazendo um movimento descendente com uma das lâminas e decepando parte de seu bigode. Ele uivou como um animal em agonia, colocando a mão no rosto. Quando a tirou, pingava sangue.

– Não vai crescer de novo, Marran – gritou Dors. – Parte do lábio foi cortada com o bigode. Avance mais uma vez e você já era.

Ela esperou, mas Marran tinha desistido. Ele mancou para longe, gemendo, deixando uma trilha de sangue atrás de si.

Dors se virou na direção dos outros. Os dois que Seldon derrubara ainda estavam no chão, desarmados e sem nenhuma disposição para levantar. Ela se abaixou e usou uma das facas para cortar seus cintos. Em seguida, fez cortes nas laterais das calças.

– Assim vocês vão precisar segurar as calças para andar – ela disse. Em seguida, encarou os sete homens ainda de pé, que a observavam com fascínio aterrorizado. – Qual de vocês jogou a faca?

Silêncio.

– Não importa – ela continuou. – Venham um de cada vez ou todos juntos, mas saibam que, cada vez que eu usar minhas lâminas, alguém morre.

Os sete se viraram ao mesmo tempo e correram para longe.

Dors ergueu as sobrancelhas e se virou para Seldon.

– Desta vez, pelo menos, Hummin não pode reclamar que não o protegi – ela disse.

– Ainda não consigo acreditar no que vi – respondeu Seldon. – Eu não tinha ideia de que você sabe fazer coisas desse tipo... E nem falar desse jeito.

Dors apenas sorriu.

– Você também tem seus talentos – ela disse. – Somos uma boa dupla. Vamos, guarde suas facas no bolso. Acho que a notícia vai se espalhar rapidamente e poderemos ir embora de Billibotton sem medo de sermos abordados.

Ela estava certa.

ENCOBERTOS

——— Davan...

Nos tempos instáveis que marcaram os últimos séculos do Primeiro Império Galáctico, as fontes típicas de turbulência surgiam das manipulações e artimanhas que líderes políticos e militares faziam em busca do poder "supremo" (uma supremacia que se tornou mais e mais irrelevante a cada década). Antes do advento da psico-história, raramente houve algo que pudesse ser chamado de levante popular. Mas um exemplo intrigante envolve Davan, sobre quem há poucas informações, mas que talvez tenha conhecido Hari Seldon em determinado momento, quando...

ENCICLOPÉDIA GALÁCTICA

72

HARI SELDON E DORS VENABILI tinham tomado banhos demorados, aproveitando as instalações um tanto primitivas da residência dos Tissalver. Tinham trocado de roupa e estavam no quarto de Seldon quanto Jirad Tissalver voltou do trabalho, no fim do dia. O toque que ele deu no identificador foi tímido – ou pareceu ser, já que não durou muito tempo.

– Boa noite, amo Tissalver – disse Seldon, gentilmente, conforme abriu a porta. – E a ama Tissalver também.

Ela estava logo atrás do marido, com a testa franzida em uma expressão de desconfiança.

– Você e ama Venabili estão bem? – perguntou Tissalver, hesitante, sem saber como agir. Ele fez um gesto afirmativo com a cabeça, como se pudesse, assim, obter uma resposta positiva.

– Perfeitamente bem. Entramos e saímos de Billibotton sem nenhum problema e já tomamos banho e nos trocamos. Não sobrou nenhum cheiro – Seldon levantou o queixo e sorriu conforme disse a última frase, jogando o comentário por cima do ombro de Tissalver, na direção da esposa dele.

Ela fungou audivelmente, como se para comprovar o fato.

Ainda hesitante, Tissalver continuou:

– Ouvi dizer que houve uma briga com facas.

– É isso que dizem? – Seldon ergueu as sobrancelhas.

– Você e ama Venabili contra uma centena de brutamontes, foi o que nos disseram, e você matou todos eles. Foi isso mesmo? – sua voz trazia um tom relutante de profundo respeito.

– De jeito nenhum – interveio Dors, com súbita irritação. – Isso é ridículo. O que acha que somos? Assassinos em massa? E você acha que uma centena de brutamontes ficaria parada, esperando pelo considerável tempo necessário para que eu... nós matássemos todos eles? Pense *um pouco*.

– É o que estão dizendo – disse Cassília Tissalver, com firmeza. – Não podemos aceitar esse tipo de coisa nesta casa.

– Em primeiro lugar – respondeu Seldon –, não foi nesta casa. Segundo, não foi uma centena de homens, foram dez. Terceiro, ninguém foi morto. Houve alguns ataques. Depois disso, eles foram embora e abriram caminho para nós.

– Eles simplesmente abriram caminho? Esperam que eu acredite nisso, Estrangeiros? – retrucou ama Tissalver, agressiva.

Seldon suspirou. Sob o menor estresse, os seres humanos pareciam se dividir em grupos antagonistas.

– Na verdade, um deles se cortou um pouco – ele disse. – Mas não foi nada sério.

– E vocês não se machucaram nem um pouco? – perguntou Tissalver. A admiração em sua voz ficou ainda mais evidente.

– Nem um arranhão – disse Seldon. – Ama Venabili sabe como usar duas facas com muita destreza.

– Não duvido – respondeu ama Tissalver, seus olhos pousando no cinto de Dors –, e é isso que eu não quero aqui.

– Desde que ninguém nos ataque – disse Dors –, não haverá *nada* disso por aqui.

– Mas, por causa de vocês, temos lixo da rua na nossa porta de entrada.

– Meu amor – interveio Tissalver, para acalmá-la –, não vamos ficar nervosos...

– Por quê? – retrucou ama Tissalver, com desprezo. – Você tem medo daquelas facas? *Quero ver* se ela as usará aqui.

– Não tenho nenhuma intenção de usá-las aqui – disse Dors, bufando tão alto quanto ama Tissalver bufaria. – O que é esse lixo da rua de que você fala?

– O que minha esposa quer dizer – respondeu Tissalver – é que um menino de Billibotton (ou, pelo menos, parece ser de Billibotton, a julgar pelas roupas) quer vê-los, e não estamos acostumados com esse tipo de coisa neste bairro. Isso pode arruinar nossa reputação.

– Ele parece querer pedir desculpas.

– Ora, amo Tissalver – disse Seldon –, vamos lá fora ver do que se trata e dispensá-lo o mais rápido...

– Não. Espere – interveio Dors, irritada. – Estes são os *nossos* quartos. Estamos pagando por eles. *Nós* decidimos quem pode e quem não pode nos visitar. Se lá fora há um jovem que veio de Billibotton, ele também é um dahlita. Mais do que isso, é um trantoriano. Ainda mais importante, é um cidadão do Império e um ser humano. Mas o mais importante de tudo é que, ao pedir para nos ver, ele se tornou nosso convidado. Portanto, damos boas-vindas a ele.

Ama Tissalver não se moveu. O próprio Tissalver parecia em dúvida.

– Vocês mesmos dizem que eu matei uma centena de bruta-montes em Billibotton – continuou Dors. – Decerto não acham que eu tenho medo de um garotinho. Ou de vocês dois. – Ela colocou casualmente uma mão no cinto.

– Ama Venabili – disse Tissalver, com súbita energia –, não temos intenção de ofendê-la. É claro que esses quartos são seus e vocês podem receber quem quiserem. – Ele deu um passo para trás, puxando a esposa furiosa em uma atitude resoluta, pela qual ele provavelmente teria de pagar mais tarde.

Com expressão severa, Dors observou os dois irem embora.

– Que pouco característico da sua parte, Dors – Seldon abriu um sorriso sarcástico. – Achei que era *eu* quem arrumava confusões quixotescas e que você era a pessoa calma e prática, cujo único objetivo era *evitar* confusões.

Dors negou com a cabeça e disse:

– Não consigo aceitar um ser humano sendo desprezado apenas pela identificação de seu grupo... e por outros seres humanos. São essas pessoas "respeitáveis" que criam os vândalos lá fora.

– E são outras pessoas "respeitáveis" que criam essas pessoas "respeitáveis" – completou Seldon. – Essas animosidades mútuas fazem parte da humanidade, tanto quanto...

– Então você precisará lidar com isso na sua psico-história, não?

– Se houver uma psico-história com a qual poderei trabalhar, certamente. Ah, aí vem o menino em questão. E é Raych, o que, de alguma maneira, não me surpreende.

73

Raych entrou, claramente intimidado, analisando o entorno. O dedo indicador de sua mão direita foi até seu lábio superior, como se ele estivesse imaginando quando começaria a sentir os primeiros pelos de seu bigode.

Ele se virou para ama Tissalver, que não tentava disfarçar a indignação, e fez uma reverência desengonçada.

– 'Brigado, madame. Cê tem uma casa bem bonita.

Então, conforme a porta foi batida atrás dele, Raych se dirigiu a Seldon e Dors com um ar de familiaridade.

– Lugar legal cêis arranjaram.

– Que bom que você gostou – respondeu Seldon, com atitude solene. – Como sabia que estávamos aqui?

– Segui ocêis. Como cê acha? Ei, moça – ele se voltou para Dors –, cê não briga que nem donzela.

– Você já viu muitas donzelas brigarem? – perguntou Dors, com bom humor.

– Não, nunca vi, não – disse Raych, coçando o nariz. – Elas não têm facas, só umas faquinhas para assustar crianças. Nunca me assustaram.

– Tenho certeza de que não. O que você faz para as donzelas sacarem as facas?

– Nada. Você só brinca um pouco, tira um sarro. Você grita: "Ei, moça, deixa eu..." – ele parou para pensar por um momento. – Nada, não.

– Só não tente comigo – respondeu Dors.

– Tá brincando? Depois do que cê fez com Marran? Ei, moça, onde é que cê aprendeu a brigar daquele jeito?

– No meu mundo.

– Cê me ensina?

– Foi por isso que você veio me ver?

– Na verdade, não. Vim trazer um recado pro cêis.

– De alguém que quer brigar comigo?

– Ninguém quer brigar com cê, moça. Agora cê tem uma reputação. Todo mundo sabe quem cê é. Cê pode ir pra qualquer lugar do velho Billibotton e todos os caras vão abrir caminho e deixar cê passar e sorrir e tomar cuidado pra não te olhar nos olhos. É, moça, cê tá feita. É por isso que *ele* quer te ver.

– Raych – interveio Seldon –, exatamente *quem* quer nos ver?

– Um cara chamado Davan.

– E quem é ele?

– É só um cara. Ele mora em Billibotton e não tem faca nenhuma.

– E como ele consegue sobreviver, Raych?

– Ele lê muito e ajuda os caras quando eles se metem em problemas c'o governo. Eles meio que deixam Davan em paz. Ele não precisa de faca.

– Então por que não veio ele mesmo? – perguntou Dors. – Por que mandou você?

– Ele não gosta nem um pouco deste lugar. Fala que dá nojo. Fala que todas as pessoas daqui gostam do governo e de ficar lambendo... – ele parou, olhou para os dois estrangeiros em dúvida, e continuou: – De qualquer jeito, ele não vem pra cá. Disse que iam me deixar entrar porque sou só um moleque. – Ele abriu um sorriso. – E quase não deixaram, né? Aquela moça que tem cara de quem tá sentindo cheiro ruim?

Ele parou subitamente e olhou para si mesmo, envergonhado.

– Não tem muito jeito de tomar banho lá de onde eu venho – ele disse.

– Não tem problema – respondeu Dors, sorrindo. – Mas onde vamos encontrar esse Davan, se ele não vem para cá? Afinal, se você não se importar, não temos vontade nenhuma de voltar a Billibotton.

– Eu te disse – indignou-se Raych. – Cê tem passe livre em Billibotton, eu juro. Além disso, onde ele mora ninguém vai incomodar cêis.

– Onde fica? – perguntou Seldon.

– Posso levar ocêis lá. Não é longe.

– E por que ele quer nos ver? – perguntou Dors.

– Sei lá. Mas ele disse assim... – Raych semicerrou os olhos, esforçando-se para lembrar. – "Diz a eles que quero ver o homem que falou com um termopoceiro dahlita como se ele fosse um ser humano e a mulher que derrotou Marran com facas e não matou ele quando podia ter matado." Acho que lembrei direitinho.

– Acho que sim – sorriu Seldon. – Ele já está pronto para nos receber?

– Tá esperando.

– Então vamos com você. – Ele olhou para Dors com um traço de dúvida nos olhos.

– Certo. Eu concordo – ela cedeu. – Acho que não deve ser uma armadilha. Ter esperança não faz mal a ninguém...

74

Quando eles saíram, a luz vespertina tinha um brilho agradável, com um leve toque arroxeado e contornos rosados nas nuvens que se deslocavam diante do pôr do sol simulado. Dahl podia ter reclamações quanto à maneira como eram tratados pelos governantes imperiais de Trantor, mas com certeza não havia nada de errado com o clima que os computadores produziam para eles.

– Parece que somos celebridades – disse Dors, em tom baixo. – Não tenho dúvidas disso.

Seldon parou de observar o céu artificial e percebeu imediatamente uma multidão de tamanho considerável que se acumulara perto da casa dos Tissalver.

Todas as pessoas na multidão os encaravam. Quando ficou claro que os estrangeiros tinham percebido a atenção, um murmúrio baixo percorreu o grupo, que parecia prestes a aplaudir.

– Agora entendo por que ama Tissalver achou isso incômodo – comentou Dors. – Eu deveria ter sido um pouco mais solidária.

A maior parte da multidão estava malvestida e não era difícil perceber que muitas daquelas pessoas eram de Billibotton.

Por impulso, Seldon sorriu e ergueu uma das mãos em um discreto aceno, que foi recebido por aplausos. Uma voz, perdida na segurança do anonimato da multidão, gritou:

– Moça, mostre alguns truques de faca!

– Não, as facas são apenas para momentos de mau humor – respondeu Dors, e todos riram.

Um homem deu um passo à frente. Era óbvio que ele não vivia em Billibotton e não trazia nenhuma característica dahlita evidente. Para começar, tinha um bigode pequeno, que era marrom, e não preto.

– Marlo Tano, do jornal trantoriano *HV* – ele disse. – Podemos conversar um pouco, para a nossa holotransmissão noturna?

– Não – respondeu Dors, sucintamente. – Nada de entrevistas.

O jornalista não desistiu e continuou:

– Segundo relatos, a senhora esteve em uma briga contra uma grande quantidade de homens em Billibotton... E venceu. – Ele sorriu. – Isso é notícia. Com certeza.

– Não – respondeu Dors. – Encontramos alguns homens em Billibotton, conversamos com eles e seguimos em frente. Foi só isso que aconteceu e é só isso que você vai conseguir.

– Qual é o seu nome? Não parece ser trantoriana.

– Eu não tenho nome.

– E o nome de seu amigo?

– Ele não tem nome.

– Escute, moça – o jornalista pareceu ficar irritado. – Você é notícia e estou apenas tentando fazer o meu trabalho.

Raych puxou a manga de Dors, que se abaixou para ouvir o que ele tinha para sussurrar.

Ela fez um gesto afirmativo com a cabeça e se levantou outra vez.

– Eu acho que você não é jornalista, sr. Tano. Acho que você é um agente imperial tentando trazer problemas para Dahl. Não houve nenhuma briga e você está tentando forjar notícias para usar como justificativa para uma intervenção imperial em Billibotton. Se eu fosse você, iria embora daqui. Creio que você não seja muito popular entre estas pessoas.

A multidão tinha começado a murmurar assim que Dors dissera as primeiras palavras. Eles começaram a elevar o tom de voz e a se aproximar de Tano, lenta e ameaçadoramente. Ele olhou à volta, nervoso, e tentou se afastar.

– Deixem-no ir embora – disse Dors para a multidão. – Ninguém toque nele. Não vamos dar nenhum motivo para ele denunciar violência.

E a multidão abriu espaço para ele passar.

– Ah, moça – lamentou Raych –, cê devia ter deixado eles acabarem com aquele cara.

– Rapazinho sanguinário – respondeu Dors –, leve-nos a esse seu amigo.

75

Eles encontraram o homem que atendia pelo nome Davan em um quarto atrás de uma lanchonete decadente, no final de um longo beco.

Raych liderou a expedição, mais uma vez se mostrando tão à vontade nos becos de Billibotton quanto um tatu nos túneis subterrâneos de Helicon.

Dors Venabili foi a primeira a manifestar cautela. Ela parou e disse:

– Volte aqui, Raych. Para onde exatamente estamos indo?

– Até Davan – respondeu Raych, com expressão irritada. – Já falei.

– Mas esta área é deserta. Ninguém mora aqui. – Dors olhou em volta com repugnância explícita. Aquele lugar era totalmente sem vida e a pouca sinalização luminosa que havia por ali estava apagada, ou emitia apenas um brilho tênue.

– É assim que Davan gosta – disse Raych. – Ele tá sempre mudando por aí, ficando aqui, ficando lá. Sabe como é... mudando o tempo todo.

– Por quê? – perguntou Dors.

– É mais seguro, moça.

– De quem ele precisa se proteger?

– Do governo.

– Por que o governo iria querer Davan?

– Sei lá, moça. Vamo fazer o seguinte. Eu digo onde ele tá e como chegar e cêis continuam sozinhos, se cê não quer que eu leve.

– Não, Raych – interveio Seldon. – Tenho certeza de que vamos nos perder sem você. Aliás, é melhor que você espere enquanto conversamos com ele, para nos levar de volta.

– E quê que eu ganho com isso? – respondeu Raych, de imediato. – Cêis esperam que eu fique enrolando aqui? E quando eu ficar com fome?

– Você enrola e fica com fome, Raych, e eu compro um jantar imenso para você. Qualquer coisa que você queira.

– Fácil dizer isso *agora*, moço. Como é que eu vou ter certeza?

A mão de Dors relampejou e ela subitamente empunhava uma faca com a lâmina exposta.

– Você não está nos chamando de mentirosos, está, Raych? – ela perguntou.

Os olhos de Raych se arregalaram, mas ele não parecia nada intimidado.

– Nossa, eu nem vi essa – ele disse. – Faz de novo?

– Faço depois, se você ainda estiver aqui. Senão... – Dors semicerrou os olhos para encará-lo – nós vamos atrás de você.

– Ah, moça, deixa disso – respondeu Raych. – Cêis não vão atrás de mim. Cêis não são desse tipo. Mas vou ficar por aqui. – Ele estufou o peito e continuou: – Cêis têm minha palavra de honra.

Ele continuou a conduzi-los em silêncio. O som dos passos do pequeno grupo ecoava nos becos vazios.

Davan levantou a cabeça quando eles entraram, um olhar feroz que se suavizou quando ele viu Raych, que indicou os outros dois com um gesto inquisitivo.

– São eles – respondeu Raych, sorrindo, e saiu.

– Eu sou Hari Seldon – disse Seldon. – Ela é Dors Venabili.

Seldon observou Davan com curiosidade. Davan tinha pele escura e o denso bigode preto típico do homem dahlita, mas, além disso, tinha a barba por fazer. Era o primeiro dahlita que Seldon via mal barbeado. Até mesmo os brutamontes de Billibotton tinham o queixo e as bochechas livres de pelos.

– Senhor, qual é o seu nome? – perguntou Seldon.

– Davan. Raych deve ter dito.

– Seu sobrenome.

– Apenas Davan. Vocês foram seguidos até aqui, amo Seldon?

– Não, tenho certeza de que não. Se tivesse sido o caso, creio que Raych teria visto ou ouvido alguma coisa. E, se ele não tivesse percebido nada, ama Venabili teria.

– Você realmente confia em mim, Hari – sorriu Dors, discretamente.

– Cada vez mais – ele respondeu, em tom gentil.

– Mesmo assim, vocês já foram encontrados – disse Davan, inquieto.

– Encontrados?

– Sim, eu ouvi falar sobre o suposto jornalista.

– Já? – Seldon ficou ligeiramente surpreso. – Mas eu acho que ele era mesmo um jornalista... e inofensivo. Nós o chamamos de agente imperial por sugestão de Raych, o que foi uma boa ideia. A multidão ali em volta se tornou uma ameaça para ele e, assim, ficamos livres.

– Não. Ele era o que vocês o acusaram de ser – disse Davan. – Meus contatos conhecem aquele homem e ele *de fato* trabalha para o Império. Não é de surpreender, pois vocês não fazem como eu. Não usam nomes falsos e não mudam de lugar com frequência. Seguem com seus próprios nomes e não fazem nenhum esforço para permanecerem escondidos. Você é Hari Seldon, o matemático.

– Sim, sou eu. Por que eu deveria inventar um nome falso?

– O Império está atrás de você, não está?

Seldon deu de ombros.

– Eu fico em lugares nos quais o Império não pode me alcançar – disse ele.

– Não abertamente, mas o Império não precisa agir abertamente. Insisto que você devia sumir... Desaparecer de verdade.

– Assim como você faz... – respondeu Seldon, olhando à volta, com um toque de desgosto. O aposento estava tão morto quanto os corredores pelos quais eles tinham passado. Estava completamente mofado e era deprimente ao extremo.

– Sim – disse Davan. – Você poderia ser muito útil para nós.

– De que maneira?

– Você conversou com um rapaz chamado Yugo Amaryl.

– Sim, conversei.

– Amaryl me disse que você pode prever o futuro.

Seldon suspirou pesadamente. Estava cansado de ficar naquele lugar vazio. Davan estava sentado em uma almofada e havia outras almofadas disponíveis, mas elas não pareciam nada limpas. E ele também não queria se apoiar nas paredes repletas de fungos.

– Talvez você não tenha entendido Amaryl – disse Seldon –, ou talvez Amaryl não tenha me entendido. O que fiz foi provar que é possível escolher condições iniciais a partir das quais previsões históricas não se percam no caos e possam ser feitas dentro de determinados limites. Porém, eu não sei quais poderiam ser essas condições iniciais, nem se essas condições podem ser encontradas por uma pessoa, ou várias pessoas, dentro de um período finito de tempo. Entende o que quero dizer?

– Não.

– Então me permita tentar de novo – suspirou Seldon outra vez. – É possível prever o futuro, mas talvez seja impossível descobrir maneiras de tirar vantagem dessa possibilidade. Entendeu?

Davan observou Seldon com uma expressão sombria, depois observou Dors.

– Então você *não pode* prever o futuro – ele disse.

– Agora você me entendeu, amo Davan.

– Apenas Davan é suficiente. Mas você talvez consiga aprender a prever o futuro, algum dia.

– Pode ser factível.

– Então é por isso que o Império quer capturá-lo.

– Não. – Seldon ergueu um dedo, em um gesto professoral. – Acredito que seja justamente por isso que o Império *não* está fazendo grandes esforços para me pegar. Eles talvez me prendessem se eu pudesse ser encontrado com facilidade, mas sabem que, neste momento, eu não sei nada e que, portanto, não vale a pena perturbar a delicada estabilidade de Trantor e interferir nos direitos locais deste ou daquele setor. É por isso que posso andar por aí com meu próprio nome, em razoável segurança.

Por um momento, Davan enterrou a cabeça nas próprias mãos e murmurou:

– Isso é loucura. – Ele levantou a cabeça com ar cansado e se dirigiu a Dors: – Você é esposa do amo Seldon?

– Sou sua amiga e protetora – ela disse, calmamente.

– Quão bem o conhece?

– Estamos juntos há alguns meses.

– Só isso?

– Só isso.

– Em sua opinião, ele está falando a verdade?

– Sei que está, mas que motivos você teria para confiar em mim, se não confia nele? Se, por algum motivo, Hari estiver mentindo para você, eu também não estaria, para apoiá-lo?

Davan olhou de um para o outro, desolado.

– De qualquer jeito – ele disse –, vocês nos ajudariam?

– A quem estaríamos ajudando e por que precisam de nós? – perguntou Seldon.

– Vocês viram a situação aqui em Dahl – ele respondeu. – Somos oprimidos. Vocês devem ter percebido isso e, considerando a maneira como trataram Yugo Amaryl, não consigo acreditar que não se solidarizem conosco.

– Somos totalmente solidários.

– E devem saber qual é a fonte da opressão.

– Imagino que você vá nos dizer que é o governo imperial, e eu diria que ele cumpre seu papel. Por outro lado, percebi que existe uma classe média em Dahl que despreza os termopoceiros e uma classe criminosa que aterroriza o restante do setor.

Davan contraiu a boca, mas não demonstrou outras reações.

– De fato. De fato – ele disse. – Mas o Império encoraja tudo isso por uma questão de princípio. Dahl tem o potencial de criar problemas sérios. Se os termopoceiros entrassem em greve, Trantor passaria por uma falta severa e quase imediata de energia, com tudo o que isso implica. Porém, as classes mais altas do próprio setor gastam dinheiro para contratar os brutamontes de Billibotton e de outros lugares para enfrentar os termopoceiros e acabar com a greve. Já aconteceu antes. O Império permite que alguns dahlitas prosperem, relativamente, para convertê-los em servos imperialistas, enquanto se recusa a reforçar as leis de controle de armas que poderiam enfraquecer os elementos criminosos. O governo imperial faz isso por toda parte, e não só em Dahl. Eles não podem impor suas vontades através da força, como no passado, quando governavam com tirania desumana. Hoje em dia, Trantor ficou tão complexo e tão facilmente perturbável que as forças imperiais não podem tocar...

– Uma forma de degeneração – interrompeu Seldon, lembrando-se das reclamações de Hummin.

– O quê? – perguntou Davan.

– Esqueça – respondeu Seldon. – Prossiga.

– As forças imperiais não podem tocar em nada, mas eles descobriram que podem fazer muitas outras coisas. Cada setor é encorajado a suspeitar de seus vizinhos. Dentro de cada setor, classes sociais e econômicas são estimuladas a participar de uma espécie de guerra entre elas. O resultado é que em toda a superfície de Trantor é impossível que as pessoas ajam de maneira unida. Por toda parte, elas preferem brigar entre si a fazer uma resistência unificada contra a tirania central. Assim, o Império domina a todos sem precisar apelar para a força.

– E o que você acha que pode ser feito? – perguntou Dors.

– Há anos tento construir um ambiente de solidariedade entre os povos de Trantor.

– Posso imaginar que você se viu envolvido com uma tarefa impossível e imensamente ingrata – comentou Seldon, seco.

– Imaginou corretamente – disse Davan –, mas nosso partido está ficando mais forte. Muitos de nossos portadores de facas estão percebendo que as facas são melhores quando não são usadas entre nós. Aqueles que atacaram vocês nos becos de Billibotton são exemplos dos que ainda não foram convertidos. Mas aqueles que os apoiam agora, que estão dispostos a defendê-lo, Seldon, do agente que você acreditou ser um jornalista, fazem parte do meu movimento. Eu vivo aqui, entre eles. Não é uma vida atraente, mas estou seguro. Temos adeptos em setores vizinhos e nos expandimos diariamente.

– Mas onde *nós* entramos? – perguntou Dors.

– Para começar, vocês dois são Estrangeiros e acadêmicos – disse Davan. – Precisamos de pessoas como vocês entre os líderes. Nossa maior força vem das massas pobres e ignorantes porque são os que mais sofrem, mas eles não sabem liderar. Uma pessoa como vocês vale por uma centena deles.

– Uma declaração questionável para alguém que deseja salvar os oprimidos – comentou Seldon.

– Não quero dizer como pessoas – Davan se apressou a explicar. – Refiro-me à liderança. O partido precisa ter homens e mulheres com poder intelectual entre seus líderes.

– Você quer dizer que pessoas como nós são necessárias para dar a seu partido um ar de respeitabilidade.

– É sempre possível enxergar algo nobre com um olhar depreciativo, se você quiser – disse Davan. – Mas você, amo Seldon, é mais do que respeitável, é mais do que intelectual. Mesmo não admitindo que pode penetrar na neblina do futuro...

– Por favor, Davan – interrompeu Seldon –, não seja poético e não use a condicional. Não é uma questão de admitir ou não. Eu *não posso* prever o futuro. Não é neblina que impede a visão, mas sim barreiras de aço inoxidável.

– Deixe-me terminar. Mesmo que você não possa prever com... do que você chama?... precisão psico-histórica, você estudou história e talvez tenha certa percepção intuitiva das consequências. Não é verdade?

Seldon negou com a cabeça.

– Eu talvez tenha certa compreensão intuitiva no equivalente matemático – ele concedeu –, mas quanto eu consigo traduzir isso para qualquer coisa de relevância histórica é um mistério. Na verdade, eu *não* estudei história. Queria ter estudado. Foi uma perda lamentável.

– Eu sou a historiadora, Davan – interveio Dors, calmamente. – Posso fazer alguns comentários, se você quiser.

– Por favor, faça – respondeu Davan, em tom meio cortês, meio desafiador.

– Para começar, na história galáctica houve inúmeras revoluções que derrubaram tiranias, às vezes em planetas individuais, às vezes em grupos de planetas, raramente no próprio Império ou nos governos regionais pré-imperiais. Com muita frequência, isso significou apenas uma mudança de tirania. Em outras palavras, uma classe dominante é substituída por outra (às vezes, por uma mais eficiente e, portanto, mais capacitada para se manter no poder), enquanto os pobres e os oprimidos continuam pobres e oprimidos, ou acabam em situação ainda pior.

– Tenho consciência disso – disse Davan, que ouvia com atenção. – Todos nós sabemos disso. Talvez possamos aprender com o passado e saber o que evitar. Além disso, a tirania que existe agora é um *fato*. A que talvez exista no futuro é apenas algo em potencial. Se nos abstermos sempre da mudança por causa da ideia de que essa mudança pode ser para pior, então não existe nenhuma esperança de vencer a injustiça.

– Uma segunda questão que você precisa levar em consideração – continuou Dors – é que, mesmo que o correto esteja do seu lado, mesmo que a justiça clame por condenação, a tirania, em geral, vence usando o contrapeso da força. Não há nada que seus portadores de faca possam fazer, em termos de rebeliões e motins, que tenha qualquer efeito permanente enquanto no outro extremo houver um exército equipado com armas cinéticas, químicas e neurológicas, disposto a usá-las contra seus partidários. Você pode até conseguir que todos os oprimidos e até mesmo os respeitáveis se juntem à sua causa, mas precisa de alguma maneira conquistar as forças responsáveis pela ordem e o Exército Imperial, ou, pelo menos, enfraquecer expressivamente a lealdade que eles têm aos governantes.

– Trantor é um mundo multigovernamental – disse Davan. – Cada setor tem seu próprio governante, e alguns deles são anti-imperiais. Se pudéssemos ter um setor forte do nosso lado, isso mudaria a situação, não mudaria? Nesse caso, não seríamos apenas uns esfarrapados lutando com facas e pedras.

– Isso quer dizer que você *tem* um setor forte do seu lado ou é apenas sua ambição conseguir um?

Davan ficou em silêncio.

– Devo supor que você está pensando no prefeito de Wye – disse Dors. – Se o prefeito estiver inclinado a se aproveitar do descontentamento popular para aumentar suas chances de derrubar o Imperador, não lhe ocorre que, no final das contas, o que o prefeito teria em mente seria assumir o trono imperial como sucessor da linhagem? Por que ele arriscaria sua posição atual, que não é de pouco destaque, por algo menor do que o trono? Pelos meros louros da justiça e pelo tratamento decente das pessoas, pelas quais ele talvez tenha pouca consideração?

– Você quer dizer que qualquer líder no poder que concorde em nos ajudar pode nos trair no futuro – respondeu Davan.

– É uma situação bastante comum na história galáctica.

– Se estivermos preparados para isso, *nós mesmos* poderíamos traí-lo.

– Você quer dizer se aproveitar dele e então, em algum momento crucial, destituir o líder de suas forças (ou um dos líderes, pelo menos) e assassiná-lo?

– Não exatamente isso, talvez, mas pode ser que exista alguma forma de nos livrarmos dele e que isso acabe se tornando necessário.

– Então temos um movimento revolucionário em que os principais líderes precisam estar prontos para trair uns aos outros, cada um simplesmente esperando pela melhor oportunidade. Parece uma receita para o caos.

– Então vocês não vão nos ajudar? – perguntou Davan.

Seldon, que ouviu a discussão entre Davan e Dors com uma expressão intrigada, respondeu:

– A resposta não é tão simples. Gostaríamos de ajudar. Estamos do seu lado. Eu acho que nenhum homem de mente sã apoiaria um sistema imperial que se sustenta nutrindo ódio e desconfiança. Mesmo quando parece funcionar, a única definição possível para ele é metaestável, ou seja, à beira de se tornar instável, de um jeito ou de outro. Mas a questão é: *como* podemos ajudar? Se eu tivesse a psico-história, se eu pudesse dizer o que é mais provável que aconteça ou se pudesse apontar a ação com mais chances de consequências aparentemente felizes dentre um determinado leque de alternativas, então poderia colocar minhas habilidades à sua disposição. Mas eu não tenho. A melhor maneira de ajudá-lo é tentando desenvolver a psico-história.

– E quanto tempo isso levará?

Seldon deu de ombros.

– Não sei dizer – respondeu.

– Como pode nos pedir para esperar indefinidamente?

– E qual alternativa eu tenho, considerando que, neste momento, sou inútil para a sua causa? O que posso dizer é o seguinte: até pouco tempo atrás, eu estava bastante convencido de que o desenvolvimento da psico-história era absolutamente impossível. Agora, não tenho tanta certeza.

– Quer dizer que tem uma solução em mente?

– Não. Apenas um sentimento intuitivo de que uma solução talvez seja possível. Ainda não consegui entender o que me fez ter essa sensação. Talvez seja ilusório, mas estou tentando. Deixe-me continuar. Talvez nos encontremos novamente.

– Ou, talvez – disse Davan –, se você voltar para o lugar onde está hospedado, acabará caindo em uma armadilha imperial. Você pode achar que o Império o deixará em paz enquanto você tenta desvendar a psico-história, mas tenho certeza de que o Imperador e seu bajulador, Demerzel, não estão dispostos a esperar para sempre. Não mais do que eu.

– Ter pressa não será nada proveitoso para eles – respondeu

Seldon, com calma –, porque não estou do lado deles, e sim do seu. Venha, Dors.

Eles deram meia-volta e deixaram Davan sozinho, em seu quarto esquálido. Encontraram Raych esperando do lado de fora.

76

Quando o encontraram, Raych estava comendo, lambendo os dedos e amassando o saco de papel onde estivera a comida, o que quer que fosse. Um cheiro forte de cebola tomou conta do ar – um cheiro ligeiramente diferente do esperado, talvez à base de fermento.

– Onde você conseguiu comida, Raych? – perguntou Dors, afastando-se discretamente do odor.

– Amigos do Davan. Eles trouxeram pra mim. Davan é um cara legal.

– Então não precisamos levá-lo para jantar, é isso? – disse Seldon, consciente de seu próprio estômago vazio.

– Cêis me devem *alguma coisa* – respondeu Raych, olhando com ganância na direção de Dors. – Que tal uma das facas da moça?

– Nada de facas – disse Dors. – Leve-nos de volta em segurança e eu lhe darei cinco créditos.

– Não dá pra comprar nenhuma faca com cinco créditos – resmungou Raych.

– Você não vai ganhar nada além de cinco créditos – disse Dors.

– Cê é uma donzela bem ruim, moça – ele respondeu.

– Sou uma donzela bem ruim e rápida com as facas, Raych, então vamos embora.

– Tá bom. Não precisa ficar toda nervosa. – Raych fez um gesto com a mão e disse: – Por aqui.

Eles voltaram pelos corredores vazios, mas, desta vez, Dors parou, olhando à volta.

– Espere, Raych – ela disse. – Estamos sendo seguidos.

Raych pareceu exasperado.

– Não era pra cê escutar – ele disse.

– Não estou ouvindo nada – comentou Seldon, esticando uma das orelhas para tentar escutar.

– Eu estou – respondeu Dors. – Escute, Raych, não quero saber de brincadeiras. Diga-me *agora* o que está acontecendo ou vou acertar sua cabeça de tal forma que você não conseguirá nem andar em linha reta por uma semana. Estou falando sério.

– Vem tentar, donzela ruim. Vem tentar – Raych levantou um dos braços defensivamente. – São os caras do Davan. Eles tão só cuidando da gente, caso apareça alguém.

– São caras do Davan?

– Isso. Tão indo pelos corredores de serviço.

Dors estendeu a mão direita e agarrou Raych pela gola da camiseta. Ela o ergueu no ar.

– Ei, moça! Qual é? – ele se exaltou, pendurado.

– Dors! – disse Seldon. – Não seja tão dura com ele.

– Serei ainda mais dura se desconfiar que ele está mentindo. *Você* é minha responsabilidade, Hari, não ele.

– Não tô mentindo! – exclamou Raych, debatendo-se. – Não tô!

– Tenho certeza de que ele não está – disse Seldon.

– Veremos. Raych, fale para eles aparecerem para que possamos vê-los – ela o soltou e limpou as mãos uma na outra.

– Cê é meio louca, moça – disse Raych, ofendido. Em seguida, ergueu a voz: – Ei! Apareçam, caras. Mostrem quem são.

Houve um momento de espera e então, de uma passagem escurecida no corredor, surgiram dois homens de bigodes pretos, um deles com uma cicatriz que marcava a bochecha. Eles seguravam facas com lâminas retraídas.

– Quantos outros, além de vocês? – perguntou Dors, em tom seco.

– Alguns – respondeu um dos homens. – São ordens. Estamos protegendo vocês. Davan quer que vocês fiquem em segurança.

– Obrigado. Tentem ser mais silenciosos. Raych, vamos em frente.

– Cê veio pra cima de mim quando eu tava falando a verdade – disse Raych, emburrado.

– Você está certo – respondeu Dors. – Pelo menos, acho que está... E peço desculpas.

– Não sei se devia desculpar – disse Raych, tentando manter uma postura valente. – Mas tudo bem, desta vez. – Ele continuou.

Quando alcançaram a passarela, a guarda invisível apontada por Davan desapareceu, ou, pelo menos, a aguçada audição de Dors não os ouviu mais. Àquela altura, eles já tinham chegado à parte mais respeitável do setor.

– Acho que não temos roupas que sirvam em você, Raych – disse Dors, pensativa.

– Por que cê quer roupas que sirvam em mim, madame? – aparentemente, Raych tinha um acesso de boa educação quando saía dos becos. – Eu tenho roupa.

– Achei que você quisesse ir para nossa casa tomar um banho.

– Pra quê? – perguntou Raych. – Tomo banho outro dia. E vou vestir minha própria roupa. – Ele olhou para Dors com uma expressão astuta. – Cê tá arrependida de ter vindo pra cima de mim, não é? Tá tentando compensar?

– Sim, mais ou menos isso – sorriu Dors.

– Não tem problema – Raych fez um gesto com a mão, imitando um lorde. – Cê não me machucou. Mas cê é bem forte, pra uma moça. Me levantou como se eu fosse feito de ar.

– Eu estava nervosa, Raych. Preciso me preocupar com o amo Seldon.

– Cê é tipo uma guarda-costas? – Raych lançou um olhar inquisitivo na direção de Seldon. – Cê tem uma moça de guarda-costas?

– Não consegui evitar – respondeu Seldon, com um sorriso torto. – Ela é bem insistente. E certamente sabe o que está fazendo.

– Pense bem, Raych – disse Dors. – Tem certeza de que não quer tomar um banho? Um banho quentinho?

– Sem chance – respondeu Raych. – Cêis acham que aquela mulher vai me deixar entrar de novo?

Dors olhou para a frente e viu Cassília Tissalver diante da porta de entrada do complexo de apartamentos. Ama Tissalver encarou primeiro Dors e depois o menino pobre. Era impossível dizer para qual dos dois ela dirigiu uma expressão mais furiosa.

– Bom, até outra hora, amo e ama. Não sei nem se ela vai deixar *cêis* entrarem. – Ele colocou as mãos nos bolsos e se afastou com ar de superioridade e indiferença despreocupada.

– Boa noite, ama Tissalver – disse Seldon. – Está bem tarde, não está?

– Está *muito* tarde – ela respondeu. – Quase houve um tumulto hoje, aqui na frente dos apartamentos, por causa do jornalista que vocês fizeram de alvo para aqueles vermes marginais.

– Não fizemos ninguém de alvo para ninguém – disse Dors.

– Eu estava presente – respondeu ama Tissalver, inflexível. – Eu vi tudo.

Cassília deu um passo para o lado para permitir que eles passassem, mas demorou o suficiente para deixar sua relutância bastante óbvia.

– Ela está agindo como se aquilo tivesse sido a gota d'água – comentou Dors, quando ela e Seldon subiam até seus quartos.

– E daí? O que ela poderia fazer? – perguntou Seldon.

– É o que estou me perguntando – murmurou Dors.

OFICIAIS

—— Raych...

De acordo com Hari Seldon, o primeiro encontro com Raych foi totalmente acidental. Ele era apenas um menino maltrapilho a quem Seldon pediu informações. Mas, a partir daquele momento, a vida do jovem continuou atrelada à do grande matemático até que...

ENCICLOPÉDIA GALÁCTICA

77

NA MANHÃ SEGUINTE, depois de tomar banho, se barbear e se vestir da cintura para baixo, Seldon bateu à porta que levava ao quarto adjacente de Dors.

– Abra a porta, Dors – disse Seldon, em voz relativamente baixa.

Ela abriu. Seus cachos curtos de cor vermelha com tons dourados ainda estavam molhados e ela também estava vestida apenas da cintura para baixo.

Seldon deu um passo para trás, surpreso e constrangido. Dors olhou para os próprios seios com um ar de indiferença e enrolou uma toalha em volta dos cabelos.

– O que foi? – ela perguntou.

– Eu ia perguntar sobre Wye – respondeu Seldon, desviando os olhos para a direita.

– Sobre o quê, exatamente? – questionou Dors, agindo com naturalidade. – E, por tudo que é mais sagrado, não me faça conversar com a sua orelha. Você com certeza não é um puritano.

– Eu estava apenas tentando ser cortês – respondeu Seldon, em tom magoado. – Se *você* não se importa, *eu* certamente não vou me importar.

– Certo. Por que você quer saber sobre Wye?

– De vez em quando o Setor Wye é trazido à tona, ou melhor, o prefeito de Wye é trazido à tona. Hummin falou sobre ele; você também, Davan também. Não sei nada sobre o setor nem sobre o prefeito.

– Eu também não sou nativa de Trantor, Hari. Sei muito pouco, mas posso contar a você, é claro. Wye é perto do Polo Sul. É imenso e muito populoso...

– Muito populoso, no Polo Sul?

– Não estamos em Helicon, Hari. E nem em Cinna. Aqui é Trantor. Tudo é subterrâneo, e o subterrâneo nos polos e o subterrâneo no equador são praticamente a mesma coisa. Imagino, é claro, que eles mantenham as simulações de dia e noite parecidas com as dos extremos, ou seja, dias longos no verão, noites longas no inverno, quase como seria na superfície. Isso é uma frivolidade para mostrar que eles têm orgulho de ser polares.

– Mas deve ser muito frio na Superfície Exterior acima deles.

– Sim, claro. A Superfície Exterior de Wye é de neve e gelo, mas a acumulação não é tão espessa quanto você poderia imaginar. Se fosse, poderia derrubar o domo, mas não é, e esse é o elemento principal do poder de Wye.

Ela se virou para o espelho, tirou a toalha dos cabelos e os cobriu com a rede secadora, que, em questão de cinco segundos, deu-lhes um brilho atraente.

– Você não tem ideia de como estou feliz por não ter que usar touca – ela disse, enquanto vestia a parte superior da roupa.

– O que a camada de gelo tem a ver com o poder de Wye?

– Pense. Quarenta bilhões de pessoas usam uma grande quantidade de energia e cada caloria dessa energia acaba por se tornar calor, que precisa ser eliminado. O calor é conduzido para os polos, especialmente para o Polo Sul, o mais desenvolvido dos dois, e depois é lançado ao espaço. A maior parte do gelo é derretida nesse processo e tenho certeza de que isso resulta nas nuvens e na chuva de Trantor, independentemente do quanto aqueles tolos da meteorologia insistam que as coisas são mais complicadas do que isso.

– Wye usa essa energia antes de descartá-la?

– Acho bastante provável. Mas não tenho o mínimo conhecimento sobre a tecnologia envolvida na dispersão do calor. Estou falando de poder político. Se Dahl parasse de produzir energia, isso com certeza perturbaria Trantor, mas há outros setores que produzem energia e podem aumentar a produção e, é claro, existe energia estocada de maneiras variadas. Lidar com uma paralisia em Dahl acabaria por se tornar necessário, mas haveria tempo. Wye, por outro lado...

– Sim?

– Veja bem, Wye dispersa pelo menos 90% de todo o calor produzido em Trantor, e não há substituto. Se Wye desligasse a dispersão de calor, a temperatura começaria a subir no planeta inteiro.

– Em Wye também.

– Ah, mas como Wye fica no Polo Sul, eles conseguiriam providenciar entrada de ar frio. Não seria de *grande* ajuda, mas Wye teria mais resistência do que o restante de Trantor. Isso significa que Wye é um problema delicado para o Imperador, e o prefeito de Wye é (ou, pelo menos, pode ser) muito poderoso.

– E que tipo de pessoa é o atual prefeito de Wye?

– Isso eu não sei. As raras coisas que já ouvi me dão a impressão de que ele é muito velho e praticamente um recluso, mas duro como a fuselagem de uma hipernave e ainda fazendo maquinações em busca de poder.

– Mas por quê? Se ele é tão velho assim, não poderia manter esse poder por muito tempo.

– Quem saberia explicar, Hari? Talvez seja uma obsessão vitalícia. Ou então é o jogo... As *manobras* para a obtenção de poder, e não um desejo verdadeiro pelo poder em si. Se ele tivesse poder e tomasse o lugar de Demerzel ou até mesmo o trono imperial, provavelmente acabaria decepcionado, pois o jogo teria terminado. E é claro que ele poderia, se ainda estivesse vivo, começar o outro jogo, o de *se manter* no poder, o que talvez seja tão difícil quanto obtê-lo... e tão gratificante quanto.

– Não consigo acreditar que alguém possa querer ser Imperador – Seldon fez um gesto negativo com a cabeça.

– Nenhuma pessoa com mente saudável iria querer, concordo, mas o chamado "anseio pelo Império" é como uma doença que, quando contraída, substitui progressivamente a sanidade. E quanto mais perto você chega de cargos altos, mais vulnerável está a essa doença. A cada promoção...

– A doença fica cada vez mais grave. Sim, entendo. Mas também me parece que Trantor é um mundo tão imenso, de necessidades tão entrelaçadas e de ambições tão conflitantes que justifica a maior parte da incapacidade de o Imperador de governar. Por que ele não sai de Trantor e não se estabelece em algum mundo mais simples?

– Você não perguntaria isso se soubesse mais de história – riu-se Dors. – Trantor é o Império, são milhares de anos de tradição. Um Imperador que não esteja no Palácio Imperial não é Imperador. Ele é um lugar, mais do que uma pessoa.

Seldon afundou em silêncio, com uma expressão rígida no rosto. Depois de um momento, Dors perguntou:

– Alguma coisa errada, Hari?

– Estou pensando – ele respondeu, com voz amortecida. – Desde que você me contou aquela história da mão na coxa, tenho tido pensamentos fugidios, que... Isso que você disse sobre Imperador ser um lugar e não uma pessoa parece ter despertado alguma coisa.

– Que tipo de coisa?

– Ainda estou pensando – Seldon negou com a cabeça. – Talvez esteja tudo errado. – O olhar que ele dirigia a Dors ficou mais presente, seus olhos entraram em foco. – De qualquer forma, acho melhor descermos para o café da manhã. Estamos atrasados e não creio que ama Tissalver esteja com bom humor suficiente para nos trazer comida.

– Você é bem otimista – respondeu Dors. – Para mim, ela não está com bom humor suficiente para querer que fiquemos aqui, com ou sem café da manhã. Ela quer que a gente vá embora.

– Talvez, mas estamos pagando.

– Sim, mas suspeito que, a esta altura, ela nos odeie o suficiente para desprezar nossos créditos.

– Talvez o marido seja um pouquinho mais apegado ao nosso aluguel.

– Se ele disser alguma palavra sobre isso, Hari, a única pessoa que ficaria mais surpresa do que eu seria ama Tissalver. Certo. Estou pronta.

Eles desceram para os aposentos dos Tissalver e encontraram a senhora em questão esperando por eles, sem nenhum café da manhã, mas com algo consideravelmente mais sério do que isso.

78

Cassília Tissalver mantinha uma postura rígida, um sorriso severo no rosto redondo e um brilho nos olhos escuros. Seu marido estava encostado na parede, taciturno. No centro do aposento estavam dois homens em posição de sentido, como se tivessem visto as almofadas no chão, mas as desprezassem.

Ambos tinham cabelos castanhos crespos e o espesso bigode preto esperado nos dahlitas. Eram magros e estavam com roupas escuras, tão parecidas uma com a outra que certamente eram uniformes. Uma listra branca subia por seus braços e ombros e outra descia pelas laterais de suas calças retas. Ambos tinham, no lado direito do peito, um opaco símbolo Espaçonave-e-Sol, a marca do Império Galáctico em todos os planetas habitados da Galáxia – nesse caso, com um D escuro no centro do sol.

Seldon percebeu imediatamente que se tratava de dois membros da força policial dahlita.

– O que significa isso? – perguntou Seldon, duramente.

Um dos homens deu um passo à frente.

– Sou o oficial de Setor Lanel Russ. Este é meu parceiro, Gebore Astinwald.

Os dois apresentaram holodistintivos brilhantes. Seldon não se deu ao trabalho de conferi-los.

– O que querem? – disse Seldon.

– Você é Hari Seldon, de Helicon? – perguntou Russ, inexpressivo.

– Sim.

– E você, senhorita, é Dors Venabili, de Cinna?

– Sim – respondeu Dors.

– Estou aqui para investigar uma denúncia de que Hari Seldon instigou um levante popular ontem.

– Não fiz nada disso – disse Seldon.

– De acordo com as informações que temos – continuou Russ, olhando para a tela de um pequeno computador portátil –, você acusou um jornalista de ser um agente imperial e, em seguida, provocou um ataque em massa contra ele.

– Fui eu que afirmou que ele era um agente imperial, oficial – interveio Dors. – Tive motivos para acreditar nisso. Com certeza não é crime manifestar um ponto de vista. O Império tem liberdade de expressão.

– Isso não inclui uma opinião exposta deliberadamente para instigar um levante popular.

– Você pode afirmar que foi isso mesmo, oficial?

– *Eu* posso afirmar que foi isso mesmo, oficial – guinchou ama Tissalver. – Ela viu que tinha uma multidão presente, uma escória ávida por confusão. Ela falou deliberadamente que ele era um agente imperial, mesmo sem ter como saber, e disse para todos ouvirem, para provocá-los. Era óbvio que ela sabia o que estava fazendo.

– Cassília... – disse amo Tissalver, em tom de súplica, mas ela lançou um único olhar em sua direção e ele ficou quieto.

– Foi a senhora que fez a denúncia? – perguntou Russ à ama Tissalver.

– Sim. Estes dois estão morando aqui há alguns dias e não fizeram nada além de arranjar problemas. Convidaram pessoas medíocres para visitar a *minha* casa, prejudicando minha reputação no bairro.

– Oficial – questionou Seldon –, é contra a lei convidar cidadãos limpos e ordeiros de Dahl para uma visita? Os quartos no andar de cima são nossos. Alugamos aqueles aposentos e pagamos por eles. É um crime falar com dahlitas em Dahl?

– Não, não é – respondeu Russ. – Isso não faz parte da denúncia. Ama Venabili, o que lhe deu motivos para acreditar que a pessoa que você acusou era, de fato, um agente imperial?

– Ele tinha um bigode marrom pequeno – disse Dors –, a partir do qual concluí que não era um dahlita. Supus que fosse um agente imperial.

– Você supôs? Seu colega, amo Seldon, não tem bigode. Você supõe que *ele* seja um agente imperial?

– De qualquer forma – apressou-se Seldon a dizer –, não houve nenhum levante. Pedimos à multidão que não fizesse nada contra o suposto jornalista, e tenho certeza de que eles não fizeram.

– Tem certeza, amo Seldon? – respondeu Russ. – O que consta é que vocês foram embora logo depois de fazer a acusação. Como poderiam ter testemunhado o que aconteceu depois que partiram?

– Eu não poderia – disse Seldon –, mas permita-me perguntar: Aquele homem está morto? Está ferido?

– Aquele homem foi interrogado. Ele nega ser agente imperial e não temos nenhuma informação que prove o contrário. Além disso, ele afirma que foi tratado de maneira agressiva.

– É possível que ele esteja mentindo sobre as duas coisas – disse Seldon. – Eu sugiro uma Sonda Psíquica.

– Isso não pode ser feito com a vítima de um crime. O governo setorial é inflexível quanto a isso. Mas pode ser que vocês dois, como os *criminosos* deste caso, sejam sujeitos a Sondas Psíquicas. Gostariam que fizéssemos isso?

Seldon e Dors se entreolharam por um instante.

– Não, é claro que não – respondeu Seldon.

– É *claro* que não – repetiu Russ, com um toque de sarcasmo na voz –, mas você não hesita em sugerir que usemos em outra pessoa.

O outro oficial de setor, Astinwald – que não dissera uma palavra até aquele momento –, sorriu ao ouvir o comentário.

– Temos, também – continuou Russ –, a informação de que, dois dias atrás, vocês se envolveram em uma luta de facas em Billibotton e feriram seriamente um cidadão dahlita chamado... – ele apertou um botão em seu computador e estudou as novas informações na tela – Elgin Marran.

– Essa informação inclui como a luta começou? – perguntou Dors.

– Irrelevante, no momento, senhorita. Vocês negam que a luta tenha acontecido?

– É claro que não negamos que a luta aconteceu – disse Seldon, exaltado –, mas negamos ter feito qualquer coisa para instigar o confronto. Fomos *atacados*. Ama Venabili foi acossada por esse tal Marran e era evidente que ele queria estuprá-la. O que aconteceu a seguir foi legítima defesa. Ou será que Dahl tolera estupro?

– Vocês afirmam que foram atacados? – perguntou Russ, com pouca expressão em sua voz. – Por quantos?

– Dez homens.

– E você se defendeu sozinho, com uma mulher, contra dez homens?

– *Nós* nos defendemos, ama Venabili e eu. Sim.

– Então, como é possível que nenhum dos dois tenha qualquer tipo de ferimento? Algum de vocês tem cortes ou contusões que não estão visíveis?

– Não, oficial.

– Então, como é possível que, em uma luta de um homem e uma mulher contra dez homens, vocês não tenham nenhum ferimento, mas o pleiteante, Elgin Marran, tenha sido hospitalizado com feridas e precisará de um transplante de pele no lábio superior?

– Lutamos bem – retrucou Seldon, rígido.

– Inacreditavelmente bem – disse Russ. – E se eu lhes dissesse que três homens testemunharam que você e sua amiga atacaram Marran sem terem sido provocados?

– Eu responderia que é muito difícil acreditar que faríamos algo assim – respondeu Seldon. – Tenho certeza de que Marran tem uma ficha criminal com brigas envolvendo facas. Reitero que havia dez homens. É evidente que seis deles se recusaram a testemunhar falsamente. Os outros três explicaram por que não foram ajudar o amigo, se o viram sob ataque não provocado e correndo risco de morte? Você deve saber que eles estão mentindo.

– Você sugere que usemos Sondas Psíquicas neles?

– Sim. E, antes que pergunte, ainda me recuso a cogitar o uso em nós.

– Recebemos também a informação de que ontem, depois de abandonar a cena do levante, vocês confabularam com Davan, um conhecido subversivo que é procurado pela polícia. Isso é verdade?

– Isso você precisará provar sem a nossa ajuda – disse Seldon. – Não vamos responder a nenhuma outra pergunta.

Russ guardou o computador portátil.

– Infelizmente, preciso pedir que venham conosco ao quartel--general, para maiores esclarecimentos.

– Não acho que isso seja necessário, oficial – disse Seldon. – Somos Estrangeiros que não fizeram nada de errado. Tentamos evitar um jornalista que estava nos incomodando sem motivo, tentamos nos proteger de estupro e possível assassinato em uma parte do setor conhecida por comportamento criminoso e conversamos com diversos dahlitas. Não vemos nada que possa requerer maiores esclarecimentos. Isso seria abuso de autoridade.

– *Nós* decidimos isso, não vocês – respondeu Russ. – Farão a gentileza de nos acompanhar?

– Não, não faremos – disse Dors.

– Cuidado! – exclamou ama Tissalver. – Ela tem duas facas.

– Obrigado, madame – suspirou Russ –, estou ciente disso. – Ele se virou para Dors. – Você sabe que neste setor é crime grave portar uma faca sem licença? Você tem uma licença?

– Não, oficial, não tenho.

– Portanto, foi com uma faca ilegal que você atacou Marran. Você tem consciência de que isso é um agravante sério para a acusação?

– Não foi crime nenhum, oficial – respondeu Dors. – Entenda isso. Marran também tinha uma faca, provavelmente sem licença.

– Não temos nenhuma prova para dar suporte a essa afirmação e, enquanto Marran tem ferimentos causados por facas, vocês não têm.

– É claro que ele tinha uma faca, oficial. Se você não sabe que todos os homens de Billibotton, e a maioria em Dahl, têm facas, a maioria sem licença, você é o único homem em Dahl que não sabe. Aqui há lojas que as vendem abertamente por todos os cantos. Não sabe disso?

– Não importa o que eu sei ou não sei sobre o assunto – respondeu Russ. – Tampouco importa se outras pessoas estão desobedecendo à lei, ou quantas delas estão. No momento, tudo o que interessa é que ama Venabili está agindo contra a lei antifacas. Peço que me entregue essas facas agora mesmo, senhorita, e que vocês dois me acompanhem ao quartel-general.

– Nesse caso, venha tirá-las de mim – disse Dors.

– Senhorita – suspirou Russ –, você não deve achar que facas são as únicas armas existentes em Dahl ou que eu entraria em um duelo de facas com você. Eu e meu parceiro temos desintegradores que a destruiriam em um instante, antes mesmo que você conseguisse levar as mãos ao cinto, independentemente de quão rápida seja. É claro que não usaremos os desintegradores, pois não estamos aqui para matá-los. Entretanto, temos também chicotes neurônicos, que podemos usar livremente contra vocês. Espero que não queiram ver uma demonstração. Não é letal, não causam nenhum tipo de dano permanente nem deixam marcas, mas a dor é quase insuportável. Meu parceiro está com um chicote neurônico com a mira travada em sua direção neste exato momento, e aqui está o meu. Portanto, renda suas facas, ama Venabili.

Houve um momento tenso de silêncio.

– Não adianta, Dors – disse Seldon. – Entregue suas facas a ele.

Naquele instante, alguém começou a bater freneticamente na porta e todos puderam ouvir uma voz aguda protestando de forma veemente.

79

Raych não tinha saído do bairro depois de ter levado Hari e Dors de volta ao apartamento.

Ele comera bem enquanto esperava que a conversa com Davan acabasse e, após encontrar um banheiro que funcionasse razoavelmente, dormira um pouco. Depois de tudo isso, não tinha para onde ir, apesar de morar em uma espécie de casa e ter uma mãe – que provavelmente não ficaria incomodada se ele ficasse longe por algum tempo. Ela nunca se incomodava.

Raych não sabia quem era seu pai e, às vezes, pensava consigo mesmo que talvez nem tivesse um. Disseram que ele tinha que ter um pai, e a justificativa para tal fato foi explicada com a crueza de sempre. De vez em quando, ele duvidava se deveria acreditar em uma coisa tão estranha quanto aquela, mas, para falar a verdade, ele achava os detalhes interessantes.

Pensou naquilo em relação à moça. Era uma moça velha, claro, mas era bonita e sabia brigar como homem – melhor do que um homem. Isso preenchia a mente de Raych com pensamentos vagos.

E ela havia oferecido um banho. Raramente, quando tinha créditos que não usaria para nenhuma outra coisa ou quando entrava escondido, ele podia nadar na piscina de Billibotton. Eram as únicas ocasiões em que ele se enxaguava por inteiro, mas era frio e depois ele precisava esperar o corpo secar.

Tomar banho era diferente. Haveria água quente, sabonete, toalha e ar climatizado. Ele não sabia qual seria a sensação, mas seria gostoso se *ela* estivesse ali.

Ele conhecia todas as passarelas bem o suficiente para saber de lugares em que podia se esconder, como um beco que fosse perto de um banheiro, e ainda assim continuar bem perto de onde ela estava, sem precisar correr o risco de ser descoberto e precisar fugir.

Passou a noite pensando em coisas estranhas. E se aprendesse a ler e a escrever? Poderia fazer alguma coisa com aquilo? Não sabia direito o quê, mas talvez *ela* pudesse dizer. Raych tinha ideias imprecisas sobre ser pago para fazer coisas que ainda não sabia fazer, mas não sabia quais poderiam ser essas coisas. Alguém precisaria dizer a ele, mas como fazer isso acontecer?

Se ele ficasse com aquele homem e aquela moça, os dois talvez pudessem ajudar. Mas por que eles iriam querer ficar com Raych?

Ele adormeceu e acordou mais tarde, não por causa do amanhecer, e sim porque sua audição aguçada captou o aumento de intensidade e gravidade dos sons da passarela conforme o dia começava.

Raych tinha aprendido a identificar quase todas as variedades de som, pois, se você quisesse sobreviver com um mínimo de conforto no labirinto subterrâneo de Billibotton, precisava perceber as coisas antes de vê-las. E havia algo no som do motor do carro terrestre que ele escutava agora que parecia um sinal de perigo. Era um som muito forte, um som hostil.

Ele se sacudiu para acordar e foi silenciosamente até a passarela. Nem precisou ver o símbolo Espaçonave-e-Sol no carro terrestre – as formas eram suficientes para identificá-lo. Raych sabia que eles tinham vindo por causa do homem e da moça, por causa da conversa que tiveram com Davan, e não parou para duvidar de seus pensamentos ou analisá-los. Saiu em disparada, abrindo espaço entre a vida agitada que se formava com o início do dia.

Voltou à casa de ama Tissalver em menos de quinze minutos. O carro terrestre ainda estava lá, e transeuntes curiosos e receosos analisavam o veículo por todos os lados, mantendo uma distância respeitosa. Logo haveria mais carros terrestres como aquele. Ele marchou escada acima, tentando lembrar em qual porta deveria bater. Não tinha tempo para pegar o elevador.

Raych encontrou a porta – ou, pelo menos, achou ter encontrado – e bateu nela.

– Moça! Moça! – gritou desafinadamente. Ele estava ansioso demais para lembrar o nome, mas se lembrou de parte do nome do homem. – Hari! – gritou. – Me deixe entrar.

A porta se abriu e ele correu para dentro – ou melhor, *tentou* correr para dentro. A mão grosseira de um oficial segurou seu braço.

– Espere um pouco, moleque – disse Russ. – Aonde você pensa que vai?

– Me solta! Eu não fiz nada! – Raych olhou à volta. – Ei, moça, que que esses gambás estão fazendo?

– Nos prendendo – disse Dors, em tom sombrio.

– Por quê? – perguntou o menino, ofegante e se debatendo. – Ei, me solta, seu gambá! Não vai com eles, moça. Cê não tem que ir com eles.

– Vá embora – ordenou Russ, sacudindo Raych com veemência.

– Não vou nada, e cê também não, seu gambá. Minha gangue toda tá vindo. Cê não vai embora daqui, a não ser que deixe aqueles dois em paz.

– De que gangue você está falando? – perguntou Russ, franzindo as sobrancelhas.

– Eles tão lá fora agora mesmo. Devem estar acabando com seu carro terrestre. E vão acabar com *cêis* também.

Russ se dirigiu ao parceiro:

– Entre em contato com o quartel-general. Peça para enviarem alguns caminhões com Macros.

– Não! – gritou Raych, soltando-se e disparando na direção de Astinwald. – Não chame!

Russ ajustou a posição do chicote neurônico e disparou.

Raych gritou, agarrou o ombro esquerdo e caiu, contorcendo-se violentamente.

Russ ainda não tinha se virado totalmente para Seldon quando o matemático, agarrando o punho do oficial, ergueu o chicote neurônico no ar e deu a volta para puxar o braço por trás, enquanto bateu o pé com força na bota dele para mantê-lo relativamente imóvel. Hari sentiu o momento em que o ombro do homem se deslocou e Russ emitiu um urro áspero e angustiado enquanto caía no chão.

Astinwald sacou o desintegrador com um movimento veloz, mas o braço esquerdo de Dors agarrou seu ombro e a faca em sua mão direita encostou na garganta do policial.

– Não se mexa! – ela disse. – Se você ou qualquer parte de seu corpo se mexer um milímetro, vou cortar seu pescoço até chegar à espinha. Largue o desintegrador. Largue! O chicote neurônico também.

Seldon pegou Raych, que ainda gemia, e o segurou no colo. Ele se virou para amo Tissalver e disse:

– Há pessoas lá fora. Pessoas *furiosas*. Vou pedir que entrem aqui e elas vão quebrar tudo o que você tem. Vão destruir até as paredes. Se você não quer que isso aconteça, pegue essas armas e jogue-as na outra sala. Pegue as armas do policial no chão e faça o mesmo. Rápido! Peça ajuda para sua esposa. Ela vai pensar duas vezes antes de fazer denúncias contra pessoas inocentes. Dors, esse que está no chão não poderá fazer nada por algum tempo. Deixe o outro incapacitado, mas não o mate.

– Certo – respondeu Dors. Ela inverteu a faca e o acertou na nuca com força, usando o cabo. Ele caiu de joelhos e ela fez uma careta. – *Detesto* fazer isso.

– Eles atiraram em Raych – argumentou Seldon, tentando esconder a própria repugnância pelo que acabara de acontecer.

Eles deixaram o apartamento apressadamente e, quando chegaram à passarela, encontraram-na abarrotada de pessoas, quase todos homens, que gritaram em uníssono quando os viram surgir. Todos se amontoaram para chegar mais perto e o cheiro de humanidade mal lavada foi arrebatador.

– Onde estão os gambás? – alguém gritou.

– Lá dentro – respondeu Dors, em tom alto. – Não façam nada com eles. Eles não vão representar perigo por um tempo, mas vão chamar reforços, então saiam daqui, e rápido.

– E vocês? – perguntaram algumas vozes.

– Também estamos indo embora. Não voltaremos.

– Eu tomo conta deles – guinchou Raych, agitando-se para sair dos braços de Seldon e ficar de pé. Ele esfregava o ombro direito com intensidade. – Consigo andar. Abram caminho.

A multidão se abriu para ele.

– Moço, moça, venham comigo! – continuou Raych. – Rápido!

Na passarela, eles foram acompanhados por muitas dezenas de homens e então, subitamente, Raych indicou uma passagem e murmurou:

– Por aqui, pessoal. Vou levar cêis pr'um lugar que ninguém vai encontrar. Acho que nem Davan sabe sobre ele. O problema é que vamos precisar passar pelos esgotos. Ninguém vai ver a gente por lá, mas é meio fedido... Sabem o que quero dizer?

– Nós sobreviveremos – murmurou Seldon.

Eles desceram por uma rampa em espiral – e um fedor pestilento subiu para recebê-los.

80

Raych encontrou um esconderijo para eles. Foi necessário subir uma escada vertical de ferro que os levou a um amplo aposento de pé-direito alto, cujo uso Seldon não conseguia nem imaginar. Estava cheio de equipamentos volumosos e que não emitiam sons, cuja função também era um mistério. Era um lugar relativamente limpo e livre de poeira. Um fluxo constante de vento soprava e impedia a poeira de assentar e – mais importante – parecia amenizar o fedor.

– Não é legal? – perguntou Raych, que parecia satisfeito. De vez em quando, ele esfregava o ombro e se contraía de dor quando usava força demais.

– Podia ser pior – disse Seldon. – Você sabe para que serve esta sala, Raych?

Raych deu de ombros – ou, pelo menos, começou a dar de ombros, mas a dor o impediu.

– Sei lá – ele respondeu e, com um toque de insolência, acrescentou: – Quem se importa?

Dors, que tinha se sentado no chão depois de limpá-lo com as mãos e inspecionado as palmas com uma expressão desconfiada, disse:

– Se você quer um palpite, acho que faz parte de um complexo de desintoxicação e reciclagem de resíduos, que com certeza devem acabar transformados em fertilizante.

– Então as pessoas encarregadas da manutenção devem vir aqui periodicamente e podem aparecer a qualquer momento – disse Seldon, em tom sombrio.

– Já vim aqui antes – interveio Raych. – Nunca vi ninguém.

– Trantor deve ser bastante automatizado – disse Dors – e, se tem uma coisa que pede por automação, é tratamento de esgoto. Talvez seja seguro... Por enquanto.

– Não por muito tempo, Dors – respondeu Seldon. – Vamos ficar com fome e com sede.

– Posso trazer comida e água – disse Raych. – Quando cê é um moleque das ruas, cê tem que saber como se virar.

– Obrigado, Raych – respondeu Seldon, distraído –, mas agora não estou com fome. – Ele fungou e continuou: – Talvez *nunca mais* fique com fome.

– Você vai ficar – disse Dors – e, mesmo que perca o apetite por algum tempo, vai ficar com sede. Pelo menos evacuação não será um problema. Estamos praticamente vivendo em cima de um esgoto aberto.

Houve silêncio durante algum tempo. A luz era tênue e Seldon se perguntou por que os trantorianos não mantinham aquela área em escuridão total. Então lhe ocorreu que nunca tinha encontrado escuridão total em nenhuma área pública. Aquilo era provavelmente um hábito em uma sociedade rica em recursos energéticos. Era estranho pensar que um mundo com quarenta bilhões de pessoas fosse rico em recursos energéticos, mas, com o calor interno do planeta como fonte, sem contar a energia solar e as usinas nucleares no espaço, ele era. E, agora que Seldon parava para pensar no assunto, não havia um único planeta com escassez de energia em todo o Império. Será que houve uma época em que a tecnologia era tão primitiva que a escassez energética fosse possível?

Seldon apoiou-se em um sistema de encanamento pelo qual, imaginou, deveria passar o esgoto. Ele se afastou dos canos assim que esse pensamento surgiu em sua cabeça e sentou-se ao lado de Dors.

– Existe alguma maneira de entrarmos em contato com Chetter Hummin? – ele perguntou.

– Na verdade, mandei uma mensagem para ele, por mais que tenha detestado fazer isso – respondeu Dors.

– Detestado?

– Minha função é proteger você. Cada vez que preciso entrar em contato com ele, significa que falhei.

– Você precisa ser tão compulsiva, Dors? – perguntou Seldon, analisando-a com olhos semicerrados. – Você não pode me proteger de toda a força policial de um setor inteiro.

– Suponho que não. Mas podemos derrubar alguns deles...

– Eu sei. E derrubamos. Mas eles vão mandar reforços... Carros terrestres blindados... Canhões neurônicos... Neblina sonífera... Não sei direito o que têm, mas vão usar o arsenal todo, tenho certeza.

– Você deve estar certo – disse Dors, com expressão apreensiva.

– Eles não vão te encontrar, moça – interveio Raych, subitamente, observando os dois com olhos atentos enquanto conversavam. – Eles nunca encontram Davan.

Dors sorriu sem alegria e bagunçou os cabelos do menino. Em seguida, olhou para a própria mão, desanimada.

– Não sei se você devia ficar conosco, Raych – ela disse. – Não quero que eles peguem *você*.

– Eles não vão me pegar. Se eu for embora, quem vai trazer comida e água pro cêis e quem vai encontrar novos esconderijos pro cêis, praqueles gambás nunca saberem onde procurar?

– Não, Raych, eles vão nos encontrar. Na verdade, eles não procuram por Davan com muito afinco. Davan os irrita, mas acho que eles não o levam muito a sério. Entende o que quero dizer?

– Cê quer dizer que ele é só um pé no... só uma chatice e eles acham que não vale a pena procurar por ele em tudo que é lugar.

– Sim, é isso que quero dizer. O problema é que nós machucamos dois oficiais e eles não vão nos deixar impunes. Mesmo que eles precisem de *toda* a polícia, mesmo que precisem vasculhar cada corredor escondido ou fora de uso em Dahl... Eles vão nos pegar.

– Isso faz eu me sentir um... um... *esquece* – resmungou Raych. – Se eu não tivesse corrido lá pra dentro pra levar chicotada neurônica, cêis não teriam nocauteado esses tais oficiais e não estariam com tanto problema.

– Não. Mais cedo ou mais tarde, a gente teria precisado... uh... nocautear os dois. Quem pode saber? Talvez precisemos nocautear mais alguns.

– Cêis fizeram bonito – disse Raych. – Se eu não tivesse ficado com tanta dor, poderia ter visto mais.

– Não seria nada vantajoso para nós tentar enfrentar o sistema de segurança inteiro – interveio Seldon. – A pergunta é: o que farão conosco quando nos acharem? Uma sentença de prisão, com certeza.

– Oh, não. Se for necessário, faremos um apelo a Cleon I – disse Dors.

– O Imperador? – Raych arregalou os olhos. – Cêis conhecem o Imperador?

– Qualquer cidadão galáctico pode apelar para ele– respondeu Seldon, com um gesto de desdém. – Mas isso não me parece a coisa certa a fazer, Dors. Desde que Hummin e eu deixamos o Setor Imperial, estamos *evitando* o Imperador.

– Não a ponto de ser jogado em uma prisão dahlita. O apelo imperial seria um atraso na sentença, ou, pelo menos, uma distração. Talvez, nesse meio-tempo, a gente consiga pensar em outra solução.

– Podemos falar com Hummin.

– Sim – respondeu Dors, desconfortável –, mas não podemos considerá-lo a solução para todos os problemas. Para começar, caso minha mensagem tenha chegado até ele e caso ele tenha conseguido vir a Dahl, como nos acharia aqui? E, mesmo se nos achasse, o que ele poderia fazer contra toda a força policial dahlita?

– Então precisamos pensar em algo que possamos fazer antes que nos encontrem – disse Seldon.

– Se cêis me seguirem – interveio Raych –, consigo manter cêis na dianteira. Conheço todos os lugares por aqui.

– Você pode nos manter à frente de uma pessoa, mas serão muitas delas, seguindo por diversos corredores. Vamos escapar de um grupo e esbarrar em outro.

Os três ficaram em silêncio durante muito tempo, cada um pensando no que parecia ser uma situação perdida. Então, Dors Venabili pareceu ficar tensa.

– Eles estão aqui – ela sussurrou. – Posso ouvi-los.

Por um instante, eles se esforçaram para escutar. Raych levantou-se rapidamente.

– Estão vindo por ali – ele sibilou. – Temos que ir por aqui.

Confuso, Seldon não ouvia nada, mas tinha confiança total na audição superior dos outros dois. Porém, quando Raych começou a se afastar rápida e silenciosamente de onde vinham os passos, uma voz ecoou nas paredes do esgoto:

– Não se mexam! Não se mexam!

– É Davan – disse Raych. – Como *ele* sabia que a gente estava aqui?

– Davan? – perguntou Seldon. – Tem certeza?

– É claro que tenho certeza. Ele vai ajudar.

81

– O que aconteceu? – perguntou Davan.

Um pequeno alívio tomou conta de Seldon. O surgimento de Davan não faria muita diferença contra toda a força policial do Setor Dahl, mas ele comandava um grande número de pessoas que poderia criar tumulto suficiente.

– Você deve saber, Davan – disse Seldon. – Imagino que muitas das pessoas que estavam na frente dos Tissalver esta manhã eram seus partidários.

– Sim, muitos deles. Dizem que vocês estavam sendo presos e derrotaram um esquadrão de gambás. Mas *por que* estavam sendo presos?

– Dois – respondeu Seldon, erguendo dois dedos. – Eram dois gambás, o que já é ruim o bastante. Parte dos motivos para nos prenderem foi termos conversado com você.

– Não se justifica. Os gambás não me dão mais importância do que dão a qualquer outra coisa. – Então, ele acrescentou, em tom amargo: – Eles me subestimam.

– Talvez – disse Seldon –, mas a mulher de quem alugamos os quartos fez uma denúncia contra nós, alegando que demos início a um levante contra o jornalista que conhecemos quando íamos visitá-lo. Você sabe dessa parte. Com seus partidários na cena de ontem e mais uma vez hoje, e com dois oficiais feridos, eles talvez decidam limpar estes corredores... E isso quer dizer que *você* será afetado. Eu lamento. Não tinha nenhuma intenção, nem esperava ser a causa de tudo isso.

– Não – Davan negou com a cabeça –, você não conhece os gambás. Isso também não se justifica. Eles não querem limpar estes bairros. Se o fizessem, o setor teria de lidar conosco, mas eles estão contentes de nos deixar apodrecer em Billibotton e nos outros bairros pobres. Eles estão atrás de vocês. *Vocês*. O que fizeram?

– Não fizemos nada – interveio Dors, impaciente – e, de qualquer jeito, que diferença faz? Se eles não estão atrás de você e *estão* atrás de nós, vão invadir esta área para nos arrancar daqui. Se você ficar no caminho, terá problemas.

– Não, não terei – respondeu Davan. – Como falei ontem à noite, tenho amigos, amigos poderosos. E eles podem ajudar tanto vocês quanto a mim. Quando vocês se negaram a nos apoiar abertamente, entrei em contato com eles. Eles sabem quem você é, dr. Seldon. Você é um homem famoso. Eles estão em posição de conversar com o prefeito de Dahl para garantir que vocês sejam deixados em paz, independentemente do que tenham feito. Mas vocês precisarão ser levados embora de Dahl.

Uma onda de alívio inundou Seldon, que sorriu.

– Você conhece uma pessoa poderosa, Davan? – ele perguntou. – Alguém que responde imediatamente, que pode convencer o governo de Dahl a não tomar atitudes drásticas e que pode nos levar para outro lugar? Ótimo. Não estou surpreso. – Seldon dirigiu-se a Dors, sorrindo. – A mesma coisa que aconteceu em Mycogen. Como Hummin consegue?

Mas Dors negou com a cabeça.

– Rápido demais. Não faz sentido.

– Acho que ele pode fazer qualquer coisa – disse Seldon.

– Eu conheço ele há mais tempo do que você, e melhor. Não consigo acreditar nisso.

– Não o subestime – sorriu Seldon. Então, como se estivesse ansioso para não continuar com aquele assunto, perguntou a Davan: – Mas como você nos encontrou? Raych disse que você não sabia deste lugar.

– Ele não sabe – guinchou Raych, indignado. – Este lugar é só meu. Fui eu que encontrei.

– Nunca estive aqui antes – disse Davan, olhando à volta. – É um lugar interessante. Raych é filho dos becos e está em casa neste labirinto.

– Sim, Davan, nós percebemos isso. Mas como *você* achou esta sala?

– Com um detector de calor. Tenho um equipamento que detecta radiação infravermelha, o padrão térmico específico emitido pela temperatura de trinta e sete graus. Ele reage à presença de seres humanos, mas não a outras fontes de calor. Reagiu a vocês três.

– De que isso adianta em Trantor – perguntou Dors, franzindo as sobrancelhas –, um planeta com seres humanos por todos os lados? Eles usam essa tecnologia em outros mundos, mas...

– Mas não em Trantor – completou Davan. – Sei disso. Mas são equipamentos úteis nos corredores e em becos decadentes e abandonados das áreas mais pobres.

– E onde você conseguiu isso? – perguntou Seldon.

– Basta saberem que tenho um deles – disse Davan. – Precisamos levá-lo daqui, amo Seldon. Há pessoas demais atrás de você e quero que meu amigo no poder o proteja.

– Onde ele está, esse seu amigo no poder?

– Está vindo para cá. Ou, pelo menos, uma nova fonte de calor a trinta e sete graus foi detectada, e não vejo como poderia ser outra pessoa.

Alguém entrou pela porta, e as boas-vindas morreram na boca de Seldon. Não era Chetter Hummin.

WYE

———— Wye...

Um setor da cidade-mundo de Trantor... Nos últimos séculos do Império Galáctico, Wye era a região mais forte e mais estável da cidade-mundo. Seus governantes ansiavam pelo trono imperial havia gerações, sob a justificativa de serem descendentes dos primeiros imperadores. Sob Mannix IV, Wye foi militarizado e (afirmaram autoridades imperiais, no futuro) planejava um golpe de Estado em nível planetário.

ENCICLOPÉDIA GALÁCTICA

82

O HOMEM QUE ENTROU ERA ALTO e musculoso. Tinha um longo bigode loiro que se curvava para cima nas extremidades e costeletas que desciam pelas laterais de seu rosto e acompanhavam a parte de baixo da mandíbula, deixando expostos o queixo nu e o lábio inferior e dando a eles um aparente brilho de umidade. Seu corte de cabelo era tão rente e a cor era tão clara que, por um desagradável instante, Seldon se lembrou de Mycogen.

O recém-chegado usava o que era, sem dúvida nenhuma, um uniforme. Era vermelho e branco e, em torno de sua cintura, havia um cinto largo e decorado com tachas prateadas.

Quando ele falou, Seldon reparou que sua voz era de um tom grave melodioso e seu sotaque era diferente de todos que já tinha ouvido. A maioria dos sotaques desconhecidos soava áspera e desagradável para Seldon, mas o daquele homem era quase musical, talvez por causa da riqueza dos tons graves.

– Eu sou o sargento Emmer Thalus – ele ressoou, em uma lenta sucessão de sílabas. – Vim em busca do dr. Hari Seldon.

– Sou eu – disse Seldon. Em um comentário discreto para Dors, ele continuou: – Se Hummin não pôde vir ele mesmo, certamente mandou um subalterno impressionante para representá-lo.

O sargento analisou Seldon por um momento um tanto prolongado, com expressão impassível.

– Sim – ele disse –, o senhor se encaixa na descrição. Por favor, venha comigo, dr. Seldon.

– Mostre o caminho – respondeu Seldon.

O sargento deu um passo para trás. Seldon e Dors Venabili deram um passo para a frente.

O sargento parou e ergueu uma mão, com a palma larga voltada para Dors.

– Fui instruído a levar o dr. Hari Seldon. Não fui instruído a levar mais ninguém.

Por um instante, Seldon o encarou, sem entender. Então, sua expressão de surpresa deu lugar à raiva.

– É impossível que o senhor tenha recebido essas instruções... – ele disse. – A dra. Dors Venabili é minha associada e minha parceira. Ela *precisa* ir comigo.

– Isso não está de acordo com as ordens recebidas, doutor.

– Eu não me importo nem um pouco com as suas ordens, sargento Thalus. Não vou a lugar nenhum sem ela.

– Além disso – interveio Dors, evidentemente irritada –, *eu* tenho ordens de proteger o dr. Seldon o tempo todo. Não posso fazer isso se não estiver com ele. Portanto, para onde ele for, eu vou.

O Sargento pareceu intrigado.

– Tenho ordens estritas de garantir que nada de mal aconteça ao senhor, dr. Seldon – ele disse. – Se o senhor não vier comigo voluntariamente, serei obrigado a carregá-lo até meu veículo. Tentarei fazê-lo sem machucá-lo.

Ele estendeu os dois braços, como se fosse pegar Seldon pela cintura e levá-lo à força.

Seldon jogou-se para trás e saiu do alcance dele. Conforme o fez, a lateral de sua mão desceu no braço do sargento, na parte em que havia menos músculos, e acertou o osso.

Thalus respirou fundo e pareceu se sacudir um pouco, mas se virou, sem expressão nenhuma no rosto, e avançou mais uma vez. Davan, observando, continuou parado onde estava, mas Raych foi para trás do sargento.

Seldon repetiu o golpe com a mão uma segunda vez, e então uma terceira, mas, dessa vez, Thalus antecipou o movimento e abaixou o braço para que Seldon acertasse a musculatura rígida.

Dors havia desembainhado suas facas.

– Sargento – ela disse, com vigor – vire-se para cá. Quero que o senhor entenda que eu talvez seja forçada a feri-lo seriamente se o senhor insistir em levar o dr. Seldon contra a vontade dele.

Sargento Thalus parou e pareceu observar solenemente a maneira como Dors segurava as facas.

– Não faz parte das minhas ordens evitar ferir outras pessoas além do dr. Seldon – ele respondeu.

Sua mão direita moveu-se com surpreendente rapidez para o chicote neurônico no coldre preso ao seu cinto. Dors avançou com tanta velocidade quanto ele, e suas facas reluziram.

Nenhum dos dois terminou o movimento.

Dando um impulso para a frente, Raych empurrou as costas do sargento com a mão esquerda e, com a direita, tirou o chicote neurônico do coldre. Ele se afastou rapidamente, segurando a arma com as duas mãos e gritando:

– Mãos pra cima, sargento, ou cê vai levar!

Thalus se virou e uma expressão ansiosa passou por seu rosto, que se avermelhava. Foi o único momento em que a expressão estoica enfraqueceu.

– Largue a arma, criança – ele rosnou. – Você não sabe como isso funciona.

– Sei da trava de segurança – retrucou Raych. – Tá desligada e essa coisa tá pronta pro ataque. E vou atacar, se cê vier pra cima de mim.

O sargento ficou petrificado. Era evidente que ele sabia do perigo de uma criança de doze anos exaltada empunhando uma arma potente.

Seldon também não gostou nada daquilo.

– Cuidado, Raych – ele disse. – Não dispare. Mantenha seu dedo longe do botão.

– Não vou deixar ele vir pra cima.

– Ele não fará isso. Sargento, por favor, não se mexa. Vamos deixar uma coisa bem clara. O senhor recebeu ordens de me levar daqui, não é mesmo?

– Isso mesmo – respondeu, com olhos quase arregalados, encarando Raych com firmeza (cujos olhos também estavam fixos no sargento).

– Mas o senhor não recebeu ordens de levar outras pessoas, não é mesmo?

– Não, não recebi – disse o Sargento, irredutível. Era óbvio que nem mesmo a ameaça de um chicote neurônico o faria hesitar.

– Certo, mas me escute, Sargento. O senhor recebeu ordens de *não levar* mais ninguém?

– Acabei de dizer que...

– Não, não. Escute, sargento. Há uma diferença. Suas ordens foram simplesmente "Traga o dr. Seldon!"? Foi essa a ordem completa, sem nenhuma menção a nenhuma outra pessoa, ou foram palavras mais específicas? As instruções foram "Traga o dr. Seldon e não traga mais ninguém além dele!"?

O Sargento contemplou o pensamento por um instante e respondeu:

– Minhas ordens dizem para levar o senhor, dr. Seldon.

– Não houve menção a mais ninguém, de nenhuma maneira, houve?

Uma pausa.

– Não.

– O senhor não recebeu ordens de levar a dra. Venabili, mas também não recebeu ordens de *não* levar a dra. Venabili. Não é mesmo?

Uma pausa.

– Não, não recebi.

– Então o senhor está livre para levá-la ou não levá-la, como o senhor preferir?

Uma longa pausa.

– Pode ser que sim.

– Muito bem. Então temos Raych, o jovenzinho com um chicote neurônico apontado para você. O *seu* chicote neurônico, lembre-se. E ele está ansioso para usá-lo.

– É! – gritou Raych.

– Ainda não, Raych – disse Seldon. – E temos também a dra. Venabili, com duas facas as quais ela sabe usar com destreza excepcional. E temos eu, que posso, se tiver a oportunidade, esmagalhar seu pomo de Adão e fazer com que você nunca mais possa falar, apenas sussurrar. Pois então, o senhor quer ou não quer levar a dra. Venabili? Suas ordens permitem que o senhor escolha.

– Levarei a mulher – concedeu Thalus, enfim, com voz derrotada.

– E o garoto, Raych.

– E o garoto.

– Ótimo. Tenho sua palavra de honra, sua palavra de honra como soldado, de que cumprirá o que acabou de dizer?

– O senhor tem minha palavra de honra como soldado – disse o sargento.

– Ótimo. Raych, devolva o chicote. Agora. Não me faça esperar.

Raych, com o rosto torcido em uma careta de desgosto, olhou para Dors, que hesitou e então fez lentamente um gesto afirmativo com a cabeça. O rosto dela estava tão insatisfeito quanto o de Raych.

Raych estendeu o chicote neurônico para o sargento Thalus.

– Só porque estão me *obrigando* – resmungou ele –, seu grande... – as últimas palavras foram ininteligíveis.

– Guarde suas facas, Dors – disse Seldon.

Dors meneou a cabeça, mas guardou as facas.

– E então, sargento? – perguntou Seldon.

Thalus olhou para o chicote neurônico e depois para Seldon.

– O senhor é um homem honrado, dr. Seldon – ele disse –, e mantenho minha palavra de honra.

Com um movimento militar, ele colocou o chicote neurônico no coldre.

Seldon dirigiu-se a Davan:

– Davan, por favor, esqueça o que testemunhou aqui. Nós três vamos acompanhar o sargento Thalus voluntariamente. Diga a Yugo Amaryl, quando o encontrar, que não me esquecerei dele e que, uma vez que tudo isso tenha terminado e eu esteja livre para agir, farei com que ele seja admitido em uma universidade. E, se em algum momento houver alguma coisa que eu possa fazer por sua causa, Davan, eu farei. Agora, sargento, vamos embora.

83

– Você já tinha voado de aerojato, Raych? – perguntou Hari Seldon.

Raych negou com a cabeça, sem palavras. Com uma mistura de medo e assombro, ele observava a Superfície Exterior passando em velocidade extrema por baixo do aerojato.

Mais uma vez, ocorreu a Seldon que Trantor era um mundo de vias expressas e túneis. A população em geral fazia até mesmo as jornadas mais longas pelo subterrâneo. Viagens pelo ar, por mais comuns que fossem nos outros mundos, eram um luxo em Trantor, e um aerojato como aquele...

Como Hummin tinha conseguido? Seldon não conseguia imaginar.

Ele olhou pela janela, observando as subidas e as descidas dos domos, o verde que cobria a maior parte daquela área do planeta, os esporádicos trechos que eram praticamente florestas, os braços de mar que o aerojato sobrevoava de vez em quando, com suas águas escuras que reluziam súbita e momentaneamente quando a luz solar atravessava a densa camada de nuvens por um instante.

Depois de uma hora de voo, Dors, que estivera visualizando um novo romance histórico sem aparentar muita satisfação, desligou o livro-filme e disse:

– Eu preferia saber para onde estamos indo.

– Se você não sabe – respondeu Seldon –, eu certamente não vou saber. Você está em Trantor há mais tempo do que eu.

– Sim, mas apenas na parte coberta – disse Dors. – Aqui fora, com somente a Superfície Exterior à vista, estou tão perdida quanto um bebê.

– Tomara que Hummin saiba o que está fazendo.

– Tenho certeza de que sabe – respondeu Dors, com aspereza –, mas ele talvez não tenha nenhuma relação como a situação atual. Por que você continua a supor que tudo isso seja iniciativa dele?

Seldon ergueu as sobrancelhas.

– Agora que você perguntou – ele disse –, eu não sei. Simplesmente supus. Por que isso não seria iniciativa dele?

– Porque quem providenciou isso não especificou que eu deveria ser levada com você. Acho simplesmente impossível que Hummin tenha se esquecido da minha existência. E também porque ele próprio não veio, como foi em Streeling e em Mycogen.

– Você não pode esperar que ele venha sempre, Dors. Ele pode estar ocupado. O inacreditável não é que ele não tenha vindo desta vez, mas sim que ele tenha vindo das outras vezes.

– Supondo que ele não tivesse como vir em pessoa, será que mandaria um palácio flutuante tão chamativo e ostentoso quanto este? – Ela fez um gesto para mostrar o luxuoso e amplo aerojato.

– Talvez tenha sido simplesmente o que estava disponível. E ele tenha raciocinado que ninguém suspeitaria de que algo tão chamativo estivesse carregando fugitivos que estão desesperadamente tentando evitar detecção. É a famosa inversão das expectativas.

– Famosa demais, em minha opinião. E ele mandaria um imbecil como o sargento Thalus no lugar dele?

– Ele não é um imbecil. É simplesmente treinado para a obediência total. Com ordens certas, ele poderia ser totalmente confiável.

– Aí está, Hari. Voltamos à mesma questão. Por que ele não recebeu as ordens certas? Para mim, é inconcebível que Chetter Hummin ordenaria que alguém o carregasse para fora de Dahl sem dizer uma palavra sobre mim. Inconcebível.

Seldon não soube como responder e seu otimismo murchou. Mais uma hora se passou.

– Parece que está esfriando, do lado de fora – Dors observou. – O verde da Superfície Exterior está ficando marrom e acho que os aquecedores foram ligados.

– O que isso significa?

– Dahl fica na zona dos trópicos, portanto estamos obviamente seguindo para o Norte ou para o Sul... E viajando por uma distância considerável. Se eu tivesse noção das coordenadas do sol, poderia saber em qual direção.

Em determinado momento, eles passaram por um trecho do litoral em que havia uma fina camada de gelo nas partes em que os domos encontravam a água.

E então, inesperadamente, a dianteira do aerojato mergulhou no ar.

– Vamos bater! – gritou Raych. – Vamos explodir em mil pedaços!

Os músculos abdominais de Seldon se contraíram e ele agarrou os braços da cadeira.

– Os pilotos lá na frente não parecem alarmados – disse Dors, que aparentava calma. – Acho que vamos entrar em um túnel.

Conforme ela terminou a frase, as asas do jato se jogaram para trás e para baixo e, como uma bala, o aerojato entrou em um túnel. A escuridão os envolveu imediatamente e, um segundo depois, o sistema de iluminação do túnel se acendeu. As paredes do túnel serpenteavam para trás, dos dois lados.

– Nunca vou ter certeza de como eles sabem que o túnel está livre – murmurou Seldon.

– Eles certamente confirmam se o túnel está disponível dezenas de quilômetros antes de entrar – respondeu Dors. – De qualquer jeito, imagino que esta seja a última parte da nossa jornada e logo saberemos onde estamos. – Ela fez uma pausa e, então, concluiu: – E imagino, também, que não vamos gostar nada do que estamos prestes a descobrir.

84

O aerojato lançou-se para fora do túnel e chegou a uma pista de pouso com um domo que era, em comparação a todos os outros que Seldon tinha visto desde que saíra do Setor Imperial, o que mais se parecia com o céu aberto.

Eles pararam mais rápido do que Seldon esperava, o que resultou em uma desconfortável pressão para a frente. Raych foi esmagado contra o assento à frente e teve dificuldade para respirar até que Dors colocou a mão em seu ombro e o puxou um pouco para trás.

O Sargento Thalus, com postura impressionante e cabeça erguida, saiu do jato e foi até a traseira para abrir a porta do compartimento de passageiros e ajudar os três a sair, um de cada vez.

Seldon foi o último. Ele se virou conforme passou por Thalus e disse:

– Foi uma viagem agradável, sargento.

Um vagaroso sorriso abriu-se no rosto largo de Thalus e levantou seu bigode. Ele tocou o visor de seu quepe, em uma semicontinência.

– Obrigado mais uma vez, doutor – ele respondeu.

Em seguida, eles foram conduzidos aos assentos traseiros de um carro terrestre de aspecto luxuoso e o próprio sargento assumiu o assento do motorista. Ele conduziu o veículo com surpreendente suavidade.

Passaram por avenidas largas, cercadas por prédios altos e de aspecto atraente, todos reluzindo à luz do dia. Assim como no restante de Trantor, eles podiam ouvir o murmúrio distante de uma via expressa. As passarelas estavam amontoadas com o que pareciam ser, em sua maioria, pessoas bem-vestidas. O entorno era surpreendentemente – quase em demasia – limpo.

A sensação de segurança de Seldon minguou ainda mais. O receio de Dors em relação ao destino dos três parecia justificado, afinal de contas.

– Você acha que estamos de volta ao Setor Imperial? – ele se inclinou na direção dela para perguntar.

– Não – ela respondeu –, os prédios do Setor Imperial são mais rococó e há menos áreas verdes e parques por aqui.

– Então, onde estamos, Dors?

– Receio que vamos ter de perguntar, Hari.

Não foi um trajeto longo, e eles logo entraram em uma área de estacionamento ao lado de uma imponente estrutura de quatro andares. Um friso com imagens de animais imaginários contornava o topo e o edifício era decorado com faixas de mármore rosado. Era uma fachada extraordinária, com um aspecto muito bonito.

– *Isso* me parece bem rococó – disse Seldon.

Dors deu de ombros, em dúvida.

– Ei, olha só esse lugar metido – comentou Raych, assobiando, em uma tentativa malsucedida de parecer indiferente.

Sargento Thalus gesticulou para Seldon, indicando com clareza que ele deveria segui-lo. Seldon ficou no lugar e, também com a língua universal dos gestos, abriu os braços para incluir Dors e Raych.

Diante da majestosa entrada rosada, Thalus hesitou de um jeito vagamente envergonhado, quase como se seu bigode tivesse murchado.

– Todos os três, então – disse ele, em tom áspero. – Minha palavra de honra será mantida. Ainda assim, entendam que outros talvez não se sintam impelidos a respeitar o que me propus a respeitar.

Seldon concordou com a cabeça.

– Eu o responsabilizo apenas por seus próprios atos, sargento – ele respondeu.

Thalus ficou claramente tocado e, por um instante, seu rosto se abriu como se ele estivesse considerando a possibilidade de cumprimentar Seldon com a mão ou manifestar sua sincera aprovação de alguma outra maneira. Porém, ele decidiu não ceder ao impulso e subiu no primeiro degrau da escadaria que levava à porta. O degrau começou imediatamente um solene movimento ascendente.

Em seguida, Seldon e Dors subiram no degrau, mantendo o equilíbrio sem nenhum problema. Raych, que vacilou por um momento por causa da surpresa, saltou no degrau móvel depois de uma breve corrida e colocou as mãos nos bolsos, assobiando despreocupadamente.

A porta se abriu e saíram duas mulheres, uma de cada lado, em perfeita simetria. Eram jovens e atraentes. Seus vestidos, com cintos apertados em torno da cintura e que desciam em dobras precisas até os tornozelos, farfalhavam conforme elas caminhavam. Ambas tinham cabelos castanhos que estavam arranjados em espessas tranças nas laterais da cabeça. (Seldon achou aquilo atraente, mas se perguntou quanto tempo elas levavam para arranjar os cabelos daquela forma a cada manhã. Ele não notou mulheres com penteados tão elaborados quando estavam passando pelas ruas.)

As mulheres observaram os visitantes com desprezo evidente. Seldon não ficou surpreso. Depois dos acontecimentos daquele dia, ele e Dors pareciam tão miseráveis quanto Raych.

Ainda assim, elas fizeram reverências decorosas, viraram-se de lado e, em sincronia impecável e sem perder a simetria, indicaram o interior do prédio. (Será que elas ensaiavam esse tipo de coisa?) Era evidente que os três deviam entrar.

Eles passaram por um aposento elaborado, repleto de mobílias e itens decorativos cujo uso Seldon não conseguiu entender de imediato. O chão era uma superfície macia de cores claras que emitiam certa luminosidade. Seldon reparou, constrangido, que os sapatos dos três deixavam marcas de sujeira conforme caminhavam.

Uma porta interna foi aberta e mais uma mulher surgiu. Ela era distintamente mais velha do que as duas primeiras (que se inclinaram com leveza conforme a outra entrou, cruzando as pernas simetricamente de um jeito que deixou Seldon impressionado por ainda conseguirem manter o equilíbrio; com certeza, aquilo era resultado de muito treino).

Seldon não sabia se era esperado que ele também fizesse algum gesto ritualístico para demonstrar respeito, mas, como não tinha a menor ideia de qual poderia ser o gesto, fez uma simples reverência com a cabeça. Dors permaneceu ereta, com certo desdém – pelo menos foi o que pareceu a Seldon. Raych olhava em todas as direções com o queixo caído e, aparentemente, não tinha nem visto a mulher que acabara de entrar.

Ela não era gorda, mas sim um pouco rechonchuda. Usava os cabelos da mesma maneira que as duas jovens e seu vestido tinha o mesmo estilo, mas era ornamentado com muito mais exuberância – talvez até demais, para as noções estéticas de Seldon.

Estava na meia-idade e havia uma sugestão de cabelos grisalhos em sua cabeça, mas as covinhas em suas bochechas davam a impressão de que ela era jovem. Seus olhos castanho-claros eram alegres e, no geral, parecia mais maternal do que velha.

– Como estão, vocês três? – ela perguntou, sem demonstrar nenhuma surpresa com a presença de Dors e Raych e os incluindo sem esforço em seu cumprimento. – Espero por vocês há algum tempo e quase os tive na Superfície Exterior, em Streeling. Você é o dr. Hari Seldon; eu estava ansiosa em conhecê-lo. Você deve ser a dra. Dors Venabili; recebi notícias de que acompanhava o doutor. Receio não saber quem é este jovem, mas é um prazer conhecê-lo. Não vamos ficar aqui conversando. Tenho certeza de que querem descansar primeiro.

– E tomar banho, senhora – disse Dors, um tanto incisiva. – Cada um de nós precisa de um banho completo.

– Sim, é claro – a mulher respondeu –, e roupas. Especialmente o jovem. – Ela observou Raych sem o toque de desprezo e de reprovação que as duas jovens tinham demonstrado. – Qual é o seu nome, meu jovem? – ela perguntou.

– Raych – ele respondeu, de um jeito engasgado e constrangido. Então, experimentou acrescentar: – Madame.

– Que coincidência curiosa – ela disse, com olhos reluzentes. – Um presságio, talvez. Meu nome é Rashelle. Não é estranho? Venham. Tomaremos conta de todos vocês. Depois haverá bastante tempo para jantarmos e conversarmos.

– Espere, senhora – disse Dors. – Pode nos dizer onde estamos?

–Wye, querida. E, por favor, me chame de Rashelle quando se sentir mais à vontade. Sempre me sinto mais confortável abrindo mão das formalidades.

Dors se aprumou.

– Você está surpresa com a minha pergunta?* Não é natural que queiramos saber onde estamos?

Rashelle soltou uma risada agradável e sonora.

---

*   Novamente, uma sequência envolvendo o trocadilho intraduzível entre o nome Wye e why [por que]. [N. de T.]

– Realmente, dra. Venabili, devemos fazer algo em relação ao nome deste lugar. Eu não estava fazendo uma pergunta, mas sim respondendo à sua. Você questionou onde vocês estavam, mas eu não perguntei "por que". Eu respondi "Wye". Vocês estão no Setor Wye.

– Em Wye? – perguntou Seldon, impetuosamente.

– Sim, no Setor Wye, dr. Seldon. Queríamos trazê-lo para cá desde o dia em que se apresentou na Convenção Decenal e estamos muito contentes por tê-lo aqui neste momento.

85

Na verdade, foi necessário um dia inteiro de descanso e relaxamento para eles tomarem banho, se limparem, obterem roupas novas (acetinadas e largas, na moda de Wye) e dormirem por um bom tempo.

O jantar prometido por madame Rashelle aconteceu na segunda noite em Wye.

A mesa era larga – larga demais, considerando que eram apenas quatro pessoas jantando: Hari Seldon, Dors Venabili, Raych e Rashelle. As paredes e o teto eram suavemente iluminados e as cores mudavam em um ritmo que chamava a atenção, mas não em velocidade que causasse incômodo à mente. Até mesmo a toalha de mesa, que não era feita de tecido (Seldon não conseguiu decidir que material era aquele) parecia faiscar.

Os serviçais eram muitos e permaneciam em silêncio. Quando a porta se abriu, Seldon achou ter visto soldados do lado de fora, armados e em prontidão. A sala era uma luva de pelica e o punho de ferro não estava longe.

Rashelle era cortês e amigável e tinha se afeiçoado especialmente a Raych, insistindo para que ele se sentasse ao seu lado.

Raych – escovado, limpo e reluzente, quase irreconhecível nas roupas novas, com cabelos cortados, lavados e penteados – dificilmente ousava falar alguma coisa. Era como se achasse que sua gramática não se adequava mais à sua aparência. Ele não estava nada confortável e observava Dors com atenção conforme ela passava de utensílio em utensílio, tentando imitá-la em todos os gestos.

A comida era saborosa, mas apimentada – a ponto de Seldon não reconhecer exatamente quais eram os pratos.

Rashelle, com o rosto rechonchudo iluminado por seu sorriso gentil e dentes brancos e brilhantes, disse:

– Vocês talvez desconfiem que usamos aditivos mycogenianos na comida, mas não usamos. Tudo é cultivado em Wye. Não há nenhum setor no planeta que seja mais autossuficiente do que o nosso. Trabalhamos muito para ser assim.

– Tudo o que você nos ofereceu é de primeira qualidade, Rashelle – Seldon fez um gesto afirmativo e solene com a cabeça. – Estamos muito agradecidos.

Mas, dentro de si, ele não achava que a comida tinha a mesma qualidade mycogeniana e, pior, tinha a sensação de que estava celebrando a própria derrota, como tinha murmurado para Dors antes do jantar. Ou, pelo menos, a derrota de Hummin – o que lhe parecia ser a mesma coisa.

Ele tinha, afinal de contas, sido capturado por Wye, possibilidade que preocupara Hummin no incidente na Superfície Exterior.

– Talvez, no meu papel de anfitriã – disse Rashelle –, eu possa ser perdoada por fazer perguntas pessoais. Estou certa ao supor que vocês três não são uma família? Que você, Hari, e você, Dors, não são casados, e que Raych não é seu filho?

– Nós não temos nenhum laço familiar – respondeu Seldon. – Raych nasceu em Trantor, eu nasci em Helicon e Dors, em Cinna.

– E como vocês se conheceram?

Seldon ofereceu uma explicação breve, com o mínimo de detalhes possível.

– Não há nada de romântico ou significativo nos encontros – ele acrescentou.

– Ainda assim, fui informada de que você criou dificuldades para o meu assistente pessoal, Sargento Thalus, quando ele quis tirá-lo de Dahl.

– Eu me afeiçoei a Dors e Raych – disse Seldon, com seriedade – e não quis me separar deles.

– Vejo que é um homem sentimental – disse Rashelle, sorrindo.

– Sim, eu sou. Sentimental. E estou intrigado, também.

– Intrigado?

– Sim. E, considerando sua gentileza em fazer perguntas pessoais sobre nós, posso fazer uma também?

– É claro, meu querido Hari. Pergunte o que quiser.

– Quando chegamos, você disse que Wye me queria desde o dia em que fiz minha apresentação na Convenção Decenal. Por qual motivo?

– Você decerto não é tão inocente a ponto de não saber. Queremos você aqui por causa da sua psico-história.

– Isso eu entendo. Mas o que faz vocês pensarem que minha presença aqui significa ter a psico-história?

– Você decerto não foi tão descuidado a ponto de perdê-la.

– Pior, Rashelle. Eu nunca a tive.

– Mas você disse que tinha, em sua apresentação – o rosto de Rashelle registrou uma sutil pontada de preocupação. – Não que eu tenha entendido o que apresentou. Não sou matemática. Detesto números. Mas tenho matemáticos a meu serviço e eles me explicaram o que você disse.

– Nesse caso, minha querida Rashelle, você precisa ouvir com mais atenção. Posso imaginar que eles tenham contado a você que eu provei que previsões psico-históricas são concebíveis, mas eles certamente contaram, também, que elas são impraticáveis.

– Não posso acreditar nisso, Hari. No dia seguinte à apresentação, você foi chamado para uma audiência com aquele pseudoimperador, Cleon.

– *Pseudo*imperador? – murmurou Dors, com ironia.

– Sim, isso mesmo – disse Rashelle, como se respondesse a uma pergunta genuína. – Pseudoimperador. Ele não tem nenhum direito ao trono.

– Rashelle – interveio Seldon, deixando aquilo de lado com

um jeito um tanto impaciente –, eu disse a Cleon exatamente o que acabei de dizer a você, e ele me deixou ir.

Desta vez, Rashelle não sorriu. Um pouco de rispidez ecoou em sua voz quando disse:

– Sim, ele o deixou ir da mesma maneira que, em uma fábula, um gato deixa um rato ir. Ele o persegue desde então. Em Streeling, em Mycogen, em Dahl. Ele o perseguiria até mesmo aqui, se tivesse coragem. Mas deixemos disso. Nossa conversa está séria demais. Vamos aproveitar a ocasião. Vamos ouvir música.

Com essas palavras, uma melodia instrumental suave e alegre preencheu subitamente a sala.

– Minha criança – disse Rashelle, em tom gentil, inclinando-se na direção de Raych –, se você não está à vontade com o garfo, use a colher ou as mãos. Eu não me importo.

– Sim, dona – respondeu Raych, engolindo comida, mas Dors chamou sua atenção com os olhos e moveu os lábios para dizer "garfo", sem usar a voz.

Ele continuou a usar o garfo.

– A música é belíssima, madame – disse Dors, evitando propositalmente a informalidade –, mas não podemos deixar que nos distraia. Ocorre-me que o perseguidor em todos esses lugares devia estar sob ordens do Setor Wye. A senhora certamente não estaria tão familiarizada com esses eventos se Wye não fosse o mandante.

Rashelle riu-se.

– É claro que Wye tem olhos e orelhas por toda parte, mas não éramos os perseguidores. Se tivesse sido o caso, vocês teriam vindo conosco sem falha, como quando estavam em Dahl e nós éramos, de fato, aqueles que foram buscá-los. Entretanto, quando uma missão fracassa, quando um objetivo não é alcançado, podem ter certeza de que se trata de Demerzel.

– A senhora menospreza Demerzel tanto assim? – murmurou Dors.

– Sim. Isso a surpreende? Nós o derrotamos.

– Você? Ou o Setor Wye?

– O setor, é claro, mas, quando Wye é vitorioso, *eu* sou vitoriosa.

– Que curioso – disse Dors. – Parece existir uma opinião predominante em toda a extensão de Trantor de que os habitantes de Wye não têm nenhuma relação com vitórias, derrotas ou qualquer outra coisa. Acredita-se que existam com apenas uma vontade e um punho em Wye, e são os do prefeito. Com certeza, a senhora e qualquer outro wyano são absolutamente insignificantes em comparação.

Rashelle abriu um largo sorriso. Ela parou para observar Raych com benevolência e apertar sua bochecha com carinho. Então, respondeu:

– Se você acredita que nosso prefeito é um autocrata e que existe apenas uma vontade que move Wye, você talvez esteja certa. Mas, mesmo assim, ainda posso usar o pronome pessoal, pois minha vontade é relevante.

– Por que a sua? – perguntou Seldon.

– E por que não? – disse Rashelle, quando os serviçais começaram a limpar a mesa. – *Eu* sou a prefeita de Wye.

86

Raych foi o primeiro a reagir ao que Rashelle tinha dito.

– Ei, dona – ele disse, com uma risada rouca, esquecendo a máscara de civilidade que considerava tão desconfortável –, cê num pode ser prefeita. Só caras podem ser prefeitos.

Rashelle olhou para ele com bom humor e, em uma imitação perfeita do tom de voz de Raych, respondeu:

– Ei, moleque, alguns prefeitos são caras e outros prefeitos são mulheres. Ponha isso na sua cachola e deixe esfriar.

Os olhos de Raych se arregalaram e ele pareceu atônito.

– Ei, cê sabe falar que nem gente normal, dona – ele, enfim, conseguiu dizer.

– Tão normal quanto cê quiser – ela respondeu, ainda sorrindo.

Seldon pigarreou e disse:

– É um sotaque bastante inusitado, Rashelle.

– Não tive oportunidade de usá-lo em muitos anos – respondeu Rashelle, meneando a cabeça –, mas é impossível esquecer.

Quando eu era jovem, tinha um amigo, um grande amigo, que era dahlita. – Ela suspirou. – Ele não falava desse jeito, claro, pois era muito inteligente, mas conseguia imitar, se quisesse, e me ensinou. Era bom conversar com ele assim. Criava um mundo só nosso, que excluía todo o resto. Era maravilhoso. Era, também, impossível. Meu pai deixou isso bem claro. E agora surge esse pequeno aventureiro, Raych, para me lembrar daqueles dias do passado. Ele tem o mesmo sotaque, os olhos, a expressão de descaso e, daqui a seis anos, mais ou menos, será um encanto e um terror para as jovens. Não é mesmo, Raych?

– Sei lá, moça. Quer dizer, dona – disse Raych.

– Tenho certeza de que sim, e você ficará muito parecido com meu... velho amigo e será muito mais confortável se eu não vir você quando chegar esse momento. Agora, Raych, o jantar terminou e é hora de você ir para o seu quarto. Pode assistir a um pouco de holovisualização, se quiser. Imagino que você não saiba ler.

– Mas vou ler, algum dia – respondeu Raych, com o rosto vermelho. – O amo Seldon disse que vou.

– Então tenho certeza de que é verdade.

Uma jovem se aproximou de Raych, fazendo uma respeitosa cortesia na direção de Rashelle. Seldon não viu o sinal que a chamou para o aposento.

– Não posso ficar com o amo Seldon e com a senhorita Venabili? – perguntou Raych.

– Você os verá mais tarde – respondeu Rashelle, gentil –, mas, agora, o amo, a senhorita e eu precisamos conversar. Por isso, você precisa ir.

Dors moveu os lábios e disse "vá!" a Raych, sem usar a voz. Com uma careta, ele se levantou e seguiu a serviçal.

– O menino ficará em segurança, é claro, e será bem tratado – disse Rashelle para Seldon e Dors, depois que Raych fora embora. – Por favor, não tenham dúvidas quanto a isso. E eu também estarei em segurança. Assim como minha serviçal se aproximou agora há pouco, uma dúzia de homens armados pode vir se for chamada, e mais rapidamente. Quero que entendam isso.

– Não estamos cogitando atacá-la de maneira nenhuma, Rashelle – disse Seldon, em tom calmo. – Ou devo dizer Madame Prefeita?

– Rashelle. Fui informada de que você é uma espécie de lutador, Hari, e que você, Dors, é muito habilidosa com as facas que retiramos do seu quarto. Não quero que você use essas habilidades desnecessariamente, pois quero Hari vivo, ileso e disposto a cooperar.

– É um fato reconhecido, Madame Prefeita – disse Dors, sem comprometer sua convicção de não ser amigável –, que o governante de Wye, hoje e nos últimos quarenta anos, é Mannix, Quarto a usar Tal Nome, e que ele ainda está vivo e em posse de suas capacidades mentais. Portanto, quem é você, de verdade?

– Exatamente quem digo ser, Dors. Mannix IV é meu pai. Como você disse, ele ainda está vivo e em posse de suas faculdades mentais. Diante dos olhos do Imperador e de todo o Império, ele é o prefeito de Wye, mas está cansado do peso do poder e se dispôs, finalmente, a passá-lo para as minhas mãos, igualmente dispostas a recebê-lo. Sou sua única filha e fui criada para governar. Portanto, meu pai é o prefeito por lei e por nome, mas eu sou a prefeita efetiva. Agora é a mim que as forças armadas de Wye juram fidelidade e, em Wye, isso é tudo o que importa.

– Então é como você diz – Seldon concordou com a cabeça. – Mas, mesmo assim, seja o Mannix IV ou Rashelle I (é a primeira, imagino), não há nenhum motivo para me manter aqui. Eu já disse que não tenho uma psico-história funcional e não creio que terei no futuro, nem que qualquer outra pessoa terá. Eu disse isso ao Imperador. Não sou de utilidade nem para você nem para ele.

– Você é muito ingênuo – disse Rashelle. – Conhece a história do Império?

Seldon fez um gesto negativo com a cabeça.

– Recentemente, passei a desejar tê-la estudado melhor – ele respondeu.

– *Eu* conheço bem a história imperial, Madame Prefeita – interveio Dors, secamente –, apesar de a era pré-imperial ser minha especialidade. Mas de que importa se a conhecemos ou não?

– Se você conhece a história, sabe que a família Wye é antiga e honorável, descendente da dinastia Daciana.

– Os Dacianos governaram cinco mil anos atrás – disse Dors.

– A quantidade de descendentes nas 150 gerações que nasceram e morreram desde então pode somar metade da população da Galáxia, se todas as alegações genealógicas forem aceitas, por mais absurdas que sejam.

– Nossas alegações genealógicas, dra. Venabili – o tom de Rashelle foi, pela primeira vez, frio e hostil, e seus olhos reluziram como aço –, não são absurdas. Estão registradas na íntegra em documentos. A família Wye manteve-se em posições de poder consistente ao longo de todas essas gerações e houve momentos em que *nós* sentamos no trono imperial e governamos como imperadores.

– Os livros-filmes de história – respondeu Dors – geralmente se referem aos governantes Wye como "anti-imperadores", nunca reconhecidos pela maioria absoluta do Império.

– Depende de quem escreve os livros-filmes. No futuro, seremos nós, pois o trono que já foi nosso o será outra vez.

– Para conseguir isso, você precisa provocar uma guerra civil.

– Não haverá risco de isso acontecer – disse Rashelle, sorrindo mais uma vez. – É o que preciso explicar a vocês, pois quero a ajuda do dr. Seldon para evitar uma catástrofe como essa. Meu pai, Mannix IV, foi um homem pacífico a vida toda. Manteve-se fiel a quem estivesse no trono do Palácio Imperial e firmou Wye como um pilar forte e próspero da economia trantoriana, para o bem de todo o Império.

– Não sei se Cleon I lhe dispensou alguma confiança, mesmo com tudo isso – comentou Dors.

– Estou certa de que não – disse Rashelle, com calma –, pois os imperadores que ocuparam o palácio durante a vida de meu pai se fizeram conhecidos como usurpadores de uma linhagem intrusa. Usurpadores não podem se dar ao luxo de confiar nos verdadeiros governantes. E, ainda assim, meu pai manteve a paz. Ele desenvolveu e treinou uma magnífica força de segurança, é claro, para manter a paz, a prosperidade e a estabilidade do setor, e as autoridades imperiais permitiram que isso acontecesse porque queriam Wye pacífico, próspero, estável... e fiel.

– Mas o setor é fiel? – perguntou Dors.

– Ao verdadeiro Imperador, evidentemente – respondeu Rashelle. – Nós alcançamos um estágio em nossa força em que podemos assumir o controle do governo imediatamente, num piscar de olhos. Antes que alguém possa dizer "guerra civil", haverá um Imperador verdadeiro (ou uma verdadeira Imperatriz, se você preferir), e Trantor continuará tão em paz quanto antes.

Dors fez "não" com a cabeça.

– Posso esclarecer algumas dúvidas? – perguntou. – Como historiadora?

– Estou sempre disposta a ouvir – respondeu Rashelle, inclinando a cabeça de leve na direção de Dors.

– Por maior que seja sua força militar, por mais bem treinada e equipada que seja, é impossível que ela se equipare à escala e à potência das forças imperiais, que têm o apoio de vinte e cinco milhões de mundos.

– Ah, você encontrou a fraqueza do usurpador, dra. Venabili. São vinte e cinco milhões de mundos, com forças imperiais espalhadas em todos eles. Essas forças estão dispersas em um espaço incalculável, com uma quantidade indefinida de oficiais, nenhum deles particularmente preparado para agir fora de suas próprias províncias; todos prontos para agir pelos próprios interesses, e não pelos interesses do Império. Por outro lado, nossas forças estão todas aqui, todas em Trantor. Podemos agir e concluir a ação antes que os generais e os almirantes a distância possam entender que são necessários.

– Mas a reação virá, e será devastadora.

– Tem certeza? – disse Rashelle. – Estaremos no palácio. Trantor será nosso e estará em paz. Por que as forças imperiais deveriam se mobilizar se, ao cuidar dos próprios interesses, cada líder militar insignificante terá seu próprio mundo para governar, sua própria província?

– É isso que você quer? – perguntou Seldon, intrigado. – Está nos dizendo que anseia por governar um Império que se partirá em milhares de pedaços?

– É exatamente isso – respondeu Rashelle. – Eu governaria Trantor, suas colônias espaciais remotas e os poucos sistemas planetários que fazem parte da província trantoriana. Prefiro ser Imperatriz de Trantor a ser Imperatriz da Galáxia.

– Você ficaria satisfeita com Trantor, apenas – disse Dors, em tom de descrença absoluta.

– Por que não? – respondeu Rashelle, subitamente exaltada. Ela se inclinou para a frente, ansiosa, com as palmas das mãos pressionadas contra a mesa. – É isso que meu pai tem planejado por quarenta anos. Ele continua vivo apenas para testemunhar essa realização. Por que precisamos de milhões de mundos, mundos distantes que não significam nada para nós, que nos enfraquecem, que levam nossas forças para longe, para parsecs cúbicos de espaço sem nenhuma importância, que nos afogam em caos administrativo, que nos arruínam com suas infinitas discórdias e problemas, quando, no que diz respeito a nós, eles são um nada longínquo? Nosso populoso mundo, nossa própria cidade planetária, é Galáxia suficiente para nós. Temos tudo o que precisamos para nos sustentar. O restante da Galáxia que se parta em milhões de pedaços. Cada militarista insignificante que fique com uma parte. Não precisam guerrear. Haverá o suficiente para todos.

– Mas eles *vão* guerrear mesmo assim – disse Dors. – Cada um deles se recusará a ficar satisfeito com a própria província. Cada um deles terá receio de que o vizinho não fique satisfeito com a província *dele*. Cada um deles se sentirá inseguro e sonhará com um governo galáctico como a única garantia de segurança. Isso é uma certeza, Madame Imperatriz de Coisa Nenhuma. Haverá guerras infinitas, com as quais você e Trantor inevitavelmente se envolverão, e que destruirá a todos.

– Pode parecer uma certeza – respondeu Rashelle, com evidente desprezo – para alguém que não enxerga mais longe do que você, para alguém que se baseia nas lições banais da história.

– O que mais pode ser enxergado? – perguntou Dors. – No que mais se basear, além das lições da história?

– Você pergunta o que há além? – disse Rashelle. – Ora, há *ele*.

E ela ergueu o braço vigorosamente, seu dedo indicador apontando na direção de Seldon.

– Eu? – perguntou Seldon. – Eu já disse que a psico-história...

– Não repita o que já disse, meu bom doutor – interrompeu Rashelle. – Não ganhamos nada com isso. Você acha, dra. Venabili, que meu pai nunca teve consciência do perigo de guerras civis perpétuas? Você acha que ele não esgotou seu próprio intelecto admirável para pensar em alguma maneira de evitar isso? Durante os últimos dez anos, ele esteve preparado para assumir o controle do Império em um único dia, a qualquer momento. Faltava apenas a garantia de segurança após a vitória.

– Que é impossível – disse Dors.

– Que se tornou possível no momento em que ouvimos a apresentação do dr. Seldon na Convenção Decenal. Percebi instantaneamente que aquilo era do que precisávamos. Meu pai estava velho demais para enxergar a importância de imediato. Mas, depois que eu expliquei, ele também percebeu e foi nesse momento que transferiu formalmente o poder para mim. Portanto é a você, Hari, a quem devo meu cargo e é a você a quem devo meu cargo mais importante no futuro.

Profundamente irritado, Seldon disse:

– Eu continuo a afirmar que não posso...

– Não importa o que pode e o que não pode ser feito – interrompeu Rashelle. – O que importa é em que as pessoas acreditam ou não acreditam que pode ser feito. Elas *vão* acreditar em você, Hari, quando você disser a elas que a previsão da psico-história é de que Trantor pode governar a si mesmo e que as províncias podem se tornar reinos com capacidade para conviverem em paz.

– Não farei nenhuma previsão como essa sem que haja uma psico-história genuína – disse Seldon. – Não sou charlatão. Se quer isso, diga *você* a elas.

– As pessoas não vão acreditar em mim, Hari. Elas vão acreditar em *você*. O grande matemático. Por que *não* fazer isso por elas?

– O Imperador também pensou em me usar como fonte de profecias autorrealizáveis – disse Seldon. – Eu me recusei a fazer isso por ele. Você acha que vou concordar em fazê-lo por você?

Rashelle ficou em silêncio por um momento e, quando falou de novo, sua voz tinha perdido a emoção intensa e soava quase insistente:

– Hari, pense um pouco na diferença entre Cleon e eu. O que Cleon certamente queria de você era propaganda política para se preservar no trono. Seria inútil dar isso a ele, pois o trono não pode ser preservado. Você não percebe que o Império Galáctico está em decadência, que não pode durar por muito mais tempo? Até mesmo Trantor está lentamente ruindo por causa do peso cada vez maior de administrar vinte e cinco milhões de mundos. O que nos aguarda são a fragmentação e uma guerra civil, independentemente do que você faça por Cleon.

– Já ouvi alguma coisa assim – disse Seldon. – Pode até ser verdade, mas e daí?

– Ora, colabore para que a fragmentação ocorra *sem* que haja guerras. Ajude-me a assumir Trantor. Ajude-me a estabelecer um governo sólido em uma região pequena o suficiente para ser governada com eficiência. Permita-me libertar o restante da Galáxia, para que cada área siga seu próprio caminho, de acordo com seus próprios costumes e culturas. A Galáxia vai se tornar um conjunto funcional novamente por meio de livres agências de comércio, turismo e comunicação, e o destino de uma fragmentação desastrosa sob um governo que mal consegue se manter será evitado. Minhas ambições são, de fato, moderadas. Um mundo, e não milhões; paz, e não guerra; liberdade, e não escravidão. Pense nisso e me ajude.

– Por que a Galáxia deveria acreditar em mim, se não acreditará em você? – perguntou Seldon. – Eles não me conhecem. Qual dos seus comandantes de frota ficará impressionado com o simples termo "psico-história"?

– Não acreditariam em você *agora*, mas não estou pedindo que você aja agora. Depois de esperar por milhares de anos, a família Wye pode esperar por mais outros milhares de dias. Colabore comigo e eu farei seu nome ser conhecido. Farei com que a promessa da psico-história brilhe em todos os mundos e na hora adequada, quando eu achar que determinado momento é o momento certo, você anunciará sua previsão e nós atacaremos. Então, em um piscar de olhos da história, a Galáxia existirá sob uma nova ordem que a tornará estável e feliz por eras. Hari, como pode recusar?

GOLPE

—— Thalus, Emmer...

Sargento das forças armadas do Setor Wye, em Trantor antigo...

... Além desses dados totalmente sem importância, nada se sabe sobre esse homem, exceto que, em determinado momento, ele teve o destino da Galáxia nas mãos.

ENCICLOPÉDIA GALÁCTICA

87

O café da manhã do dia seguinte foi servido em uma alcova próxima aos quartos dos três detidos, e foi deveras requintado. Havia uma variedade considerável de comida e mais do que o suficiente de tudo.

Seldon estava sentado à mesa com uma pequena montanha de salsichas apimentadas diante de si, ignorando totalmente as sombrias previsões estomacais e digestivas feitas por Dors.

Raych disse:

– Aquela dona disse, quando veio me ver ontem de noite, que...

– Ela foi vê-lo? – perguntou Seldon.

– Foi. Disse que queria ter certeza que eu tava confortável. E que vai me levar no zoológico, quando tiver a chance.

– Zoológico? – Seldon olhou para Dors. – Que tipo de zoológico eles podem manter em Trantor? De gatos e cachorros?

– Há alguns animais nativos – disse Dors – e imagino que eles importem alguns animais de outros mundos. Há também os animais que todos os mundos têm; mais nos outros do que em Trantor, é claro. Na verdade, o Zoológico de Wye é muito famoso. Talvez seja o melhor do planeta, depois do Zoológico Imperial.

– Ela é uma coroa legal – comentou Raych.

– Não *tão* coroa assim – respondeu Dors –, mas ela certamente está nos alimentando bem.

– É verdade – admitiu Seldon.

Depois que o café da manhã terminou, Raych partiu para explorar o local.

Uma vez que Dors e Seldon tinham se retirado para o quarto de Dors, ele disse, com evidente descontentamento:

– Não sei por quanto tempo nos deixarão sozinhos. Ela obviamente planejou maneiras de ocupar o nosso tempo.

– Acho que temos pouco do que reclamar, no momento – respondeu Dors. – Estamos muito mais confortáveis aqui do que em Mycogen ou em Dahl.

– Dors, você não está sendo conquistada por essa mulher, está? – perguntou Seldon.

– Eu? Por Rashelle? É claro que não. Como pode achar isso?

– Ora, você está confortável. Está bem alimentada. Seria natural relaxar e aceitar o que o destino trouxer.

– Sim, muito natural. E por que não fazemos isso?

– Escute, ontem à noite você estava me contando sobre o que acontecerá se ela vencer. Posso não conhecer muito de história, mas estou disposto a aceitar a sua palavra e, na verdade, faz sentido até para quem não conhece muito do assunto. O Império se fragmentará e os pedaços que sobrarem vão guerrear entre si até... até... sabe-se lá quando. Ela precisa ser impedida.

– Concordo – disse Dors. – Ela precisa ser impedida. O que não consigo enxergar é como resolveremos esse pequeno detalhe. – Ela olhou para Seldon, semicerrando os olhos. – Hari, você não dormiu muito bem ontem à noite, dormiu?

– *Você* dormiu? – ele perguntou; no caso *dele*, era óbvio que não.

Dors o observou por um momento, com uma expressão preocupada encobrindo seu rosto.

– Você não conseguiu dormir e ficou pensando em destruição galáctica por causa do que eu falei? – ela perguntou.

– Por isso e por algumas outras coisas. – Então, ele sussurrou: – Será que podemos entrar em contato com Chetter Hummin?

– Tentei contatá-lo quando tivemos que fugir da polícia em Dahl. Ele não veio. Tenho certeza de que recebeu a mensagem, mas não veio. Pode ser que, por alguma dentre inúmeras razões, ele simplesmente não teve como vir até nós. Quando puder, ele virá.

– Você acha que aconteceu alguma coisa com ele?

– Não – respondeu Dors, calma. – Acho que não.

– Como pode saber?

– A notícia chegaria até mim, de alguma maneira. Estou certa disso. E não veio notícia nenhuma.

– Não estou tão confiante quanto você sobre tudo isso – confessou Seldon, franzindo as sobrancelhas. – Aliás, não estou nada confiante. Mesmo que Hummin viesse, o que ele poderia fazer neste caso? Ele não pode enfrentar *todo* o Setor Wye. Se eles têm o melhor exército de Trantor, como diz Rashelle, o que Hummin poderia fazer contra eles?

– Discutir isso não tem utilidade. Você acha que consegue convencer Rashelle (martelar na cabeça dela de algum jeito) que você não tem a psico-história?

– Tenho certeza de que ela sabe que não tenho e que não terei por muitos anos, se é que isso acontecerá algum dia. Mas ela dirá a todos que eu *tenho* a psico-história e, se fizer isso com habilidade suficiente, as pessoas acreditarão nela e acabarão por agir de acordo com o que ela disser que são minhas previsões e anúncios... Mesmo que eu não diga uma palavra.

– Mas isso certamente leva tempo. Ela não pode construir sua fama da noite para o dia, nem em uma semana. Para fazer direito, ela talvez precise de um ano.

– Talvez, mas eu não sei. – Seldon caminhava de um lado ao outro pelo aposento, virando-se nos calcanhares quando alcançava uma das extremidades. – Haveria pressão para que ela agisse rápido. Ela não me parece ser o tipo de pessoa que cultiva o hábito da paciência. E o pai idoso, Mannix IV, estaria ainda mais impaciente. Ele deve sentir a aproximação da morte e, se trabalhou por isso a vida toda, preferiria que acontecesse uma semana antes da sua morte, e não uma semana depois. Além disso... – Seldon parou e olhou à volta.

– Além disso, o quê?

– Acho que não estamos sendo vigiados. Acontece que eu decifrei o problema da psico-história.

– Você conseguiu! – os olhos de Dors se arregalaram. – Você conseguiu resolver!

– Não resolver completamente. Isso talvez leve décadas... ou séculos. Mas agora sei que ela é praticável, não mais apenas teoria. Sei que ela pode ser resolvida e preciso de tempo, de paz e de instalações para trabalhar nela. O Império precisa ser mantido inteiro até que eu aprenda (ou possivelmente que meus sucessores aprendam) a melhor maneira de mantê-lo assim ou como minimizar o desastre, caso ele se fragmente apesar de nossos esforços. Foi a noção de ter um ponto de partida para o meu objetivo, e não a incapacidade de trabalhar nele, que me manteve acordado durante toda a noite.

88

Na manhã do quinto dia dos três em Wye, Dors estava ajudando Raych a vestir uma roupa formal com a qual nenhum não estavam familiarizados.

Com sentimentos conflitantes, Raych olhou para si mesmo no holoespelho e viu uma imagem refletida que o encarava com exatidão, imitando todos os seus gestos, sem nenhuma inversão de esquerda e direita. Raych nunca tinha usado um holoespelho antes e não conseguiu resistir à tentação de tentar tocá-lo, para depois rir, quase constrangido, quando sua mão passou através da imagem, enquanto a mão da imagem tentou cutucá-lo, sem sucesso.

– Eu tô estranho – ele disse, enfim.

Ele observou a túnica que vestia, feita de um material muito flexível e com um cinto filigranado, então passou as mãos em uma gola rígida que subia como um cone até passar de suas orelhas.

– Minha cabeça parece uma bola numa tigela.

– Mas é esse tipo de coisa que as crianças ricas usam aqui em Wye. Todo mundo vai admirá-lo e invejá-lo.

– Com meu cabelo todo achatado?

– Claro. Você vai usar esse chapéu redondo.

– Vai fazer minha cabeça parecer mais ainda c'uma bola.

– Então não deixe ninguém chutá-la. Agora, lembre-se do que falei. Preste atenção no que acontecer e não se comporte como uma criança.

– Mas eu *sou* uma criança – ele disse, observando Dors com os olhos imensos de uma expressão inocente.

– Me surpreende ouvir você dizer isso – respondeu Dors. – Tenho certeza de que você se considera um adulto de doze anos.

Raych abriu um sorriso malandro.

– Certo. Vou ser um espião legal.

– Não é isso que estou pedindo. Não se arrisque. Não se esconda atrás de portas para escutar conversas. Se você for pego, não será bom para ninguém. Especialmente para você.

– Ah, deixa disso, moça, o que cê acha que eu sou? Uma criança?

– Você acabou de dizer que é, não disse, Raych? Basta ouvir tudo o que for dito sem parecer que está ouvindo. Memorize o que escutar e depois conte para nós. É bem simples.

– Bem simples pro cê pedir, senhorita Venabili, bem simples pra eu fazer – disse Raych, com o mesmo sorriso malandro.

– E tome cuidado.

– Pode apostar – Raych deu uma piscadela.

Um criado (tão friamente mal-educado como só um criado arrogante conseguia ser) veio para levar Raych até o local onde Rashelle o esperava.

– Ele provavelmente não verá o zoológico – disse Seldon, pensativo, enquanto observava os dois se afastarem –, pois estará muito concentrado em ouvir. Não sei se é correto envolver o menino em um perigo como esse.

– Perigo? Eu duvido. Raych foi criado na pobreza de Billibotton, lembra-se? Acho que ele é mais malandro para essas coisas do que eu e você juntos. Além disso, Rashelle gosta dele e verá tudo o que ele fizer como algo positivo. Mulher infeliz...

– Você se solidariza com ela, Dors?

– Você quer dizer que ela não merece solidariedade porque é a filha de um prefeito e se autointitula prefeita e porque quer destruir o Império? Talvez você esteja certo. Mas, mesmo assim, é possível sentir um pouco de compaixão por alguns aspectos da vida dela. Por exemplo, ela teve um amor que lhe trouxe infelicidade. Isso é bem óbvio. Sem dúvida, Rashelle já teve o coração partido, e ficou assim por algum tempo, pelo menos.

– Você já teve um amor que lhe trouxe infelicidade, Dors? – perguntou Seldon.

Dors pensou por um ou dois instantes.

– Na verdade, não – ela respondeu. – Estou envolvida demais com meu trabalho para ter meu coração partido.

– Foi o que pensei.

– Então por que perguntou?

– Eu poderia estar errado.

– E você?

Seldon pareceu desconfortável.

– Sim, é fato – ele respondeu. – Já tive tempo livre para ter meu coração partido. Ou, pelo menos, seriamente rachado.

– Foi o que pensei.

– Então por que *você* perguntou?

– Não por achar que eu poderia estar errada, eu garanto. Só queria ver se você mentiria. Não mentiu, e estou contente.

Houve uma pausa.

– Cinco dias se passaram e nada aconteceu – disse Seldon.

– Exceto que estamos sendo bem tratados, Hari.

– Se os animais pudessem pensar, eles achariam que estavam sendo bem tratados quando estivessem em engorda para o abatedouro.

– Devo admitir que ela está de fato engordando o Império para o abate.

– Mas quando?

– Quando ela estiver pronta, imagino.

– Rashelle se gabou de que poderia executar o golpe de Estado em apenas um dia – lembrou Seldon – e a impressão que tive foi que ela poderia fazer isso em *qualquer* dia.

– Mesmo que pudesse, iria querer garantias de que poderia incapacitar a reação imperial, e isso levaria tempo.

– Quanto tempo? Ela planeja usar *a mim* para neutralizar a reação, mas não está fazendo nenhum esforço para isso. Não há nenhum sinal de que esteja tentando aumentar minha importância. Não sou reconhecido em nenhum lugar de Wye. Não há nenhuma multidão wyana se juntando para me ovacionar. Não há nada nas holotransmissões de notícias.

– É quase como se você estivesse magoado por não estar ficando famoso – sorriu Dors. – Você é ingênuo, Hari. Ou não é um historiador, o que, no caso, dá na mesma. Acho que você deveria ficar mais contente pelo fato de o estudo da psico-história poder transformá-lo em um historiador do que por salvar o Império. Se todos os seres humanos entendessem de história, talvez parassem de repetir os mesmos erros estúpidos, um atrás do outro.

– De que forma eu sou ingênuo? – perguntou Seldon, erguendo a cabeça e encarando Dors com o nariz em pé.

– Não fique ofendido, Hari. Na verdade, acho que essa é uma de suas características mais atraentes.

– Eu sei. Isso provoca seus instintos maternais e você foi *encarregada* de cuidar de mim. Mas de que forma eu sou ingênuo?

– Ao pensar que Rashelle tentaria apresentar você como um profeta para a população geral do Império. Ela não conseguiria nada dessa maneira. É muito difícil convencer rapidamente quatrilhões de pessoas. Existe inércia social e psicológica, e não só inércia física. Ao falar sobre isso abertamente, tudo o que ela conseguiria é alertar Demerzel.

– Então o que ela está fazendo?

– Meu palpite é que essa informação sobre você, propriamente exagerada e glorificada, está sendo revelada para poucas pessoas, em posições cruciais. Para governadores de setores, para almirantes de frotas, para pessoas de influência que ela considera aliadas ou que, pelo menos, sejam contra o Imperador. Uma centena dessas pessoas que se junte a ela poderá confundir os legalistas por tempo suficiente para que Rashelle I estabeleça sua nova ordem com a firmeza necessária para eliminar qualquer resistência que venha a surgir. Pelo menos, imagino que seja esse o raciocínio.

– E ainda não tivemos notícias de Hummin.

– Tenho certeza de que está fazendo alguma coisa sobre isso. É importante demais para ele ignorar.

– Já lhe ocorreu que Hummin pode estar morto?

– É uma possibilidade, mas eu duvido. Se ele tivesse morrido, a notícia chegaria até mim.

– Aqui?

– Até mesmo aqui.

Seldon ergueu as sobrancelhas, mas não disse nada.

Raych voltou no final da tarde, feliz e empolgado, com descrições de macacos e demórios bacarianos. Ele dominou a conversa durante o jantar.

Somente depois do jantar, quando estavam nos aposentos reservados para eles, Dors disse:

– Agora me diga o que aconteceu com a Madame Prefeita, Raych. Conte qualquer coisa que ela tenha feito ou dito que você acha que nós devemos saber.

– Uma coisa – respondeu Raych, seu rosto iluminando-se. – Aposto que foi por isso que ela num apareceu pra jantar.

– O que foi?

– O zoológico tava fechado, mas não pra gente, sabe? Tinha muitos de nós; eu, Rashelle e um monte de caras de uniforme e moças com roupas metidas e tudo mais. Então chegou esse cara de uniforme... um cara diferente, que apareceu só naquela hora, que veio no fim e falou alguma coisa baixinho pra Rashelle, e ela virou e fez com a mão que todo mundo devia ficar parado e todo mundo ficou. Aí ela foi um pouco na frente com esse cara novo, pra conversar com ele sem que ninguém ouvisse. Mas eu continuei sem dar bola e fiquei olhando pras jaulas diferentes e meio que cheguei perto de Rashelle pra ouvir. Ela disse "como eles ousam?" e tava bem brava. E o cara de uniforme, ele tava nervoso; eu só olhei rapidinho porque eu tava tentando fazer que olhava os animais, então fiquei mais é ouvindo. Ele disse que alguém... eu num lembro o nome, mas era um general ou coisa assim. Ele disse que esse general disse que os oficiais tinham jurado amizade pro pai da Rashelle...

– Jurado lealdade – interveio Dors.

– Alguma coisa assim, e que eles tavam nervosos de ter que fazer o que uma dona mandou. Ele disse que eles queriam o velhote ou que, se ele tivesse meio doente, que ele tinha que escolher algum cara pra ser prefeito, não uma dona.

– *Não* uma dona? Tem certeza?

– Foi o que ele disse. Ele meio que sussurrou. Ele tava tão nervoso e Rashelle tava tão brava que ele quase não conseguia falar. Ela disse: "Vou acabar com ele. Todos eles vão jurar lealdade a mim amanhã e quem se recusar terá motivo para se arrepender antes mesmo de passar a hora". Foi bem isso que ela disse. Rashelle separou o grupo e todos nós voltamos e ela não disse nem uma palavra pra mim na volta. Ficou sentada lá, com cara raivosa e malvada.

– Ótimo – disse Dors. – Não conte isso para ninguém, Raych.

– Claro que não. Era isso que cê queria?

– Sim, era o que eu queria. Você fez bem, Raych. Agora vá para seu quarto e esqueça tudo isso. Não pense mais no assunto.

Depois que ele foi embora, Dors virou-se para Seldon e disse:

– Isso é muito interessante. Filhas já sucederam pais (e mães também) e assumiram prefeituras e outros cargos altos, em diversas ocasiões. Houve até imperatrizes no trono, como você com certeza sabe, e não consigo pensar em nenhuma ocasião na história imperial em que servir uma mulher tenha sido um problema. É de se estranhar que uma coisa desse tipo tenha surgido agora, em Wye.

– E por que não? – perguntou Seldon. – Estivemos recentemente em Mycogen, onde mulheres são tratadas sem a mínima estima e não poderiam assumir nenhuma posição de poder, por menor que fosse.

– Sim, claro, mas é uma exceção. Existem outros lugares nos quais as mulheres dominam. Mas, na maior parte, o governo e o poder político têm sido mais ou menos igualitários. Se existe uma tendência de homens ocuparem cargos altos, é geralmente porque as mulheres tendem a ser mais inclinadas à maternidade, por uma questão biológica.

– Mas qual é a situação em Wye?

– Igualitária, até onde eu sei. Rashelle não hesitou ao assumir o poder da prefeitura e imagino que o velho Mannix não tenha hesitado em lhe ceder o poder. E ela ficou surpresa e furiosa ao encontrar dissidência masculina. Creio que Rashelle não esperava por isso.

– Você está obviamente feliz com tudo isso – comentou Seldon. – Por quê?

– Simples. Isso me parece tão incomum que deve ter sido algo arquitetado, e imagino que Hummin seja o arquiteto.

– Você acha? – perguntou Seldon, pensativo.

– Sim, eu acho – disse Dors.

– Sabe, eu também acho – respondeu Seldon.

89

Era o décimo dia em Wye e, de manhã, o sinalizador de visitante de Hari Seldon soou e a voz aguda de Raych gritou:

– Amo! Amo Seldon! É guerra!

Seldon precisou de um momento para acordar e saiu desajeitadamente da cama. Tremia sutilmente (os wyanos gostavam de suas casas um pouco mais frias, ele descobrira logo no começo de sua estadia) quando abriu a porta.

Raych pulou para dentro do quarto, empolgado e de olhos arregalados.

– Amo Seldon, eles pegaram Mannix, o velho prefeito! Eles vieram...

– *Quem* pegou, Raych?

– Os imperiais. Os jatos apareceram ontem de noite, por toda parte. As holotransmissões de notícias só falam nisso. Tá passando no quarto da senhorita. Ela disse pra eu deixar cê dormir, mas achei que cê ia querer saber.

– E você estava certo.

Seldon, depois de um momento para vestir um roupão, entrou abruptamente no quarto de Dors. Ela estava totalmente vestida e assistia ao holovisualizador na alcova.

Atrás da imagem nítida e diminuta de uma escrivaninha estava um homem, com o símbolo Espaçonave-e-Sol destacado na parte esquerda de sua roupa. Havia dois soldados, um de cada lado. Eles também tinham o símbolo Espaçonave-e-Sol e estavam armados. O oficial que estava sentado dizia:

– ...está sob o controle pacífico de Sua Majestade Imperial. O prefeito Mannix está bem, em segurança e em posse completa de seus poderes políticos, sob a tutela de tropas imperiais amigáveis. Em breve, ele fará um pronunciamento para pedir calma a todos os wyanos e para pedir que qualquer soldado wyano que ainda esteja em combate entregue suas armas.

Havia outras holotransmissões de noticiário com diversos apresentadores e vozes sem emoção, todos com braçadeiras imperiais. A notícia era sempre a mesma: essa ou aquela unidade das forças de defesa wyanas havia se rendido depois de alguns tiros simbólicos ou, às vezes, sem resistência nenhuma. O centro desta ou daquela cidade tinha sido ocupado. As imagens eram de situações quase idênticas em que multidões wyanas observavam solenemente as forças imperiais que marchavam pelas ruas.

– Foi tudo executado com perfeição, Hari – disse Dors. – A surpresa foi completa. Não houve nenhuma chance de resistência e nenhuma reação teve relevância.

Em seguida, o prefeito Mannix IV apareceu, conforme prometido. Ele estava com a postura ereta e, talvez para manter as aparências, não havia nenhum imperial na cena, apesar de Seldon ter quase certeza de que muitos deles deviam estar presentes, fora do alcance da câmera.

Mannix estava velho, mas sua força, apesar de sua idade, ainda era aparente. Seus olhos não encaravam a holocâmera e as palavras eram ditas como se ele fosse forçado a dizê-las, mas, como havia sido prometido, seu discurso aconselhou os wyanos a permanecerem calmos, a não oferecerem resistência, a evitarem que Wye fosse prejudicado, a cooperarem com Cleon I que, esperava-se, teria uma vida longa no trono.

– Nenhuma menção a Rashelle – disse Seldon. – É como se a filha não existisse.

– Ninguém a mencionou – respondeu Dors – e esse lugar, que é, afinal, a casa dela (ou uma das casas, pelo menos), não foi atacado. Mesmo que ela consiga escapar e se refugiar em algum setor vizinho, duvido que estará em segurança em qualquer lugar de Trantor.

– Talvez não – alguém disse –, mas ficarei segura aqui por algum tempo.

Rashelle entrou. Estava propriamente vestida, calma. Até sorria; mas não era um sorriso positivo. Em vez disso, era uma exibição fria de dentes.

Por um momento, os três a observaram com surpresa. Seldon imaginou se ela ainda teria algum de seus servos ou se eles a haviam abandonado ao primeiro sinal de dificuldades.

– Vejo, Madame – disse Dors, com tom frio –, que seus anseios por um golpe de Estado não se sustentaram. Aparentemente, alguém se antecipou à senhora.

– Ninguém se antecipou a mim. Eu fui traída. Meus oficiais foram corrompidos e, contra toda a história e racionalidade, se recusaram a lutar por uma mulher e declararam que só obedeceriam a seu antigo mestre. E, traidores que são, permitiram que o antigo mestre fosse capturado para que ele não pudesse liderá-los em uma força de resistência. – Ela olhou à volta, à procura de uma cadeira, e se sentou. – E agora o Império continuará sua decadência e morrerá. Eu estava preparada para oferecer-lhe vida nova.

– Creio que o Império tenha evitado um período indefinido de batalhas e destruição desnecessárias – disse Dors. – Considere isso um prêmio.

Foi como se Rashelle não a tivesse escutado.

– Tantos anos de preparação – ela lamentou –, destruídos em uma única noite. – Rashelle ficou ali, vencida, derrotada, e parecia vinte anos mais velha.

– Era impossível fazer isso em apenas uma noite – respondeu Dors. – O suborno de seus oficiais, se foi isso mesmo que aconteceu, deve ter demorado algum tempo.

– No que diz respeito a isso – disse Rashelle –, Demerzel é um mestre e eu obviamente o subestimei. Mas como fez isso, eu não sei. Ameaças, subornos, discursos convincentes e ilusórios. Ele é um mestre na arte da furtividade e da traição. Eu devia ter imaginado. – Depois de uma longa pausa, ela continuou: – Se tivesse sido uma ofensiva aberta, eu não teria tido nenhuma dificuldade para destruir o que ele lançasse contra nós. Quem poderia imaginar que Wye seria traído, que um juramento de lealdade seria descartado de maneira tão leviana?

– Mas imagino que o juramento tenha sido feito para o seu pai, e não para você – disse Seldon, com racionalidade automática.

– Bobagem! – respondeu Rashelle, com vigor. – Quando meu pai me cedeu o cargo de prefeita, o que estava em seu direito fazer, transferiu automaticamente para mim todos os juramentos de lealdade que tenham sido feitos para ele. Existem inúmeros precedentes para isso. É costume realizar uma cerimônia em que o juramento é repetido para o novo governante, mas é apenas uma formalidade, e não um requerimento da lei. Meus oficiais sabem disso, apesar de terem optado por ignorar. Eles usaram meu gênero como uma desculpa porque tremem de medo da vingança imperial, que nunca viria, se eles tivessem sido firmes; ou tremem de ganância pelas recompensas prometidas, que certamente nunca vão receber, se bem conheço Demerzel. – Ela se virou bruscamente na direção de Seldon. – Ele quer você, sabia? Demerzel nos atacou porque quer você.

– Por que eu? – perguntou Seldon, surpreso.

– Não seja tolo. Pelos mesmos motivos que eu queria você... Para usá-lo como uma ferramenta, é claro. – Ela suspirou. – Pelo menos, não fui totalmente traída. Ainda posso contar com alguns soldados leais. Sargento!

O sargento Emmer Thalus entrou com passos suaves e cautelosos, que não pareciam condizer com seu porte. Seu uniforme estava impecável e seu longo bigode loiro estava penteado para formar curvas nas pontas.

– Madame Prefeita – ele saudou, tornando-se de imediato o centro das atenções.

Sua aparência dizia que ele ainda era o subalterno impressionante que Hari tinha apontado – um homem que seguia ordens cegamente, alheio por completo à nova situação e a todas as mudanças ocorridas.

Rashelle abriu um sorriso triste para Raych.

– E você, como está, pequeno Raych? – ela perguntou. – Eu tinha intenção de transformá-lo em alguém. Parece que, agora, isso será impossível.

– Olá, dona... Quer dizer, Madame – disse Raych, desconcertado.

– E tinha intenção de transformar *você* em alguém, dr. Seldon – continuou Rashelle –, e esse é outro motivo pelo qual preciso implorar por perdão. Será impossível.

– Quanto a mim, Madame, a senhora não precisa ter arrependimentos.

– Mas eu tenho. Não posso simplesmente deixar que Demerzel o leve. Isso seria uma vitória grande demais para ele, e pelo menos isso eu posso impedir.

– Eu não trabalharia para ele, garanto. Assim como não teria trabalhado para a senhora.

– Não é uma questão de trabalho. É uma questão de ser usado como ferramenta. Adeus, dr. Seldon. Sargento, desintegre-o.

Sargento Thalus sacou o desintegrador no mesmo instante e Dors, com um grito intenso, avançou, mas Seldon esticou-se e a segurou pelo cotovelo. Tentou contê-la desesperadamente.

– Para trás, Dors – ele gritou –, ou ele a matará. Mas ele não matará a mim. Você também, Raych. Para trás. Não se mexam. – Seldon encarou o sargento. – Você hesita, Thalus, porque sabe que não deve atirar. Eu poderia tê-lo matado há dez dias, mas não o fiz. E você me deu sua palavra de honra, naquele momento, de que me protegeria.

– O que você está esperando? – vociferou Rashelle. – Eu ordenei que o mate, sargento.

Seldon não disse mais nada. Ficou imóvel enquanto o sargento, com olhos arregalados, segurava o desintegrador com firmeza, apontado para sua cabeça.

– Você recebeu a sua ordem! – gritou Rashelle.

– Você me deu sua palavra – disse Seldon, calmamente.

– Desonra, não importa o que eu faça – disse o sargento, engasgado. Sua mão pendeu e o desintegrador foi ao chão.

– Você também me traiu! – rosnou Rashelle.

Antes que Seldon pudesse se mover ou que Dors se libertasse dele, Rashelle pegou o desintegrador, apontou para Thalus e ativou o contato.

Seldon nunca tinha visto alguém ser atingido por um desintegrador. Por algum motivo, talvez por causa do nome da arma, ele esperava por um barulho alto, uma explosão de carne e sangue. Mas o desintegrador – o desintegrador wyano, pelo menos – não fez nada disso. Seldon não tinha como avaliar a destruição que a arma causou nos órgãos do Sargento, mas, sem nenhuma mudança de expressão, sem nenhum estremecimento de dor, o Sargento desfaleceu e caiu, sem dúvida alguma, morto.

E Rashelle apontou o desintegrador na direção de Seldon com uma convicção que acabou com qualquer esperança de que ele estaria vivo dali a um segundo.

Foi Raych quem agiu no momento em que o sargento caiu. Colocando-se entre Seldon e Rashelle, ele agitou as mãos freneticamente.

– Dona, dona – ele berrou –, não atire!

Por um instante, Rashelle pareceu confusa.

– Saia do caminho, Raych – ela disse –, não quero machucar você.

Aquele momento de hesitação foi tudo de que Dors precisou. Soltando-se violentamente de Seldon, ela se jogou na direção de Rashelle com um mergulho baixo. Rashelle gritou conforme caiu e o desintegrador foi ao chão mais uma vez.

Raych o pegou.

– Raych, passe isso pra mim – disse Seldon, exasperado.

Mas Raych se afastou.

– Cê não vai matar ela, vai, amo Seldon? – ele perguntou. – Ela foi legal comigo.

– Eu não matarei ninguém, Raych – respondeu Seldon. – Ela matou o sargento e teria me matado, mas preferiu não atirar por causa do risco de machucar você. Por isso, vamos deixá-la viver.

Agora era Seldon que se sentava, segurando o desintegrador sem intenção de usá-lo, enquanto Dors tirava o chicote neurônico do outro coldre do sargento morto.

– Eu cuido dela a partir de agora, Seldon – disse uma nova voz.

– Hummin! Finalmente! – disse Seldon, com súbita alegria, ao vê-lo.

– Peço desculpas por ter demorado tanto, Seldon. Eu tinha muito que fazer. Como você está, dra. Venabili? Imagino que essa seja a filha de Mannix, Rashelle. Mas quem é o garoto?

– Raych é um jovem dahlita, nosso amigo – informou Seldon.

Soldados entraram no aposento e, depois de um pequeno gesto de Hummin, seguraram os braços de Rashelle de maneira respeitosa.

Dors, que não precisava mais continuar tão vigilante por causa da outra mulher, limpou as próprias roupas com as mãos e esticou a blusa. Seldon percebeu subitamente que ainda estava de roupão.

Rashelle, agitando-se para se livrar dos soldados com uma expressão de desprezo, apontou para Hummin.

– E, para você, quem é esse? – ela perguntou a Seldon.

– É Chetter Hummin – respondeu Seldon –, meu amigo e protetor neste planeta.

– Seu *protetor*? – Rashelle riu com selvageria. – Seu tolo! Seu idiota! Esse homem é Demerzel e, se você olhar para o rosto de Dors Venabili, verá que ela tem perfeita consciência disso. Você foi manipulado esse tempo todo, muito mais do que o período em que esteve comigo!

90

Naquele dia, Hummin e Seldon almoçaram juntos, sem ninguém por perto, com uma cortina de silêncio entre os dois durante a maior parte da refeição. Foi no final que Seldon ficou inquieto e, com um tom animado, disse:

– E então, como devo me referir a você? Ainda penso em você como "Chetter Hummin", mas, mesmo que aceite sua outra personalidade, com certeza não conseguirei chamá-lo de "Eto Demerzel". Seu cargo deve ter algum título e não sei qual é o termo apropriado. Instrua-me.

– Se você não se importar – respondeu o outro, com seriedade –, pode me chamar de "Hummin". Ou "Chetter". Sim, eu sou Eto Demerzel, mas, em respeito a você, eu sou Hummin. Na verdade, não há distinção entre os dois. Eu contei a você que o Império está ruindo, em decadência. Creio que essa é a verdade, nos dois papéis. Eu contei a você que quero a psico-história como uma forma de prevenir esse fracasso e essa decadência ou como uma forma de trazer renovação e revigoramento, caso o fracasso e a decadência sejam inevitáveis. Acredito nisso nos dois papéis também.

– Mas eu estive ao seu alcance. Imagino que você espreitava nas proximidades quando fui ao meu encontro com Sua Majestade Imperial.

– Com Cleon? Sim, é claro.

– E poderia ter conversado comigo naquela ocasião, exatamente da mesma maneira que fez mais tarde, como Hummin.

– E teria conseguido o quê? Como Demerzel, tenho deveres imensos. Preciso lidar com Cleon, um governante bem-intencionado, mas não muito competente. Dentro do possível, devo impedi-lo de cometer erros. Preciso também fazer a minha parte pelo governo de Trantor e pelo Império. E, como pode ver, precisei dedicar muito tempo para impedir que Wye agisse de forma prejudicial.

– Sim, eu sei – murmurou Seldon.

– Não foi fácil e eu quase não consegui. Passei anos enfrentando Mannix com muita cautela, aprendendo a maneira como ele pensa e planejando contra-ataques para todas as suas estratégias. Em nenhum momento imaginei que ele cederia, em vida, seus poderes à filha. Eu não tinha estudado Rashelle e não estava preparado para a completa falta de cuidado que ela demonstrou. Diferentemente do pai, ela cresceu considerando o poder uma prerrogativa e não tinha noções claras de suas limitações. Dessa maneira, ela chegou até você e me forçou a agir antes que eu estivesse pronto.

– O resultado disso foi que você quase me perdeu. Por duas vezes estive sob a mira de um desintegrador.

– Eu sei – disse Hummin, concordando com a cabeça. – E podíamos tê-lo perdido também na Superfície Exterior. Outro acidente que não pude prever.

– Mas você não respondeu à minha pergunta. Por que me fez correr por toda a extensão de Trantor para escapar de Demerzel, se *você mesmo* é Demerzel?

– Você disse a Cleon que a psico-história era um conceito puramente teórico, uma espécie de jogo matemático que não tinha nenhum sentido prático. Talvez fosse mesmo, mas, se eu tivesse abordado você em caráter oficial, com certeza você teria apenas insistido nisso. Ainda assim, fiquei interessado pelo conceito da psico-história. Imaginei que talvez não fosse apenas um jogo de cálculos. Você precisa entender que eu não queria simplesmente usar você. Eu *quero* uma psico-história real e praticável. Por isso eu o fiz correr por toda a extensão de Trantor, como você mesmo diz, com o temível Demerzel à espreita o tempo todo. Senti que isso faria sua mente se concentrar de maneira poderosa. Faria a psico-história ser algo estimulante, muito mais do que um jogo matemático. Você tentaria desvendá-la por Hummin, o sincero idealista, o que não teria feito por Demerzel, o lacaio imperial. Além disso, você teria um vislumbre dos vários aspectos de Trantor e isso também seria útil... certamente mais útil do que viver em uma torre de marfim em um planeta distante, cercado apenas por colegas matemáticos. Eu tinha razão? Você fez algum progresso?

– Na psico-história? – perguntou Seldon. – Sim, Hummin, fiz progressos. Achei que você já soubesse.

– Como eu saberia?

– Eu contei a Dors.

– Mas não contou a mim. De qualquer maneira, conte-me agora. Isso é uma boa notícia.

– Não totalmente – disse Seldon. – Consegui apenas um vago ponto de partida. Mas é um ponto de partida.

– É o tipo de ponto de partida que pode ser explicado a alguém que não é matemático?

– Acho que sim. Acontece que, desde o começo, eu enxergava a psico-história como uma ciência que dependia da interação entre vinte e cinco milhões de mundos, cada qual com população média de quatro bilhões de pessoas. É um número impossível. Não há nenhum jeito de lidar com algo dessa complexidade. Se eu quisesse chegar a algum resultado, se houvesse algum caminho para descobrir uma psico-história útil, eu precisaria, antes de qualquer coisa, encontrar um sistema mais simples. Por isso, pensei em voltar no tempo e lidar com um único planeta, um mundo que tivesse sido o único ocupado pela humanidade na nebulosa era da pré-colonização galáctica. Em Mycogen, os habitantes falaram sobre um mundo original chamado Aurora e, em Dahl, ouvi histórias sobre um mundo original chamado Terra. Achei que poderia se tratar do mesmo mundo com nomes distintos, mas esses conceitos eram suficientemente diferentes em pelo menos um aspecto essencial que tornava o sistema impossível. E, mesmo assim, não importava. Havia tão pouca informação sobre cada um, e esse pouco era tão deturpado por mitos e lendas, que não havia nenhuma esperança de usar a psico-história com eles.

Seldon parou para beber seu suco gelado, mantendo os olhos firmes no rosto de Hummin.

– E então? O que aconteceu? – disse Hummin.

– Nesse meio-tempo, Dors tinha me contado um caso que chamo de "o caso da mão na coxa". Por si só, era algo sem importância nenhuma, apenas uma história bem-humorada e totalmente trivial. Mas o resultado disso foi que Dors mencionou os diferentes costumes relacionados a sexo em vários mundos e em vários setores de Trantor. Ocorreu-me que ela havia se referido aos diversos setores trantorianos como se fossem mundos separados. Pensei a esmo que não eram apenas vinte e cinco milhões de mundos diferentes para lidar, mas sim vinte e cinco milhões de mundos diferentes mais oitocentos. Parecia uma diferença banal, portanto me esqueci disso e não pensei mais no assunto. Entretanto, conforme viajei do Setor Imperial até Streeling, depois a Mycogen, a Dahl e a Wye, pude observar por conta própria como os setores são diferentes entre si. A noção de Trantor como um complexo de mundos, e não como um único mundo, ficou mais forte, mas eu ainda não enxergava a questão crucial. Somente quando escutei Rashelle... no final das contas, foi bom eu ter sido capturado por Wye e foi bom que a impulsividade de Rashelle tenha feito com que ela concebesse as maquinações grandiosas que contou a mim. Quando escutei Rashelle, ela disse que tudo o que queria era Trantor e alguns mundos nas imediações; aquilo era um Império por si só, segundo ela, descartando os Mundos Exteriores como "um nada longínquo". Foi naquele momento que, em um piscar de olhos, enxerguei o que deveria estar escondido entre meus pensamentos havia algum tempo. Por um lado, por ser um mundo de população gigantesca, composto por oitocentos pequenos mundos, Trantor tinha um sistema social extraordinariamente complexo. Era complexo o suficiente para fazer a psico-história ser significativa e, mesmo assim, era simples o bastante, em comparação ao Império como um todo, para talvez permitir que a psico-história fosse praticável. E os Mundos Exteriores, todos os vinte e cinco milhões? São o "nada longínquo". É claro que eles têm efeito em Trantor e são afetados por Trantor, mas são efeitos secundários. Se eu puder fazer a psico-história funcionar como uma primeira aproximação, apenas para Trantor, os efeitos secundários dos Mundos Exteriores poderiam ser acrescentados como modificações posteriores. Entende o que quero dizer? Eu estava em busca de um único mundo para estabelecer uma versão praticável da ciência da psico-história e o procurava no passado, quando, o tempo todo, o mundo único que eu queria estava bem debaixo dos meus pés, no presente.

– Incrível! – exclamou Hummin, com alívio e satisfação evidentes.

– Mas tudo ainda precisa ser feito, Hummin. Preciso estudar Trantor detalhadamente. Preciso elaborar os cálculos necessários para lidar com o planeta. Se eu tiver sorte e viver uma vida longa, talvez encontre as respostas antes de morrer. Se não for o caso, meus sucessores precisarão assumir o meu trabalho. É possível que o Império tenha ruído e se fragmentado antes que a psico-história se torne uma técnica útil.

– Farei tudo o que puder para ajudá-lo.

– Eu sei – respondeu Seldon.

– Então você confia em mim, apesar de eu ser Demerzel?

– Completamente. Mas apenas porque você *não é* Demerzel.

– Mas eu sou – insistiu Hummin.

– Não, não é. Sua *persona* no papel de Demerzel é tão distante da verdade quanto sua *persona* no papel de Hummin.

– O que quer dizer? – Hummin arregalou os olhos e se distanciou sutilmente de Seldon.

– Quero dizer que você provavelmente escolheu o nome "Hummin" por causa de uma sensação deturpada do que seria adequado. "Hummin" é uma variação de "humano", não é?

Hummin não respondeu. Ele continuou a encarar Seldon.

– Por que você não é humano, não é mesmo, "Hummin/Demerzel"? – disse Seldon, finalmente. – Você é um robô.

DORS

Seldon, Hari...

É frequente relacionar Hari Seldon apenas com a psico-história, e tratá-lo somente como um matemático, como a personificação de mudanças sociais. Não há dúvida de que ele mesmo encorajou tal raciocínio, pois não ofereceu explicações ou sugestões de como decifrou os inúmeros problemas da psico-história em nenhum trecho de seus ensaios. Segundo o que nos diz, seus grandes saltos de raciocínio aconteceram sem motivações externas; Seldon tampouco menciona os becos sem saída com os quais deparou ou as linhas de raciocínio equivocadas que talvez tenha seguido.

... Informações sobre sua vida privada são uma página em branco. No que diz respeito a pais e irmãos, conhecemos somente alguns poucos dados. Sabe-se que seu único filho, Raych Seldon, era adotivo, mas como isso ocorreu é um mistério. No que diz respeito a sua esposa, sabemos apenas que ela existiu. É evidente que Seldon queria ser uma incógnita, exceto quando o assunto era psico-história. É como se ele acreditasse – ou quisesse que os outros acreditassem – que era apenas um psico-historiador, e nada mais.

ENCICLOPÉDIA GALÁCTICA

91

Hummin permaneceu sentado, calmo, sem mexer um músculo, ainda encarando Hari Seldon, que, por sua vez, esperou. Era Hummin, pensou Seldon, que deveria falar a seguir.

– Um robô? Eu? – foi o que Hummin, enfim, disse. – Imagino que você se refira a "robô" como um ser artificial como aquele que você viu no Sacratório de Mycogen.

– Não exatamente como aquele – respondeu Seldon.

– Não feito de metal? Não lustroso? Não um simulacro sem vida? – perguntou Hummin, sem nenhum traço de humor.

– Não. Uma vida artificial não precisa necessariamente ser feita de metal. Estou falando de um robô cuja aparência é indistinguível de um ser humano.

– Se é indistinguível, Hari, como você pode distinguir?

– Não pela *aparência*.

– Explique.

– Como lhe contei, Hummin, durante a minha fuga de você no papel de Demerzel, ouvi falar sobre dois mundos antigos, Aurora e Terra. Cada um deles era referido como o primeiro mundo ou o único mundo. Em ambos os casos, robôs foram mencionados, mas com uma diferença.

Pensativo, Seldon encarou o homem à sua frente, imaginando se ele daria algum tipo de sinal de que era menos humano – ou mais do que humano. Ele continuou:

– Quando o assunto era Aurora, um robô era citado como um renegado, um traidor, alguém que tinha traído a causa. Quando o assunto era a Terra, um robô era citado como um herói, alguém que representava a salvação. Seria demais supor que se tratava do mesmo robô?

– E se tratava? – murmurou Hummin.

– O que pensei, Hummin, foi o seguinte. Terra e Aurora eram dois mundos distintos que coexistiram. Não sei qual precedeu qual. Segundo a arrogância e o senso de superioridade consciente dos mycogenianos, eu poderia supor que Aurora era o mundo original e que eles desprezavam os terráqueos, seus derivados ou degenerados. Por outro lado, mãe Rittah, que me contou sobre a Terra, estava convencida de que era o lar original da humanidade. Certamente, a existência restrita e isolada dos mycogenianos em uma Galáxia de quatrilhões de pessoas que não compartilham do inusitado etos mycogeniano pode significar que a Terra era, de fato, a origem, e Aurora, a ramificação aberrante. Não posso ter certeza, mas exponho meu raciocínio para que você entenda minha conclusão.

– Estou acompanhando – Hummin concordou com a cabeça. – Por favor, continue.

– Esses mundos eram inimigos. Mãe Rittah fez questão de me dizer isso. Quando comparei os mycogenianos, que pareciam corporificar Aurora, e os dahlitas, que pareciam corporificar a Terra, imaginei que Aurora, independentemente de ter sido o primeiro ou o segundo, era o mais avançado, aquele que poderia criar robôs mais elaborados, até mesmo indistinguíveis dos seres humanos em aparência. Portanto, tal robô foi concebido e fabricado em Aurora. Mas ele era um renegado; desertou Aurora. Para os terráqueos, ele era um herói, portanto deve ter se juntado à Terra. Por que ele fez isso, quais teriam sido os motivos em sua mente, eu não sei.

– Você com certeza quer dizer "os motivos em seus circuitos" – disse Hummin.

– Talvez – respondeu Seldon –, mas, com você sentado à minha frente, tenho dificuldades de considerar o robô um objeto inanimado. Mãe Rittah estava convencida de que o robô herói (o robô herói *dela*) ainda existe e que voltaria quando fosse necessário. Parece-me que não há nada de impossível na ideia de um robô imortal, ou, pelo menos, um robô que é imortal enquanto a reposição de peças gastas não fosse interrompida.

– Até mesmo o cérebro? – perguntou Hummin.

– Até mesmo o cérebro. Na verdade, não sei nada sobre robôs, mas imagino que um novo cérebro possa usar os registros do cérebro antigo. Além disso, mãe Rittah sugeriu poderes mentais incomuns. Pensei: deve ser isso. Posso ser, em muitos aspectos, um romântico, mas não sou tão romântico a ponto de acreditar que um único robô, ao passar de um lado para o outro de um conflito, alteraria o curso da história. Um robô não poderia garantir a vitória da Terra, tampouco fazer a derrota de Aurora ser inevitável, a não ser que houvesse alguma coisa diferente, alguma coisa peculiar nesse robô.

– Mas lhe ocorreu, Hari – disse Hummin –, que você está lidando com lendas, lendas que podem ter sido distorcidas ao longo dos séculos e dos milênios, a ponto, inclusive, de acrescentar um véu sobrenatural a eventos totalmente banais? Você consegue acreditar na ideia de um robô que não apenas pareça humano, mas que também viva para sempre e que tenha poderes mentais? Está começando a acreditar em super-humanos?

– Sei muito bem o que são lendas e não sou do tipo de pessoa que se envolve com elas e que pode vir a acreditar em contos de fadas. Ainda assim, quando essas histórias são provadas por certos acontecimentos inesperados que testemunhei... e que eu mesmo vivi...

– Por exemplo?

– Hummin, eu confiei em você desde o momento em que o conheci. Sim, você me ajudou voluntariamente a enfrentar aqueles dois marginais e, dessa forma, conseguiu uma predisposição da minha parte, já que, naquele momento, eu não sabia que eles tinham sido contratados por você e faziam o que você tinha mandado. Mas isso não importa.

– Não – disse Hummin, com, enfim, um traço de humor na voz.

– Eu confiei em você. Fui facilmente persuadido a não voltar para Helicon e a me transformar em um andarilho em Trantor.

Acreditei em tudo o que você me contou, sem questionar. Coloquei-me totalmente em suas mãos. Em retrospecto, vejo que eu não estava agindo como agiria normalmente. Não sou uma pessoa facilmente manipulável, mas foi o que aconteceu. Não cheguei nem a considerar estranho o fato de eu estar me comportando de uma maneira tão diferente de mim.

– Você é quem melhor se conhece, Hari.

– Não foi apenas comigo. Como é possível que Dors Venabili, uma mulher linda com uma carreira admirável, tenha abandonado essa carreira para se juntar a mim em minha fuga? Como é possível que ela tenha arriscado a própria vida para salvar a minha, aparentemente assumindo a função de me proteger como um dever sagrado e se tornando irredutível a esse respeito? Simplesmente porque você pediu?

– Eu, de fato, pedi isso a ela, Hari.

– Mas ela não me parece ser o tipo de pessoa que faria uma mudança tão radical na própria vida apenas porque alguém pediu. Tampouco posso acreditar que foi porque ela se apaixonou loucamente por mim à primeira vista e não conseguiu se conter. De certa maneira, era o que eu gostaria que tivesse acontecido, mas ela me parece em pleno domínio de suas emoções. Mais do que eu em relação a ela. Digo isso com toda a sinceridade.

– Ela é uma mulher maravilhosa – disse Hummin. – Não posso condená-lo por isso.

– E também Mestre Solar Quatorze – continuou Seldon –, um monstro de arrogância que lidera um povo totalmente resoluto em suas próprias pretensões. Como é possível que ele tenha se disposto a aceitar tribalistas como eu e Dors e nos tratar da melhor maneira que os mycogenianos poderiam tratar alguém? E, depois de desobedecermos a todas as regras, de cometermos todos os sacrilégios, como foi possível você persuadi-lo a nos deixar ir? Como foi que conseguiu convencer os Tissalver, com todos aqueles preconceitos mesquinhos, a nos abrigarem? Como consegue estar em casa em todos os lugares do mundo, ser amigo de todos e influenciar cada uma dessas pessoas, independentemente de tantas características individuais? Aliás, como você consegue manipular Cleon? E, mesmo que ele seja visto como flexível e facilmente manipulável, como conseguiu lidar com o pai dele, que, de acordo com os registros, era um tirano brutal e arbitrário? Como conseguiu tudo isso? E, acima de tudo, como é possível que Mannix IV, de Wye, tenha passado décadas construindo um exército sem igual, treinado para ser proficiente em todos os quesitos, mas que se desfez quando sua filha tentou usá-lo? Como você conseguiu persuadir todos eles a fazer o papel de Renegados, como você fez no passado?

– Será que isso não significa apenas que sou uma pessoa de tato – disse Hummin –, acostumada a lidar com gente de tipos diferentes, em posição de fazer favores para figuras cruciais e em posição de fazer ainda mais favores no futuro? Eu diria que nada do que fiz requer uma explicação sobrenatural.

– Nada? Nem mesmo a neutralização do exército wyano?

– Eles não queriam obedecer a uma mulher.

– Eles deviam saber há anos que, no momento em que Mannix cedesse seus poderes ou no momento em que ele morresse, Rashelle seria a nova prefeita, mas não demonstraram nenhum sinal de descontentamento até que você achou necessário que eles demonstrassem. Certa vez, Dors o descreveu como um homem muito persuasivo. E você é. Mais persuasivo do que qualquer *homem* poderia ser. Mas você não é mais persuasivo do que um robô imortal com estranhos poderes mentais poderia ser. E então, Hummin?

– O que você espera de mim, Hari? – perguntou Hummin. – Espera que eu admita ser um robô? Que apenas *pareço* um ser humano? Que sou imortal? Que sou um prodígio mental?

Seldon inclinou-se na direção de Hummin, sentado do lado oposto da mesa.

– Sim, Hummin, é o que espero – ele disse. – Espero que você me diga a verdade e suspeito que o que acabou de delinear é a verdade. Você, Hummin, é o robô que mãe Rittah chamou de Da-Nee, amigo de Ba-Lee. Você precisa admitir. Não tem escolha.

92

Era como se eles estivessem em um pequeno universo só deles. Ali, no coração de Wye, com o exército wyano sendo desmantelado pelas forças imperiais, os dois ficaram em silêncio, um diante do outro. Ali, no centro dos eventos que o planeta inteiro – e talvez a Galáxia inteira – estava observando, havia uma pequena bolha de isolamento total, dentro da qual Seldon e Hummin jogavam o jogo de ataque e defesa – Seldon tentando forçar uma nova realidade, Hummin não tomando nenhuma atitude para aceitar essa nova realidade.

Seldon não temia interrupções. Ele tinha certeza de que a bolha em que estavam era uma barreira que não poderia ser penetrada; de que os poderes de Hummin – ou melhor, os poderes do *robô* – manteriam todos a distância, até que o jogo estivesse terminado.

– Você é um sujeito engenhoso, Hari – disse Hummin, finalmente –, mas não consigo entender por que devo admitir que sou um robô e por que não tenho escolha. Tudo o que você disse pode ser verdade como fatos: seu comportamento, o comportamento de Dors, de Mestre Solar, dos Tissalver, dos generais wyanos. Tudo, tudo pode ter ocorrido conforme sua explicação, mas isso não significa que a sua *interpretação* do significado desses fatos seja verdadeira. Decerto, tudo o que aconteceu pode ter uma explicação natural. Você confiou em mim porque aceitou o que eu disse; Dors considerou sua segurança importante porque ela, como historiadora, acredita que a psico-história é crucial; Mestre Solar e Tissalver me deviam favores sobre os quais você não sabe nada, e os generais wyanos ficaram ressentidos com o governo de uma mulher. Só isso. Por que devemos apelar para o sobrenatural?

– Diga-me, Hummin, você realmente acredita que o Império está ruindo e realmente considera importante não permitir que isso aconteça sem que tentemos salvá-lo ou que, pelo menos, amorteçamos a queda?

– Sim, eu realmente acredito – respondeu Hummin. Por algum motivo, Seldon sabia que a afirmação era sincera.

– E você realmente quer que eu desvende os detalhes da psico-história e acredita que não conseguiria fazer isso por conta própria?

– Não tenho capacidade para isso.

– E você acha que apenas *eu* posso lidar com a psico-história, apesar de eu mesmo duvidar disso em alguns momentos?

– Sim.

– Portanto, deve achar que, se puder me ajudar de alguma maneira, você *precisa* me ajudar.

– Sim, eu acho.

– E sentimentos pessoais, motivações egoístas, não poderiam fazer parte disso? – perguntou Seldon.

Um sorriso tênue e breve passou pelo rosto sério de Hummin e, por um momento, Seldon percebeu um deserto vasto e árido de cansaço por trás do comportamento tranquilo dele.

– Construí uma longa carreira ignorando todos os sentimentos pessoais e motivações egoístas – ele respondeu.

– Então, peço sua ajuda. Posso consolidar a psico-história baseando-me apenas em Trantor, mas encontrarei dificuldades. Eu talvez consiga superá-las, mas seria muito mais fácil fazer isso se eu tivesse algumas informações essenciais. Por exemplo, o primeiro mundo da humanidade foi a Terra ou Aurora? Ou foi algum outro completamente diferente? Qual era a relação entre a Terra e Aurora? Algum dos dois colonizou a Galáxia, ou os dois? Se tiver sido um deles, por que não o outro? Se foram os dois, como isso foi decidido? Existem mundos descendentes de ambos ou de apenas um deles? Como os robôs foram abandonados? Por que Trantor se tornou o mundo imperial, e não outro planeta? O que aconteceu com Aurora e com a Terra nesse meio-tempo? Existem mil perguntas que eu poderia fazer neste exato momento e podem surgir centenas de milhares conforme eu continuar meus estudos. Você me deixaria na ignorância e permitiria que eu falhasse, Hummin, ou me elucidaria e me ajudaria a ser bem-sucedido?

– Se eu fosse robô – disse Hummin –, será que teria espaço em meu cérebro para todos os vinte mil anos de história envolvendo milhões de mundos diferentes?

– Eu não sei qual é a capacidade do cérebro robótico. Não sei qual é a capacidade do *seu* cérebro. Mas, se você não tiver essa capacidade, deve ter as informações que não pode armazenar registradas e em segurança num lugar que lhe permita resgatá-las quando necessário. E, se você tem tudo isso e eu *preciso* de tudo isso, como pode recusar e sonegar tal conteúdo? E, se você não puder sonegar, como pode negar que é um robô... *aquele* robô, o Renegado?

Seldon reclinou-se e respirou fundo. Então, continuou:

– Portanto, vou perguntar mais uma vez: você é aquele robô? Se você quer a psico-história, precisa admitir. Se continuar negando que é um robô e se me convencer disso, minhas chances com a psico-história ficam muito, muito menores. Então, depende de você. Você é um robô? Você é Da-Nee?

Tão sereno como sempre, Hummin respondeu:

– Sua argumentação é incontestável. Eu sou R. Daneel Olivaw. O "R." é abreviação de "robô".

93

R. Daneel Olivaw continuava a falar com calma, mas, para Seldon, sua voz passara por uma mudança sutil, como se falasse com mais facilidade, agora que não assumia nenhum papel.

– Em vinte mil anos – disse Daneel –, ninguém percebeu que sou um robô se não fosse intenção minha que a pessoa soubesse. Em parte, porque os seres humanos abandonaram os robôs há tanto tempo que são poucos os que se lembram de que eles existiram em determinada época. E, em parte, porque eu de fato tenho a habilidade de detectar e influenciar as emoções humanas. A detecção não é nenhum problema, mas influenciar emoções é muito difícil para mim por causa de minha natureza robótica, por mais que eu possa fazê-lo sempre que quiser. Tenho essa capacidade, mas preciso lidar com minha determinação de *não* usá-la. Tento nunca interferir e o faço apenas quando não tenho nenhuma alternativa. E, quando interfiro, raramente faço mais do que fortalecer o mínimo possível algo que já está ali. Se eu puder atingir meus objetivos sem fazer nem mesmo isso, eu evito. Não foi necessário adulterar a mente de Mestre Solar Quatorze para que ele os aceitasse; como você pode perceber, eu chamo de "adulterar" porque não é algo agradável de se fazer. Não precisei adulterar a mente dele porque ele realmente me devia favores e trata-se de um homem honrado, apesar das peculiaridades que você enxergou nele. Interferi na segunda vez, quando você tinha cometido o que ele considera sacrilégio, mas foi muito pouco. Ele não estava ansioso para entregá-lo às autoridades imperiais, das quais ele não gosta. Eu apenas fortaleci levemente essa relutância e ele entregou você aos meus cuidados, aceitando a argumentação que ofereci, a qual, sem a adulteração, ele teria considerado suspeita. Tampouco adulterei a *sua* mente de maneira perceptível. Você também desconfia dos imperiais. Hoje em dia, a maior parte dos seres humanos desconfia, o que é um fator importante na decadência e na deterioração do Império. Além disso, você estava orgulhoso do conceito da psico-história, orgulhoso de ter pensado nele. Você não se importaria de provar que se trata de uma disciplina praticável. Isso teria alimentado ainda mais o seu orgulho.

– Desculpe-me, Mestre Robô – Seldon franziu as sobrancelhas –, mas eu não diria que sou esse monstro de orgulho.

– Você não é um monstro de orgulho, de jeito nenhum – respondeu Daneel, serenamente. – Você tem plena consciência de que ser motivado por orgulho não é admirável nem útil, então tenta reprimir essa motivação. Mas você também não concordaria que é motivado apenas pelas batidas do seu coração. Não pode negar nenhum desses dois fatos. Apesar de esconder seu orgulho de si mesmo em nome da tranquilidade emocional, não consegue escondê-lo de mim. Isso está aí, por mais cuidadosamente que você o esconda. Tudo o que precisei fazer foi dar um leve toque de fortalecimento e você estava pronto para tomar medidas a fim de se esconder de Demerzel, medidas que teria recusado no instante anterior. E você estava ansioso para desenvolver a psico-história com uma intensidade que, no instante anterior, teria desprezado. Não vi necessidade de mexer em mais nada e, por isso, você conseguiu deduzir o fato de eu ser um robô. Se eu tivesse previsto essa possibilidade, talvez pudesse ter impedido, mas minha capacidade de prever e minhas habilidades não são infinitas. E não lamento ter falhado, pois os argumentos que você apresentou são bons e é importante que você saiba quem eu sou e que eu use o que sou para ajudá-lo. Emoções, meu caro Seldon, são um poderoso motivador para a ação humana, muito mais poderoso do que os seres humanos imaginam. Você não tem ideia do tremendo efeito que um simples ajuste pode ter, e de como eu reluto em fazer isso.

Seldon estava com a respiração pesada, tentando se enxergar como um homem motivado pelo orgulho – e detestando a imagem.

– Por que você reluta? – ele perguntou.

– Porque é muito fácil exagerar. Precisei impedir que Rashelle convertesse o Império em uma anarquia feudal. Eu poderia ter moldado mentes mais rapidamente e o resultado teria sido uma revolução sangrenta. Homens são homens, e a maioria dos generais wyanos é homem. Na verdade, não é preciso muito para gerar nos homens medo e insegurança em relação às mulheres. Talvez seja uma questão biológica que eu, como robô, não posso compreender por completo. Tudo o que precisei fazer foi fortalecer esse sentimento para causar um colapso nos planos dela. Se eu tivesse exagerado um mero milímetro, teria perdido o que queria: uma tomada de posse sem derramamento de sangue. Meu objetivo era que eles não resistissem quando meus soldados chegassem.

Daneel parou de falar, como se estivesse escolhendo as palavras.

– Não quero entrar em detalhes sobre meu cérebro positrônico, pois é algo além da minha compreensão, apesar de que talvez não seja algo além da *sua* compreensão, se você se dedicar o suficiente para entendê-lo. De qualquer forma, sou governado pelas Três Leis da Robótica, que são – ou eram, há muito tempo – explicadas tradicionalmente pelas seguintes palavras. Primeira Lei: "Um robô não pode ferir um ser humano ou, por inação, permitir que um ser humano venha a ser ferido". Segunda Lei: "Um robô deve obedecer às ordens dadas por seres humanos, exceto nos casos em que tais ordens entrem em conflito com a Primeira Lei". Terceira Lei: "Um robô deve proteger sua própria existência, desde que tal proteção não entre em conflito com a Primeira ou com a Segunda Lei". Porém, vinte mil anos atrás, eu tive um... amigo. Outro robô. Diferente de mim. Ele não seria confundido com um ser humano, mas era ele que tinha os poderes mentais e foi por intermédio dele que adquiri os meus. Para ele, deveria existir uma regra ainda mais abrangente do que as Três Leis. Ele a chamou de Lei Zero, pois "zero" vem antes de "um". É a seguinte: "Um robô não pode ferir a humanidade nem deixar, por inação, que a humanidade seja ferida". Assim, a Primeira Lei deve ser retificada para "Um robô não pode ferir um ser humano nem deixar, por inação, que um ser humano seja ferido, exceto nos casos que entrem em conflito com a Lei Zero". E as outras leis devem ser modificadas da mesma maneira. Entende?

Daneel observou Seldon com atenção.

– Entendo – respondeu Seldon.

– O problema, Hari – continuou Daneel –, é que um ser humano é fácil de identificar. Posso apontar para um. É fácil reconhecer o que pode e o que não pode ferir um ser humano; ou, pelo menos, é relativamente fácil. Mas o que é *humanidade*? Apontamos para o que quando falamos de humanidade? E como podemos definir o que é prejudicial para ela? Quando é que determinada linha de ação faz o bem pela humanidade como um todo em vez de prejudicá-la, e como podemos saber? O primeiro robô a considerar a Lei Zero morreu (acabou permanentemente desativado) porque foi forçado a tomar uma atitude que, em seu raciocínio, salvaria a humanidade, mas ele não tinha como ter certeza se ela *realmente* salvaria a humanidade. Quando ele foi desativado, me deixou responsável pela Galáxia. Desde então, é o que venho tentando fazer: ser responsável. Interferi o mínimo possível e confiei nos próprios seres humanos para julgar o que era para o bem. Eles podiam arriscar; eu não. Eles podiam falhar; eu não ousaria. Eles podiam causar danos involuntários; eu seria automaticamente desativado, se o fizesse. A Lei Zero não tem margem para danos involuntários. Porém, em certos momentos fui forçado a tomar atitudes. O fato de eu ainda estar em funcionamento mostra que minhas ações foram moderadas e sutis. Entretanto, conforme o Império começou a falhar e a decair, precisei interferir com frequência cada vez maior e já faz décadas que assumi o papel de Demerzel, tentando conduzir o governo de maneira a adiar a ruína... e acontece que continuo ativo. Quando você fez a sua apresentação na Convenção Decenal, percebi de imediato que na psico-história havia uma ferramenta que talvez possibilitasse a identificação do que seria bom e do que seria ruim para a humanidade. Com ela, as decisões que tomássemos seriam menos cegas. Eu inclusive voltaria a confiar nos seres humanos para tomar essas decisões e, mais uma vez, interferiria apenas em momentos de emergência. Portanto, agi rápido para que Cleon soubesse de seu seminário e o convoquei. Então, quando ouvi sua negação sobre o valor da psico-história, fui forçado a pensar em alguma maneira de fazê-lo tentar mesmo assim. Você entende o meu raciocínio, Hari?

– Entendo, Hummin – respondeu Seldon, pasmo.

– Continuarei no papel de Hummin nas raras ocasiões em que eu puder vê-lo. Oferecerei todas as informações de que você precisar e, como Demerzel, vou protegê-lo o máximo que puder. Mas você nunca deve falar de mim como Daneel.

– Eu não faria isso – disse Seldon, apressadamente. – Eu preciso de sua ajuda e estragaria tudo se eu atrapalhasse os seus planos.

– Sim, eu sei que você não faria. – Daneel sorriu com uma expressão de cansaço. – Afinal, você é vaidoso o suficiente para querer o crédito exclusivo pela psico-história. Você não iria querer que ninguém soubesse, jamais, que precisou da ajuda de um robô.

O rosto de Seldon ficou vermelho e ele respondeu:

– Mas eu não sou...

– Sim, você é, mesmo que esconda isso de si mesmo. E é algo importante, pois estou fortalecendo minimamente essa emoção em você para que nunca fale sobre mim para outras pessoas. Nem lhe ocorrerá que pode fazer isso.

– Eu suspeito que Dors já saiba... – disse Seldon.

– Ela sabe sobre mim. E ela também não pode falar a meu respeito para outras pessoas. Agora que vocês dois sabem da minha verdadeira natureza, podem conversar entre si livremente, mas com mais ninguém. Hari, preciso voltar às minhas funções. Em breve, você e Dors serão levados ao Setor Imperial...

– O menino, Raych, precisa vir comigo – interrompeu Seldon. – Não posso abandoná-lo. E há um jovem dahlita chamado Yugo Amaryl.

– Entendo. Raych também será levado e você pode incluir quem quiser. Todos receberão o tratamento apropriado. E você trabalhará na psico-história. Terá uma equipe. Terá os computadores e os materiais de referência necessários. Vou interferir o mínimo possível e, se houver alguma resistência contra o seu ponto de vista que não coloque a missão em perigo, você terá que resolvê-la sozinho.

– Espere, Hummin – disse Seldon, com urgência. – E se, apesar de toda a sua ajuda e de todos os meus esforços, a psico-história não puder ser transformada em uma ferramenta prática? E se eu fracassar?

– Nesse caso – continuou Daneel –, tenho um segundo plano em andamento. Um plano no qual trabalho há muito tempo, em outro mundo, com outra linha de raciocínio. É também algo muito difícil e, em certos aspectos, mais extremo do que a psico-história. Talvez também fracasse, mas há maiores chances de sucesso se dois caminhos estiverem abertos, e não apenas um. Considere isso um conselho, Hari. Se você puder preparar um plano que possa prevenir que o pior aconteça, tente pensar em duas frentes, para que, se uma falhar, a outra continue. O Império precisa ser estabilizado ou reconstruído sobre uma nova fundação. Que sejam duas, e não apenas uma, se possível. – Ele se levantou. – Agora, preciso voltar ao trabalho e você precisa começar o seu. Tudo será providenciado para você.

Daneel fez um último cumprimento com a cabeça e foi embora.

– Primeiro, preciso falar com Dors – disse Seldon, baixinho, conforme Daneel se afastou.

94

– O palácio foi dominado – disse Dors. – Rashelle não será ferida. E você, Hari, voltará ao Setor Imperial.

– E você, Dors? – perguntou Seldon, em tom baixo e angustiado.

– Acho que voltarei para a universidade – ela respondeu. – Meu trabalho está sendo negligenciado, minhas aulas estão sem professor.

– Não, Dors, você tem uma função maior do que essa.

– Qual?

– Psico-história. Não posso realizá-la sem você.

– Claro que pode. Sou totalmente ignorante em matemática.

– E eu, em história. E precisamos dos dois.

Dors riu.

– Acho que você, como matemático, é único – ela disse. – Eu, como historiadora, sou apenas aceitável; certamente não sou extraordinária. Você encontrará vários outros historiadores mais adequados para as necessidades da psico-história do que eu.

– Nesse caso, Dors, eu digo que a psico-história precisa de algo além de um matemático e de um historiador. Precisa também da convicção para lidar com o que provavelmente será um desafio para uma vida inteira. Sem você, Dors, eu não terei essa convicção.

– Claro que terá.

– Dors, se você não estiver comigo, eu *não quero* ter.

Dors observou Seldon, pensativa.

– Esta discussão não levará a nada, Hari – ela respondeu. – Hummin com certeza tomará essa decisão. Se ele me mandar de volta à universidade...

– Ele não mandará.

– Como pode ter certeza?

– Porque vou dizer isso a ele claramente. Se ele a mandar de volta à universidade, eu voltarei a Helicon e o Império pode se destruir à vontade.

– Você não está falando sério.

– É claro que estou.

– Você não entende que Hummin pode providenciar uma mudança em seus sentimentos para que você trabalhe na psico-história mesmo sem mim?

– Hummin não faria algo tão arbitrário – Seldon negou com a cabeça. – Eu conversei com ele. Ele não ousaria afetar demais a mente humana, pois precisa obedecer ao que chama de Leis da Robótica. Adulterar a minha mente a ponto de eu não querer você ao meu lado, Dors, significaria uma mudança do tipo que ele não pode arriscar. Por outro lado, se ele me deixar em paz e se você se juntar a mim no projeto, ele conseguirá o que quer: uma possibilidade verdadeira para a psico-história. Por que ele iria querer outra coisa?

– Ele talvez não concorde por motivos dele – Dors também negou com a cabeça.

– Por que ele discordaria? Hummin pediu que você me protegesse, Dors. Ele cancelou o pedido?

– Não.

– Então ele quer que você continue a me proteger. E *eu* quero a sua proteção.

– Contra o quê? Agora você tem a proteção de Hummin, tanto como Demerzel quanto como Daneel, e decerto isso é tudo de que você precisa.

– Mesmo que eu tivesse a proteção de todas as pessoas e de todas as forças da Galáxia, ainda assim seria a *sua* que eu iria querer.

– Então você não me quer pela psico-história. Você me quer para sua proteção.

– Não! Por que está distorcendo minhas palavras? – irritou-se Seldon. – Por que está me forçando a dizer o que você já sabe? Não é pela psico-história nem por proteção que eu quero você. São apenas desculpas, e vou usar qualquer outra que se faça necessária. Eu quero *você*, apenas você. E se você quer o motivo verdadeiro, é porque você é *você*.

– Você nem me conhece.

– Não tem problema. Eu não me importo. E eu a conheço *sim*, de certa maneira. Melhor do que você pensa.

– É mesmo?

– Claro. Você segue ordens e arrisca a própria vida sem hesitação e sem preocupação aparente com as consequências. Você aprendeu a jogar tênis com uma rapidez impressionante. Aprendeu a usar facas com rapidez ainda mais impressionante, e foi impecável na luta contra Marran. Foi *sobre-humana*, eu diria. Seus músculos são incrivelmente fortes e seu tempo de reação é incrivelmente rápido. De alguma maneira, você sabe dizer se alguém está entreouvindo uma conversa e pode entrar em contato com Hummin de algum jeito que não envolve nenhum equipamento.

– E o que você acha de tudo isso? – perguntou Dors.

– Me ocorreu que Hummin, em sua *persona* R. Daneel Olivaw, tem um encargo impossível. Como poderia um único robô guiar o Império? Ele deve ter ajudantes.

– Isso é óbvio. Milhões, eu imagino. Eu sou uma ajudante. Você é um ajudante. O pequeno Raych é um ajudante.

– Você é um tipo *diferente* de ajudante.

– De que maneira? Hari, *diga* o que você está pensando. Se você escutar a si mesmo falando, perceberá como isso é uma loucura.

Seldon olhou intensamente para Dors e, em tom baixo, respondeu:

– Eu *não* vou dizer, porque... eu *não me importo*.

– Não mesmo? Quer me aceitar do jeito que sou?

– Eu a aceitarei da maneira que for necessária. Você é Dors e, independentemente do que mais seja, não quero nada em todo o universo além de você.

– Hari – disse Dors, serenamente –, eu quero o seu bem por ser o que sou, mas acho que, mesmo se eu não fosse o que sou, ainda iria querer o seu bem. E não acho que eu seja boa para você.

– Boa ou ruim, eu não me importo. – Seldon olhou para o chão conforme deu alguns passos, pensando no que diria a seguir. – Dors, você já foi beijada?

– É claro que sim, Hari. É um elemento social da vida e eu vivo em sociedade.

– Não, não! Quero dizer, você já foi *realmente* beijada por um homem? Apaixonadamente?

– Ora, sim, Hari, já fui.

– Você gostou?

Dors hesitou.

– Quando beijei desse jeito – ela respondeu –, gostei mais do que teria gostado de decepcionar algum rapaz por quem eu me importava, alguém cuja amizade tinha algum significado para mim. – Dors ficou com o rosto vermelho e desviou os olhos. – Por favor, Hari, pare. Isso é difícil de explicar.

Mas Hari, agora mais determinado do que nunca, insistiu:

– Então você beijou pelos motivos errados. Para evitar mágoas.

– Talvez todo mundo o faça, de certa forma.

Seldon pensou no que ela disse por um momento. Então, repentinamente, perguntou:

– Você já pediu para ser beijada?

Dors ficou em silêncio, como se pensasse sobre sua vida em retrospecto.

– Não – ela respondeu.

– Ou desejou ser beijada de novo, depois da primeira vez?

– Não.

– Você já dormiu com um homem? – ele perguntou com calma e desespero.

– Claro que sim. Eu já disse. Essas coisas fazem parte da vida.

Hari agarrou os ombros de Dors como se fosse sacudi-la.

– Mas você já sentiu desejo – ele perguntou –, necessidade desse tipo de proximidade com uma pessoa especial? Dors, você já *amou*?

Dors ergueu os olhos lentamente, quase com tristeza, e encontrou os olhos de Seldon.

– Sinto muito, Hari, mas não.

Seldon a largou, seus braços desfalecendo ao lado do corpo.

Dors colocou gentilmente uma mão no braço de Seldon.

– Entende, Hari? Eu não sou o que você quer.

A cabeça de Seldon pendeu e ele olhou para o chão. Ponderou sobre aquilo, tentou pensar racionalmente. E desistiu. Ele queria o que queria, e queria além de qualquer pensamento e além de qualquer racionalidade.

– Dors, mesmo assim – ele olhou para ela –, *eu não me importo*.

Seldon a envolveu com os braços e aproximou sua cabeça lentamente, como se esperasse que ela desviasse enquanto a puxava para mais perto.

Dors não se mexeu e Seldon a beijou – lenta, demorada, apaixonadamente – e os braços de Dors subitamente o abraçaram.

Quando ele, enfim, parou, ela olhou para ele com olhos que refletiam seu sorriso e disse:

– Me beije de novo, Hari. Por favor.

TIPOGRAFIA:
Minion Pro [texto]
Century Old Style [títulos]
Century Old Style [subtítulos]

PAPEL:
Ivory Slim 65 g/m² [miolo]
Ningbo 250 g/m² [capa]

IMPRESSÃO:
Rettec Artes Gráficas Ltda. [agosto de 2024]
1ª edição: novembro de 2013 [4 reimpressões]
2ª edição: agosto de 2021 [2 reimpressões]